LOCUS

LOCUS

LOCUS

LOCUS

RECREATION

R33

天鵝賊

The Swan Thieves

作者：伊麗莎白・柯斯托娃　(Elizabeth Kostova)

譯者：蕭寶森

責任編輯：江怡瑩　美術編輯：蔡怡欣

校對：呂佳真

法律顧問：全理法律事務所董安丹律師

出版者：大塊文化出版股份有限公司

台北市10550南京東路四段25號11樓

www.locuspublishing.com

讀者服務專線：0800-006689

TEL：(02) 87123898　FAX：(02) 87123897

郵撥帳號：18955675　戶名：大塊文化出版股份有限公司

總經銷：大和書報圖書股份有限公司　地址：台北縣五股工業區五工五路2號

TEL：(02) 89902588　FAX：(02) 22901658

排版：辰皓國際出版製作有限公司 製版：瑞豐實業股份有限公司

初版一刷：2010年9月

定價：新台幣 399 元

Printed in Taiwan

天鵝賊

The SWAN THIEVES

我無論如何一定要找到他所愛的那個女人。
她不止偷走了他的心，還偷走了他的神智。

ELIZABETH KOSTOVA

伊麗莎白・柯斯托娃——著
蕭寶森——譯

獻給我的母親
她是一個好媽媽

你將很難相信：要把單獨一個人物放在畫布上，以全副心神加以描繪，使這個人物不僅具有代表性，還顯得生動逼真，這是多麼困難的一件事情。

——愛德華・馬內（Édouard Manet），一八八〇年

村外有一堆柴火，把正在融化的雪燒黑了。火堆旁有一個不知道放了幾個月的籃子，已經開始褪成了淡灰色。幾個老人正挨擠著坐在長椅上烘著手。但天氣實在太冷，時辰已晚，天色又陰沈，怎麼烘也暖和不起來。這裡不是巴黎。空氣中有著炊煙和夜空的氣息。樹林那一頭，琥珀色的慘淡天光正在下沈，幾乎已是夕陽的光景。天色暗得很快，最靠近火堆旁的那棟房子裡，已經有人在窗邊點起了一盞燈。時間是一八九五年一月或二月，也說不定是個陰沈的三月。這年分將會以粗略的黑色字體寫在一個角落的陰影上。村裡的屋頂都鋪著石板，上面沾著漸融的雪。已經融化的雪則成堆的從屋頂上落下。有幾條巷子兩旁各有一排房屋，其餘的則敞向田野和泥濘的花園。所有的屋子都大門緊閉，煙囪頂上飄散著炊煮食物的氣息。

在這一片孤寂中，只有一個人在動：一個穿著厚重外出服的女人正沿著一條巷子走向最後一落房屋。那兒的一扇窗子裡，有個人也正彎著腰，在點亮一盞燈籠，但距離太遠了，面貌不甚清晰。巷子裡的女人儀態端莊，身上並未像這村子裡的人一樣，穿著破舊的圍裙與木鞋。她的斗篷和長裙在淺紫色的雪裡顯得很醒目。她的帽兜鑲著毛皮滾邊，將她的臉部都遮住了，只露出她那雪白的弧形面頰。她的洋裝裙襬有一條淺藍色幾何圖案的滾邊。她手裡捧著一個捆得緊緊的包裹，彷彿要藉此抵擋寒氣似的。道路兩旁的樹木漠然將枝枒伸向天空。巷子底的那棟房子前面有一張長椅，上面放著一塊不知道是誰留下來的紅布——可能是一條披肩，或一塊小型的桌巾——

成了畫面中唯一鮮豔的色塊。那女人戴著手套，將包裹捧在懷裡，背對著村子的中心快步走了過去。她的靴子踩著路上的冰，發出「喀嚓，喀嚓」的聲音，她嘴裡呼出來的氣息在漸濃的暮色中顯得淡而白。她縮著身子，以一種防禦的姿態疾行。不知道她是要離開這村子，還是要前往最後那排房屋當中的某一棟？

關於這點，就連正在看著她的那人也不知道答案，但他也不在乎。他已經工作了大半個下午，塗畫著巷子兩側的屋牆、考慮如何配置那幾株枯樹、決定那條小路該畫多長、多寬等等，並等待著那只有十分鐘之久的落日景象。這女人無端闖了進來，但他還是把她畫了進去。他快速的描繪著她的衣裳細部，利用漸暗的天光來呈現她帽兜的輪廓，以及她瑟縮著身子藉以抵擋寒氣或隱藏包裹的姿態。無論她是何許人也，都可以說是個美麗的意外。她是那臨門的一腳。那條積雪的泥濘小路中段正好欠缺一個具有動感的東西。他已經很久沒在戶外寫生了，如今只在窗邊作畫——他年紀大了，在這麼寒冷的天氣裡，如果在外頭作畫超過十五分鐘，便會四肢痠痛——因此他只能想像她那呼吸急促的模樣、她走在路上的腳步聲，以及那尖尖的靴子後跟踩踏地上的積雪時，所發出的嘎吱嘎吱聲。他雖然已經老病纏身，但在那一剎那，他還真希望她能夠轉身看他一下。他想像她應該有一頭烏黑柔軟的秀髮、豔紅的嘴唇以及一雙大而機靈的眼睛。

然而她並未轉身，也幸好如此。他只要她這個樣子就好了。他只要她背對著他走進畫布上的那條雪徑，只要她那挺直的背脊、鑲著雅致滾邊的厚重長裙以及她雙手抱著包裹的模樣。她原本是一個活生生的女人，正匆匆忙忙趕路，如今卻被凝凍住了，凝凍在她匆匆的行色裡。她是一個活生生的女人，但現在她卻成了一幅畫。

第一章
馬洛

一九九九年四月的一個上午，我接到了那通有關羅伯特・奧利佛的電話。當時距離他在國家畫廊的十九世紀畫展中持刀行兇還不到一個星期。那天是星期二。時序已經入春，繁花盛開，天氣炎熱，但卻下起了要命的冰雹，天色也陰沈沈的，乍然變冷的空氣中傳來轟隆隆的雷聲（華盛頓地區春季的天氣有時就是這麼糟）。當時科羅拉多州利特頓市的科倫拜高中發生大屠殺事件才剛滿一個星期。我和國內的每個精神科醫師一樣，滿腦子仍在想著這件事。我的診所裡似乎有很多這類攜帶著鋸短的獵槍、滿懷仇恨的年輕人。我們究竟為何沒能把他們治好，而讓那些無辜的人士受害呢？對我而言，那天上午的狂暴天氣似乎與籠罩國內的陰鬱氣氛合而為一了。

電話鈴響了。話筒那一頭傳來我的朋友兼同事約翰・賈西亞醫生的聲音。他是個好人，也是個很好的精神科醫師。我們早年上同一所學校，如今他也會三不五時的帶我去他選定的餐廳吃飯，並且多半都不讓我付帳。他目前在華盛頓一家大醫院擔任收容急診病患以及照顧住院病人的工作，並且也和我一樣有個私人門診。

他在電話中告訴我，他想要把一個病人轉介給我，讓我來治療他。他的語氣頗為急切：「這傢伙可能很難搞。我不知道你會怎麼看待他，但我寧可讓他到金樹林療養中心去接受你的治療。

他是個畫家，而且還滿有成就的。他上個禮拜被逮捕，然後就被帶到我們這兒來。可是他不太肯說話，對我們也沒什麼好感。他的名字叫羅伯特．奧利佛。」

「我聽過這個人，可是對他的作品不太了解。」我據實以告。「他是畫風景和肖像畫的，幾年前好像上過《藝術新聞》雜誌的封面。他怎麼會被逮捕呢？」我邊說邊轉身面向窗戶，看著那些有如昂貴的鵝卵石般的冰雹落在有著圍牆的後院草坪上，把那兒的一棵木蘭花砸得很慘。草坪上的草已經很綠了。有一瞬間，太陽露了臉，投下淡淡的日光，但不久又下起了冰雹。

「他在國家畫廊裡企圖拿刀子攻擊一幅畫。」

「一幅畫？你是說他攻擊的對象不是人？」

「嗯。當時展覽室裡顯然沒有其他人，不過有個警衛剛好走進去，看到他正朝著一幅畫撲過去。」

「被捕時他有沒有反抗？」我看著冰雹像播種一般落在亮晶晶的草地上。

「有。他丟下刀子，抓住那警衛死命的搖，而且他的塊頭還不小。後來，不知道為什麼，他就住手了，並且任由那警衛把他帶走。目前館方正在考慮要不要對他提出『侵犯人身』罪的告訴。我想他們可能不會這麼做，不過一旦他們提出告訴，他可就麻煩大了。」

我再次端詳著後院。「國家畫廊的畫作屬於國有財產。是吧？」

「沒錯。」

「他用的是什麼樣的刀子？」

「只是一把小刀而已，不是什麼了不得的兇器，但還是可能造成很嚴重的損害。他當時很激動，說他是在替天行道，後來在警察局裡就整個人崩潰了，說他已經好幾天沒睡了，還哭了一會兒。他們把他帶到精神科的急診室來，我就讓他住院了。」我可以感覺到約翰正在等待我的答案。

「這個人年紀多大？」

「沒多大——才四十三歲。唉，你也知道，現在對我而言，這個年紀已經算年輕的啦。」我笑了起來。這我當然知道。兩年前，當我們兩人發現自己已經五十歲的時候，都嚇了一跳。為了掩飾我們內心的驚慌，我們故意和幾個同病相憐的朋友一起慶祝了一下。

「他被捕的時候身上還帶了一些東西，包括一本素描簿和一小包舊舊的信。不過他根本不讓別人碰這些東西。」

「那你要我幫他做什麼呢？」我在書桌前坐了下來，讓自己休息一下。我已經工作了一整個上午，肚子開始餓了。

「你只要收他當病人就可以了。」約翰說。「我希望由你來治療他。」

我可不能隨便答應。從事我們這一行的人向來都很謹慎。「為什麼？你覺得我的煩惱還不夠多嗎？」

「你少來！」約翰的聲音裡有著笑意。「誰不知道，你這個醫生是出了名的敬業。據我所知，你從來沒有拒絕收治過任何一個病患，而且我覺得這個病人應該很值得你花點時間。」

「因為我也喜歡畫畫嗎？」

他只猶豫了一下。「坦白說，是的。我不敢說我對藝術家有多了解，但我認為你會有辦法對付他的。我告訴過你，他不太說話。事實上，到目前為止，我才從他口中問出了大概三句話。我們雖然已經給他吃了藥，但他還是愈來愈消沈，心中好像有一股怒氣，而且每隔一陣子就會變得很煩躁，讓我滿擔心的。」

我盯著那棵樹、那片翠綠的草坪以及遍地漸融的冰雹，最後視線又回到了那棵樹上面。它位於窗戶中間略靠左邊的位置。由於天色陰暗，樹上那些粉紫和白色夾雜的花苞看起來晶瑩閃爍。這是天晴時看不到的景象。「你們給他吃了哪些藥？」

約翰念了一遍：情緒安定劑、抗憂鬱劑以及緩和焦慮狀況的藥，而且劑量都不輕。我從書桌上拿起了一支原子筆和一本便條紙。

「病名是？」

約翰告訴了我，而且我並不感到意外。「幸好他在還肯講話的時候簽署了一份文件，同意我們對外透露他的病情。我們也剛從北卡羅來納州的一位精神科醫師那兒，拿到了一份他在兩年前就診的病歷。那顯然是他最後一次就醫。」

「他有嚴重的焦慮現象嗎？」

「他根本不肯透露，但我想從外表上就可以看得出來。根據資料顯示，這不是他頭一回用藥。事實上，他到我們這兒來的時候，身上穿的夾克裡還有一瓶兩年前醫生開給他的克諾平，裡頭還剩下幾顆。但他並沒有同時服用情緒安定劑，因此這種藥大概對他沒有多大幫助。後來我們終於聯絡上他住在北卡的妻子——他們已經離婚了，從她那裡我們才知道，他從前所接受過的一些治療。」

「他有自殺的傾向嗎？」

「可能有。但是因為他不太肯講話，因此很難做適當的評估。他在我們這兒還沒嘗試自殺過，看起來比較像是憤怒型的病患。不過以他目前的情況，我可不想讓他就這樣子出院。我覺得他必須找個地方待一陣子，接受醫生的診斷與治療，看看他究竟是怎麼回事。而且他所服用的藥物也必須加以調整。我敢說現階段他一定會很樂意去你那兒，因為他根本不喜歡待在這裡。這就像是把一頭大熊關在籠子裡——而且還是一頭沈默的熊。」

「這麼說，你是覺得我有辦法讓他開口嘍？」這是長久以來我和約翰之間的玩笑話，而約翰果然也配合演出。

「馬洛，就算是一塊石頭，你都有本事讓它開口呢！」

「好啦，謝謝你的恭維，更謝謝你毀了我的午餐休息時間。他有保險嗎？」

「不多。社工人員正在想辦法。」

「好吧。你就找人把他帶到金樹林療養中心來。明天下午兩點，連同病歷一塊兒帶來。我會幫他辦住院手續。」

掛上電話後，我站在那兒，心想中午吃飯時不知道能不能騰出五分鐘的空檔來畫一下素描。每次行程滿檔時，我總是喜歡這麼做。今天下午一點半、兩點、三點和四點，我都有排診，五點鐘要開會。明天在我已經服務了十二年的金樹林私立療養中心裡，我還有十個小時的班要上。現在，我需要喝點湯，吃點沙拉，然後再畫上幾分鐘的素描。

這時，我突然想起了一件過去時常縈繞在腦海，卻已經被我遺忘多年的事。二十一歲那年，我剛從哥倫比亞大學畢業，學了滿腦子的歷史、英文和科學，即將進入維吉尼亞大學的醫學院就讀。當時，我的父母自願拿出一筆錢，讓我能和室友一起去義大利和希臘玩一個月。那是我第一次出國。在那趟旅程中，我被義大利的教堂和修道院裡的繪畫以及佛羅倫斯和錫耶納的建築震懾住了。在希臘的帕洛斯島（此地出產全世界最完美、最透明的大理石）上，我獨自一人到了當地的一座考古學博物館。

那座博物館只有一尊雕像比較珍貴。它被單獨放在一間展覽室裡。那是一尊勝利女神奈琪的大理石塑像，大約五呎高，身上已經有多道裂痕，沒有頭也沒有手，背上原本長著翅膀的地方只留下若干凹痕。由於埋在土裡許久，石材上已經有紅色的污漬，但她身上如水波一般的衣紋仍展現出不凡的雕刻技巧。她那隻斷掉的小腳已經被館方重新接上。我獨自在展覽室中畫著她的素描。不久警衛走了進來，大聲宣布：「快打烊了。」他走後，我把繪畫用具收拾好，接著便不假思索的走到奈琪的雕像前，俯身親吻她的玉足，向她告別，沒想到那警衛居然立刻大吼著衝了過來，抓住我的領口。於是，生平不曾被趕出夜店的我，居然被攆出了一座只有一名警衛看守的博物館。

我拿起電話，再次撥給約翰，發現他還在辦公室裡。

「那幅畫叫什麼名字？」

「什麼？」

「你的病患奧利佛先生想要破壞的那幅畫。」

約翰笑了起來。「你知道我是不會想到要問這種問題的，不過警方的筆錄上有提到。那幅畫名叫《蕾妲》。我猜是希臘神話裡面的故事吧。至少我印象中是這樣。根據警方的筆錄，那上面畫的是一個裸女。」

「她是被天神宙斯所征服的女人之一。」我告訴他。「他化身為天鵝去找她。是誰畫的？」

「拜託！這是在上藝術史課嗎？想當年這門課我可是差點被當呢。我不知道那幅畫是誰畫的。我想逮捕他的警察可能也不知道吧。」

「好了，你回去工作吧。約翰，祝你一切順利。」我一邊握著話筒，一邊轉動我痠痛的脖子。

「你也是。」

第二章

馬洛

在開始回顧這個案例之前，我得先聲明，這只是我私底下的一份記錄，而且其中除了事實之外，還添加了我個人想像的成分。我花了十年時間整理我對這個案例所做的筆記以及自己的一些想法。坦白說，我原本是打算為一家我最欣賞的精神醫學期刊（他們先前也曾刊登過我的文章），撰寫一篇有關羅伯特．奧利佛的論文的，但有鑑於此作法可能有違反專業道德之虞，因此我便打消了這個念頭。雖然我們生活在一個充斥著談話秀和各種八卦、爆料的年代，但幹我們這一行的，卻必須守口如瓶——說話必須謹慎負責，不得違反法律規定。這是我們應該恪遵的規範。當然，某些情況下，在權衡輕重之後，我們也不得不打破這套規範。這點相信每個醫生都知道。為了謹慎起見，我把這個故事裡的所有人名（包括我自己的在內）都做了更動，只有一個例外。因為這個名字（不是姓氏）非常普遍，又很美（雖然我當初並不覺得），所以我想將它保留下來，應該沒有什麼關係吧。

我並非出身醫學世家。我的父母親都是神職人員。事實上，我的母親是他們那個小教派內的第一位女牧師。她被任命時我才十一歲。當時我們住在康乃狄克州某個鎮上最古老的一棟房子裡。房子的屋頂很低，外牆貼著褐紅色的魚鱗板，大門前的石板走道旁種滿了勻檜、紫杉、垂柳以及其他墓地常見的樹種，使得我們的前院看起來就像一座英國墓園。

每天下午三點十五分，我會拖著我那個裝滿了書本、麵包屑、棒球和彩色鉛筆的背包從學校返家。母親來開門時，身上多半都穿著藍色的裙子和毛衣，後來偶爾也穿黑色的套裝、戴著很像狗項圈的白色膠領（如果當天她曾經去探視病人、老年人、不肯出門或新近悔過的人的話）。當時的我是個愛抱怨的小孩，常常彎腰駝背的，而且總覺得人生不如預期中美好，令人失望。母親對我管教甚嚴，但她雖然處事嚴謹而正直，卻總是笑口常開，溫柔慈愛。當她發現我很早就在繪畫和雕刻方面展露天賦時，總是不著痕跡的鼓勵我，從不過分讚美，但也不讓我對自己的努力產生懷疑。我想，打從我出娘胎那一天起，我們兩人的個性就是南轅北轍，截然不同，但卻彼此深深相愛。

說也奇怪，儘管母親盛年早逝（但也可能正是因為這個緣故），我卻發現自己進入中年之後，個性愈來愈像她。有好幾年的時間我雖然不乏女友，但一直都沒結婚。那些愛人都像我小時候一樣，很情緒化、個性倔強但很有趣。和她們在一起，我變得愈來愈像我母親。在這方面，我的妻子也不例外，但我們兩個是天造地設的一對。

由於受到昔日的愛人和現在的妻子的影響，也由於我所從事的職業（我每天看到人心幽微的一面，明白環境和基因可能對心靈造成的傷害）的緣故，成年之後，便開始訓練自己到達一個對人生懷抱積極善意的境界。這些年來，我和生活已經建立起一種友誼——不是我小時候所渴盼的那種刺激的關係，而是一種令人舒服的休兵狀態，使得我安於每天回到那位於卡羅拉馬路的公寓的日子。偶爾——例如當我把一個橘子剝好皮並從廚房端上餐桌時——我會有一種幾近心滿意足的感覺，這或許是橘子那種天然純淨的顏色所致吧。

不過這是我成年以後才達到的境界。儘管一般認為孩子很能從小事當中得到樂趣，但我記得自己孩提時代可是志向遠大，逐漸的隨著愛好的轉變，夢想才愈來愈小。後來我對生物與化學產生了興趣，目標是醫學院，上了醫學院後，又一心一意只想搞懂那些構成生命的微小單位──如神經元、螺旋和旋轉原子什麼的。事實上，我的素描技巧就是在生物實驗室裡畫那些微小的物體時磨練出來的，並不是靠著畫山水、人物或花果這類東西。

到了現在，如果我還有任何雄心壯志的話，那便是希望我的病人最終都能感受到生命中平凡的樂趣（比方說，在廚房裡剝橘子或翹著二郎腿看電視上的紀錄片等等），乃至更大的喜悅（例如擁有一份工作、神智清楚的返回家人身邊、眼中所見是真實的房間而不是一張張可怕的臉等等）。至於我自己呢，我已經學會從微小的事物中得到滿足，例如一片葉子、一支新的畫筆、橘子的果肉以及我的妻子諸般的美（她晶瑩的眼波、她坐在客廳的檯燈下看書時手臂上那柔軟的汗毛）等等。

我說過，我並非出身醫學世家，不過我進入醫學領域這件事倒也不算太奇怪。我的父母親一點也沒有科學頭腦，但他們律己甚嚴，天天吃燕麥粥，襪子也總是洗得乾乾淨淨的。身為他們的獨子，我也感染了這樣的生活態度，使我得以撐過大學時苦讀生物學以及念醫學院時熬夜溫書、背書的辛苦日子。相形之下，後來在醫院實習時忙忙碌碌、徹夜不眠的生活，已經算是輕鬆的了。

我也曾經夢想當個藝術家，但是到了選擇職業的時候，我卻挑了醫生這一行，並打從一開始就決定要當個精神科醫師。因為對我而言，精神醫學既是一門濟世救人的行業，也是探索人類經驗的一門至高無上的科學。事實上，大學畢業後，我曾經申請進入藝術學院就讀，並且獲得了兩家名聲還不錯的學校的入學許可，讓我很是高興。我很希望能告訴別人「選擇當個精神科醫師對我而言是個痛苦的決定，因為我內在的那個藝術家很抗拒這個想法」等諸如此類的話，但坦白說，是我自己覺得我如果當個畫家，可能無法對社會做出太大貢獻，況且我內心也很害怕走上藝術這條路會使我面臨漂泊不定、三餐不濟的下場。當個精神科醫師，既能讓我直接服務苦難的眾生，又能讓我繼續畫畫。我心想只要知道自己原本有可能當個職業畫家，那就夠了。

當我在某一個週末打電話給父母親，告訴他們我所選擇的行業時，我感覺得到他們好像陷入了一番深思。當我述說我未來的計畫以及之所以選擇這一行的原因時，他們只是默默的聽著，隨後母親便以平靜的口吻表示，每個人都需要有可以訴說心事的對象（如此一來，她便將他們的神職和我的行業恰當的連結在一起了），而父親則說世上有許多方式可以驅逐人們心中的魔鬼。

事實上，我父親並不相信所謂「魔鬼」這檔子事，因為這和他現代化的先進牧師形象並不相符。即使到了現在，年邁的他提到所謂的「魔鬼」時，仍然帶著嘲諷的口吻。當他閱讀強納森・愛德華茲等早期新英格蘭地區牧師的著作，或他喜歡的中古時期神學家的作品時，看到有關魔鬼的段落，仍然會一邊看一邊搖頭。他就像愛看恐怖小說的人一樣，是因為討厭才閱讀它們。當他提到「魔鬼」、「地獄火」和「罪惡」這些名詞時，總是帶著幾分挖苦的意味，對它們既厭惡又著迷。也因此，對於那些至今仍前往我們那棟老屋請他指引迷津的教區居民（他從不肯真正退休），他總是以寬大的言語安撫他們，減輕他們的罪惡感。他表示，雖然他處理的是人的靈魂，而我則要診斷病情、了解病人的疾病是因環境因素、自身的行為還是遺傳基因所造成，但我們兩人的目標同樣都是使人們解脫痛苦。

在我母親也成了牧師後，他們的生活便開始忙碌起來。我也因此得以有許多自己的時間。每當心情煩悶時，我就看看書或在街底的公園裡探險，有時坐在樹下看書，有時則拿起筆畫一些連自己都沒看過的高山或沙漠景象。我最喜歡的讀物是海上冒險故事以及各種有關發明和研究的書籍，一有機會就閱讀那些寫給兒童看的名人傳記——如愛迪生、貝爾以及伊萊．惠特尼等人的故事，後來又看了一些有關醫學研究的故事，如小兒痲痺症疫苗發明人沙克的事蹟等。兒時的我並不是個精力旺盛的男孩，但卻總是夢想做一件轟轟烈烈的大事，例如拯救別人的性命，或適時研發出某種可以救人性命的點子等等。即使到了現在，我每次看到科學期刊上有關某種新發現的論文時，仍不免會像孩提時一樣，一方面替發明者感到興奮，另一方面又嫉妒他的成就。

但如果說，童年時期的我就是這般一心一意想要濟世救人的話，那也未免言過其實（雖然這樣將會使得這個故事更具有可看性）。事實上，我根本沒有什麼使命感，況且等到我上了高中之後，兒時所看的那些偉人傳記早已被我忘到九霄雲外去了。當時我作業寫得很好，但並不是很用功，反倒是比較喜歡閱讀課外的文學作品（如狄更斯和梅爾維爾等）。除此之外，我也修了一些藝術課程，還參加了越野賽跑，但表現平平。高二時，我總算有了初次的性體驗。對方是一個比我有經驗的高三女生。她說她和我一起上課時，總覺得我的後腦勺很好看。

我的父母親在鎮上倒是頗有名望。他們幫公園裡一個來自波士頓的流浪漢說話，最後終於讓他改頭換面、重新做人。此外，他們也常一起到當地的監獄演講。在他們的奔走之下，鎮上一座興建於一六九一年、幾乎和我們住的房子（興建於一六八六年）一樣老的建築，才得以免於被拆除並改建成超市的命運。他們出席學校的運動會、陪我參加班上的舞會，並邀請我的朋友參加教會為各教派的基督徒所舉辦的披薩派對，偶爾也為他們那些英年早逝的朋友主持追思儀式。不過，他們所屬的那個教派並沒有舉行葬禮的習俗，因此當然也不作興把棺材打開，讓人為死者禱告，所以我是一直到上了醫學院之後，才接觸到人的屍體。我也不曾看過任何一個親友去世的模樣，直到我握著母親那軟綿綿卻仍然溫熱的手為止。

不過，在母親過世前好幾年，當我還在念書時，我認識了先前提到的那位朋友，也就是將我職業生涯中最重要的一個病例轉介給我的約翰·賈西亞。他是我二十幾歲時所結交的諸多男性友人中的一個。這些朋友包括我在大學和醫學院的同學。前者和我一起準備生物科的小考、歷史科的大考，一起在週六下午踢足球，後者和我一起穿著飛揚的白袍、踩著匆忙的腳步穿梭於實驗室和課堂之間，一起尷尬的與病人互動。如今，他們都已經頭頂漸禿，頭髮漸白。有的人已經小腹微凸，有的人則因努力對抗鮪魚肚反而變瘦了。我個人則很慶幸自己一向都有跑步的習慣，因此身材還算適中，甚至可以說是強壯。而且，謝天謝地，到目前為止，我的頭髮還很濃密，也不算太白，走在路上還會有女人瞄我。不過，再怎麼說，我畢竟還是我們這一群中年死黨當中的一分子。

因此，當約翰來電請我幫忙時，我自然一口答應了。當他提到羅伯特·奧利佛的事情時，我雖然有興趣，但心裡也在想待會兒午餐時就可以伸展一下筋骨，好好放鬆一下了。如今看來，正如父親常說的，真是「世事難料」！那天下午，我開完會時，冰雹已經停了，天空開始下起了毛毛雨，幾隻松鼠正沿著後院的圍牆奔跑，並跳過草地上的花缸。該是下班的時候了。這時我幾乎已經忘記約翰打電話來的事情。

之後，我快步從辦公室走回家，在門廳裡把外套脫掉——當時我還沒結婚，所以門口沒有人迎接我，床腳邊也看不到我太太下班後脫下來香香的上衣——把滴著水的雨傘擱在那兒晾乾，然後把手洗乾淨，用吐司麵包做了一個鮭魚三明治，然後便走進我的工作室，拿起了畫筆。當我手中握著那根纖細、平滑的木頭筆桿時，突然想起那位即將成為我的病人的羅伯特．奧利佛，那位不拿畫筆卻改拿刀子的畫家。為了忘掉他，我開始播放我最喜歡的法朗克的A大調小提琴奏鳴曲。這是個漫長的一天，如果不用色彩將它填滿，我會覺得有點空虛。然而第二天總是會來的，除非我們死了。而第二天我就見到了羅伯特．奧利佛。

第三章

馬洛

他垂著手站在診所的窗邊往外看。我一走進去，他便轉過身來。他身高約莫六呎一吋或六呎兩吋，頗為高大魁梧。當他面對我時，突然彎了一下腰，像是一頭準備要進攻的公牛。他的肩膀和手臂孔武有力，神情則頑固而倔強。他的皮膚已經曬成了深褐色，上面布滿皺紋。一頭濃密而略微泛白的棕黑色頭髮有如波浪般垂在臉旁，但一側在前，一側在後，彷彿經常被他弄亂似的。醫院裡的人已經告訴我，他不願意換上病人的衣服。因此眼前的他仍穿著一條鬆垮垮的橄欖色燈心絨長褲，一件黃色的棉布襯衫以及一襲肘部打了補靪的燈心絨外套，腳下則蹬著一雙厚重的褐色皮鞋。

這些衣服上都有油彩的痕跡，一塊塊橘紅、天藍和赭黃色的污漬，在那單調乏味的布料上顯得生氣盎然。連他的指甲底下都有顏料。他焦躁不安的站在那兒，時而轉移身體的重心，時而環抱著手臂，露出了肘部的補靪。後來，曾有兩個女人告訴我羅伯特·奧利佛是她們所見過最優雅的男人，使得我不禁疑惑她們是否看到了什麼我沒看到的地方。此刻，他背後的窗台上躺著一包看起來弱不禁風的文件。我想那一定是約翰·賈西亞提到的那包「舊舊的信」。我朝他走過去時，他一直盯著我看（讓我覺得這好像是我們兩人之間對決的場面，後來這種感覺也曾一再出現），目光炯炯、意味深長，眼珠是深的金綠色，眼白部分則布滿血絲。接著，他的臉上露出憤怒的神色，然後便把頭掉轉過去。

我向他自我介紹並伸出一隻手。「奧利佛先生，你今天好嗎？」

片刻之後，他用力的回握我的手，但一句話也沒說，只是雙手抱胸，倚在窗台上，彷彿陷入了一種混合了倦怠與憤慨的情緒裡。

「歡迎你到金樹林療養中心來。很高興有機會和你見面。」

他看著我的眼睛，仍然一語不發。

我在房間角落裡的一張扶手椅上坐下，注視了他幾分鐘之後才再度開口。「我剛才看了賈西亞醫師的辦公室送來的報告。我知道上個禮拜有一天你過得很不好，所以才會到我這兒來。」

他聞言臉上浮現了一個奇特的笑容，然後便打破了沈默。「沒錯。」他說。「我有一天過得很不好。」

我已經達成了第一個目標：讓他開口說話了。不過我仍刻意不動聲色，不顯出任何愉悅或驚訝的模樣。

「你記得當時發生了什麼事嗎？」

他仍然盯著我看，但臉上並未流露出任何情緒。這是一張奇特的臉，恰恰介乎粗野與優雅之間，骨架非常突出，鼻子很高，鼻梁很寬。「一點點。」

「你願不願意告訴我呢？我是來幫助你的。第一步就是要聽你說說關於你的事情。」

他沒開口。

我再次問道：「你願不願稍微透露一點呢？」他依舊沈默，於是我只好改採另外一個策略。

「你知道你那天的舉動已經被登在報上了嗎？我是沒有看到啦，不過剛才有人給了我一份剪報。你上了第四版。」

他別過頭去。

我繼續說道：「標題大概是這樣——藝術家意圖損毀國家畫廊裡的畫作。」

他笑了起來，聲音出奇悅耳。「這個說法還算滿精確的。可是我並沒有碰到它。」

「警衛先把你抓住了。對吧？」

他點點頭。

「接著你就還手了。你是不是很氣他們把你從那幅畫面前帶走？」

這次他的臉上出現了一種前所未見的神情：他咬著嘴角，神情肅穆的說道：「是的。」

「那幅畫畫的是一個女人，對不對？你在攻擊她的時候有什麼感覺？」我冷不防的問道。

「你為什麼會想要那樣做？」

他的反應一樣突然。他的身子晃動了一下，彷彿是要擺脫目前仍在服用的溫和鎮靜劑的效果似的。接著他便挺起了肩膀，使得他看起來更加威武。看得出來，如果他動起手來，應該會是挺嚇人的。

「我是為了她才那樣做的。」

「為了那個女人？你是想要保護她嗎？」

他沒有回答。

我再次問道：「還是你認為她基於某種原因想要被你攻擊？」

他垂下眼簾，嘆了一口氣，彷彿連吐氣都會痛似的。「不，你不了解。我不是在攻擊她。我是為了我愛的那個女人才這麼做的。」

「為了另一個女人？是你的太太嗎？」

「隨便你怎麼想。」

我仍然盯著他看。「你覺得你是為了你的太太才那麼做的嗎？我是說你的前妻？」

「你可以找她談呀。」他彷彿什麼都不在乎。「如果你想要的話，甚至可以和瑪麗談談。你也可以看看那些照片，如果你想要的話。我不在乎。只要你願意，你可以跟任何一個人談。」

「瑪麗是誰？」我問。他的前妻不叫瑪麗。我等了一會兒，但他還是沈默不語。「你說的照片是指她的相片嗎？還是指國家畫廊裡的那幅畫？」

他一語不發的站在我面前，看著我頭頂上方的某處。

我又等了一會兒。必要的時候，我可以像一塊石頭般的等待。過了三、四分鐘之後，我平靜的說道：「你知道嗎？我也喜歡畫畫。」我通常不會向病人提到自己的私事，當然更不會在初次見面時就這麼做，但這回我覺得不妨冒一個小小的風險。

他瞥了我一眼，說不上來是感興趣還是不屑。接著他便大仰八叉的在床上躺了下來，連鞋子也沒脫，然後便用雙手枕著頭往上看，彷彿在注視天空似的。

「我相信你一定是遇到了什麼困難，才會想要攻擊那幅畫。」這是我的另外一個險招，但我認為這樣做是值得的。

他閉上眼睛，翻了個身，背對著我，彷彿準備要睡午覺似的。我等了一會兒，發現他不可能再開口之後，便站起身來對他說道：「奧利佛先生，無論你什麼時候需要我，我都會過來。你來這裡是為了讓我們照顧你，幫助你好起來。你隨時可以請護士呼叫我。我很快就會再來看你的。只要你希望有人陪你，就可以請我過來——在你準備好之前，我們就談到這裡為止。」

我當時並不知道他對我這番話奉行得有多徹底。第二天我去看他時，護士說他吃了早餐，看起來心情也很平靜，但一整個早上都沒和她說話。事實上，他的沈默不光是針對她而已，對我也一樣。過了一天、兩天，甚至過了十二個月之後，他還是沒開口。這段期間，他的前妻並不曾前來探望他。事實上，他根本沒有任何訪客。無論在行為或身體上，他都表現出許多憂鬱症的病徵，偶爾也有躁動（或許還包括焦慮）的現象，只是沒有發作出來。

事實上，在我與他相處的大部分時間裡，我從未認真考慮過要讓別的醫師來治療他。這一方面是因為我擔心他可能會對自己和他人造成危害，另一方面則是因為我的內心慢慢產生了一種感覺（這部分我以後會逐漸說明）。先前我已經老實說了：基於某些理由，我把這個故事當成是我個人的一個故事。在頭幾個星期當中，我從他的病史推斷，他的身體無法接受鋰劑療法，於是便開始採用幾種新的情緒安定劑來治療他，並讓他繼續服用約翰開給他的抗憂鬱藥物。

根據約翰．賈西亞給我的一份病歷，羅伯特從前有頗嚴重的情緒失調現象。醫師曾讓他服用過鋰劑，但過了兩三個月之後，他就以這種藥物讓他變得極度虛弱為由，拒絕再吃了。然而，這份病歷也顯示，他有許多時候與常人無異。他在一所規模不大的學院教了好幾年書，餘暇則從事繪畫工作，並與家人和同事相處。我曾親自打電話給從前幫他看病的那位精神科醫師，但那傢伙很忙，話也不多，只表示他過了一段時間後就發現，羅伯特根本無心求診，多半都是在應太太要求的情況下才去就醫，並且在和他太太分居之前（那是一年多以前的事），就已經不再去看病了。他說羅伯特從未做過心理治療，也從不曾住過院。他甚至不知道羅伯特已經不住在綠丘鎮了。

現在，羅伯特乖乖吃藥，也乖乖吃飯，從不曾抱怨。就一個不肯說話的病人而言，這已經算是很配合了。儘管憂鬱，他仍舊每天吃著三餐（只是胃口沒有很好），並且把自己打理得乾乾淨淨的，但還是不肯穿病人的衣服，因此醫院裡的工作人員只好時常幫他清洗他那幾件沾了顏料的破舊衣服。他和診所裡的其他病患完全沒有互動，不過倒是願意每天由醫護人員陪同在醫院內外走動。偶爾，他也會在那間較大的休息室裡選一個陽光充足的角落坐下來休息。

躁動不安時（這種情況最初每一兩天都會發生一次），他會在房間內來回踱步。這時的他往往雙拳緊握，渾身明顯發顫，臉部抽搐。在這種情況下，我會密切加以觀察，並囑咐我手下的醫護人員也這麼做。有一天早上，他用拳頭打破了病房浴室裡的鏡子，所幸沒有傷到自己。有時他會坐在床沿，雙手抱頭，一副萬念俱灰的樣子，然後每隔幾分鐘就跳起來看著窗外，旋即又再度坐下，重複同樣的姿勢。當他不躁動的時候，就顯得無精打采。

唯一能讓羅伯特·奧利佛感興趣的事物，似乎就只有那包舊舊的信件了。他總是把它們帶在身邊，一再打開來看。我去探視他時，經常看到他前面攤著一張信紙。有一次，在他還來不及把信摺好、放回那發黃的信封之前，我看到信上用褐色墨水寫滿了端正清雅的字體，於是便問他：

「我發現你常在看這些信。它們是古物嗎？」

他聞言便用手遮住那包信件，掉過頭去，滿臉痛苦的神情（這種神情，我在多年的問診生涯中見多了）。因此我心想，不，我還不能讓他出院，儘管他已經可以連續好幾天都表現得很平靜。頭幾個禮拜，每週一、三、五我到療養中心上班時，都會去看看他，有時會試圖找他講話（只不過他還是全然不予理會），有時則只是靜靜的和他坐在一起。每次我問他好不好，他總是掉過頭去看著一旁的窗戶。

這種種行為都清楚明白的顯示出他內心的創痛。但我若無法讓他開口，要如何才能了解他崩潰的原因呢？我曾經想過，除了原先的診斷之外，他可能也有創傷後壓力症候群。但果真如此，那又是什麼樣的創傷呢？他在美術館崩潰、被捕這件事，會讓他的精神受到這麼大的打擊嗎？在我手邊有限的資料裡，除了他和太太離婚這件事可能使他痛苦之外，並沒有證據顯示他的生命中曾經遭遇過什麼樣的不幸。儘管我總會選擇適當的時機，小心翼翼的企圖引導他開口說話，但他沈默如故，並且依舊反覆閱讀著那些他不願示人的信札，彷彿著了魔一般。有一天早上，我問他是否可以考慮讓我看看那些信件，並說我會保密，因為我知道它們對他的意義非常重大。「我保證我不會把它們拿走。不過，如果你能借我的話，我可以把它們影印下來，然後毫髮無傷的還給你。」

他轉身面對著我。我看到他臉上閃過一絲近似好奇的神情，但旋即又開始愁眉苦臉、沈思默想起來。他坐在床上仔細的把信件收好後，便轉過身去，不再看我一眼。過了一會兒之後，我也只好離開了。

第四章

馬洛

羅伯特入院的第二個星期，我走進他的病房時，發現他正在寫生簿上素描。他畫的是一個女人頭像，以簡單幾筆就勾勒出她四分之三的側面輪廓以及一頭鬈曲的黑髮。我一眼就看出他的技法嫻熟，筆觸生動，使得整幅畫躍然紙上。要指出一幅素描哪裡畫得不夠好，是很容易的，但要解釋為何一幅畫具有一種凝聚力與內在活力並因而使其栩栩如生，就困難得多了。羅伯特的素描就充滿了生命力，比真人更加有血有肉。當我問起他畫的是真人還是自己想像中的人物時，他卻闔上寫生本，將它收起來，對我更加不理不睬。過了一陣子，我再去看他時，發現他正在房間裡踱步，並不時緊咬牙關。

看他這副模樣，我再次覺得此時讓他出院是有危險的，除非我們能確定，他不會因為日常生活的刺激而再度出現暴力行為。但事實上，我連他的日常生活過得如何都不清楚。金樹林療養中心的秘書已經幫我做了初步調查，但卻未發現他曾在華盛頓任何一個地區工作過。他有這個經濟能力可以待在家裡整天畫畫嗎？華府地區的電話簿裡找不到他的名字，約翰．賈西亞從警方那裡拿到的地址，其實是他的前妻在北卡羅來納州的住處。他憤怒、憂鬱、小有名氣，但顯然無家可歸。寫生簿事件一度讓我看到了一線希望，但事後他卻對我有了更深的敵意。

我對他的繪畫技巧和在畫壇的名氣深感興趣。因此，儘管我這人通常不在網路上做不必要的搜尋，但那天我還是用辦公室的電腦查了一下他的資料，發現他曾在紐約一家頂尖的藝術學校拿到藝術碩士學位，並曾分別在該所學校、綠丘學院以及紐約州的一所學院任教過一陣子。他曾在國家肖像畫廊舉辦的年度競賽中獲得亞軍，並曾有兩三次獲得公家的獎助金與常駐畫家榮銜，也曾在紐約、芝加哥和綠丘鎮等地舉辦個展。他的畫作曾經被登上好幾家大型藝術雜誌的封面，上面並刊有這些年來他所賣出的幾幅人像畫和風景畫，其中包括兩幅沒有標題的黑髮女子肖像（就像他在病房裡素描的那一幅）。這些畫在我看來似乎頗受印象派風格的影響。

然而我在網路上，卻找不到任何由他本身撰寫的自述性文字或者他接受採訪的報導。顯然他在網路上也一樣三緘其口。我想他的作品或許可以成為我們之間一個不錯的溝通管道，於是過了幾天之後，我便從家裡帶了許多高品質的圖畫紙、炭筆、鉛筆和原子筆給他。當他不讀信的時候，便用這些東西畫了一幅又一幅的女人頭部素描，散放在房間各處。後來我放了一些膠帶在他的房間裡，於是他便開始把那些素描一張張貼在牆上，使得房間看起來像是一家雜亂無章的畫廊。我已經說過，他的繪圖技巧非常高明，看得出來他曾經受過長久的訓練，也有很高的天分，後來他所畫的油畫也充分顯示這點。過後不久，他開始描繪那女子的正面輪廓。畫中的女人有著精緻的五官與又大又黑的眼睛，時而微笑，時而含瞋，但以生氣的時候居多。我不免猜想，他可能是藉由這名女子來表現他內心的憤怒，也或許他有性別角色混淆的困擾，但每次問他相關的問題，他總是不予理會，連肢體語言也付之闕如。

當羅伯特．奧利佛在金樹林療養中心待了兩個多星期，卻一直不肯開口時，我想出了一個主意，打算把他的病房變成一間畫室。這是一個實驗。為此我特地向院方提出申請，並採取了若干安全措施。我趁著他去散步的時候，親自去布置他的病房。他回來時，我也在那兒觀察他的反應。

他住的是一間單人病房，光線很明亮。我把病床搬到一邊，騰出一些空間來放置一個大型的畫架，又在房內的架子上擺了油畫顏料、水彩、石膏、抹布、幾罐畫筆、溶劑、調和油以及一個木製的調色板和調色刀。其中有些是我從家裡帶來的私人物品，希望那種舊舊的感覺會讓這間畫室看起來像是有人正在使用的樣子。此外，我也沿著一面牆擺了各種尺寸的空白畫布，並提供了許許多多的水彩紙。

布置完後，我便坐在角落裡那張我平常慣用的椅子上，等他回來，以便觀察他的反應。他進門後，看到那些用具和材料，腳步突然停頓了一下，顯然嚇了一跳，接著便面帶怒容、握緊拳頭朝我走了過來。我坐在原地，一語不發，力持鎮定。有一度我還以為他會開口說話，甚至動手打我。不過這兩種衝動他似乎都克制住了。後來，我發現他的身體放鬆了一些，甚至轉過身去，開始檢視那些繪畫用品。他先是摸一摸那些水彩紙，研究了一下畫架的結構，又看了一下那一管管的油畫顏料，最後才又轉過身來盯著我看，彷彿想問我一些什麼但卻開不了口一般，讓我不禁再度懷疑，他或許並非不願意說話，而是不知怎地喪失了說話的能力。

「我希望你會喜歡這些東西。」我的語氣盡可能的平靜。

他只是臉色陰沈的看著我，於是我便二話不說的離開了他的病房。

兩天後，當我去看他時，發現他已經開始專心畫著他的第一幅畫。那畫布顯然是他前一天晚上就準備好的。我走進病房後，他連正眼都沒瞧我一下，但也沒要我離開，於是我便留在那兒觀察他這個人和他的作品。他畫的是一幅人像畫，勾起了我極大的興趣，因為我平素雖然也喜歡風景畫，但作品仍以人像為主。由於工作時間很長，我無法定期以真人為模特兒來作畫（這點一直讓我覺得很遺憾），因此必要時只好看著照片畫。這雖然違反我追求純粹的本性，但總是聊勝於無，更何況我總是可以從中學到一些東西。

然而，據我所知，羅伯特這幅油畫並不是根據照片畫出來的，但卻煥發著令人驚異的生命力。畫中呈現的是一個女人的頭部（現在當然是彩色的），手法就像他的素描一樣屬於傳統風格。畫中的女子面容極為逼真，一雙黑色的眸子從畫布上直視著你，眼神充滿自信，但卻若有所思。她的頭髮又黑又鬈，還帶著一抹栗色的光澤。她的鼻子很精巧，下巴方方的，右頰上還有一個酒渦，嘴唇性感而帶著笑意，額頭高而白皙，身上穿著深V領子、領口鑲有黃色褶邊、露出些許乳溝的綠色衣服（但衣服的部分畫得很少），臉上有一種近乎愉悅的神情，彷彿很高興終於能以彩色的面目見人似的。如今我回想起來，覺得更加奇怪，但當時和其後的好幾個月，我一直不知道她是何許人也。

那是星期三的事情。到了星期五，當我經過羅伯特的病房，順道去看看他和他的作品時，卻發現病房是空的。顯然他已經出去散步了。那個黑髮女子的肖像正立在畫架上，模樣莊嚴而動人，看樣子已經接近完成了。在我平常慣坐的那張椅子上放著一個信封，上面以奔放不羈的字體寫著我的名字。我打開之後，發現裡面裝的是羅伯特那些舊信。我抽了一封出來，拿在手上看了好一會兒。那信紙看起來很古老，而且出乎我意料之外的是，信封外面那幾行娟秀的字跡居然是以法文寫成的。一時之間，我突然有一種感覺：我可能必須要到一個很遠的地方，才能了解把這些信託付給我的這個男人。

第五章

馬洛

我最初並未打算將這些信帶出醫院，但那天下班時，我還是把它們放進了我的公事包。星期六上午，我打了一通電話給一位在喬治城大學教法國文學的朋友柔伊。她是我剛來到華盛頓時，所交往的幾個女人之一，直到現在我們還是好朋友。我對她終止我們之間的情侶關係並不在意，因為我其實對她也沒有很強烈的感覺。不過，當我偶爾想去看看戲或聽音樂會時，她倒是一個絕佳的伴侶。我想她對我的感覺也是如此。

電話鈴響了兩次，她才接起來。「是馬洛嗎？」她還是一副公事公辦的口吻，但也透著些許親熱。「真好，你打電話來了。我前幾個禮拜還想到你呢。」

「那妳為什麼不打給我呢？」我問。

「我正忙著改考卷。」她說。「和誰也沒聯絡。」

「那我就原諒妳吧。」我調侃她。這是我們之間對話時慣用的口吻。「我很高興妳已經改完考卷了，因為我手邊有一個案子妳可能會有興趣。」

「喔，馬洛。」我聽到她一邊跟我講電話，一邊在廚房裡張羅東西的聲音。她有一間興建於美國獨立戰爭後的廚房，大小就和我家門廳裡的衣帽間差不多。「馬洛，我不需要什麼案子。我現在正在寫一本書，如果你過去三年來有注意到我這些小事情的話。」

「我知道，親愛的。」我說。「可是這個東西妳應該會喜歡，好像恰巧屬於妳在研究的那個時期。我希望妳能看一下。今天下午可以過來一趟嗎？我會請妳出去吃晚飯。」

「這玩意兒想必對你很重要。」她說。「好吧，我五點鐘的時候過去你那兒，可是沒法和你一塊兒吃晚飯。完事後，我要到杜邦圓環去。」

「妳有約會哦！」我贊許的說著，但心裡也有些訝異：我自己已經多久沒有約會了呢？時間怎麼過得這麼快？

「那當然嘍！」柔伊說。

我們坐在我的客廳裡打開那些信。那是羅伯特連在國家畫廊裡攻擊那幅畫時都隨身攜帶著的信。柔伊的咖啡已經逐漸變冷，但她卻尚未開始讀信。比起我上回看到她時，她又老了一些。她那橄欖色的肌膚看起來很疲憊，頭髮也顯得乾燥，但一雙眼睛則依舊細長而明亮。我突然想起，在她眼中，我一定也變老了。「你怎麼會有這些東西？」她問。

「我的一個表親寄給我的。」

「一個法國表親？」她帶著懷疑的表情問道。「我不知道你還有法國血統欸！」

「也不算啦。」我是有備而來。「她好像是在一家古董店什麼的買到的。因為我喜歡讀歷史，所以她想我應該會有興趣。」

她終於開始看第一封信了，手勢輕柔，目光銳利。「這些都是一八七七年到七九年的信嗎？」

「我不知道，我還沒有仔細看，也不太敢看，因為它們都好脆弱，況且內容我也不太懂。」她打開另外一封。「這個筆跡我得花點時間才能辨認，不過你也看出來了，這似乎是某個女人和她的伯伯之間往來的書信，其中有幾封是討論繪畫與素描的。或許就是因為這樣，你的表親才會認為你會對這些信有興趣吧。」

「或許吧。」我盡量試著不去偷瞄她手中的那封信。

「這樣吧，我先拿一封狀況比較好的信回去，然後再幫你翻譯出來。你說得對——這工作說不定還滿有趣的。不過我可能沒辦法全部翻譯出來。這樣太花時間了，而且我寫書的工作也不能耽擱。」

「那我就挑明了說吧，我會付妳很優厚的報酬的。」

「喔。」她想了一下。「那倒不錯。這樣吧，我先翻譯一兩封試試看。」

談好價錢後，我便向她道謝。「還是請妳把它們統統翻譯出來吧。」我說。「拜託拜託，而且請妳把譯好的版本用平信郵寄給我，不要用電子郵件。你每次有空的時候就譯個兩三封，再寄給我。」我提出這個要求，是因為希望自己有真正收到信的感覺，但又不知該如何向她解釋，於是便沒有開口。「如果你不一定非要原稿不可的話，那麼，為了避免發生什麼意外，我們待會兒就到街口去影印一份，然後妳再把影印本帶走。現在有空嗎？」

「馬洛，你總是這麼謹慎。」她說。「不會發生什麼意外的。但這倒是個好主意。我先把咖啡喝完，然後再把我的羅曼史統統告訴你。」

「妳想聽我的嗎？」

「當然！可是我看你沒什麼好說的吧。」

「確實如此。」我說。「那就說說妳的吧！」

我們在辦公文具用品店分手（她拿著那些紙質爽脆的影印本，我則拿著我的——不，應該說是羅伯特的——信）後，我便回家了，打算烤個三明治、喝半瓶酒，然後再一個人去看電影。

我把信放在茶几上，沿著那些已經略微破損的摺痕將它們重新摺好，再一張張整理好（以免那些脆弱的邊緣相互碰撞），放回信封內。這時我突然想到那些曾經觸碰過它們的手：某個女子纖細的雙手以及某個男子較為老邁的手（如果他是她的伯伯的話，年紀當然比她大）。接著又想到羅伯特那雙黝黑、結實、歷經風霜的大手，柔伊那雙手指短短的、好奇的手，以及我自己的手。

我走到客廳的窗戶旁，看著窗外的街道兩旁已有數十年歷史的林蔭老樹、對面那一排排興建於一八八〇年代的褐沙石房屋，以及屋外那些有著華麗欄杆和露台的古老門廊。這是我最喜歡的景色之一。在連綿數日的陰雨之後，今天終於見到了金色夕陽。梨樹的花期已經結束，顯得綠意盎然。我打消了去看電影的念頭。這樣的夜晚很適合靜靜的待在家裡。這些日子以來，我一直在用父親的一張照片為他畫一幅肖像，做為他的生日禮物。我可以利用今晚的時間趕一點進度。於是，我便開始播放法朗克的那首小提琴奏鳴曲，然後走進廚房喝湯。

第六章

馬洛

說起來真不好意思，我發現自己已經一年多沒進國家畫廊了。此時畫廊外面的台階上擠滿了小學生，一個個穿著淺褐色的制服，群集在我身旁，看起來像是某個天主教學校的學生，但也有可能來自某所為了重建某種淪喪已久的秩序而規定學生們必須穿著打褶的海軍藍上衣、呆板的格子布裙褲的公立學校。其中男生們大都頭髮剪得極短，有些小女孩則在髮辮上綁著小塑膠球。他們的臉龐發亮，膚色各不相同，有的蒼白中帶著粉紅色的雀斑，有的像黑檀木一般，形形色色，不一而足。那一剎那我心想：這就是民主呀。這是我從康乃狄克小學的社會課上、從有關喬治．華盛頓．卡佛和林肯等人的書籍上所學到的理想主義：美國是一個全民共有的國家。而我們這些國民此時正一同爬上這雄偉的階梯，進入一座免費參觀並且在理論上所有人都可以進入的美術館。在那裡，這些孩子們將可以無拘無束的和所有人（包括我在內）交流與互動，並自由自在的觀賞畫作。

然而，這只是個理想而已。孩子們開始互相推擠，有的還把口香糖黏在對方的頭髮上，而他們那幾個老師也只能試著用委婉的手段維持秩序。更重要的是：我知道華盛頓特區大多數的居民將永遠不會走進這座美術館，即使進來了，也不會有受到歡迎的感覺。此刻，我已經來不及從這些學童當中穿過去，搶先進門，因此只好待在後面等著。利用這段時間，我轉過頭去，享受著仲春午後溫暖的陽光，並欣賞廣場上的綠意。我三點的那場約診（一個已經受苦很久的邊緣型人格異常病患）已經取消了，而且之後也沒有其他約診（這是很難得的），因此我才偷得浮生半日閒，離開辦公室，前來國家畫廊，享受輕鬆而自由、不用再回去工作的一天。

詢問台後面有兩個女人，一個比較年輕，留著一頭直直的黑髮，另外一個則身體瘦弱，頂著滿頭泡沫般的白色鬈髮，我猜大概是在此地擔任志工的退休人員。我向年紀較大的那位女士問道：「午安！請問妳們可以幫我找一幅名叫《蕾妲》的畫嗎？」

那女人抬頭看著我，面露笑容，有可能是那個少女的祖母。她的眼珠是淡藍色的，幾乎有些透明。她的名牌上寫著「米莉安」。

「當然可以。」她說。

這時那少女也湊了過來，看著她在電腦螢幕上尋找資料。「妳按一下『標題』。」她說。

「喔，我差點就找到了呢。」米莉安深深的嘆了一口氣，彷彿她早就知道自己會查不到似的。

「有啊。妳找到了呀。」那女孩表示，但還是幫她再按了一兩個鍵，然後米莉安臉上才又露出笑容。

「啊，《蕾妲》。那是法國畫家吉伯特．湯馬思的作品，放在十九世紀繪畫的展覽館裡，就在印象派展覽館的前面。」

這時，那女孩才開始正眼看著我。「它就是上個月那個人攻擊的那幅畫。有很多人都來問喔。我是說——」她停頓了一下，把一綹黑髮攏到後面。這時我才注意到她的頭髮是染過的，那黑曜石般的色澤映襯著她那蒼白的臉龐和淺綠色的眼珠，看起來有如一尊雕像，且頗有亞洲風。

「呃，也不是很多啦，不過已經有好幾個人指名要看它了。」

我發現自己盯著她看時，竟然有些心旌搖曳起來，而她彷彿也知道這點。她站在櫃台後面，身材纖細，皮膚顯得很有彈性，穿著一件緊身的拉鍊夾克和一條黑色的裙子。上衣和裙頭之間露出了一截小蠻腰——我猜這大概是這座掛滿裸體畫的美術館在衣著尺度上所能允許的最大極限了。她可能是藝術科系的學生，課餘在這裡打工賺取學費。從她那雙修長白皙的玉手來看，她應該是從事版畫或珠寶設計工作。我腦海中浮現她下班後靠在櫃台後面，那件超短迷你裙裡面什麼也沒穿的畫面。然而，她畢竟只是個孩子呀。我別過頭去，不再看她。她年紀還小，況且我知道自己不是什麼合適的結婚對象，也不是到處留情的獵豔高手。

「我聽到那個消息時簡直嚇了一跳。」米莉安搖搖頭。「不過我當時並不知道就是那幅畫。」

「嗯，我也看到了那則新聞。」我說。「居然有人會去攻擊一幅畫。這不是很奇怪嗎？」

「這很難說。」那女孩用手摩挲著詢問台的邊緣。她的拇指上戴著一個寬邊的銀戒指。「我們這裡有各式各樣的瘋子。」

「莎莉！」米莉安小聲的警告她。

「這是真的呀。」女孩不服氣的說道。她盯著我的臉看，彷彿在看我是不是她剛才所說的瘋子之一似的。我開始想像她對我有點意思，然後我請她喝咖啡，之後我們開始說些有點撩撥意味的話，而這當中她說了「我們這兒有各式各樣的瘋子」之類的話的情景。此時我的腦海中浮現了羅伯特畫中女子的面容——她也很年輕，但臉上卻有一種與年紀無關、似有若無的滄桑。「可是攻擊那幅畫的男人被警衛攔下來的時候，並沒有抗拒，所以他或許沒有那麼瘋狂吧。」我小聲的說。

女孩的眼神看起來嚴肅而不帶感情。「可是有誰會想要破壞一件藝術作品呀？那個警衛事後告訴我《蕾妲》差點就遭殃了。」

「謝謝。」此刻，我手持畫廊地圖，腦筋裡已經沒有非分之想了。

米莉安把地圖拿回去，用藍筆在上面把我想去的那間展覽室圈了起來，然後便還給了我。這時莎莉已經走開了。看來只有我一個人被電到而已。

然而，今天我可是有一整個下午的時間。我心情輕鬆的爬上樓梯，前往這座宏偉的圓形大理石大廳的最高處，在那色彩斑駁、閃閃發亮的柱子之間閒逛了幾分鐘，並站在中央深深吸了一口氣。

然後，奇怪的事情發生了（而且後來還曾經發生許多次）：這一刻，我竟然感受到了羅伯特的存在。難道他也曾經在此地停留？抑或這只是我的猜想？當時他已經預知自己將會去刺戳一幅畫嗎？他知道是哪一幅嗎？果真如此，他在經過這座富麗堂皇的圓形大廳時，想必是一隻手插在口袋裡，腳步匆忙。然而，如果他並非事先有預謀，而是受到那幅畫的刺激才臨時起意的話，那麼他很可能也會像所有能感受到周遭環境的美感並且喜愛傳統建築形式的人一樣，流連在這座有如大理石森林般的大廳中。

我把兩隻手都放進口袋裡，心想縱使他有預謀、有把握，甚至期待著自己從口袋裡掏出刀子將它「啪」一聲打開的那一刻，但他還是有可能會在此停留片刻，以便享受那種延宕的樂趣。當然，我很難想像一個人會想要損毀一幅畫，但這是從羅伯特——而非我自己——的角度去思考。

我在這個光線昏暗、有如天國一般的地方又逗留了片刻之後，便邁步前行，來到了陳列十九世紀畫作的前幾個展覽館。

幸好，今天這一區沒有遊客，但警衛倒是比平常多了一個，彷彿館方還是擔心隨時會有人再來攻擊這幅畫似的。我一走進去，立刻看到了掛在對面牆上的《蕾姐》。在來訪之前，我曾幾度想在書中或網路上搜尋有關它的資料，但最後還是忍住了。現在我很慶幸自己沒有這樣做，因為它的來歷與背景以後隨時可以查閱，但此刻呈現在我眼前的畫面卻是如此清新、真實，令人震撼。

這是一幅大型畫作，明顯屬於印象派的風格，但筆觸卻比莫內、畢沙羅或希思黎等人的作品更加細膩。畫面大約八呎長、五呎寬，上面只有兩個人物。位於中央的是一個幾乎全裸的女人，躺在畫得極其逼真的草地上，一副絕望無助的模樣。她那頭濃密的金色長髮垂在地上，腹部被一小塊從大腿側滑落的布幔蓋住。她那小巧的乳房裸露在外，手臂張開。在那生動自然的草地襯托之下，她的肌膚顯得太過蒼白、幾近半透明，像是從一截樹材下探出頭的草木幼芽，顯得不太真實，彷彿並非血肉之軀，使我立刻聯想到馬內的《草地上的午餐》，只不過馬內畫中的裸體妓女看起來從容自在，肌膚的色調比較冷，筆觸較為鬆散，但《蕾姐》中的人物卻顯得很掙扎、震驚，具有史詩般的氣勢。

這幅畫的另一個主要角色並不是人，而是一隻巨大的天鵝。它盤旋在少女的上方，彷彿即將降落水面似的，雙翼向後撲拍，以減緩它俯衝的速度，翅膀上的長羽像猛禽的爪子一般向內縮起，有著灰蹼的雙足幾乎碰到了蕾妲小腹上的柔嫩肌膚。它那鑲著黑眶的眼睛宛如種馬一般兇猛，飛行的力道驚人，使得草地上的少女驚惶失措。它的尾巴在身體下面捲起，似乎是為了進一步減緩它降落的速度。你可以感覺到它之前才剛剛飛過畫面上那朦朧的灌木叢上方，突然看到這名正在睡覺的女子，一時之間起了慾念，便突然轉向降落在她的上方。

還是這天鵝先前就一直在尋找著她呢？我試著回想那個神話故事的細節。說不定她當時正在戶外小睡，乍然醒轉，正要坐起時，卻被這龐然大物撞得向後倒在地上。我們雖然看不見那天鵝的生殖器，但從它尾部下方的一小塊陰影，以及它朝她伸著又長又彎的脖子時那強壯的頭部和嘴喙，也可以想像它必然是一隻公的天鵝。

我想要摸摸她，並用力推開那個龐然大物。當我後退一步觀看全景時，從她那嚇了一跳、往後仆倒、雙手抓地的模樣，更可以感受到她的恐懼與驚慌，一點也不像那些古典派畫作裡的受害女子（例如色賓族的女人和聖凱瑟琳）一般肉感，甚至有些軟調色情的意味，使我想起這些年來，我曾讀過好幾次的一首葉慈的詩。然而，葉慈筆下的蕾妲也是一副欲拒還迎的姿態（漸張的大腿），沒有太多屬於自己的情緒反應。不過這點我還得再去查一下那首詩才能確定。相形之下，吉伯特．湯馬思筆下的蕾妲卻是個有血有肉的女人，而且受到了很大的驚嚇。我心想，如果說我對她生出了什麼慾念，那是因為她看起來很真實，而不是因為她已經被制服了。

這幅畫旁邊的解說牌非常簡略：「蕾妲，一八七九，購於一九六七年。吉伯特．湯馬思，一八四〇至一八九〇。」我心想湯馬思先生必定是一個觀察入微的人，也是一個技巧不凡的畫家，才能使得一個場景看起來如此鮮活。畫中的天鵝羽毛筆觸潦草，蕾妲身上的布幔也朦朦朧朧的，凡此都顯示當時印象派的時代已然來臨，但事實上，這幅畫也不能完全算是印象派的作品，因為光是它的主題——一則古典的神話——就是印象派所最不屑為的學院派題材。是什麼原因使得羅伯特．奧利佛想要拿起一把刀子刺進這個場景？他是不是患有某種反性主義的精神錯亂？還是他要譴責自己的性慾？他這個怪異的舉動（如果他沒有及時被逮捕的話，很可能已經將這畫損毀至無法修復的地步），是不是為了要保護那個在天鵝的羽翼下無助倒地的女孩？果真如此，則他的行為雖然怪異而瘋狂，卻是一種英雄救美的行徑。或許他只是不喜歡這幅畫的色情意味罷了。然而，這真的是一幅具有色情意味的畫嗎？

我站在這幅畫前面看得愈久，愈覺得這是一件關於權力和暴力的作品。當我看著蕾妲時，與其說是想去觸摸或褻瀆她，倒不如說是想在天鵝撲到她身上之前，用力將它那毛茸茸的巨大胸膛推開。這是否就是羅伯特從夾克口袋裡掏出刀子時心中的念頭？抑或他只是想把她從畫框中解放出來？我站在那兒，看著蕾妲那隻抓著草地的手，思索著這個問題，過了好一會兒，才轉身觀賞下一幅畫作。這幅畫也是吉伯特．湯馬思的作品，其中或許可以提供我想要知道的答案，因為除了羅伯特下手的動機之外，我對這個吉伯特．湯馬思也愈來愈好奇。他究竟是何許人也？我看了一下這幅畫的標題：「面對錢幣的自畫像，一八八四」，但才剛開始打量畫中人物那筆觸有力的黑外套、黑鬍子和光滑的白襯衫時，卻感覺有人在碰我的手肘。

我心想，我已經在華府住了二十幾年，況且這又是一個很小的地方，因此在這裡遇見熟人，也不是什麼令人意外的事，但待我轉過身去時，才發現原來只不過是有人不小心碰到我罷了。此時，這間展覽室裡已經多了好幾個人，包括一對正指著一幅畫低聲交談的老夫婦，一個穿著深色西裝、蓄著長髮、額頭發亮的男子，以及幾個正說著或許是義大利語的遊客。

最靠近我的是一名年輕女子。她應該就是碰到我的手肘的那個人。事實上，說她年輕也不盡然，但至少她看起來並不老。她雙手抱胸站在《蕾妲》的正前方看著它，彷彿打算在那裡停留個幾分鐘似的。她的身材修長，個子幾乎和我一般高，穿著藍色牛仔褲、白色棉布上衣以及一雙褐色靴子，一頭染成了暗紅色的長髮直直的披在肩後。從四十五度角的側面看過去，她的臉頰乾淨而光滑，眉毛是淺褐色的，睫毛很長，一臉素顏。當她低下頭時，我發現她的髮根是金黃色的，和一般女人的作法大相逕庭。

她注視著《蕾妲》片刻後，便像個小男孩那般，把雙手插在牛仔褲後面的口袋裡，俯身湊近那幅畫，仔細瞧著。從她這副模樣，我就知道她必定是個畫家（但如今回想起來，這說不定是我編造出來的）。看她一會兒轉身，一會兒彎腰，歪著頭仔細就著燈光審視那畫的紋理，我心想只有畫家才會從這樣的角度來看畫。我被她這副專注的模樣打動了，於是便站在那兒盡量不動聲色的觀察她，只見她接著又後退一步，端詳著整個畫面。

在我看來，她停留在《蕾妲》前面的時間似乎太久了一點，而且不知道為什麼，我總覺得她並不是在觀察畫家的繪畫技巧。這時，她明顯察覺到我在看她，卻似乎並不怎麼在意，而且不久之後便走開了，連看都沒看我一眼，彷彿對我一點兒也不好奇，完全無視於我的存在。顯然高䠷挑貌美的她已經習慣別人的注目了。我心想，她或許不是一個畫家，而是一個表演工作者或一個老師，已經對別人的目光習以為常，甚至很享受這種感覺。我心想我一定要看看她的手。這時她已經走到了另外一邊，垂著手欣賞著牆上所掛的馬內靜物畫，但是對於畫中那些亮晶晶的酒杯、李子和葡萄，她似乎看得沒有那麼專注。我的眼力雖然還是很好，但畢竟已經不比從前，因此看不到她的指甲底下是否沾有油彩，也不想再靠過去看，免得招來白眼。

這時，她突然轉過身來，朝著我這個方向笑了起來。笑容裡有些困惑的意味，眼睛也沒看著我，彷彿只是發現有人跟她一樣，湊近畫作細看並且在畫前流連不去，因而會心一笑一般。她的神情開朗，由於沒有上妝，顯得更加靈活。她的嘴唇蒼白，眼睛的顏色我看不出來，頭髮是赤褐色的，襯得她的皮膚益發白裡透紅。她的脖子上戴著一條打了結的皮繩項圈，上面串著長長的、好像可以塞得下祈禱文紙捲的陶珠。從她那白色的棉布上衣看來，她的胸部似乎頗為豐滿，身材也凹凸有致。她的腰桿挺得很直，但姿態算不上優美，與其說像是舞者，倒不如說像是一個坐在馬背上的人，優雅中帶著一些謹慎。此時，那些老人家逐漸走了過來，因此她只好徐徐走開。再見了！湯馬思、馬內和奇怪的中年男子。

第七章

馬洛

她真的要走了——那個有著美麗笑容的年輕女子。我心想我是否在無意間向她發出了什麼訊息。我想去問問她是不是也是一個畫家，看看自己的直覺是否正確。旁邊那面牆上掛著一幅雷諾瓦的作品，但她卻視若無睹的邁開大步從它前面走過，並且離開了這間展覽室。這讓我還滿高興的，因為我也不喜歡雷諾瓦的畫（只有一個例外，那便是「菲利普藝術中心」所收藏的《船上的午宴》）。畫中的葡萄、酒瓶和玻璃杯在陽光的照射下閃閃發亮，幾乎使得一旁的人物黯然失色）。她走後，我並未尾隨她。我心想，一天之內注意到兩名年輕女子，對我而言似乎太累了，況且也不會有什麼希望或結果，因此毫無樂趣可言。

於是一兩秒鐘後，我便直接走回湯馬思的自畫像那兒。那名額頭泛著油光的男子正站在那裡觀賞。等他走開後，我便走上前去看個仔細。我發現這幅作品仍然頗有印象派的風格，尤其是背景的某些部分（例如那黑色的窗簾）筆觸便頗為隨性，但和《蕾妲》大膽而優雅的風格頗不相同。我心想，這個畫家還真是能放能收，多才多藝。不過，也有可能是他在一八八〇年代改變了畫風，朝著不同的方向前進吧。這幅自畫像中的人物沈思的表情、黯淡的色調，以及毫不留情的筆觸，都頗有林布蘭的味道。畫家把自己的紅鼻子、圓滾滾的臉頰、已見歲月痕跡的俊美五官，乃至那深色的天鵝絨無邊軟帽和便服（從前好像叫吸煙服），都毫不掩飾的表現了出來。他既是繪畫大師，也是他筆下的貴族。

這幅自畫像的標題緣自於畫的前景部分。畫中湯馬思彎著手肘坐在一張沒有裝飾的木頭桌子旁，桌上堆滿了各色各樣的古代錢幣，有的大、有的小，有的已經磨損，其中包括銅幣、金幣，還有已經失去光澤的銀幣，在畫家的巧手下都顯得極其逼真，彷彿可以讓人用拇指和食指捏著，一枚枚撿起來似的，連錢幣上那些奇特的古文字、方形的洞孔以及有著浮凸紋飾的邊緣都清晰可見。這些錢幣畫得比湯馬思本人的肖像要高明許多。這樣的一幅畫掛在馬內的水果和花卉旁顯得頗不搭調。或許湯馬思很看重金錢，反倒沒那麼在乎他自己的臉。無論如何，他當時是要模仿十七世紀——也就是在他之前兩百年——的畫風，而此刻我看著他在十九世紀所完成的這幅作品，卻已經是他身後一百二十年的事了。

儘管如此，這幅畫裡卻有林布蘭那些霧濛濛的肖像畫裡所缺乏的一種特質：真誠。湯馬思毫不留情的將自己那種狡獪的、侷促的目光表現了出來。當然，他這樣做也可能是出於虛榮或無知，或者是故意要讓觀者覺得不自在，尤其是在面對這麼多錢幣的時候。無論如何，這是一張很有意思的臉。我心想，湯馬思是否靠著繪畫賺了很多錢？抑或那只是他的心願？他有沒有從事其他的工作？還是他繼承了大筆的遺產？

當然，這些問題我都無從解答，於是我便移步向前，繼續觀賞下一幅作品：馬內的靜物畫。我仔細欣賞畫中那只裝著白酒的玻璃杯、那些深藍色洋李上的光線以及鏡子的一角。我想起館裡還有一幅我喜歡的畢沙羅的小畫，心想今天既然已經來到這裡，索性便再花個幾分鐘，看看畢沙羅以及其他印象派畫家的作品，於是我便走到展覽館的下一區。

我已經有好幾年沒有好好看看印象派的畫作了。這是因為那些永無止境的回顧展以及與之俱來的購物袋、馬克杯、便條紙之類的玩意兒，讓我對印象派敬而遠之。我突然想起從前看過的一些資料：那一小撮印象派的創始畫家——包括一位名叫柏思．莫莉索的女性——在一八七四年時首度聯合起來，展出他們那些被當時的巴黎沙龍以實驗性太強為由而排拒的作品。我們這些後現代人士往往視他們為理所當然，並且很容易就喜歡或厭惡他們的作品。但在那個年代，他們可是一批激進分子，不僅顛覆了傳統的繪畫技巧，還以日常生活為題材，將繪畫從畫坊內帶到了法國的花園、田野以及海濱。

此刻，看著希思黎的一幅風景畫，我更能欣賞印象派那自然的光線以及柔和而微妙的色彩。畫中有一名穿著長洋裝的女子正消失在一條滿是積雪的鄉間小路上。路旁的樹木光禿禿的，枝枒荒涼，其中有幾株聳立在一堵高牆的上方。畫面看起來動人而真實（也可能是因為真實才顯得動人）。我想起一位老友曾經說過的話：一幅好畫必須有點神祕感。我喜歡畫中那女子的身影。在夕陽的餘暉中，她那苗條的身軀背對著我，比莫內那些沒完沒了的乾草堆（當時我正走過一連三幅莫內描繪乾草堆在黎明各個階段的光影變化的作品）更吸引我。看到這兒，我便穿上外套，準備離開，因為我向來認為我們在逛美術館時，應該在看過的畫開始變得相互混淆之前，就適時離開，如此才能在心中留下鮮明的印象。

到了樓下大廳，我發現那個黑髮女孩已經不見了。米莉安正忙著向一名年紀與她相仿、似乎看不懂美術館地圖的男子解說。我經過她面前時，原本準備要向她微笑打個招呼，但她並未抬頭看我，於是我只好作罷。推開美術館的大門時，我不禁鬆了一口氣，但同時也微微有一股失望感（我想一般人離開一座很棒的美術館時，都會有這種感覺吧！）。前者是因為慶幸自己又回到了這個熟悉的、比較輕盈、比較容易應付的世界，後者則是因為這樣的世界缺乏神祕感，只有平平凡凡的街道，沒有油畫上的筆觸或深度。街上的交通依舊混亂，往來的車輛呼嘯而過，有個駕駛試圖超車，險些和對方撞個正著，喇叭聲此起彼落。但路旁的樹木卻甚美，有的繁花盛開，有的已經冒出新芽。這是大西洋中部幾州最美的景象。在單調無趣的寒冬過後，這樣的美總是讓我怦然心動。

我正想著該調和哪些色彩來表現那些夾雜著鮮綠與黃褐的樹葉時，卻再次看到了那個女孩——那名先我一步仔細研究《蕾妲》的年輕女子。她正站在一個公車站旁，看起來與先前大不相同，不再顯得若有所思、心無旁鶩，而是一副滿不在乎的模樣。她的腰桿挺直，身材修長，肩上背著一個帆布袋。看著她那在陽光下閃閃發亮的秀髮，我這才注意到她那紅色髮絲中也攙雜了些許的暗金色。她雙手抱胸，抿著嘴唇。我雖然才看過她的側臉一次，卻已經覺得無比熟悉。是的，她是一個獨立自主、對男人幾乎有點敵意的女人，但不知何故，我的心中卻浮現了「悲涼」這個字眼，也許是因為她看起來非常孤單吧。以她的年紀，身邊應該站著一個年輕英俊的丈夫才對。這時，我心中突然湧起了一陣痛楚，感覺好像遠遠的看見了一個熟人，卻沒時間停下來跟她說話似的。我想我應該趁她還沒注意到我之前趕快溜走。

於是我便快步邁下階梯。但走到底時，她卻剛好轉過身來，看見了我，而且好像有點認得我（那個穿著海軍藍夾克、沒打領帶的平凡傢伙）。「為什麼這個人看起來很面熟呢？」此刻她也許正喃喃自問著，可能已經不記得我們在館內碰過面這回事了。但接著她臉上便露出了笑容，就像在館內那般——一種帶點同情、甚至幾乎有些尷尬的微笑。在那一刻，她是屬於我的，像個老朋友一般。我向她微微揮了揮手，模樣可能有些滑稽。「兩個彼此陌生的人總是覺得對方很奇怪吧，」我想。但我在她的心目中或許更奇怪一些。她笑的時候，我看見了她眼角的魚尾紋。所以，她可能已經超過三十歲了。我離開時盡量把身子挺直，像她一樣。

第八章
馬洛

第二天我比平常起得更早，但不是為了要畫畫。七點鐘我就到了醫院，趁著院內大多數職員尚未抵達時，用電腦查查資料，喝杯咖啡。先前我在家裡的藝術百科辭典中找尋有關吉伯特．湯馬思的資料時，查到的大都是我已經知道的東西，但我那本古典神話手冊倒是提供了有關蕾妲的故事：她是一名凡間的女子，被化身天鵝下凡的宙斯強暴了，但她當晚才與她的丈夫斯巴達國王汀岱瑞斯同床，因此後來她同時生下了兩對雙胞胎，一對是身上流著天神的血液、擁有不朽之軀的卡司特和波里杜西斯（羅馬版本為波拉克斯），一對是凡人之身的克黎坦妮絲特拉和海倫（後來的特洛依木馬屠城記就是因她而起）。有些版本的神話甚至說蕾妲的子女是從蛋裡面孵出來的，又說海倫和波里杜西斯才是天神的後代，而卡司特和克黎坦妮絲特拉則是凡人之軀，似乎他們在蛋殼裡面被搞混了。

除此之外，我也順便查了一下有關蕾妲和天鵝的畫作有哪些，結果發現歷史上這類作品還真不少，其中包括一幅仿照米開朗基羅那頗有色情意味的壁畫所繪製的版本、一幅柯瑞吉歐的作品、一幅臨摹達文西的畫作（畫中的天鵝看起來像是一隻寵物），以及一幅塞尚的畫作（其中的天鵝抓住蕾妲的手腕，彷彿在央求她帶它出去散步似的，而蕾妲則一副滿不在乎的模樣）。湯馬思的作品並不在這個顯赫的行列裡，但我想網路上可能會有更多的資料。

在這裡我也許應該先聲明一下：我一向不喜歡上網。現在如此，當年就更別提了。我總是忍不住想，如果有一天，我們不再享有翻閱書本並且在無意間發現什麼的樂趣時，那該怎麼辦？當然我們上網查資料時，偶爾也會有些意外的發現，但對我而言總是比較有限。更何況，誰捨得放棄打開一本新書或舊書時聞到那種書香味的感覺呢？舉個例子，我在搜尋有關蕾妲神話的資料時，發現了兩三個不屬於這個神話中的古典人物，直到現在還不時想到他們。我太太說我喜歡查書、不愛上網做有效率的搜尋的習性，正是最能顯出我的年紀的特徵之一。不過我發現，她自己偶爾也喜歡隨意瀏覽人物傳記或美術館的目錄，並且深深樂在其中。

總而言之，我並不是網路搜尋專家。不過那天上午，我倒是在辦公室的電腦裡找到了更多有關湯馬思的資料。他在繪畫方面初期表現並不是很出色，只以這幅引起羅伯特不滿的《蕾妲》和掛在《蕾妲》旁的那幅自畫像聞名。但他倒是認識不少當時的法國藝術家，包括馬內在內。他曾和他的弟弟阿曼共同經營一家畫廊，是巴黎最早的平價畫廊之一，其重要性僅次於大畫商杜朗—魯埃所開設的那家。看來這個湯馬思倒是個頗有意思的人物。不過最後他因為生意失敗而負債，並且在一八九〇年去世，後來他的弟弟賣掉了畫廊中大多數的畫作，並宣告退休。《蕾妲》畫中的場景，是他一八七九年在諾曼第地區翡港附近度假時在戶外所畫的，其餘部分則是後來在巴黎的工作室完成的。此畫於一八八〇年在巴黎沙龍展出時大獲好評，但也因為色情意味太濃而招致批評。這是湯馬思的畫首度入選巴黎沙龍，其後雖有幾幅陸續入選，但這些畫後來不是下落不明，就是沒沒無聞，所以他的名聲主要是建立在這幅被國家畫廊列為永久展示品的傑作之上。

這一天，當我確定住院病人都已經用完早餐後，便沿著走廊走到羅伯特的房間，在那扇關著的房門上敲了一敲。當然，羅伯特從來不曾應門。為了避免驚擾到他（也許他當時不希望別人打擾），我總是一邊叫門，一邊將門慢慢推開。對我而言，這真是極不方便，又很令人尷尬的一個時刻。那天上午也不例外。我一邊敲門，一邊喊著他的名字，並同時將門慢慢推開，這才步入他的房間。

當時他正背對著我，在權充書桌的一個櫃台上畫畫，畫架上空無一物。「早安，羅伯特。」一兩個禮拜之前，我已經開始直呼他的名字，假裝是他要我這麼做的，不過我用的是一種很禮貌的口氣。「我可以進來一下嗎？」

我像往常那樣讓門半開著，然後便走了進去。他雖然並未轉過身來，但他那隻正在畫畫的手卻放慢了速度，並且把鉛筆握得更緊了一些（既然他不說話，我必須注意觀察他所有的肢體語言，包括手勢和動作）。

「謝謝你借我那些信。我把原稿帶回來了。」我把那個裝著信件的封套輕輕放在他原先放置它們的那張椅子上，但他還是背對著我。

「我想問你一個小小的問題。」我語調輕快的表示。「你是怎麼找資料的？我在想不知道你有沒有上網的習慣？還是你通常都花很多時間去圖書館裡查資料？」

那一瞬間，他手中的鉛筆突然停住了，但隨即又開始繼續在畫紙上塗抹著陰影。他穿著舊襯衫的背影擋住了我的視線，讓我看不清楚他在畫什麼，但我也不好湊過去瞧。他的身子看起來仍然健壯，但在歲月的耗損下，頭頂已經有一塊地方開始微禿，令人有些感傷。「羅伯特！」我再度開口。「你畫畫時會上網去查資料嗎？」

這回他手中的鉛筆速度絲毫沒有變慢。有一瞬間，我很希望他能轉身看著我。我想像著他臉上那種陰鬱的表情以及警覺的眼神。但後來我很高興他沒有這樣做，因為他背對著我才看不到我說話的神情。「我自己偶爾會上上網，不過要找資料時，我還是寧願查書。」

羅伯特仍然沒什麼反應，但我可以感覺到他的心情好像有了變化——是生氣呢？還是好奇？「好吧！就這樣子吧。」我停頓了一下。「希望你今天過得很愉快。如果需要我幫你做什麼事，請儘管告訴我。」我決定不告訴他我請人翻譯那些信的事情。如果他可以不講話，或許我也不必講太多。

我離開時，看了一下他床頭的那面牆，上面貼著一幅新作，尺寸比其他幾幅要大許多，畫的仍舊是那名黑髮女子，面容肅穆，帶著幾分怨尤，連他在睡夢中時也盯著他看呢。

不久，在星期一時，我在信箱裡看到了柔伊寄來的信。我強迫自己先把晚餐吃完。吃完飯後，我洗了手，泡了一壺茶，然後便在客廳坐下，就著一盞明亮的檯燈開始讀起那封信。我知道這些信的內容很可能像從前人所寫的大多數信函一樣，只是閒話家常，但柔伊曾告訴我信中有些段落與繪畫有關。

一八七七年十月六日

親愛的伯父：

謝謝您溫馨的來信。這次輪到我回信了。我們很高興昨晚能見到您。其中一個理由是您的來訪讓公公很開心。他搬來與我們同住之後，臉上難得有笑容。我想這是因為他想念自己的家，儘管與他鶼鰈情深的婆婆已經過世多年。他時常提起您待他有多好。伊維思要我向您問安。您回到巴黎後，他終於鬆了一口氣（他說：有個伯父住在附近，日子變得好過多了）。我很高興我終於有機會和您見面。請原諒我的信寫得如此簡短，因為今天上午我有許多事情要做。願您平安抵達羅亞爾地區，並在那裡待得很愉快。相信您的工作會很順利。很羨慕您可以描繪那裡的美景。我將把您留給我們的文章讀給公公聽。

碧翠絲・戴克萊瓦・韋諾敬筆

看完信後，我坐在那兒，心想這封信裡究竟有哪些內容使得羅伯特一個人關在房裡一讀再讀。如果這些信對他而言是如此珍貴，他為何又願意拿給我看呢？

第九章

馬洛

我通常不太喜歡和病人的家屬面談，但連續幾個禮拜以來，我眼看著那個引人注目的面容一再出現在羅伯特的畫布上，卻無法從他口中得知任何端倪，難免有挫敗之感。更何況，他曾經說過，我可以和他的前妻凱特談談。

凱特仍然住在綠丘鎮。羅伯特剛住院時，我曾經和她談過一次。她在電話裡的聲音聽起來輕柔柔的，彷彿有些疲憊，在得知羅伯特已經住進金樹林療養中心後，更顯得益發疲憊了。她說話時，話筒中不時傳來兒童的嬉笑聲。她說她知道之前的醫生對他的診斷結果，並說他們一年多以前就已經正式離婚了，而這段期間他多半都待在華府。然後她便表示她不太願意談論這件事。因此如果她的丈夫——應該說是前夫——安全無虞，而且我手中又有他在綠丘鎮的精神醫師所提供的病歷，那麼我是否可以不要再問她了。

因此，當我再度打電話給她的時候，我不僅違反了自己一貫的政策，也等於是無視於她當初的要求。我心不甘情不願的從羅伯特的檔案裡找出了她的電話號碼，但心裡很疑惑：這麼做是對的嗎？但如果不這樣做，又可以嗎？那天清晨，我去探視羅伯特的時候，他似乎極度沮喪。當我問他是否曾經想過《蕾妲》那幅畫時，他只是一語不發的瞪著我，彷彿已經累到連我問他這種荒謬的問題時，他都已經沒有力氣發怒了。有些日子裡，他會畫些油畫或素描，而且畫的總是那個鮮明的女子臉龐。其他日子裡——就像今天——他卻躺在床上，牙關緊閉，要不就是坐在我來時通常會坐的那張扶手椅上，手握著那些信函，表情陰鬱的看著窗外。有一次，我進入他的房間時，他睜開眼睛，對著我笑了一下，並喃喃的說了些什麼，彷彿是看到某個愛人一般，但隨後就從床上跳下來，朝著我揮了一拳。在這種情況下，我起碼應該問問他的前妻，他對從前所服用的藥物有什麼樣的反應，以及哪種藥物對他最有效等等。

五點三十分時，我撥了那個位於綠丘鎮——我聽幾個曾經在那裡避暑的朋友說，它位於北卡羅來納州西邊的山區——的電話號碼。當話筒中傳來她那輕輕柔柔的聲音時，我差一點愣住了，因為這回她聽起來好像才剛和某人一起為著某件事情而大笑似的。感覺上，在電話那一頭的好像是羅伯特日復一日所描畫的那張美麗臉龐。她的聲音裡帶著喜悅：「喂？」

「奧利佛太太，我是華府金樹林療養中心的馬洛醫師。」我說。「我們好幾個禮拜以前曾經談過有關羅伯特的事。」

當她再度開口時，聲音裡的喜悅已經不見了，取而代之的是隱隱的畏懼。「有什麼事嗎？羅伯特還好吧？」

「一切正常，沒什麼好擔心的。奧利佛太太。他還是老樣子。」此時我聽見話筒中有一個小孩在後面大笑、喊叫的聲音，接著便是「砰！」的一聲，彷彿有某個物體掉落在附近的地板上。「不過，問題在於他還是滿沮喪的，而且情緒很不穩定。我希望能等到他的情況好得多的時候，再考慮要不要讓他出院。但目前最困難的部分，是他根本不願意跟任何人講話，包括我在內。」

「喔。」那一瞬間她的聲音裡彷彿具有一絲嘲諷的意味。羅伯特筆下那個黑瞳炯炯、嘴角時喜時嗔的女子說話時，也應該是這樣的語氣吧。「其實他跟我也沒什麼話講，尤其是我們相處的最後一兩年。你等等——我失陪一下。」說著她好像走開了一會兒，然後我聽見她說：「奧斯卡！孩子們！請你們到另外一個房間去。」

「羅伯特剛到我們醫院的第一天還會開口說話。當時他曾經允許我和妳談論他的病情。」她默不作聲。我繼續說道：「如果妳能和我談談他的狀況，比如說，他對先前的用藥有什麼反應等等，將會對事情大有幫助。」

「您是馬洛醫生對吧？」她緩緩的說著，聲音略微顫抖。此時我再度聽見話筒中傳來小孩的嬉鬧以及敲打、重擊的聲音。「不說別的，我已經忙得不可開交了。我跟警方和兩個精神科醫師都談過了。我有兩個孩子，沒有丈夫。羅伯特的保險到期後，他的住院帳單有一部分就得由我和他媽媽來支付。這些錢是來自他和我所繼承的遺產，大部分是他的，但我也有出一點。這點你可能已經知道了。」其實我並不知道。說完後，她似乎深深的吸了一口氣。「如果你要我花時間談論我人生中的不幸的話，你得親自來一趟才行。很抱歉，我正忙著做晚飯。」那顫抖的聲音是來自於一個不習慣叫人家去死的女人，一個通常很有禮貌但如今已經被逼到絕境的女人。

「對不起。」我說。「我相信妳的日子一定很不好過，只是我真的需要盡最大的能力去幫助妳的丈夫——我是說妳的前夫。我是他的醫生，有責任照顧他的安全與健康。我改天再打來，看看是否能找一個妳比較方便的時間說話。」

「也只好這樣了。」她說，然後又補了一句：「再見！」便輕輕的將電話掛上了。

那天晚上，我回到公寓，躺在沙發上，看著客廳裡那金綠兩色的裝潢。這是個很累人的一天。一大早羅伯特還是照例拒絕跟我說話。他的眼睛滿布血絲，幾乎已經有些絕望的模樣。我心想不知道是否有必要派人在夜間看守他。會不會有一天早上我去探視他的時候，才發現他已經把我給他的所有油畫顏料都吞下肚，或者拿床墊裡的彈簧割腕自殺了？我該不該把他送回去給約翰．賈西亞，讓他在那裡接受治療？我可以打電話給約翰，告訴他我發現這個案例不適合我，因為我在上面花了太多時間，而且看來也不太可能有什麼成果。我又想，該不該告訴約翰，我對自己的表現感到不安，因為當我在電話中聽到凱特．奧利佛的聲音時，心臟居然開始「砰！砰！砰！」的一直跳。之前我不是不太願意打給她嗎？還是我心裡根本就渴望打給她？

平常這個時候我應該已經把水壺裝滿，出去跑步了。但今天我已經太過疲倦，於是便躺在那兒不動，半閉著眼睛，看著壁爐上方我自己的那幅作品。我當然知道油畫不適合掛在壁爐上方，但我很少在壁爐裡生火，而且剛搬進來的時候，發現那塊牆面空蕩蕩的，需要某個東西來裝點一下。此刻，我簡直是精疲力竭，渾身乏力。也許像羅伯特這樣已經消沈抑鬱到某種程度的病人，也是這種感覺吧。我把頭靠在沙發的扶手上，試著瞇起眼睛，像他們那樣無精打采的轉動頭部。

我睜開眼睛時，又看到了那幅畫。我先前已經說過了，我喜歡畫人像，但壁爐上方這幅油畫卻是描繪窗外景色的風景畫。通常我畫風景時都是去戶外寫生（尤其是在維吉尼亞州北部時，那裡的藍色山脈從遠處望去真是美極了），但這一幅例外。它是我受到維亞爾的一些畫作啟發後，根據我童年時在康乃狄克州從臥房窗戶看出去的景色，所描繪出來的虛構風景。畫面的四邊是綠色的窗台和窗框，窗外可見茂密的樹叢、老房子的屋頂、矗立在樹林間的公理會教堂高聳的白色尖塔，以及淡紫中泛著金光的春日暮色。我用粗簡的筆觸把記憶中的一切都畫了進去，除了那個倚窗而立、沈浸其中的小男孩之外。

我躺在沙發上，心中再次想到：我是否該把那座教堂尖塔往右移一點。沒錯，在兒時的窗外景象中，這座尖塔確實是在正中央，就像我所畫的那樣，但如此一來，卻使得畫面太過平衡與對稱，讓人看來不太舒服。該死的羅伯特！他不肯講話，根本就是害到他自己。他的大腦所分泌的化學物質不太正常，把他害得還不夠慘嗎？他為什麼還要跟自己過不去呢？然而，這正是問題所在：我們體內所分泌的化學物質究竟是如何影響我們的意志？他有兩個小孩，還有一個說起話來輕聲細語的太太，視力還很敏銳，手指也很靈巧，駕馭畫筆的能力更讓我忌羨不已。他為什麼不跟我講話？

我就這樣在沙發上賴著，直到肚子餓得受不了才站起來，換上睡衣，打開一罐番茄湯，在上面綴了一些歐芹和酸奶油，並切了一大片麵包配著湯吃。我看了一下報紙，然後又讀了一下P．D．詹姆斯所寫的一本神祕小說（很棒的一部作品）。當晚，我沒進畫室。

第二天下午下班前，我再次打電話給奧利佛太太。這次她的聲音聽起來很嚴肅。

「奧利佛太太，我是華府的馬洛醫師。很抱歉再次打擾妳。」她並未回應，於是我便繼續說道：「我知道我的要求有點不太尋常，可是我想我們兩個人都很關心妳先生的狀況，所以我在想不知道妳願不願意讓我去一趟北卡，和妳談談他的狀況，就像妳上回說得那樣。」電話中仍然是一陣緘默。

我聽見她微微吸氣的聲音，似乎被我嚇到了，正在努力思考該如何應對。

「我保證不會打攪妳太多時間。」我連忙又說。「只要幾個鐘頭就夠了。我會待在幾個老朋友那兒。他們在那裡有房子。我會盡量不吵妳。而且我們的談話內容將完全保密，只用在跟治療妳先生有關的用途上。」

此時，她終於開口了。「我不認為你這樣做會對你有什麼幫助。」她的語氣聽起來幾乎是親切和藹的。「不過，如果你這麼關心羅伯特的情況，那我就答應吧。我每天下午四點鐘下班，然後得去學校接小孩，所以我不確定我們有什麼時間可以談。」她停頓了一下。「我想我可以挪出一些空檔來。但我說過了，要我談論他，有時候對我來說並不容易，所以請你不要有太高的期望。」

「我了解。」我說，一顆心像是要從胸腔裡蹦出來似的。說來荒謬，我居然會因為她答應了這件事，而感到一種莫名的快樂。

「你會告訴羅伯特你要來的事嗎？」她好像突然想到這點似的。「他會知道我要談有關他的事嗎？」

「不會。也許以後我會告訴他，但會先經過妳的同意，而且要對事情有幫助才行。有些事情如果妳不希望讓他知道，我一定會幫妳保密。關於這點，我們可以再詳細討論。」

「你打算什麼時候過來？」她的語氣變得稍微冷淡了一些，彷彿她已經開始後悔自己不該答應似的。

「也許這個週末過後吧。妳下星期一或星期二有空嗎？」

「我會試著把時間騰出來。」她說。「你明天再打來，到時候我再告訴你。」

我已經有將近兩年沒有休假了（平常的假日不算）。上回休假是參加本地一所藝術學校所舉辦的繪畫活動，去愛爾蘭寫生，結果帶回來了許多畫面上一片綠油油的作品，自己看了都覺得不可思議。我把平日所收集的地圖都拿了出來，並在車裡放滿了瓶裝水、莫札特的錄音帶和我的法朗克小提琴奏鳴曲。我估計這趟車程大約九小時。醫院裡的職員看到我突然要去度假，都有點驚訝，心裡可能都在想：「可憐的馬洛醫生，他一定是工作太勞累了！」所以都沒有多問。我交代他們，在我離開期間要日夜看守羅伯特。到了星期五那天，我便走進羅伯特的房間向他道別。之前他一直在畫素描，主題還是那個鬈髮的女人，但這回我發現畫裡多了一點別的東西：一張類似花園長椅的座椅，有著高而華麗的椅背，四周圍繞著樹木。當我忍不住再次暗地讚嘆他那卓越的繪畫技巧時，卻發現他的素描簿和鉛筆掉在床上，他則躺在那兒，頭往後仰，眼睛瞪著天花板，頭髮豎著，臉部的肌肉不停抽搐。我進去時，他用一雙紅腫的眼睛看著我。

「羅伯特，你今天好嗎？」我一邊問著，一邊在那張扶手椅上坐了下來。「你看起來很疲倦。」他把目光移開，再次盯著天花板看。「我要休假幾天。」我說。「開車到處去晃晃，要到星期四或星期五才回來。如果你有什麼需要，可以跟任何一個工作人員說。我已經要求他們必須隨傳隨到。你有沒有按時吃藥？」

他看了我一眼，眼神裡幾乎有些譴責的意味，在那一瞬間讓我覺得有點不好意思。他當然有按時吃藥。事實上，在這方面他從未顯出任何抗拒的跡象。

「那麼，我們就再見嘍！」我說。「希望我回來時可以看到你的作品。」我起身走到門口，舉起一隻手向他揮別。有時候，跟他講話真是一件很困難的事。面對他的沈默，我通常完全沒轍。但這回，不知怎地，我卻覺得自己扳回了一點劣勢（當然我立刻就壓抑了這樣的念頭）：再見，我要去見你太太了。

那天晚上我回家後，在信箱裡發現了柔伊寄來的一個包裹，裡面裝著她翻譯出來的信件，顯然她有了新的進度。我把這些信塞進行李箱，準備帶到綠丘鎮去。這將是我的假期活動之一。

第十章

馬洛

我自從就讀於維吉尼亞大學以來，就很喜歡維吉尼亞州，曾經多次路過此地，也曾專程前往，在那一片藍天綠野中度假、畫畫或遠足。我喜歡那條帶我們遠離城市喧囂的長長的I－66公路，但如今華府的轄區已經一路擴張到了佛朗特羅伊鎮。一簇簇供市區通勤族居住的郊區住宅，沿著州際公路和附近的道路如雨後春筍般冒了出來。此刻，我開著車子在晨間靜謐的公路上疾馳，發現自己尚未抵達馬納薩斯，就已經忘記與工作有關的事了。

事實上，這些年來，當我偶爾獨自（最近一次是和我太太一起）開車經過這裡時，總會不由自主的把車頭掉向通往馬納薩斯的出口匝道，在那兒的國家戰爭紀念公園稍做停留。有一年九月（那時我還沒認識我的妻子），在一個淒冷迷濛的早晨，我在那裡的遊客中心付了錢，便走過那片原野，站在當年南北兩軍曾經爆發慘烈內戰之處眺望，只見四處霧氣瀰漫，前方下坡處的盡頭，有一間老舊的石砌農舍。在坡地的中央有一棵孤零零的樹，彷彿正呼喊著我，要我走到它的枝椏下面去守望，或從我當時所在之處將它描繪入畫。我站在那兒看著霧氣逐漸散去，心中納悶人們為何要自相殘殺。當時我獨自佇立，四下不見一個人影。如今我已結婚，想起這樣的時刻，總不免既懷念又有些不堪回首之感。

到了洛亞諾克鎮附近，我便把車子開下高速公路，在一家食堂裡吃早餐。之前我已經在公路旁邊看過這家店的招牌，但是當我開到它那外型單調無趣、停放著四五輛小貨車的店門口時，才發現這家店我已經來過了（可能是在很久以前某一次外出寫生的時候），只是我沒認出它的名字罷了。店裡的女侍帶著一臉倦容，把我要的咖啡端了過來，一句話也沒說，但等到她把我點的蛋拿過來時，倒是笑了一下，並用手指著桌上的辣醬。店的一角，有兩個胳臂粗壯的男子正在談論他們想找卻找不到的一些工作，兩個裝扮不太高明的女子正在付帳。其中一人大聲的對另外一個人說：「我真不知道他到底認為自己要的是什麼！」

那一刻，在那瀰漫著咖啡的熱氣及濃烈香煙味的小店中，看著透過窗戶灑在我手肘邊的黯淡日光，我還以為她是在說我。我想起當天早上緩緩從床上爬起來時（當時天還沒亮），突然想到羅伯特畫中的女子，體內湧出了一股慾望。那時才意識到，這趟旅程不僅打亂了我自己既定的工作時程，也違反了專業守則。

過去我從未到過綠丘鎮，一旦我把車子沿著山路，開到一座長長的山隘上時，就發現那裡並不難找，因為下方的山谷中就有一座城市。這裡的春天來得比華府晚很多，沿路的樹木仍是一片新綠。我進城時所經過的人家前院裡，山茱萸依舊盛開，杜鵑枝頭仍然滿是尚未綻放的圓錐形花苞。綠丘鎮的市區位於山頂上，那裡矗立著一棟棟覆著紅瓦屋頂的洋房和小型的哥德式大樓。我一路沿著市區邊緣的道路行駛，開上了朋友在電話中向我描述的那條彎彎曲曲的瑞克山街。街道兩旁都是住家，小巧的房子掩映在鐵杉、樅樹、杜鵑以及盛開的山茱萸後面。薄暮將至。我搖下車窗時，聞到了比黃昏更濃重的、屬於黑夜的苔蘚氣息。

哈雷夫婦（妍安與華特）的房子就在一條泥土路旁邊，屋前豎著一面木牌，上面寫著「哈雷小屋」。他們夫婦此刻正因過敏的毛病在亞利桑納州休養，讓我很慶幸自己無須面對他們，向他們解釋我之所以來到綠丘鎮的原因。我步出車外，伸展一下自己僵硬的雙腿（看來以後我得多花點時間跑步才行，但問題是要怎樣才能擠出足夠的時間呢？），發現後院的景觀彷彿頗佳，便走過去瞧一瞧，果不其然看見院子的盡頭放著一張長椅，俯瞰著一座陡峭的山坡，可以看到遠處市區裡一棟棟有如火柴盒般的房屋，視野非常遼闊。我坐了下來，呼吸那沁涼的空氣，感覺春天正從松林裡向我走來。我心想，哈雷夫婦怎麼捨得離開這裡，住到別的地方去？

我想到我在華府每天長途跋涉，穿越市郊的車陣，往返於公寓和診所之間的累人情景。我聽見風吹過松林樹梢的聲音、可能來自遠處山下州際公路的隱隱車聲，以及偶爾傳來的鳥鳴聲。我不知道那是什麼鳥，只看見一隻北美紅雀從院子下方峭壁上的樹叢間飛出來。我想起在那座城市的某處（我不確定是在哪裡，但今天晚上會查一下地圖），有一個說起話來語調輕柔的女人，正帶著兩個孩子及一顆破碎的心，為生活奔波。她住在一棟我尚未見到的房子裡，過著孤獨寂寞的日子，而她的孤獨與寂寞至少有一部分是羅伯特所造成的。我心想，不知道我可以從她口中聽到什麼。我開了老遠的車子來到此地，希望她不會改變心意，突然不想和她前夫的精神醫師談話。

房子的鑰匙正如哈雷夫婦所言，放在一個裝滿泥土的花盆底下。不過那大門卻讓我頗費了一番力氣，最後只好用屁股用力的撞才將它打開。我把躺在走廊上的兩三張披薩廣告單拿進屋裡，在門墊上將鞋底的泥土拭淨，並將大門維持在開啟的狀態，以便讓屋裡那屬於冬天的霉味散去。只見客廳小而擁擠，放著幾塊碎呢地毯及過時的家具。嵌在牆面的書架上，放著幾排平裝小說和一套燙金版的狄更斯全集。電視顯然已經被收到壁櫥的某處，沙發上擺著幾個繡著織錦畫的椅墊，摸起來有點潮溼。我開了幾扇窗子，又把後門打開，然後便提著我的旅行箱上樓。

二樓有兩間小小的臥室。其中有一間顯然是屬於哈雷夫婦的。於是我便走到另一間。裡面有兩張鋪著海軍藍床罩的單人床，牆上掛著幾幅以水彩描繪的山景，是原版的，畫得還不賴。我拉開格子布窗簾（這些窗簾也有點潮溼，摸起來好像有電似的，讓人不太舒服），並將窗戶撐開。這整棟房子都位於雲杉之類常綠喬木的樹蔭下，但至少我可以在睡覺前讓它通風一下。華特曾告訴我，如果能生起爐火感覺會好一些，而且我發現樓下的壁爐裡已經放了柴火，但決定還是等到晚上再來生火。老舊的冰箱裡除了幾罐橄欖和幾包酵母粉之外，什麼都沒有，幸好我還不餓。晚點我會開車下山買一些食品、一份報紙和一張本地的地圖。明天下午也許會有時間在市區裡逛逛。

我換了衣服，開始沿著山路跑步，慶幸自己終於可以不必再開車，也很高興能暫時甩掉與羅伯特和他的前妻（我明天即將遇見的那個女人）有關的念頭。回到屋內後，我沖了個澡，很慶幸小屋裡還有熱水可用。洗完後便拿出我的畫架，立在後院裡。從小屋兩旁的雲杉樹叢間看過去，左右兩邊都有類似的房屋，而且看起來似乎也一樣沒人住。我原本沒打算要度假，但當我捲起襯衫袖子，打開水彩盒時，突然微微有一種解脫塵世束縛的感覺。此時已是黃昏，光線甚美。我打算捕捉這早春時節山下市區的景象，畫一幅比客房裡那些已經褪色的水彩畫更好的作品，說不定可以送給妍安和華特夫婦，就算是我付給他們的微薄租金吧。

那晚，在客房裡的單人床上，我開始讀起柔伊寄來的信。

一八七七年十月十四日

親愛的伯父：

您從布盧瓦寄來的信已經在今天上午抵達，讓我們（尤其是您的弟弟）非常歡喜。我已經親自把信讀給公公聽，並盡可能詳細的向他描述您所畫的那幅素描。那幅作品非常動人，但我不敢多做評論，否則您將會知道我的程度有多麼粗淺。此外，我也已經把您評論庫爾貝先生的文章念給公公聽。他說，庫爾貝的幾幅畫作過去時常清晰的浮現在他的腦海中，而您的文章使得他對它們的印象更加鮮明。謝謝您對我們一家人的愛護。祝福您。伊維思要我代為向您問安。

碧翠絲．戴克萊瓦．韋諾謹上

第十一章

馬洛

第二天早上，我發現奧利佛太太的房子並不像我先前所想像的那樣，是一棟高大潔白、造型雅致的典型南方建築，而是一座用西洋杉木和磚塊建造的寬廣平房，前院圍著黃楊木籬笆，種著高大的雲杉。我拿著羊毛運動外套和公事包下了車，盡量讓自己看起來姿態優雅一些。先前我已經在哈雷家那光線昏暗的狹小客房內細心的裝扮，但一直刻意避免去想自己為何要這麼做。此刻，我看見屋外確實有一座門廊，但甚為小巧。大門邊的長椅上放著一雙不知道是誰留下來的園藝用手套，上面沾滿了泥巴。此外還有一個裝滿各式小型塑膠製園藝工具的水桶。我想那應該是孩子們的玩具吧。木頭大門上嵌著一面乾淨的大玻璃窗。透過窗戶，我看見擺著家具和花朵的客廳裡空無一人。我按了門鈴後，便站在那兒等候。

屋裡沒有任何動靜。過了幾分鐘後，我開始覺得自己有點愚蠢，因為我站在那兒，屋裡的一切都可以看得一清二楚，倒彷彿像是我在偷窺似的。這座客廳陳設簡單而舒適，裡面擺放著一套顏色沈穩的沙發、幾張看起來像是古董的桌子，桌上各自放著檯燈，地上則鋪著已經褪了色的橄欖色地毯，以及一塊看起來質地細緻的東方風格小毯。同時，屋裡還有幾瓶水仙，一座鑲著玻璃、顏色深暗但頗有光澤的櫥櫃，但更多的是書本——一座座高大的書架全都放滿了書，但從我所在之處看不清書名。我站在那兒等候著，聽見屋旁高高的樹叢中鳥兒呼喚、歌唱、振翅飛翔的聲音，其中包括烏鴉、歐掠鳥以及一隻藍松鴉。這天上午天氣晴朗，頗有春日的感覺，但烏雲已經開始聚集，使得屋前門廊上的光線看起來有些陰冷。於是我便將帶來的外套穿上。

過了一會兒，我開始感到絕望。奧利佛太太必然已經改變了心意。她不喜歡和別人談論自己的私事。這件事我可能做錯了。我像個傻瓜一樣，開了九個小時的車子來到這兒。如果她決定把門鎖上（當然我並沒碰那門把），跑到別的地方去，不想和我談，那也是我活該。我心想，換成是我，可能也會這麼做。我遲疑的再次按下門鈴。這已經是我第三次按鈴了。再不成，我就放棄了。

最後我終於轉身，以致膝蓋被手中的公事包撞了一下。我快步走下那座石板階梯，心中充滿了怒氣。回程有很長的一段路要走，我有太多的時間可以想事情。在腦中思緒翻騰的情況下，當我聽見背後的門「喀嚓」一聲、嘎然而啟時，整個人還來不及回過神。我停下腳步，頸背上的寒毛豎了起來。這個聲音我已經等了五分鐘之久，何以聽見時還會嚇了一大跳呢？我轉過身去，看見那門已經朝內開啟，她就站在門口，一隻手仍放在門把上。

她長得頗美，看起來伶俐而機敏，但顯然並非羅伯特畫中的女子。她的頭髮是黃褐色的，像沙子一般，皮膚白皙，臉上有著一些會隨著年齡逐漸消退的雀斑，一雙眼睛像大海一般湛藍，乍看之下，會讓人想起海灘。此刻，她那雙湛藍的大眼正小心翼翼的注視著我。我在台階上愣了一下，隨後便快步走上前去。靠近她時，我發現她個子不高，體態苗條，身高大約到我的肩膀，也就是說，差不多到羅伯特的胸骨。她把門往裡頭又開了一些，然後便走了出來。「你是馬洛醫生嗎？」

「是的。」我回答。「您是奧利佛太太？」

她默默的握著我伸出來的手。她的手就像她的個子一樣小巧。我原本以為她握手的力道會像孩子一樣輕，沒想到手指非常有力。如果說她的個子像個小女孩，那麼她就是個強壯、甚至兇猛的小女孩。「請進。」她說完便轉身返回屋內。我跟著她走進那間我之前已經打量了好一會兒的客廳，那感覺就像是觀眾走上了舞台的布景之中。彷彿當你坐在台下等候觀賞一齣戲時，台上的布幕已經拉了起來，因此在演員還沒進場時，你就已經先把戲中的布景一覽無遺了。此時屋內一片寂靜。我走近書架去瞧，才發現架上的書大都是小說，包括好幾百年來的作品，還有一些詩集和歷史著作。

奧利佛太太先我幾步，走在前面。她穿著藍色牛仔褲以及一件暗藍灰色的合身長袖上衣。我心想，她顯然很知道自己的眼睛該搭配什麼樣顏色的服裝。她的身子看起來很靈活，雖然不像運動員那樣，但動作頗為優雅，彷彿她的身體透過動作不斷發現自己的輪廓似的。她走路的姿勢頗為果決，一點都不像個被遺棄的孤獨女人。她示意我坐在一張沙發上，自己則在對面的另一張坐下。那裡正好是客廳的轉角，我看見她身後有一整面巨大的落地窗，窗外有一片寬闊的草地，種著幾株山毛櫸、一棵巨大的冬青以及正在開花的西洋蘋果。這棟房子從門前的車道上看不出有這麼大，但事實上卻坐落在兩塊綠意盎然、花木扶疏的空地上。我心想，羅伯特一度也曾享受這樣的美景。我把公事包放在沙發旁靠腳邊的位置，試著讓自己的心緒平靜下來。

我看了一眼對面的奧利佛太太，發現她已經將雙手交疊在膝上，好整以暇的坐在那裡。她穿著一雙有點孩子氣、從前可能是深藍色的帆布鞋，頭髮又直又密，長度及肩，樣式簡單而優雅，色澤則混合著獅鬃、小麥和金箔的顏色。我心想，這樣的髮色我恐怕畫不出來，事實上，如此斑駁的色彩恐怕任誰都很難畫得自然。她的五官很美，臉上並未化妝，只塗著色彩柔和的唇膏，嘴角和眼角微微有些細紋。她的臉上沒有一絲笑容，只是神情嚴肅的打量著我，一副欲言又止的模樣。最後她終於開口了：「很抱歉讓你久等了。我差一點就改變主意了。」但她既未道歉，也沒有再做說明。

「我不怪妳。」我原本事先已經想好了一套比較溫柔、善解人意的回答，但在這個情況下，似乎派不上用場。

「嗯。」她只是簡單的應了一聲。

「謝謝妳答應和我見面，奧利佛太太。喔，對了，這是我的名片。」我把名片遞給她，但又覺得自己表現得太拘謹了。她低下了頭。

「你要不要喝杯咖啡或茶？」

我原本打算拒絕，但又想在這個宜人的南方家庭的客廳裡，還是接受主人招待比較有禮貌。

「多謝。如果有已經煮好的咖啡，我很樂意來上一杯。」

聞言她便起身離去，再度展現了她那優雅利落的身段。廚房並不遠。我聽見了碗盤叮噹和抽屜打開的聲音，並趁著她不在的時候打量這座客廳。只見桌上那幾盞檯燈都有著瓷製的燈座，上面有手繪的花卉圖案，但整個客廳裡都看不到用來擦拭油彩的油膩布塊或新進的風景畫藝術家的海報。牆上掛的是已經模糊不清的祖傳織景畫，以及兩幅以法國或義大利某處市集為主題的老舊水彩畫。沒有那個黑髮女子的生動肖像，也沒有羅伯特或任何一個當代畫家的作品，可以說完全看不見羅伯特在此住過的痕跡，除非架上的那些書是他的。也許這個區域不是他的地盤。畢竟客廳多半是妻子的轄區。但也可能是她刻意抹去了他存在的痕跡。

奧利佛太太回來時，手上端著一個木製的托盤，上面放著兩杯咖啡。杯子上有細緻的黑莓圖案，旁邊還放著小巧的銀匙以及盛裝奶精和砂糖的銀壺，在她那藍色的牛仔褲和褪色的運動鞋襯托下，顯得十分優雅。我注意到她配戴著一套鑲著細小藍寶石（也可能是青玉或電氣石）的項鍊和耳環。她把托盤放在我身旁的茶几上，把咖啡遞給我，然後便拿著她自己的那杯走到她的沙發座前，熟練的端著它坐了下來。那咖啡很好喝，在經過那道冷颼颼的門廊之後已經不燙了。她一語不發的看著我，讓我開始納悶羅伯特的太太是否會跟她先生一樣沈默寡言。

「奧利佛太太！」我故做輕鬆的表示。「我知道這麼做對妳來說並不容易。我希望妳能明白，我並不想以任何方式勉強妳說些什麼。我發現妳丈夫是個很棘手的病人，而且就像我在電話中告訴妳的，我很擔心他的狀況。」

「他是我的前夫。」她說。我察覺到她的語氣中有一絲絲的幽默、一點微微的笑意，可能是針對我，也可能是針對她自己，彷彿是在宣告：「我也可能很難搞唷。」但到目前為止，我還沒見過她的笑容。

「我希望妳明白羅伯特並沒有立即性的危險。自從在國家畫廊出事之後，他就再也沒有嘗試破壞任何一個東西或傷害任何一個人，包括他自己在內。妳知道有關國家畫廊的事吧？」

她點點頭。當然了。

「其實大多數時間他看起來都滿平靜的，但偶爾會有憤怒焦躁的現象，只是沒有發作出來而已。我打算繼續讓他住院，一直到我可以確定他沒有安全上的顧慮而且可以過正常的生活為止。就像我在電話裡講的，我很想幫助他，但最大的問題是他不肯講話。」

而她也一樣沈默。

「我的意思是——他完全不肯開口。」我提醒自己，事實上他曾經開過一次口，告訴我我可以和現在坐在我對面的這個女人談一談。

她揚起眉毛，喝了一口咖啡。她的眉毛是黃褐色的，色調比她的頭髮更深一些，一根根像是羽毛一般，彷彿是畫上去的。我試著去想自己曾在哪些人像畫上看過這樣的眉毛，又該用幾號畫筆來描繪。在那閃亮的髮浪襯托下，她的額頭顯得很寬。「他連一次都沒開過口嗎？」

「只有第一天來的時候。」我答道。「他承認自己在國家畫廊所幹的事，又說只要我願意，可以跟任何一個人談。」我決定暫時不提他說，我甚至可以找「瑪麗」談談這件事，內心暗自希望我不必開口問她，她就會自動告訴我「瑪麗」是何許人也。「但自從那次以後，他就再也不肯講話了。我相信妳一定了解，他只有透過說話才能抒發心中的困擾，也才能讓我們了解是什麼原因使得他的狀況惡化。」

我定睛看著她，但她連頭都沒點一下。

我只好表現得更加友善。「我可以繼續開藥給他吃，但除非他開口，否則我們能做的很有限，因為我無法確定這些藥物對他有什麼幫助。我曾經讓他參加院內的個人治療和團體治療計畫，但他在那兒也是三緘其口，而且現在根本都不去了。如果他不肯開口，我就必須自己去找出有哪些因素可能會對他造成困擾，然後再去跟他談。」

「你想激怒他嗎？」她直率的問，眉毛又揚了起來。

「不，我是要從他口中套出一些事情來，讓他知道我對他的生活多多少少有些了解。這可能會使得他願意再度開口。」

她似乎深思了好一會兒，然後便將身子挺得更直了一些，使得上衣裡面那小巧的胸部曲線也跟著上升。「但你要怎麼向他解釋你是從哪裡知道他的事情呢？」

這個問題問得真好，直率而敏銳，於是我便放下手中的咖啡，眼睛直視著她。我事先並沒有料到自己這麼快就必須回答這樣的問題，而且老實說我也還沒有答案。她只和我談了五分鐘就逮到了我的破綻。

「老實告訴妳，如果他問我的話，我還真不知道該怎麼跟他說呢。」我知道這話聽起來像是一句職業台詞。「但如果他真的問了，就表示他已經開始說話了，那麼就算他生氣了，也沒什麼關係。」

她聞言嘴角上揚，露出了兩排整齊的牙齒，上面的那排稍微大了一些，但也因此顯得很可愛。這是我第一次看到她笑。不過不久她又噘起了嘴巴。「唔。」她的聲音聽起來幾乎像是一支輕柔的小曲。「你會提到我嗎？」

「這就要看妳了，奧利佛太太。」我回答。「如果妳願意的話，我們可以談談該怎麼處理這件事。」

她端起了咖啡。「好的。」她說。「也許就這樣吧。先讓我想一想，然後我們再一塊兒決定該怎麼做。請你叫我凱特吧。」說著，她的嘴角再度微微上揚。看來她曾經是一個愛笑的女子，也許有一天她會恢復昔日的模樣吧。「我不想再保留奧利佛太太的身分了。事實上我已經開始申請改回娘家的姓氏。這是我前一陣子才做的決定。」

「好吧，凱特——謝謝妳。」我把目光移開。「妳覺得自在就好。還有，我會做一些筆記，不過只是供自己參考用的。」

她似乎考慮了一會兒，然後便把她的咖啡杯放到一旁，彷彿宣告她要開始談正事了。這時我才注意到客廳裡的擺設都井然有序，極其整潔。她有兩個白天要上學的孩子，他們的玩具想必放在屋內的某處。她那套繪有黑莓圖案、完美無瑕的瓷器，之前想必也是被她放在某個孩子們搆不著的地方。這個女人持家的能力委實驚人，而我卻直到現在才注意到，也許是因為她做起來顯得毫不費力的緣故吧。此刻，她再度雙手交疊放在膝上。「好吧。請不要告訴他我和你談過，至少目前還不要，讓我想想看再說。不過我會盡量對你開誠布公。我想，如果要跟你談，那就乾脆談個徹底。」

這話讓我頗為意外，而且臉上可能已經不由自主的表現出來了。「無論妳目前對羅伯特有什麼感覺，我相信妳這樣做一定會對他有幫助的。」

她垂下眼簾。在少了那雙藍眼睛的襯托後，她的臉頓時顯得比較老氣。我想到兒時蠟筆盒裡一種顏色的名字「常春花藍」。這時，她再度抬起眼簾。「我想是的，雖然我並不明白這是什麼道理。你知道，到後來我實在幫不了他什麼忙。坦白說，那個時候我也並不真正想幫他。現在回想起來，這是我唯一後悔的事。這也是我會為他負擔一部分住院費用的原因。你會在這裡待多久？」

「你是說今天早上嗎？」

「我是說加起來。我的意思是，我已經預留了兩個上午的時間。今天中午以前和明天上午。」她的語氣很平淡，彷彿是在和我討論旅館的退房時間似的。「但必要時，我還可以多休一個上午，不過不太容易就是了。因為這樣一來，我就得加班了。為了在孩子放學後多陪陪他們，我已經偶爾必須要在晚上趕工了。」

「我不想再佔用妳更多的時間了。妳願意花這些時間我已經很感激了。」我說著便三兩口將咖啡喝完，把杯子放到一邊，然後拿出我的筆記本。「我們先看看今天上午的進度好了。」

這時，我才發現她那有著海洋和沙灘色彩的臉龐不僅看起來小心謹慎，還帶著一絲悲傷，讓我的心不禁為之糾結——可能是我的良心在作祟吧？真的是我的良心在作祟嗎？她的眼睛直視著我：「我猜你是想知道有關那女人的事吧？」她說。「就是那個黑頭髮的女人。對嗎？」

我一時為之語塞。我原本打算一次問一點，先問她羅伯特最初有何症狀等等，然後再慢慢切入核心，但我從她的臉上看出她不會喜歡我支吾其詞。「是的。」

她點點頭。「他還一直在畫她嗎？」

「是的。幾乎每天都畫，而且我發現他有一次畫展也是以她為主題。我想妳可能會知道一些有關她的事情。」

「是啊，該知道的都知道了，只是沒想到有一天我居然會把這件事情告訴一個陌生人。」她微微俯身，小巧的軀體在衣衫下起伏。「你很習慣聽別人說他們的隱私吧？」

「當然。」我說。那一刻如果我的良心是一個人，我可能已經把它給掐死了。

一八七七年十月十七日

親愛的伯父：

我希望您不會介意我這樣稱呼您。我和您雖沒有血緣關係，但在心靈上卻覺得和您很親近。公公要我謝謝您上回在我去信後所寄來的包裹。我將會把這本書念給他聽。伊維思只要在家，晚上也會幫忙念。他也很有興趣呢。他說他早就對這些較不為人所知的義大利繪畫大師很有興趣。我即將前往我的姊姊家待三個晚上，和她那幾個可愛的孩子在一起。他們是我在餘暇提筆繪畫時最喜歡的模特兒，我姊姊也是我最敬重的朋友，所以我很能理解您的弟弟對您的感情。公公說由於您生性謙虛，所以沒有人知道您是世上最勇敢、最真誠的人。世間有多少兄弟會如此溫馨的談論對方呢？伊維思答應我當我不在的時候，他會整個晚上念書給公公聽，等我回來時再接續。

萬分感謝您的好意。

碧翠絲・韋諾

第十二章

凱特

我第一次看到那個女人是在馬里蘭州的一個公路休息站。不過在此之前，我應該先告訴你，我第一次看到羅伯特的經過。那時正值夏天。我是一九八四年在紐約市遇見他的。當時我二十四歲，已經在紐約市工作了大概兩個月。那時正值夏天，我很想念我的家鄉密西根州。我原本就預期紐約的生活會很刺激，後來也發現它確實很刺激，但也很累人。我住在布魯克林，而非曼哈頓。我上班時得搭三班火車，無法悠閒的散步經過格林威治村。我在一家醫學期刊擔任助理編輯，一天工作好幾個小時，下班後往往已經累得哪裡都沒辦法去了，想去看那些有趣的外國電影又擔心太貴。更何況，當時我也還沒交到什麼朋友。

遇到羅伯特是在有一天我下班的時候。當時我下了班，跑到很貴的那家Lord & Taylor百貨公司去，想買個生日禮物給我媽。當時正值夏天。我從街上一走進那家百貨公司，一股芳香的冷房空氣便迎面襲來。看到那些穿著時髦的高衩泳裝的假人輕蔑的目光，我心想，早知道今天早上上班時，就該穿得體面一些。我想買一頂帽子給我媽，一頂她絕不會買給她自己的漂亮帽子，一頂她年輕時在費城的板球俱樂部初次遇見我父親時可能會戴的那種帽子。也許她永遠不會在她所住的安亞伯市戴上這頂帽子，但它會讓她想起她當年手上戴著白手套的青春時期，以及那種生活安定的感覺，也會讓她想到女兒對她的愛。我原本以為帽子區會在一樓那些有名設計師（這些設計師我幾乎都沒聽過）簽名的絲巾以及那些穿著光滑長襪、倒過來放的假人腳附近，沒想到那裡正在施工。一個穿著化妝品公司罩衫的女士告訴我，樓上有一個臨時的帽子展示區。

我實在不想再到店裡的其他地區逛，因為我那天早上上班時沒穿絲襪，已經開始覺得自己的腳光禿禿的，上面看得見手指抓過的痕痕，實在很醜。但為了我母親，只好搭上電扶梯。平安抵達上面時，我照例鬆了口氣。走到帽子區，我看到一個個帽架，上面掛滿了帽子，顏色有的鮮豔，有的素雅。我很高興發現這個區只有我一個人。這裡有鑲著緞帶和絲花的透明薄帽、海軍藍的草帽和黑色的草帽，也有一頂綴著櫻桃果和葉子的藍色帽子。但它們都有點俗豔，尤其是放在一起的時候。我開始懷疑，也許買帽子當生日禮物並不是個好主意。就在這時，我看到一頂很漂亮的帽子。在眾多的貨品中，這頂帽子顯得有點突兀，但卻剛好適合我媽。那是一頂寬邊帽，上面盤繞著奶油色的蟬翼紗，上面又綴著各種幾可亂真的藍色花朵，有菊苣、翠雀以及毋忘我，像是一頂用草原上採集來的花朵裝飾而成的帽子。我把它拿了下來。

我站在那兒，雙手拿著帽子，小心翼翼的把上面的標籤翻過來。這頂帽子要價五十九美元九十九美分，比我平常一個星期花在食品雜貨上的錢還多。如果把錢省下來，再加一倍，就可以搭公車回安亞伯市看我媽了。可是她打開這個禮物時，臉上可能會露出微笑，可能會小心翼翼的拿著它在家中門廳的鏡子前試戴，並且一直笑個不停。我拿著那精緻的帽緣，也跟著她一起微笑，但心裡其實很難受，眼眶裡開始湧出了淚水。那些眼淚一旦流下來，勢必會毀掉我那天上班時所畫的淡妝。我希望不會有售貨員走過那帽架，前來向我搭訕。我怕只要有人一開口向我兜售，我就會把它買下來。

幾分鐘後，我把那頂帽子放回帽鉤上，轉身向電扶梯走去。但我走錯了，又到了原先上來的電扶梯那兒。這時有人正從扶梯裡走上來，因此我只好後退。我盲目的走到另外一邊往下的電扶梯，雙手抓住扶手，搭到一樓。但那扶手似乎在我的手底下不停晃動，因此快到下面時，我已經很想吐了。我擔心自己會踩空絆倒，於是便把腰彎得更低一些，以減輕胃部的不適，但後來我居然真的絆倒了。此時，一名經過電扶梯底部的男子轉過身來，迅速扶我一把。接著我便吐在他的鞋子上。

因此，我遇見羅伯特時，第一眼看到的是他的鞋子。那是一雙淺褐色的厚重皮鞋，外型有點笨拙，非常與眾不同，像是英國男人在農場工作或走過荒野前往酒吧時會穿的那種鞋子。我後來才知道那雙鞋子的確是手工縫製、價格不菲的英國鞋，穿了六年才壞。他有兩雙這樣的鞋，不時換著穿，因此它們看起來都舊舊的、很好穿的樣子，但卻不至於邋遢。除了鞋子以外，他對自己的衣著全不在意，只對顏色特別有感覺。他的衣服往往來自跳蚤市場、平價商店或朋友處，最後也往往回到這些地方。「那件長袖運動衫呀？喔，那是傑克的。」他會這麼說。「他昨晚把它留在酒吧裡了。他根本無所謂。」然後那件長袖運動衫就會一直待在我們家，直到變得破破爛爛，被我們拿來當成抹布或用來擦拭畫筆為止——畢竟當時我們結婚已經很久，足以讓衣服變成破布了。這種事情對羅伯特而言根本不算什麼，因為反正他和傑克爭論有關粉蠟筆畫的問題一直到凌晨兩點時，也常把他自己的手套或圍巾忘在傑克家。無論如何，羅伯特的衣服上面大都沾了許多顏料，因此除了別的藝術家之外，也不會有人要。就像某些藝術家一樣，他從來不在意這方面的事。

但鞋子對他而言可就寶貝了。那是他特地存錢買的。他很愛惜它們，即使自己不吃雞肉，他也會買貂油來擦拭這些鞋子。他會盡量避免讓顏料沾到鞋子上，而且每天都會把它們排列在床腳邊，跟他最近穿過的一堆衣服放在一起。除了皮鞋和油畫顏料之外，他生命中唯一比較花錢的東西就是他的鬍後水。後來我才知道，他那天之所以會去Lord & Taylor，就是為了要順便添購一些鬍後水。當我吐在他的鞋子上時，他不由自主的板起了臉，好像是在說：「喔，天哪！妳不這樣不行嗎？」當時我以為他嫌惡的是我的嘔吐物，並不知道他在意的其實是嘔吐物掉落的位置。

他從口袋裡掏出一塊白色的布，開始擦拭他的鞋子。我以為他根本不理會我的道歉。但下一秒鐘，他卻抓住我的肩膀，急促的說：「快！」他的個子很高，聲音低沈，聽起來有一種撫慰人心的效果。他拉著我匆匆穿越那一條條筆直的通道，經過一波讓我再度緊緊抱住胃部的香水氣息，以及那些穿著運動服、手拿網球拍，衣領高高豎起、看起來帥氣而時髦的假人。我一路閃躲，想要離開那個地方。因為眼前每一個新的景象，所有那些我想買卻買不起、我的母親也享受不到的東西，都讓我覺得更不舒服。但這個抓住我一隻臂膀的陌生人實在太強壯了。他穿著一件短袖的厚棉布襯衫、一條污漬斑斑的灰色牛仔褲。我低著頭轉過身去時，瞥見他一頭鬈髮、鬍子沒刮、不修邊幅的模樣。他身上有一股味道。我雖然想吐，但還是可以依稀分辨那是亞麻子的味道。如果是在其他情況下，我可能會覺得那個味道還挺好聞的。我心中暗忖，他是否想利用我身體不舒服的時候綁架我、奪取我的皮夾或做其他更糟糕的事——畢竟這是八〇年代的紐約市，而我又還沒有被搶劫過的經驗。

然而，我太難受了，根本沒有力氣問他想做什麼。過了一分鐘後，我們衝到了戶外人潮熙攘的人行道上。他似乎試著要讓我鎮定下來。「妳沒事。」他說。「妳不會有事的。」但他才剛說完，我就轉身吐了出來。這次我特地遠遠避開他的鞋子以及來往行人的鞋子，吐在大門口的角落裡。然後我便開始哭了起來。我嘔吐時，他鬆開了我的肩膀，用他那隻巨大的手掌摩搓著我的上背部。不知怎地，這個動作把我嚇壞了，感覺好像有個陌生男子在地下鐵的車廂內挑逗我，而我卻虛弱得無法抗拒似的。我吐完後，他從口袋裡掏出了一張乾淨的紙巾，遞過來給我。「好了！好了！」他喃喃說道。最後我終於直起腰來，靠在百貨公司的牆壁上。「妳要昏倒了嗎？」他問。這時我終於看見了他的臉。他有著一雙綠褐色的大眼睛，神色中帶著幾分同情以及見怪不怪的意味，看起來率直而機警。「妳懷孕了嗎？」他問。

「懷孕？」我倒抽一口氣，一手扶著百貨公司的外牆，感覺那牆像個堡壘一般安穩與牢固。

「你說什麼？」

「我表妹因為懷孕的關係，上禮拜也在一家店裡嘔吐，所以我才會這麼問呀。」他雙手插在褲子後面的口袋裡，對著我說話，好像我們是在一場宴會結束後站在停車場上閒聊似的。

「什麼？」我傻傻的說道。「我怎麼可能會懷孕呢？」語畢，我的臉上就開始一陣燥熱，覺得很難為情，心想他可能會以為我在透露自己的性生活呢。老實說，當時我根本沒有性生活可言。大學時我曾經談過三次戀愛，大學畢業後，待在安亞伯的那段沈悶日子裡，也曾有過一次短暫的戀情，但到了紐約後，由於太忙、太累，也太害羞，不敢主動物色對象，因此在這方面可說完全繳了白卷。於是我連忙對他說道：「我只是突然覺得有點不舒服而已。」這時，我想起自己一開始時，曾經排山倒海的吐在他的鞋子上（連我自己都不敢看我吐出來的那些東西），又再度感到一陣暈眩，於是便用雙手扶著牆壁，頭也靠在牆上。

「哇，妳真的生病了。」他說。「要不要我幫妳倒一杯水？或者扶妳到哪裡去坐下來休息？」

「不，不。」我言不由衷的說道，一邊用手遮住嘴巴，以免自己再度嘔吐（雖然這樣做一點用也沒有）。「我得回家去。我得立刻回去。」

「是啊，妳最好躺下來，旁邊放著一個盆子。」他說。「妳住哪兒？」

「我不能告訴陌生人我住在哪裡。」我有氣無力的說道。

「少來了。」他咧嘴笑了起來。他的牙齒很漂亮，鼻子很醜，眼神非常溫暖，看起來頂多比我大個幾歲，一頭黑色的鬈髮虯結怒張著，像枝幹上的樹瘤一般。「我看起來像會咬人嗎？妳坐幾路的火車？」

當時正是下班時間，行人一群群快步經過我們身邊，走進百貨公司裡，走在人行道上，走回他們的家。「那——那裡——布魯克林。」我聲音虛弱的說道。「如果可以的話，就請你陪我往那個方向走。我沒事。再過一分鐘就好了。」我顫巍巍的跨出一步，並用手遮住嘴巴。事後我才納悶，當初自己為何沒有想到要叫部計程車。我猜那是因為我向來節省，即使在那樣的情況下也不例外。

「喔，妳沒事才怪呢！」他說。「妳如果不再吐在我的鞋子上，我就送妳到車站。然後妳再告訴我，可以幫妳打電話給什麼人。」他伸出一隻手臂抱住我，把我扶了起來，然後我們就一起拐呀拐地走向街道盡頭的地鐵站入口。

到了那兒後，我在階梯口站住，握住欄杆，試著伸出一隻手來。「好了，這樣就可以了。謝謝你。我要去坐火車了。」

「得了！」他搶先一步，用身子護住我，不讓熙來攘往的人群碰到我，因此我只能看見他穿著厚棉布襯衫的背影。「下來吧！」

於是我便用一手扶住那個陌生人的肩膀，另一手扶住欄杆。

「要不要我打電話通知什麼人？譬如妳的家人或室友之類的。」

我搖搖頭，搖了兩三下，卻說不出話來，因為我又開始想吐了，如果再吐一次，我可就丟臉丟到家了。「好吧。」他又笑了起來，好像有點惱火，但也充滿了善意。「上車吧。」

於是我們便一起上了火車，踏進了那可怕的人潮之間。我們沒位子，只好站著。他用一隻大手在我背後穩穩的托住我，另一隻手則抓住車廂頂上的吊環，但身子完全沒碰到我，讓我鬆了一口氣。火車轉彎，車身傾斜時，他便托住我一起搖擺。到了下一站，有人下車，我便一屁股坐在那張空出來的椅子上，心想車廂裡這麼擁擠，如果我再吐，嘔吐物至少會波及六個人，那我就再也沒臉活下去了。果真如此，我乾脆回密西根算了，因為我根本不適合在城市裡生活。城裡有七百萬人，但我比他們都還沒用，居然會在公共場所嘔吐。而無論離開紐約或從此死掉，最大的好處，就是我再也不用看到這個穿著棉布襯衫的高個子年輕人，以及他鞋子上的污漬了。

第十三章

凱特

我到站時，幾乎不知道自己身在何處。所幸那個殷勤的陌生人扶我下了火車。一到地面上，我再度吐了出來，所幸這回是吐在人行道邊緣的排水孔裡。我有氣無力的意識到，自己愈來愈能控制嘔吐的場合，不會亂吐一通了。「是往這邊嗎？」我吐完之後，他問我。我用手指著我的公寓大樓所在的方向，幸好它就位於街上不遠之處。我想當時就算我真的認為他會在抵達公寓之後把我的喉管割斷，我還是會為他帶路的。當我們總算走到公寓大樓前面的大門時，他從我顫巍巍的手中接過那把銅製的鑰匙，打開了門，然後便進了電梯。「我現在沒事了。」我小聲說道。

「幾樓？幾號？」他問。當我們抵達那座鋪著地毯、飄散著異味的長廊時，他從鑰匙圈上找到了另外一把鑰匙，打開了我公寓的門。「嗨！」他大喊。「好像沒有人在家。」我默不吭聲，沒有勇氣、也沒有意願告訴他我是一個人獨居。不過，我想他還是很快就會發現這點，因為公寓裡只有一個房間，再加上一個用櫥櫃隔開的小廚房。我的床兼作沙發，床罩上堆著幾個小時候用到現在的可笑舊枕頭，梳妝台上放著一些廚房擺不下的碗盤，地上則鋪著一條已經破了洞的東方地毯，是從前我在俄亥俄州的姑姑家裡的東西。書桌上堆滿帳單和素描，用一個咖啡杯壓住。我環視著這一切，好像之前從未見過這個房間似的，驚訝於它的破舊。對我而言，擁有一個自己的住處是很重要的。為了達到這個目標，我不惜搬進一棟破舊的公寓，和一個不入流的房東為伍。水槽上方的管子油漆已經開始剝落，而且會不停滲出冷水來，因此我只好在它們後面塞了一條毛巾，把水吸乾。

那陌生人扶我進了房門，讓我在沙發床的床沿坐下。「妳要不要喝杯水？」

「不用了，謝謝你。」我一邊呻吟著，一邊留神看著他。居然有人會從紐約的街道上進到我的房裡來，這感覺實在太不真實了。因為到目前為止，唯一曾經進來的人是我的房東。有一次我請他來幫我看看爐子為何無法點燃。他教我用腳往爐台的前面踢一踢。整個過程只花了兩分鐘。如今這個連名字都不知道的男子卻站在我的房間中央，左看看右看看，彷彿在找尋什麼可以讓我停止嘔吐的東西似的。我試著不要太用力的呼吸。「可以請你幫我從廚房裡拿一個盆子過來嗎？」

他拿來了一個盆子和一張溼紙巾，讓我擦臉。我把身子稍微往後仰，靠在沙發上，只見他雙手扠腰，一雙明亮的眼睛在牆上巡弋——那裡掛著一張我父母親在家前面的門廊上閒聊的黑白照片（我在高中時照的）、幾張我最近畫在牛奶盒紙板上的素描，以及一張印著狄耶哥．黎維拉壁畫的海報，上面畫的是三個男人搬動一塊大石頭的情景，他們那淡紅色的身軀因為用力而鼓脹。他盯著這幅畫看了一會兒。這時我心中突然泛起一股強烈的不安。他難道對我的那些素描沒興趣嗎？有的人看到它們後可能會問：「這是妳畫的嗎？」但他卻只是站在那兒看著黎維拉所畫的那些臉孔扭曲、身軀壯碩的墨西哥阿茲特克族工人，過一會兒之後，才轉過身來問我：「妳沒事了嗎？」

「沒事了。」我的聲音小得幾乎像是在說悄悄話。然而不知怎地，看到這個穿著鬆垮的褲子、一頭褐色鬈髮的陌生人站在我的房間中央，我又開始想吐了（也可能跟他沒有關係）。於是我便飛快的從床上起身，往浴室的方向衝。這次我終於吐在馬桶裡，而且馬桶蓋已經豎起，讓我有一種回到家的安心感——終於吐在該吐的地方了。

他來到浴室門口（或浴室附近）。我雖然無法抬頭，卻聽得見他的腳步聲。「要不要我幫妳叫輛救護車？我的意思是：妳的情況有沒有很嚴重？也許是食物中毒。要不然我們也可以叫部計程車，到醫院去看病。」

「我沒保險。」我說。

「我也沒有。」我聽見他踩著那雙厚重的皮鞋在浴室門外踱步的聲音。

「我媽媽不知道這件事。」不知道為什麼，我覺得我至少應該告訴他一件有關我的事情。

他笑了起來。這是我第一次聽見羅伯特的笑聲。我斜睨著眼睛，看到他的笑容——他笑得嘴巴成了一個正方形，牙齒全都露了出來，整張臉顯得燦爛而耀眼。「你以為我媽媽知道嗎？」

「她會不高興嗎？」我找了一條洗臉的毛巾，把臉擦乾淨，然後又用漱口水匆匆漱了一下嘴巴。

「也許吧。」我幾乎可以想像他聳肩的模樣。等我站起身來，他便扶我回到床上去，一句話也沒說，彷彿他已經照顧我這個病人好幾年似的。「要不要我留下來陪妳一會兒？」

我心想這表示他還有其他地方要去。「喔，不用了。我現在真的很好了。沒問題了。我想剛才應該是最後一次吐了。」

「我可沒在數妳吐了幾次。」他說。「不過妳肚子裡應該也沒有什麼東西好吐了。」

「希望不會傳染什麼病給你。」

「我從不生病的。」他說。這話我倒相信。「呃，如果妳沒事的話，那我就走了，不過我會留下我的名字和電話號碼。」他把它們寫在書桌上的一張紙的邊緣，也不問問我那張紙是否有別的用途。我吞吞吐吐的告訴他我的姓名。「妳明天可以打電話給我，告訴我妳的情況。這樣我才可以確定妳真的沒事。」

我點點頭，差點就哭了出來。我離家如此遙遠，家裡也只剩下一個必須獨自一人倒垃圾的媽媽。更何況，我得花一百八十美元買車票，才能回到那個家。

「那就這樣嘍！」他說。「再見！要喝點東西喔！」

我點點頭。他對我笑了一下，然後就走了。我很驚訝這個陌生人做起事來似乎一點也不猶豫——他來幫我的忙，然後就走了，乾脆利落，毫不拖泥帶水。我站起身來，倚著書桌細看他的電話號碼。他的筆跡就像他的人一樣，不很工整，卻豪放而有力。

第二天早上，我覺得自己已經快要好了，於是便打電話給他。撥電話時，我告訴自己，我只是想跟他道謝罷了。

一八七七年十月二十二日

親愛的伯父：

我不像您那樣勤於提筆寫信，但今天上午接到您體貼的信函時，我就忙不迭的想向您致謝。我已經把您的信拿給公公看了。他要我告訴您，一個做哥哥的人應該常常來看弟弟，才不會在吃晚餐時被當成外人。這話聽起來雖然像是責備，但公公的口氣是很溫馨的。我把他的意思照實的轉達給您，請您也看在我的分上答應他的要求。我們這兒一直下雨，感覺有些無聊。我非常喜歡您那幅素描。角落裡的那個小男孩畫得真可愛。您捕捉生命瞬間的手法如此巧妙，使我們望塵莫及……我從姊姊家回來時，也帶了幾幅自己的素描作品。我最大的那個外甥女已經七歲了，相信您看到她時，一定會覺得她是一個很可愛的模特兒。

祝安好。

碧翠絲・戴克萊瓦・韋諾

第十四章

凱特

我和羅伯特一起在紐約住了五年。到現在我仍不明白那些時光都到哪裡去了。我曾在某處看過一種理論：所有曾經發生的事很可能都被儲存在宇宙的某個地方，也就是說，每個人的過去都像物品一樣，被摺疊起來放進了宇宙時空中的某個口袋或黑洞裡。我希望那五年的時光能夠在其中保存得好好的。關於我和羅伯特所共度的大部分時光，我不確定自己會不會希望它們都能保存下來，因為其中有一部分感覺很糟。至於在紐約的那幾年，答案則是肯定的。事後回想起來，那五年的光陰過得飛快，但當時我卻相信我和羅伯特會一直過著那樣的日子，直到我們開始必須像成年人一般生活為止。當時我還沒想要生小孩，也沒指望羅伯特能有份穩定的工作。當時每一天似乎都過得很好，很刺激，或至少有可能會發生什麼刺激的事情。

之所以會有那五年的時光，是因為我在嘔吐後的第二天打了那通電話，而且跟他講了好一會兒。後來他說有幾個朋友第二天晚上要去他們念的藝術學校看一齣戲，如果我願意的話，可以跟他們一起去。這雖然不算什麼正式的邀請，但好歹也是一個邀約，而且剛好是我從密西根搬到紐約市不久時，想像自己晚上會和別人一起從事的活動，於是我便答應了。當然，那齣戲我一點都看不懂。我只看到許多藝術系的學生在台上念著劇本，快結束時又把那個劇本給撕了，並且開始用白色和綠色的顏料塗抹前排觀眾的臉。坐在後排的觀眾——包括我在內——根本看不太清楚。我坐在那裡，看著羅伯特的後腦勺，因為他坐的是比較靠近舞台的那一排——顯然他忘了幫我在他旁邊留一個位子。

後來，羅伯特的朋友們一個個都相繼離開去參加派對了，他卻過來找我。於是我們便一起去了戲院附近的一家酒吧，兩人並排坐在酒吧裡的旋轉椅子上。在此之前，我從未到過紐約的酒吧。我記得當時角落裡有一個愛爾蘭小提琴手正對著麥克風拉著樂曲。我們聊著彼此喜歡的藝術家以及喜歡他們的原因。我先提到馬諦斯。到現在我仍喜歡馬諦斯所畫的女人，因為她們都很古怪，而且現在我也不再會因為這點而覺得不好意思。除了女人像外，我也喜歡馬諦斯的靜物畫，裡面充滿了彷彿會游動的色彩和水果。可是羅伯特卻談論了許多我從未聽過的當代畫家。當時他正在藝術學院念最後一年。那個年代人們喜歡彩繪沙發、包裝建築物，也喜歡把一切的東西概念化。我心想他講的內容有些很有趣，有些則不太成熟，但我不想顯露自己的無知，於是便靜靜的聽他滔滔不絕的談論一些我完全不熟悉的作品、運動、藝術活動和觀點。那些都是他所工作的畫坊裡，大家熱烈辯論的題目，當然評論的對象也包括他的作品。

他說話時，我注視著他的側面。他看起來時而醜陋，時而英俊。他的額頭很凸，幾乎像座壁架一般凸出在眼睛上方，鼻子是鷹鉤鼻，一綹頭髮像螺絲錐般垂在鬢角。我心想，他看起來真像一隻猛禽。可是每次一這麼想，就看到他開心的笑著、像個孩子的模樣，於是又開始納悶自己剛才看到的究竟是什麼。他那幅忘我的模樣非常迷人。我看著他用食指摩擦鼻翼，然後又用手背摩擦鼻尖，彷彿鼻子發癢，接著又心不在焉的用手輕輕搔著腦袋，就像一般人幫狗抓癢或狗兒幫自已抓癢那樣。他那雙眼眸有時看起來黑得一如我手中的黑啤酒，有時又像橄欖一般綠，而且會突然盯著我看，弄得我心裡發慌。他那樣子就好像他確信我一直都有在聽，但想立刻知道我對他剛才所提那點有何看法似的。他的皮膚色調溫暖柔和，即便在這十一月的曼哈頓，也好像把陽光留住了。

羅伯特念的是一所很好（至少當時我有聽過）的藝術學院。我心想，「不知他是怎麼進去的。」他說他大學畢業後，就「到處流浪」，過了將近四年，才決定回學校念書。現在他都已經快念完了，卻感覺這些年的時間或許都白白浪費掉了。我聽他談論著當代畫家的作品，卻不由自主的有些恍神，開始想像他脫下襯衫，露出更多肌肉的模樣。此時他冷不防地把話題轉移到我身上，問我想從自己的繪畫中得到什麼。我微笑著回說，沒想到他上次帶我回公寓，讓我可以放心嘔吐的時候，居然也會注意到我的素描。我心想，現在該是我對他展露笑容的時候了，並慶幸自己穿著那件和我的眼睛顏色非常速配的襯衫。我只是一個勁兒的笑著，不肯回答，心想他應該不會再問了。

可是他對我的故作矜持顯然無動於衷。「我當然有注意到呀。」他的語氣很平淡。「妳畫得很好。今後有什麼打算嗎？」

我坐在那兒看著他，最後終於說道：「我也不知道。我就是想來紐約找答案的呀。在密西根的時候我覺得好悶，其中一個原因可能是我在那裡根本不認識別的畫家。」這時我才突然想起他根本沒問過我是從哪裡來的，也不曾透露他自己的背景。

「妳需要認識別的畫家才能把畫畫好嗎？一個真正的畫家不是應該走到哪裡都可以作畫

嗎？」

這話聽起來很刺耳，因此我罕見的板起了面孔：「顯然不是這樣，如果我在你眼裡還算是一個真正的畫家的話。」

他聽見這話，似乎才開始正眼瞧我。他將凳子轉過來，把穿著被我吐過的那隻皮鞋（從鞋上一抹已經褪去的痕跡就可以看得出來）的腳放在我的擱腳架上，眼角的魚尾紋與他那年輕的臉龐毫不相稱，一張大嘴噘了起來，擠出一臉的苦笑。「妳生氣了。」他似乎有點訝異。

我挺直了腰桿，喝了一口健力士啤酒。「沒錯。我雖然不認識什麼藝術系的學生，沒辦法和他們一起坐在時髦的酒吧裡聊天，但我還是一個人很努力的在畫畫。」我不知道自己今天是怎麼了。我通常都很害羞，不會像這樣對人疾言厲色。或許是因為那瓶冒著泡泡的烈性黑啤酒在作祟，也可能是因為他已經講了太久，但更可能是因為我先前一直很有禮貌的在聽他說話，他卻一直等到我發了一頓小脾氣之後，才開始注意到我。此刻，我感覺到他正仔細的打量著我——我的頭髮、雀斑、胸部，以及那還不到他肩膀的身高。他距離我如此的近。他臉上的笑容、溫暖的眼神，以及眼角那些與他年齡不相稱的皺紋，在在都打動了我的心。突然間我有一種感覺：我要把握此刻，讓他一直注意到我，否則以後可能就再也沒有機會了。他也許從此就消失在這個大城市裡，再也沒有消息了，更何況他有的是藝術系的女同學任他挑選。此刻他穿著一件膝部已經磨光、褲腰打了褶的古怪花呢長褲（一看就知道是在平價商店買的貨色），一雙結實而修長的腿穩穩的跨在吧台椅子上，眼睛盯著我看，但說不定他下一刻就會轉過身去繼續喝酒，不再對我有興趣了。

我轉過身來看著他的眼睛說道：「你怎麼可以進到我的公寓裡，看著我的作品，卻完全不予置評呢？就算你不喜歡，也可以告訴我呀。」

他聞言，神色顯得愈發嚴肅，眼睛彷佛要把我看穿似的。我看著他的正面，發現他的額頭上也有皺紋。「對不起。」他皺著眉頭，似乎對我的不悅感到不解，使我頓時覺得自己好像打到了一條狗般。你簡直很難相信幾分鐘之前，他還自顧自的大談特談他對當代畫家的看法呢！

「我沒你們那麼有福氣，可以念藝術學校。」我接著說下去。「我一天要花十個小時做無趣的編輯工作，下了班之後就回家畫畫或素描。」其實我講的不全是實話，因為我一天只工作八個小時，下班回家後往往都累癱了，不是打開幾年前姑婆死後留給我的那台小電視看新聞或情境喜劇，就是打打電話或躺在沙發床上發呆或看書。「第二天早上起床後又去上班。週末有時會逛逛博物館或在公園裡畫畫。如果天氣不好就在室內畫。夠多采多姿吧？這樣的生活算不算是畫家的生活呢？」我最後一句話充滿了譏諷的意味，把自己都嚇了一跳。他是幾個月以來我第一個約會的對象（如果這也算是約會的話），我卻一副要將他生吞活剝的樣子。

「對不起。」他再次道歉。「我得承認妳真是讓我印象深刻。」他垂下眼簾，看著他放在吧台邊緣的手，又看了看我握住健力士啤酒杯的那隻手。然後我們便坐在那兒彼此對望，也不知道過了多久，彷彿要比賽看誰先把目光移開似的。他那雙濃眉下的眼睛（也許是那眼珠子的顏色）攫住了我。我好像從來沒有如此認真的看過別人的眼睛。我心想只要我能形容得出那眼珠的顏色，或者那眼珠深處的斑點的色澤，我就可以把目光移開了。最後他挪動了一下身子，問道：

「現在我們要幹嘛？」

「這個嘛——」我大膽的程度讓自己都嚇了一跳。我知道這並不是真正的我。我會這樣，完全是因為羅伯特這個人以及他盯著我的臉看的模樣。「你可以請我去你家看看你的蝕刻畫呀。」

他笑了起來，眼神發亮，那寬闊、肉感、並不好看的嘴巴滿是笑意。然後他便拍拍膝蓋：

「沒錯。妳要不要跟我回家去看看我的蝕刻畫呢？」

一八七七年十月二十九日

親愛的伯父：

今天上午我們已經接到了您的來信，並且非常歡迎您來家裡吃晚飯。公公希望您能夠早點抵達，並帶著那些文章以便念給他聽。

姪媳碧翠絲・戴克萊瓦草

第十五章

凱特

羅伯特和兩個藝術系的同學一起住在西村的一棟公寓裡。我們抵達時，他們兩個都不在家，房門卻各自敞開著，地板上散落著衣服和書本，就像宿舍的房間一樣。凌亂的客廳裡貼著一張波拉克的海報，廚房的流理台上放著一瓶白蘭地，水槽裡堆著碗盤。羅伯特帶我進他的房間。裡面也很亂，棉被沒摺，地板上放著一堆髒衣服，但書桌前的椅背上倒是整整齊齊的掛了兩三件毛衣。房裡有很多書，其中有些是法文，包括藝術類作品和一些看起來像是小說的書，令我印象深刻。當我就此事問他時，他說他的母親是法國人，戰後才跟他父親一起來到美國，因此從小他就會說法文。

然而，除了法文書籍之外，他房裡最令人矚目的莫過於那些素描、水彩和畫作明信片了。牆上掛著許多幅素描，應該是羅伯特自己畫的，有鉛筆畫，也有炭筆畫。其中好幾張畫的都是同一個模特兒。此外，房間裡到處都是人體的臂膀、腿部、鼻子和手部等的細部描繪。我原本以為他的房間會是現代畫的聖殿，充斥著立方體、線條和蒙德里安的海報，如今卻發現它只不過是一間普通的工作室而已。此刻，他站在那兒看著我。我的繪畫素養告訴我他的素描精彩絕倫，技法成熟而且充滿了生命力、神祕感和動感。「我正在學著畫人體素描。」他嚴肅的說。「但到現在還是覺得很不容易。其他東西我都沒興趣。」

「你很傳統。」我頗為意外。

「是的。」他的回答很簡潔。「事實上我不太在乎什麼概念，也因此我在藝術學院吃了不少苦頭。」

「我還以為——你在酒吧裡談論那些當代大畫家的時候，我還以為你很欽佩他們。」

他用一種奇怪的眼神看著我。「我可沒那個意思。」

我們站在那兒盯著對方看。房裡靜得出奇。在週五晚上的紐約市，這裡有一種被遺忘的淒涼感。我們彷彿置身在沒有人煙的星球一般，又好像是在玩一種捉迷藏的遊戲，沒有人知道我們躲在哪兒。有一瞬間我想起了我的母親。她應該早已在那張大床（父親生前也睡在上面）上睡著了，腳邊躺著那隻貓，大門已經上鎖而且檢查了兩次。樓下的廚房裡，時鐘正滴答滴答的響著。我轉身面對著羅伯特問道：「那你欽佩什麼樣的人？」

「妳要我說真話嗎？」他揚起那雙濃密的眉毛。「我欽佩努力工作的人。」

「你畫得像個天使一樣。」我突然脫口而出。這是母親從前常對我說的話，此時我是發自內心說出口的。

他似乎很意外我會這麼說，表情有些驚喜。「呃，那些評論家可不太會用這樣的字眼。事實上從來不會。」

「聽你說了這麼多，我還是不想去念藝術學校。」我說。他並未請我坐下，因此我只好再度在房間裡閒逛，參觀那些素描。「你應該也有畫油畫吧？」

「當然。但只有在學校裡才畫。在我看來，油畫才是最重要的。」他從書桌上拿起了兩三張紙。「這一陣子我們在學校裡上課時，要用一個模特兒創作一張大型的油畫。這幾張就是我的習作。我可是差點搶破頭才修到這門課。那個模特兒對我來說很有挑戰性。事實上他年紀已經很大了，是個很妙的人，個子很高，滿頭白髮，肌肉雖然很強壯，但已經開始走下坡了。妳要不要喝點什麼？」

「不用了。」我開始納悶自己究竟想從這次邂逅中得到什麼，也開始考慮自己是否該回家了。時間已經很晚了。如果要回家的話，為了安全起見（我住在布魯克林街上），我勢必得搭計程車才行，可是這樣一來，這個禮拜所存的錢就一點都不剩了。羅伯特名下也許有個什麼信託基金之類的，所以他不會理解這種事情。我也開始納悶自己的自尊心到哪裡去了。羅伯特也許只在乎他自己和他的畫作。他之所以喜歡我，可能只是因為我是個很好的聽眾，至少剛開始時是這樣。我的直覺告訴我，事情就是這個樣子。那是女孩和女人們對男孩和男人們的敏銳直覺。「我想我該走了。我得搭計程車才行。」

只見他垂手站在那兒，在這間沒有窗戶的凌亂寢室裡，顯得高大魁梧，卻不知怎地有些怯弱、一副很容易受傷的模樣。他微微俯身，看著我的眼睛說道：「我可以在妳回家前親妳一下嗎？」

我嚇了一跳，倒不是因為他想吻我，而是因為他居然會以如此笨拙的方式問我。一時之間，我突然對他產生了一種憐憫之心——這個貌似匈奴戰士的男子居然會如此膽怯的向我提出這樣的請求。於是我趨前一步，把手放在他那有如公牛和勞動者一般厚實可靠、令人安心的肩膀上。我們的距離如此之近，以至於他的面容在我的視線中模糊了起來，成了一團陰影，眼睛不再是眼睛，只看到顏色而已。接下來他便用嘴唇碰觸我的雙唇。那張嘴唇就像他的肩膀一樣，溫暖、堅實、肉感，但動作卻有些遲疑，彷彿在等待我的回應一般。那一瞬間，我心中再度對他生出了一股同情心，於是便開始回吻著他。

突然間他用雙臂抱住我，差點把我舉了起來，然後便開始忘情的吻著我。我靠在他那壯碩的身軀上，第一次真切的感受到他的高大偉岸。我發現他其實一點也不羞怯，只是不知道該如何不做他自己而已。向來習慣懷疑、批判、分析自己的我，開始感覺他的自我意識正像閃電般灌注我的全身，像是啜飲一壺我從不知道世間居然會有的神水一樣。每一滴神水都直衝我的腦門、深入我的胸腔、奔竄至我的腳底。我有一股強烈的慾望，很想後退一步，仔細審視他的眼睛，但這並非出於恐懼，而是基於一股好奇心——想知道世上怎麼會有人表面看起來如此複雜，事實上卻如此單純。他的一隻大手游移到我的下背部，把我抱得更緊，彷彿我是他熱切期盼的一個包裹。接著，他把我抱了起來，用雙手將我舉在半空中。

我心想接下來我會聽到門軋然一聲關起，而後我便會躺在那張床上，聞著床單上的體味，猜想最近不知道還有誰曾經躺在他的身子下面，然後他會開始在床邊的櫃子裡搜尋保險套（當時愛滋病所引起的恐慌才剛剛開始），而我則半害怕半熱切的答應了他的要求。沒想到他只是親了我一下，便將我放回地上，抱著我說：「妳很可愛。」他撫摸著我的頭頂及髮絲，又用雙手笨拙的捧著我的頭，親吻我的前額，動作是如此溫柔，有如家人一般，以至於我的喉頭開始哽咽：他是不想要我了嗎？但他用一雙大手按住我的肩膀，撫摸我的頸背。「我不想讓妳覺得太倉卒。我自己也不想這樣。明天晚上妳願不願意出來？我們可以去格林威治村的一家餐廳吃飯。那裡東西不貴而且也不會太吵，就像我們今晚去的酒吧一樣。」

從那一刻開始，我的心就屬於他了。「我不想讓妳覺得太倉卒。」過去從來沒有任何一個人對我說過這樣的話。我知道，在適當的時刻（無論是明天、後天或下個禮拜的任何一個晚上），他將會趴在我身上，不是以一個入侵者的姿態，而是以一個愛人的姿態。我不禁納悶，面對我的謹慎與提防，他是如何保持如此單純的心性？他幫我叫了輛計程車後，我們便在街邊依依不捨的吻別，讓我的胃一陣痙攣。他彷彿很開心似的笑著，並擁抱著我，讓那計程車司機等了好一會兒。

他答應第二天我一到辦公室他就會打電話來，告訴我要怎麼到那家餐廳去，但那天上午，他卻音訊全無。快到中午時，我的興奮感逐漸退去，心想他之所以沒和我上床，只不過是拒絕我的一種手法罷了。這種作法既簡單省事，又替我保住了面子。所以事實上，他根本沒有打算要和我一起吃飯。我校閱著手邊一篇關於脊椎穿刺手術的長篇論文，突然微微想吐，彷彿我在百貨公司初次遇見羅伯特時那種噁心不適的感覺又依稀回來了。我在書桌前吃著午餐。四點鐘時，我的電話響了起來。我立刻接起。除了母親之外，沒有人知道我辦公室的電話號碼，因此我知道打電話來的人不是她就是羅伯特。結果話筒裡果然傳來羅伯特的聲音：「抱歉我沒有早點打來。」他並未做進一步的解釋。「妳今晚還想出去嗎？」

那是我們在紐約的五年生活中的第二個夜晚。

第十六章
馬洛

凱特從沙發上站起身來，在她那安靜的客廳裡微微踱步，彷彿被困在籠裡的動物一般。我看著她走到窗邊，又走了回來，想到自己讓她處於這種情境，心裡不禁有點憐憫。她的敘述中還沒提到我最想知道的那些事，但此刻我並不想催她。

我再次想到她必然是個好太太，就像我母親一樣，正直、有條理、很會招呼客人，但卻缺乏我母親那種自信和具有挖苦意味的幽默感。不過她說不定原本也有一定的幽默感，只是因為離婚而消失了。希望她的不快樂只是暫時的。我看過太多女人因為離婚而在感情上一蹶不振。有些人甚至從此變得滿懷怨恨，甚至得了精神疾病，終生無法復原，尤其是當她們在離婚前曾遭受某種重大打擊，或者本身心理方面有某種問題時，更是如此。但我總認為，大多數的女人都很堅強。那些能夠自我療癒的女人在離婚後都能過著更充實、更有深度的生活。聰明的凱特——此時從窗口射進來的陽光正照在她那光滑的頭髮上——也將繼續她的人生，而且或許可以碰到一個更好的人，過著心滿意足的生活，並且變得更有智慧。

正當我這樣想的時候，她突然轉身對我說：「你一定想說當時的情況應該沒那麼糟吧。」語氣中頗有些指責的意味。

我一時張口結舌。「也不盡然。」我告訴她。「但也幾乎被妳說對了。我相信當時的情況是很糟。我剛才是在想，妳看起來很堅強。」

「所以我會撐過去的。」

「我相信會的。」

她臉上的表情好像是想責備我，但接下來只說：「嗯，我想你看過很多病人，一定清楚這樣的狀況。」

「說實話，我從不覺得自己對人有多了解，但我確實曾經近距離觀察過很多人。」過去我從不曾對我的病人如此坦白。

她轉過身來。陽光照在她小巧的鎖骨上，閃閃發亮。「那麼馬洛醫生，在觀察過這麼多人以後，你還喜歡人嗎？」

「妳呢？妳似乎也是一個觀察力很敏銳的人。」

她聞言笑了起來。這是我第一次聽見她笑。「我們別再這樣高來高去了。我帶你去看羅伯特的辦公室吧。」

此話讓我頗為驚訝。理由有二：首先，我沒想到羅伯特居然也有辦公室，其次，她雖然心情不好受，卻仍表現得寬宏大度。也許那間辦公室也兼做家中的畫室吧。「妳確定嗎？」

「確定。」她說。「其實那間辦公室也算不上是個房間。我已經開始清理了，因為我想用裡面那張書桌來整理帳單和我自己的一些文件。他的畫室我還沒動。」

從前她和羅伯特一起住在這棟房子裡面時，他有自己的辦公室和畫室，她卻什麼都沒有。

可以說，羅伯特在她的生命裡佔據了相當大的位置。我希望她也會帶我去看他的畫室。「謝謝妳。」我說。

「喔，你可別太感謝我。」她答道。「他的辦公室很亂。我過了很久才有勇氣打開那扇門，但一旦開始整理，心情就比較好了。你可以隨意看看，因為我現在已經不在乎裡面的任何東西了。真的。」

凱特說著便站起身來，把咖啡杯收好，然後又回過頭對我說道：「請跟我來。」我跟著她走進餐廳，裡面和客廳一樣整潔舒適，擺著一張晶亮的餐桌，旁邊還有幾把高背椅。牆上掛的還是水彩畫，只不過主題換成了山景。除此之外，還有兩張奧杜邦風格的舊版畫，畫的是小鳥，包括北美紅雀和藍雀。但放眼望去還是沒有羅伯特的作品。凱特領著我經過一間光線明亮的廚房，把杯子擱在水槽裡後，就繼續往前走，進入一個比巨型衣櫥大不了多少的房間。裡面放著一張書桌、幾個書架和一張椅子，顯得非常擁擠。那書桌是個古董（就像凱特的大多數家具一樣），體積很大，上方的捲門已經拉了下來，露出一個個格子，裡面放滿了紙張——果然正如她所說，非常凌亂。

在這個房間裡，羅伯特存在的痕跡比客廳明顯得多。我想像他用他的大手把帳單、收據和尚未閱讀的文章胡亂塞進那些格子的情景。地上放著幾個塑膠箱子，上面整齊的貼著標籤，裡面分別收納著各類型的文件，應該是凱特整理出來的。房裡看不到一個檔案櫃（這裡也只放得下檔案櫃）。也許凱特把它搬到別的地方了。「我討厭做這件工作。」她說，但一樣沒有多做解釋。書架上有一本字典、一本電影指南、幾本犯罪小說（其中有些是法文的），以及許多藝術類的書籍，包括《畢卡索和他的世界》，有關柯洛、普丹、馬內、蒙德里安、後期印象派畫家和林布蘭的肖像畫的書籍，以及討論莫內、畢沙羅、秀拉、竇加、希思黎等畫家的著作，為數相當驚人，其中絕大多數與十九世紀的法國畫家有關。「羅伯特是不是最喜歡印象派？」我問。

「大概吧！」她聳聳肩。「他每個時期喜歡的東西都不一樣。我哪知道那麼多？」她的口氣不是很好，我只好轉身看著書桌。「你儘管四處看看吧。」她說。「只要不把東西弄亂就行了。」她轉動著眼珠，補了一句。「總而言之，別把東西弄散了，因為我正試著從這堆東西裡頭，找出那些與財務有關的文件，以免以後被查稅。」

「非常感謝。」我要確定自己已經獲得她的允許，因為我很清楚，在病人還活著的時候，沒有得到他本人的允許就翻閱他的文件，是很嚴重的一件事，即使他的前妻鼓勵我這樣做也是一樣（特別是在他的前妻鼓勵我這樣做的時候），但羅伯特曾經告訴我，只要我願意，我可以找任何一個人談。「妳覺得這裡面會有任何對我有幫助的東西嗎？」

「我看應該是沒有。」她說。「或許就是因為這樣，我才這麼大方。羅伯特從來沒有什麼私人文件──他從來不曾書寫自己的心境，也不寫日記之類的東西。我自己是喜歡寫作啦。但他說他沒法透過文字來了解這個世界。他得用看的、用畫的，把那些色彩捕捉下來才行。我從沒在這裡發現過什麼東西，除了他的一團混亂之外。」

她笑了出來（應該說是冷笑），彷彿很滿意自己的用語。「其實要說他什麼都不寫也不盡然啦──他寫了許多簡短的備忘錄和清單，後來都混在這堆東西裡了。」她從一個已經打開的箱子裡拿出一小張紙，念了出來：「『畫風景用的繩子、後門的鎖、買茜草色素和畫板、週四開支票給東尼。』他總是忘東忘西的。還有，你聽聽看這個：『想想自己快要四十歲了。』你相信嗎？居然有人會提醒自己去想這麼基本的一件事情！我看到這堆垃圾時，心裡很慶幸自己不需要再去面對其他事情——我的意思是：不需要再面對他了。說了這麼多話，你請便吧。」她仰頭對著我笑。「我去弄點午餐，這樣我們倆才能安安靜靜的吃。否則之後我就得去接孩子們了。當然啦，我們明天還可以再繼續談。」她說完不等我回答便逕自走了。

第十七章

馬洛

過了一會兒之後，我在羅伯特的椅子上坐了下來。這是一張古老的辦公椅，墊背是真皮的，已經出現了裂痕，上面還打著一排排的黃銅飾釘，底下有輪子，轉動時搖搖晃晃的，往後靠時又會過度傾斜，感覺不太穩。我猜這應該是他祖父乃至曾祖父留給他的。坐了一會兒之後，我再度起身，輕輕把門關上。我想凱特應該不會介意才對。畢竟，她已經把我一個人留在這兒了。在我看來，凱特．奧利佛似乎是一個很絕對的人。她要說就和盤托出，不說就一點也不吐露。照目前看來，她已經決定選擇前者。我很喜歡她這種作風。

我彎下腰來，從一個文件格裡取出一疊紙張，發現其中有銀行結算書、皺皺的水費和電費單，以及幾張空白的筆記紙。凱特明知她的丈夫如此不善於收拾，卻還讓他管理家中的財務，真是奇怪，但說不定是他堅持的。我看完那些單據後，便把它們塞回格子裡去。另外有幾格是空的，只放了幾枚迴紋針，而且上面已經積了一層灰塵，可見凱特已經開始收拾這裡了。我想像她把此處清理乾淨，將文件疊好，整齊的排放在某處，最後並將桌子拭淨甚至擦亮的情景。也許她之所以肯讓我進來，是因為她實際上已經把所有的私人文件都拿走了。也許她只是假裝歡迎我，做做樣子罷了。

其他幾個文件格裡都沒有什麼引人注目的東西。不過，在其中一格的深處，我倒是看到了一個已經乾掉的東西，後來才發現是一根陳年的大麻煙（這是我很久以前就熟悉的味道，就像人們可以聞得出童年時吃的甜點當中所放的某種香料一樣）。我小心翼翼的把它放了回去。書桌最上層的兩個抽屜擺滿了素描（全都是傳統的人體素描習作，完全看不到類似他掛滿醫院病房牆上的那種女子肖像），以及老舊的型錄（其中以美術用品為主，此外也有一些戶外裝備的目錄，似乎羅伯特也喜歡健行或騎單車）。奇怪，為什麼想到他時老是用過去式呢？他也有可能會康復，而且說不定哪天可以全程走完阿帕拉契山的山徑呢。而我的工作正是要幫助他達到這個目標。

書桌下層的抽屜比較難開，裡面放滿了黃色的拍紙簿。上面有羅伯特所寫的便條，顯然是做為教學之用的（內容包括「之前的寫生簿素描、一些水果——課末的靜物，二小時？」），而且其中大都沒有日期。根據這些便條，我可以推斷羅伯特上課時應該只有訂定一些大綱而已，並未做什麼準備，完全靠他自己。難道他是這麼厲害的老師，把所有的知識都儲存在腦袋裡，隨時都可以有條不紊的傾瀉而出？抑或對他來說，教畫畫這回事只不過就是在課堂上走來走去，評論學生正在進行的創作罷了？我曾在工作之餘，擠出一些時間來上過五、六堂繪畫課，而且樂在其中，很享受那種置身於眾人當中的孤獨感，也喜歡大多數時間都可以專心作畫，但偶爾也會被老師注意甚至稱讚的感覺。

我伸手探了探最底下一個抽屜的底部，只發現一本本的拍紙簿和零散的電話費帳單（已經過期了）。當我正準備轉身離去時，卻發現其中一張紙上有手寫的字跡。那是一張印有橫格線的白紙，看起來皺皺的，好像曾經被人揉成一團，後來又被壓平似的，其中有一角已經破損，內容則是一封信的開頭（也可能是草稿），筆跡挺拔，大而有力，其中有好幾處塗改。根據那堆便條紙上的字跡判斷，這顯然是羅伯特寫的。我把它從抽屜裡拿出來，在桌面上攤平。

我一直想著妳，我的繆思女神。妳的美、妳親切的陪伴、妳的一顰一笑，都在我心中無比鮮明。

第二行被狠狠地畫掉了，之後便是一片空白。此時，我傾聽著廚房那兒的動靜。透過那扇關著的門，我可以聽見凱特搬東西（聽起來像是在油布地氈上拖一張凳子）以及開關櫥門的聲音。我把信摺好，放進夾克內袋裡，然後便俯身在那個抽屜裡做最後一次搜尋，卻再也沒找到羅伯特的任何手稿，只看到一些裝著報稅單的信封，看起來幾乎從未被打開過。

聽起來似乎有些窮極無聊，但既然房門緊閉，凱特顯然也還在廚房裡忙，於是我便彎下腰，把書架上的書拿了幾本下來，並伸手到書後面去摸索，結果沾了一手的灰塵。後來，我摸到了一個橡皮球，可能是孩子們掉在那裡的，外面已經積了一坨蓬鬆的灰塵。想到這些灰塵是由人體脫落的皮屑所組成，我不由得一陣噁心。我把書分批（一次四、五本）搬到地上，這樣萬一凱特冷不防打開房門，才不會看到太多東西被移位了，而且我還可以告訴她我是在看書。

然而，我並未在那幾排書本後面發現其他紙張。我迅速翻開其中幾本，裡面也沒有夾著任何東西。有一瞬間，我彷彿從門口看見自己置身在一個由各種明明暗暗的形狀構築而成的室內空間裡，靠著天花板上的一個燈泡照明。那燈光頗為刺眼，使得整個空間充滿了暗示性的意味，像波納爾的畫一般。此時我才發現這間辦公室的牆壁上居然連一幅畫都沒有。沒有貼在牆上的明信片，沒有預告畫展的海報，也沒有畫廊裡賣不出去的小畫。就畫家的辦公室而言，這是挺奇怪的一件事。也許羅伯特把它們都貼在樓上的畫室裡了吧。

而後，當我俯身搬動書籍時，才發現牆壁上其實有東西，但不是圖畫，而是以鉛筆潦草寫成的幾個數目和文字，因為就在書架旁，從門口是看不到的。有一會兒，我還以為那可能是羅伯特在小孩成長期間測量他們身高的記錄，但後來發現它的位置太低了，還不到一個小小孩的身高。我顧不得手裡還拿著那本《秀拉與巴黎人》，便蹲下來察看，發現它果然是鉛筆（可能是用來塗抹大塊陰影的5B或6B鉛筆）寫的。我瞇著眼睛細看，發現上面寫的是「1879」，然後是「埃特爾塔（Étretat），喜悅」這幾個字。

我看了兩三遍。這幾個寫在牆上的字看起來歪歪斜斜的，想必是他趴在地上寫成的，所以很難寫得工整。由於這間辦公室很小，因此寫字時，他必然得翹起一雙長腿，像小孩那樣。當然，這些字也有可能出自別人的手，但在我看來，那胖胖的É和J以及那長長的y，都像是羅伯特的手筆，和我在那些便條和已作廢的支票上所看到的寬扁有力的筆跡很像。我從口袋裡掏出那張書信草稿，把它拿起來比對，兩邊的y和粗而清楚的小寫t顯然是相同的。像他這樣高大壯碩的成年人，怎麼會趴在辦公室的地板上，在牆壁上寫字呢？

我小心的把信放回夾克裡（它已經被我的體溫弄得有點熱熱的了），並開始四下尋找，看看有沒有空白的紙。後來我想起書桌最下層抽屜裡的黃色拍紙簿，於是便從其中一本撕下一張，仔細的把牆上的文字抄在上面。我心想，埃特爾塔這個字我好像在哪裡看過。無論如何，等到以後有機會再查好了。

在尋找紙張的時候，我又突然有了另外一個靈感，於是便把房裡的那個字紙簍拉了過來，在裡面翻尋，同時每隔幾秒就注意一下房門那兒的動靜。字紙簍裡塞滿了廢紙，不知道是凱特還是羅伯特本人丟的，有可能是凱特在清理房間時扔掉的吧。裡面有更多寫有羅伯特字跡的紙張，還有幾張草圖，看起來像是裸體素描的習作或閒暇時信手塗鴉的作品，其中有些已經被撕成了兩半。這些都是能夠證明畫家羅伯特確實在這裡住過的痕跡。這些便條多半都只有寥寥幾字，而且往往都與日常瑣事有關，因此對我而言毫無意義。我把其中一張翻了過來，上面寫著：「拿明晚要用的紅酒和啤酒。」我原本考慮拿走其中幾張，以便在事後詳讀，但卻不敢這麼做，因為我如果在夾克口袋裡裝滿了紙，走動時勢必會沙沙作響，很可能會讓凱特聽見，那就太丟臉了。就算凱特沒聽見，我自己也會做賊心虛，覺得很難為情。我隔著衣服摸著口袋裡的那張信，心想這種丟臉的事做一次就夠了。「我一直想著妳，我的繆思女神。」誰是他的繆思女神？是凱特嗎？還是金樹林療養中心那些素描當中的女人？她就是「瑪麗」嗎？很有可能。如果我試著不著痕跡的問，也許凱特會告訴我有關她的事情。

我把剩下的書一批批翻閱過一遍，並隨時注意門口的動靜，卻只發現一些用來當成書籤的空白紙條，可能是用來標記羅伯特喜歡的某一頁或與課程相關的某個段落、某張圖畫等等。其中一張夾在一頁馬內的《奧林琵雅》全彩複製畫上（幾年前我曾在巴黎看過這幅畫的真蹟）。當我把那紙條拿走時，畫中的裸女彷彿滿不在乎的看著我。在書架的最上層，我發現了一隻捲成一團、尺寸很大的白襪。現在我已經沒有其他角落好找了，除非把地毯也掀了起來。我瞄了一下書架和書桌的後面，並再次看了一下牆上的日期。「埃特爾塔」是個法文字，指的是一個地方。如果這個名字和旁邊的日期有關的話，那麼一八七九年時在法國究竟發生了什麼事？或者應該說：對羅伯特而言，那裡究竟發生了什麼事？我試著回想相關的記載，但我對法國歷史向來不熟，自從高中上完西方歷史課後，就統統還給老師了。巴黎人民公社好像就是在一八七九年成立的，但也說不定是更早的事情。奧斯曼男爵規劃那些壯觀的巴黎大道是哪一年的事？到一八七九年時，印象主義雖仍飽受批評，但已經儼然蔚為風潮。這是我在美術館參觀和餘暇閱讀相關書籍時所得到的知識。如此看來，一八七九年或許是和平而繁榮的一年。

我打開書房的門，很慶幸凱特沒有先一步進來。比起羅伯特的辦公室，廚房顯得異常明亮。太陽已經出來了，正照得樹上的水珠閃閃發亮。顯然我在翻尋羅伯特的文件時，外頭已經下過雨了。凱特正站在流理台前攪拌著裝在一個大碗裡面的沙拉。她繫著一條藍色圍裙，臉微微發紅，身邊擺著幾個淺黃色的盤子。「希望你愛吃鮭魚。」她說，彷彿認定我也許不喜歡吃似的。

「愛呀。」我照實回答。「我很愛吃，但我原本沒打算讓妳這麼費心張羅的。謝謝妳。」

「這一點也不費事。」她把幾片麵包放進一個鋪著布巾的籃子裡。「這些日子以來，我很少有機會幫大人弄飯。孩子們除了乳酪通心粉和菠菜之外，什麼都不太愛吃。還好他們喜歡吃菠菜。」她轉過身來對著我笑。突然間我有一種很奇特的感覺：眼前這個女人是我的病人的前妻，我只不過在幾個小時前才遇見她，對她一點都不熟，甚至還有些害怕，但她卻正在弄飯給我吃。她站在廚房的另一頭，臉上的笑容看起來溫暖而自然。想到這裡，我真想挖個地洞把自己埋進去。

「謝謝妳。」我再次道謝。

「你可以幫忙把這些盤子拿到餐桌上。」她用那雙纖細的手拿起盤子對我說道。

一八七七年十月三十日

親愛的伯父：

今天上午我之所以寫這封信，是為了向您表達我們的謝忱。感謝您昨晚來訪，為我們帶來了不少歡樂，也感謝您對我的繪畫的鼓勵。如果不是公公和伊維思堅持，我不會想把那些畫拿給您過目。目前我正利用下午的時間努力創作一幅新畫，但並不是什麼了不起的作品。我很高興您似乎甚為喜歡我所畫的少女圖。正如我先前所言，我是用我的外甥女當模特兒，而她就像個小仙女一般。我希望能根據這幅素描再畫一幅油畫，但必須等到初夏的時候。這樣我才能以我的花園為背景。那時玫瑰盛開，是一年當中園裡景色最動人的時節。

敬祝安好。

碧翠絲．戴克萊瓦敬上

第十八章

馬洛

我們靜靜的吃著午飯，很少交談，但氣氛頗為友善。飯後，凱特說她即將要去上班了。我明白她的意思，於是便立刻告辭了。但我們已經達成共識，要在第二天上午再見一次面。我走到屋外後，她隨即把大門關上，但是當我在前院的走道上轉身一瞥，卻發現她仍隔著玻璃往外看。她對我笑了一笑，但隨即便低下頭，彷彿後悔這麼做似的。接著，她對我揮揮手，然後在我還來不及也對她揮手之前，就消失不見了。下過雨之後，院子裡的走道閃閃發亮。我踩著小心翼翼的步伐走到那鋪著碎石的車道上，上車時還摸了摸胸前的口袋，確定那張皺皺的信紙還在那兒。

不知怎麼，我覺得有點悲傷。我已經很久沒有這樣了。過去我和病人見面時，不是在陳設一成不變的診所辦公室裡，就是在氣氛總是明朗歡快的金樹林療養中心的病房裡，但剛才我卻在一個女人的家裡和她碰面，親眼目睹她的生活：她的大門外那株巨大的冬青樹、球莖植物盛開的花壇、她的祖母留給她的家具、廚房裡鮭魚和蒔蘿的氣味，以及她丈夫對她所隱瞞的祕密。她孤孤單單一個人，即使她因此而憂鬱到自己必須去看精神科門診，也不足為奇，但她卻仍然能夠對著我微笑。

我試著沿來時的道路開回去，沿途經過幾座樹林，看到好些有趣的房舍。我腦海中浮現凱特穿上帆布外套、從鉤子上拿下汽車鑰匙，走到屋外並將大門上鎖的畫面。我想像她穿著那藍色的衣裳，彎下纖細的腰身，親吻已經躺在床上的孩子的模樣。那兩個孩子應該像她一樣，都是一頭金髮，但也有可能一個是金髮，另一個則像羅伯特一樣有著濃密而鬈曲的黑髮（但到此我就無意繼續往下想了）。我相信她每次看到孩子都會親吻他們，哪怕他們只是走開一會兒。我心想，羅伯特怎捨得離開這三個令人疼惜的親人呢？但我又知道什麼？或許他其實很受不了他們，也可能他已經忘記他們有多惹人疼愛了。我從來不曾有過老婆或孩子，也不曾有過一棟古意盎然、客廳裡滿是陽光的大房子。我想起我從凱特手中接過盤子的情景。她手上沒有戒指，只戴著一條細細的金手鍊。我又知道什麼呢？

回到哈雷夫婦家後，我把所有窗戶都打開，把從羅伯特辦公室帶回來的那張信紙放在五斗櫃上，然後便躺在那張難看的單人床上打起盹來。有幾分鐘的時間，我真的睡著了，並且夢見羅伯特對我訴說他和他太太在一起的生活，但我一個字也聽不見，只好一直請他說得清楚一些。除此之外，我還在夢中想起了一件事：「埃特爾塔」是法國一個海邊小鎮（但究竟是在哪裡，我就不清楚了）的名字，是莫內那幾幅著名的懸崖畫——那些具有代表性的石拱、藍綠混合的海水以及綠紫夾雜的岩石——的場景。

雖然沒有得到充分的休息，最後我還是起床穿上一件舊襯衫，看了一下目前正在閱讀的牛頓傳記後，便開車下山去城裡找個地方吃晚飯了。我發現好幾家很不錯的館子，並在其中一家吃了一盤有好幾種配菜的馬鈴薯煎餅。這家館子的每一扇窗戶都飾有白色的小燈，好像在過聖誕節一樣。有個女人交叉著美腿坐在吧台邊對著我微笑，過了幾分鐘後，有一個看起來像是紐約商人的男子便過來坐在她旁邊。我心想這真是個奇怪的小鎮。而當我的黑皮諾葡萄酒逐漸開始產生作用時，我就更加喜歡這裡了。

飯後，我在鎮裡的街道上散步，心想不知道會不會遇見凱特。經過今天上午的對談後，我如果不小心撞見她，應該對她說什麼？她又會如何回應呢？後來我才想起，這個時候她一定是在家裡陪著孩子。我想像自己開車回到她家附近，隔著那幾扇巨大的窗戶看著他們的情景。這時，窗外的樹叢想必已經一片昏暗，在那看似飄浮的屋頂下，窗上的光線想必非常柔和，而窗裡則是一幅動人的景象：凱特和兩個可愛的孩子正在玩耍，她的頭髮在燈下閃閃發亮。也可能她會站在煮鮭魚給我吃的那座廚房窗邊，清洗著碗盤，享受孩子上床後的寧靜時光。然後我又突然想到：她可能會聽見我在樹叢裡發出的聲音，然後報警，之後警察將我套上手銬、我白費唇舌的向他們解釋、她很生氣、我很丟臉的情景。

想到這裡，我便在一家精品店前停下腳步，讓自己平靜一下。只見這家店的櫥窗裡擺滿了籃子以及看起來像是手工織成的圍巾。我站在那裡，開始想家。我究竟在這裡做什麼？在家裡，我已經習慣一個人了，但置身在這個美麗的小鎮上，卻讓人格外感到寂寞。我腦海中不斷浮現羅伯特用鉛筆在牆上所寫的字。他的書架上為何會有這麼多印象派的作品？我勉強自己再走一小段路，假裝自己還沒有放棄這個夜晚。我要回家——哈雷夫婦的家，然後躺在床上閱讀那本牛頓傳記。至少牛頓是另外一個世界的人，屬於一個還沒有現代精神病醫學的年代（但這也是很可悲的一件事）。當時還沒有莫內、沒有畢卡索、沒有抗生素，而我也還沒出生。讓已經去世的牛頓陪著我，總勝過一個人在這暮色中的街道上閒晃，看那些整修過的房屋、餐館的桌子以及裹著圍巾、戴著耳環、手牽著手、香氣襲人地走過我面前的年輕情侶。我已經距離年輕歲月太久了。不知道這段光陰是如何逝去的？又是在何時逝去？

這條精品店街的末端有一處停車場，再過去則是一家看起來很熱鬧的俱樂部，後來我才發現它居然是一個上空酒吧。門口雖有一個保鏢，但整體看起來卻不像華府類似場所那般下流。我雖然已經幾十年沒有上過這類場所（只有在大學時代去過一次），但開車時偶爾會經過，因此至少注意到它們的存在。我猶豫了一會兒。門口的那個男子服裝整齊，有如紳士。看來在這個小鎮裡，彷彿連脫衣秀也變得高尚了。他轉過身來，對著我笑了一下。那笑容中有著友善、期待和心照不宣的意味，好像銀行裡的理財顧問一般。他是在邀請我進去嗎？還是在問我要不要申請貸款？

我站在那兒，心想自己是否真的應該進去，因為我想不出任何不該進去的理由。這時，我突然想起我在華府的藝術聯盟學校上課時，所看到的那個很漂亮的模特兒。她裸著比例勻稱的身子站在眾人面前，臉上的表情卻很冷淡，若有所思。也許她正想著她的課後作業或待會兒要去看牙醫的事情吧。她挺著形狀優美的乳房，擺了很久的姿勢，看起來非常專業，只有在委實忍不住時，才會微微顫動一下。

「不了，謝謝你。」我對門口的那人說道，但我的聲音似乎因為年齡和尷尬的緣故而顯得沙啞。他並未請我進去，甚至連傳單都沒發給我，我為何要對他說話呢？我把那本傳記緊緊夾在腋下，繼續往前走，然後便在下個街口拐彎，以免再度經過那家熱鬧的酒店，又碰到那個人。他是否早已習慣了店內的景象和聲音，因此即使必須在這漸濃的夜色裡一個人坐在外面，看不到裡面的種種，他也不引以為苦？他是否到最後已經看膩了，對那些聲色刺激再也毫無興趣了？

回到哈雷夫婦那寧靜的家中後，我躺在那張單人床上，傍著另外一張空蕩蕩的床，好幾個小時都睡不著覺。我聽見雲杉、鐵杉和杜鵑的枝葉摩擦著那扇半開的窗戶的聲音，感受到外面的夜色中那青翠的山脈以及萬物萌芽的景象，但這一切似乎都不包括我在內。我疲憊的身軀問著我那無法休息的大腦：是打從什麼時候起同意讓自己被排除在這一切之外呢？

第二天早上，站在凱特的門廊上，我不但不感到尷尬，反而有一種熟悉、自在的感覺，彷彿是來看個老朋友似的。我像個老友一般趨前按了門鈴，她立刻便前來開門。這回感覺又好像是走進了一齣戲的布景裡，只不過這齣戲我已經觀賞過一次，因此知道所有道具的位置。今天天氣晴朗，陽光灑滿了整個客廳。但與昨天不同的是，窗邊的茶几上新擺了一個花瓶，裡面精心插了一大束從枝頭剪下來的鮮花，有粉色也有白色，而凱特自己則穿著一件番紅花色的棉布上衣及牛仔褲，戴著和昨天一樣的電氣石首飾。昨天我還以為她的眼睛是藍色的，現在才發現原來是藍綠色的，大而清澈。她對我笑了一下，但那是一個含蓄的、禮貌性的微笑，彷彿她看到了一個麻煩人物般，而那個麻煩人物便是我——我又來到她家，想問她更多有關她前夫的問題。

她把咖啡端來後，便坐在我對面的沙發上。「我想我們應該看看怎樣在今天把這個談話做個結束。」她委婉的說道，彷彿她已經想了好久，不知該如何措詞，才能避免傷害我的感情或洩漏她自己內心的感覺。

「是的，那當然。」我要讓她知道我可以欣然接受別人的暗示。「我已經叨擾妳太久了。更何況我明天晚上應該盡快趕回華府去。」

「那你不去學院嘍？」她把咖啡杯放在她那小巧、勻稱的膝蓋上，彷彿在向我示範該如何這樣做似的。她用的是日常談話的口吻，但語氣很有禮貌。我心想可能她今天不會像昨天那般暢所欲言。

「妳認為我該去嗎？那裡有什麼東西？」

「我不知道。」她說。「我相信那裡還有很多人認識他，但我不方便幫你聯絡，而且我也不認為他在學校裡會流露太多自己的情緒。不過他最好的一幅畫就在那裡。那幅畫應該掛在第一流的美術館裡，而且當初應該可以賣個好價錢才對。不是只有我一個人這麼想，但我自己倒並不怎麼喜歡它。」

「為什麼？」

「你自己去看看就知道了。」

我坐在那兒，看著她那小巧的身軀、優雅的儀態，心想我需要知道羅伯特的病起初是怎麼發生的，而我們的時間已經不太夠了。同時我也需要——應該說想要——知道那位黑髮的繆思女神究竟是誰。「妳要不要把昨天說的事情繼續往下說？」我小心翼翼的問，心想如果她沒有馬上講到有關羅伯特如何發病、之後又接受何種治療等等的事，我可以等她說到一個段落後，再引導她進入主題。於是，我默默點了點頭，儘管她什麼話都還沒開始說。此時，窗外一隻北美紅雀飛到了陽光下的樹梢上，樹枝輕輕擺動了一下。

第十九章
凱特

我們後來一直住在紐約，時間過得很快。五年內我們住過三個地方。首先是我在布魯克林的公寓。我們在那裡住了一陣子之後，便搬到百老匯附近、西第七十二街上一個小得不可思議的房間，裡面有一個櫥櫃，櫃板放下來之後，就成了廚房的流理台。最後我們又搬到格林威治村一棟建築物的頂樓（那裡不太通風）。這些地方我全都喜歡，包括那裡的自助洗衣店、雜貨店乃至遊民以及所有我熟悉的一切。

有一天我起床後腦海裡浮現了一個念頭：「我想結婚，想生個孩子。」事情就是這麼簡單。前一天晚上上床時，我還是個自由自在、無憂無慮的年輕女孩，不屑過別人那種傳統的生活。但第二天早上六點不到，當我起床去淋浴、穿衣服、準備上班（那些年我一直都做著編輯的工作）時，我卻變了一個人。這個念頭也許是在我吹頭髮和穿裙子的空檔浮現的：「我要和羅伯特結婚、手上戴個戒指，生個孩子。孩子會像羅伯特一樣有一頭鬈髮，並且像我一樣有著纖細的手和腳，然後我們的生活就會變得更好。」感覺上那畫面突然變得如此真實，彷彿我只要再用點力氣，就可以讓它實現，而且從此以後就會過著幸福無比的日子。當時我並未考慮未婚懷孕，也就是說，像我母親從前半開玩笑所說的那樣，生個「沒有束縛的戀愛」的小孩。對我而言，孩子是與婚姻連結在一起的，而婚姻又與天長地久、孩子騎著三輪腳踏車長大和翠綠的草坪等畫面連結在一起。畢竟，我童年時，大家都是這樣的。我想和母親一樣，彎下腰替孩子們穿襪子，綁鞋帶（就像小時母親幫我把那雙暗紅色淺口小鞋的鞋帶繫緊一樣），我甚至想穿她年輕時的衣服，即使那意味著蹲下來時必須雙腳交疊在身側。我還希望家中的後院裡有一棵掛著鞦韆的樹。

我既沒想到我可以未婚生子，也沒想到我可以在那熱鬧繁華的紐約市（當時我已經逐漸愛上那裡）養育小孩。箇中原因很難解釋，因為我原本確信我所要的生活就是這樣：住在曼哈頓、畫畫、下班後和朋友們在咖啡廳裡見面、談論有關繪畫的事，深夜裡在朋友的畫室裡看羅伯特穿著他那條藍色的棉布短褲作畫，而我自己則用一塊板子放在膝蓋上畫素描，早上起床時打著呵欠準備上班，一直到走在那些矮小的行道樹下前往地鐵站途中才逐漸清醒。這是我的現實生活。但那些目前尚未出世、也不曾在我的白日夢中出現的鬈髮小人兒，卻要我將它們統統捨棄。然而，話說回來，這些年來，儘管我歷經悲傷、恐懼，儘管我失去了羅伯特，儘管我為自己助長地球人口膨脹一事感到內疚，我卻從未後悔生下我的孩子，讓他們來到這世上。

羅伯特並不想放棄我們在紐約所過的那種生活。後來他之所以改變想法，表面上看起來像是為了我，但事實上我猜想是出自肉體的緣故。男人其實也喜歡製造小孩，只是他們會告訴你他們的感覺和女人不同。我想他是被我的熱情感染了。他其實並不喜歡住在處處綠意的小鎮，也不喜歡在小學院教書。但我猜他也知道我們打算在畢業後過的那種生活，遲早會被另外一種生活所取代。當時他已經頗有一點成就了，不僅和他系上的一個老師共同開了一次畫展，也在格林威治村裡賣出了好幾幅畫。他那位住在紐澤西州的寡母——當時她仍然幫他織毛衣和背心，並且用她那法國口音喊他「小伯」——已經認定他將會成為一個大畫家，因此已經開始將他父親死後所留下的一部分錢寄給他，讓他能夠用來畫畫。

由於羅伯特初試啼聲就成績斐然，因此我猜想他當時一定認為自己今後將無往不利，所向無敵。事實上，他也的確頗有才華。每一個看過他作品的人——無論喜不喜歡他的傳統派畫風——似乎都認為他頗有天分。他畢業後留在學校教授初級繪畫課程，同時日復一日的作畫。那些早期作品如今已經被好幾家美術館所收藏。你知道，那些畫真的很精彩。我到現在還是這麼想。

我提出生小孩的計畫時，羅伯特正在著手進行他稱之為「竇加」系列的作品，描繪那些在美國芭蕾舞學校抓著扶手欄杆伸展纖細的手臂和雙腳做暖身動作、模樣優雅性感但卻不肉感的年輕女孩。那年冬天，他花了許多時間在大都會博物館研究竇加所畫的那些小芭蕾舞孃，因為他希望他筆下的人物能夠獨創一格。他在每一幅畫中都加入一些不同的元素，例如在舞孃背後的窗戶中畫一隻想飛進芭蕾教室的大鳥，或讓教室內的無數面鏡子裡映照出窗外沿著牆壁聳立的一棵銀杏樹等等。蘇活區的一家畫廊賣出了其中兩幅，並請他再提供一些。這段期間，我自己也利用下班後的空檔畫畫，一個禮拜三次，無論晴雨。我還記得當時自己有多麼勤奮，因為我認為自己雖然沒有羅伯特那麼行，但也日有進境。有時我們會在星期六下午帶著畫架到中央公園一起作畫。我們彼此相愛，週末時甚至一天做愛兩次，那麼為什麼不順便生個小孩呢？當時我在床上的表現更勝於以往，相信他也深受吸引，因為性生活對他而言向來是極為重要的。此外，他也喜歡在我體內播種、等待著我們之間的連結能夠開花結果的那種感覺。

我們在第二十街的一座小教堂結了婚。我原本想去地方法院公證，但為了讓羅伯特的母親高興，我們依天主教的儀式舉辦了一場小型婚禮。我母親和我高中時代的兩個好友一起從密西根前來參加。她和羅伯特的母親很投緣，在那場感覺很陌生的彌撒期間，她們這兩個寡婦一直都坐在一起。羅伯特的母親還說，今後她除了羅伯特這個「獨子」之外，又多了一個孩子。她幫我織了一件毛衣，做為我的結婚禮物。這樣的禮物聽起來有點遜，但多年來，這件領子像蒲公英的絨毛般的牙白色毛衣，一直被我當成寶貝。事實上，我第一次遇見她就喜歡上她了。她的體型高高瘦瘦的，個性很爽朗，也不知道為什麼會滿意我這個媳婦。我雖然只會說十到十二個法文字，但她相信我只要勤加練習，一定可以說得很流利。羅伯特的父親生前是個參與馬歇爾計畫的軍官，在戰後把她從巴黎帶到了美國，而她似乎也不曾後悔，甚至後來一直都不曾重返巴黎。她到了美國後，接受了護理方面的訓練，此後她的一生便完全繞著護理工作和她的天才兒子打轉。

婚禮時，羅伯特看起來一如往常，沒想太多，只是很高興能和我一起站在那裡，也不在乎他必須穿西裝、打領帶這件事。他的指甲底下還有油彩，也忘了去剪頭髮（由於我們必須站在天主教神父和我的母親的面前，因此我事前還曾經特地交代他要去理頭髮），但至少他沒把戒指弄丟。我們說著那些不熟悉的誓言時，我看著他，感覺他還是像平常和大夥兒站在我們最喜歡的那家酒吧，喝著一杯又一杯的啤酒，爭論著有關透視法的問題時一樣，沒有什麼改變，內心不免一陣失望，因為我原本期望，在我們的生活即將揭開新頁之際，他會因此而有所改變，甚至脫胎換骨、重新做人。

婚禮後，我們前往格林威治村中央的一家餐廳和我們那群朋友會面。當天他們都特意裝扮得衣履整潔，有幾個女人甚至還穿著高跟鞋。我的哥哥和姊姊也從西部趕了過來。大家都表現得有些拘謹，我們的朋友們還和我們的母親們握手甚至親吻她們。酒過三巡之後，羅伯特的同學們在敬酒時開始說些猥褻的笑話，讓我頗為擔心。但媽媽們並未大驚小怪，反而坐在一起，雙頰泛紅，笑得像個十幾歲的少女一樣。我好久沒有看到我母親這麼高興了，心裡也因此覺得好過了一些。

婚後，我花了好幾個月的時間要羅伯特去外地找工作（我希望能搬到一個環境宜人的小鎮，也希望有一天能買得起那裡的房子），但他卻懶得這麼做。事實上，他根本沒有去找。他之所以會得到綠丘鎮的這份工作，是因為有一天他經過一個大學老師的辦公室時，臨時起意，順道進去請那位老師一起吃午飯。席間，那位老師剛好想起他聽到的一個工作機會，說他可以推薦羅伯特去任職。那位老師有一個從事雕刻和陶瓷藝術的老朋友在綠丘鎮教書。他告訴羅伯特，綠丘鎮是一個很適合藝術家居住的地方。他說，北卡有很多藝術家過著很單純的生活，全心從事創作，而他所提到的這個綠丘學院和昔日的黑山學院頗有淵源，因為黑山學院解散後，喬瑟夫．艾柏斯的一名弟子離開了黑山，在綠丘學院成立了藝術學系。他說，那個地方真是再適合不過了，羅伯特可以在那裡畫畫，我說不定也可以，而且那裡的氣候又很宜人。他說他會幫羅伯特寫一封推薦函過去。

事實上，羅伯特生命中的大部分好事都是像這樣靠運氣得來的，而且他的運氣通常很好。警察會原諒他超速的行為，並且把罰款從一百二十美元降到二十五。他的研究補助申請案遲交，但依然可以拿到補助，甚至外加一筆設備費。人們喜歡幫他的忙，因為即使他們不幫他，他還是一樣笑口常開。他從來不把自己的需求放在心上，也不介意別人幫不幫忙。這點到現在我還是想不通。從前我常認為他有欺騙別人、設計別人之嫌，雖然他並非故意如此。但如今我有時候會想，那是因為老天爺對他有所虧欠而做的補償。

我們搬到綠丘鎮時，我已經懷孕了。我曾經告訴羅伯特，我這一生中的摯愛都是從嘔吐開始。事實上，我當時根本忙得無暇去想別的事情。我把公寓裡的物品統統打包，並把一大堆東西送給朋友，心想他們真是可憐，還得留在紐約過著我們從前的那種生活。我們租了一輛卡車。羅伯特說他會找一些朋友來幫忙把東西搬上車，但後來卻忘記了（要不就是那些朋友忘了）。最後我們只得臨時從街坊裡找來兩三個青少年，幫我們把東西從那座沒有電梯的公寓裡搬下來。之前的打包工作都是我一個人在做，因為羅伯特總是會臨時想起他在學校或畫室裡有事情還沒做完。等到東西搬完，我們也把公寓清掃乾淨以免房東扣押訂金時，羅伯特就把卡車開到他的畫室去，搬出一箱箱的繪畫用品和好幾大疊的畫布（我後來才發現，除了畫室裡的這些必需品之外，他從未打包過一件自己的衣服或家裡的鍋盤）。他搬東西時，我只好坐在卡車裡等候，以便在警察或計時停車收費小姐過來時，把車子移開。

我坐在那裡，看著八月的陽光照在駕駛盤上，一邊輕輕撫摸著肚皮。當時胎兒還小（根據診所牆上的圖表，它應該只有花生米那麼大），但我的肚子已然隆起。這是因為我不斷嘔吐，又不斷的吃，人也變得虛弱懶怠，不太想動，也開始不在意自己的腰圍了。當我的手滑過肚子時，心中對肚裡的那個小人兒以及未來的生活突然湧起了一種強烈的渴望。那是我之前從未有過的感覺，而這種感覺我後來並未向羅伯特提及，因為我不知道該如何描述才能讓他明白。當他搬著最後一批破舊的箱子以及最後一個畫架下來時，我隔著卡車的窗戶看他，只見他逕自一副興高采烈、充滿活力的模樣，感覺卻跟我全不相干。他心裡只想著要把那些屬於他昔日生活的東西塞進卡車後面、我們那堆破爛家具中間。那一刻，我突然覺得這也許是一個錯誤的決定，彷彿我的孩子在肚子裡輕聲問我：「他會照顧我們嗎？」

一八七七年十一月五日

親愛的伯父：

請不要怪我沒有早日回信給您。家裡的大多數成員——包括您的弟弟、姪子和兩個僕人——都得了重感冒，因此我這一向都不得閒。但請您無須擔心，因為他們的情況並不嚴重，否則我早已寫信通知您。目前大家都已經逐漸康復，公公也已開始帶著男僕在森林裡做例行的養生散步。我想今天伊維思應該也會跟他一起去，因為他就像您一樣，時時刻刻以公公的健康為念。您寄來的新書我們早已讀完。目前我正在看薩克萊的作品，也會朗誦給公公聽。其他的事容我以後有空時再向您報告。

敬愛您的碧翠絲．戴克萊瓦敬上

第二十章

凱特

從華府往北開了幾英里之後，我們在一個休息站停下來吃午飯並伸展一下筋骨。當時我的腳已經開始時常抽筋。那個休息區有幾張野餐桌和一個小橡樹林。羅伯特察看了一下，確定地上沒有狗糞之後，就躺下來睡覺了。前一天晚上，他很晚才出門，說是去他的畫室打包，後來顯然又花了一點時間畫畫並喝了一些白蘭地才回家（我在他倒在那尚未打包的棉被裡時聞到了他身上的酒味），於是搬家那天早上便起得很晚。我心想，還是我來開車好了，以免他開到半路會睡著。

這時我開始不太高興了。畢竟，我有孕在身，但在準備搬家的過程中，他何嘗幫過什麼忙？甚至明知我們要長途開車，前一天晚上還是不肯好好睡覺。我在他身邊的草地上躺了下來，盡量避免碰到他。心想到了晚上，我一定會累得無法繼續開車。因此如果他現在睡上一覺，也許等我精神不濟的時候，他就可以接手了。今天他穿著一件黃色的舊襯衫，領子上有鈕孔，但並未扣在襯衫上，而是參差不齊的往右邊翹。這大概也是他在平價商店買的，看起來料子很好，而且穿久了之後顯得柔軟舒適。我看到他的襯衫口袋裡塞著一張紙，我猜一定是一幅畫。由於我躺在那裡沒事可幹，又不想吵醒他，於是便小心翼翼的伸手過去把那張紙抽出來，將它打開，發現那果然是一幅畫——一幅用熟練的粗黑鉛筆線條畫成的女子臉部素描。

我立刻發現這是一個我從未看過的女子。我認識格林威治村裡所有曾經被他當成模特兒的朋友，也認識那些曾獲得父母親的書面允許，被羅伯特畫進作品裡的小小芭蕾舞孃，也看過所有他即興創作的人物，卻沒看過這個女人。然而，從這幅畫中我可以看得出來羅伯特很了解她。畫中的她看著我，彷彿認識我一般，雙眸發亮，眼神認真而充滿愛意。她無疑也曾用同樣的眼神看著為她作畫的羅伯特。我可以感受到他端詳她時的目光。他的才華和她的容貌已經水乳交融、無法區分了。但她也是一個活生生的女子，有著精巧的鼻子和臉頰、略微方正的下巴、一頭像羅伯特般凌亂而鬈曲的頭髮、帶著笑意的嘴巴，以及一雙大而有神、彷彿正在燃燒般、毫不掩飾的熱情眼睛。這是一張屬於戀愛中女子的臉，連我都被她吸引住了。感覺上她彷彿隨時可能開口說話，也隨時可能出其不意的伸出手來摸你的臉一般。

過去我一直相信羅伯特是忠於我的，一方面是因為他有這個義務，另一方面也是因為他對周遭的人事似乎渾然無所覺。但看著眼前這張以充滿愛意的筆觸畫成的臉，我突然感到一陣強烈的嫉妒。但在嫉妒之餘，也有些洩氣——我怎麼會一直認為羅伯特只屬於我一個人呢？他是我的丈夫，是和我住在同一間公寓的人，是我的心靈伴侶，也是我腹中胎兒的父親和我的愛人。他讓孤獨多年的我毫無保留的愛上了他的肉體，讓我為他放棄了原本的自我。但這個沒名沒姓的女子是誰？他們是在學校裡遇見的嗎？她是他的學生還是年輕的同事？或者他只是臨摹別人的畫作而已？事實上，這張臉並不年輕，然而它宣示著：只要夠美，年齡不是問題。她說不定年紀比羅伯特還大（而羅伯特的年紀又比我大），也說不定只是一個讓他特別有感覺但卻從未有過肌膚之親的模特兒。因此如果我據此指控他有外遇，很可能只是徒然貶低我自己的身分而已。或者，他已經和她有了肌膚之親，但以為我不會懂得這樣的事，因為我不像他那麼有藝術細胞。

此時，一股憤怒突然向我襲來。想到自從懷孕以來，我就一直忙著整理打包和料理現實生活中的雜務，已經有三個月不曾拿起畫筆。更糟的是，我甚至不覺得那是一種損失。在辭職前那幾個月，我趕工趕得焦頭爛額，下班後也總是不停的做著各種規劃並加以執行。當我忙著安排一切的時候，羅伯特是否正在外面畫著這個美貌的女子？他是在什麼時間、什麼地方遇見她的？我坐在休息區內那片修剪整齊的草地上，感覺到薄薄的衣裳底下那刺人的草梗和爬來爬去的螞蟻。在那座橡樹林的清涼綠蔭下，我一遍遍問著自己：我該怎麼做？

最後，答案浮現出來了：我什麼也不想做。如果我想太久的話，也許會說服自己，她只是他想像中的人物，因為他偶爾也會根據自己的想像來作畫。如果我試圖從他口中套出什麼話來，他可能會因此討厭我，覺得我是一個有偏執狂的煩人大肚婆。萬一那女人對他而言根本不算什麼的話，那就更糟了。也說不定我會發現一些我根本不想知道的事情。我不想破壞我們的新生活。

如果她住在紐約，那麼反正我們也已經離開了，如果羅伯特為了什麼事要回紐約，我就跟著一起去。於是，我把那張美麗的臉孔摺起來，塞回羅伯特的口袋裡。他就像往常一樣，睡得如此之熟，連你搖他或跟他說話，他都沒有反應，因此我並不擔心會吵醒他。

第二天我們開進了北卡羅來納州境內。那裡的景象非常壯觀。我握著方向盤，歡呼了一聲，把羅伯特吵醒了。我們沿著「藍嶺」當中一條長長的山路，開到了綠丘鎮的北邊，再沿著一條比較小的公路開往東邊的綠丘學院。這所學院實際上位於蔭溪鎮，在一座被稱為「峭壁林」的山脈中。很久以前，羅伯特和他的父母親一起度假時，曾經來過這個地方，但已經沒有什麼印象了，而我則從未到過這麼南邊的所在。他說剩下的路程讓他來開，於是我們便交換了位置。當時才過正午不久，整座鄉野似乎都在陽光下沈睡，包括那一棟棟古老寬廣的農舍、河谷上的草原以及到處可見的樹木。放眼望去，只見四周的山脊都籠罩在一層薄霧中。我們沿著山坡往上開到一條小路上時，突然聽見路旁的杜鵑花叢下傳來淙淙的溪水聲。沁涼的空氣滲入我們租來的那輛悶熱的汽車中，彷彿來自某個洞穴或冰箱裡，輕輕吹拂著我們的臉頰，愛撫著我們的雙手。

羅伯特在一個拐角處把車子停下，探身到車窗外，用手指著一面木雕的告示牌，上面寫著：「綠丘學院，成立於一八八九年，原名峭壁農校」。我用我搬到紐約之前母親送我的相機拍了一張照片。那路牌四周鑲著灰灰的粗石，豎立在一座長滿了野草和蕨類植物的草地上，旁邊有一條小徑通往不遠處的幽暗樹林，讓我們感覺好像來到了一座充滿田野氣息的樂園，彷彿隨時可以看到拓荒英雄丹尼爾．布恩這類的人帶著槍、牽著狗走出樹林似的，讓人難以相信我們前一天還在紐約市，甚至覺得紐約彷彿根本不曾存在。我試著想像我們的朋友下班後走路回家，或在擁擠的地鐵站等候火車的情景，腦海中浮現了那喧囂的車水馬龍聲以及各式各樣的噪音。如今這一切都已經成為過去。羅伯特把車開到路邊，停了下來。然後我們便默默無言的下了車。他走到那面用手工刻成的告示牌（上面漆著工整的字母，可能是藝術系學生做的）前，讓我幫他照一張相。照片中的他靠在那面木牌上，雙手抱胸，做出勝利的樣子，儼然已經成了一個山間的鄉巴佬。之後，我們的卡車又在塵埃中冒著熱氣上路。我故意逗他：「現在回去還得及。」

他笑了。「回曼哈頓嗎？妳開什麼玩笑！」

一八七七年十一月十五日

親愛的伯父、親愛的朋友：

有好一陣子沒寫信給您了。但請別以為我把您忘了。您溫馨的來信為我們帶來了喜悅，也謝謝您對我的問候。我很好。伊維思將前往普羅旺斯待兩個星期，因此家裡有許多準備工作要做。部裡派他去那兒籌劃設置郵局的事宜，並預定明年由他出掌該局。公公對伊維思離家一事頗為憂慮。他說我們必須設法請求政府不要派那些家有盲父的人出遠門，又說伊維思是他的手杖而我則是他的眼睛。也許您會以為這將對我造成負擔，但請您千萬不要這麼想，因為對我而言，他是世上最好的公公。儘管伊維思離家的時間不長，但我仍擔心他不在家時，公公會變得無精打采，因此這段期間我將不去探視我的姊姊。也許您可以找一天晚上過來坐坐，讓我們開心一些。我相信公公一定會很希望您能來的。此外，我也要謝謝您用包裹為我寄來的畫筆。我從未見過這麼精美的畫筆。伊維思也很高興，因為他認為這樣一來，他不在的時候，我就有些別的事情可以做了。我已經完成了小安妮的肖像，連同兩幅描繪初冬花園景致的作品，但此後就再也畫不出什麼新東西了。您寄來的畫筆將可為我帶來新的靈感。我極喜歡現代自然派的風景畫，也許比您更有過之而無不及。我總是試著要捕捉那種感覺，但在這個季節實在難以有太多作為。

謹致上我最衷心的祝福。

敬愛您的碧翠絲．戴克萊瓦敬上

第二十一章

馬洛

凱特把她手上那個鑲著一圈黑莓釉彩的咖啡杯放在肘邊的茶几上。她微微做了一個手勢，好像是在告訴我她已經講完了。我立刻點點頭，把身子往後靠，心想不知她的眼眶裡是否含著淚水。「我們休息一會兒吧。」她說，雖然我覺得我們其實已經開始休息了。希望她會願意繼續講下去。「你想看看羅伯特的畫室嗎？」

「他在家裡畫畫？」我試著不要表現出太急切的樣子。

「他在家裡畫，在學校也畫。」她說。「當然，主要是在學校畫。」

二樓中央的廳堂也兼作小型圖書館，地上鋪著已經褪色的地毯，從窗戶中可以俯瞰那座廣闊的草坪。書架上放著更多小說、短篇故事集和百科全書。廳堂的一頭有一張書桌，上面放著繪畫的材料、一罐鉛筆以及一大本已經掀開的圖畫紙，上面畫著一幅窗戶的素描。我心想：這是羅伯特的作品嗎？但凱特注意到了我的視線。「這是我工作的地方。」她簡短的說道。

「妳一定很愛看書。」我試著探問。

「嗯。羅伯特總是說我花太多時間看書了。這些書當中有很多是我父母親的。」

原來這些都是她的書，不是羅伯特的。我注意到這座廳堂通往好幾個房間，其中有幾間關著，有幾間的房門則是敞開的，露出了裡面收拾得整整齊齊的床鋪。我在其中一間總算看到了孩子們的玩具，熱熱鬧鬧的散了一地。凱特打開一扇關著的門，讓我進去。

房裡仍然繚繞著礦物油精和各種油的氣味。我心想，像她這般愛乾淨的家庭主婦（甚至比我母親還更有過之而無不及），怎麼能夠忍受家裡的樓上有這種氣味呢？也許她其實跟我一樣覺得這味道還挺好聞的吧。我們一語不發的進了房間。一走進去，我立刻有一種置身喪禮中的感覺——那位大約一年前還在此處工作的畫家雖然尚未過世，卻已經躺在遠方一家精神病院的床鋪上盯著天花板看。凱特走到那幾扇大大的窗戶邊，把木製的百葉窗一一打開，於是陽光便瞬間灑了進來（當初羅伯特想必也是為此，才選擇這個房間作為畫室吧），照在四面的牆壁上，照在角落裡一疊倒過來放的畫布、一張長桌和幾罐畫筆上，也照在一個造型雅致的畫架上。那是一個可調式的畫架，上面放著一幅幾近完成的畫，一幅讓我的五官為之震動的畫。

除此之外，牆壁上還貼滿了西方藝術史上各個年代畫作的圖片，其中大都是美術館的明信片，包括許多我所熟悉以及未曾見過的作品，有人臉、草地、衣裳、山脈、天鵝、乾草堆、水果、船隻、狗兒、人手、乳房、鵝兒、花瓶、房屋、已死的雉雞、聖母像、窗戶、帽子、樹木、馬兒、道路、聖徒、風車、士兵和兒童等等。這些意象填滿了牆上的每一吋空間，其中大都屬於印象派，包括雷諾瓦、竇加、莫內、莫莉索、希思黎和畢沙羅等，我可以輕易辨認出來的名家之作，但也有些我從未見過、卻明顯屬於印象派的作品。

這個房間看起來像是主人突然離開而來不及收拾似的：桌上放著一堆油彩已經乾掉的畫筆（很可惜，因為這些筆品質都很好）和一塊沾有顏料的抹布。他——我那位在診所裡天天洗澡、刮鬍子的病人——甚至未將桌面清理乾淨。此刻，他的前妻站在房間中央。陽光照著她那顏色像沙丘般的頭髮，照亮了她整個人，也照出她那青春漸逝的美貌，以及心中隱藏的憤怒。

我一邊留意著她的神色，一邊走到畫架前。架上那幅畫中的人物，赫然便是羅伯特常畫的那個女子。她仍是一頭鬈曲的黑髮，雙唇豔紅，眼睛炯炯有神。畫中的她用一隻白皙的手抓住一件險些從身上掉落下來的淺藍色打褶長袍（很可能是舊式的睡袍或禮服）。這是一幅生動而浪漫的肖像，充滿了官能美，但並不致流於煽情。不過她抓住衣服的那隻手臂底下露出了一截圓鼓鼓的酥胸，看起來頗為撩人。令我驚訝的是：她那隻手上居然還握著一支畫筆，筆尖仍沾著鈷藍色的顏料，彷彿她自己也正在作畫似的。畫中的背景似乎是一扇明亮的窗戶，石製的窗框裡鑲著菱形的玻璃，從其中可看見遠處暗藍灰色的海水和雲朵。其他部分（那女人所在的房間）則尚未完成，因此畫的右上角仍是一片空白。

這名女子的面容和她那頭線條優美、色澤生動的黑髮都是我所熟悉的，但相較於羅伯特在金樹林療養中心的病房裡所畫的那些畫，這幅肖像卻有兩個地方不同：首先，它的風格與筆觸更加寫實。羅伯特在畫中揚棄了他慣有的現代派印象主義風格以及偶爾可見的粗獷筆觸，改採一種極其寫實的作風，有些地方甚至近乎照片一般，例如畫中女子的肌膚就畫得有如中世紀晚期的畫作一般細膩光滑，纖毫畢現，使我想起前拉斐爾時期的畫家以及他們那些注重細節的仕女畫。此外，這幅肖像也具有那些畫的神祕特質：寬鬆的長袍、女子寬闊的肩膀、高䠷的身材，以及她渾身所散發的光彩。她的美麗鬈髮有幾綹散落下來，垂在臉頰和脖子上。我心想這不知道是不是根據某張照片畫成的。但問題是：羅伯特是會用照片來作畫的那種人嗎？

其次，畫中女子的表情令我訝異——不，應該說是吃驚。羅伯特在醫院裡所畫的女子神情多半若有所思、面容嚴肅乃至憂鬱，有時——就像我先前提過的——甚至帶著怒意。但在這幅顯然大半時間處於黑暗中的肖像裡，這名女子臉上卻帶著笑容，是我從未見過的模樣。儘管她衣衫不整，但笑容裡卻沒有放肆、淫蕩的意味，而是歡欣、詼諧、具有靈性，而且充滿對生命的熱愛。她那美麗的嘴唇自然而然的張開，露出了部分的牙齒，眼神中光芒閃爍，看起來如此栩栩若生，彷彿會動一樣，讓你想要伸出手來觸摸她那鮮活的肌膚，讓你渴望將她抱在懷裡，聽她的笑聲。從室外灑進來的陽光一束束的照在她身上，勾引出了我心中的一股慾望。這無疑是一幅傑作，無論在構圖或技巧方面，都是我所見過的最精彩的現代人像畫之一，雖然尚未完成，但可以看得出來，創作時間應該已經有好幾個星期甚至好幾個月。

我轉過身去面對凱特時，發現她臉上彷彿有一絲不屑的意味。「看來你也很喜歡她。」她的語調有些冰冷。站在畫中的女子旁邊，她顯得矮小、憔悴乃至消瘦。「你認為我的前夫有才華嗎？」

「這是毫無疑問的。」我聽見自己壓低了嗓門，彷彿認為他可能會在我們背後聽我們說話似的——我還記得從前向他談到他的畫作時，他臉上慣有的那種輕蔑的神情。這對夫婦雖然已經因為種種歧見而離異，但兩者顯然都很善於表達他們心中的不屑。我心想：不知道他們是否有時候也會用這樣的表情相對。此時，凱特站在那兒，眼睛盯著畫架上那個比真人還要鮮活的女子，而後者那明亮的眼神卻彷彿正越過我們，投射在我們背後的某個地方。這時我突然有一種感覺：她正在尋找她的創造者羅伯特，而且已經看到他站在我們身後。我幾乎想轉過頭去，看看他是否確實在那兒。這是很令人不安的一種感覺。因此當凱特關上百葉窗，讓那名輕啟朱唇、笑容可掬的女子沒入一片黑暗時，我並沒有太多失落感。我們步出房門後，凱特便把門關上了。我心想，要到什麼時候，我才有勇氣開口問她畫中那名女子的身分呢？那個模特兒是誰？我剛才應該問的，現在已經錯失了機會。我擔心如果我提出這個問題，她也許從此再也不肯和我說話了。

「他的畫室妳都沒動。」我故作不經意的說道。

「沒錯。」她說。「我想做些改變，但一直無法確定該怎麼做。我不想把東西統統放在儲藏室裡，也不想把它們丟掉。如果羅伯特可以在某個地方安頓下來，我也許會把這些東西打包後寄給他，讓他可以成立一個新的畫室，但我不知道這個可能性有多大。」她避開我的視線。「孩子們不久後就應該擁有屬於自己的房間了。說不定我還會幫自己弄一間畫室。以前我從來沒有屬於自己的畫室，總是把畫架搬到戶外去畫，但這樣只有在天氣好的時候才能工作。後來我們又有了小孩——」說到這裡，她突然停了下來。「有時候，羅伯特說我可以用他畫室的一個角落作畫，或者他可以在學校裡作畫，把這個房間讓給我。但我不想光擁有一個角落而已，也不希望他在學校裡待更長的時間。」

她的語氣裡有某種東西讓我覺得自己不該再問她為什麼，於是我便默默的跟著她下樓。她穿著金色襯衫的背影顯得嬌小而挺直，一副凜然不可侵犯的姿態，彷彿在警告我，不要對她產生任何慾望甚或好奇心，彷彿一旦我的目光在她身上游移，她就會立刻對我不假辭色，於是我把視線移到窗外那株山毛櫸上，只見陽光透過它灑了進來，使得樓梯間成了玫瑰色的世界。凱特帶著我回到客廳，在沙發上坐了下來，用一種意味深長的目光看著我。我明白她想要繼續往下說，於是便在她的對面坐了下來，並試著讓自己的心情恢復平靜。

十二月十四日

親愛的伯父：

昨晚我們有朋友來訪，可惜您無法前來和我們同歡。除了平常那夥朋友之外，伊維思還帶了一位名叫吉伯特．湯馬思的畫家回來。他出身名門，據說頗有才華，但他的作品去年並未入選巴黎沙龍展，使他深受打擊。湯馬思先生想必只比我大個幾歲，年紀約莫在三十左右，頗有魅力，也很聰明，但偶爾會流露出憤世之意，尤其在提到其他畫家的時候，讓我不太敢恭維。不過，他倒是很有風度的表示想看看我的作品。我想伊維思一定認為他或許像您一樣，可以對我有所幫助。他似乎真的很欣賞我為小瑪格麗特（就是我向您提過的那個皮膚很白、一頭金髮的新來女僕）所畫的那幅肖像，讓我不由得有些飄飄然（這點我必須承認）。他說以我的才華應該可以有一番成就，並讚美我對人物的處理手法。我覺得他雖然有些自以為是（我不想用「裝腔作勢」這個字眼，以免您以後說我自命清高），但為人倒是頗為親切。他和他的弟弟打算開一家大型的平價畫廊。我敢說他一定會想陳列您的作品。他答應伊維思改天會帶他的弟弟一起過來。屆時希望您也能夠前來。

這次宴會中還有一個頗為討人喜歡的男子，名叫紀歐姆·杜普瑞。他也是一位藝術家，替一家畫刊工作，前一陣子都待在最近正在鬧革命的保加利亞鄉下。他告訴伊維思，他聽說過您的作品，還帶了一些他製作的版畫來給我們看，其中有穿著美觀制服的騎兵隊在大大小小的戰役中激戰的景象，也有身著當地傳統服裝的村民過著寧靜生活的畫面。他說保加利亞境內山脈綿延，如今局勢動盪不安，在那裡採訪新聞相當危險，但時時可看到極其壯麗的景色。他目前正在創作一系列名為《巴爾幹連環漫畫》的作品。事實上，他娶了一個保加利亞姑娘，並且將她帶到巴黎來學習法文。她有一個可愛的名字，叫做妍卡·喬琪娃，當晚由於身體不適，並未參加我們的活動，但他已經把她的名字寫下來給我了。我發現自己很嚮往這些地方，希望有朝一日能夠親自前往。這一陣子，由於伊維思工作時間很長，因此我們的生活有些無趣。我很高興家裡終於舉辦了一場晚宴，希望您下次能夠前來參加。

我有事待辦，必須停筆了。期盼您繼續來信。

敬愛您的碧翠絲·戴克萊瓦謹上

第二十二章

凱特

我們住在綠丘學院所提供的一座獨棟的綠色大平房裡。開學後，羅伯特常常不在家，並且開始利用晚上的時間在我們的閣樓裡作畫。我害怕那裡的氣味，因此從不上去。那段期間，我開始感受到胎兒在我體內扭動翻騰、拳打腳踢（學校裡某個教職員的太太管它叫「生命的感受」）。或許是因為這個緣故，我日夜都擔心著寶寶的狀況。只要它有一段時間不動，我就以為它生病甚至已經死了。後來我看到一篇報導，說香蕉上面有某種可怕的化學物質，有可能造成胎兒畸形，於是我便不再開著那輛新買的老爺車到附近的雜貨店去買香蕉，而是不時拎著一個大大的空籃子，跑到綠丘鎮的市區去採購有機水果和酸乳酪。事實上，我們不太買得起這些東西，但如果我們連無毒的葡萄都買不起，以後怎麼能夠供孩子念大學呢？

因此，我陷入了一個左右為難的處境，對未來不抱希望，覺得自己以後一定是個生活煩悶、脾氣暴躁、一天到晚要吃鎮靜劑的糟糕母親。我真希望自己當初不曾懷孕，免得我苦命的孩子要出生在這樣一個家庭裡，得忍受我這樣的母親和一個當畫家的父親。天哪！羅伯特吸進了這麼多顏料，也許精子已經產生突變，我為何之前都沒想到呢？我拿著一本書坐在床上，開始哭了起來。我需要羅伯特。晚餐時，我把心中的恐懼告訴了他。他抱住我親了我一下，說沒有什麼好擔心的，但吃完飯後，他就回系上開會去了，因為系裡將聘雇一位山藝專家。我覺得他似乎從來沒有足夠的時間陪我，而且他彷彿也並不在意。

後來，羅伯特在課餘時上閣樓的次數愈來愈多，很可能也是因為這樣，我有很長一段時間沒有注意到他的睡眠狀況。有一天早上，我發現他沒有下來吃早餐，心想他最近有時候會通宵作畫，一直到天明才上床（我們搬進來後，他就在閣樓裡擺了一張舊沙發），所以我醒來時，偶爾會發現他並未睡在旁邊。昨晚想必也是如此。到了中午時分，他終於出現了，頭上的髮絲全都往右邊翹。我們一起吃了午飯後，他就出門去上課了。

我想，我之所以到現在還記得那一天，主要是因為幾天後的一個上午，我接到了藝術系打來的電話，問我羅伯特是否身體不適，因為據他的學生們報告，他已經連續兩個早上沒去學校上課了。我試著回想他最近的行程，卻茫無頭緒，因為我當時肚子已經大得幾乎無法彎腰鋪床了，身子倦怠不堪，頭腦也昏昏沈沈的。於是我便表示我看到他時會問問他，當時我以為他並不在家。

其實那時我自己也很晚起床，因此總以為他在我醒來前就出門了，但現在我開始起了疑心。於是我便走到通往閣樓的階梯底，把門打開。那座階梯雖然很短，但對我而言卻有如聖母峰一般。儘管如此，我還是撩起洋裝的裙襬，開始往上爬。這時我想到這樣做可能會導致羊水破掉，但就算如此，又有什麼關係呢？腹中的胎兒已經到了安全期，那位身兼產婆的護士上週才很高興的告訴我，「要什麼時候生都可以」。當時我內心一直都很掙扎，一方面很想早日看到我們的兒子或女兒的臉，另一方面又希望盡量把生產的日期延後，以免到時候我的寶寶看著我的眼睛，卻發現他這個媽媽根本不知道自己在做什麼。

樓梯頂沒有門，因此我爬到最上面一層階梯，就可以看到整個閣樓裡的情況。只見天花板上吊著兩盞燈泡，而且都還亮著。正午的陽光白慘慘的從天窗裡灑了進來。羅伯特睡在沙發上，臉埋在椅墊裡，一隻手臂垂到了地板上，手掌心朝外，顯得優雅且帶點巴洛克的風味。我看了看手錶，時間是十一點三十五分。看來，他大概工作了一整夜。他的畫架背對著我，空氣中仍然散發著濃濃的油彩味。我好像回到了懷孕前三個月那種噁心不適的狀態，開始有點想吐。於是我便趕緊轉身，吃力的走下樓梯，在廚房的流理台上給他留了張字條，要他打電話到系上去。然後我吃了一點午餐，便出門和我的朋友布麗姬去散步了。布麗姬也是個孕婦，正懷著她的第二胎，不過肚子還沒有我這麼大。我們倆說好每天至少要散步兩英里。

回家後，我看到餐桌上有羅伯特用完午餐的痕跡，而且那張字條也不見了。他後來打電話給我，說他必須在學校多待一會兒和學生面談，晚上也可能會參加學校裡的晚宴。於是我下樓到餐廳裡一個人吃晚飯（晚飯時他從不在家）。夜裡，我在睡夢中聽見閣樓的階梯吱嘎作響，第二天、第三天都是如此。有時我在床上翻個身，會發現他就躺在旁邊，和我只有一隻手掌的距離。有時我睡到將近中午，起床時發現他已經走了。就這樣，日復一日，我等待著孩子的降臨，也等待著他，只不過憂慮孩子的成分多一些。最後我開始擔心：會不會有一天我開始陣痛，卻找不到羅伯特的人呢？但願那個時候他是在閣樓裡畫畫或睡覺，這樣一來我就可以設法走到樓梯底下，大聲的喊他。

有一天下午，我散步完——那兩英里路走起來像是二十英里——回到家後，又接到了系上的電話。對方說他們很不好意思打擾我，但想問我是否有看到羅伯特。我說我會去找他，但回想了一下，才發現他似乎有好幾天沒睡覺了（至少沒在我們的床上睡），而且幾乎都不在家。我有時會在夜裡聽見樓梯響，以為他正在大畫特畫，也許是想在孩子出生前把工作趕完吧。放下電話後，我再度上樓，卻看到他四仰八叉的躺在沙發上睡著了，呼吸緩慢而深長，還微微打鼾。時間已經是下午四點。不知道他當天有沒有起來？難道他不知道他有課要上，還有一個大肚子的老婆要養嗎？想到這裡，我心中一陣憤怒，便緩緩走到沙發前想把他搖醒，但走到一半，腳步突然停了下來，因為這時畫架的正面剛好對著那扇大大的天窗，讓我看到了架上的畫以及散落一地的素描。

我一眼便認出她來，就像跟她失聯了一陣子之後，突然在街上碰到似的。她正對著我笑，嘴角微彎，眼神清亮，表情跟好幾個月前我在休息站從羅伯特口袋裡掏出的素描一樣。那是一幅穿著衣服的半身像。畫中的她身材苗條、結實而豐滿，肩膀略寬，脖子微彎，顯得體態姣好。這幅畫近看之下輪廓雖然清晰且寫實，但畫面卻有些朦朧，明顯是屬於（或趨近）印象主義的風格。她穿著一件打了褶的米色洋裝，正面有緋紅色的直條紋，益發襯托出那飽滿的胸部。這是一件屬於另一個年代的衣服，像是照相館的禮服。她的秀髮盤在頭頂，用一條紅色（是我最喜歡的那種茜草紅）的緞帶紮起。地上的那些素描都是為了這幅肖像而畫的習作。我一看就知道，這是羅伯特歷來最好的作品之一，優雅且充滿含蓄的動感。我很少看到如此生動的面部表情——她彷彿隨時會在我的視線下移動、輕笑或垂下眼簾。

我轉身面對著沙發，心中怒氣陡生，雖然當時我不明白自己究竟為什麼生氣——因為畫中的女子？還是因為羅伯特的絕頂才華？或者是因為我們得靠他的薪水才能買得起酸奶和尿片，他卻在該去上課的時間在家裡睡大覺？於是我便試圖將他搖醒。這時，我才想起他曾經交代我，他睡覺時千萬不要將他搖醒。他說，這會嚇到他，因為他曾經聽說過一個真實的故事：有一個人因為在睡夢中被嚇醒而發瘋了。但這次我再也管不了那麼多了。我粗暴的搖晃著他的身子，痛恨他那寬闊的肩膀、那渾然忘我的模樣、他所夢見所描畫的那個世界，以及事實擺在眼前，他喜歡上別的女人了——難道因為她的腰身比我纖細嗎？我為什麼要嫁給這麼馬虎懶散、自私自利的男人？我生平第一次想到：這都是我的錯，我的眼光太差了。

羅伯特動了一下，喃喃說道：「什麼事？」

「你這是什麼意思？」我說。「現在已經是下午四點了。早上的課又沒去上了。」他看起來嚇了一跳，讓我心裡好過了一些。「喔，糟了。」他努力從沙發上坐起來。「妳說現在幾點了？」

「四點。」我答得乾脆利落。「你打算保住這份工作呢？還是要讓我們一窮二白，沒錢養孩子？隨便你。」

「妳少來了。」他慢吞吞的把身上蓋的毯子掀起來，好像每一件都有五十磅重似的。「沒必要這樣得理不饒人。」

「我可沒得理不饒人。」我說。「不過，你們系上會不會這樣就難說了。等你回電話給他們就知道了。」

他瞪著我，一邊搓著他的腦袋和頭髮，一句話也沒說。我的喉頭開始哽咽，心想到頭來我可能要一個人孤孤單單的過日子，說不定事實上我已經是孤單一個人了。他站起身來，穿上鞋子，沿著樓梯走了下去，我則可憐兮兮、小心翼翼的跟在後面，以免因重心不穩而摔跤。我想盡量靠近他，親吻他後腦勺上的鬈髮，並抓住他的肩膀以免自己搖晃或跌倒，但另一方面又想大聲怒罵他，用指甲猛抓他的背。那一剎那，我甚至意識到自己鼓脹的乳房和小腹，體內因而湧起了一股潛藏已久的慾望。但他走在很前面，離我有一段距離。我聽見他快步走到廚房的聲音。當我抵達那裡時，他已經在講電話了。「謝謝，謝謝。」他說。「嗯，我想只是小感冒而已。明天一定就好了。謝謝，我會的。」說著他便掛上電話。

「你跟他們說你感冒了？」我原本想走過去，抱著他的脖子，為自己所發的脾氣向他道歉，並替他煮一碗湯，跟他言歸於好。畢竟，他工作這麼辛苦，畫得這麼辛苦，當然會累。然而，我話一出口，語氣卻顯得平板且不悅。

「如果妳要用這種語氣跟我說話，那我跟他們怎麼說就不關妳的事了。」他說著便打開了冰箱。

「你昨晚熬夜畫畫了嗎？」

「當然啦。」更讓我生氣的是，他居然從冰箱裡拿出了一罐啤酒和泡菜。「我可是個畫家呀，妳忘記了嗎？」

「這是什麼意思？」我不由自主的把雙手交疊，放在隆起的肚子上。

「還有別的意思嗎？」

「你非得一直畫同一個女人嗎？」

我原本希望他會轉過身來，沈著臉，冷冷的告訴我他不知道我在說些什麼，並且表示他想畫什麼就畫什麼，我管不著。但他卻別過臉去，表情木然，開始把啤酒罐子打開，一句話也沒說，這讓我更加害怕。他似乎忘了那罐泡菜。這不是我們將近六年——甚至這個禮拜——以來第一次吵架，卻是他第一次將臉別過去。

看到他心虛的表情、規避我的目光的模樣，我開始覺得情況真是糟透了，但過了一會兒之後，更糟糕的事情發生了：他抬起頭來，目光卻似乎沒有放在我身上，而是越過我的肩膀投射在某個地方，接著他臉上的線條變得柔和起來，讓我有一種毛骨悚然的感覺，彷彿我背後有個人已經走到門口來了。一時之間，我脖子上的寒毛都豎了起來。看著他那空洞而溫柔的眼神，我努力按捺住轉身去瞧個究竟的念頭。突然間，我發現自己並不想知道太多。如果他愛上了別人，我很快就會知道的。現在我只想躺下來，親近我的孩子，讓自己好好休息。

我離開了廚房，心想如果他因為不負責任而丟了飯碗，我就搬回安亞伯和母親一起住。等我的女兒生下來之後，我們三代同堂，相依為命，彼此照應，直到她長大且可以過更好的生活為止。我走到臥室，在床上躺了下來（那床被我壓得嘎吱作響），並蓋上被子。軟弱的淚水從眼眶裡滲出，流下了我的面頰。我伸出手用袖子把它們擦乾。

幾分鐘後，我聽見羅伯特走過來的聲音，便閉上眼睛。他在床沿坐了下來，使得床又塌陷了一些。「對不起。」他說。「我不是故意要對妳兇的。只是這學期我要教書，晚上又要畫畫，實在累壞了。」

「那你為什麼不放慢腳步呢？」我問。「我現在都看不到你，而且你似乎大部分時間都在睡覺，沒在工作。」我偷偷瞄他一眼。他的神情似乎已經恢復正常，也許剛才是我看錯了。

「我晚上睡不著覺。」他說。「我剛拿到一大筆補助金，想要充分運用。我正計畫開始做一系列的畫，裡面包括很多幅人像，所以總覺得不完成一些就睡不著覺，最後搞得更累，然後就非睡不可了。我猜我已經連續三個晚上沒睡覺了。」

「你可以把腳步放慢的。」我再次說道。「反正孩子生下來以後，你的腳步也非放慢不可。」我心想孩子隨時都可能會出生，但因為我太迷信了，所以沒有講出來。

他摸摸我的頭髮。「是呀。」但語調顯得心不在焉，彷彿心思又飄到了別的地方。我們那群帶著孩子在沙坑玩耍的女性夥伴曾經告訴我，孩子出生前，做先生的有時會「發癲」——她們開玩笑似的說著，彷彿那不是什麼大不了的事——「直到他們看到孩子……」然後每個人都點頭表示贊同。顯然孩子的降臨會讓所有問題獲得解決。或許羅伯特也會因此而有所改變。他會開始早睡早起，在正常的作息時間畫畫，自動把工作顧好，並且跟我同時上床睡覺。我們會一起推著嬰兒車散步，晚上哄著孩子入睡。而我也可以再度提筆作畫。我們可以輪流照顧孩子，讓對方有時間畫畫。也許我們可以暫時讓孩子跟我們睡同一個房間，那間空出來的臥房就可以當作我的畫室。

我心想：該如何向他描述我的願景，又該如何請他配合呢？但是我已經太疲倦了，一時之間找不到適當的字眼。更何況，如果他不是出於自願，或是為了我的緣故，和我一起去做這些事情，他將會是個什麼樣的父親啊？有一點已經夠讓我擔心了：他對家裡有多少錢、帳單何時該支付等等，似乎毫無概念。家裡的帳單都是我在付。每次付帳時，我都把支票放進信封裡，然後舔一舔郵票，帶著些許的滿足把它貼在信封的右上角，雖然我知道這些支票兌現以後，帳戶立刻就接近赤字了。羅伯特按著我的肩膀說道：「我會把畫完成的。我想如果我繼續畫下去，明天就可以完成了。」

「她是你的學生嗎？」我咬著牙擠出了這個問題，我擔心現在不問，以後就沒機會了。

他聞言似乎一點也不驚訝。事實上，他好像根本沒有聽懂我的問題，臉上並沒有心虛的表情。「妳說誰？」

「樓上那幅畫裡的女人呀！」我再度從牙縫裡擠出這些字，心裡已經有點後悔了，暗自希望他不要回答。

「喔，我這次沒用模特兒。」他說。「她是我想像中的人物。」說也奇怪，我既不相信他的話，但也不認為他在說謊。我開始有點害怕，因為我知道，自己從此以後在校園裡碰到那些年輕女孩時，一定會特別留意一頭黑色鬈髮的女生。但這根本是無謂之舉，因為在我們離開紐約之前——至少在我們離開的當兒——他就已經開始畫她了。我確定那是同樣一張臉。

「衣服的部分最難畫。」過了一會兒，他又皺著眉頭說道，一邊還抓抓前額的頭髮、搓搓鼻子，正是他平常迷惑或專注時的模樣。我心想，天哪，我真是個愛大驚小怪的笨蛋。眼前這個男人可是個貨真價實的藝術家，有他自己的創見。他不過是信手把心中的某個意象畫出來罷了，而且畫得還很精彩呢。這並不代表他曾經和某個學生或紐約的某個模特兒上過床。自從我們搬到綠丘鎮來之後，他還沒回過紐約呢。我怎麼可以據此認定他以後不會做個好爸爸！

他站起身來，再度彎腰親了我一下，然後便往外走，到了房門口時又停了下來。「喔，我忘了告訴妳。系上決定明年的教職員個展要展出我的作品。妳知道，這類個展一向是大家輪流的，我沒想到他們會這麼快就讓我有這個機會。到時鎮上的美術館也會協辦，而且我還可以加薪。」

我坐起身來。「太好了。你之前都沒有告訴我。」

「喔，我也是昨天還是前天才知道的。我想把這幅畫列入展出的項目之一，到時也許會畫一整個系列。」他走後，我帶著微笑把棉被蓋上，躺了半個小時。就像羅伯特一樣，我也該睡個午覺了。

後來我再次到閣樓上去找他時，卻發現他已經把畫布刮得乾乾淨淨，一副準備要重新開始的模樣。也許最終他還是沒搞定那件紅條紋的洋裝吧。我幾乎可以再次感覺到她那張臉，以及臉上那種對他又愛又恨的神情。

十二月十八日

親愛的伯父：

昨天快要下雨時，您突然來訪，讓我們不致在雨天枯坐家中，無聊度日，真是令人感懷。能看到您並聽您暢談種種軼事趣聞，真是一大樂事。今天又下雨了。我真希望我能將雨的形貌畫下來，但不知道該如何著手。這點莫內先生無疑已經做到了。我那位向來喜愛日本事物的表妹瑪娣德，在她的客廳裡展示著一系列的日本版畫，其精彩程度實在令法國畫家望塵莫及。但也許日本的雨天不像巴黎這般沈悶吧。儘管有些人對莫內先生和他那群夥伴的作品頗有惡評，但我還是很希望自己能像他一樣，以手中的畫筆呈現大自然的種種形貌。瑪娣德的朋友莫莉索如今已和莫內先生等人一起展出作品（這點您或許已經知道了），而且頗具知名度，但她的曝光程度或許太高了一些。要在這麼多公開場合展出自己的作品，想必需要很大的勇氣吧！今年的雪遲遲未下，真令人翹首企盼。白雪向來是冬季最美的景象。

幸好今早接到了您的來信。您在致函公公的同時也順便寫信給我，真令人感懷。在信中您稱許我頗有進步，實在令我愧不敢當，不過我設在陽台上的畫坊確實對我有所幫助。每當公公睡覺時，我便在那裡消磨時光。今早接獲伊維思的來信，說他的歸期至少要延後兩個星期，對我們（尤其是公公）而言實在是一大打擊。公公只有一個獨子。他們父子感情雖篤，但伊維思卻時常因公在外，無法在家中相伴。我想與其這樣，還不如像我們一樣沒有子息。我為公公感到難過，但我時常和他一起坐在壁爐旁，握著他的手，為他朗誦維庸的詩篇。他的手已經瘦弱得足以作為達文西或某個古羅馬雕刻家臨摹老年人肢體的範本。很高興聽到您那幅大型油畫已有進展，也樂聞您將撰寫其他領域的文章。我雖非您的血親，同樣以您為榮。在此謹向您致上賀忱。

敬愛您的姪媳婦碧翠絲敬上

第二十三章

凱特

二月二十二日時，英格麗在綠丘鎮的一家婦產科診所誕生了。當我發現她是個身體健康、五官精巧的寶寶，後來又摸到她那握得緊緊的小手時，那真是我生命中最光輝的時刻了。更何況經過那慘烈的陣痛之後，我居然還活著。羅伯特也站在那裡撫摸著她。他的指尖幾乎就像她的鼻子一樣大。這時，我發現自己哭了。我看著羅伯特那個模樣，不禁打從心底對他湧生了一股愛意，以至於我不得不將目光從他那有如金色圓盤般的臉龐上移開。現在我才明白什麼叫做愛，而且對眼前這個小小人和大個兒，我的愛可以說是無分軒輊。看著躺在我懷裡的嬰兒那神似羅伯特的小小腦袋，以及那雙滴溜溜的轉動著、充滿好奇的淡褐色眼睛，我開始納悶自己為何從沒發現羅伯特神聖的一面。

我們用我那位住在費城、過世已久的奶奶的名字為她命名。英格麗的睡眠狀況還不錯。從第一個晚上開始，我們的生活就有了固定的模式。羅伯特和英格麗睡覺時，我總是躺在旁邊看著他們，要不就是看書、在屋子裡走動、清理浴室或試著入睡。羅伯特似乎已經累得無法熬夜作畫：每天晚上孩子都會把我們吵醒三次。我告訴他這不算什麼，但他已經覺得快要累癱了。我曾經問他要不要試著餵她喝奶，但他睡眼惺忪、面帶笑容的回答說他想要，可是辦不到。他說，就算他有奶，喝起來味道也不會好。「我體內有太多毒素了。」他說。「我吸了那麼多顏料。」

這話突然讓我有些不悅，也許是嫉妒吧！我心想，他的語氣裡是否有些洋洋自得呢？我的血管裡可沒有任何顏料的成分，只有健康的食物和產後的維他命（我仍然覺得這是我們買不起的東西，但又不想剝奪孩子應有的營養）。我在產房裡對羅伯特那種幾近崇拜的愛意，已經隨著腹部和大腿肌肉日復一日的疼痛而逐漸消逝了，而且我自己也意識到這樣的轉變。這就像是少年時期的迷戀註定成空一樣，只是感覺起來悲哀得多。因為我已經不是個十五歲的女孩，而是個年過三十的女人，卻仍然可以那樣愛他，如今這份愛已然消失，在我心中留下了一個缺口。然而，當我看著羅伯特一手抱著孩子——現在他的姿勢已經很熟練了——用另一隻手吃飯時，心裡對他們兩個仍充滿愛意。英格麗已經開始會轉頭看他。對於這個身材高大、臉部有稜有角、一頭濃密鬈髮的男人，她的眼神就像我從前一樣充滿了驚奇。

在家裡，我對羅伯特的要求並不多。當時他為了多賺一點錢而接下了學校開的初夏課程，我對他已經很感謝了。過了一陣子以後，他又開始在閣樓裡畫到很晚，有時甚至在學校的畫室裡過夜。儘管我們晚上睡覺時仍時常被英格麗吵醒，他白天時也不再睡覺了（至少我沒看見）。他給我看過一兩幅他畫的小型靜物畫，主題是樹枝和岩石，是他給學生出的作業，他自己也動手畫。我看了以後只是笑了一下，不敢告訴他我覺得那些畫了無生氣，讓我想到法國人所說的Nature morte（註：即法文「靜物」之意，但morte也有死亡、枯燥、毫無生氣的意思）。要是在幾年前，我可能會針對這些畫和他爭辯，給他一點刺激，告訴他這些畫裡面就只缺一隻軟綿綿的雉雞了。但現在，我看到的不只是樹枝和岩石，還有我們賴以為生的麵包和奶油，因此我選擇閉上嘴巴。

心想，我們還得幫英格麗買嬰兒食品，最好是有機紅蘿蔔和菠菜做的那種，而且有一天她可能會想上紐約名校巴納德學院呢。更何況，我唯一的那套睡衣上個禮拜膝蓋的部位已經破了個洞。

六月的一個上午，羅伯特出門去上課後，我決定到城裡辦些事情。其實那些事情也不是非辦不可，但我想讓生活有點變化，以免老是推著嬰兒車在校園裡散步。我先把英格麗準備好，讓她在嬰兒床裡玩幾分鐘，然後便利用這個時間去拿我的毛衣、車鑰匙和錢包。但後來我卻發現掛在後門旁邊鉤子上的車鑰匙不見了。當下我便確定鑰匙是我在吃早餐時被羅伯特拿走的，因為他偶爾趕不及上課時會開車去學校，而往往又找不到他自己的那把鑰匙。當下我真是一肚子火。

最後，在不得已之下，我只好爬到閣樓上去，看看羅伯特的鑰匙是否放在他桌上那堆私人物品裡，那裡通常有如一幅靜物畫般，擺放著皺巴巴的紙、幾支筆、自助餐廳裡的餐巾紙、電話卡，甚至還有錢。閣樓裡有些昏暗，但還不至於看不到東西，一開始我只朝著那張凌亂的桌子看，一心只想趕緊找到車鑰匙以便能夠出門，因此並未意識到自己最初所看到的景象。後來，我緩緩的拉下燈泡的繩子，把燈點亮，才想到我已經好幾個月沒上閣樓來了。事實上，自從英格麗出生後，我就再也不曾上來過，而英格麗現在已經四個月大了。我先前說過，當時我們住的是那種鄉下式的舊房子。屋頂下方並未裝潢，房子的橫梁和屋頂板都裸露在外。閣樓的面積大約是屋子的寬度，天氣熱時簡直像個火爐，還好我們住在山區，炎熱的日子並不多。我絕望的看了一下桌子上那堆熟悉的雜物，然後便四下張望。

第一眼的感覺我實在說不上來，只能說我當時情不自禁的驚叫了一聲。因為我看到閣樓四壁上都是同一個女人的圖像：不同的部位，不同的版本，一再重複，宛如被分屍了一般，只是看不到血跡罷了。這女人的臉我早已經看過，此刻在這個房間裡又看了幾十遍，有的面帶笑容，有的神情嚴肅；尺寸各異，表情不同，時而頭髮盤起，時而髮梢上插著一朵紅色的緞帶花，有時戴著一頂黑色的帽子，有時穿著一件低胸的洋裝，有時則秀髮垂肩、雙峰裸露，讓我更加驚駭。有一幅是戴著小巧金戒指的手部特寫，有一幅畫的是一隻鞋扣開得很高的老式皮鞋，有的甚至只畫了一隻手指或一隻光溜溜的腳，有的竟然畫了一個輪廓細膩、略帶縐褶的乳頭、一截裸露的背脊、肩膀或臀部，還有一幅畫的是位於張開的大腿中間的一叢陰暗恥毛。相形之下，更令人驚訝的是另外幾張，包括一隻扣得整整齊齊的手套、一件灰黑色洋裝的上半身、一隻拿著扇子或花束的手、一個披著斗篷的神祕身軀。此外更多的是她的臉，有側面、半側面和正面像，每一張都可以看到她那雙悲傷的黑眸。

閣樓裡雖未裝潢，壁板卻都經過磨光，因此他畫在牆上的圖案細部都很清楚。這些拼貼式圖像的背景是柔和的灰藍色。每一幅圖像四周都畫著春日的花朵。這些花雖然沒有圖像本身這麼細膩寫實，但也精巧可辨，其中包括玫瑰、蘋果花、紫藤等，其實都是此地校園裡可以看到的花朵，也是我和羅伯特兩人都喜歡的花。屋頂的橫梁上畫著紅、藍兩色的波浪形長緞帶，造成一種所謂「錯視畫法」的效果，使我想起維多利亞時期寢室的壁紙。

閣樓裡最窄的兩面牆上各畫著一幅風景畫，色調柔和，頗具印象派風格。兩幅畫中都可以看到那名女子站立的身姿。其中一幅畫的是一處海灘，左側有高聳的峭壁。她獨自一人站在遠處凝望大海，雖然手中拿著一把洋傘、頭上也戴著一頂綴滿花朵的藍色帽子，但由於海上的光線過於刺眼，她還是用手遮著眼睛。另外一幅畫的是一片草地，上面色彩點點，想必是夏日的花朵。她側躺在已經長得頗高的綠草上，正讀著一本書，旁邊一把洋傘撐在地上遮住了她的頭部，而她身上那件粉紅色的印花洋裝襯得她一張俏臉分外嬌豔。令我訝異的是，她身邊居然有一個年紀大約三、四歲的小女孩正在採花。我心想這靈感不知是否得自英格麗的降生。這讓我的心裡稍微好過了一些。

我在羅伯特那張會嘎吱作響的椅子上坐了下來，心裡很清楚——尤其是當我看著草地上那個穿著洋裝、戴著帽子、有著一頭如雲的鬈曲黑髮的小女孩時——英格麗正一個人待在樓下的嬰兒床裡，我得趕緊回到她身邊才行。在這閣樓裡面，除了斜屋頂下的一個空白角落（顯然羅伯特還沒畫到那裡）之外，所有地方都塗滿了色彩、洋溢著美感並充斥著這名女子的形貌。羅伯特畫架上那兩幅尚未完成的作品畫的也是她。其中一張她披著一件類似斗篷或披肩的黑布（羅伯特只畫了一半）坐在那兒，臉上有著陰影，眼神裡不知道是愛意還是恐懼，好像正在看著我，於是我便趕緊將視線移開。另外一幅畫更令人害怕。在畫中，她抱著一具癱軟在她懷中的婦人屍體，並貼住後者的臉頰。這婦人頭髮已經花白，同樣穿著類似照相館禮服的服裝，額頭中央有一個暗紅色的傷口，雖然不大，但是很深，不知怎地，看起來比任何血淋淋的傷口都更猙獰可怖。這是我第一次看到這樣的畫面。

我又在那兒待了一分鐘（但感覺上卻很久）。我看得出來，牆壁和畫架上的這些畫都是他歷來最好的作品，是他灌注全副的心神所畫出來的無與倫比的傑作，但也是他試圖抒發內心某種已經快要爆炸的強烈情感，以免它氾濫不可收拾的結果。他一定花了不知道幾天、幾夜、幾個禮拜乃至幾個月的時間。我想到他雙眼下面的黑眼圈，以及他臉頰和額頭上因為過度勞累而開始出現的皺紋。他曾經跟我提過幾次，說他這些日子以來是多麼專心一志，只想一直畫下去，好像都不用睡覺。當時我還覺得有點嫉妒，因為晚上要起來餵奶，我成天總是睡眼惺忪、昏昏沈沈的。畫架上的這兩幅畫可以拿去展覽，但閣樓牆壁上的這些畫卻不能拿來賣。事實上，我希望沒有別人看見這幕駭人而怪異的景象，否則我們該如何向校方解釋？不，總有一天，在我們搬家之前，他必須要用油漆把這些圖畫統統刷掉。但一想到這些光彩洋溢的作品要被塗掉，我的心就一陣揪緊。除了我以外，沒有人會了解這些作品。

最糟的是，無論這個女的是誰，都不是我，而且她的女兒還像英格麗一般，有著一頭鬈曲的黑髮。難道是得自羅伯特的遺傳？我想我真的是太累了，才會有這麼荒謬、不合理的念頭。畢竟，那個女人本身就像羅伯特一樣，有著一頭黑色的鬈髮。然而，我的腦海中又浮現了另外一個更可怕的想法：羅伯特是不是希望他自己能夠變成畫中的女人？也許他畫的就是他想要變成的模樣。說真的，我對自己的丈夫有多了解呢？但羅伯特一向很有男子氣概，因此我立刻推翻了這個可能性。我實在不知道哪一件事情更讓我憂慮：是眼前這些幾乎填滿了每一吋空間、毫不留情的包圍著我的畫作？還是他從未主動和我談過這個主宰了他生活的女人這項事實？

我站起身來，很快的在房間裡搜尋了一下。當我抖著沙發上的毯子（羅伯特顯然已經很少睡在這裡了）時，雙手不禁微微發顫。我想找到什麼呢？他並未和別的女人上床（至少沒在家裡）。毯子裡也沒有掉出什麼情書來，只有羅伯特的手錶（他最近一直在找這只手錶）。我翻了一下他桌上的那堆雜物，只看到一疊紙張，其中有些是為了那些肖像和邊框所做的素描。不過，我倒是找到了他的車鑰匙。鑰匙圈上還吊著幾個黃銅硬幣，是我幾年前給他的。我把它放在我的牛仔褲口袋裡。

沙發旁有好幾疊從圖書館裡借來的書，亂七八糟的堆在一起。其中大多數是大本的藝術類書籍。羅伯特時常會帶書和照片回家，所以這至少沒什麼好驚訝的。但現在這些書已經多得不像話，而且幾乎都與法國印象畫派的發展有關。我知道幾年前我們住在紐約時，他一度對竇加頗為著迷，但卻從來不曾發現他對印象派如此感興趣。這堆書當中有些是關於印象派大師及其先驅，如馬內、波丁、庫爾貝和柯洛等人的生平，其中幾本還是從很遠的幾所大學借來的。有些則是講述巴黎的歷史、諾曼第海岸、莫內在吉維尼的花園、十九世紀女子的服飾、巴黎的人民公社、拿破崙皇帝、奧斯曼男爵如何重塑巴黎的形貌、巴黎歌劇院、法國的城堡和狩獵活動、繪畫史中女人的扇子和花束等。為何羅伯特從不曾和我討論這些他感興趣的事情？這麼多書究竟是怎麼跑到我們家來的？他之所以閱讀它們，難道只是為了創作閣樓裡的這些畫嗎？羅伯特可不是個歷史學家。據我所知，他平常只看藝術用品目錄，偶爾也只讀些犯罪小說罷了。

我坐在那兒，手裡拿著一本瑪麗．卡薩特的傳記，心想：這一切必定都是為了他的個展，是他的某個靈感與企劃案，只是他忘了告訴我。還是我忙著照顧孩子，沒想到要問他？或者是這個企劃案涉及他對那個神祕模特兒的感情，因此無法對我開口？我再度環顧閣樓裡如巨浪般湧來的圖像，那些宛如被一面碎裂的鏡子所映照出來的動人的女人圖像。他根據書中的資料仔細的描繪了她那個時代應有的服裝樣式：鞋子、手套、打褶的白襯衣。但對他而言，她顯然是一個活生生的人，是他生命中的一部分。此時，我聽見了英格麗的哭聲，才恍然如噩夢初醒般的離開了閣樓。

我帶著英格麗開車到鎮上，把她放在嬰兒車裡，推著她走在那些退休老人、遊客和午休的人群中。我為她借了一本《野獸國》，以便念給她聽（我喜歡這樣做。每次看到這本書的封面，都覺得自己又變成了一個孩子），然後又借了一本放在圖書館展示架上的梵谷傳記。我該繼續深造了，但關於梵谷，我除了眾人皆曉的那些傳說之外，其他一無所知。借了書之後，我又在一家精品店內買了一件正在打折的夏季洋裝。那是一件印有紫羅蘭圖案的米色棉布洋裝，樣式有些傳統，和我平常穿的牛仔褲和素色T恤風格完全不同。心想，也許我可以請羅伯特畫一幅我穿著這件洋裝站在陽台或宿舍後面的草地上的模樣，我努力壓抑腦海中所浮現的閣樓牆壁上那個黑髮小女孩的畫面。「您還需要什麼嗎？」店員問我，一邊將兩三根免費贈送的線香包了起來，放進袋子裡。

「不，謝謝。這樣就夠了。」我彎下腰把坐在嬰兒車裡的英格麗扶正，努力克制著不讓眼淚流下來。

一八七七年十二月二十二日

我親愛的伯父、親愛的朋友：

謝謝您寄來的動人書信，我實在愧不敢當，但今後每當我在繪事上需要受到鼓勵時，便會將它拿出來反覆觀看。今天天色陰沈，因此我便提筆寫信給您，藉以消磨一些時間。相信您將會前來與我們共度聖誕假期，無論何日何時，只要您能前來，我們都至為歡迎。伊維思希望到時他也可以回來待上幾天，但是否能有較長的假期，目前尚無法確定，再加上過年時，他必須趕回南方完成他的工作，因此我想我們將不會大肆慶祝。這兩天公公又感冒了。但請放心，他的情況並不嚴重，只是很容易疲累，眼睛也較平日疼痛而已。我已經讓他敷著熱水袋躺在起居室裡，方才察看時，發現他已經在溫暖的爐火旁睡著了。今天我自己也有些疲倦，除了寫信之外，什麼事也做不成。不過我昨天作畫倒是頗為順利，因為我已經找到一個很好的模特兒，那便是我的女僕伊思梅。有一回我問她有沒有聽說過您摯愛的故鄉盧維西安時，她很害羞的告訴我，她的家鄉葛賀米耶村就位於盧維西安附近。伊維思說，我不應該讓僕人們坐在那兒讓我畫畫，認為這對他們而言是一種折磨，但我要到哪裡才能找到這麼有耐性的模特兒呢？不過她今天出門辦事去了，於是我便坐在這兒寫信給您，一邊留意著公公的動靜。

您已經見過我的畫室了，所以應該知道裡面除了畫架和工作檯之外，還有一張書桌。這是我從小家中就有的一張桌子，原本屬於我的母親，桌板也是她親自油漆的。我總是坐在這張桌子前面，一邊望著窗外，一邊寫信。我相信您一定能夠想像今天早上花園裡有多麼潮溼，令我難以想像這就是去年夏天我畫了好幾幅風景的那座小小樂園。不過，此刻園子雖然荒涼，景色還是很美。親愛的朋友，如果您願意，請在腦海中想像著這座花園。它是我冬天的慰藉。

碧翠絲．戴克萊瓦敬上

第二十四章

凱特

羅伯特回家後，我並未向他提起閣樓的事。他教了一天的書，已經很累了。於是我們便靜靜的坐在一起喝著我煮的扁豆湯。英格麗則興高采烈的把蘋果醬和胡蘿蔔吐在她的衣服上。我一邊餵她，一邊用溼毛巾一遍又一遍的幫她擦嘴，很想鼓起勇氣問羅伯特有關那些作品的事，卻開不了口。他坐在那兒，一手撐著下巴，眼睛下方的紋路頗為明顯。我意識到對他而言，似乎有某種東西已經改變了，但卻說不上來那究竟是什麼，跟其他東西又有何不同。偶爾，他的視線會越過我，望向廚房門口，眼裡透著失望的神色，彷彿他正等著某人在那裡出現，但那人卻從未到來一般。我再度汗毛直豎，感到一陣恐慌與憂慮，並努力壓抑想要追隨他目光的念頭。

吃完晚餐後，他就上床了，而且一口氣睡了十四個小時。我收拾廚房後就哄英格麗睡覺，夜裡又起來餵她。早上跟她一起醒過來後，我計畫邀羅伯特一起去散步，但當我從學校的郵局回來時，他已經走了，床鋪沒整理，餐桌上則放著一碗吃了一半的麥片。我到閣樓上去瞧他在不在，卻只看到那個好像萬花筒般的女人，不見羅伯特的蹤影。

第三天我再也忍不住了。到了下午，當羅伯特上完課回家後，我便刻意哄英格麗睡午覺。我知道這樣會讓她睡得太晚，以致晚上不肯睡覺，但為了讓我們的生活有機會重新步上軌道，我願意付出這個小小的代價。因此，當羅伯特進門時，我已經泡好茶等著他了。他坐在餐桌旁，臉色疲憊陰沈，嘴角一側微微下垂，彷彿快要睡著、即將哭出來或輕度中風一般。我知道他一定很累，心想在這個時候逼他和我長談是否過於自私，不過這也是為了他好——他真的有某些地方很不對勁，我非幫他不可。

我把杯子放在桌上，裝作若無其事的坐了下來。「羅伯特！」我開口了。「我知道你累了，但我可以跟你談個幾分鐘嗎？」

他的視線越過茶壺瞥了我一眼，頭上有幾撮髮絲豎了起來，臉色悶悶不樂。這時我才看出他應該已經有好幾天沒洗澡了，一副髒兮兮的模樣。我得勸勸他，要他無論在教書或繪畫方面都要有所節制。我想他只是太過勞累。這時，只見他把手裡的杯子放在桌上。「我又怎麼了？」

「沒事。」我說，但喉頭已經開始哽咽。「什麼事兒也沒有，我只是替你擔心。」

「不用擔心我。」他說。「有什麼好擔心的呢？」

「你已經累壞了。」我努力克制自己。「你工作得這麼辛苦，已經累壞了，更何況我們也難得看到你。」

「這不就是妳要的嗎？」他開始咆哮。「妳不就是要我好好工作來養妳嗎？」

我雖然已經盡量克制，但還是忍不住淚水盈眶。「我希望你快樂呀。我看得出來你有多累。你白天都在睡覺，晚上又通宵作畫。」

「除了晚上，我哪還有時間作畫？再說到了晚上我通常也會睡著。」他憤怒的用手拂著額前的頭髮。「妳以為我有什麼進展嗎？」

看著他髒亂的頭髮，突然間，我心中也湧起了一股憤怒。畢竟，我也很辛苦。我一次只睡兩、三個小時，還要做所有乏味無趣的家事，完全沒有機會作畫，除非我犧牲更多的睡眠，但這是不可能的，因此我只好放棄畫畫。如果沒有我，他哪能做什麼呢？他從來不需要洗碗、刷馬桶或做飯，這些工作都是我代他承擔。在這樣的情況下，我偶爾還會洗個頭，讓自己在他眼裡不致顯得太過邋遢。「還有一件事。」我的話簡短得出乎我意料之外。「我去過閣樓了。那是怎麼回事？」

他往後一靠，挺起那壯碩的肩膀，坐在那兒一動也不動，眼睛定定的看著我。這是我們在一起以來，我第一次對他感到害怕。不是懼於他的卓越或才華，也不是怕他傷害我的感情，而是一種說不出來的、出於動物本能的恐懼。「閣樓？」他問。

「你在那裡畫了很多東西。」這次我的語氣更加謹慎。「但不是畫在畫布上。」

他沈默了一會兒，然後把一隻手橫在桌上。「那又怎樣？」

其實我最想問的是有關那個女人的事，但我開口說的卻是：「我還以為你是在為你的個展做準備呢。」

「我是呀。」

「可是你只畫了一張半的油畫呀。」這不是我想要討論的問題。我的聲音又開始顫抖了起來。

「妳現在連我的工作也要管了，是不是？還是妳乾脆告訴我該畫什麼算了？」他挺直了腰桿坐在廚房那張小椅子上，身形看起來巨大無比。

「不！不！」我說著說著，眼淚便奪眶而出，因為他的口氣是如此殘忍，而且我對自己不敢說出內心的真話也感到失望。「我沒有意思要教你畫什麼。我知道你得畫自己想畫的東西。我只是擔心你。我想念你。看你累成這個樣子我很害怕。」

「省省吧！我不用妳操心！」他說。「還有，別干涉我的事。我最討厭別人監視我。」他喝了一口茶之後，就把杯子放下，彷彿那茶難以入口，然後他離開了廚房。

他不肯留下來和我說話，這讓我心碎至極。那一剎那，我苦澀的意識到我的噩夢已然開始。我努力的掙脫這種感覺，並發現自己已經跳起來追趕他。「羅伯特，等等！別走開！」我在走廊趕上他，並抓住他的手臂。

他掙脫了我。「妳走開。」

此時，我的自制力完全瓦解。「她是誰？」我哭著問。

「誰是誰？」他問，然後便沈著臉走開，進入臥房。我站在臥室的門口，涕泗橫流的看著他在我那天早上才整理好的床鋪上躺了下來，並聽見自己令人難堪的嗚咽聲。他蓋上被子後便閉上眼睛。「別管我。」他說，連眼睛都不曾睜開一下。「別管我。」令我害怕的是，他居然當著我的面就睡著了。我站在門口，一邊壓抑著自己的啜泣聲，一邊看著他的呼吸逐漸緩慢下來，變得平和而規律。他睡得像個孩子一樣。此時在樓上睡覺的英格麗卻哭著醒了過來。

第二十五章

馬洛

我想像著碧翠絲的花園裡的景致。那一定是一座長方形的小巧花園。我找到的那本有關十九世紀晚期巴黎形貌的畫冊中，並沒有碧翠絲的作品，但有一幅莫莉索的畫，描繪的是她丈夫和女兒坐在樹蔭下的長椅上乘涼的親密模樣。圖旁的文字顯示莫莉索一家和碧翠絲一樣，住在巴黎市郊一個名叫「帕西」的豪華新社區。我在腦海中想像著碧翠絲的花園在秋末的景象：樹葉已經變成黃色或褐色，其中有些被大雨沖得黏在石板路上。後面那堵牆上攀爬著酒紅色的蔓藤。根據一幅描繪類似圍牆的畫作旁邊的註解，這種蔓藤就是原生的「五葉地錦」。園子裡應該有一座日晷，四周種著幾株只剩下光禿禿的褐莖的玫瑰和鮮紅色的玫瑰果。我想像著這一切，但刻意忘掉那日晷。園子裡想必還有幾座潮溼的花壇、被雨打壞的菊花或其他大型花卉的殘骸。園子中央應該有幾株整齊的灌木，並放著一張長椅。

坐在桌前望著窗外這一切的女子應該有二十六歲，在那個年代來說已經是很成熟的年齡，結婚已經五年卻還沒有小孩。從她對她外甥女的喜愛來看，這應該是她心中的一個隱痛。我看到她坐在她母親油漆的那張書桌前，身上那件淺灰色洋裝——女士們早上和下午不是會穿著不同的衣服嗎？——的寬大裙襬如波浪般垂在椅子邊，領口和袖口都鑲有蕾絲，濃密的秀髮綰成一個髻，以銀色的緞帶紮著。她的輪廓深刻，即便在那黯淡的光線中也顯得五官鮮明。她的頭髮既黑又亮，嘴唇鮮紅，一雙眼睛充滿渴望的看著眼前的信紙。在這個溼漉漉的早晨，寫信已經成了她最佳的精神慰藉。

第二十六章

凱特

那一整個夏天，羅伯特持續教書、睡覺、作畫，作息日夜顛倒，而且對我敬而遠之。過了一陣子之後，我逐漸習慣了這樣的模式，不再暗自哭泣。因為愛他，我要自己堅強起來，並同時靜心等待著。

九月時，新的學年開始了，我在學校裡的那群朋友也恢復了聚會。當我帶著英格麗去和系上教職員的太太喝茶聊天時，總是聽她們聊著關於丈夫們的種種。偶爾我也會講一些關於自己無傷大雅的點點滴滴——羅伯特這個學期教三門繪畫課、他喜歡吃辣肉醬、我應該去找那個食譜等等——以顯示我們的生活一切正常。

但同時我也私下蒐集資訊以做比較：她們的丈夫顯然早上都跟她們同時起床，有些還起得更早一些，以便出去跑步。其中一個的先生每星期三的課程比較少，因此那天晚上便固定由他負責做菜。我聽她們聊到這件事時，心中不禁暗自納悶羅伯特是否曾經注意過哪一天是星期三，或哪一天是星期幾等等。不用說，他從未煮過一頓飯，除非開罐頭也算是做飯。另外一個太太的先生每個禮拜有兩個晚上會負責帶小孩，以便讓她有一點屬於自己的時間。我曾經看過這位先生準時現身來接他們那個兩歲大的小孩。我心想他怎麼知道現在是幾點、應該在哪裡出現呢？在這些聚會中，我絕口不提羅伯特的情況，只是微笑聽著她們說起自己先生的一些小毛病。「他衣服丟在地上都不撿？」我很想說：「這算什麼呢？」生平第一次，我開始納悶系上那些女教師的日子是怎麼過的。我認識其中一個。她是個單親媽媽。想起這點，我突然有點感傷，也有些罪惡感，因為當我們這群太太們在這裡愉快的聚會時，她卻必須去上課。我們從未試著將她納入我們的成員當中。我們的生活是如此自由——只要在家裡數錢就好了，不需要為錢打拼，但我的生活卻似乎不像其他人那樣自由。我心想這究竟是怎麼造成的。

秋季裡，有一天羅伯特回家時一副興高采烈的模樣。他親了一下我的頭頂後，便告訴我，他已經決定明年一月應邀去北邊教一個學期的課程，職位很高，待遇很好，地點是在離紐約頗有一段距離的巴奈特學院。巴奈特有一座著名的美術館，固定會邀請畫家擔任客座講師。他列舉了幾位在他之前擔任過這個教席的大畫家。他說他只要教一門課就夠了，其他時間都可以拿來畫畫。在那裡他將可以當個全職畫家。

有一分鐘的時間，我不太能理解他的意思，雖然我知道我應該為他高興。我放下手中的抹布問道：「那我們怎麼辦？要把一個幼小的孩子帶到一個新環境裡待幾個月可不是件容易的事。」

他盯著我看，彷彿從來沒有想過這點似的。「我只是想……」他緩緩的說。

「你怎麼想？」為什麼我光看著他那皺眉的表情就感到如此憤怒呢？

「呃，他們並沒說可以帶家眷。所以我打算一個人去，好好的畫一些畫。」

「你至少可以問問他們，是不是可以把和你住在一起的人帶去呀！」我的手開始顫抖，只好將它們放在背後。

「妳沒必要講成這個樣子！妳根本不了解不能畫畫是什麼滋味。」他說。但據我所知，他已經畫了好幾個星期。

「那就不要一天到晚睡覺呀。」我說，儘管他那一陣子白天都沒在睡覺。事實上，那段期間他總是在熬夜，並且老是待在畫室裡，似乎睡得很少，已經開始讓我擔心了。不過他在我腦海中那種老是躺在床上或沙發上的形象，已經根深柢固了。

「妳根本不懂該如何支持妳的男人。」他氣得臉色發白，但至少開始注意到我了。「我當然會很想念妳和英格麗。到時候妳可以帶她去玩一趟。我也會隨時跟妳保持聯絡呀。」

「支持妳的男人？」我掉過頭去看著那些櫥櫃，心中不停的問著自己：是什麼樣的丈夫才會為了自己的工作離家一整個學期，完全沒和我商量，也沒問我想不想一個人帶著年幼的孩子被留在這裡？是什麼樣的丈夫？什麼樣的丈夫？櫥櫃的門都關得好好的。我心想是不是只要看著它們看得夠久，胸中的怒氣就不至於爆發？跟一個瘋子住在一起久了，自己難道不會變瘋嗎？也許我也可以變成一個天才，但如果天才近看之下就是這副德性的話，我不確定自己會想當一個天才。事實上，如果他先問過我、先和我商量的話，我一定會毫無怨言的放他走的。我努力揮去腦海中那個黑髮女子的形貌——她的形象為何如此鮮明呢？我大可以讓他離開一陣子，專心工作，有點成就感，並將他那一系列的畫作完成，這樣說不定他就會痊癒了。

但我卻聽見自己惡聲惡氣的咆哮，像一隻終於忍不住反撲的野獸。「你原本可以先問問我的。好吧，就這樣吧。你愛做什麼就做什麼。救救你自己。我們五月再見！」

「去妳的！」羅伯特一個字一個字的說道。我從未見過他如此憤怒——應該說是如此安靜的憤怒。「我會的。」然後他做了一件很奇怪的事：他站起身來，緩緩的轉了兩三圈，彷彿想離開廚房卻找不到門口在哪兒似的。不知怎地，這比從前發生過的所有事情都更讓我害怕。突然間，他終於找到了出去的路，之後那兩天就再也不見人影了。這段期間，我一抱起英格麗就開始哭，但又不敢讓她看見我在掉眼淚。後來，羅伯特回來了。但再也沒提起我們那次的對話，我也沒問他去了哪裡。

然後，有一天早上，我正在為自己和英格麗弄早餐時，羅伯特出現了。他的頭髮溼溼的，看起來很乾淨，聞起來還有洗髮精的味道。他放了幾根叉子在餐桌上。第二天他又早早起床，吃了早餐。第三天他親了我一下，跟我說早安。當我走進臥室去拿東西時，發現他已經把床鋪整理好了，雖然不是很整齊，但終究是整理過了。當時正是十月，我最喜歡的一個月份。樹稍一片金黃，風一吹葉子就嘩啦啦的掉了下來。他似乎又重新回到了我們身邊。雖然我並不知道是怎麼一回事，但漸漸的因為太高興了，也就沒問。那個星期他每天都準時——意思就是和我同時——上床，並且和我做愛（我已經不記得有多久沒這樣了）。令我訝異的是，他的身體並未因為生了小孩而有所改變，還是那樣健美、壯碩、溫暖，有如雕像一般，頭髮在枕頭上狂野的披散著。我則為了自己因生產、哺育而變形的身軀感到難為情。當我把這種感覺告訴他的時候，他用他的熱情平息了我的疑慮。

其後的幾個禮拜，羅伯特開始在課餘之暇作畫，不再通宵工作了。而且只要我一喊他，他就會下來吃晚飯。有時他會留在學校裡的畫室作畫，尤其在畫那些尺寸較大的作品時。每當此時，我就會用嬰兒車推著英格麗，去學校接他吃晚飯，而他也會把畫筆收好，和我們一起走路回家。那真是一段幸福的時刻。在路上遇到朋友時，想到他們看到我們一家三口相偕返家，吃一頓我已經煮好並放在二手碗罩裡保溫的晚餐時，我就很開心。晚飯後，他會去閣樓作畫，但不會搞得太晚。他上床後有時會看一點書，而我則頂著他的下巴打瞌睡。

這段期間，羅伯特在畫室和閣樓裡——他不在的時候，我偶爾會上去瞧瞧——創作的是一系列靜物畫，畫得很美，而且其中經常有某種滑稽突梯的元素。至於那幅奇怪的黑髮女子沈思像，以及她抱著一具婦人屍體的那幅大型油畫則已經被翻了個面，靠牆放著，而我也不敢去問他。閣樓的天花板上仍然畫滿了她的服裝和身體的各個部位，但他沙發旁邊的那堆書已經又換成了展覽目錄，偶爾也會出現一本傳記什麼的，但已經看不到與印象派畫家或巴黎有關的書籍了。我有時會懷疑，他前一陣子那種狂亂有如著魔般的舉止，無論代表何種意義，可能只是一場夢罷了，是我自己杜撰出來的。然而那座色彩繽紛的閣樓卻提醒我那是真的，確實存在過。每當我心裡又有疑慮時，我總是避免再上去那裡。

當英格麗已經開始會爬時，有一天早上，羅伯特睡到中午才起床。當天晚上，我聽見他在樓上時而作畫，時而踱步的聲音。他一連畫了兩個晚上都沒有睡覺，然後就開著車子走了，一天一夜都不見人影，一直到第二天早上我吃完早餐後，他才回來。這段期間我也睡得很少，有好幾次噙著眼淚考慮要報警，但是看到他之前留給我的紙條才沒這麼做。他在紙條上寫著：「親愛的凱特：不用擔心我。我只是需要睡在野地裡罷了。現在氣溫並不很冷。我會帶著我的畫架。如果不這樣做，我想我會發瘋。」

那一陣子的天氣確實很溫和。藍嶺山脈的晚秋有時就是這樣。羅伯特回家時，帶了一幅剛完成的精彩風景畫，畫的是山頂下方的原野和夕陽。一個身穿白色長洋裝的女子走在那褐色的草地上。她的外型——她的腰線、裙子的縐褶、隆起的胸部和美麗的寬肩——我熟悉得幾乎像是可以用手摸到一般。畫中的她正好轉過身來，因此臉朝著前方，但由於距離太遠，只看到一雙好像是黑色的眼睛。當天羅伯特一直睡到傍晚才起床，錯過了早上的繪畫課以及下午的系務會議。於是第二天我就打電話給學校健康中心的醫生。

第二十七章

馬洛

我想像著她的生活。

她不可以在沒有女伴陪同的情況下單獨外出。她的丈夫成天不在家，但她卻不能打電話給他（要等到至少二十五年後，巴黎人的家裡才會有這個奇怪的發明）。一大早，她的丈夫就穿著黑色的西裝和外套，戴著高高的帽子，出門搭乘公車。沿著奧斯曼男爵所設計的寬廣大道，前往市中心區的一棟大樓擔任指揮郵務的工作，一直要到晚上，才會拖著疲累的身軀回家，有時身上還散發著微微的酒氣。因此從早到晚，她都看不到他，也聽不到他的消息。

如果他告訴她說他那天加班，她也無從得知他究竟去了哪裡。有時她會幻想他可能是在一個很安靜的會議室裡開會。裡面的男人都像他一樣穿著白襯衫、黑西裝，打著柔軟的黑領帶，圍著一張長桌坐在那兒。有時她會想像他坐在某個裝潢高雅的俱樂部裡，有一個只穿著絲質的短晨褸、緊身褡和打褶的襯裙、底下趿著高跟便鞋、但頭髮做得很整齊、其他方面看起來都很正經的女人，會讓他用手撫摸她那裸露出來的白皙胸部。這些景象她從小到大都沒見過，只有從友伴之間的耳語以及小說裡暗示性的描述中，才略微得知一二。

她無法證明她的丈夫去了那些地方。說不定他根本沒有。但不知怎地，這幕一再出現的景象不僅不曾讓她嫉妒，反而使她如釋重負，彷彿有人分擔了她的重擔一樣。她知道，除了這些極端的場所之外，比較有教養的紳士會去一些飯店吃午餐或晚餐，在一起聊天。偶爾他回家後並不用飯，只是很高興的說他今天吃了很棒的法式烤雞或橙汁烤鴨。此外，也有一些有音樂演奏的戶外咖啡廳，可以讓男人和女人正正當當的坐在一起。當然他也可能找家咖啡廳，一個人坐在那兒喝著咖啡，看著《費加洛晚報》。或者，說不定他真的只是比較晚下班罷了。

在家時，他是個殷勤體貼的丈夫。如果和她一起吃晚飯，他會先沐浴更衣。如果他在外面用餐，而回到家時她已經吃過了，他便會穿上晨褸，在壁爐旁邊抽煙，或是讀報紙給她聽。當她坐在那兒專心為她姊姊剛生下的嬰兒織花邊或繡衣服時，他偶爾也會極其溫柔的親著她後頸。有時他會帶她去巴黎新開的那家閃亮的加尼葉歌劇院聽歌劇，或到一些更高級的地方去聽交響樂團演奏、喝香檳，或到市中心參加舞會。她會穿著新做的藍綠色絲質洋裝或玫瑰色的緞子衣裳。當他挽著她的手時，臉上顯出一副自豪的神色。

最重要的是他鼓勵她作畫。即便她模仿一些較激進的畫家的風格（他們一起去看了幾次這樣的展覽），大膽使用粗獷的筆觸，嘗試不同的色彩與光線的處理手法，他依然點頭稱許，更從不曾因此而說她是激進派的畫家。他總是告訴她：她純粹是個畫家，想做什麼就去做。她向他闡述自己的主張：她認為繪畫應該反映大自然與人生，並說那些充滿光線的新派風景畫很讓她感動。他點點頭，但仍以謹慎的語氣告訴她：他不希望她對人生有太多的了解。他說，大自然是一個很好的題材，但人生則比她所想像的更加殘酷。他認為讓她在家裡有一些自己喜歡的事情可做，對她而言是件好事。而他本身也喜愛藝術。他看得出她有才華，也希望她能快樂。他認識那頗有魅力的莫莉索夫婦，也遇見過馬內一家。雖然馬內名聲不好，但他總是說他們一家人都很善良，又說馬內雖然很有才華，卻做了一些不道德的實驗（畫了一些放蕩的女人），讓他自己在別人眼中顯得過於時髦摩登，真是很可惜的一件事。

事實上，伊維思時常帶她去畫廊。他們每年都去參觀沙龍展，置身在那加起來總共有一百萬的人潮中，聽著眾人談論哪些畫作是他們所喜歡的，而哪些又是被評論家鄙棄的。偶爾他們也會去羅浮宮走走。在那裡，她看到藝術系的學生臨摹著各種繪畫和雕刻品，偶爾還可以看到幾個沒有年長婦人相伴的女子，想必是美國人吧。在伊維思面前，她不好意思觀賞那些裸體人物，尤其是那些雄壯威武的男性裸體。她知道自己絕對不會去畫裸體模特兒。她結婚前，曾在一位學者的私人畫室裡習畫，總是對著石膏像臨摹，而且她的母親也都會在場。至少她學得很認真。

她有時會想：如果她選一幅畫參加巴黎沙龍展的話，不知道伊維思會怎麼說。沙龍展內也有女畫家的作品，只是數量很少。他從未說過任何藐視那些畫作的話，而且無論她畫什麼，他都是讚賞有加。同樣的，他也從未對家務有任何抱怨（她把家打理得很好），只是偶爾（大約一年一次）會很有禮貌的請她不要把肉煮得太熟，或請她在走廊的桌子上也擺一盆花。但是到了夜裡，當他和她親熱時，他的表現就完全不同了，顯得熱情甚至狂放。她喜歡這種感覺，但白天時卻連想都不好意思想，只是偶爾會暗自希望，有一天早上當她醒來時，會發現自己似乎不需要在內褲裡放上摺好的乾淨布墊，也不需要靠熱水瓶或雪莉酒來舒緩她那每月發作一次的痙攣。

然而，這樣的事卻尚未發生。也許她想太多了，或是想太少了，或根本就想錯了。所以她試著完全不去想它。現在她等待的是一封信，那是她今天早上最重要的消遣。那位穿著藍色短外套的年輕郵差一天會來兩次。她聽見他在雨中按門鈴以及伊思梅開門的聲音。她試著不要讓自己看起來太急切。事實上她也並不急。當她正在著裝，準備下午出去訪友時，那封信會被放在一只銀色的托盤裡，送到她的起居室來。她會在伊思梅出去前將它打開，然後把它塞進抽屜裡稍後再讀。她還不習慣把信塞進胸前的馬甲裡帶著走。

在此同時，她還要閱讀並回覆其他的信、訂購食品、去見裁縫師，還要趕著把她聖誕節要送給公公的溫暖床罩縫完。此外，她還要照顧那位年邁的公公。他是個很有耐心的人。每當他睡完午覺後，她總會親自端著飲料、帶著書本去看他，而他也很喜歡這樣，總會用他那青筋畢露的手撫摸她的手，並用那幾乎空洞的眼睛看著她，感謝她對他的照顧。她其實很期盼這樣的時刻。此外，有些花卉她一定親自澆水，不假手於僕人。最重要的是，她臥室旁那個原本是陽台的房間，裡面有她的畫架和顏料。

這些天來擔任她的模特兒的不是伊思梅，而是一個新來的女僕，名叫瑪格麗特。她年紀更輕，比小女孩大不了多少，有著她所喜歡的文雅面孔和金黃色頭髮。碧翠絲已經開始畫她坐在窗邊埋頭縫紉的模樣了。因為她說她擺姿勢時手裡閒不下來，因此碧翠絲便樂得讓她縫補一些領子和襯裙，只要她俯身時頭部不要亂動就好。

畫室裡的光線頗為明亮。即便雨水沿著那一扇扇的窗框流了下來，她們還是可以一起做點活。這時瑪格麗特的雙手會在那堆細緻的白色棉布和花邊上來回移動著，而碧翠絲則忙著估量形狀或色彩，試圖重現她彎腰拿著針線時那年輕而圓潤的肩膀以及她衣服和圍裙上的褶痕。兩人都沒有說話，只是各自安詳的做著手中的工作。每當此時，碧翠絲就感覺到作畫這件事已經成了家務的一部分，就像廚房裡燉著的午餐和餐桌上所插的那些花一樣。她幻想著自己所畫的，不是眼前這個她很喜歡但卻幾乎一無所知的安靜女孩，而是她尚未出生的女兒。她想像著女兒在她畫畫時朗誦詩篇給她聽，或吱吱喳喳說著有關朋友的事的景象。

事實上，她一旦開始畫畫，就不再去擔心自己的作品有何意義、畫得好不好、是不是可以和伊維思商量參加沙龍展這些問題了——反正她畫得還不夠好，而且很可能永遠也達不到可以參展的程度。此外，她也不會去思索自己的生命是否具有更大的意義。在這個時刻，她只想專注於眼前的畫事：她終於在調色盤上調出那女孩衣服上的藍色調了，那年輕的臉頰應該用旋轉的筆觸來上色，明天早上她還得再加一點白色（需要更多的白色和一點點灰色才能表現那雨中的秋光，但這已經來不及在午飯前完成了）。

如果她那天早上已經作過畫，下午不想繼續再畫，而且當天不需要外出訪友，也沒有友人來訪的話，下午的時光就會變得有些空虛。看小說時，又覺得書中的人物了無生氣。這時候她便會開始寫信。這封信她在腦海中已經構思了一陣子，是回覆放在書桌的文件格中的一封信函的。寫信時，她會把兩隻腳併攏，縮在椅子下面。至於那張桌子，今年秋天時她已經將它搬到了窗邊，以便坐在那兒欣賞花園裡的景致。

寫信時，她發現今天的天氣有點怪異，強勁的雨勢過後便開始下起了霙，然後又變成了雪。巴黎的秋天有時就是這樣。她想起去年在一場展覽中所看到的幾個字眼：「雪之印象」、「冬天的印象」。當時那幾個新進畫家所展出的作品不僅包括陽光下的綠野，也包括雪景。那是他們在寒冷的戶外所完成的革命性作品。當時她站在那些被報紙大肆批評的畫作前，內心卻湧起了一股虔敬之情。地上的積雪確實有著灰色的微粒，在某種光線、某個時辰和某種天色下，也有藍色的成分，以及赭石、褐色乃至淡紫的色調。早在一年前，她就不再認為雪是白色的了。那是她在審視花園時所發現的。直到現在，她幾乎都還記得那一刻。

此刻，初冬的第一場雪就在她眼前成形。原本下著的雨毫無預警就搖身一變成了雪花。她停下了手中的筆，將它在肘邊用來拭筆的法蘭絨布上擦了一擦，以免墨水沾到她的袖子。那枯萎的花園已經蒙上了一層難以形容的顏色。的確不是白的。那是米色呢？還是銀色？還是根本沒有顏色（如果世間有這種東西的話）？她調整了一下紙張，把筆蘸了一下墨水，繼續寫信。在信中她告訴那人新雪落在每根樹枝上的景象、灌木叢（其中有些是終年常綠的樹種）瑟縮在那一層輕紗般的雪下的模樣，以及那張長椅前一刻還空無一物，轉眼間卻積了一層柔軟細緻的雪毯的情景。她可以感覺到他用那雙已經上了年紀優雅的手打開信，傾聽著她的話語的模樣，也彷彿看見他讀信時眼裡那種壓抑的熱情。

稍後，郵差抵達時捎來了他所寫的另一封信。這封信沒有流傳下來，但在信中，他向她訴說了一些有關他自己的事，或者也可能是描述他那座尚未被雪所覆蓋的花園。這封信一定是他今天稍早或昨天晚上寫的。他住在市中心區。他在信中也可能以幽默詼諧的口吻哀嘆他那空虛的生活：他已經喪妻多年，膝下無子。是呀，她有時也會想起，他就像她一樣——膝下無子，而她的年紀又小得足以做他的女兒甚至孫女。她微笑著將他的信摺起，然後又打開重看一遍。

第二十八章

凱特

羅伯特面無表情的同意去校醫那兒看病，卻不讓我跟他一起去。學校的健康中心就像其他地方一樣，從我們家走路就可以到，但我還是情不自禁的站在走廊上目送他離去。他走路時肩膀下垂，一步一步慢慢的走，彷彿舉步維艱。我暗自向各方神祇祈禱，希望他了解自己的處境，願意開口說話，把所有的症狀都告訴醫生。也許他們會做一些檢查。他可能是因為得了某種血液方面的疾病，如白血球增多症甚或血癌，因而倦怠不堪。但那黑髮女子又怎麼說呢？如果羅伯特看完病回來後不肯透露什麼，我就得親自去找那個醫生，向他說明羅伯特的情況，而且可能得暗中進行，以免觸怒羅伯特。

他走後一直到吃晚飯的時間才回來，顯然看完病後，就直接去上課或到學校的畫室裡去畫畫了。回來後，他一句話也沒說。於是等我哄完英格麗上床後，便開口問他醫生說了些什麼。當時他整個人癱在客廳的沙發上，手裡拿著一本未曾打開的書。我對他說話時，他抬起了頭。「什麼？」那神情好像是從遠方看著我似的，而且半邊臉就像先前那樣略微下垂。「喔，我沒去。」

我聞言既憤怒又傷心，但先深深吸了一口氣。「為什麼沒去？」

「妳饒了我吧，好不好？」他的語氣很微弱。「我不想去。我還有工作要做，而且我已經有三天沒時間畫畫了。」

「你跑去畫畫了嗎？」至少這還表示他有點活力。

「妳在調查我嗎？」他的眼睛瞇了起來，放在胸前的那本書好像武士穿的護胸甲一樣，讓我有點擔心他會拿它來砸我。那是他在今年稍早時臨時起意買下來的一本有關狼的圖文集。這也是他的改變之一：常買一些自己不讀的新書。過去他一向很節省，除了很喜歡的那些精緻手工大鞋之外，他平常不太買東西，要買也只買二手貨。

「我沒在調查什麼。」我小心翼翼的說。「我只是擔心你的健康，希望你去看看醫生，看看是怎麼回事。我想這樣可能會讓你覺得舒服一些。」

「是嗎？」他幾乎是惡聲惡氣的說。「妳以為這樣就會讓我覺得舒服一些。妳明白我的感受嗎？妳明白不能畫畫是什麼滋味嗎？」

「當然。」我努力抑制自己的火氣。「我也沒有多少時間可以畫畫。事實上，幾乎可以說沒有任何時間。我知道那是什麼滋味。」

「妳知道整天反覆想著同一件事情，直到心裡想——算了。」他不說了。

「直到什麼？」我試著表現得很平靜，只是為了要讓他知道我很願意傾聽。

「直到再也無法想別的事情，再也看不見別的東西？」他的聲音很小，眼神則朝著門口的方向閃爍。「歷史上發生過這麼多可怕的事情。這些事情也會發生在藝術家身上，甚至包括像我這樣只希望過正常生活的藝術家。妳能想像一天到晚想著這些事情是什麼滋味嗎？」

「我有時候也會想到一些很可怕的事情呀。」我的語氣很堅定，雖然他這話聽起來有些不著邊際，讓我頗為納悶。「我們都不免會有這類想法。歷史上確實發生過很多很糟糕的事情，人們的生活裡也會發生許多很糟糕的事情。每一個有腦筋的人都會去思考這一類的事情，尤其是在有了小孩以後。但你沒必要因此而讓自己生病呀。」

「但如果開始一天到晚想著一個人呢？」

我開始渾身冒起雞皮疙瘩，究竟是出於恐懼，還是預期中的嫉妒，或是兩者都有，我自己也說不上來。現在已經到了我們的生活瀕臨瓦解的時刻了。「你是什麼意思？」我勉強擠出這句話。

「一個原本會很在乎、但並不存在的人。」他說話時，眼睛又再度在房間內逡巡。

「什麼？」我愣了好一會兒，腦中一片空白。

「好啦，我明天會去看醫生。」他氣呼呼的說道，像一個認命接受處罰的小男孩。我知道他之所以同意就醫，是為了避免我繼續問下去。

第二天他確實去看了醫生，回來後便上床睡覺，然後又起床吃午飯。我默默站在餐桌旁等著。這回他主動告訴我：「醫生也檢查不出我的身體有什麼毛病，只做了一項抽血檢查，看有沒有貧血什麼的，但他要我去精神科看看。」他故意把話說得很大聲，語意裡幾乎有一絲輕蔑的意味。但我知道他之所以會告訴我，是因為他自己也很害怕，因此願意去看。我走到他身旁，雙手環抱著他，並輕撫著他的頭、那濃密的鬈髮和寬廣的額頭，感受到他內在那令人訝異的心靈以及那向來令我仰慕好奇的才華。我摸著他的臉。看著他的頭和那鬈曲凌亂的頭髮，心中滿懷愛意。

「我相信你一定會沒事的。」我說。

「為了妳，我會去的。」他的聲音輕得幾乎讓我聽不見。然後他便用雙手緊緊抱住我的腰，靠了過來，把臉埋在我身上。

第二十九章

一八七八年

積雪一夕之間就變深了。上午時，她訂購了晚餐的食材，派人送了一張字條給她的裁縫師，然後便走出家門到花園裡去。她想看看那裡的樹籬和長椅的模樣。當她掩上屋子的後門，踏進這初冬的第一場雪中時，便忘卻了所有的煩憂，甚至忘了衣服裡塞的那封信。十年前原來的屋主所種的那些樹，現在已經積滿了雪，兩隻小鳥蹲在牆上，豎著羽毛，體積膨脹成原來的兩倍。她走在那沈睡的花壇和枯萎的藤蔓棚架當中時，腳下那雙鑲著蕾絲邊的靴子口滲進了一點雪。如今園裡的一切都變得不一樣了。她還記得小時候，在家中樓上的窗口看著哥哥弟弟們躺在雪地裡揮手擺腿，或吃力的互相嬉鬥，使得他們身上的羊毛外套和編織長襪被吞沒在一片雪白中的情景。但雪是白色的嗎？

她用戴著手套的手捧了一大撮很像甜點「蒙布朗」的雪放進嘴裡，嚥下了一點，只覺得冰冰的、沒有味道。到春天時，花壇又會變得一片豔黃，有一畦則是粉紅和牙白色。樹下會開著她向來喜愛的那種藍色小花。那是她最近才從母親的墳墓那兒移植過來的。如果她有個女兒，在這些花綻放的那天，她一定會帶她到花園裡來，告訴她它們來自何處。不，她一定會每天（一天兩次）帶女兒到陽光下、到蔭棚架裡或是雪地上，和她一起坐在長椅上，並請人為她裝設一架鞦轣。當然，她如果生個兒子也是一樣。她忍住眼裡刺痛的淚水，氣憤的轉身朝著院子後面那堵牆上綿亙的積雪，用手一揮，在上面劃出了一道長長的痕跡。圍牆再過去便是樹林，更遠處便是那瀰漫著褐色薄霧的布隆森林。如果她以快速點畫的方式（這是她這些日子以來最喜歡的畫法），為她畫中女僕的衣裳增添更多白色顏料的話，應該會使得整個畫面亮起來。

此時她感覺到衣服裡面那封信的鋒利邊緣碰觸到了她。她將手套上的雪拂掉，解開身上的斗篷和衣領，將它拿了出來，一邊留意身後的屋子和僕人的眼光。不過她知道，這個時候他們都在廚房裡忙著準備餐點，或將客廳和臥室的門窗打開通風，而她那位眼盲的公公則會坐在更衣室的窗邊，連她在雪白花園中的黑色身影也看不見。

那人在信中並未直呼她的名字，而是用一種親暱的稱謂。他向她訴說他一天的生活、新近完成的畫作，以及他在壁爐旁邊所看的書。但在字裡行間她可以感受到另外一層意思。她拿著信紙，盡量避免那戴著手套、溼溼的手指沾到上面的墨水。她已經把信中每一個字都記住了，卻還是想再看看那些龍飛鳳舞的黑色字跡。他的筆跡是一貫的隨性，線條也很精簡，就像他的素描一般自然而率真，展現出一種自信，不像她的作品那般強烈、飽和、集中，甚至令人迷惑。他信中的話語也充滿自信，並含有一些弦外之音。閉口音符＼用筆尖輕輕一掃，像是一個擁抱，開口音符╱強而有力、往外一撇，如同一個警告。他以自信但帶著歉意的語氣談到自己。句首的Je當中的大寫J像是一次有力的深呼吸，那e字則快速而有節制。除了有關他的事情之外，他在信中也談到她以及她所賦予他的新生命，並問這是否只是一個偶然。就像在前面幾封信裡一般，他在她的允許之下以tu（妳）稱呼她。句首的t充滿敬意，而u字則很溫柔，看起來像是一隻手掌圈住了一抹小小的火焰。

她手拿著信紙，暫時不去想每一行字的意思，以便稍後重新回味。他說，他並無意擾亂她的生活，也知道以他的年紀不可能對她有什麼吸引力。他只是希望自己能夠親近她，並激發她內心崇高的思想而已。他想冒昧的請求她至少能夠將他視為好友，但無須落於言詮。他很抱歉說出了自己心中卑微的感覺，擔心會對她造成困擾。然而，讓她害怕的是：在他的字裡行間，彷彿已經認定她的心已經屬於他了。

她的腳愈來愈冷。雪已經開始滲進靴子裡了。她把信摺好，塞進一個祕密的地方，並將臉偎在一棵樹幹上。她知道自己不能在這裡站太久，以免有人來到身後的窗戶旁邊看見她，但她需要時間喘一口氣。她之所以內心震動，並非因為他那些措詞優雅謙抑的話語，而是因為他那篤定的口氣。她已經決定不要回覆這封信，但還沒決定要不要再看一遍。

第三十章

凱特

羅伯特堅持要自己一個人去看精神科醫師。回來後，他告訴我，醫生要他吃一種藥試試看，並告訴我某個治療師的名字和電話號碼，臉上看不出有任何情緒。他既未說他會不會打電話給那位治療師，也沒說他會不會吃那個藥。我連他把藥放在哪裡都不知道。但我決定這一兩個禮拜先不要管他，等著看他會怎麼做，然後盡可能鼓勵他。最後那藥瓶終於出現在浴室的藥櫃裡，是鋰劑。每天早上和晚上，我都聽見他服藥時藥瓶發出的聲響。

不到一個禮拜，羅伯特似乎變得比較平靜，同時也開始作畫了。只不過他現在一天要睡至少十二個小時，吃飯時人也恍恍惚惚的。我很慶幸他還能繼續教授繪畫課，學校方面好像也沒看出什麼不對勁（但即使他們看出有什麼不對勁，恐怕也不一定會告訴我）。有一天，羅伯特告訴我說，精神科醫師想見我，而他也很贊成。他說他和醫生約的時間就是當天下午（我心想，為什麼不早一點告訴我呢？）。到了約定的時間後，因為來不及找到保母，我只好把英格麗放上汽車嬰兒座椅。當我看著車窗外的山景飛逝而過時，突然想到自己已經好一陣子沒有進城了。這段期間，我的生活一直圍繞著房子、沙坑、鞦韆（當外面的天氣夠暖和的時候），以及附近的那座超市打轉。我看著羅伯特開車時那神情嚴肅的側面，終於開口問他為何精神科醫師想要見我。「他想聽聽我的家人的看法。」他說。「他認為我服用鋰劑後，情況到目前為止都很不錯。」這是他第一次提到藥名。

「你也這麼認為嗎？」我把手放在他的大腿上，感覺得到他踩煞車時肌肉的動作。

「我感覺滿好的。」他說。「我想我可能不需要吃太久。只是這一陣子感覺很疲倦——我要有精力才能作畫。」

「作畫，」我心想。「那我們呢？」這一陣子他總是吃完晚餐後就去睡了，沒和英格麗玩。我早上帶著英格麗去散步時，他往往還沒起床。但我沒再說些什麼。

那位精神科醫師的診所是一棟長形的低矮建築，建材用的是看起來很昂貴的木料，四周則種滿了用紙筒圍著的小樹苗。羅伯特若無其事的走了進去，並用手把門撐開，讓我可以抱著英格麗走進去。裡面的候診室很大，似乎是好幾個醫生共用的，房間的一端有一大片陽光灑了進來。最後終於有一個男人走了出來，對羅伯特微笑著點了點頭，並且叫著我的名字。他並未穿著白袍，手上也沒拿任何圖表，身上穿的是一件夾克和燙過的亞麻布長褲，打著領帶。

我看了一眼羅伯特。他搖了搖頭。「他叫的是妳。」他說。「他想和妳談談。如果必要的話，他也會把我叫進去的。」

於是我把英格麗交給羅伯特照顧，然後便跟著這位不知道叫什麼名字的醫生（姑且叫他Q醫生吧，反正他叫什麼名字也不重要）進去了。他是個很親切的中年人，看起來做事很認真。他的辦公室裡掛滿加了框的學位證書和執照，桌面收拾得非常整齊，上面放著一張紙，用一個大型的黃銅紙鎮壓住。我面向桌子坐了下來，因為沒抱著英格麗，懷裡感覺有些空虛。我心想早知道就應該把她帶進來，並開始擔心羅伯特會再度把臉埋在手裡，沒看著她，讓她在那個到處是電源插座和花瓶的地方四處走動。但是當我細看了Q醫生一會兒之後，發現自己還滿喜歡他的。他的面容看起來很和善，使我想起在密西根州的爺爺。他說話時聲音低沈，有點喉音，彷彿他是十幾歲時才從外地來到這裡，因此原有的口音已經聽不出來了，只剩下子音的部分微微有些粗嘎。

「奧利佛太太，謝謝妳今天來看我。」他說。「能和病人的近親談談會很有幫助的，尤其是新來的病人。」

「我很樂意前來。」我照實回答。「我很擔心羅伯特的情況。」

「這是一定的。」他把紙鎮放到了另外一個地方，往椅背一靠，眼睛看著我。「我知道這對妳來說一定很不容易。請相信我，我正密切注意羅伯特的情況。而且我們第一回合所嘗試的用藥已經有了很好的效果，讓我很滿意。」

「他看起來心情確實比較平靜了。」我說。

「妳可以約略告訴我，妳最初是怎麼發現羅伯特行為有點異常，或者開始有讓妳擔心的地方嗎？羅伯特曾經告訴我當初是妳要他看醫生的。」

我雙手交握，開始訴說我們之間的問題、羅伯特的問題，以及過去這一年當中那令人頭暈眼花的種種。

Q醫生靜靜的聽著，臉上一直保持著親切和藹的表情。「妳認為他服用鋰劑之後，情況變得比較穩定了嗎？」

「是的。」我說。「雖然他的睡眠時間還是很長，他自己也有抱怨這點，但大部分時間已經能夠起床去上課了。不過他也抱怨說沒有時間作畫。」

「適應新的藥物需要花點時間，要找出什麼藥物、什麼劑量對他有效，也要花點時間。」Q醫生若有所思的將紙鎮重新移位，這回他把它放在那張紙的左上角。「我想以妳丈夫的情況，他必須服用一陣子的鋰劑，很可能必須永久服用也說不定。如果這種藥效果不如預期的話，就必須再換一種。整個過程他必須有點耐心。妳也是。」

我又開始恐慌起來。「你的意思是說他永遠都會有這些狀況嗎？等他好一點的時候，難道不能停藥嗎？」

Q醫生又將文件上的紙鎮換了位置，使我突然想起兒時玩的一種遊戲——剪刀、石頭、布。其中一種元素可以贏過另一種元素，但第三種元素又總是可以打敗先前的贏家，形成一個有趣的循環。「要確實診斷他的病情需要一點時間，但我相信羅伯特目前的狀況可能是——」

然後他便告訴我病名，一個我曾經依稀聽過的名詞，一個經常被我和一些難以名狀、與我無關的事物聯想在一起的名詞。我知道有人因為這種疾病而接受電療，也有人因此而自殺。我坐在那兒愣了幾秒鐘，試著把這些字眼套在我丈夫羅伯特的身上。我渾身發冷。「你是說我的丈夫得了精神病？」

「我們還不知道他哪些狀況是屬於精神上的疾病，哪些狀況是環境或人格特質造成的。」Q醫生面帶猶豫。我心裡開始對他生出了一股恨意——他根本就在閃躲。「羅伯特服用這種藥物後，情況顯然穩定了下來，否則我們就得嘗試其他的藥物了。我想以他的智慧和對藝術工作的投入以及對家人的愛，他應該會很有進步的。」

但已經太遲了。對我而言，羅伯特已經不再是羅伯特了。他是一個有病的人。我知道從此以後，無論我如何嘗試像先前那樣對他，一切都已經不一樣了。我為他而心痛，但更為自己心痛。Q醫生已經奪走了我最心愛的東西，而他顯然不知道那是什麼滋味。他沒有什麼東西可以補償我，只是讓我看著他的手在那張空蕩蕩的辦公桌上移動。我真希望他有足夠的風度向我道歉。

第三十一章

凱特

羅伯特服用鋰劑後變得昏昏沈沈的，很愛睡覺。有一天，他開車到城裡的一家畫廊時，撞到了另外一輛車，所幸當時車速不快。之後，Q醫生讓他吃另外一種藥，並像先前那樣搭配服用一種抗焦慮的藥。這些都是在我問起時（我盡可能在不觸怒他的情況下，問他這些事情），羅伯特告訴我的。

到了十二月中，新的藥似乎發揮了作用，讓他可以作畫並準時到校上課，而他似乎也變得比較像是從前那個精力旺盛的羅伯特了。那段期間他都在學校的畫室裡工作，一個星期總有好幾天會在那裡待得很晚。有一次我帶著英格麗去看他時，發現他正在專心畫著一幅肖像畫，畫中的人物正是那個讓我做噩夢的女子。後來這幅畫以及其他幾幅畫，讓他得以在芝加哥舉辦一次大型的個展。畫中的她坐在一張扶手椅上，雙手交握放在膝上，看起來心情不錯。她穿著黃色的衣裳，自顧自的微笑著，彷彿想到什麼有趣的私事一般。她的眼神柔和，旁邊的桌子上放著一束帶花的枝葉。不過由於我看到他又開始畫畫，而且用的是愉悅的色調，心裡鬆了一口氣，因此幾乎不再想追究她是何許人了。

正因如此，兩三天後所發生的事情才更讓我驚訝。當時我帶著一些我和英格麗一起做的餅乾去給他吃，卻發現他雖正在畫著同樣一幅畫，旁邊卻坐著一個活生生的模特兒。她看起來像是個學生，坐在一張摺疊椅上，而不是又軟又厚的錦緞墊子上。那一剎那，我的心彷彿凝凍住了。她既年輕又貌美，而羅伯特正在和她聊天，彷彿是想藉此讓她不要亂動，好讓他把頭部和肩膀的角度畫好。但這個模特兒一點也不像閣樓上的那個女子。她有一頭金色短髮，淺色的眼睛，身上穿著一件學校足球隊的套頭衫。只有她那曼妙的身材和略成方形的下巴，類似我最初在羅伯特的口袋裡的素描中看到的女子。更何況，羅伯特看到我出現時，一副滿不在乎的樣子，親吻了我和英格麗一下，並向我們介紹那位女孩。他說她是固定在學校的畫室裡打工擔任模特兒的學生之一。那女孩似乎對英格麗比對羅伯特更有興趣，並說她很高興學校裡的考試已經快要結束了。顯然羅伯特只是用她來擺姿勢作畫罷了。這回我還是像從前那樣所知不多。

一月初時，羅伯特離家前往紐約州。當時的情景我已經不太記得了。我只記得他抱著英格麗久久不放，這時我才發現她已經長高了，高得足以將雙腿跨在他的腰上——她的身子就像羅伯特一樣長，頭髮也像他一樣又黑又鬈。除此之外，我還記得他的車子沿著車道消失在樹林間後——這一定是之後的事，除非我不願在那門廊上冷冽的空氣中多待一秒鐘目送他離去——我走回屋內繼續收拾早餐的碗盤，並默默在心中一聲聲清清楚楚的問著自己：「我們是否就此分別了？」但無論在那充滿了蘋果醬和烤吐司氣息的溫暖廚房中，或自己的內心裡，我都找不到答案。他走後，家裡氣氛雖然冷清，但一切如常，甚至感覺輕鬆了一些。我之前已經撐過來了，以後也可以。

羅伯特寄回來的通常都是一些字跡潦草的明信片，其中一半是給英格麗，一半是給我。他雖然並未定時打電話回家，但次數還算頻繁。他說，紐約州的北部冬天雖然嚴寒，但雪景很美，有印象派的味道。他說他有一次在戶外作畫，差點被凍傷。他說那所學院的校長很歡迎他。他住在學校供來訪的教授所住的客房裡，從那裡可以看見樹林和學校的回字形建築，景色甚佳。他說他的學生們雖然挺可愛的，但多半沒有天分。學校裡的畫室太小，但他還是一直在畫。那天早上四點他才上床等等。

之後他有一陣子沒有消息，然後又開始寫信回家。我接到他的信比接到他的電話更高興，因為在電話中，我們之間有一種緊張的氣氛，有如一條鴻溝般橫亙在我們之間，而這條鴻溝又因為看不到彼此的臉，變得更加難以跨越。我盡量控制自己打電話給他的次數，不要多過於他打回來的次數。有一次他寄了一幅素描給英格麗，彷彿他知道這是她最能夠了解的語言似的。我幫英格麗把那幅畫貼在育兒室的牆上。上面畫的是一些哥德式的建築、一堆堆的積雪和光禿禿的樹木。英格麗晚上哭泣時，我就把她帶到我的床上來，第二天早上起床時，往往發現我們兩人的身子交纏在一起。二月底時，羅伯特放寒假，於是便搭飛機回來並為英格麗慶生。這時的他仍然睡得很多。我們雖然偶爾會做愛，卻盡量避免談論任何棘手的事情。他說他四月初時會放春假，但已經決定到時候要留在北部作畫。我沒有表示異議，心想如果到了夏天他回來時，在創作上有了更多的成果，也許會變得比較容易相處一些。

羅伯特走了以後，我母親來待了一段時間，讓我得以每天去學校裡的游泳池游泳。那一年我產後變胖的身材原本就已經瘦了許多，開始每天游泳之後，更是恢復了原來的體重，也重拾當年

——其實才沒有多久以前——那種年輕樂觀的心情。但也就在那段期間，我開始發現我母親的雙手有顫抖的現象，臉頰上有些許的紅斑，腳踝上也有輕微的水腫。但她還是盡量幫我的忙。有她在的那段期間，家裡的碗盤總是洗得乾乾淨淨的晾在架上，英格麗那一套又一套的棉布衣服也都洗得、摺得好好的。此外，她也時常念書給英格麗聽。

然而母親的身體已經開始走下坡了。她回到密西根後，開始會告訴我她很怕在結冰的地上行走。當她要去雜貨店買東西、看牙醫或去圖書館當義工時，如果一走出大門看見地上結冰了，她就會立刻回屋內，然後打電話給我。有一天她告訴我，她已經有將近一個禮拜沒有出門了。為此我時常擔心到三更半夜被嚇醒，我不想再等下去了，於是我打電話問羅伯特，我母親可不可以搬過來和我們同住，而他也毫不猶豫的答應了。

其實這應該沒什麼好意外的，但我多少還是感覺到了。我想應該是因為我已經忘記他是多麼慷慨、樂於助人了。他很少拒絕別人的要求，常把夾克送給朋友甚至陌生人。這一點重新激發了我對他的愛意，於是我打從心底感謝他，並告訴他家裡的杜鵑花已經開始綻放了，到處一片綠意。他說他很快就會回家。在電話中，我們兩個臉上都似乎帶著笑意。

我打電話告訴母親時，原本以為她會有意見，但沒想到她卻說她會考慮看看，但是她也說，如果她搬來和我們同住的話，她想幫我們買一棟大一點的房子。我從來不知道她有這麼多錢，但她說她有，而且前一年已經有人想買下她在安亞伯的房子。她說她會想一想，也許這個主意還不壞，又問英格麗的感冒好一點了沒有。

第三十二章

一八七八年

五月時，伊維思堅持要請他的伯伯陪他們一起到諾曼第去。先是去特魯維，然後再到一個名叫埃特爾塔的村莊。那是一個很安靜的地方。他們曾經去過幾次，也很喜歡。找伯伯一起去原本是公公的意思，但伊維思也加了一把勁。碧翠絲並不贊成。她說為什麼不像從前一樣，他們三個人去就好了呢？她一個人就可以照顧公公，更何況伊維思每年都租的那棟房子只有一間小小的客房，如果公公住在他平常住的那間，那奧利維耶伯伯就沒有起居室可用了，但如果把公公搬到別的房間，他就會找不到自己的東西，夜裡也可能會摔下樓梯。他雖然很能忍耐，也喜歡海峽上的陽光和微風吹拂在臉上的感覺，但對他而言，出門一趟已經很不容易了。所以她拜託伊維思要三思而後行。

但伊維思不為所動。他說在這個假期當中，他有可能會因公出差，到時候她至少有奧利維耶可以幫她。奇怪的是，奧利維耶雖然年紀比公公大，但無論在健康和靈活度方面，看起來都比公公年輕十五歲。伊維思曾經告訴過她，奧利維耶在妻子去世前還是一頭黑髮，但那是在她嫁過來之前兩三年的事了。就他這個年紀而言，奧利維耶算是很強壯、很有活力的，可以幫得上忙。過去伊維思從未抱怨過他們必須照顧公公這件事，這次堅持要奧利維耶作陪可能勉強算是了。

她再次表達異議，但這次聲音很微弱，於是三個星期後，他們就坐上了一列緩緩駛出巴黎北站的火車。伊維思為公公在膝上蓋上一條毯子，而奧利維耶則念報上的藝術新聞給他聽。他似乎一直避免看碧翠絲，而她也為此感到慶幸，因為車廂裡的空間太小了。有他在，她覺得充滿了壓迫感，真恨不得能坐到另外一節車廂去。自從他們開始通信後，他在這幾個月的時間裡看起來似乎更年輕了。還沒到海邊，他的臉就已經曬成了深褐色，濃密的銀色鬍子修剪得非常整齊。他告訴他們，他最近一直在楓丹白露森林作畫，於是她便想：他帶著畫架沿著那些小徑行走，或站在那些她可能永遠也看不到的林間空地時，不知道是否曾經想起她。那一剎那，她真羨慕他身旁的那些樹木，和他休息時修長的身軀下面所壓著的青草，但她立刻就將心思轉到了別處。她心想自己是否只是嫉妒他能夠很自由的隨意旅行和作畫而已。

她看著車窗外新綠的田野以及一閃而過的河流。儘管車廂裡已經變得太過暖和，但為了阻擋那陣陣飛揚的煤煙和灰塵，伊維思還是把車窗關了起來。她看著樹林下的牛群、草原上遍地的紅罌粟花和白、黃兩色的雛菊。由於車廂裡只有他們一家人，而且車廂和走道之間的帘子已經放下來了，於是她便將手套、帽子和與帽子搭配的外套脫了下來。當她往後躺並閉上眼睛時，可以感覺到奧利維耶正在看著她。她希望丈夫不會注意到。但又有什麼好注意的呢？根本沒有，根本沒有。現在沒有，以後也不會有。她和這個伊維思從小就認識、現在已經成了她親戚的白髮男人之間，將不會有任何事情發生。

火車頭的汽笛聲遠遠的響起，聽起來很空洞，就像她心中的感覺一樣。人生的路還很長，至少對她而言是如此。這不是一件好事嗎？她不是一直覺得未來的時光還很漫長嗎？但是如果——

她睜開眼睛，定定的看著遠處彷彿一抹淡淡痕跡似的村莊以及原野盡處的教堂高塔——未來的時光裡沒有孩子，也沒有奧利維耶呢？如果她再也接不到奧利維耶的來信，感受不到他的手摸著她的頭髮時的感覺呢？趁著伊維思打開第二份報紙的當兒，她的目光直視著他，發現他好像被嚇了一跳，不禁有些欣喜。他把他那好看的頭顱轉向車窗，並拿起了書。時間不多了。他會比她早死好幾十年。這是否就已經構成了足夠的理由，讓她不要再抗拒了呢？

第三十三章

凱特

等到母親下了決定，把房子賣掉並辦好所有手續，已經是好幾年後的事了。這段期間，我和羅伯特一直住在學校的宿舍裡。有一回，我到密西根去幫母親送走父親留下來的大多數私人物品時，母女倆都哭了。當時我把英格麗交給羅伯特照顧，而他似乎也把她照顧得很好，不過我還是忍不住擔心他會忘記把她放在哪裡，或者讓她一個人在外面亂跑。

秋天時，輪到羅伯特休假了。他去法國待了十天。他說他想再去看看那幾座大美術館——自從大學畢業後，他就再也沒去過了。他回來時顯得容光煥發、一副很興奮的模樣，讓我覺得這個錢花得很值得。翌年一月，他也應從前一位教授的邀請，在芝加哥舉辦了一次規模頗大的個展。我們全家都搭飛機前往出席，花了很多錢。在那一兩天內，我發現他已經開始出名了。

四月時，我和羅伯特都很喜愛的那些花再度在校園裡綻放。我走進樹林裡觀賞那些野生的品種，並和羅伯特一起在花園裡散步，讓英格麗欣賞花壇裡那些盛開的花卉。月底時，我在超市買了一組驗孕器。看著那條粉紅色的線慢慢滲過白色的橢圓形表面時，我不太敢告訴羅伯特，儘管我們之前已經達成共識，要再生一個小孩。當時他經常顯得頗為疲倦或沮喪。但後來他聽到這個消息時，似乎還是很高興，而我則覺得英格麗的生命至此才算圓滿。畢竟，只生一個小孩有什麼意思呢？檢查結果顯示我懷的是個男孩，於是我便為英格麗買了一個男娃娃，讓她練習抱它並替它換尿布。十二月時，我們再度開車到婦產科診所。歷經猛烈而快速的陣痛後，我把孩子生了下來，將他帶了回家，取名為奧斯卡。他有一頭金髮，長得像我的母親，但羅伯特則堅稱他更像他的媽媽。那兩三個禮拜期間，兩個媽媽都前來幫忙。他們分別住在鄰居家空出來的房間，沒事就喜歡爭論孩子究竟像誰。從此我又開始推著嬰兒車走動，多半時間我不是懷裡抱著一個嬰兒，就是膝上坐著一個孩子。

我對羅伯特的印象一直停留在孩子還小而我們住在學校宿舍的時期。我不知道何以如此，只知道那段時間是我們生活最美滿的時刻，但我想也是羅伯特的精神開始逐漸崩潰的時候。即便同住在一個屋簷下、每天看到他光著身子以及半掩著門坐在馬桶上的模樣，久了也不免面目模糊，只剩下一個輪廓。但在孩子還蹣跚學步、母親也尚未搬來和我們同住的那段時期，羅伯特在我心中的印象卻是輪廓清晰、色彩鮮明的。他在寒冷的天氣裡總是穿著一件厚厚的褐色毛衣。直到現在我都還記得那毛衣近看時，黑色和栗色交織的線條以及上面所沾的線頭、木屑、小樹枝等各式各樣的雜物。那是他在學校的畫室作畫以及到戶外寫生時所沾到的東西。

那是我們認識不久後，我買給他的一件手織舊毛衣，是從愛爾蘭進口的，狀況很好，穿了好多年都沒壞，甚至比我們的婚姻更耐久。當他回到家抱我時，我摸著他的手肘，便摸到了毛衣的袖子。他在毛衣底下總是穿著一件舊舊的長袖T恤或一件鬆垮垮的棉布套頭衫，顏色不外乎是已經褪掉的猩紅或深綠，雖然和毛衣不見得搭配，但不知怎地，看起來效果卻很強烈。他的頭髮有時長有時短，有時垂在毛衣領口上，有時剪得短到後腦勺，但身上的毛衣總是那一件。

那些日子我的生活大都與觸覺有關，而我猜想他的生活則是充滿了色彩與線條，因此我們看不清彼此的世界，或者應該說他不太能感覺到我的存在。我一整天都摸著各式各樣的東西：收拾碗盤時，我摸著那些乾淨的碟子和碗；在浴缸裡幫孩子洗澡時，我摸著他們那沾了洗髮精黏滑的頭、他們柔嫩的面頰和那長著疹子的屁股上黏著的一小坨糞便；做飯時，我摸著那些熱騰騰的麵條；把洗好的衣服丟進乾衣機時，我摸著那些又溼又重的衣物；坐在門前的階梯上，一邊閱讀一邊看著他們在剛長出來刺刺的草地上玩耍時，我感覺到地上的磚塊；八分鐘後，當他們其中一個跌倒擦傷時，我摸到青草、泥土和他們膝蓋上的傷口、黏黏的ＯＫ繃、溼溼的臉頰、我的牛仔褲和那條鬆脫的鞋帶。

羅伯特上完課回來後，我摸到他那件褐色的毛衣、那一綹綹的鬈髮、那有鬍碴的下巴、他褲子後面的口袋以及他那長了繭的手。我看到他把孩子們抱起來，便可以感受到他那粗糙的臉頰刮著他們細嫩的肌膚，以及他們那愉悅的感覺。在那樣的時刻，他似乎全心全意的和我們在一起，而他的碰觸就是一個證明。如果我那天不是很累的話，到了晚上他會碰碰我，讓我不要睡著，然後我便會伸手去碰觸他那光滑的身軀、大腿中間柔軟而鬈曲的毛髮，以及那扁平而完美的乳頭。這時他似乎不再看著我，到最後終於進入了我的觸覺世界。然後我們之間便開始存在著一個不停移動的空間，直到最後合而為一為止。那是一種火熱的親暱，一種例行的宣泄。那一陣子我身上似乎總是沾滿了各式各樣的排泄物：滴落的乳汁、太早幫奧斯卡換尿片時那噴在我脖子上的尿液、大腿上的泡沫，以及臉頰上的口水。

也許就是因為這樣，我才進入了觸覺的世界，離開了視覺的國度。在歷經許多年每天作畫的日子之後，我卻從此不再素描也不再畫畫。我的家人舔我、咬我、親我、拉我，在我身上噴灑各種東西：果汁、尿液、精液和污水。我一遍又一遍的洗手、洗澡、洗那堆積如山的衣服、鋪床、換母乳墊、幫孩子洗澡、幫他們擦乾。我反覆的清洗，想把所有東西都清洗乾淨，但在我的精力尚未恢復之前，事情總是又排山倒海的襲來。

當時我們也像所有成人一樣，想買一棟房子。我們把照著屋前門廊的各種房子照片寄給我母親看。最後在英格麗五歲、奧斯卡兩歲的那年夏天，我們終於搬進了自己的房子。這是我最初的夢想：兩個可愛的孩子、一個有鞦韆（在我央求了兩三個月之後，羅伯特終於把它架設起來了）的院子，一個連名字都有綠意的小鎮，而且我們兩個人當中至少有一個人擁有一份很不錯的工作。這不都是我想要的嗎？更何況我還有我的母親。在與我們同住的最初幾年，她還能幫忙種花蒔草、吸地板，每天還可以在露台上的樹蔭下看一兩個小時的書，讓榆樹的細小葉影灑在她那銀色的髮絲和白色的書頁上，並一邊看著英格麗和奧斯卡尋找毛毛蟲。

我想那段時間——大約三年吧——我們之所以過得很好，事實上是因為我母親在這裡的緣故。每當有人陪我，或母親在的時候，羅伯特總是處於最佳狀態。他偶爾會有幾個晚上不睡或者留在學校，而且事後總是面有倦容，偶爾也會有一段時間顯得焦躁易怒，然後就有幾天會很晚起床。大致上而言，我們過得很平靜。在搬出學校宿舍前，羅伯特自動把閣樓上那些亂七八糟的圖像給粉刷掉了。我不知道這和藥櫃裡那些橘色的塑膠藥瓶有多少關係。每隔一陣子，他會提到他去看了Q醫生。對我而言，這就夠了。Q醫生當然幫不上我的忙，但顯然可以幫助我的丈夫。

我們搬進新家的第二年，羅伯特在緬因州的一個繪畫營裡教書。當時他並不常提起那裡的事，但我認為那對他頗有好處。我們會笑談有關孩子們的事。到了晚上，如果我不太累的話，羅伯特就會碰碰我，教我不要睡著，然後我就會伸手過去抱他，然後一切又像從前那樣。我把他的幾件舊襯衫撕成三塊，拿來撢家具上的灰塵。事實上，我可以隨手從任何一堆抹布當中抽出一塊，並認出哪一塊是屬於他衣服上的布料，因為上面仍有他縈繞不去的氣息。他似乎工作得很愉快，而我也開始利用母親幫我照顧孩子的空檔做些兼職的編輯工作——大多數是在家裡——以便賺點零用錢，並幫忙付房子的貸款。

有一天早上，我母親帶孩子們去公園玩。我洗完早餐的碗盤後便上樓鋪床，並開始在門廳的書桌前工作。這時我看見羅伯特畫室的門開著。我起床時，他已經手捧著咖啡杯離開了（他那一陣子每天都很早起床，到學校裡作畫）。這天早上我注意到他有什麼東西掉在地板上，是一小張紙，躺在那扇打開的門旁邊。我把它撿了起來，也沒想太多。因為羅伯特經常把各種便條紙、備忘錄、小張的素描，以及揉皺的餐巾紙等什麼的，丟得到處都是。

那是大約四分之一張書寫用紙，被撕了下來，可以看出寫的人似乎感到很挫折。而那人是羅伯特，因為上面是他的筆跡，但比平常要整齊一些。那幾行字現在仍藏在我的書桌裡，但我並沒有保留原來的那張紙——事實上我後來把它揉成了一團，朝他的腦袋扔過去，被他接住並放進口袋裡，後來就再也沒有見過了。我之所以還保存著那幾行字，是因為出於某種直覺，我先在書桌前坐了下來把它們抄了一遍，然後藏了起來，之後才去找羅伯特對質。我猜想當時我可能是依稀覺得，有一天我會在法庭上用到它們，也可能是怕自己以後要用到時會忘記某些細節。信上寫著：「我最親愛的人」，卻不是寫給我的，我也從沒見過羅伯特用他那支黑筆寫下這些字眼。

我最親愛的人：

此刻我接到了妳的信函，深受感動，便立刻提筆回覆。是的，正如妳在字裡行間所流露出的同情之意，我這些年來確實過得頗為寂寞，但說來奇怪，我卻希望妳能認識我的妻子。但果真如此，妳我早已依世俗的禮教彼此結識，而不致像現在這般陷入一場超越塵俗的愛（請容許我如此稱呼我們之間的情感）。

我從不知道羅伯特在寫情書或其他文字時，詞藻可以如此華麗——他寫給我的信一向簡短扼要。這點讓我在那一瞬間比看到這封情書本身更加難受。信中的語調溫文儒雅，幾乎有些老派。我從來不知道羅伯特有如此殷勤的一面。他希望對方能夠認識他的妻子，但他卻從未對我顯露過他的這一面。

我拿著那封信站在光線充足的圖書室裡，心想那些文字究竟是什麼意思？他說他一直過得很寂寞，說他陷入了一場超凡絕俗的戀愛。這當然是一場「超凡絕俗」的愛情，因為他已經結婚了，生了兩個小孩，而且精神可能已經不太正常。那我呢？我不寂寞嗎？可是我卻沒有任何「超凡絕俗」的東西，只有我必須應付的現實生活：孩子、碗盤、帳單，以及羅伯特的精神醫師。他以為我比他更喜歡這個現實世界嗎？

我緩步走進他的畫室，看著那座畫架。那女人就在那兒。我以為我已經習慣她了，習慣她出現在我們的生活裡。這幅畫他已經畫了好幾個禮拜。畫中的她獨自一人，臉部還沒完全畫好。但如今連我都知道如何在那塊粗略的橢圓形空白中填入她正確的五官樣貌。她站在一扇窗戶旁，身穿一件袒胸露肩的淺藍色寬鬆長袍，一手拿著一支畫筆。再過一兩天，她就會對他微笑或神情嚴肅而堅定的看著他，黑色的眼眸裡充滿愛意。我原本已經認定她是個虛構的人物，是羅伯特想像出來的。我真是太相信他了，如今才發現我最初的直覺是正確的。她是個活生生的人物，而且他還寫信給她。

突然間，我想把這個房間砸爛，把他的素描簿撕破，把這幅畫推倒在地上，把她弄髒、用腳踩她，並把牆上的海報和亂七八糟的明信片都扯下來。但一想到這樣，豈不就像是電影上打翻醋罈子的老婆，簡直太老套、太丟臉了，於是便忍了下來。這時我的腦海中掠過一個鬼鬼祟祟的念頭——如果羅伯特不曉得我知道了，我就可以查出更多的資料。於是我把那張紙片放在我的書桌上，打算將那些字眼抄下來後，再放回他畫室門邊的地上，以免他發現它不見時會四處尋找。我猜想那一刻他會俯身將它撿起，心中暗想：「什麼？我把這種東西掉在這裡？好險！」然後便將它放進口袋或桌子的抽屜裡。

我的下一步便是巧妙的搜尋他的繪圖桌的每個抽屜，並小心翼翼的把每一樣我碰過的東西——大支的石墨鉛筆、灰色的橡皮擦、油畫的收據、一片吃了一半的巧克力等等——物歸原處。在其中一個抽屜的後半部，我看到了好幾封信，信上的筆跡我不認識，顯然是寫給他的回信。

親愛的羅伯特，摯愛的羅伯特。我今天畫一幅新的靜物畫時想到了你。你認為靜物值得畫嗎？我們為何要畫一個沒有什麼生氣的東西呢？我很好奇我們是如何用手來為某個東西注入生命的？在某個景象和你的眼睛之間、在你的眼睛和你的手之間，然後在你的手和畫筆之間，那股有如電流般躍動的神祕力量究竟是如何產生的？當然，最重要的還是眼睛。你能看到什麼是最重要的，不是嗎？因為無論你的手能做什麼，都不能彌補眼睛的不足。我得趕緊去上課了。但我時常想到你。你知道，我是愛你的。瑪麗。

我的手開始發抖，覺得想吐，覺得整個房間都在晃動。那麼，這就是她的名字了。她一定是個學生，也可能是學校裡的另一個教師，但如果是這樣的話，我應該會認得這個名字才對。她說她得趕緊去上課了。學校裡多的是我不認識甚至根本沒見過的學生。即使是在我們還住在學校宿舍裡的時候，我也不可能看過每個學生。這時我想起五年前搬到綠丘鎮時，我在他的口袋裡發現的那張素描。所以，這件事已經延續很久了。他一定是在紐約遇見她的。從那時到現在，他已經去過北邊好幾次了，包括在那兒待上一整個學期的那一次。他是不是為了更常看到她才去的？是不是這樣他才突然請假且不願意帶我們一起去？她想必也喜歡畫畫，可能是藝術系的學生、業餘畫家或職業畫家。畫中的她手裡還拿著畫筆，所以不用說她當然也畫畫，就像我從前那樣。

但「瑪麗」是個多普通的名字呀！是「瑪麗有隻小綿羊」的瑪麗，是耶穌母親的名字，是蘇格蘭女王、血腥瑪麗或抹大拉的瑪麗亞的名字。所以這個名字並不保證天真純潔。信上的字跡大大的，帶著少女的氣息，但並不粗野，拼字正確，措詞巧妙，有時甚至非常動人，時而詼諧，時而又有些憤世嫉俗。有時她謝謝他送她一張素描，有時也會在信中附上一張她自己畫的精巧素描。其中一幅佔了一整頁，畫的是人們坐在一家咖啡廳裡，桌上放著馬克杯和茶壺的情景。其中一封信的日期就在幾個月之前，但大多數的信上都沒寫日期，而且全都沒有信封。他或許是把那些信封都扔了，也可能他是在別的地方拆信，然後沒把信封帶走。或者他是為了方便把信帶在身上而把信封拿掉，因為其中幾張邊緣已經磨損，似乎一直被放在口袋裡。她在信中並未提到他們之間見面的情形或見面的計畫，只說有一次他們曾互相親吻。除此之外，他們之間似乎並未發生親密關係，儘管她常說她想念他、愛他，連做白日夢也會想到他。在其中一封信裡，她稱他為她「得不到」的人，讓我猜想他們之間可能就僅此而已。

然而，如果他們彼此相愛，那麼事情還是發生了。我把那些信放回抽屜裡。其中羅伯特寫給她的那封信最讓我生氣，但總共也就這麼一封而已，其他的信都是她寫來的。我搜遍他的畫室、辦公室和另一件外套，都沒發現其他證據。當天晚上，我甚至假借要去雜物箱裡找一把手電筒的名義——事實上他也不太會跟蹤我或注意我——到他的車子裡找，但仍然毫無所獲。他照常和孩子們玩耍，吃晚飯時也面帶笑容，看起來活力充沛，但眼神卻顯得冷淡而疏遠。我想這就是證明了。

第三十四章

凱特

第二天我質問羅伯特。在我母親帶孩子出去後，我請他在家裡多待幾分鐘——我知道他那天下午才有課。之前，吃完早餐後，我就悄悄溜上樓，把那些信帶下來藏在餐廳的餐具櫃裡，但有羅伯特筆跡的那封，我則放在自己的口袋裡。然後我便請他坐在餐桌旁和我談一談。他急著要到學校去，但當我問他是否知道我已經發現事情的真相時，他只是坐著不動，並皺了一下眉頭。我卻開始發抖——是出自憤怒還是恐懼，我自己也不知道。「妳是什麼意思？」他似乎真的不明白。那天他穿著一件黑色衣服，昂藏的身軀、突出的五官，顯得俊逸非凡（他有時就會突然顯得很好看）。

「第一個問題——你是在學校裡跟她見面嗎？你們每天見面嗎？她是不是從紐約來的？」

他把身子往後一靠。「妳說我在學校裡跟誰見面？」

「那個女人呀。」我說。「你那些畫裡面的女人。她是不是你在學校裡的模特兒？還是在紐約的？」

他開始對我怒目而視。「什麼？這事不是已經討論過了嗎？」

「你每天都跟她見面嗎？還是她從某個地方寫信給你？」

「寫信給我？」他聽了似乎大吃一驚，臉色蒼白。一定是心虛的緣故。

「你不用回答我了，我知道她有。」

「妳知道她寫信給我？妳知道什麼？」他的眼神既憤怒又迷惑。

「我知道，因為我找到了她寫給你的信。」

他瞪著我，似乎無話可說，似乎不知道該說些什麼。我從未見過他如此迷惘——至少他在面對來自外界的刺激時，反應從不曾如此迷惘。他把雙手放在桌上，那張被我母親擦得亮亮的木紋桌面上。「妳發現她寫的信了？」奇怪的是，他聽起來並不覺得慚愧。如果要我描述他當時的聲音和面部表情的話，我會說他聽起來不知怎地有些急切、驚慌，甚至懷抱著希望，讓我非常憤怒——他的語氣使我明白他已經無法克制的愛上了她，連聽到別人提起她時，心中都充滿愛意。

「沒錯。」我大喊一聲，跳了起來，把那堆信從餐具櫃裡的餐墊下拿出來。「沒錯，我還知道她的名字，你這個笨蛋！我知道她叫做瑪麗。如果你不想讓我發現，為什麼要把它們放在家裡？」我把它們丟在他面前的餐桌上。他拿起了其中一封。

「是的，她叫瑪麗。」他說著便把頭抬起來，臉上彷彿浮現了笑意，但又帶些感傷。「這沒什麼，也不是沒什麼，但是沒那麼重要。」

我開始不由自主的哭了起來，但與其說是因為他所做的事，還不如說是因為我讓他看見自己這副激烈的德性——把信抽出來，丟到他面前。這真是丟臉極了。「你認為你愛上另外一個女人這件事不算什麼？那這東西又怎麼說？」我把他寫的那張紙片——上面確確實實是他的筆跡——從口袋裡掏出來，揉成一團，丟到桌上。

他將它撿了起來並攤在桌上用手撫平，臉上似乎是一副難以置信的模樣，接著便恢復原來的神色。「凱特，妳有什麼好在意的呢？她已經死了，已經死了。」他的鼻子和嘴唇都發白，臉部肌肉緊繃。「她死了。妳以為如果能救她，讓她繼續畫畫，我會不盡全力去救她嗎？」

我開始啜泣，心裡一團混亂。「她死了？」她那封寫有日期的信顯示她至少在兩三個星期之前還活著。出於社交的本能，我還差點想說：「喔，真令人遺憾。」難道她發生了車禍嗎？但這幾個月或幾個星期當中，他看起來跟往常沒什麼兩樣，並未顯露出哀痛的樣子。或許無論他們之間的關係如何，他事實上並未付出很多，所以才不曾為她感到難過。但這又讓我覺得很可怕——一個人可能如此冷血嗎？

「沒錯，她已經死了。」他的語氣裡有出乎我意料之外的悲痛。「但我還愛著她。妳說得一點都沒錯。這樣滿意了吧。我不知道妳有什麼好在意的。我愛她。如果妳不明白我所說的那種愛，我也不想跟妳解釋。」說著他便站了起來。

「我一點也不滿意。」我一開始哭泣，便再也停不下來了。「甚至感覺更糟。我不知道你在幹嘛，也不明白你的意思。你根本不知道我曾經多麼努力想要了解你。可是，羅伯特，現在我們之間已經玩完了。這樣我才會滿意，才會真的滿意。」說著，我便拿起那個一直放在餐具櫃上、以免被孩子碰到的中國花瓶砸了過去。它撞到了壁爐上我爺爺奶奶的照片下方，碎成了好幾片。我心如刀割，後悔自己這麼做。事實上，我後悔這一切，除了我那兩個孩子以外。

第三十五章

一八七八年

他們待的那個村莊比附近的埃特爾塔更安靜，但伊維思說，他正是因為這個理由才比較喜歡這兒。待在特魯維那天，他覺得人更煩躁，因為夏天時在那裡的海濱步道上行走的人群，想必和香榭里舍大道上一樣多。但現在他們所待的這個小村子卻只有幾戶人家，步行即可抵達那座遼闊的海灘，如果他們想要的話，也可搭乘出租馬車前往埃特爾塔，享受那裡寧靜宜人的風光。不過他們四人全都很喜歡這裡，因此大部分時間他們都待在這兒過著平靜的日子，在小石子地和沙灘上散步。

每天晚上，碧翠絲都坐在那間放著廉價的錦緞椅子、架上擺滿貝殼的客廳裡，朗誦蒙田的文章給公公聽，另外兩個男人則坐在一旁聽著或者小聲談話。除此之外，她也開始刺繡一幅布面，打算縫在伊維思起居室裡的一個墊子上，當作送他的生日禮物。她日復一日凝神繡著那些細巧的金色和紫色花朵，而她最喜歡的工作地點是在陽台上。她只要一抬頭便可看見大海，看見矗立在海的左右兩邊、頂端綠油油的灰褐色岩壁。此外，還可看見幾座破敗的漁人小屋、停泊在海灘上的幾艘小船、吹著狂風的地平線，以及天際的雲層。這裡每隔幾個小時就會下雨，不久太陽又會露臉。天氣一天比一天暖和。但有一天上午突然又刮起了暴風，使得他們只好待在屋內。第二天天氣又放晴了。

她不停的做著刺繡活兒，藉以避開奧利維耶，但有一天下午他突然跑到陽台上，坐到她身旁。她知道他最近的作息，因此心裡明白他今天的舉動並不尋常。通常在上午時分和接近傍晚時，如果天氣晴朗的話，他都會去海灘上作畫，並且總是邀她同行，她會忙不迭的加以推辭，理由是這次沒帶畫布來。於是，最後他會高高興興的吹著口哨，一個人出門，經過她所坐的陽台時，還會碰碰帽子，向她致意。

她心想，不知道是否因為他知道她在看他的緣故，他的步履總是特別輕快。她心中再次浮現了一種奇怪的感覺：他好像在她的注視下愈來愈年輕了。抑或這是因為她已經知道如何透過他的年齡看見他的內在了？每次當他穿著他最喜歡的那套繪畫服裝出門，沿著海灘往下走時，她總是注視著他那挺直的背影，試著忘掉自己所知道的他，把他當成一個剛好和他們一起度假的長輩。但她已經太熟悉他心中的想法、遣詞用字、對工作的執著，以及對她的關心。當然，在這個屋子裡他並未寫信給她，但文字——那斜斜的筆跡、信手捻來的思緒，以及那愛撫般的tu字——仍在他們之間縈繞不去。

今天他的腋下夾的不是畫架而是一本書。他在她身旁的一張大椅子上坐定，彷彿下定決心，無論如何都不走似的。她不由得慶幸自己今天穿著那件領口鑲著黃色褶飾的淺綠色洋裝。幾天前他曾經說過這件衣服讓她看起來像一朵水仙。他今天穿著一件灰色的外套。她恨不得他能坐近一點，和她肩並著肩，但另一方面又希望他趕緊走開，希望他坐上火車回巴黎去。想到這裡，她的喉頭一緊。他身上散發著一種香氣，是某種肥皂或古龍水的味道。她心想不知他身上的氣味是否多年來一直都是如此，還是已經隨著時間而改變。他放在膝上的那本書一直沒有打開。當她瞧見書名是《拉丁法律》——這本書她在屋裡那個內容貧乏的書架上曾經看過——時，便知道他顯然只是在過來之前隨便抓一本書做做樣子，根本無意閱讀。她低頭做著針線活兒時，想到他使出這個伎倆，不禁微笑了起來。

「早安。」他回應她。然後兩人便默默的對坐了好一會兒。她心想這便證明了他們之間有些問題。如果他們彼此不認識或純粹只是親人，早就會開始閒聊了。「親愛的，我可以問妳一個問題嗎？」

「當然可以。」她拿出那把握柄上有浮雕的鸛嘴小剪刀把繡線剪斷。

「妳打算一整個月都避開我嗎？」

「只過了六天而已。」她說。

「六天半，不，應該說是六天又七個小時。」他糾正她，口氣聽起來很滑稽，讓她忍不住面露微笑，抬眼看他。他的眼睛是藍色的，看起來並不老。「嗯，這才像話！」他說。「我原本希望這次的處罰不會長達四個禮拜。」

「處罰？」她的語氣盡量溫和，但想穿針時卻穿不過去。

「對呀，這不是一種處罰嗎？但究竟是為了什麼呢？因為我隔著一段距離仰慕一個年輕的畫家嗎？我表現得這麼規矩，妳至少可以對我熱忱一點吧。」

「我想你應該明白是為什麼才對。」她今天穿針不知怎地就是特別不順利。

「讓我來吧。」他把那針和細金絲線拿過去，仔細穿好後再遞還給她。「妳知道，老人的眼睛可是愈用愈利的。」

她忍不住笑了出來。他的幽默和自嘲讓她卸下了矜持。「很好，既然你眼睛這麼利，應該看得出來我不可能——」

「不可能注意我一下？就像注意一顆掉進妳漂亮鞋子裡的小石頭一樣？事實上，妳搞不好還比較在意那顆小石頭呢。所以我也許只好讓自己變得更討人厭一點了。」

「不，請別——」她又開始笑了起來。她不喜歡此時此刻他們之間所引燃的那種快樂火花，因為如此一來，別人可能會看出些什麼。眼前這個男人難道不明白他是她的親戚、她的長輩嗎？她再次覺得年齡真是令人難以捉摸的東西。從他身上她理解到，一個人的內心並不會覺得老，除非身體已經不行了。這就是為什麼公公雖然年紀較輕，看起來卻已經老態龍鍾，而眼前這個白頭髮、銀鬍子的畫家卻一點也不顯老。

「別這樣，親愛的。我已經老得不可能對人有什麼害處了，而且妳丈夫也完全不反對我們之間的友誼。」

「他有什麼好反對的呢？」她試著表現出受到冒犯的樣子，但看著他近在身旁，她內心有一股奇異而強烈的喜悅，使得她忍不住再次對他微笑。

「是呀。那妳還有什麼話好說呢？如果沒有理由反對，那妳明天早上就應該和我一起出去畫畫。我在海邊有個漁夫朋友告訴我說，明天天氣會很好，好得連魚都會往他的船裡跳。我說我還以為它們在雨天會跳得更高呢。」他模仿著沿海地區的方言，讓她笑了出來。他指著大海對她說道：「我不喜歡妳在這裡縫縫補補的，一副毫無生氣的樣子。一個未來的大畫家應該帶著畫架出去作畫。」

她聞言雙頰羞紅。「您別笑我了。」

他的神情立刻變得嚴肅起來，彷彿不假思索的就抓住了她的手，但其中並無求愛的意味。「不，不，我是認真的。我如果有妳的才華，絕不會浪費一分鐘的時間。」

「浪費？」她有點生氣，也有點想哭。

「喔，親愛的，我真是笨嘴笨舌的。」他歉疚的親了一下她的手，但在她還來不及抗議時，就將它放開了。「妳應該知道我對妳的作品多麼有信心。請別生氣。明天就跟我一起出去畫畫吧。到時候，妳就會想起自己有多麼喜歡畫畫，並且把我和這張笨拙的嘴巴全都給忘了。這樣吧，到時候，我只陪妳走到風景好的地方就好了，這樣可以嗎？」

他眼裡又出現那種小男孩般的脆弱神情。她伸手撫著自己的額頭。此時此刻，他是她最愛的人——她愛的不是他寫的那些信，也不是那彬彬有禮的模樣，而是他的人，那歷經歲月的磨練之後，既自信又脆弱的模樣。她嚥了一口唾沫，靈巧的把針刺入布面。「好的，謝謝你。我會去的。」

三個星期後，當他們回到巴黎時，她帶了五幅關於海水、小船和天空的小畫回家。

第三十六章

凱特

羅伯特並未立刻搬出去。我也沒有。事實上，我根本不想讓我的母親和孩子搬到別的地方，也無意離開這棟我夢想中的房子。我已經喜歡上這棟房子了，況且這是母親幫我們買的。我打破花瓶後，羅伯特拿起了那疊信，放進口袋裡走了出去，連一根牙刷或一套換洗的衣服都沒帶。其實，就算是在那樣的時刻，如果他上樓慎重其事的打包行李，我對他的感覺可能還會好一些。

他走後，我有好幾天沒看到他，也不知道他人在哪裡。我只告訴母親我們大吵了一架，需要暫時分開一下。她很關心，卻沒說什麼。我知道她一定認為我們過幾天就沒事了。我試著告訴自己，他跑去和瑪麗一起住了（無論她人在哪裡），但心頭仍有一個揮之不去的陰影。我想當他苦澀的表示「她已經死了」時，其實並沒有騙我，可是他當時也沒有表現出真正悲慟的樣子。這幾乎是最糟糕的一點。雖然他的外遇已經隨著她的死亡而結束，但這並未讓我覺得好過一些，反而使我有一種揮之不去的陰森森的感覺。

那個禮拜有一天下午，我心不在焉的在前門的台階上看書，母親則坐在露台的椅子上縫補衣服，兩人同時看著孩子們在院子裡澆花，把水噴得到處都是。這時羅伯特突然開著車子回家。他下車後，我立刻看見他車子後座裝了一些東西——有畫架、畫作選集和幾個箱子。我的心頓時為之糾結，喉嚨也開始變緊。他沿著前院的步道走了過來，並繞到露台去親了我母親一下，向她問安。我知道她一定告訴他她很好，雖然前一天她才覺得頭昏，讓我不得不帶她去看醫生，而且她心裡也明白，他只差沒有搬出去住而已。

然後，羅伯特緩緩朝我走了過來。那一剎那，我看到他的模樣：身軀壯碩高大、不胖也不瘦、走起路來襯衫和褲子底下的肌肉明顯起伏，此刻身上穿的衣服看起來比平常骯髒，捲起的衣袖上沾了紅色的斑點，卡其褲上也有白色和灰色的污跡，似乎在使用顏料時比平常更不小心。我看見他臉部和頸部那已經開始老化的肌膚、眼睛下面的皺紋、褐綠色的眼眸，還有他那已經略微花白、猶如天使般的濃密鬈髮，他的巨大、他的疏離以及他的孤寂。我真想跳起來衝過去抱住他，但那應該是他做的事。於是我便坐在那兒不動，覺得自己史無前例的藐小，像是被框在畫框裡的一個直頭髮、身上太過乾淨的小人兒，一個他在一心追求藝術成就的過程中忘記要照顧的人，一個微不足道的人。他甚至忘了告訴我他到底在追求什麼。

他在台階前停下腳步。「我只是回來拿些東西。」

「好。」我說。

「妳希望我回來嗎？我想念妳，也想念孩子。」

「如果你回來，」我小聲的說道，盡量讓聲音不要顫抖。「你會真的回來嗎？還是你仍然會和一個鬼魂一起住？」

我以為他又會生氣，但過了一會兒之後，他只說道：「凱特，別再說了。妳不會懂的。」

我知道如果開始吼出類似「你說我不懂？我不懂？」之類的話，我就再也停不下來了，即使在孩子和我母親的面前也是一樣。於是我把書本重重闔上，以至於夾痛了自己的手指，然後便看著他爬上階梯，之後又帶著他那口出了名的手提箱（其實是我們放在衣櫃裡的一個舊舊的粗呢袋）走了下來。

「我要離開幾個禮拜，我會再打電話給妳。」他說完便走過去親了孩子一下，並將奧斯卡抱起丟到空中，他身上的襯衫都被他們那溼淋淋的衣服弄溼了。接著他又逗留了一會兒（我甚至痛恨他那副痛苦的模樣），然後便上車絕塵而去。這時我才想到他怎麼能夠離開工作崗位幾個禮拜呢？當時我還沒想到他可能會放棄他的教職。

不久後，我的母親就不行了。她的醫生打電話給我們，請我們到他的辦公室去，告訴我們她得了白血病，而且已經是末期了。他說他們可以讓她做放射線治療和化療，但可能只會讓她更不舒服而已。於是她拿了一本介紹安寧病房的小冊子，便和我一起離開了，一邊還緊緊握住我的臂膀，想要安慰我。

第三十七章

凱特

這部分有些地方我不想提。我要略過去。不過我想描述一下羅伯特是怎麼回來的。那天晚上我打電話給他。他回來待了六個禮拜，直到我母親衰弱到幾乎不成人形為止。後來我才知道他一直待在學校裡，但他從未告訴我他睡在哪裡——也許是學校的畫室或多出來的宿舍房間吧。我心想我們住過的那間舊宿舍不知是否還空著。也許他裹著毯子睡在地上，睡在我們自己的幽靈間，睡在我們把剛出生的英格麗和奧斯卡帶回去的房間裡。

在那段短暫的期間，他幫忙我照顧母親，夜裡則睡在他的畫室裡，但他看起來平靜而和藹，有時也會載孩子們出去玩，讓我可以坐在母親身邊陪她，看著她吃止痛藥，看著她睡覺，愈睡愈久。我沒有問起他的工作。我以為我和羅伯特會一起等到安寧病房的護士來到的那一天。當時一切都已經安排妥當。我母親甚至還幫我做了安排——她說到時候她會告訴我，給我一個訊號，然後我就可以打放在廚房電話旁邊的那個號碼。

但最後她嚥氣時，卻只有我和羅伯特在場，而我們的婚姻關係也因此正式完結。後來我們就愈來愈少聯絡。他到華府去後音訊全無，我則開始向法院申請離婚。此後一年多，我一直沒碰他辦公室裡的東西，之後才開始著手清理，將他大部分的「憂鬱情婦」（隨你怎麼稱呼她）畫像收起來。後來我聽說他企圖破壞一幅畫並因此而被捕，又聽說他同意進入精神病院治療。當他的保險到期時，我發現自己還是願意幫他母親負擔一小部分的治療費，希望他能夠好轉，以便有朝一日，他能夠參加孩子們的畢業典禮和婚禮。

那些仍然保有婚姻關係或配偶已經過世（不是分開或遭配偶遺棄）的人，並不了解一個事實：已經結束的婚姻很少只有一個結尾，就像某些故事書一樣。你翻到最後一頁，以為故事已經結束了，卻發現原來還有一個後記，讓你一直好奇著書中的人物究竟如何了，或想像他們在少了你（這個親愛的讀者）之後的生活。你會一直想要知道當你闔上書本後，他們發生了什麼事，直到你忘記書中的大部分內容為止。

不過，如果我和羅伯特的婚姻關係只有一個結尾的話，那個結尾就發生在我母親去世的那一天。我們沒想到她會走得這麼突然。當時她坐在客廳的沙發上曬著太陽休息著，甚至還願意讓我為她泡點茶，突然間她的心臟就衰竭了。她的死亡診斷書上寫的並不是這個病名，那只是我自己想的，因為當時我覺得自己的心臟也同時衰竭了。事情發生時，我立刻衝過去扶她，以至於手上的托盤掉在客廳的地毯上。我跪在地上，握住她的手臂，感覺我的心跳也跟著她一起停止了。那真是可怕的一幕，令人難以卒睹，但是很快就過去了。她照顧了我這麼多年，如果當時我不曾在場看著她並握住她的手，我的感覺會更糟。

末了，當她已經氣絕時，我伸出雙手抱著她，將她抱得更緊，並終於有了聲音。當我尖聲叫喚羅伯特時，仍然擔心自己會吵到她。他想必察覺我的聲音有異，於是便從廚房後面的辦公室跑了過來。當時母親已經瘦得只剩下皮包骨，因此我毫不費力的就將她抱了起來，用臉頰貼著她的臉頰，有部分原因是我暫時不敢直視她的模樣。我反而看著羅伯特，當時他臉上的表情讓我們的婚姻隨著我母親的生命一起結束了。他的眼神是空洞的。他並沒看到我抱著母親那已經了無生命氣息的軀體，他沒有思考該如何安慰我、該如何處理她的後事，或為她感到悲傷。我清清楚楚的看到他正注視著另外一個人，另外一個東西，臉上充滿了恐懼。那是我看不到也無法理解的一種東西，顯然比我當時的處境還更可怕。就這樣，在我生命中最煎熬的時刻，他缺席了。

一七七八年十一月，巴黎

親愛的碧翠絲：

謝謝妳感人的來信。在我看來，即便是莫里哀最上乘的劇作，也不值得我錯過與妳在一起的夜晚。請原諒我並未到場。我心裡有些嫉妒，不知那對時髦的湯馬思兄弟是否又去了妳那兒。也許是因為他們的年齡和妳比較接近，我才會有點防衛的心態。事實上，我並不在乎這些日子以來，他們一直纏著妳不放並不斷恭維妳的作品，但我認為妳的作品應該只給那些有鑑賞力的人（不包括他們）看。請原諒我發了一點牢騷。如果我能不寫信，我當然不會寫，但今天早上的天色實在太美，使我忍不住要和妳分享。此時妳應當是坐在窗邊，也許正在刺繡或看書，手裡捧著的可能是我上次留下來的那本書。上回我一時魯莽，對妳表示我喜歡妳的手時，妳說妳覺得自己的手太大了，但事實上它們既美麗又能幹，而且與妳那優雅的身材恰成比例。而且，它們不僅外表好看，也善於作畫及其他一切由妳經手的事務。如果我可以將它們握在手中（我的手比妳更大，卻沒妳那麼能幹），我將懷著敬意逐一加以親吻。

請原諒我，我已經忘了我原本的目的是要和妳分享這個美好的早晨。我雖然昨晚到戲院看戲，很晚才睡，但今天上午還是走到了網球場那兒，感覺到自己畢竟還是不適合連續太多天晚睡，因為我總是很早就醒過來。昨晚我寧可待在妳的身邊。也許明天晚上，我會再度在妳那溫馨的爐火旁邊念書給妳聽，或一語不發的坐在那裡，觀察妳的思緒。當我無法和妳一起坐在那兒時，請妳也保持那樣的坐姿。

今天我又再度四處漫遊了。走到網球場的路上，我看到一位老先生在餵麻雀。這位老先生年紀很大，說不定曾經歷過拿破崙的最後一次戰役。我想他當年戴著拿破崙帽時一定很帥（說到這裡，妳一定會笑我天真又愛幻想）。此外，跟我一起走過公園的，還有一位年輕的牧師（在另外一個國度裡，他說不定會祝福我們之間的感情）。他一邊走一邊不耐煩的踢著自己的長袍下襬，想必正在趕路。我既然無須趕路，便在一張長椅上坐了下來，在那寒冷的天氣中，做了十分鐘的白日夢。妳也許猜得到我在想些什麼。請別笑我一廂情願。

現在我已經回到家，身體暖和了起來，也吃過了早餐，必須準備去開會和工作了。但我會不停的想妳，而妳則會將我完全遺忘。不過我希望我明天會有讓妳開心的好消息，而且我今天要參加的會議中，至少有一場與這個消息有關，也和我今年可能會參加沙龍展的新作有關。請原諒我故作神祕。但我想和妳談談相關的問題。這個問題很重要，因此如果妳有空的話，請在明天上午十點到十二點之間前來我的畫室。這是公事，而且有高度的正當性，因為伊維思也力勸我要徵求妳對這個作品的意見。我已隨信附上地址和一小張地圖。妳將會發現我住的這條街雖然別具一格，但並非沒有可觀之處。

再見了。我懷著敬意親吻妳那纖細的玉手，並欣然期待妳在斥責我之餘也接受我的邀請。

你的摯友O. V.

第三十八章

馬洛

我把凱特的故事妥當的收進公事包，帶著衷心的感謝向她告別。她熱忱的握了握我的手，但看到我要離開似乎也鬆了一口氣。後來，我把車子開到一家咖啡店（前一天我曾在這兒喝過一杯上好的咖啡）前停了下來。在下車之前我把手機拿出來，做了一些搜尋。綠丘學院的總機小姐聽起來頗為友善，而且有點大而化之，因為電話中傳來某種「沙沙沙」的聲音，彷彿她正在一邊工作一邊吃午飯似的。我請她幫我轉接到藝術系，發現那裡的秘書也很親切。「很抱歉打攪你們。」我說。「我是安德魯．馬洛博士。我正在為《美國藝術》雜誌撰寫一篇有關羅伯特．奧利佛的文章。他曾經在你們系上擔任教職。是的。沒錯，我知道他已經不在那裡教書了——事實上我已經在華府訪問過他了。」

儘管我一直從容應對，但這時仍感覺汗水微微的從我髮際滲出。剛才我真不該說出任何一個特定期刊的名字的。不曉得學校裡的人知不知道羅伯特被捕並住進精神病院的事情？發生在國家畫廊的那件事，主要是刊登在華府地區的報紙上。我想到羅伯特躺在床上，雙手枕著頭，兩腳交叉，注視著天花板，像個從天上掉下來的巨人的模樣。他曾經對我說：「你可以找任何一個人談談。」

「我今天正好經過綠丘鎮。」我繼續用輕快的語氣說道。「我知道這很突然。不曉得他的同事有沒有誰今天下午或明天早上有空，可以和我一起坐下來談個幾分鐘，評論一下他的作品。是的。謝謝妳。」

秘書走開了一會兒，然後很快便回來了。彷彿他們那裡有一間大得像倉庫般的畫室，她可以隨便跑到某座畫架前找個人問似的。但實際的情形不可能是這樣。「黎多教授？多謝多謝。請轉告他，我很抱歉沒先跟他約好。我不會耽擱他太多時間的。」說完我便把電話掛上，走進那家咖啡廳，喝了一杯冰咖啡，並用紙巾擦了擦額頭。不曉得櫃台前的年輕人是否看得出來我是個騙子。我很想告訴他：「我以前沒幹過這種事，是不知不覺當中學會的。」不，這樣說並不準確。我應該說：「是最近偶然間學會的。」而這個偶然名叫羅伯特。

開車到綠丘學院的路程其實很短，大約二十分鐘就到了，但因為我心中一直七上八下、忐忑不安，才會感覺好像永無止境。一路上只見天空遼闊，山巒起伏，公路路面很平，兩旁種滿了野花，遠看成了一個個巨大的三角形，有些是粉色的，有些是白色的，名字我也說不上來。羅伯特曾經對我說：「你甚至可以和瑪麗談談。」他總共就說過那麼幾句話，因此每一句話我都記得。他會這樣說只有三種可能性：第一就是他和凱特分手後，病情已經惡化到有妄想症的程度，把一個已經死去的女人當成活人。不過，我看不出有什麼明顯的證據。因為，如果他真的有妄想症，就不可能持續這麼久刻意不講話。另外一個可能是他之前是故意騙凱特的——瑪麗根本沒死。或者——但我還沒想清楚這第三個可能性時就放棄了，因為車子已經快要抵達綠丘學院了，我必須注意要在高速公路的哪一個出口下去。

開下公路後，我發現這一帶並不像原先所想像的那般邊遠蠻荒（也許要沿著州際公路再往下開，才會看到那樣的風光）。後來我開進了一條筆直平坦的鄉村道路。根據路牌顯示，這裡已經屬於綠丘學院的校區。彷彿為了證明這點似的，有一群穿著橘色背心的年輕人正在路旁的壕溝裡撿拾著零星的垃圾。沿著這條路一直往山上開，途中經過了一面斑駁的灰色告示牌，是木頭雕刻成的，架在石頭底座上。我知道這一定就是凱特所描述過的那面告示牌。不久我便開進了綠丘學院的車道。

只見學院的入口附近有一些建築，其中有幾棟是老舊的小木屋，掩映在鐵杉和杜鵑花叢裡。除此之外，這裡看起來也不像是邊遠的蠻荒地區。我看到一棟很大的廳堂，後來才發現是餐廳。過了餐廳再上一個坡，便到了木造的宿舍和紅磚教室。再過去，便是一望無盡的樹林了。我從未見過像這樣隱蔽於森林地帶的校園。這裡的樹木比金樹林療養中心所種的更加高大、莊嚴，也更原始，有迎風而立的參天橡樹、雄偉挺拔的美國梧桐，以及像摩天大樓般高的雲杉。我看到三個學生站成一個等邊三角形，在草地上丟著飛盤；一位蓄著金色鬍子的教授正在廣場上授課，學生們一個個都抱著一台筆記型電腦盤膝而坐。好一幅如詩如畫的田園風光，讓我也很想重返校園，再次體驗當學生的滋味。然而，羅伯特在這個樂園般的地方住了這麼些年，卻經常陷入沮喪的狀態並且還生了病。

藝術系位於校園一頭的水泥樓房裡。我把車子停在樓房前面，坐在車裡看著旁邊的那棟美術館。那是一座細長形的小屋，有一扇彩色的大門。屋外有一面牌子顯示裡頭正在展出學生的作品。我沒想到自己會這麼緊張。我有什麼好怕的呢？基本上我是在做一件好事。我之所以隱瞞自己的職業以及我與羅伯特之間的關係，是因為我知道如果不這樣做的話，就得不到太多我需要的資料。

藝術系的秘書原來是個學生，要不就是年輕得像個學生。她穿著牛仔褲和白色的T恤，屁股很大。我告訴她我是來找阿諾．黎多教授的，她便帶著我穿過走廊到達一間辦公室。我看見裡面有一個人把雙腳翹在桌上。他穿著褪色的灰長褲，腿很細，腳上穿著襪子。我們一走進去，他便把腿放了下來，立刻掛上電話（那是一具普通的老式話機，不是無線電話），並花了一兩秒鐘的時間，把纏繞在臂膀上的電話線解開。然後他便站了起來，和我握手。「您就是黎多教授嗎？」我問。

「叫我阿諾就好了。」他糾正我。這時秘書已經離開了。阿諾有一張活潑而瘦削的臉龐，前額微禿，薑黃色的頭髮垂在腦後。他有一雙討人喜歡的藍色大眼睛，鼻子又尖又紅。他微笑著示意我坐在角落裡的一張椅子上，面對著他，然後他又把腳翹了起來，讓我也很想把鞋子脫下來，但最後還是忍住了。他的辦公室很凌亂，牆上有一面布告欄，釘著幾張有關美術館展覽的明信片，書桌上方貼著一張藝術家傑斯伯．瓊斯的大海報，還有幾張兩三個很瘦小的孩子騎著腳踏車的快照。阿諾將身體往後一靠，彷彿很舒服的模樣。「請問有何貴幹？」

我雙手交握，試著裝出一派從容。「你們的秘書可能已經告訴過你了。我目前就羅伯特．奧利佛的作品做一些訪問。她說你也許可以幫上一點忙。」我小心翼翼的看著阿諾。

他沈默了一會兒，似乎在考慮著這件事，但看起來並沒有特別警覺的樣子，也許他還沒聽說有關國家畫廊那件事的消息，或讀到相關的報導，這讓我稍微放心了一些。

「當然可以。」他終於說道。「羅伯特和我曾經同事六年左右，我想我滿了解他的作品的，但我們算不上是朋友，因為你知道他這個人有點孤僻，不過我一向很尊敬他。」接著他似乎就不知道該說些什麼了。令我意外的是，他居然沒有探詢我的身分，也沒問我為什麼想知道有關羅伯特的事。不知道秘書是怎麼跟他說的。但無論她說了些什麼，他似乎已經滿意了。她不知道有沒有提到我為《美國藝術》撰文這件事。萬一那裡的編輯是他在藝術學校的室友該怎麼辦？

「羅伯特在這兒創作了很多精彩的作品，不是嗎？」我大膽的開口。

「嗯，沒錯。」阿諾答道。「他很多產，像是超人一樣，總是不停的畫呀畫的。可是坦白說，我覺得他的畫不是很有原創性，但是技巧倒不錯，呃，不，應該說是很厲害才對。他有一次告訴我，他在念書時畫過一陣子的抽象畫，但並不喜歡，所以我猜他沒畫很久。他在這裡畫的主要是兩三個系列。呃，其中一個系列是有關門窗的，有點像是波納爾的室內畫，但比較寫實。我們系上的入口處就掛著兩三幅這樣的作品。其中一幅是很棒的靜物畫（如果你喜歡靜物畫的話），上面畫著水果、花卉、高腳杯什麼的，有點像是馬內的風格，但畫面上總會有某種看起來很突兀的東西，像是一個電源插座或一瓶阿司匹靈什麼的，我不知道。反正是一些反常的事物，但畫得很好。他曾經在這裡辦過一次大型的個展，綠丘鎮的美術館就收藏了至少一幅。其他幾座美術館也是。」阿諾說著便在桌上的筆筒中搜尋，抽出了一支短短的鉛筆，夾在兩根手指當中轉動。「他離開前的兩三年，一直在創作一個新的系列，並且在系裡辦了一次個展。坦白說，我覺得那一批畫很詭異。我曾經在畫室看他畫過。但我猜他大都在家裡畫。」

我試著不要表現出太感興趣的樣子。在此之前，我已經拿出了記事本，裝得像個記者般的冷靜。「那個系列也是傳統派的畫風嗎？」

「是啊，可是很詭異。那些作品基本上畫的全都是同一個場景，而且是滿陰森可怕的場景。上面畫的是一個年輕女人懷裡抱著一個年紀較大的婦人。年輕女人低頭驚恐的看著婦人，而那個婦人頭部被射穿了一個洞，顯然已經死了。有點維多利亞劇場的味道。她們的衣服、頭髮還有其他細節都很逼真，有些地方筆觸柔和，有些地方又很寫實，屬於混合性的風格。我不知道他是找誰當模特兒的，也許是某個學生吧，不過我從來沒看過誰跟他一起合作過這個系列。校內的美術館還有一幅這個系列的作品，是當初館內裝修時，他捐出來要掛在大廳的。我有一幅作品也在那兒，所有老師的作品都掛在那兒，所以館裡得做許多陶瓷畫框才行。你和羅伯特很熟嗎？」他突然問道。

「我在華府訪問過他幾次。」我嚇了一跳，趕緊回答。「其實我跟他也沒那麼熟，只是覺得他這個人很有意思。」

「他現在怎麼樣了？」阿諾看著我，眼神銳利得出乎我的想像。我怎麼沒發現他是這麼聰明的一個人呢？他雙手雙腳攤在桌上，看起來不拘小節，隨性自在，很容易使人失去戒心。你會情不自禁的喜歡他，但現在我可怕了他了。

「這個嘛，我知道這些日子以來，他正在創作幾幅新的畫。」

「我猜他大概是不會回來了，對不對？我沒聽說他要回來的消息。」

「他沒提過要回來綠丘學院的事。」我答道。「至少他沒和我談過。所以說不定他打算——

我不知道。你認為他喜歡教書嗎？他對學生怎樣？」

「這個嘛，他和一個學生跑了。」

我大吃一驚。「什麼？」

我的反應似乎讓他覺得很有趣。「他沒告訴你嗎？嗯，她不是這裡的學生。他顯然是在另外一所學校當客座教授時遇到她的。但在他突然請假之後，我們聽說他搬到華府和她同居了。他甚至連封正式的辭職信都沒寫呢。我不知道發生了什麼事，但他就這樣走人了。這對他的教書生涯很不利。我一直納悶他怎麼會有本錢這麼做。他看起來不像是很有錢的樣子。可是這也很難說。也許他的畫賣得很好吧——這是很有可能的。不管怎樣，這真是很可惜的一件事。我太太和他太太有點熟，她說他太太從來沒提過這件事。之前他們已經搬到鎮上好一會兒了，沒住在學校。他太太是個好女人。真不知道羅伯特這傢伙是怎麼想的。不過，你也知道，有時人就是會突然失去理智。」

我真不知道該怎麼接他的話，但阿諾似乎也沒注意到。「總而言之，我祝福他。我一直認為他內心是很善良的。他是個大咖，我猜我們這裡是小廟，容不下這個大菩薩。這是我的看法。」然而他的話裡並沒有尖酸刻薄的意味，彷彿這個容納不下羅伯特的地方對他而言，卻像是他所坐的那張椅子一樣，讓他覺得舒服自在、如魚得水似的。他轉著鉛筆思索了一會兒，便開始在桌上的一張紙上畫起圖來。「你的文章的主題是什麼？」

我整理了一下自己的思緒。我該不該問阿諾那個學生的名字？我不敢問。我想她一定是他的繆思女神，也就是讓凱特如此痛恨的那位畫中女子。她是瑪麗嗎？「呃，我的主題是羅伯特所畫的女人像。」我說。

阿諾只差沒嗤之以鼻。「他是畫了很多女人像。我剛才提到的那另外一個系列，主要都是女人像，而且畫的都是同一個女人，有一頭黑色的鬈髮。這種畫我也看他畫過幾張。目錄還在我們這兒，如果他太太沒來拿走的話。我曾經問過他，那是不是他認識的一個女人，但他沒回答。所以我也不知道他的模特兒是誰。也許就是那個學生吧，但我說過了，她不住在這裡。也可能——我不知道。反正羅伯特是個怪人。你問他什麼話，他總是有說跟沒說一樣。」

「他離開學校前，你有沒有注意到他有什麼跟平常不太一樣的地方？」

阿諾把他的素描放回桌上。「跟平常不太一樣？沒有呀。他只是畫了那批很詭異的畫而已。我不應該這樣批評一個同事的作品，不過大家都知道我向來有話直說。坦白說，我真是有點被嚇到了。羅伯特真的很善於畫十九世紀風格的作品。就算你不喜歡模仿的東西，也不得不佩服他的技巧。他那些靜物畫真的很精彩。有一次我還看過他畫的一種印象派風格的風景畫，看起來還真讓人以為是印象派的作品呢。他曾經告訴我只有大自然是最重要的，他不喜歡概念藝術。我本身也不是從事概念藝術的，但我並不討厭它。而且我認為幹嘛要去畫那些沈重的維多利亞風格的東西呢？那不是概念藝術是什麼？這年頭你的創作就是你的概念。不過我相信他一定都跟你說過了。」

我看出我沒法再從阿諾口中問出些什麼了。他觀察的是繪畫，不是人。此刻，他似乎在我眼前逐漸淡去。相較於羅伯特的深厚、沈重、古怪，他顯得精明、虛浮、和藹可親，但如果要我在他們當中選擇一個做朋友，我會毫不猶豫的選擇那個陰沈而難以捉摸的羅伯特。

「如果你需要更多資料的話，我可以陪你去看看羅伯特的畫作。」阿諾告訴我。「不過恐怕就剩那麼一些了。有一天他太太過來清了他的辦公室，並且把他留在系上畫室裡的所有作品都拿走了。她來的時候我不在，是別人告訴我的。也許他自己不想來。這樣一來，那些畫就會永遠留在這裡了。誰知道呢？我不認為他在這裡有什麼好朋友。走吧。反正我也需要散散步。」

他伸直那鸛鳥一樣的細腿站了起來，然後我們便一起緩緩走了出去。大門外的陽光燦爛逼人。我心想怎麼會有藝術家能夠忍受那間小小的水泥辦公室呢？不過這也許由不得阿諾，而且他似乎也已經充分加以利用了。

第三十九章

馬洛

我跟著他進入了隔壁的木屋美術館，發現裡面其實頗為寬敞且前衛，後面有一個由玻璃和洗白骨架建成的側廳，是某位建築師為了參加當地的比賽而增建的。入口的通道上開著天窗，兩邊的牆壁上掛著一幅幅畫作，以及擺放裝著陶器、亮得很柔和的玻璃櫃。

阿諾指著大門對面一幅大型的畫作，我立刻明白了他的意思。那幅畫確實很詭異生動，但也有太過戲劇化之嫌，誇張得像一齣維多利亞時期的舞台劇場景。上面畫著一個穿著蓬裙和緊身馬甲、身形苗條的女子，彎腰跪在一條鋪著鵝卵石的街道上。正如阿諾所言，她懷裡抱著一個已經慘死的婦人。那婦人臉色灰白、雙眼緊閉、嘴巴微張，額頭上有一個明顯的彈孔，看起來像是一條貫穿她頭部的可怕隧道，從裡面流出來的血已經開始在披散的頭髮和圍巾上凝結了。那年輕女子的穿著頗為雅致，但身上的淺綠色長禮服已經破了，而且有些骯髒。她緊抱那婦人的頭部，胸前沾染了她的血跡。她的髮髻已經散開，一頭閃亮的鬈髮披散著，帽子也掉了下來，上面的緞帶勾住了她的肩膀。她低頭看著那婦人，因此我看不見那雙我早已熟悉的明亮眼睛。畫中的背景顯得較朦朧，可看出似乎有一座牆、一條狹窄的市區街道，以及一家商店。店面上方的字母很模糊、看不清楚。有幾個紅色和藍色的人影蹲伏在商店旁，但同樣難以辨識。街道一端有一堆堆褐色和米色的東西，不知道是柴堆、沙包還是木材。

畫面很吸引人，但同時也有刻意渲染的味道，對我而言，可說既感人又可怖，散發出恐懼和無助的氣息。她的姿態和悲痛讓我想起了初見米開朗基羅的「聖殤」雕像的情景。那件作品已經太有名氣了，因此一般人很少會想將它看個清楚，除非是在很年輕的時候。我是在大學畢業後，前往義大利旅行時看到這座雕像的，當時它尚未被放在玻璃箱內，因此我和它之間只隔著一條繩子和大約五呎的距離。當時陽光正灑在聖母和耶穌的身上，讓他們的身軀呈現出深淺不同的色調，看起來就像是活生生的人，血管內仍兀自流動著鮮血——不僅那悲傷的聖母如此，就連那剛死去的耶穌也是如此，這是最令人感動的地方。對於我這個沒有信仰的人來說，這座雕像並不是在預言耶穌的復活，而是在描繪聖母的震驚以及那種縈繞不去的生命之感，就像我們在醫院中看到一個年輕人因為某種可怕的意外而猝死時的感覺一般。那時我終於明白，天才和其他人之間的差別。

羅伯特的這幅畫讓我印象最深刻的，除了駭人的場景之外，就是它的敘事性質。因為在此之前，我所見到的關於這個女人的畫作全都是肖像。然而，畫中想要訴說的是個什麼樣的故事呢？也許羅伯特根本沒用任何模特兒。我還記得凱特曾經說過，他有時會根據自己的想像來作畫。也可能他用了模特兒，但故事是他自己編造的——畫中人物所穿的十九世紀服裝就是個證明。他是否想像畫中的女子抱著她被殺的母親？或者他畫的是自己因疾病而分裂的心靈中光明與黑暗的一面？只是我沒想到羅伯特居然會編故事。

「你也不喜歡嗎？」阿諾看起來有些高興。

「技巧很好。」我說。「哪一幅是你的？」

「喔，在這面牆上。」阿諾指著我們後面門旁的一幅大型畫作，並走到它前面，雙手抱胸的看著它。那是一幅抽象畫，主題是一個個柔和的淺藍色大正方形彼此相互融合的景象，整個畫面上泛著一層銀色的光澤，像是你拿一個方形的小石頭丟到水裡所激起的方形漣漪一般，其實還滿吸引人的。我轉頭面向阿諾，對他微笑：「我喜歡這幅。」

「謝謝。」他高興的說。「我現在正在畫一幅黃色的。」我們站在那兒凝視著這一片藍色。這是阿諾兩三年前的作品。只見他側頭看著它，目光中滿是深情，可見他有好一陣子沒有好好欣賞自己的畫作了。「那麼——」他說。

「是的，我該讓你回去上班了。」我感激的對他說道。「謝謝你鼎力幫忙。」

「如果你再見到羅伯特的話，請幫我問候他。」他說。「告訴他，無論如何我們都還記掛著他。」

「當然。」我——說謊了？

「如果記得的話，就請你把你的文章寄一份給我。」他揮手送我出門時說道。

我先是點點頭，然後又搖搖頭，在坐上車子之前，又回身朝他揮了揮手，企圖掩蓋自己的錯誤，但他已經走了。我在駕駛座上坐了一會兒，只差沒用雙手抱著頭。然後我便緩緩走出車外，一邊留意著館內各方人員的眼神，一邊走回美術館內。我故意經過入口通道所掛的那些畫作、陳列著發光的碗缽和花瓶的平台，以及那些麻布和羊毛掛毯，再度進入大廳，逐一欣賞裡面所展示的學生作品。我讀著作品下方的解說牌（但卻一點也記不起來），並注視著那些由光亮的紅色、綠色和金色所組成的各種畫面——包括樹木、水果、山脈、花卉、立方塊、摩托車、文字等等，有些很出色，有些則出奇的粗陋。我看著每一幅作品，直到那些色彩讓我頭暈眼花為止。之後便緩步走回羅伯特的畫作前面。

不用說，她還在那兒。只見她俯首看著懷中那名慘死的婦人，將後者那被子彈打穿、鬆軟下垂的頭部緊緊靠在她隆起的胸部前。她的面容緊繃，臉上滿是淚水，雙眉緊鎖，充分顯示她心中的憤怒與極度的哀戚。她的肩膀下垂，裙襬因為之前快速的奔跑仍然兀自抖動著。她跪在那條略微骯髒的街道上，緊抱著那具心愛的身軀。這不是抽象的悲憫——她顯然認識並愛著那個死去的婦人。這是一幅不可思議的畫作。儘管我受過這麼多繪畫訓練，仍無法想像羅伯特如何能夠用顏料傳達出如此這般的情感和動感。我可以大致分辨出他用了哪些筆觸、調了哪幾種顏色，卻無法理解他何以能夠如此鮮活的呈現那年輕女子的生命力，以及那婦人了無生氣的模樣。如果這是他想像出來的畫面，那就更令人驚駭了。校方如何能夠忍受他們將這幅畫掛在那兒，讓學生們日復一日的看著它？

我站在那兒凝視著她，直到她看起來似乎要開始哀嚎、求救、奔跑或挺直那美麗的背脊，試著扶起那具沈重的屍體一般。在這一刻，似乎隨時都有可能會發生什麼事。這正是這幅畫了不起的地方。羅伯特捕捉到了那一瞬間的震驚恐懼、天地變色，以及難以置信的感覺。我伸手摸著脖子，感受自己身體的溫度。我等著她抬起頭來。但問題是：如果她抬起頭來，我有能力幫助她嗎？她就在離我幾吋以外的地方，是個會呼吸、有血有肉、活生生的人，置身於那天崩地裂之前平靜得並不真實的一瞬間，但我知道自己沒有能力幫她。這時我開始體認到羅伯特那不凡的成就。

第四十章

馬洛

那天下午，我花了好幾個小時才做了決定。等到我再度抵達凱特的家門口時，已經是黃昏了。一天又過去了。我明天一早就得趕緊開車返回華府，赴一個晚上的約診。告別綠丘學院後，我不但沒離開綠丘鎮，反而在市區焦躁不安的走來走去，並吃了晚飯。然後在最後一刻，把車子從通往哈雷家的山路上掉頭，開回山谷的另一端。凱特家所在的社區林蔭夾道，那一棟棟都鐸式的房子窗戶裡都亮著燈。有一隻狗吠了起來。我把車子緩緩駛上她的車道。現在時間並不晚，但也不算太早，所以還是有些失禮。為什麼不先打電話呢？我在搞什麼啊？可是這個時候已經來不及喊停了。

我踏上她的門廊時，燈自動亮了起來，讓我幾乎以為警報器就要響了。我看到客廳裡亮著一盞檯燈，後面的房間也透出一點亮光，除此之外，感覺不到裡面有人。我伸出手想按門鈴，但隨即便改變主意，伸手用力敲門。只見一個人影從屋內彼端的門口出現，並走了過來。是凱特。她那纖弱的身軀走進檯燈的燈影中又走了出來，頭髮閃閃發亮，動作很警覺。她神色緊張的先從玻璃窗上窺探了一下，顯然認出是我，但神情卻因此變得更加謹慎。她走到門口，緩緩將門打開。

「很抱歉。」我說。「很抱歉這麼晚來打攪妳。我可不是瘋子——」其實這點我並不完全確定，而且話一說出口，感覺似乎比不說還糟。「妳知道，我明天早上就要走了。請妳讓我看看其他那些畫好嗎？」

她鬆開握住門把的那隻手，轉頭打量著我，臉上的表情混合了憂傷與不屑，似乎已經忍無可忍，但也充滿了無限的耐心。我站在那兒，愈來愈不抱希望。心想待會兒她就會拒絕我，說我確實已經瘋了，說她不明白我在講什麼，說我根本不需要到這裡來，說她希望我能離開。然而，她卻往旁邊挪了一下，讓我進去。

屋裡非常靜謐，使我覺得自己像是最惡劣的那種入侵者，動作笨拙又粗手粗腳。她費了多大的心思才創造出這樣寧靜的氣氛？檯燈的燈光、整齊的擺設、微微傳來的木頭與花的香氣，在在都讓人覺得舒服自在。那香氣也可能是孩子們呼吸的氣息。他們應該已經在樓上的房間睡著了。想到他們那柔弱稚嫩的模樣，讓我更加有了罪惡感。我有點害怕上樓去聽到他們輕柔的呼吸聲。但出乎意料之外的，凱特竟然打開了餐廳裡的一扇門，帶我走到地下室去。裡面傳來灰塵、乾土和陳年乾燥木頭的氣味。我們沿著樓梯慢慢走下去。儘管頭上有一盞燈泡，我還是有一種逐漸進入某個黑暗世界的感覺。這氣味使我想起了童年時，曾經拜訪或玩耍過的某個怪異又有趣的地方。身材纖細的凱特走在我前面。在那赤裸又昏黃的光線中，我俯瞰著她金褐色的頭頂，感覺她似乎正要離我而去，進入一個夢境中。地下室的一角有一座柴堆，另一角有一架古老的紡車，還有一些塑膠桶和空的陶瓷花瓶。

凱特一語不發的帶我走到地下室另一頭一座大木櫃前。我打開櫃門，仍然覺得自己好像置身夢境，原來這座木櫃是特別做來存放畫布的。裡面有一個個排列整齊的格子，可以將畫布分開來放，就像是畫室裡的乾燥架一樣，而且裡面放滿了畫作。她為我拉著櫃子的門，在那木門顏色的襯托下，她的手顯得異常白皙。我把手伸進去，在那微暗的光線中小心的拿出了一幅畫，靠在附近的牆上。然後又拿出了另一張、再一張、又一張，直到木櫃都空了，而牆邊已經擺了八幅加了框的大型畫作為止。其中有些一定曾在羅伯特的個展中陳列過。我心想，不知道他是否已經在那裡賣出了許多幅，而那些畫又進了哪些人的家中或哪幾座美術館裡面。

正如我先前所言，地下室的光線很暗，卻使得那些畫看起來更加真實。其中七幅所顯示的場景，與當天下午我在綠丘學院的美術館中所見到的那幅大同小異，都是那位女子俯身看著她心愛的那具屍體的情景。其中一幅是個特寫，畫的是兩張靠在一起的巨大的臉，上面的那張仍然年輕、五官鮮明，下面的那張年紀較大、面如死灰。有一張是那女子將頭埋在已死婦人的頸部啜泣，彷彿像在飲她的血，或將她的血與自己的眼淚混合似的，很聳動但也極其感人。在另一幅畫中，她站在那具倒地的屍體前面，用一條手帕按住嘴唇，倉皇的四下張望求援。這是發生在綠丘學院那幅畫中的場景之前或之後的事？就這樣，一張又一張，畫的都是那名鬈髮女子驚惶失措、悲傷的模樣。情節從不曾向前或向後發展。她就這樣永遠處於當時的情境中。

第八幅畫是最大的一幅，而且跟其他幾幅頗不相同。此時，凱特已經走到了它前面。上面畫的是三個女人和一個男人的全身像，排列的方式整齊得有些詭異，筆觸寫實得令人屏息，絲毫沒有羅伯特往常那種十九世紀的風格。事實上，這幅畫毫無疑問是現代風格的作品，就像我在二樓羅伯特的舊畫室中所看到的那幅極富官能美的肖像一樣。那男子站在前面，兩名女子在他身後右側，另一名則在他身後左側。四個人物都表情嚴肅的面對著觀眾，身上穿的是現代服裝。那三名女子全都穿著牛仔褲和淺色的絲質襯衫，那男子則穿著一件已經破掉的毛衣和卡其褲。其中除了一個人之外，我全都認得。最矮小的那個女人是凱特。她那金褐色的頭髮比現在長，藍色的眼睛睜得大大的，神情肅穆。臉上的雀斑粒粒分明，身子挺直。她旁邊站的那個女人我不認得，但她看起來也很年輕，而且比凱特高得多，腿很長，有一頭淡紅色的長髮和一張尖尖的臉，雙手插在牛仔褲前面的口袋裡。我見過她嗎？她是誰呢？站在男子左邊的則是那個我早已熟悉的人物。雖然穿著迥異往常的現代服裝——灰色絲質襯衫和褪色的牛仔褲——但還是很有女人味。她光著腳，輪廓一如我在夢中所見那般鮮明，一頭黑色的鬈髮垂在肩後。看到她穿著我這個年代的衣服，我的心不由得一緊，彷彿真的可以找到她一樣。

畫中的那個男子當然是羅伯特。他看起來就像真人現身一樣：一頭亂髮、衣衫破舊、淺綠色的大眼睛。他似乎並未完全意識到周遭那幾個女人的存在，一個人站在前面，成為自己畫中的主題，帶著斷然抗拒的神情凝視著前方，拒絕向觀眾透露自己內心中的任何想法。事實上，儘管有三個女人圍繞在他身邊，他看起來還是孤獨的。我心想，這真是一幅令人難堪的畫作，既露骨、自我中心，又令人迷惑。凱特站在那兒注視著這幅畫，那模樣幾乎就像是畫中的她一般，眼睛睜得大大的，嬌小的身軀挺得直直的像個舞者。我略微猶豫的走了過去，站在她身旁，伸出一隻手臂攬住她的身子，只是想安慰她一下。她轉頭看著我，臉上似乎露出一絲苦笑。

「妳沒把它們給毀了。」我說。

她抬起頭目光堅定的看著我，並未掙脫我的手臂。她的肩膀像小鳥一樣，骨架細巧。「羅伯特是個了不起的畫家。他是個很好的爸爸，一個很差勁的丈夫，但我知道他很了不起。我沒有立場去破壞這些畫。」

她的話語中沒有高貴的情操，只是就事論事、赤裸裸的陳述。然後她便後退一步，優雅的將自己從我的手臂中抽離，臉上沒有笑容。她攏了一下頭髮，打量著最大的那幅畫。

最後我終於問道：「妳打算怎麼處置它們？」

她了解我的意思。「一直保存下去，直到我知道該怎麼辦為止。」

這話很有道理，於是我便未再多問。在我看來，如果她處理得宜的話，這些令人困擾的畫作，也許有一天可以幫她支付供孩子上大學的費用。她幫我把這些畫放回滾軸架上之後，我們就一起把櫃門關上。然後我再度跟著她走上那座木造的樓梯、穿過客廳、走到門廊上，在那裡站了一會兒。「我不介意你做的任何事。」她說。「只要你認為是正確的。」我知道她的意思是，我最終可以告訴羅伯特我見過他的妻子，但沒看到他的孩子，只看到了他們的照片，並告訴他我看過他住過的那棟雅致、整潔的房屋，以及她為了不可知的未來而保存下來的那些畫。

有一會兒，我們兩人都沒有開口。後來她稍微挺起身子——不需要像親羅伯特的臉那樣必須踮起腳尖——平靜的親了我一下。「祝你回程一路平安。」她說。「小心開車。」除此之外，就再也沒有其他話語了。

我點點頭，不知道該說些什麼。我走下樓梯時，聽見身後傳來她最後一次關門的聲音。我把車開到路上後，便把收音機的音量轉大，然後又將它關掉，開始大聲的在那寂靜的道路上唱歌，愈唱愈大聲，並一邊用手拍打著駕駛盤。我可以看見羅伯特的畫在那赤裸裸的燈泡下閃閃發亮。我知道我可能再也見不到它們了。但我已經打開了我的人生。也許應該說是她幫我打開的。

第四十一章

一八七八年

她坐在馬車上，看著拉馬丁路上他的畫室所在的這棟建築。打從昨天開始，她就一直告訴自己一定要帶著女僕一起過來，但臨出門前才意識到，自己其實並不想要有任何其他人在場。於是她多此一舉的留了一張字條給管家，說她要去拜訪一個朋友，並訂購了一盤食物，請人在中午送去給公公。

這建築的外觀並不起眼，卻如此真實。她困難的嚥下一口唾沫——脖子上的帽結繫得太緊了。時間已近中午，街道上馬車熙熙攘攘，有的載客，有的送貨，馬蹄聲答答答響個不停。餐館的侍者忙著把戶外的椅子排放整齊；一名老婦人正在清掃路邊的垃圾。她戴著一雙破破爛爛的手套，穿著一條打了補靪的裙子，從一個繫著長圍裙的男子手中接過幾枚銅板後，又拿著掃帚和桶子繼續往下掃。

她的小提袋裡有一張字條，上面寫著街名和門牌號碼，還附上一幅畫室外觀的速寫。他說他是邀請她來參觀他那幅大型的新作。他下個星期就要把它寄給沙龍展的評審團了。因此如果她現在不看的話，就要等到沙龍展開幕之後了，但誰知道它會不會入選呢？這實在是一個不太高明的託辭，因為她知道無論它是否入選沙龍展，以後她都會和伊維思一起去看這幅畫。但奧利維耶已經提過好幾次送展的事，說這幅畫尺寸很大，又說他自己也不太有信心等等。關於這幅畫的種種，以及在作畫期間所費的心思，已經成為他們倆共同關切的事項。可以說，這幅畫幾乎就像是他們所共同創作的一般。不久之前他才告訴她，他這次所提交的是一幅年輕女子的肖像。碧翠絲不敢問那是誰的肖像。不用說一定是個模特兒。他並說也有可能提交先前所畫的一幅風景畫。這些她都知道。這種參與感和被徵詢的感覺讓她覺得很自豪。這也是她為何要戴著新買的帽子獨自一人前來的原因（雖然理由顯得有些薄弱）。更何況她又不是一個人到他家裡。他只是請她到他的畫室，而且那裡說不定還有別人在場。說不定有人會在那裡吃點心、看畫什麼的。

她吩咐馬車夫一個小時之後再來接她，便撩起裙子下車了。她今天穿著一件洋李色的散步裝，外加一件綴著灰色毛皮的藍色羊毛披風。帽子是新款的，藍色的天鵝絨料子上鑲著銀邊，和披風很配，上面還綴著許多藍色的絲花，包括勿忘我、菊苣和魯冰花等，看起來都很逼真，像是用原野上採集來的鮮花妝點而成的帽子。她在家中攬鏡自照時，發現自己臉頰泛紅，眼神則因某種近乎罪惡感的情緒而閃閃發亮。

她穿著黑色皮鞋的腳跨下馬車，踩在路面的石板上，試著避開那些泥濘的污水。她知道這一帶從前曾經發生過一些動亂，並試著想像八年前此地擺滿路障、甚至堆滿屍體的情景，但不一會兒，她的思緒又回到了那個正在上方某處等待著她的男人身上。他看得見她嗎？她努力克制著，讓自己不要抬頭往上看，並用一隻戴著手套的手提著裙子走到門口，敲了敲門，但旋即又想到她應該直接走進去就好了，因為這裡不會有僕人來應門。進到屋裡後，她沿著一座老舊的樓梯，走往他位於三樓的畫室，經過一二樓時，發現那裡的房門都關著。到了他的畫室門口時，她站在那兒看著名牌，並稍事休息，讓自己喘一口氣（她的束身內衣很緊），然後才開始敲門。

奧利維耶立刻前來開門，好像之前一直在門後聽著她的腳步聲似的，然後兩人便默默的看著對方。他們已經有一個多禮拜沒見面了。在這段期間，彼此之間的感覺又更深刻了一些。當他們的視線終於無可避免的交會時，她感覺得出來他也明白這點。此刻，他身上的歲月痕跡令她震驚，因為她已經有一陣子沒看到他了，而且也已經逐漸將他當作一個男人來看待。他很英俊，只是稍微過了壯年時期，不過眼睛下方和鼻翼到嘴角之間已經有一條條深深的縱紋，頭髮也已經成了銀白色。

在他面容底下，她可以想見年輕時的模樣。而此刻，那個年輕時的他彷彿正透過一張他從來不想戴上的面具回望著她，眼神脆弱，意味深長。他的眸子雖然依舊明亮，但想必已經沒有年輕時的光彩。此外，他的眼袋泛紅，眼角下垂，眼珠裡的藍色也變淡了。他握起她的手鞠躬致意時，她看到了頭髮分線處所露出的粉紅色頭皮。他的鬍子根部仍然有一部分呈褐色，帶有一絲暖意。他的嘴唇碰到她的手背時感覺也很溫暖。在這短暫的接觸中，她感受到了他的本質——既不是藏在他眼神中的那個戀愛中的男孩，也不是外表上這個年華已逝的男人，而是一個閱歷豐富、永遠不老的藝術家。這感覺就像突然響起的鐘聲般貫穿她的身體，讓她幾乎透不過氣來。

「請進。」他說。「這是我的畫室。」他用手為她把門拉住。這時她才發現他穿著一套很舊的衣服，外面罩著一件敞開的亞麻布工作服，袖子捲了起來，彷彿太長似的。他的白襯衫前面沾了幾點顏料，黑色絲綢做的活結領帶也已經破了，顯然他並未為了她的來訪而刻意裝扮，讓她能看到他工作時的模樣。她走進房間，發現裡面並沒有其他人，感覺他距離自己是如此之近。他站在門口，輕輕把門帶上，似乎不想讓人注意到，因為兩人都明白他們的名譽可能會因此受損。此刻，門已經關上了，木已成舟。然而她心中居然沒有太多的悔恨與羞慚。她告訴自己，對外人而言，他或許只是她的一個親戚、一個長輩，這次只不過是邀請他的姪媳婦來看一幅畫罷了。

然而，他雖關了那扇門，卻彷彿打開了另外一扇，使得兩人之間隔了一個長長的、充滿日光與空氣的空間。過了一會兒之後，他邁開了步子，對她說道：「我可以幫妳把披風掛起來嗎？」

這時她才想起平常在這種情況下該做的事。於是她把帽帶鬆開，把帽子直接從頭上拿下來，以免弄亂她的鬈髮。然後她又解開繫在脖子上的披風，將它翻面並垂直的對摺，以保護那嬌貴的毛皮。她把這兩樣東西都交給了他之後，他便拿著它們走進另外一個房間。此刻，她獨自一人站在這空蕩蕩的房間裡，益發領略到那種私密感。畫室裡有幾扇長形的窗戶，內面很乾淨，外面卻被塗畫得亂七八糟。光線從那兒灑了進來，使得室內非常明亮。此外，畫室的上方還有一個華麗的天窗。從這裡她可以聽見下方街道傳來的各種乒乒乓乓、喀嚓喀嚓的市聲，以及刺耳的鐵器聲與答答的馬蹄聲。但這些聲音都非常微弱，她沒有必要相信它們真的存在，也無須去掛慮她那個馬車夫——此刻他想必正在街上的某處馬廄喝著一杯熱騰騰的飲料，或許還會遇見他熟識的幾位同行，因此這一個小時之內根本不會想到她。這時，奧利維耶回來了。他指著他那些畫作（之前她故意不去看它們）說道：「我一幅都沒收起來，因為妳也是同行。」他的話裡並沒有賣弄的意味，甚至幾乎有些羞澀。她的臉上露出了微笑，四下看了看。

「謝謝你。你把畫室保持原狀，讓我覺得很榮幸。」但她需要一些勇氣來看那些畫。

他指著其中一幅說道：「這是去年掛在沙龍展的那一幅。如果我沒往自己臉上貼金的話，或許妳還記得它。」她記得很清楚。那是一幅三或四手寬的風景畫，精巧而細緻，畫的是一座朦朧的原野，上面長滿了黃白兩色的花朵，以及幾棵綠褐相間的樹，遠處還有一隻牛在吃草。她心想：這畫風有點老派，頗有柯洛的味道，但隨即又責備自己：這就是他一向的風格呀，而且他畫得很好。但這仍讓她想起他們之間在年齡上的差距。「妳喜歡這幅畫，卻認為它有點過時了，是不是這樣？」他問道。

「不，不。」她連忙否認。但他舉起了一隻手，示意她不要再說下去。

「朋友之間應該彼此坦誠相對。」他說。他的眼瞳很藍。之前她怎麼會認為它們看起來已經顯老了呢？此刻，那雙眸子裡所煥發的生命力已經勝過青春的光彩。

「好吧。」她說。「我更喜歡這幅比較大膽的作品。」她轉頭看著地板上立著的一幅大型畫作。

「這是你要提交的那幅嗎？」

「可惜不是。」他笑了起來。他的身體就在她旁邊，顯得那樣真實。只要她不看他，就可以感覺到隱藏在他體內的那顆年輕的心。「這幅有點太大膽了，就像妳說得一樣。他們可能不會接受。」這幅畫的前景有一棵樹。一個衣著雅致、戴著帽子的年輕人正坐在樹下的草地上，雙腳吊兒郎當的交疊著，兩隻修長的手放在膝上。整幅構圖的角度非常巧妙，使她忍不住想要走到樹後面去瞧一瞧那裡有什麼東西。筆觸也比那幅畫著牛隻的作品更現代化。她在其中看出了一些端倪。

「看來你很仰慕馬內先生的作品。」

「是的，親愛的，這點我不得不承認。妳很有眼光。沙龍裡那些人可能會說這幅畫很讓人反感，說他們根本不知道我在畫什麼。」

「這個男孩是誰？」

「是我從來沒有過的兒子。」他輕聲說道。她細看著他的臉，覺得有些迷惑，一方面又擔心他不知道會說些什麼。「喔，我只是把他當成我的兒子罷了。其實他是我的教子，從諾曼第來的，現在住在巴黎。我一年總會跟他見個幾次面，並且和他一起去健行。他是個很可愛的男孩，是我兩個年輕朋友的兒子，再過幾年他就會成為一個好醫生了。這孩子總是念書念個不停，只有我能夠讓他到鄉下去運動運動。我相信他之所以肯去，是因為他認為這樣對我——他這個可憐的老教父——有好處，但是他卻故意裝成是遵照我的囑咐、為了自己的健康才去的。所以說我們兩個就這樣子一直互相欺騙。」

「畫得很好。」她誠摯的說。

「啊，好吧。」他碰了碰她那洋李色的衣袖。「來吧，我讓妳看看其他的畫，然後我們就來喝點茶。」

對她而言，其他幾幅畫就沒有那麼容易欣賞了，但她仍勇敢的看著，眼睛連眨都不眨一下。那些畫包括幾幅半裸的模特兒和一幅尚未完成的優雅的裸女背影。她心想：這是否表示這個女人有一天會回到這畫室來，再次為他卸下衣裳？她是不是曾經和他有過什麼？藝術家不都是這樣嗎？她試著不去想它，不去介意這樣的事，純粹只從一個同行的角度來看。誰不知道，模特兒通常都是一些行為不檢的女人，但她自己又如何呢？她獨自一個人來到某個男人的畫室——他的私密空間，比起她們，恐怕也好不到哪裡去。她決定不再去想這些讓她害怕的事情，於是便轉過頭去打量那幾幅描繪水果和花卉的靜物畫。他說那些都是他年少時的作品。在她看來，這幾幅畫顯得有些呆板，但技巧很好，畫得很細緻，頗有古典派名家的風格。「我畫這幾幅畫之前曾經到過荷蘭。」他說。「前幾天我才把它們拿出來，看看能不能經得起時間的考驗。現在，這些都算是古董了，不是嗎？」

她不知道該如何回答。「你今年要提交的作品呢？我看過了嗎？」

「還沒。」他穿過這座長形的房間，經過兩張破舊的扶手椅和一張小圓桌（她猜這是待會兒他們要喝茶的地方），走到一幅蓋著布幔、倚牆而立、尺寸不大也不小的畫作前，他用雙手將它抬起來，靠著一張椅子放在地上。「妳確定要看嗎？」

她聞言開始心驚膽戰，幾乎害怕起眼前這個男人來。透過他的信件、他的直率、他對她所透露的內心世界，她對他已經有了全新的認識，已經如此熟悉。當她站在他的身旁時，可以感覺到自己內心那種奇特的反應。然而此刻，她卻帶著疑惑的眼神轉頭看他，不知道該如何發問。他為何遲疑著不敢讓她看這幅畫呢？或許這是一幅令人震驚的裸體畫，或是某個她想像不到的主題。此刻，她可以感覺到她丈夫站在那兒，雙手抱胸，一臉的不贊同，認為她已經踰越分際。但奧利維耶曾在信中告訴她，伊維思希望她能看看這幅畫。她實在不知道該怎麼想，怎麼說。

當奧利維耶掀起那布幔時，她倒抽了一口氣，並聽見自己喉嚨裡所發出的聲響。那是她的畫！畫中呈現的正是她那位坐在椅子上忙著手中活兒的金髮女僕、她那玫瑰色的沙發，以及她刻意使用的鬆散、自由卻透明的筆觸。「妳應該知道為什麼我今年要選這幅畫提交給沙龍展才對。」他說。「畫這幅畫的人比我更高明。」

她用雙手摀住臉，眼眶裡湧出了淚水（讓她覺得很難為情），視線開始模糊起來。「這是什麼意思？」耳中傳來自己微弱的聲音。「你在跟我開玩笑嗎？」

他聞言趕忙轉頭看她：「不，不，我可不是有意要冒犯妳。那天晚上妳跟我們說晚安之後，我就把它帶回家了。妳一定要讓我替妳提交這幅畫。伊維思也完全贊同，只要求妳用另外一個名字以維護自己的隱私。這幅畫畫得如此出眾，揉合了傳統和新穎的手法。我一看就覺得應該把它拿給沙龍展的評審團看看，就算他們覺得太前衛也沒有關係。我只是想說服妳同意這件事。」

「伊維思知道你拿走了這幅畫？」不知怎地，在這個屬於另外一個男子的房間裡，她不太想提起丈夫的名字。

「當然。我徵求過他的同意，但沒先問過妳，因為我知道他會答應這件事，但妳可不會。」

「我確實不答應。」說著淚水又奪眶而出，滑落她的面頰。她覺得很丟臉，因為她很少哭，即使是在丈夫面前也是如此。看到自己私下裡畫的一幅畫放在一個陌生的環境裡，又聽見它受到別人的讚賞，實在說不上來那是什麼感覺。她擦拭了一下臉頰，試著在手中的天鵝絨提袋裡尋找著手帕。但這時他已經靠了過來，從外套的內袋裡拿出了某個東西，細心的用他那多年來一直拿著畫筆、鉛筆和調色刀的一雙手輕輕拍著她的臉頰，為她拭乾頰上的淚水。接著他又慎重其事的用雙掌握住她的手肘（彷彿在評估它們的重量似的），然後便將她拉入懷中。

她生平第一次把頭靠在他的脖子和臉頰上，心想這並沒有什麼不對，因為他是在安慰她。他撫摸著她的頭髮和頸背，弄鬆了她的髮髻，使得辮子紛紛掉落下來。他用手指輕柔的拂弄著，以免破壞那些精心梳理過的髮辮，然後便用一隻手摟住她的雙肩，讓她靠在他的胸膛上，以至於她不得不把一隻手放在他的背後，以穩住自己的身體。他摸著她的臉頰和耳朵，並逐漸將嘴唇湊了過來，貼在她的唇上。他的雙唇溫暖、乾燥但頗為厚實，有如柔軟的皮革一般。他的嘴裡有咖啡和麵包的味道。她生平有許多次被親吻的經驗，但對象都是伊維思。因此一開始時，對於他的雙唇，她只覺得奇特而陌生，後來才意識到這雙嘴唇比起她丈夫的來，顯得更加熟練且熱切。

他真的親吻了她！她覺得難以置信，但也無意抗拒，只覺得臉頰和脖子上一陣燥熱，內心也湧起一股渴望，一種她從未意識到是與情慾相連的渴望。他的擁抱強而有力，使得她再度感受到他在盛年時期——在她尚未認識他之前——透過生活與工作所蓄積的那股力量。

她想說「不可以」，但話語卻消失在他的唇下，而且她也不曉得自己的意思究竟是說他不可以把她的畫送到沙龍展，還是不可以親吻她。最後還是他輕輕的將她推開。他渾身顫抖，跟她一樣緊張。

「請原諒我。」他的聲音哽咽，一雙眼睛茫然的看著她。此時她終於得以再度凝視著他，這才發現他確實老了，但很勇敢。「我無意這樣冒犯妳，我一時忘形了。」

她相信他的話。他一時忘形了。忘了自己，只想著她。「你沒有冒犯我。」她的聲音小得連自己都幾乎聽不見。然後，她整理了一下衣袖、提袋和手套。他的手帕已經掉在他們腳邊，但她穿著緊身內衣，無法彎腰去撿，生怕自己會一下子重心不穩。於是他便俯身將它撿了起來，卻未交還給她，而是緩緩塞進自己外套的內袋裡。「都是我的錯。」他對她說。她發現自己正盯著他的鞋子看。那是一雙褐色的皮鞋，鞋尖已經有點磨損，其中一隻的邊緣沾了一些黃色的顏料。這是他真實生活中工作時所穿的鞋子。

「不。」她喃喃說道。「是我不應該來的。」

「碧翠絲，」他神色嚴肅而莊重的捧起她的手。她痛苦的想起幾年前伊維思向她求婚的時刻，也是如此這般的莊嚴鄭重。畢竟他們是叔姪關係，當然可能會有同樣的動作。或許是一種家族特徵。

「我得走了。」她試著抽出手，但他不放。

「在妳離開之前，請明白我敬愛妳，深受妳的吸引。除了親吻妳的腳之外，我對妳再無所求。請讓我對妳訴說心中的一切，就這麼一次。」他聲音中那濃烈的情感襯著那熟悉的臉龐，使她深受感動。

「你維護了我的節操。」她無力的說道，開始四下尋找她的披風和帽子，後來才想起它們被放到另外一個房間去了。

「我喜愛妳，也喜愛妳的繪畫，以及妳對藝術的直覺。妳很有才華。」這次他的聲音顯得平靜了一些。她發現儘管是在這樣的時刻，他仍無疑是真誠的。他的模樣看起來悲傷而急切，是一個已經被時光拋在後面、餘日無多的男人。他就這樣站在那兒，過了一會兒之後，才走到另外一個房間去幫她拿東西。她用顫抖的手繫好帽子，並在他細心的為她圍上披風後，把自己的扣子扣上。

當她回頭看他時，發現他臉上有一股濃濃的失落感，於是一時也來不及細想，便趨前親吻他的面頰，停頓了一下之後，又飛快的親吻了他的雙唇，心中有些難受，因為她已經開始習慣他嘴唇的感覺和滋味了。「我真的得走了。」她說。兩人彼此都沒再提到有關喝茶或繪畫的事情。他為她拉住門，並默默向她欠身致意。她一路緊抓著欄杆步下樓梯、走到街上，並一邊注意傾聽他關門的聲音，但並未聽見。也許他還站在畫室的門口，尚未把門關上。她的馬車至少還有半小時才會回來，因此她必須步行到街底的馬棚去找她的馬車夫，或另外叫一輛小馬車載她回家。她倚在屋前站了一會兒，隔著手套撫摸那牆壁，試著穩住自己的思緒。她辦到了。

然而後來，當她獨自坐在畫室裡，試著讓所有事情變得單純時，那次親吻的感覺又回來了。它充斥在周遭的空氣中，漫溢到窗戶、地毯、衣服的褶痕和書頁之中。「請明白我敬愛妳。」這句話一直縈繞在她腦海中，想忘也忘不了、想趕也趕不走。然而，到了第二天早上，她已經不想忘掉它了。這會有什麼害處呢，她也不會讓這造成任何傷害。她只是想盡可能留住這一刻。

第四十二章

馬洛

天還沒亮，我就把行李放進車裡，開始沿著公路開往維吉尼亞州，一路上胡思亂想著。自從上回開車下來後，公路兩旁的路堤變得更加綠意盎然。天氣微涼，雨下了幾分鐘就停了，然後又斷斷續續的下。我開始想家了。開到華府後，我直接前往杜邦圓環，去赴之前已經約好診的一個病人。我聽他談話，基於長久以來的習慣，問了他幾個應該問的問題，傾聽他的回答，調整了一下處方，然後就讓他走了。我相信，他會好轉的。

我在夜色中回到我的公寓後，便立刻打開行李，還熱了一罐湯。在哈雷家那枯燥乏味的小屋——我現在可以說實話了。其實我一到那，就好想把那個地方給拆了，改建成一棟有兩倍窗戶的房子——待了幾天後，自己的房間看起來特別清新，也特別親切。每一幅畫上面的燈光都調得剛剛好，亞麻布窗簾上個月才剛乾洗完畢，看起來光滑無痕。屋裡有礦物油精、油畫顏料的味道（我通常只有在離家幾天後才會重新聞到這些味道），以及廚房中盛開的水仙花的氣息。我不在時，這盆水仙開了花。我帶著感謝的心情幫它澆水，但也注意避免澆得過多。我走到父親留下來的那套老百科全書前面，正待伸手去取其中一冊時又打住了。不急，我心想，還有時間。於是我便洗了一個熱水澡，熄燈上床。

第二天更加忙碌：在我離開了幾天後，診所裡的人員更需要我。因為我不在時，有些病人情況並不如預期的理想，護理人員顯得十分煩躁，辦公桌上也堆滿了文件。但我還是設法在最初幾個小時當中，前往羅伯特的房間探視。當時他正坐在充當書桌和用品架的櫃台旁畫著素描，旁邊放著那些信，被分成了兩堆。我心想不知道他是怎樣把它們分類的。我進去時，他闔上了素描簿，轉頭看著我。我心想這是一個好現象，因為有時候他根本無視於我的存在——無論當時是否在工作——而且有時會持續很久，讓人不安。此刻，他的表情看起來疲倦且陰沈，眼睛一會兒看著我的臉，一會兒又打量著我的衣服。

我再次（或許是第一百次了）心想：他的沈默是否讓我低估了他病情的嚴重性？儘管我一直近距離的觀察著他，但或許他的病況比我所判斷的要嚴重許多。此外，我也很好奇：不知他是否能夠猜到我上哪兒去了？我心想自己是否應該在那張大椅子上坐定，請他把畫筆清洗乾淨，並坐在我對面的床上，聽我告訴他有關他太太的消息。我可以告訴他：「我知道你第一次親她的時候，曾經把她的整個身子都舉了起來。」我可以告訴他：「你的餵鳥器那兒仍然可以看到北美紅雀，而且海棠已經開花了。」我可以告訴他：「我現在更確定你是個天才了。」或者我可以問他：「『埃特爾塔』這個名詞對你來說有什麼意義？」

「你好嗎？羅伯特。」我站在門口問道。

他掉頭繼續作畫。

「那好！我去看其他人了。」我為什麼要這樣說呢？我向來不喜歡這個字眼。我很快的打量了一下他的房間。一切如常，看起來沒有什麼異狀，沒有危險物品，也沒有被弄亂的跡象。我祝他畫畫順利，並告訴他今天天氣應該會很晴朗，然後便努力擠出一個微笑（儘管他根本沒在看），離開了他。

入夜前我巡了幾回病房，並留在診所裡趕著把之前堆積的工作做完。當護理長下班，病人已經吃了晚餐，工作人員正在收拾碗盤時，我便把辦公室的門關上並鎖了起來，在電腦前坐了下來。

我發現到，埃特爾塔果然一如我印象中的，是諾曼第海邊的一個小鎮，在十九世紀時經常入畫，尤其是在波丁和他那位毛糙的年輕徒弟莫內的作品中。我找到了一些熟悉的圖片：莫內那些巨大而崎嶇的岩壁，以及海灘上那著名的石拱門。但埃特爾塔顯然也吸引了其他許多畫家，包括奧利維耶．韋諾，乃至國家畫廊裡那幅數著金幣的自畫像的作者吉伯特．湯馬思。他們兩位都曾經畫過那座海岸。事實上，似乎所有乘坐得起北方線火車（當時這條鐵路才剛鋪設完成）的畫家——無論是大師、小畫家、業餘畫手，還是上流社會中喜歡畫水彩的人士——都曾經到過埃特爾塔，在那裡一試身手。在埃特爾塔的繪畫史上，莫內的岩壁無人能出其右，但他的作品只是其中一部分而已。

我找到了一張埃特爾塔的近照。那個大石拱看起來仍和印象主義時期沒有兩樣。遼闊的海灘上仍然停放著倒覆的小船，岩壁上仍然長著青草，狹小的街道兩邊仍然林立著一座座古雅的旅店和房屋，距離莫內當年作畫的海邊只有幾碼之遙，而且其中有許多很可能在莫內那個時期就已經存在了。但這些似乎都和羅伯特寫在牆上的那些字無關。也許他是在所收集的那些有關法國的圖書中，看到過這個小鎮的名字以及有關它的介紹吧。他自己到過那兒嗎？他在那邊體驗到了喜悅嗎？也許他是在凱特所說的那趟法國之旅當中去的？我再次心想，不知他是否有輕微的妄想症？說來說去，埃特爾塔只是一個死胡同：查到這裡，我就再也沒有進展了。但它是一個美麗的死胡同。電腦螢幕上顯示的岩壁一直延伸入英吉利海峽，消失在海水中。莫內在此畫了為數驚人的風景，但羅伯特卻一幅也沒畫，除非我錯過了些什麼。

第二天是星期六，我早上慢跑到國家動物園之後又跑回家，一路上都想著在綠丘鎮四周所看到的那些山脈。當我靠著動物園的大門伸展腿部的筋骨時，首次意識到我也許永遠治不好羅伯特的病了。而且我要怎樣才能知道自己何時應該停止嘗試呢？

第四十三章
馬洛

星期三早上我去動物園跑步後，回到金樹林療養中心時，已經有一封信在等著我了。信封左上角的回郵地址是綠丘鎮，筆跡工整而秀氣——是凱特寫來的。於是我沒去探視羅伯特或任何一個病人，便先走進辦公室，關起房門，拿出拆信刀——這是母親在我大學畢業時送的禮物。我常想，我不應該把這麼寶貝的東西放在這間有許多人進進出出的辦公室內，但我喜歡把它放在隨手可及之處。裡面有一張信紙，信封上的地址是用手寫的，但信的內容是用打字的。

親愛的馬洛醫生：

別來無恙。謝謝你到綠丘鎮來訪。如果此行我對你或羅伯特有任何幫助，我將不勝欣慰。但我恐怕無法繼續與你對談，這點想必你能夠諒解。我認為我們這次會面相當重要，而且我至今仍不時思及當時的情景。我相信，若有任何人能夠幫助羅伯特，那必然是像你這樣的醫生。

上次你來訪時，有件事情我並未向你透露。這一部分是基於私人理由，另一部分則是因為我不確定這樣做是否道德。但如今我已決定要向你揭露。那便是：我知道寫信給羅伯特的那名女子的姓氏。當時我並未向你提到那些信件當中有一張的信首印著她的全名。我曾向你提過，她也是一位畫家，而她的全名是瑪麗．R．柏緹森。這對我而言，仍然是一件極為難堪的事，因此當時我不確定是否想要或應該向你透露此一細節。但我覺得，如果你要努力助他康復，我必須告訴你她的全名才行。如此一來，或許你將得以查明她的身分，儘管我不確知這樣做是否有用。

祝你工作順利，特別是在治療羅伯特那方面。

凱特．奧利佛敬上

信的內容敏感而棘手，但筆調卻寬厚、正直而親切。字裡行間處處顯示她為所當為的決心。她想必是大清早就坐在二樓的書桌前，無視於自己的痛苦，毅然決然的寫下這封信，然後趁著尚未改變主意之前，趕緊把信封好，再到廚房裡泡一壺茶，並將郵票貼上。為了羅伯特，她這樣做雖然痛苦，卻可以讓她心安。我彷彿看見她穿著合身的上衣和牛仔褲，戴著閃亮的耳環，把信放在大門邊的托盤裡，走到房間裡去叫醒孩子，對他們微笑的模樣。突然間，我心中湧起了一股失落感。

然而，這封信雖然為我開啟了另一扇門，但終究還是個死胡同。不過，我得尊重她的意願。於是，我打了一封簡短的回函，感謝她的好意，然後便將它裝進信封裡封好，請我的職員寄出。之前凱特並未給我她的電子郵件帳號，這次也並未使用我在綠丘鎮給她的名片上所印的帳號寫電子郵件給我，顯然她只想用這種速度較慢、較為正式的方式和我聯絡，讓這封信夾在一大堆面貌雷同的郵件中穿山越嶺，抵達我的手中。我心想，這種利用書信進行遠距離對話的文雅舉動，不正是十九世紀的人士所做的事情嗎？後來，我將凱特的來信收進了私人檔案裡，而非羅伯特的病歷檔案中。

其餘的事情就出奇的簡單、毫無神祕懸疑之處了。瑪麗·R·柏緹森住在華府的市區。電話簿上有她的全名，以粗體字印得清清楚楚。上面顯示，她住在東北區的第三街。換句話說，正如我先前所猜測的，她很可能還活著。看到有關羅伯特——那沈默的羅伯特——的資訊如此公開的顯示出來，感覺很奇怪。當然城裡或許不只一個女人有相同的名字，但我覺得可能性不大。於是吃過午飯後，我便坐在辦公桌前開始打電話，房門照例關了起來，以免有閒雜人等聽到或看到。我心想，瑪麗·柏緹森是個畫家，因此應該在家才對。但話說回來，如果她是個畫家，那麼白天很可能還要上班，就像我一樣——我是個有執照的醫生，一個禮拜還要上班五十五個小時。我撥了她的號碼後，電話鈴響了五、六次。我原本想出其不意的和她聯絡，但電話鈴每響一聲，希望就渺茫了一分。最後，「喀嚓」一聲答錄機啟動了。「我是瑪麗·柏緹森……」電話中傳來一個女子堅定的聲音，音色頗為悅耳，但或許因為必須對著錄音機說話的緣故，聽起來有些嘶啞，但整體而言讓人感覺乾脆利落、頗有教養。

這時我突然想到，這樣貿然致電找她談話，可能會讓她嚇一跳，還不如留言給她比較有禮貌，而且這樣可以讓她有時間考慮我的請求。於是，我便開始留話：「妳好，柏緹森女士。我是安德魯·馬洛醫師，目前在岩谷市的金樹林療養中心擔任精神科主治醫師。據了解，我現在手上的一個病人是妳的朋友。他是一個畫家。不知道妳是否願意給我們一點協助。」

講到「我們」這兩個字，我不由自主的有點心虛。羅伯特根本不知道這件事。況且，如果她仍然把他當成密友的話，這樣的訊息已經足以讓她開始憂慮了。然而，如果像凱特所說的，他曾經和她同居過，或曾經刻意前來華府找她的話，那她為何至今仍未出現在金樹林療養中心呢？不過，話說回來，報紙上並未刊登他被送進精神病院的消息。「每個星期一、三、五早上八點到下午六點，妳可以打電話到療養中心給我，電話號碼是——」我一個字一個字的念出電話號碼，還加上了呼叫器號碼，然後就掛上了。

下班前，我去探視羅伯特時，心裡不由自主的有些做了壞事的感覺。凱特並沒有叫我不要提瑪麗·柏緹森的事，但是當我走到他的房間時，仍然在想自己究竟該不該這麼做。瑪麗·柏緹森之前可能並不知道羅伯特住進精神病院的事，但我卻告訴了她。儘管羅伯特第一天來到金樹林療養中心時，曾經略帶不屑的對我說：「你甚至可以找瑪麗談談。」但除此之外，他就再也沒說什麼了。更何況，美國想必有兩千萬個名叫「瑪麗」的人。他也許還記得自己說過的話，但我是否得向他解釋，自己是從何處得知她的姓氏的？

他的房門開了一個縫，但我仍敲了敲門並喊了一聲他的名字才走進去。今天他還是在作畫，手裡拿著畫筆神，色平靜的站在畫架前，壯碩的肩膀看起來放鬆而自然。我心想，不知道他這幾天來病況是否已經略有起色。難道光是因為他不肯說話，我就有必要把他留在這裡嗎？然而當他抬起頭看到我時，便立刻皺了一下眉頭，眼裡布滿血絲，顯然很不想看到我。

我在那張扶手椅上坐下，趁著還沒怯場之前趕緊開口：「羅伯特，你幹嘛不乾脆告訴我算了？」

話一出口，我才發覺自己的語氣聽起來充滿了挫折感。他似乎被我嚇了一跳，讓我暗地裡有些高興——至少他有反應了。但後來我看到他的嘴邊隱隱帶著笑意，一副打了勝仗的得意模樣，似乎剛才的問話充分證明他又再次擊敗了我。

過了一會兒，我簡直氣壞了，索性把心一橫。「比方說，你總可以告訴我有關瑪麗．柏緹森的事吧。你有沒有想過要和她聯絡？或者我應該問的是：她為什麼一直都沒到這裡來看你？」

他聞言突然舉起那隻握著畫筆的手，邁開大步往前走，然後又停下腳步，一雙敏銳的眼睛睜得大大的，打從我們見面的第一天起，我就看出他的眼神非常敏銳，只是他後來刻意在我面前遮掩而已。他無法回答我的問題，因為他只要一回答，就會輸掉這場由他創造出來的遊戲，於是他只好繼續默不吭聲，讓我不由得對他有些憐憫。他已經讓自己走到進退兩難的地步，現在只好繼續坐困愁城了。只要他說出對我、對這個世界或對瑪麗．柏緹森的憤怒，或問我是如何知道她這個人的，他就會喪失在痛苦中保持緘默的權利——這是他為自己保留的最後一點隱私和力量。

「好吧！」我希望自己的語氣聽起來是溫和的。是的，我替他感到難過，但我也知道從現在起他將擁有額外的優勢：他有充分的時間來思考和揣測我的行動，並猜想我是從哪些地方得知瑪麗．柏緹森的姓氏的。我一度考慮要告訴他：一旦我找到這位瑪麗，就會立刻通知他，並且告訴他我們之間談話的內容。

然而，現階段我已經透露太多了，因此我決定暫時封口。如果他可以緘默以對，那我當然也可以。因此，我便又默默坐上五分鐘，看著他盯著畫布不停的揮舞著手中的畫筆。最後，我終於站起身來往外走。到了門口時，我回過頭去，只見他低著頭，眼睛看著地板，一副苦惱的模樣，讓我幾乎有些後悔起來。後來，我穿過走廊，進入其他病房探視那些病況較為普通且平凡的病人

（我承認我的感覺就是如此，雖然我不喜歡用這種字眼來形容任何一個病患）時，這種感覺一直揮之不去。

事實上，那一整個下午我都有病人要看，但由於他們大多數情況都還算穩定，於是我便帶著滿意的心情，比平常稍微提早一點下班了。開車回家途中，只見岩溪大道上方籠罩著一層金色的薄霧，每轉一個彎，都可以看到花壇上的水閃閃發亮。我心想：應該把這一個星期以來一直在畫的那幅油畫暫時擱下。那是我根據父親的照片所畫的一幅肖像，問題是鼻子和嘴巴的部分老是畫不好。如果我先畫點別的東西，也許過幾天後再回來畫，就會有所進展了。我家裡有幾個番茄，雖然不是很美味，但表皮很有光澤，放一個禮拜也不會壞。如果我把它們放在畫室的窗邊，也許會構成一幅有點像是現代風的波納爾或新馬洛風（如果我不那麼妄自菲薄的話）的圖畫。雖然光線是個問題，但現在白天已經變長了，因此我可以設法在下班後捕捉一些黃昏的陽光。如果體力允許的話，我甚至還可以早起一點，在早上也畫一段時間。

於是，我開始思索著有關色彩和番茄擺放位置的問題，因此幾乎沒注意到車子已經開進了公寓大樓地下室的車庫。這潮溼的車庫租金將近房租的一半。因此，偶爾我總會希望自己能換個工作，省得一個禮拜有三天要開車上班，還得忍受華府郊區那些壞脾氣的駕駛，如此一來，我就可以把車子賣掉。但問題是我怎能離開金樹林療養中心？一想到自己一個星期有五天要坐在杜邦圓環的診所裡，治療那些情況好得足以自行前往就醫的病人，我就興趣缺缺。

當我一如往常般的走上樓梯（這是我固定的運動）時，腦袋裡想的是我的靜物畫、岩溪的細流上所映照的夕陽，以及那些壞脾氣的駕駛，雙手則忙著掏鑰匙，因此一直到快走近門口時才看到她。她靠著牆壁站在那兒，似乎已經等了好一會兒，雙手抱胸，蹬著靴子，神色悠閒，但微微有些不耐。正如我印象中的一般，她穿著牛仔褲和一件長長的白襯衫，但這回加上了一件黑色的運動夾克。在走廊昏暗的燈光下，她的頭髮成了赤褐色。我一看便立刻驚訝的停下了腳步。

「你——」我心中一團疑惑。她無疑便是我在國家畫廊裡看到的那個女孩，那個在馬內的靜物前對我會心一笑，並仔細看著吉伯特．湯馬思所畫的《蕾妲》，後來又在人行道上對我微笑的女孩。之前有一兩次我曾經想到她，但後來就忘了。她是從哪裡來的呢？感覺上她似乎像童話裡的仙女或天使一樣，住在另外一個國度裡，然後突然間就莫名其妙的出現了。

看到我，她挺直了身子，伸出一隻手過來。「你是馬洛醫生嗎？」

第四十四章

馬洛

「是的。」我說，一手拿著鑰匙，另一隻手遲疑的握住她的手，對她這種突兀的舉止感到印象深刻，同時也不可避免的注意到了她的容貌。她的個子跟我一般高，大約三十餘歲，容貌秀麗脫俗，像個精靈。燈光照在她的頭髮上，只見她白皙的額頭上覆著又直又短的劉海，一頭光滑的紫紅色秀髮如波浪般披在肩後。她用力的握著我的手，我也本能的用力回握。

她臉上浮現了淺淺的笑意，彷彿看穿我的心思似的。「很抱歉，嚇你一跳。我是瑪麗．柏緹森。」

我忍不住一直盯著她看。「妳不是國家畫廊裡的那個人嗎？」我的心中在迷惑之餘也湧起了一股失望，因為她並非羅伯特朝思暮想的那個繆思女神。此外，讓我訝異的還有一點：我最近曾經在某幅畫裡看過她，當時她就像這樣穿著一件藍色的牛仔褲和寬鬆的絲質襯衫。

她聞言皺起了眉頭，一副迷惑的表情（現在輪到她了），並放開了我的手。

「我的意思是——」我試著向她解釋。「我們好像見過一次。在那幅名為《蕾妲》的畫和馬內的靜物畫前面，我說的是上面有玻璃杯和水果的那一幅。」我突然覺得自己很蠢：憑什麼以為她會記得我？「我知道了。妳那次一定是去看羅伯特的那幅畫，對不對？我的意思是湯馬思的那幅畫。」

「我想起來了。對，我見過你。」她緩緩說道。我看得出來，她不是一個會為了討好別人而對這種事情說謊的女人。她挺直了身子，打量著我，一點兒也沒有因為貿然跑到我家來而不好意思。「你當時還笑了一下，後來到外面時——」

「當時妳是去看羅伯特的畫嗎？」我又問了一次。

「是啊，就是他想戳壞的那一幅。」她點點頭。「當時我才剛得知那件事。我有個朋友無意間看到那則新聞，後來拿給我看時，已經過了兩三個星期了。我這個人平常是不太看報紙的。」說著她便笑了起來，但並非苦笑，而是覺得這種事情好像很不可思議、很好笑似的。「多奇妙呀！如果我們當時知道對方是誰，或許就當場聊起來了。」

我整理了一下思緒，用鑰匙開了門。我知道在自己的住處和第三者談論有關病人的事情，是不符合專業倫理的，而且讓這個很有吸引力的陌生女孩進入我的房門，也是不太明智的一件事，但出於待客之道，也為了滿足我的好奇心，我還是這麼做了。畢竟，是我打電話給她的，而她也幾乎像是受到魔法召喚一樣，立刻就出現了。「妳是怎麼找到我的公寓的？」我跟她不一樣：電話號碼並未刊登在電話簿上。

「透過網路呀。只要有你的名字和電話號碼，這並不難。」

我請她先進去。「請進。既然妳已經到了這裡，那我們就來談談吧。」

「是呀，要不然我們又會錯過第二次機會。」她的牙齒是乳白色的，閃閃發亮。我想起她當時穿著馬靴、牛仔褲、雅致的上衣和外套，站在那兒的輕鬆模樣，彷彿她半是牛仔，半是淑女似的。

「請坐，給我一分鐘喘口氣。妳要不要來杯茶或果汁？」請她進來已經不對了，最起碼不應該倒酒給她喝。不過現在我自己反倒有點反常的很想喝點酒了。

「謝謝。」她很有禮貌的說，同時並在那張亞麻布椅子上利落的挪動了一下身體，將穿著馬靴的雙腿交疊起來，腳併攏在一側，一雙纖纖玉手放在膝上，坐姿優雅的像維多利亞時期造訪人家的賓客。她真是個謎樣的人物。我注意到她說起話來語調斯文、談吐從容優雅，聲音也輕柔有力，彷彿受過相關的訓練似的。我再次心想，她一定是個老師。此刻，她的目光追隨著我。「好啊，請給我倒杯果汁，如果不麻煩的話。」

我走進廚房，用玻璃杯倒了兩杯柳橙汁（這是家裡僅剩的果汁），又用一個盤子裝了幾片餅乾。我端著盤子回到客廳時，突然想起了凱特在她家客廳裡招待我，並讓我幫忙把一盤鮭魚端到午餐桌上的情景，後來她又告訴我這個優雅的陌生女子的姓氏，讓我找到了她。

「我之前還不太敢確定自己有沒有找錯人。」我把一杯果汁遞給了她。「但如果妳也去看了羅伯特試圖破壞的那幅畫，那肯定就不是巧合了。」

「當然不是。」她啜了一口果汁，放下杯子，用祈求的眼神看著我，先前的勇猛模樣已經不復可見。「很抱歉這樣冒昧打攪你。我已經幾乎三個月沒有羅伯特的消息了。我很擔心——」她沒說「傷心」這兩個字，但從她試圖控制臉部表情的模樣看來，我想「傷心」毋寧更能形容她的心境。「但我不想主動跟他聯絡，因為我們之前大吵了一架。我起先還以為他只是把自己關起來，在某個地方工作，故意不理我，想說他最後一定會跟我聯絡，就這樣擔心了好幾個禮拜。

因此，聽到你的留言時，我非常驚訝。剛才因為已到了下班時間，我想如果去金樹林療養中心的話，應該碰不到你，但我又非得從你這兒知道一點消息不可，否則我大概整個晚上都睡不著覺。」

「妳為什麼不打我的呼叫器呢？」我問。「別誤會，我可不介意妳跑到這裡來──事實上我很高興看到妳。」

「是嗎？」她的臉上露出了微笑。我心想羅伯特真的很會挑女人。「我打過了，就是你在答錄機上說的那個號碼，但沒有開機，不相信你可以檢查一下。」

我檢查了一下。她說的果然沒錯。「對不起！」我說。「我向來很小心避免發生這種事的。」

「不過，這樣更好。我們可以面對面談一談。」她的聲音不再顫抖了，語氣中又恢復了自信，臉上的笑容也愈發明顯。「希望羅伯特沒事。我並不想見他，真的。我只是想確定他沒事。」

「我想他的情況還可以。」我小心翼翼的回答。「至少目前是這樣。只要他待在我們那兒就應該沒事。不過他一直都很消沈，有時候也很焦躁。最讓我擔心的是他不願意合作，一直都不肯開口。」

有幾秒鐘的時間，她鼓著腮幫子，似乎在想這件事，然後便抬起眼睛看著我。「他什麼都沒說嗎？」

「嗯。只有第一天的時候說了一點。其中之一就是：『你甚至可以找瑪麗談一談。』所以我才會打電話給妳。」

「關於我的事，他就只說了這些嗎？」

「別人的事他說得更少。他在我面前幾乎就只有說這些了。不過他有提到過他的前妻。」

她點點頭。「因為他提到過我，所以你才找得到我。」

「也不盡然。」我猶豫了一下，決定說實話：「是凱特告訴我妳的姓氏的。」

她果然嚇了一跳。令我驚訝的是，她的眼裡居然湧出了淚水。「她人真好。」她抽抽噎噎的說道。我站起身來，遞了一張面紙給她。「謝謝。」

「妳認識凱特嗎？」

「可以說認識。我只見過她一次面，時間很短。當時她不知道我是誰，但我知道她是誰。有一次羅伯特曾經告訴我，凱特的家族當中有一部分是來自費城的貴格派教徒，我們家也是。所以我們兩個的祖父母或曾祖父母說不定彼此認識呢。說也奇怪，我還滿喜歡她的。」她一邊說一邊把眼淚擦乾。

「我也喜歡她。」我沒想到自己會這麼說。

「你見過她了？她在這裡嗎？」她四下看了看，彷彿以為羅伯特的前妻會加入我們的談話似的。

「不，她不在華府。事實上，她根本沒來看過羅伯特。沒有人來看過他。」

「我早就知道他到最後會變得很孤獨。」這次她的聲音聽起來平淡且不帶感情，甚至有些冷酷。她把一隻腿伸直，騰出一些空間，來把面紙塞進牛仔褲的口袋裡。「你知道，他無法真正愛誰。這種人到頭來總是孤孤單單的，無論他們曾經被別人如何的愛過。」

「妳愛過他嗎？呃，應該是說，妳現在還愛他嗎？」我問了她一個很實際的問題，但語氣盡可能親切。

「當然嘍。他很傑出。」她說話的口氣彷彿這就像是褐色頭髮或大耳朵一般，是他的一個特徵。「你不認為嗎？」

「是啊，他是很傑出。」我把果汁喝完。「我很少遇到這麼有才華的人，所以才希望他的病能夠好轉。可是有些事——有好幾件事——讓我不解。妳為什麼沒有早點發現他失蹤了呢？也不知道他到哪兒去了呢？他不是和妳住在一起嗎？」

她點點頭。「沒錯。他最初來到華府的時候，我們是住在一起。剛開始，我們一天到晚都在一起，感覺很好，但後來他就開始後悔了，有時候會很久都不說話，或者為了小事情生我的氣。我想他很後悔離開他的家人，但又無法表達出來。我猜他應該知道，就算他的太太願意接納他，他也回不去了。你知道，他跟她在一起並不快樂。」我心想，這也許只是她個人一廂情願的想法。「我剛才說過，我們是在幾個月前分手的。後來他偶爾會打電話給我，有時候，我們也會試著一塊兒吃個晚飯，或者去畫廊看展覽或電影什麼的，但後來都不管用。我內心深處還是希望他能夠回到我這兒來，但他總是察覺到這點，然後就又消失了。最後我放棄了，因為這樣其實對我比較好。至少可以讓我的心情平靜一些。他最後一次離開的時候，我們大吵了一架，吵的原因一半與藝術有關，一半是關於我們倆之間的問題。這次吵架讓我終於下定了決心。」

她舉起一隻手，很無奈的樣子。「當時我以為如果我不理他的話，他或許到最後會主動打電話給我，但他並沒有這麼做。和羅伯特這樣的人在一起，最大的問題是：他讓妳有一種曾經滄海難為水的感覺。除了他以外，好像什麼人都不想要，因為別人跟他比起來都相形遜色，都顯得有些無趣。有一次我曾經告訴過他這點，說他雖然毛病很多，卻讓人有這種感覺，他就笑了起來。但後來我發現這是真的。」

她深吸了一口氣，臉上浮現悲傷的神色。但奇怪的是，這神情非但沒有讓她顯得較蒼老或疲倦，反而看起來年輕了十歲，像個小女孩一般。當然，論年紀，她足以當我的女兒——如果我像某些高中同學一樣，二十歲就結婚生子的話。「那麼，在他被捕之前，妳有多久沒看到他了？」

「大約三個月吧。那時我連他住在哪裡都不知道，現在也是。我想有時候，他大概是借住在朋友的公寓或睡在他們的沙發上，有時可能是待在市中心的廉價旅社。他沒有手機——他不喜歡用手機，所以我從來沒法聯絡到他。他有沒有跟凱特聯絡？這你知道嗎？」

「我看是沒有。」我說。「他頂多只打過幾次電話，目的是要和孩子們說說話。我想他當時已經逐漸崩潰了，才把自己孤立起來，不和外界接觸。或許就是因為這樣，他到最後才會跑去破壞那幅畫。他被捕時，警方有跟凱特聯絡。」我發現自己和羅伯特的女人談話時，並沒有洩漏病人隱私的感覺。

「他真的生病了嗎？」她問。我注意到她沒有用「有病」或「瘋了」這樣的字眼。

「是的，他生病了。」我說。「但是只要他肯說話並且好好接受我們的治療，我相信情況會好很多。病人得要有自己想康復的意願，病情才有可能好轉。這是很重要的。」

「所有的事情都是這樣。」她感嘆的說道。臉上的表情讓她看起來更年輕了一些。

「妳和他住在一起時，有沒有發現他心理有些問題？」我把那盤餅乾遞給她。她拿起了一片，但只是把它放在手上，並沒有吃。

「沒有。只有一點點。我的意思是當時我並沒把它們當成是心理方面的問題。我只知道他在為了某些事情生氣或煩躁的時候，偶爾會吃點藥，但不是很多人都這樣嗎？而且他說吃藥可以讓他比較好睡。他從來不曾告訴我他有什麼嚴重的問題，更沒說他曾經崩潰過什麼的。所以我想他應該沒有真正崩潰過，否則應該會告訴我，因為我們是很親密的。」最後這句話有點宣示意味，彷彿怕我會駁斥她的說詞似的。「我想我只是看到了一些問題，卻不明白那是什麼樣的問題。」

「妳看到了什麼？」我拿起了一片餅乾。下班後在公寓門口碰上這個令人困惑的女子，感覺今天真是漫長啊，而且還沒結束呢。「妳有沒有注意到他有任何讓妳憂慮的現象？」

她一邊想著，一邊用手把一綹頭髮拂到後面。「他最主要的問題就是反覆無常，你不知道他下一步要做什麼。有時他說他會回家吃晚餐，後來卻徹夜不歸，有時說要和朋友一起去看戲或參加開幕酒會，後來卻一直坐在沙發上看雜誌，看一看就睡著了。至於那個在等他的朋友會怎麼想，我也不敢問。總而言之，到後來我根本不敢問他有什麼計畫，因為每次問他這類問題時，他總是很不耐煩。我也不敢跟他一起訂定什麼計畫，因為他很可能會在最後一刻改變主意。剛開始，我以為這只是因為他跟我一樣都自由慣了。但我不喜歡被人家放鴿子的感覺，更不喜歡我們跟別人約好時，他放別人鴿子。我想你應該明白我的意思。」

她沈默了一會兒。於是我便點點頭，鼓勵她說下去。「舉個例子，有一次我妹妹和妹夫來華府開會。我們約好了要和他們一起去餐廳吃晚飯，但羅伯特卻始終沒有出現。我坐在那裡一個人面對著妹妹和妹夫，根本食不知味。我妹妹是個條理分明、實事求是的人，我想她一定覺得很驚訝——至少後來當羅伯特離開我，我打電話向她哭訴時，她並沒有顯得很意外。那天吃完飯後，我回到家，發現羅伯特和衣躺在床上。我把他搖醒，但他根本不記得要吃晚飯的事情了。而且第二天他連談都不肯談，也不願意承認自己的錯誤。一般說來，他不太願意談論自己的感覺，也不肯認錯。」

我心想，妳不是說過你們很親密嗎？但我沒吭聲。後來她終於開始低頭吃餅乾，彷彿那些回憶讓她感到飢餓一般。吃完後，她又姿態優雅的用我先前給她的餐巾紙擦了擦手。「他怎麼可以這麼沒禮貌呢？我邀他和我的妹妹和妹夫見面，是因為我覺得我們倆之間是認真的。他之前跟我說過，他已經離開了太太，而且她也不要他了，又說他認為我們會在一起很久。後來他還告訴我，她已經申請離婚而他也同意了。雖然我們並未論及婚嫁，因為我一直都不想結婚——幹嘛要結婚呢？我又不想生小孩，但是羅伯特跟我——應該怎麼形容呢？——我們在心靈上是很契合的。」

我還以為她說到這裡又要開始掉眼淚了，但她只是搖搖頭，一臉幻滅和生氣的模樣。「唉，我幹嘛跟你說這些呢？我只是來打聽羅伯特的消息，不是來告訴你我的私事的。」然後她便看著自己的手，臉上露出了悲傷的笑容。「馬洛醫生，就算是一塊石頭，你都有本事讓它開口說話呢。」

我嚇了一跳。這是我的朋友約翰·賈西亞常對我說的話，是我最喜歡的一種恭維，也是我們之所以能夠長期維持友誼的原因之一。除了他之外，我從來沒聽別人說過這句話。「謝謝妳。我並沒有意思要打探妳的隱私。但妳剛才告訴我的一些事情很有參考價值。」

「嗯。」她面露微笑，似乎情不自禁的開心起來，語調也變得輕快了。「現在，你知道羅伯特在去你那兒之前已經有在吃藥，而且他對誰都不肯透露心事，連跟他住在一起的女人也不例外，所以這麼說來，你並沒有真正失敗，心裡好過了一些吧。」

「小姐，妳太厲害了。」我說。「而且妳說得一點都沒錯。」看不出我有任何理由要告訴她，凱特已經對我說過這些事情了。

她笑了起來。「那麼現在換你告訴我有關羅伯特的事情了。」

於是我便一五一十、毫無保留的告訴了她，雖然此時我更加明確的意識到自己已經洩漏了病人的祕密。當然，我並沒有告訴她凱特所說的事，只是向她描述羅伯特到了我那兒之後大部分的行為舉止。我這樣做是有目的的：我還有很多事情要問她，要請她幫忙，而對這樣一個敏銳、熱情的人，我得先付出一些，才能希冀回報。說到最後，我向她保證羅伯特在金樹林療養中心一直受到很好的照顧，至少現階段安全無虞，說他雖然是因為試圖破壞一幅畫才入院，但似乎沒有傷害自己或別人的傾向。

她凝神聽著，並未打斷我的話，問任何問題。她的一雙眼睛就像我在國家畫廊時所得到的印象一般，大而清澈，目光坦率，顏色奇特，像水一般，眼眶周圍還有一抹較暗的色彩，可能是高明的化妝手法。我告訴她，她也有本事讓石頭開口說話呢。

「謝謝你，我很榮幸。」她說。「老實告訴你，我有一陣子曾經考慮要當一名治療師，但那已經是很久很久以前的事了。」

「如今妳卻成了一個畫家和老師。」我大著膽子猜測。只見她坐在那兒盯著我看。「喔，這並不難猜呀。我看到妳從側面一個角度湊近《蕾妲》細看的時候，就知道了。通常只有畫家或念藝術史的人才會這麼做。而且我不認為妳會是學術界的人士，因為那種工作對妳來說會很無趣，所以妳一定是靠著教授繪畫或從事視覺藝術工作維生，而且妳看起來很有自信，天生就是個當老師的料。怎麼樣，我說對了嗎？」

「沒錯。」她拍了一下膝蓋。「而你呢，你也是個畫家，從小在康乃狄克州長大。壁爐上掛的那幅畫是你的作品，主題是家鄉小鎮的那座教堂。畫得很好。你很認真且有才華，這點你自己也很清楚。你的父親是個牧師，但思想頗為先進，就算你沒念醫學院，他還是會以你為榮。你對創造活動的心理學很有興趣，特別是許多藝術工作者乃至羅伯特這類優秀人才所罹患的精神疾病。正因為這樣，你才會想把他當成你下一篇論文的主題。你的身上罕見的融合了科學家與藝術家的特質，所以你雖然能夠了解這一類的人，但自己卻清楚該如何保持正常的精神狀態。其中一個原因是你有在運動——有時跑步，有時走路，而且已經持續了很多年，所以看起來才會比實際的年齡年輕十歲。你喜歡秩序和邏輯。這是你生活的支柱，所以才不太在意獨居或長時間工作。」

「停停停！」我用手遮住耳朵。「妳是怎麼知道的？」

「當然是透過網路、你的公寓，還有我對你的觀察呀。何況你的畫作右下角有你的姓名縮寫。只要把這三方面的資訊集合在一起，我就知道了呀。更何況我小時候最喜歡的作家是亞瑟·柯南·道爾。」

「他也是我最喜歡的作家。」我很想握住她那隻沒帶戒指的修長玉手。

她繼續微笑道：「你還記得有一次，福爾摩斯只憑著一個男人留在他房裡的一根手杖，就看出他的個性、職業以及生長背景嗎？我可是有一整間公寓來當我的線索。更何況，當年福爾摩斯還沒有網路可查呢。」

「我想妳比任何人都能幫助我治療羅伯特。」我緩緩說道。「願意告訴我，妳和羅伯特在一起時所發生的一切嗎？」

「一切？」她移開了視線。

「對不起。我的意思是指所有妳認為可能會幫助我了解他的事情。」我不讓她有時間拒絕或接受。「妳知道他想破壞的那幅畫嗎？」

「《蕾妲》嗎？知道呀。呃，應該說略知一二吧。有些東西是我猜的，但我查過那幅畫。」

「柏緹森女士，妳晚餐時要做什麼？」

她把頭歪向一邊，並用指尖摸著嘴唇，彷彿訝然發現那裡還有一抹笑意似的。當她把臉轉過來時，那雙水晶般的眼睛下方的陰影看起來突然變深了，成了灰藍色，有如雪地上的陰影。好一幅《雪的印象》。她的皮膚非常白皙，身上穿著運動夾克，直著腰桿坐在那兒，套著褪色牛仔褲的美麗臀部和雙腿靠在我的沙發上，纖細的肩膀堅強的挺著。我心想這個年輕女子已經傷心了好幾個星期，乃至好幾個月，而且也沒有孩子可以來安慰她。一時之間，我再度忘記醫師應有的客觀立場，開始痛恨起羅伯特來。

但她可沒生氣。「晚餐？沒做什麼呀，跟平常差不多。」她雙手交握。「只要我們各自付帳就行了。但請暫時不要再叫我談有關羅伯特的事情了。如果你可以接受的話，有些事情我寧願用寫的。這樣我才不至於在一個完全陌生的人面前哭泣。」

「我只是個陌生人。」我說。「不算完全陌生。別忘了，我們一起去過國家畫廊。」

她坐在客廳的那一頭，在黃昏的微光中看著我。她說得沒錯，這兒的一切都井井有條、次序分明。再過一會兒，我就會站起身來，打開另外一盞燈，問她在出門前是否還需要什麼，然後我會去洗手間把手洗乾淨，並找出一件比較輕薄的外套。晚餐時，我們少不得會談論一下羅伯特的事情，但也會談談繪畫和畫家、童年時期所看的柯南．道爾，以及我們藉以謀生的工作等等。希望未來我們能夠繼續談論有關羅伯特的事情。此刻，她的目光裡似乎有些什麼，說不上開心，但對於坐在她對面的這個人似乎有點興趣。我要帶她步行到附近的一家餐廳，坐在那裡最好的一張桌子。在那裡，我至少有兩個鐘頭的時間可以讓她微笑。

一八七八年

我親愛的人：

請原諒我不可饒恕的行為。相信我，我那樣做，既非出自預謀，也無意對妳不敬，而是發自內心的一種渴望，一種沈睡多年、至今才被妳喚醒的渴望。或許有一天妳會明白，一個餘日無多的男人如何會在一瞬間忘卻自我，只想擁有一個他註定會失去的東西。我無意使妳的名譽因此而蒙塵，況且妳想必已經了解我之所以請妳前來看畫，動機完全純正。那是一幅傑出的作品。我明白今後妳仍將會有許多創作，但請允許我先讓沙龍展評審看看這幅了不起的作品，藉此向妳贖罪並致歉。我想他們應不至於看不出它的精細、微妙和優雅之處，但倘若他們愚昧無知，不願加以接納，至少它已有機會為人所見。至於妳要用本名或化名，全憑妳吩咐。請海涵，容許我這樣做，以便我能為妳和妳的才華略盡綿薄之力。

至於我自己，我已經決定提交以我的小友為題的那幅畫，因為那是妳所喜歡的作品。當然它將以我的名義呈交，而且被篩除的機率更高。我們必須做好心理準備。

妳卑微的僕人O. V.

第四十五章

瑪麗

有關我和羅伯特在一起時所發生的事情，有一部分我一直未能加以釐清，即使對我自己而言也是如此。現在，如果可能，我仍希望能加以釐清。羅伯特在我們最後幾次吵架時，曾說我們的關係一開始就是扭曲的，因為我從另外一個女人身邊搶走了他。這種說法很惡劣，而且完全不是事實。但我第一次愛上他時，他確實已經結婚了，而且我第二次愛上他時，他仍然已婚。

今天早上，我告訴妹妹瑪莎說，有個醫生要我把我所知道有關羅伯特的一切告訴他。她說：「嗯，瑪麗，現在妳終於有機會二十四小時談論他，而不至於讓人覺得厭煩了。」我說：「反正妳也不需要看到這些東西。」我不怪她講這種話。她的語氣雖然聽起來有些刻薄，但沒有惡意。更何況在我情緒最惡劣的時刻，在我因為羅伯特而流淚的時刻，她的肩膀沾染了我絕大部分的淚水。她是個很好的妹妹，長久以來對我這個姊姊一直百般忍耐。如果不是她幫我脫離羅伯特的話，他對我造成的傷害想必比現在還大。但從另外一個角度來看，如果我當初聽了她的忠告，有許多事情也許就無法體驗到了。對這些事情我並不後悔。妹妹雖然是個很實際的女人，但偶爾也會有後悔的時候，可是我對自己做過的事情通常都不會後悔，羅伯特幾乎可以算是一個例外。

我想把這個故事講得完整一點。因此就從我本身開始說起吧。我和瑪莎都出生於費城。我五歲、瑪莎四歲時，父母親就離婚了。從此以後，我父親的身影就日益模糊。事實上，他後來離開了我們位於「栗子丘」的社區，搬到了中央市，過著西裝革履的日子，住在一棟裡面空空蕩蕩但外表很美觀的赤褐色砂石公寓裡。我們一個禮拜去看他一次，後來變成兩個禮拜一次。在那裡，我們大多數時間都在看卡通片，而他則讀著被他稱為「簡報」的一疊疊文件。有一次我在他的床底下發現一條他的內褲，和另外一件米色的蕾絲內褲混在一起。我們不知道該如何處理這些內褲，把它們留在那裡似乎也不對，於是便趁著爸爸去街角購買星期天的《國家詢問報》和我們要吃的貝果時（通常要花他三、四個小時），用一只湯鍋裝著那兩條內褲，拿到公寓大樓的後院裡，把它們一起埋在那鍛鐵欄杆以及一棵爬滿常春藤的樹幹間。

我九歲時，爸爸離開費城搬到舊金山。我們一年去看他一次。舊金山比較好玩。爸爸在那兒的公寓居高臨下，俯瞰著霧氣迷濛的海洋，我們在陽台上就可以餵海鷗。當媽咪認為我們已經夠大時，就讓我們自己搭飛機去。後來我們的舊金山之行變成每兩年一次、每三年一次，到後來又變成當我們想去而媽媽又願意出機票錢時才去。最後爸爸前往東京任職，寄了一張照片回來給我們，上面是他擁著一個日本女人的模樣。

我想爸爸搬到舊金山時，媽媽應該很高興，因為這樣一來，她終於可以全心照顧我和瑪莎了。她在這方面投注了極大的心神與精力，以至於我和瑪莎都不想要生小孩。瑪莎說她知道一旦有了孩子，她就會覺得自己有義務像我們的母親一樣，為孩子打點所有的事，而這會讓她覺得很無趣。但我想這是因為我們的心裡都很清楚，自己做不到像媽咪那樣的地步。總而言之，媽咪靠著她父母親的資產——我們從來搞不清楚這些資產究竟是石油、燕麥，還是鐵路股票或實際的錢——讓我讀了十二年很好的私立基督教友派學校。那裡的老師說話都輕輕柔柔的，有著一頭整齊利落的花白頭髮。有人用積木砸你時，他們會跪在地上察看你有沒有受傷。在學校裡，我們研讀貴格派的創辦人喬治·福克斯的文章、開會，並幫忙在費城北部一個環境很差的社區種植向日葵。

我的第一次戀愛經驗發生在念中學的時候。當時學校裡有一棟樓房，曾經是當年南方黑奴投奔自由路線的「地下鐵路」的一站。裡面的閣樓有一座老舊的壁櫥，櫥裡的底板就是從前通往地下的活板門。七年級和八年級的教室都在這棟樓房裡。我升到七年級以後，每每喜歡在大家都去吃午飯時，待在那壁櫥裡幾分鐘，感受一下當年那些投奔自由的男女的心境。一九八〇年二月，當時我十三歲，愛德華·榮恩—提林爵在午餐時間也留在教室裡，並在七年級的閱讀壁櫥親了我。這件事我已經等了兩三年了。就初吻而言，當時的感覺還不錯，雖然他的舌尖感覺起來有點像是一塊硬硬的肉，而且我彷彿還看見掛在教室彼端上方的喬治·福克斯肖像瞪著我們看。到第二個星期時，愛德華已經把注意力轉到了佩姬·韓納西的身上。她有著一頭光滑的紅髮，而且住在郊區。我花了好幾個禮拜的時間才讓自己不再恨她。

很遺憾女人的歷史總是與男人有關——先是男孩，然後是一個又一個的男人。這讓我想起學校的歷史教科書，上面講的全都是有關戰爭與選舉的事，一個戰爭接著一個戰爭，中間那些無趣的和平時期就草草帶過（當時我們的老師們看不過去，便額外加了一些有關社會史和抗議運動的單元，但基本上，那些歷史教科書所傳達的都是那一類的訊息）。我不知道女人為何說起故事來總是這個調調，但我猜我自己也開始變成這樣了。也許是因為你要我講述自己的事情，並描述與羅伯特接觸的經驗吧。

高中那幾年，我的生活當然不只與男孩子有關。當時我們所受的是全人教育，除了研究愛蜜莉．勃朗特、《失樂園》、南北戰爭和費城公園裡的植物之外，也學習如何拓墓碑、織毛線和製作冰淇淋等等。在我初次當著男孩子面前脫掉襯衫之前，就曾經開車載過我那個瘋狂的朋友珍妮去診所墮胎了。在那幾年當中，我學會了擊劍——我喜歡那白色的制服，以及那座狹小的貴格風體育館裡有如海綿般的潮溼氣息，也喜歡劍尖刺到對手的防護背心的那一剎那——在栗子丘醫院擔任志工，學會端著便盆時不把尿液給灑出來。除此之外，我也學會如何在媽媽那沒完沒了的慈善聚會中，倒茶並微笑，讓那些熱心公益的朋友忍不住說：「桃樂絲，妳的女兒真可愛呀。妳母親的頭髮也是金色的嗎？」這正是我想聽到的話。在那段時期，我也學會了如何刷眼影，如何把衛生棉條塞進體內，而不會感覺到它的存在（這是朋友教我的；媽咪絕不會跟我談論這類事情），如何用曲棍球棒正對著球揮出去，如何製作彩色的爆米花球，如何說法文和西班牙文（雖然說得一點也不道地），如何在必要時冷漠的對待另一個女孩，並暗地裡為她感到難過，以及如何用網繡製作椅套等等。除了以上這些之外，我還開始體驗到用畫筆塗抹顏料的感覺。不過這部分我要稍後再談。

我曾經以為這些事情當中有許多是我自己學到或從老師那兒學來的，但現在我已經明白，那些都是媽媽那廣泛計畫裡的一部分。就像當我們還只有一兩歲時，她每天晚上都在澡缸裡拿毛巾用力的搓洗著我們柔嫩的手指和腳趾縫。她也會每次確定好我們胸罩的肩帶有調緊，也會告訴我們絲質的上衣只能用冷水手洗，還有在外面吃飯時要點沙拉之類的事（當然除此之外，她也要我們背誦英國歷代最重要的國王和女王的名字和年代、了解賓夕法尼亞州的地形和股市運作的方式）。她參加親師座談會時，手上總是拿著一個小筆記本。每年聖誕節，她都會帶我們去買一件新的宴會服。她會親手縫補我們的牛仔褲，但需要剪頭髮時，會帶我們去中央市一家很特別的沙龍。

到了今天，瑪莎出落得明豔照人，我也還過得去——儘管有很長一段時間，我都穿著破爛的衣服。儘管媽咪曾經做過氣管造口術的手術，但當我們去看她時——她仍住在家裡，跟一名女僕一起住在二樓，公寓頂樓則租給一個幼稚園老師——她都會吸口氣的說道：「喔，妳們這兩個女孩可出落得真美呀。我好感恩哪！」瑪莎和我都知道她主要感謝的是她自己。儘管如此，在那個擺滿古董的小客廳裡，我們還是覺得自己很不平凡，覺得自己寬廣、優雅、已有成就，像個打不倒的亞馬遜女戰士。

然而這些關於如何穿衣打扮、注意儀容和調整肩帶的事，為什麼要提出來呢？現在我的話題要回到男人身上了。媽咪從來不跟我們談論有關男人或性愛的事情，而家裡也沒有一個父親會去威脅我們的男友，甚或詢問有關他們的事。媽咪雖然曾試圖提醒我們在與男孩子交往時，要保護自己以免受到傷害，但她的用語總是含蓄而斯文，沒能發揮什麼作用。她會說：「妳們跟男孩子出去時，如果全都讓他掏腰包，他就會向妳提出某種要求。」

「媽咪！拜託！」瑪莎照例會開始轉動她的眼珠子。「這已經是一九八〇年代，不是一九五五年了。妳搞清楚一點好不好？」

「妳自己才要搞清楚一點，我知道現在是哪一年。」媽咪會口氣溫和的回答著，然後逕自去打電話訂購感恩節晚餐要吃的南瓜派，或和住在布林莫爾的生病姑媽聯絡，或走路到街上那家燈具店，問他們是否也幫人修理古董燭台。她總是說她很樂意出去外面找工作，但既然她自己（這裡應該是指銀行帳戶裡的石油或燕麥資產吧）付得起我們的學費，所以她覺得還是待在家裡照顧我們，比較能夠發揮作用。

就我看來，她之所以待在家裡，主要也是為了看管我們。但既然她從未問起有關男孩的事，我們也就不太會告訴她，除非那個男孩是畢業舞會的舞伴。這時他就不免會穿著燕尾服進到家裡來，跟她握手，稱她為「柏緹森太太」。（之後她會說：「瑪麗，他真是個好男孩。妳認識他很久了嗎？他媽媽是不是在學校裡幫忙送有機蔬菜的那一個？還是我搞錯了？」）不知怎地，高中那幾年，這個小小的儀式減輕了我在某些事情上的罪惡感，甚至讓我有受到默許的感覺，比方說，當男孩後來把手伸進我的洋裝裡摸我的時候。隨著我逐漸長大，對媽咪透露的事情愈來愈少。成年之後，在羅伯特進入我的生命之前，我的心事只有一兩個朋友或者男友，以及日記本知道。我和羅伯特住在一起時，他曾經告訴我，他也從童年時就覺得孤單。我想這是我之所以喜歡他的主要原因之一。

第四十六章

瑪麗

高中畢業後，我花了兩年時間在市區的一家書店打工，讓媽咪驚駭不已，但後來我還是乖乖的上了大學，而且自己付學費。巴奈特學院對我頗有助益。那段期間我充滿了不安與焦慮，不停的思考著有關未來以及人生的意義等問題——一個被寵壞了的、不知人間疾苦的富家女孩，接觸到了偉大的書籍，因而對自己的平庸感到失望透頂。或者說一個被寵壞了的、不知人間疾苦的富家女孩，發現巴奈特裡充滿了這樣的人物：他們變賣財物、躲進現實世界體驗真實人生，和狗一起睡在街頭長達十年。

事實上，或許我還沒完全被寵壞，因為媽咪很清楚的讓我們知道：她的桂格燕麥帳戶不可能讓我們去參加滑雪之旅，也不可能讓我們購買花俏的義大利皮鞋，同時她也嚴格限制我們購買衣服的預算。此外，我或許也並非完全不知人間疾苦，因為學校裡的服務計畫——包括在費城北部的社區和受暴婦女收容所的服務工作，以及在栗子丘醫院照顧病人、看到他們帶血的嘔吐物的經驗——在在都讓我體會到人間的苦難。但巴奈特的課程並未對我有太大的啟發，而這段期間我也在圖書館裡打工，以貼補媽咪支付我購買參考書以及返鄉火車票的費用。事實上，在大學期間，除了一般大學生常會碰到的感情問題以及期末作業的苦惱之外，我並沒有經歷什麼危機。不過，我倒是發現了一個沒有人能從我這裡拿走的東西，而這東西本身卻可以算得上是一個危機，一個屬於喜悅的危機。

中小學時，我向來喜歡上美術課。我喜歡高中時代那個矮小而活躍的美術老師，以及她那件色彩斑斑的紫色工作罩衫，而她也喜歡我做的彩繪陶偶——那是根據我小學四年級時所做的彩繪河馬發展出來的。那隻河馬一直被媽咪收在她的寶貝櫥子裡。當時學校裡有一群屢獲州內各種獎項的美術明星，他們都是一些獨來獨往的人。當我們在想自己是否能進常春藤盟校時，他們卻申請進入「羅德島設計學院」或「沙凡納藝術與設計學院」。我從來就不屬於這些人中的一分子，但在巴奈特時，我感受到我內心有關藝術的那部分。

說也奇怪，這一切居然是從一次令人失望的經驗——幾乎可說是一個錯誤——開始的。當時我原本打算主修英文，但按規定，我得修習幾門藝術類的必修課程。我已經不太記得那個類別是什麼了，好像是「創造性的表達」吧。於是第二學期開始時，我便選了一門詩詞創作的課程，因為當時我預期很快就會跟一個大三男生約會，而那個男生剛好是個詩人。我可不想跟他在一起時，顯得太過無知。

結果，這門課已經爆滿，於是我便照規定，改修另一門名叫「視覺理解」的課。授課的是一位名叫羅伯特．奧利佛的大牌畫家。他當時應邀擔任駐校畫家，附帶的條件（對他來說是懲罰）是他必須在那個學期教授這門課程。過了許久之後，我才知道羅伯特私底下把那門課稱為「視覺誤解」。巴奈特學院向來以讓主修非藝術類科系的學生有機會接觸到知名的畫家而自豪，而羅伯特訪問巴奈特時唯一的義務，便是教授這門「視覺理解」的課。這是一門全方位的繪畫與藝術史課程，來上的都是一些心不甘情不願、被打鴨子上架的其他科系學生。在那年一月的一個上午，我便和這些學生一起圍坐在學校畫室裡的一張長桌旁。

奧利佛教授遲到了。教室裡的學生我一個都不認識。我坐在那兒，試著不要和他們的眼神接觸——每次有新課程開始，我總是很害羞。為了避開別人的眼光，我便從那幾扇高大且骯髒的窗戶往外看，看見窗外那雪白的原野和窗台上堆積的雪花。陽光灑進了整個畫室，只見室內凌亂的放著一長排的畫架和凳子，我們圍坐的那張長桌已經有多處磨損，地板油彩斑駁、凹凸不平，教室前面的講台上放著一些用來畫靜物畫的帽子、皺巴巴的蘋果和小型的非洲雕像，牆壁上則貼著幾張色輪表和美術館的海報。其中有一幅梵谷的黃椅子和一張褪了色的竇加畫作是我認得的，但那些描繪正方形裡包著正方形、色彩鮮豔的作品，卻是我沒見過的，後來羅伯特告訴我們那是喬瑟夫．亞伯斯的複製畫。此刻，同學們彼此交談著，一邊吹著泡泡糖，或在筆記本上塗鴉，或搔著自己的肚皮。坐在我旁邊的那個女生有著一頭紫色的頭髮，那天早上我在餐廳裡看過她。

不久，教室的門打開了，羅伯特走了進來。他只有三十四歲，但我當時並不知道。我像所有大學生一樣，以為那些講師（包括他在內）的年紀至少都在五十歲以上——換句話說，就是已經很老了。他個子不小，但看起來比實際的身材更高、更有活力。他的手臂細長，臉部也頗為清瘦，但衣衫下的軀體卻顯得壯碩且結實。他穿著一條髒兮兮的深金褐色燈心絨厚長褲，膝蓋和大腿的部位已經有了磨光的痕跡。上身則穿著一件黃襯衫（袖子捲到了手肘）和一件已經綻了線的橄欖色毛線背心，看起來是手工織的。後來證實那的確是手工的——是他母親在他父親過世前幾年為他父親所織的。

事實上，我後來對羅伯特太熟悉了，以至於現在很難區分我第一眼看到他的印象以及後來對他的感覺，只記得他當時眉頭深鎖，額頭上皺紋畢現。我心想，如果他的臉不這麼臭，穿著不這麼邋遢的話，看起來應該還滿有味道的。他的嘴巴很大，嘴唇頗厚，皮膚是淺淺的橄欖色，鼻子很尖，頭髮既黑又鬈，略帶點紅色，剪得不太高明。我想之所以認為他比實際年齡老，有一部分就是因為他的髮型太老式了。

他似乎看到我們圍坐在長桌旁，於是便停下腳步，臉上露出了笑容。當他一笑，我心裡便想：奇怪，剛才怎麼會覺得他很邋遢，脾氣又不好呢？他顯然很高興看到我們。他的皮膚和眼睛的色調都很溫暖，身上的舊衣服顏色也很柔和，整個人給人一種很溫暖的感覺。總而言之，你看到他的微笑，就會忘記那老派、不修邊幅的模樣。

羅伯特的手臂下挾著兩本書。他進來後便順手把門帶上，並走到桌首，把書放下。我們都用期待的眼神看著他。我注意到他的雙手有些粗糙，彷彿比他的人更老似的。那是一雙頗不尋常的手，既大又厚，但頗為優雅，上面戴著一個寬寬的、不太有光澤的金質婚戒。

「早安。」他說，聲音既洪亮又粗嘎。「這門繪畫課是給非藝術系的學生開的，也稱為『視覺理解』。我相信你們都很樂意來上，就像我一樣。」這是一個帶有嘲諷意味的謊言，但當時卻讓人信以為真。「我也相信你們都沒跑錯教室。」接下來，他便打開一張紙，開始慢慢的、小心翼翼的點起名來。其間他不時停下來想一想那些名字該怎麼發音，並向每一個應答的學生點點頭。接著他便抓了抓手臂——手背上有黑色的毛，指甲周邊有一塊塊已經凝結的顏料，好像從來沒完全洗乾淨過似的——問道：「我手上的名單就只有這些了，有沒有人被漏掉？」

有一個女孩舉起了手。她像我一樣是因為修不成另外一門課才來的，但卻未被列入他的名單，因此想知道她是否可以留下來。羅伯特舉起手穿過頭上的幾綹黑髮，抓了抓髮線的部位，似乎考慮了一下，然後便說目前有九個學生選修他的課，比校方原先所說的少，所以他很歡迎她留下來，只要她去系主任那兒拿一張通知單就行了。還有別的問題嗎？沒有了？很好。你們當中有多少人曾經畫過畫？

有幾隻手舉了起來，但似乎都有些猶豫。我的手則穩穩的放在桌上。一直到後來我才知道，他每次開始教一門新的課程時，心情有多麼忐忑。他像我一樣害羞，雖然我們表現的方式不同，他在課堂上隱藏得很好。「正如你們所知道的，修這門課不需要有什麼繪畫經驗。同時也請你們記住：每個畫家在他生命的每一天當中，其實都像個新手一樣。」回想起來，當時我應該告訴他這幾句話說得不好。因為大學生特別討厭別人對他們示好，而且班上那幾個女性主義者一定不滿意他用「他」這個字眼，來代表所有的藝術家——我自己也是其中之一，只是還不至於像我認識的某些年輕女性一樣，會在課堂上開炮。他這番話很可能會讓他在課堂上不好過。想到這裡，我更加有興趣的看著他。

但這時他的心思似乎已經轉移到別的地方了。他輕輕敲了敲放在面前的那兩本書，然後便坐了下來，把兩隻沾著顏料的手相互交握，彷彿要開始禱告。然後他便嘆了一口氣說道：「談到繪畫，讓人總是不太知道該從何說起。根據歐洲一些洞穴的資料顯示，繪畫的歷史幾乎像人類一樣古老。我們生活在一個由形狀和色彩所組成的世界裡，因此當然會想把這些形狀和色彩複製下來，只是自從人造色彩發明以來，這個世界的色彩已經變得鮮豔許多。比方說，你的T恤——」

他朝著坐在我對面的一個男孩點點頭，「或者——不好意思，請容許我舉這個例子——你的頭髮。」他用那隻戴著戒指的大手指著那個紫色頭髮的女孩，笑著對她說道。大家聞言都笑了起來，那女孩也頗為自豪的咧著嘴。

那一瞬間，我開始喜歡這門課了，喜歡那種學期剛開始的感覺，喜歡油彩的氣味，喜歡冬日的陽光漫漶在這間畫室裡的氛圍，喜歡那一排排等著擺放我們的拙劣作品的畫架，喜歡眼前這個即將帶領我們進入有關色彩、光線與形狀的神祕世界的男人——一個不修邊幅，卻不知怎地顯得深邃而有魅力的男人。那一刻，我坐在他的教室裡，想起了高中時上美術課的樂趣。這種樂趣和大學裡的其他學科無關，但在我重返繪畫教室後，便成了很重要的回憶。

後來上課的情形我就不記得了。當時我們想必在聽羅伯特講述繪畫史或關於媒材的一些基本知識，或者是傳閱他所帶來的那兩本書，或聽他指著牆上梵谷的海報加以說明，最後他必然要求我們坐在畫架前面（不是那一堂課就是再下一堂），並在某個時間點（可能是接下來那堂課），為我們示範如何從管子裡擠出顏料、如何把調色板刮乾淨、如何在畫布上從事人物速寫等等。

我還記得他當時曾說：他不確定在我們當中大多數人都沒上過素描、透視原理或解剖學的情況下，就讓我們嘗試畫油畫，是荒唐之舉還是高招，但這至少可以讓我們約略體會到油彩是多麼困難的一種媒材，並讓我們記住手上顏料的氣味。事實上，連我們都可以看得出來，讓我們這些非藝術科系的學生在一開始就嘗試畫油畫，其實是系上的一項實驗性創舉，並非他的決定，但他試圖讓我們相信他並不介意這回事。

不過，我印象比較深刻的是，他提到手上的顏料氣味這件事，因為這是我在上高中美術課以及那門「藝術理解」課上，最喜歡的部分之一。當時我每每喜歡在晚飯前洗完手後，嗅聞著自己的手，一次又一次的向自己證明那顏料的氣味是無法去除的。事實上它的確也是。無論你用哪一種肥皂都無法將它洗掉。在上別的課時，我會不時聞著雙手，並看著指甲上沾染的油彩（如果我沒像羅伯特所說的那樣，為了安全的緣故將它們徹底清洗的話），睡覺時也會枕著枕頭聞著手，甚至在摸著我那個三年級的詩人男友（後來我終於開始跟他約會了）柔軟的頭髮時亦然。沒有一種氣味能夠蓋過那種刺激的油味，即使用松節油，也無法完全去除。這兩種同樣強烈的味道每天都殘留在我的皮膚上。

除了油彩的氣味之外，我更喜歡將油彩塗抹到畫布上的那種樂趣。然而，儘管在高中時上過美術課，但我在羅伯特的課堂上所畫的那些作品，無疑仍然頗為笨拙。當時我們畫的多半是教室裡那些碗鉢、漂流木和小型的非洲雕像。有一天，羅伯特帶來了一堆水果，並小心翼翼的用那雙戴著婚戒的粗糙的手，把水果給堆疊起來。看著他那副模樣，我很想告訴他，我已經愛上手上顏料的氣味了，而且知道自己就算上完他的課之後不再畫畫，也從此忘不了這種氣味。我想告訴他：他或許以為我們對他上課的內容毫無感覺，但事實並非如此。不過，我猜想這種話是無法在課堂上講的，否則一定會被那個紫頭髮的女孩以及田徑明星——有一次羅伯特要我們自己設計靜物畫的內容時，他居然用他的跑步鞋來當主題——嘲笑。但問題是，我也無法在他上班時間去辦公室找奧利佛教授，告訴他我多麼喜歡手上油彩的氣味，因為這種行為同樣荒謬。

於是我便在一旁看著，等待著，等著自己有一天能向他提出一些值得問的問題。在那之前，我並沒有什麼問題可問，只知道自己在用筆方面（無論鉛筆或畫筆），比我的高中老師所認定的更加笨拙，而且奧利佛教授並不很喜歡我畫的那個裝著橘子的藍碗。他有一次告訴我，碗的比例不對，但橘子的顏色倒是調得很好，說完便立刻去察看別人的畫了——那幅畫的問題更大。這時，我真希望自己當初沒有急著去畫那些橘子，而是多花點時間，把碗畫好一點。

然而，在這方面，我並沒有什麼很高明的問題可問。我知道必須先學會素描才行。於是，我開始努力研究及練習。我去美術圖書館借畫冊，把它們帶回宿舍，然後便坐下來臨摹畫冊裡那些蘋果、箱子、方塊、馬的臀部，和米開朗基羅那幅絕妙的森林之神頭部素描，用功的程度甚至出乎自己的意料之外。然而，我在這方面非常笨拙，於是只好反覆練習，直到有些線條在我筆下變得比較流暢為止。然後，我便開始做起上美術學校的夢，這讓媽咪頗為擔心。她贊成我廣泛涉獵文科，認為每個學期都應該嘗試一門新的課程，諸如音樂史、政治學之類的，但她希望我最終仍能回歸到法律或醫學。

念美術學校的夢想既然遙不可及，我便開始畫房裡的一些實物，包括幾年前叔叔從伊斯坦堡帶回來給我的那只花瓶、興建於一九三〇年左右的宿舍房間裡線條利落的窗格、我那主修博物學的室友去外面散步時帶回來的連翹枝葉，以及我詩人男友躺在床上睡覺時手臂的優雅線條——當時我的室友在上連續四個小時的「經典名著」課程。我買了各種尺寸的素描簿，有些放在案頭，有些裝在書包裡帶著走。此外，我也去學校裡的美術館參觀——就大學而言，那裡的收藏品質好得令人意外——並試著臨摹所看到的作品，諸如馬諦斯的版畫或莫莉索的素描等等。每臨摹一幅作品我都會產生一種不同的感受，而只要我努力學習，那種感受就會變得愈發強烈。我之所以如此認真，一部分是為了自己，另一部分則是為了能向奧利佛教授提出一個好問題。

一八七八年

我最親愛的人：

此刻我接到了妳的信函，深受感動，便立刻提筆回覆。是的，正如妳在字裡行間所流露出的同情之意，我這些年來確實過得頗為寂寞，但說來奇怪，我卻希望妳能認識我的妻子。但果真如此，妳我早已依世俗的禮教彼此結識，而不致像現在這般陷入一場超越塵俗的愛（請容許我如此稱呼我們之間的情感）。每個鰥夫註定都會受人憐憫，但從妳的信中，我卻感受不到憐憫之意，只有身為朋友的無限痛惜。

妳說得沒錯：我在有生之年都將為她的死而哀慟，然而最令我痛苦的，並非她已然逝世的事實，而是她死去時的情狀。關於這點，即便是對妳，我仍難以啟齒，但我答應妳，終有一天會告訴妳。

此外，我從來無意以妳來填補她所留下的空缺，因為沒有人能夠填補另外一個人所留下來的空缺。但妳已經再度將我的心房填滿。為此我不勝感激，但此中緣故，以妳的年歲與經驗恐將無法完全明瞭。然而我確信終有一天妳會明白，我對妳的愛為我所帶來的慰藉。這樣的說法聽起來或許過於驕矜自滿，但想必妳能夠諒解。妳一定認為妳對我的愛讓我感到安慰，但是，我最親愛的人，等妳到了我這般年紀時，就會明白：是因著妳容許我愛妳才稍解我內心的蒼涼。

最後，感謝妳接受我的提議，希望我並未逼人太甚。當然，我們將使用妳所建議的名字「瑪麗．瑞薇耶」，而此人從此也將成為我所敬重的同行。我將親手把畫交給評審團並保守箇中的祕密。事實上，由於時間已經不多，我明天即將前往辦理此事。

無限感激的O. V.

附記：妳的朋友吉伯特．湯馬思曾帶著他那位沈默寡言的弟弟阿曼——相信妳也認識他——前來畫室，購買我在楓丹白露所繪製的一幅風景，因為我先前已經同意由他的畫廊代售該畫。此人或許也可以對妳有所幫助，不知妳意下如何？他極其喜愛妳那幅金髮女孩的畫作，但我當然並未透露真正的作者是誰。事實上他有一兩次曾經提到：那幅畫的風格讓他有似曾相識之感，但卻不知何以如此。我感覺他似乎有為了賺錢而任意哄抬畫價之嫌，但這樣或許對他太過苛求，更何況他雖不知那幅畫是妳的作品，卻對它頗為喜愛，讓我對他增添了幾分好感。如果妳願意，也許有一天可以將若干畫作賣給他。

第四十七章

瑪麗

到最後我發現，自己還是沒有任何問題可問奧利佛教授。我有的只是各式各樣的習作，包括一本大開的素描簿，裡面畫滿了森林之神、箱子和各種靜物，還有幾張臨摹馬諦斯的作品——上面畫的是一個恣意舞動的女人，只由六個線條所組成。但無論我試畫了多少次，還是不能讓她看起來有舞動的感覺——以及五張畫著同一個花瓶的習作，那花瓶的影子投射在旁邊的一張桌子上。影子的位置對不對呢？我應該這樣問嗎？我在美術用品店買了一個厚重的硬紙板套，把所有東西都放在裡面。到了下一堂課時，我便格外留意，看是否有機會面見奧利佛教授。

當時他已經規劃了新的課程，要我們在這禮拜畫好一個玩偶，下個禮拜則以模特兒作畫。這玩偶必須在課堂外的時間完成，然後帶到教室來給老師講評。我並不喜歡這個主意，但是當他把那個玩偶拿出來放在一張木製的娃娃椅上時，我就比較釋懷了。那是一個硬邦邦的古董玩偶，顯然是由彩繪的木頭製成，身材非常苗條，有著一頭糾結的暗金色秀髮和一雙瞪得大大的藍眼睛，臉上有一種機靈、敏銳的表情，讓我頗為喜歡。他把她那雙硬邦邦的手放在她的膝蓋上，讓她面對著我們，看起來有些像是真人。她穿著一件藍色的洋裝，領口別了一朵皺皺的絲質紅花。後來，奧利佛教授便轉身看著我們說道：「這是我奶奶的玩偶，她名叫艾琳。」

接著，他便拿出了素描簿，默默的向我們示範該如何描繪她的肢體——那橢圓形的頭、隱藏在衣服底下的手腳，以及挺直的軀幹——使它們感覺起來是一體的。他說我們要特別注意按照透視法的原理，把膝蓋的部分畫得短一點，因為我們是正面朝著她。他說，膝蓋雖然被裙子遮住了，但還是在那兒，所以我們應該設法呈現衣服底下的膝蓋頭。他說，這是屬於「衣紋」的領域，但因為太複雜了，所以這個學期不會教到，不過此練習可以讓我們體驗一下肢體在服裝底下那種硬實的感覺，對一個學繪畫的人來說倒不是件壞事。

他開始動手示範時，我看著他手臂上捲起來的褪色襯衫袖子、那雙來回看著玩偶與畫布的綠褐色眼珠，以及那寂然不動、凝神工作的身軀。只見他後腦勺的鬈髮被壓得扁扁的，彷彿睡醒後忘記梳理一樣，他額前的一綹頭髮豎了起來，像一株長在頭上的植物。我看得出來，他並未意識到我們的存在，也並未意識到他的頭髮或任何一件事物的存在。此時此刻，他眼裡只有那個一雙膝蓋在精緻的衣服中鼓起的玩偶。這一瞬間，我也好想要有那種渾然忘我的感受。我從來不曾有過這樣的體會。我總是看著別人，總是在納悶別人是否正在看我。如果我不能像他那樣在眾人面前渾然忘我，無視於一切，只專注於眼前的工作，聽著鉛筆畫過紙上的聲音，感覺筆下流動的線條，那我要如何成為一個像奧利佛教授那樣的藝術家呢？想到這裡，我突然感到絕望。我全神貫注的看著他的側面以及他那個尖尖的鼻子，到後來彷彿看見他的頭籠罩在一圈光暈中。我心想，我不可能問他什麼問題的，因為我的問題根本不成其為問題；我也不可能把我那些作品拿給他看，因為那些東西根本算不上是繪畫，我寧可他永遠沒看見。我從未真正在藝術系上過課，連一堂素描課都沒有，充其量只不過是個選修了一門繪畫課的非藝術科系學生罷了。像我這樣的學生對藝術只是一知半解，頂多只會縫製幾個椅墊或用鋼琴彈奏貝多芬的小奏鳴曲罷了。而他也只不過是想讓我們這種人有機會體驗一下真正的繪畫是多麼困難——要注意身體的結構、注意衣紋、注意陰影、注意光線和色彩。這樣你們至少可以了解繪畫是多麼不容易的一件事！

我轉頭面對畫布，準備假意描繪那個玩偶。這時，大家都開始動手了，連平常那幾個吊兒郎當的學生也認真的畫著，彷彿為了自己終於能夠離開宿舍，置身在一個安靜的地方、一個不需要講話的教室，而鬆了一口氣似的。為了不想讓人看到我呆若木雞的站在那兒，我也開始動手畫著，但實際上卻只是茫然的移動著手中的鉛筆，把油彩擠到那個刮得乾乾淨淨的調色盤上罷了。

畫著畫著，我的眼眶中開始湧出了淚水。

那一天我很可能就此永遠放棄繪畫，在我還沒真正開始之前。但後來，來回在學生的畫架之間巡視的羅伯特，卻突然在我背後停下腳步。當時我只希望自己不要發抖，也想請他不要看我正在畫的東西，但他卻俯身過來，用一根大得出奇的手指指著我剛剛畫好的頭說：「很好。妳很有進步，讓我印象深刻。」我一時之間說不出話來。這時他的黃襯衫就近在眼前，因此當我轉過頭去想要有所表示時，眼中所看到的只是這件襯衫。他指著畫的那隻手曬成了棕褐色，整個人看起來如此鮮活、醜陋卻又充滿自信。我原本覺得自己的一切都微不足道、乏味無趣，但那一刻，他卻讓它們有了存在的價值與意義。

「謝謝。」我鼓足勇氣說道。「我一直很努力在畫。事實上，我在想不知道是不是可以在上班時間去你辦公室找你，向你請教一些問題，讓你看看我最近為了準備秋季的繪畫課所畫的一些東西。」

我一邊說著，一邊把身子再轉過去一些，以便看著他的臉。這時我發現他那有稜有角的面容顯得比我印象中柔和，鼻子和下巴的部位略微多肉，皮膚已經開始有些下垂。我心想，這張臉勢必會迅速的老化，因為它的主人從不曾意識到它的存在。此刻，我感覺到自己的臉頰是多麼光滑，下巴和脖子是多麼緊實，而我那頭經過細心梳理、剪得整整齊齊的頭髮是多麼有光澤。他雖令人望而生畏，但是已經蒼老而憔悴。而我則充滿了青春朝氣，正準備體驗這個世界。所以，也許佔優勢的人是我。我看到他的臉上露出了微笑，雖然不是衝著我來，卻是一個溫暖親切的笑容。看來，他雖然在作畫時會忘記所有人的存在，實際上卻並不討厭人群。「當然可以。」他答道。「歡迎妳過來。我的辦公時間是星期一和星期三上午十點到十二點。妳知道我的辦公室在哪裡嗎？」

「知道。」我撒了一個謊。但我會找到的。

過了大約一個星期，我才鼓足勇氣前往他的辦公室，把我的習作帶給他看。當我用手緊抓著那個大大的硬紙板套抵達時，發現房門敞開，他那高大的身形在裡面那小小的空間移動著。我怯怯的經過門上的布告欄——上面貼著明信片、漫畫，還用釘子釘著一隻手套，真是奇怪！——門也沒敲就走了進去，但旋即便意識到自己應該先敲門才對，於是便轉過身想要走出去，這時羅伯特已經看見了我。「喔，嗨！」他說。

當時他正忙著把一些文件收進檔案櫃裡。我發現，由於櫃子的抽屜裡並沒有直立式的檔案夾，因此他只是把那些文件橫著擺進去，似乎只是想把它們藏起來或把桌面清理乾淨而已，根本不在乎以後能不能找得到它們。他的辦公室裡凌亂的堆著筆記本、素描、繪畫用品、用來畫靜物的零星物品（其中有些我曾在課堂上看過）、一盒盒的炭筆和粉蠟筆、電線、空的水瓶、三明治袋子、幾幅寫生、幾個咖啡杯和一疊學校的公文等等。一眼望去，到處都是紙張。

牆壁上也幾乎一樣雜亂。辦公桌的上方貼著風景明信片、繪畫明信片以及各式各樣的備忘錄和語錄（但距離太遠，我看不清楚內容），把貼在底下的兩三張大型藝術海報擋住了一半。我到現在還記得，其中一張是國家畫廊為題名為「馬諦斯在尼斯」的那次展覽所印行的海報，因為有一次和媽咪一起旅行時曾經去看過。羅伯特在畫中女子那敞開的條紋長袍上貼滿了寫著字的便利貼。

此外，我還記得，辦公桌的那堆雜物上不知何故居然還放著一本詩集。那是切斯洛．米洛茲所寫的詩集的譯本，看起來還很新。當時我有些意外，心想一個畫家居然會讀詩——因為當時我那位詩人男友讓我覺得只有詩人才可以讀詩。那是我第一次認識米洛茲這個詩人。羅伯特很喜歡他的作品，後來還時常念給我聽。一直到現在我還留著那本詩集，也就是那天躺在他辦公桌上的那一本，那是他送我的東西當中被我留下來的少數幾樣之一。他總是滿不在乎的把自己的東西送人，也同樣滿不在乎的將別人的東西據為己有。剛開始你會以為他很慷慨，後來才發現他從來不記得任何人的生日，也總是忘記歸還欠別人的小額金錢。

「請進！」羅伯特看到我走進去，趕忙把角落裡一張椅子上面的文件丟進檔案櫃裡，將它清空，之後便將抽屜關起來，對我說：「請坐。」

我依言坐下，置身於一個盆身很高的蘆薈盆栽，以及某種原住民大鼓的中間。那鼓曾用在課堂上的靜物畫中，鼓緣的小珠和貝殼我都很熟悉。「謝謝你空出時間。」我努力裝作一副輕鬆自在的模樣。在這擁擠的小房間裡，他那巨大的身形比在課堂上更令人望而生畏。他的頭部彷彿頂到了天花板，而且似乎長手一伸就可以搆到對面的牆壁似的，讓我想起了小時候看過的一本有關希臘神話的書。書裡的天神長相與人類並無二致，只是身材更為高大。他雙手拉著卡其長褲的褲腿往上一提，在辦公桌前的椅子上坐了下來，並將椅子轉過來面對著我，臉上帶著師長般和藹、關切的神情，但彷彿有些心不在焉。現在回想起來，他當時就已經沒有真的在聽我說話了。

「我很樂意呀。課上得怎樣？找我有什麼事嗎？」

我摸著習作夾的邊緣，試著坐在那裡不動。事先已經多次想過他可能會對我說的話——尤其是在看到我努力畫成的素描之後——也刻意打扮了一番，甚至在走進辦公大樓前，還特別再梳了一次頭髮，但說也奇怪，我卻忘記先想好自己該對他說些什麼。

「呃，我喜歡這門課。」我說。「事實上我非常喜歡。我之前從來沒想過要當一個藝術家，現在卻……呃，我的意思是，我已經開始用不同的眼光來看所有的事物了。」我原本沒打算這麼說，但看著他盯著我的那雙細長的眼睛，突然心所有感，於是便脫口而出了。他的眼睛很特別，尤其是近看的時候，雖然並不很大（除非他刻意睜大），但形狀很好看，眼珠子像橄欖般的綠褐色，使得他那頭蓬亂的鬈髮和那已經逐漸老化的肌膚（當時我是這麼認為的）相形失色。或者我應該說，他那雙完美的眼睛和邋遢的外表形成了驚人的對比？關於這點我從未想通，即使在過了許久之後，當我能夠全神細看著他和那雙眼睛時也是如此。「我的意思是說，我現在看東西的時候不光只是看而已，還會去注意它們。比方說早上走出宿舍的時候，我第一次注意到樹枝和樹葉

不管怎樣，一定要幸福

真正讓我們幸福快樂的是我們做的事
以及我們是怎樣的人

許正典（台安醫院精神科主任）、**李欣頻**（作家．創意人）
幸福推薦

本書作者是執業超過三十年的心理醫師。在這位資深「幸福顧問」眼中，許多人之所以抱怨生活不如意、幸福遙不可及，是因爲未能眞正了解「幸福」的意義。

人生同時充滿苦與樂，好與壞，希望與失落。認清人生的這種矛盾本質，才能進一步分辨哪些是我們可以掌握的，哪些則是應該放手的；哪些是我們必須負責的，哪些又是得調適的。例如，「體質」是天生的，「健康」卻可以靠著生活方式而改善。「長相」或許無法改變，「能力」卻取決於後天的努力。我們無法選擇生在什麼樣的家庭，卻可以設法把過往的影響降到最低。

人生並不是寫好的劇本，意外不時從天而降。如果我們對人生的「不確定性」有切合實際的認識，便能臨危不亂，即興演出，始終快樂自在。

本書共二十九個篇章，如同心理醫師和你分享二十九則珠玉般的人生智慧，內容涵蓋自我提升、愛情與婚姻、親子教養、老年風景等攸關「幸福人生」的課題。至於如何把這些經驗與智慧化爲追求幸福的行動，可就無法仰賴心理醫師了。

作者 戈登．李文斯頓醫生
（Gordon Livingston）

畢業於西點軍校和約翰霍普金斯醫學院，從一九六七年開始行醫，他是精神科醫師，也是作家，作品常登於《華盛頓郵報》、《舊金山紀事報》、《巴爾的摩太陽報》、《讀者文摘》等報章雜誌中。李文斯頓曾在越戰中獲頒英勇銅星勳章，另著有《心理醫師也想學的人生道理》和《等待春天》（Only Spring: On Mourning the Death of My Son）兩書，現居馬里蘭州哥倫比亞市。

定價220元

同時推薦

定價250元

改變，好容易

要改變世界其實一點都不困難，只要用對方法！

（英文版封面，中文版封面製作中）

《創意黏力學》作者希思兄弟（Chip & Dan Heath）2010年新作，曾榮登Amazon.com商業類銷售排行榜第一名，長居全Amazon暢銷榜百名之內

或許你正努力想幫助家人（或自己？）減重；或許你希望自己帶領的工作團隊在經濟不景氣時，更懂得降低成本。但不論團體或個人，想要推動改變，並持之以恆，總顯得困難重重。為什麼？

最主要的障礙，其實在於人類大腦內部的衝突。心理學家說，我們的心智有兩個系統──理智的和情感的。理智的和情感總是互相爭奪行為的主控權，兩者拉拔的過程，常常就毀了我們想要改變的意圖及努力。只要能克服這種腦內的競爭，或者善用理智與情感的特質，改變就能水到渠成。也就是說，個人或群體要改變、要轉型，不須大刀闊斧搞革命，在現有環境中破舊立新。只要懂得避開直覺的陷阱，或善用直覺的思惟，改變其實很容易。

作者 奇普．希思（Chip Heath）

德州理工學院理學士、史丹佛大學心理學博士。現任史丹福大學商學院組織行為學教授。他的主要研究方向：為什麼有些創意可以行之有效，有些則否。人們該如何設計能深植人心的訊息？個人、群體、組織都是怎麼下重要的決定，以及他們常犯的都是哪些錯。

作者 丹．希思（Dan Heath）

哈佛商學院MBA，前哈佛商學院研究員，創新媒體教育Thinkwell公司創辦人之一。現任杜克社會企業精神推廣中心（Center for the Advancement of Social Entrepreneurship）資深研究員。

希思兄弟在知名商管雜誌《高速企業》（Fast Company）闢有專欄，也經常舉辦講演，並提供諮詢服務，服務對象包括微軟、日產汽車，以及西點軍校等。

同時推薦

定價300元

大塊文化10月新書預告

小心嘴破，免疫力出問題

最常見的毛病，最關乎健康的徵兆
全台唯一的口腔黏膜免疫權威醫師著作

口腔潰瘍就是俗稱的「嘴破」，是日常生活中的常見症狀，是大家很普遍會碰上的毛病。問題說大不大，但是如果不去管它，任由它反覆發作或久潰不癒，那後續病變的麻煩，就會差很大！

正常人的口腔中，原本就有各式各樣的細菌，菌種間不但彼此維持平衡，也和人體局部或者全身免疫系統（即我們平常習慣說的「抵抗力」），保持均衡。一旦這樣的均衡狀態被打破了，便發引發疾病的發生。口腔黏膜、唾液、免疫力、都是對抗病菌的尖兵，當這些防衛組織出了問題，就會導致口腔黏膜產生病變。

孫安迪醫師是台大醫學院微生物免疫學博士，也是全台唯一台大醫院「口腔黏膜免疫特別門診」主治醫師，孫醫師的這本新書簡單地提出許多人都會被困擾的日常問題，提供對讀者有效的實用知識和健康判斷基礎。

作者 孫安迪醫師

全台唯一，台大醫院「口腔黏膜免疫特別門診」主治醫師，為國內外知名的免疫學權威，在國際醫學領域，首位找到復發性口腔潰瘍、貝歇氏病、口腔扁平苔癬病因，及其免疫機轉外，還是深受歡迎的醫療保健作家、演講名家。並多次榮登英美、亞太、亞美，及中華民國等國家區域，共78項重要世界名人錄。

把不丹幸福帶回家

我常想，到底什麼是幸福，或許會笑，就是幸福
這一趟不丹行，我領悟了會微笑的祕密

不丹，是世界上公認幸福指數最高的國家，但因爲觀光限制，極少人可以進入一探究竟。

本書作者龔詠涵爲具有二十多年資歷的美妝保養品老師，她與她的生技工作團隊，曾協助各地農會將當季生產過剩的農產品，結合精油與現代科技理念，增加了許多令人驚奇的新產品，並在許多社區大學與工作坊授課。

多年來她一直試著在世界各地尋覓特殊的配方，可以增進全人類身心靈的幸福。終於在一趟不丹之旅中，她找到了關鍵素材。她將她在不丹採收、提煉花草間靈氣的過程毫不藏私的公開，提供讀者如何以「不丹式」的方式自行提升自己的幸福力。書中深入淺出講解各種香氛、保養品配方、調理手法，讓讀者在台灣即可按圖索驥。

或許你無緣親臨這個幸福國度，卻可以藉由幸福花草香氛創造屬於自己的隨身幸福氛圍。學習在最純淨的國度，焠鍊最純淨的心靈，幸福的祕密就在隨手間。

作者 龔詠涵

詠晴美育創意教室創始人、中華手工皂藝術協會理事、韓國紙黏土認證師資、日本麵包花認證開業講師。曾任銘傳大學等各大專院校、救國團精油保養品DIY講師，並應邀至台達電子、技嘉科技、艾克爾科技等企業團體講學。

曾於醫院、藥廠工作，具有二十多年的相關資歷，擅於結合芳療與放鬆禪法，創發失眠放鬆舒療法、過勞減壓療法、鬱悶快樂抒壓法，十年前因爲女兒氣喘而一腳踏入精油領域，現爲精油工作坊老師，並曾接受自由時報等各大媒體專訪報導。

定價380元

大塊文化9月新書推薦

天鵝賊

我無論如何一定要找到他所愛的那個女人
她不只偷走了他的心，還偷走了他的神智

暢銷小說《歷史學家》作者伊麗莎白．柯斯托娃令人著迷的最新作品

王浩威（作家）、王聰威（作家）、李欣倫（作家）、孫梓評（文字工作者）、陳玉慧（作家）、駱以軍（作家）

依姓氏筆畫排列 真誠推薦

羅伯特．奧利佛是一個名畫家，他在國家畫廊意圖破壞一幅畫。是什麼原因導致一個畫家去破壞他所最珍視的東西呢？奧利佛在病房內一直沈默不語，只簡短說了一句「我是為了她才做的」就從此不再說話了。但「她」又是誰呢？精神科醫師安德魯．馬洛向來以能讓石頭開口說話自豪，但面對奧利佛卻束手無策。剛開始時他基於職業上的好奇心，決心打破傳統的框架去追尋他的病人所不願意提供的答案，並探究那些被奧利佛所拋棄的女人究竟過著什麼樣的生活，但卻因此而擾亂了他原本有條有理、一絲不苟的世界。

《天鵝賊》一書內容豐富、敘事優美，帶領我們跨越兩百年的歷史，拜訪美國幾座城市和諾曼第海岸，並探討了年輕人的愛情與黃昏之戀。伊麗莎白．柯斯托娃在書中靈巧地探索了畫家的內心世界，包括他們的激情、創造力、祕密與精神疾病等。這本書同樣展現了她在《歷史學家》中的說故事功力，使我們翻到最後一頁之後仍然為之低迴不已。

作者 伊麗莎白．柯斯托娃
（Elizabeth Kostova）

畢業於耶魯大學，曾獲得密西根大學的MFA碩士，並得到密大所頒發的Hopewood小說新人獎，2005年以《歷史學家》一書，獲得鵝毛筆最佳新人獎，全球銷售量超過500萬冊。

定價399元

暢銷推薦

定價380元

天鵝賊
The SWAN THIEVES
終於，我們等到了！
繼暢銷全球的《歷史學家》之後，睽違五年纏綿之作——
一段著迷不已、渴望至極，
令人無法自拔的世紀戀情……
ELIZABETH KOSTOVA
伊麗莎白・柯斯托娃——著
蕭寶森——譯
大塊文化
LOCUS
Future · Adventure · Culture

的樣子，於是便在心裡面把它們記住，等到回去的時候再畫下來。」

他開始注意聽了，目光變得熱切起來，不再是一副滿不在乎、漫不經心的模樣；他上課時經常這樣，好像在聆聽自己內心的某種聲音似的。他把一雙大手放在膝上，注視著我，看得出來他並非蓄意要對我施展魅力，也並未沈溺在自己的思緒裡，甚至根本沒有注意到我的模樣以及那頭梳理得無懈可擊的頭髮。他是被我的話語吸引住了，彷彿我們達到了某種默契，或者他聽到了童年時所熟知、但已經多年未曾聽過的語言似的。那糾結的黑色眉毛揚了起來，一副訝異的神色。

「那是妳的作品嗎？」他指著那個硬紙板夾問道。

「是的。」我笨拙的拿起那紙板夾，遞給了他，感覺到自己的心正在狂跳。他將它橫放在膝上，打開了它，然後仔細看著最上面的一張素描。那張素描畫的是我叔叔的花瓶，旁邊還有一盆我從學校食堂裡偷來的水果。此刻，從我的角度來看，畫面是顛倒過來的——羅伯特在課堂上有時會把我們的作品倒過來看，讓我們在畫一盞燈或一個玩偶之餘，也思考有關形狀的排列以及構圖等問題，讓我們看見純粹的形狀，而變得更加精確。這時我突然覺得自己畫得很糟，簡直就是一幅拙劣的仿作。我心想自己為何要把這幅素描示人呢？而且對象居然還是羅伯特？我應該把它藏起來才對。不，我應該把所有的畫都藏起來。「我知道我起碼還有十年的工夫要下。」

他並未回應，只是逕自把那幅素描拿到眼前細看，然後又緩緩將它移遠。我心想十年也許還是太樂觀了。最後他終於開口了。「這畫畫得不是很好。」他說。

剎那間我的椅子似乎開始搖晃，就像惡水上的小船一般。我的腦筋一片空白。

「不過，這幅畫很有生命力。這不是老師教得出來的。這是天生的稟賦。」接著，他又翻閱了一下其他幾張素描。由於我事前曾經仔細排列它們的順序，因此我知道那幾張依序是樹枝、詩人男友光著上身的模樣、塞尚的蘋果的臨摹，最後則是我室友的手部特寫；她當時很配合的把手放在桌上不動。我每樣都畫了十幾張，最後再從這十幾張中挑出一張帶過來；我起碼還有這點自覺。不久，羅伯特再次抬起眼簾，但他不是看著我，而是看進了我的心裡。「妳高中時有學過美術嗎？妳已經畫了很久嗎？」

我想這些問題是我可以答得出來的：「高中時每年都有美術課，但老師都上得馬馬虎虎的，所以我並沒有真正學到該怎麼素描。除此之外，我只上過你的課。因為我的油畫畫得不好，所以幾個禮拜之前，就開始自己練習一些素描。就像你說的，除非我們先學會素描，否則油畫不可能畫得好。」

「沒錯。」他喃喃說道，然後又繼續往回翻看我那幾張素描。「這麼說妳才剛開始畫嘍？」他突然盯著我看；他有時就會這樣，彷彿才剛發現妳的存在似的，讓人惶恐不安，也令人興奮悸動。「妳真的滿有天分的。」他說著又翻到下面那一張，表情似乎有些迷惑，然後便闔起卷夾。「妳喜歡畫畫嗎？」他神情嚴肅的問道。

「嗯，這是我到目前為止最喜歡的一件事。」我一邊說著，一邊意識到這是發自內心的，不只是說給他聽的。

「那妳就什麼都要畫。一天畫一百張。」他的語氣很強烈。「但妳要知道，這種生活像是在地獄裡一樣，不是人過的。」

地獄？怎麼會呢？對我而言，那可是天堂，而且如今天堂之門已經為我打開了一條縫。過去，如果有誰命令我做什麼事情，一定會讓我起反感，但此時此刻，他卻讓我歡喜異常。「謝謝。」

「妳以後不會感謝我的。」他的表情有些哀傷。「難道他忘了創造的喜悅嗎？」我心想。「老去的滋味一定很可怕吧？」我為他感到萬分難過，但也為自己感到慶幸，因為我年輕、樂觀，而且才剛發現自己未來的生命將會很精彩。他搖搖頭笑了一下。那是一個平凡的、充滿倦意的笑容。「反正努力的畫就對了。妳為什麼不申請這裡的夏季繪畫工作坊的課程呢？我可以幫妳寫推薦函。」

我心想，「這下媽咪可要傷腦筋了，」但嘴裡卻說：「謝謝你——我之前就有考慮要申請了。」事實上我甚至還沒決定今年夏天是否要待在學校裡呢，因為所有的朋友都要去紐約找工作，而我幾乎已經決定要加入他們了。「這個工作坊會由你來指導嗎？」

「不是。」他似乎又開始心不在焉了，彷彿有什麼事需要他回頭處理似的——也許他得把更多的文件塞進抽屜裡吧。「我只在這裡待一個學期，擔任客座講師。我得回去過我的生活。」這點我倒忘記了。我開始好奇，除了畫畫這件可以在任何一個地方做的事以及教書之外，他的生活不知道是什麼樣子。他的左手戴著婚戒，說不定太太也在這裡，雖然我還沒見過。「你平常有在哪裡教書嗎？」話一出口，才想到自己怎麼這麼無知，連這種事都搞不清楚，不過他似乎並未注意到這點。

「有——我在北卡羅來納州的綠丘學院教書。那裡雖小，但很不錯，有很好的畫室。學期結束我就得回去了。」他笑了一下。「我女兒很想我。」

我聞言頗為震驚。我一直以為藝術家是不生小孩、也不應該生的。有小孩這件事讓他蒙上了一種世俗的氣息，我不太喜歡。「她幾歲了？」基於禮貌我隨口問道。

「一歲又兩個月，是未來的雕刻家。」他的笑容更明顯了。此時的他彷彿已經置身於遠處的那個家，一個他所隸屬的地方。

「她們為什麼沒跟你一起來呢？」我故意問道，目的是想稍稍懲罰他一下。他不該有小孩的。

「喔，她們在那裡已經住習慣了。學校裡有很好的互助育兒中心，而且我太太才剛開始擔任一份兼差的工作。更何況，我很快就回去了。」

他看起來很想家的樣子。我看得出來，在那個神祕的國度裡，他愛著他的孩子，或許也愛著那位勤奮的太太。這真是令人失望呀。為什麼年紀大的人到頭來總是過著這麼平凡的生活呢？我心想我該走了，免得待太久不受歡迎，也免得自己愈來愈幻滅。「呃，你還有事要忙，我就不打攪了。多謝你幫我看素描，也謝謝——謝謝你的鼓勵。我真的很感激。」

「不客氣。」他說。「希望妳一切順利。歡迎妳隨時帶更多的作品過來。還有，要記得報名那個工作坊喔。那是詹姆斯．賴德教的。他是個很棒的老師。」

但他不是你，我心想。「謝謝。」我伸出手，想要用某種儀式來結束這次會面。他站起身來——又是如此巨大無比——握住我的手。我用力的握著他的手，以顯示我的認真與感激。說不定我們將來會是同行呢。以前我從未碰過他的手，現在卻感覺它把我的整個手掌都包覆了起來，手指關節顯得粗壯而乾燥。他的這一握，即便是出自本能，力道卻很大——感覺像是一個擁抱。我用力的嚥了一口唾沫，要自己把手鬆開。「謝謝。」我說完後，便把那些習作夾在腋下，腦筋一片渾沌的轉身往門口走去。

「再見！」我可以感覺到他已經回到辦公桌前去忙他的事情了。但在那臨別的最後一秒，我看見了他內心的某種東西，一種我也說不上來的東西。或許他也被我的觸碰所感動了吧，也可能他只是發現我被他的觸碰所感動而已。想到這裡，我不禁滿面羞慚，直到走回宿舍的半路上，在那微風徐徐吹拂的明亮天空下，經過一群群要去吃午飯的學生時，我的臉才不那麼燥熱。然後，我想起羅伯特所說的話：一天畫一百張。

是的，羅伯特，十年後的我現在還記得這句話。

我親愛的朋友：

此刻我真不知該從何處寫起，只能說您的來信讓我非常感動。假使訴說有關您愛妻之事能減輕您的痛苦，請相信我很願意聆聽。關於此事，公公曾經提過一次，但也僅約略表示她是驟然辭世，而您因此悲慟過度幾至病倒，其後便出國遠遊。我只能猜想您在國外的時光必然因此過得孤獨寂寥，而之所以離開巴黎，部分也是為了她的緣故。如果可以稍減您心中的痛楚，不妨對我傾訴。我雖蒙上蒼眷顧，未曾體驗此種失親之痛，仍將盡量聆聽。您對我的作品充滿信心，並對我多所鼓勵，使我受益匪淺，這是我對您起碼的回報。如今我每天早晨都迫不及待的前往陽台的畫室作畫，因為我知道我的畫作至少已經得到您的讚賞。易言之，我雖然也將和您一般熱切等待評審團所做出的決定，但無論最終結果如何，你的評語對我而言毋寧更加重要。或許您會認為這是年輕畫家天真的想法，而且或許這有一部分也是事實，但這確乎是我的肺腑之言。

摯愛您的碧翠絲

第四十八章

瑪麗

那天不是羅伯特離開巴奈特學院之前，我和他最後一次單獨相處。後來我們又見了一次面。但在此之前，我得先告訴你另外幾件事。我們的課程結束了；那段期間，我們畫了三幅靜物、一幅玩偶和一幅模特兒——一個肌肉發達的化學系男生，披著袍子，並非全裸——大都畫得很差。當時我很希望羅伯特能時常在課堂上和我們一起作畫，讓我們見識一下真正的繪畫方法，可惜並沒有。於是，當他的幾幅畫作後來被列入春季教職員作品展的項目時，我便前往觀摩。他提供了四幅新作，都是在巴奈特學院執教的那個學期時畫的。我心想他是在哪裡畫的呢？在家裡？在晚上？我試著在這些畫作中看出他在課堂上所教的東西，包括形狀、構圖、顏色的選擇和油彩的調配等。他作畫時是否也會把畫顛倒過來看呢？我試著在這些畫中尋找三角形、垂直線和水平線，但它們的主題是如此強烈、筆觸是如此生動，使人很難去注意畫面背後所隱藏的元素。

這些畫當中有一幅是羅伯特的自畫像（幾年後，我再度看到了這幅畫，在它尚未被羅伯特毀掉之前），看起來充滿了張力，並有一種疏離感。另外兩幅近乎印象派的風格，畫的是山上的草原和樹木，畫緣還有兩個穿著現代衣服的男子正要走出畫框之外。我喜歡那十九世紀風格的筆法和那兩個現代人物之間所呈現的對比。當時我已經逐漸發現，羅伯特並不在乎人們是否認為他具有個人風格。對他而言，創作只是一項長期的實驗，因此一個表情或技法，他頂多只使用幾個月而已。

看到第四幅畫時，我不由自主的在它面前站了很久——你看，早在我和羅伯特在一起之前，我就遇見她了；從當時到現在她一直都在那裡。那是一個女子的肖像，她穿著一襲像是舞會禮服的老式低胸連衫裙，一手拿著一柄摺扇，另一手拿著一本闔起來的書，彷彿無法決定自己該出去參加宴會，還是留在家裡看書似的。她有一頭烏黑、濃密、柔軟的鬈髮，上面綴著鮮花，表情似乎若有所思，但充滿了靈性，並且微微有一種警覺的模樣，彷彿她正在想著什麼，卻突然意識到有人在看她似的。我還記得當時很納悶他是如何捕捉到這瞬間即逝的表情的。

我心想，她一定是他的太太，穿著戲服擺姿勢供他作畫，因為畫裡有一種屬於夫妻之間的親密感。不知怎地，我不喜歡看見她這副模樣。過去我一直把她想像成一個乏味、勤奮的女人，有一個年幼的孩子，還有一份工作。沒想到在羅伯特眼中，她卻是如此生氣勃勃、美麗動人，令我心中隱隱有些不悅。她看起來頗為年輕，但和羅伯特在一起卻不至於顯得太小。她的姿態充滿一種微妙的動感，讓你覺得下一刻如果她看到你，並且發現你是她認識的人，她就會對你微笑，讓人不由得渾身起雞皮疙瘩。

這幅畫另外一個特殊之處便是背景。那女子坐在一張很大的黑色沙發上，身子略微後仰，後面的牆壁上方有一面鏡子。那鏡子畫得極其逼真，讓我一度以為我會在鏡中看到自己的影像，然而看到的卻是羅伯特穿著邋遢的現代服裝站在遠處的畫架前描繪著她的模樣。鏡子的中間照著她腦後那精心梳理過的髮髻和纖細的脖子。他抬頭看著她，臉上的神情嚴肅且專注——她既是他的模特兒，也是他的妻子。

如此說來，她下一刻即將微笑的對象就是他了。我心中突然湧起一陣嫉妒，但說不上來這究竟是因為我原本預期她會對我微笑，還是因為我不希望羅伯特對她報以微笑。從鏡中可以看到他和畫架後面有一扇窗戶，是那種四周鑲著石框的格子窗。他畫畫時，光線就從那裡灑了進來。巴奈特學院裡有幾座一九二〇和三〇年代的哥德式復古建築，他可能是到學校的餐廳或某棟古老的教室去觀察那些細節。透過鏡中所映照的那扇窗戶，你可以看見一處像是海灘的地方，一邊有峭壁，另一邊則是湛藍的天空與海水相連的景象。

畫像與自畫像、被觀看者與觀者、鏡子與窗戶、風景與建築，這真是一幅了不起的畫作。用學生宿舍和餐廳裡常聽到的行話來說，它會「惹」你的心。我想永遠站在它面前，試著解讀其中的故事。其他三幅油畫都有具體的標題，唯獨這幅被取名為「畫布上的油彩」。我多麼希望此刻羅伯特剛好走進美術館，如此一來，我就可以問他畫中的涵意，告訴他這幅畫是多麼令人感動又讓人迷惑，幾乎讓人喉頭哽咽。想到自己終究必須步出美術館、離開這幅畫，我的心中不由得一陣刺痛。我查了一下手上的目錄，發現館方選刊了他的另外一幅畫作，並且加以詳細的介紹，但這幅畫卻只列出標題和日期而已。一旦走了出去，我可能就再也看不到它了，再也看不到這個目光中充滿了渴望的女人了。或許就是因為這樣，我在那次展覽結束之前又回去看了兩次。

第四十九章

瑪麗

在學期末時，我再度和羅伯特單獨見面。課程結束前的最後一堂課，我們在教室裡舉行了一場小小的派對。派對結束後，他親切的送我們到門口，臉上帶著滿意的微笑，並且表示我們大家的表現都比他預期中的好。幾天後，在期末考的那一週，我正要走到圖書館時，卻在那條撒滿落花的步道上險些撞到了他。

「沒想到會在這裡碰到妳！」他陡然停下腳步，伸出一隻長手來，抓住了我的上臂，彷彿要逮住我或防止我撞到他一樣，語氣聽起來頗為親熱（但他或許無意如此），那時我險些衝進了他的懷裡。

「真的是『碰到』耶！」我答道。他聞言朗聲笑了起來，讓我有些得意。我從來不曾看他那樣笑過。他的頭略微後仰，沈浸在自己的笑聲中，笑得如此忘我，如此開心。聽到他笑，我也笑了起來。於是我們這兩個年齡相差懸殊的人，便這樣歡喜的一塊兒站在春天的樹蔭下。當時課已經上完了，因此我們之間也沒有什麼好談的了，但我們還是笑著站在那裡，因為當天天氣和暖，而且漫長的冬天尚未毀掉我們各自的夢想，也因為學期已經快要結束，大家都可以重獲自由，大鬆一口氣。為了打破這令人愉悅的沈默，我開口了：「我要去修今年夏天那個繪畫工作坊的課了。再次謝謝你的推薦。」然後我想起了一件事：「喔，我去美術館看過那個展覽了。我喜歡你的畫。」但我沒說我一共去了三次。

「謝謝。」他說完便不吭聲了。於是我知道他不喜歡回應別人對他作品的評論。

「事實上，關於其中一幅畫，我有很多問題要問你。」我大膽說了出來。「我的意思是，我對你的一些處理手法很好奇，真希望你當時能夠在場，這樣我就可以立刻問你了。」

他聞言臉上掠過一抹奇異的神色，像是春日裡一朵淡淡的雲。我不知道這是否因為他已經猜到我說的是哪一幅畫，還是因為「真希望你當時能夠在場」這句話讓他有些不安。如今想來，每一樁愛情不都是這樣嗎？最初的幾句話、一些氣息和想法，便埋下了讓愛情開花結果及凋萎枯敗的種籽。他皺起眉頭仔細看著我。我心想他看的不知是我還是我以外的東西。過了不久他便說道：「妳可以問我呀。」然後臉上又露出了微笑：「要不要找個地方坐一下？」語畢他便環視四周，我也跟著他的視線看過去，只見到這座四方院落的另一邊賣簡餐的學生餐廳後面擺著幾張桌椅。「去那裡好嗎？」他問。「我正想休息一下，喝點檸檬汁。」

但後來我們卻吃起午飯來了。我們坐在灑滿陽光的室外，置身於學生和他們的背包之間，其中有些人正在準備考試，有些則一邊攪拌著咖啡，一邊聊天。羅伯特吃了一個巨大的鮪魚醃瓜三明治，配上一大盤洋芋片，而我吃了一盤沙拉。他堅持要付飯錢，我則堅持要請他喝一大杯檸檬汁。那檸檬汁是裝在一個攪拌桶裡的，但還是很好喝。最初我們只是默默的吃著。我已經交了最後一幅習作，而且在最後一堂課時也已經互道珍重再見。此刻我雖然正等著時機問他有關《畫布上的油彩》這幅畫的事，但既然我們已經不再是師生關係，感覺上便好像成了朋友。這個念頭一浮上來，我就覺得自己有點不自量力。他是個繪畫大師，而我只是個略具才華的無名小卒。在遇到他之前，我一直都不曾注意到鳥兒是如何在雪封的冬天後飛返，也不曾注意到校園裡那些樹木和建築的顏色是如何鮮明，以及食堂裡的格子窗是如何敞開著迎向春光。

羅伯特點了一根煙，先向我道歉：「我通常不抽煙的。」他說。「這禮拜為了慶祝，我才買了一包。以後不會再買了。一年買一次。」說完他又走進餐廳去拿煙灰缸。出來後，他在椅子上坐下，說道：「好吧，妳問吧。不過妳知道我通常都不回答有關我畫作的問題的。」我哪裡知道這點。我想告訴他我對他一無所知。但他看起來一副覺得很有意思的模樣，而且當我把頭髮──當時的頭髮長達腰際，而且還是原來的金黃色──掠到背後時，他的視線似乎就停留在那。

但他沒有說些什麼，所以我只好開口：「你的意思是我不該問你嘍？」

「妳可以問我，但我不一定會回答。就這樣。我不認為畫家能夠回答有關自己畫作的任何問題。我們只知道畫作的本身，其他事情沒有人能夠知道。無論如何，一幅畫必須有點神祕感才行。」

我喝完最後一口檸檬汁，鼓起勇氣說道：「你的作品我都很喜歡。那些風景畫畫得真好。」當時我還年輕，不知道一個天才聽到這句話有何感想，但我至少知道最好不要提到那幅自畫像。「我想問你的是有關那幅大型作品的事，就是有個女人坐在沙發上的那幅。我猜她是你的太太，但她卻穿著一件很不可思議的老式洋裝。這背後有什麼故事嗎？」

他再度看著我，但這次神情有點心不在焉，有點戒備。「故事？」

「是啊。我的意思是那幅畫很細膩，有窗戶、鏡子什麼的。看起來是這麼的複雜，而且那個女人又是這麼活生生的。她是你的模特兒嗎？還是你根據照片畫的？」

他的眼光越過我的身子，一直望向我背後學生活動大樓的石牆。「她不是我太太，我也從來不用照片作畫。」他的語氣冷淡但溫和。他抽了一口煙，然後便察看著自己放在桌上的另一隻手，彎了一下手指，並按摩著關節的地方──我後來才知道畫家往往會罹患關節炎。當他再度抬起頭來時，我看到他瞇起了眼睛，但目光不再遠眺地平線上的某處，而是對著我看。「如果我告訴妳她是誰，妳會保守祕密嗎？」

突然間，我的內心像是被什麼東西給戳了一下，就像是一個孩子在聽到大人宣布要透露某件較成人的事時──例如他們心中的哀傷、家中的財務問題（是你多少已經猜到但身為孩子不應該那麼早知道的一種問題），或某件與性有關的駭人事件──心中那種害怕的感覺。他是不是要向我透露那不為人知的外遇事件？中年人雖然年紀已經不小，頭腦也應該更清楚一些，但有時候還是會做出這種事。相較之下，年輕、自由，可以毫不避諱的裸露自己的感情、錯誤和軀體的感覺真好。對於所有年紀在三十歲以上的人，我習慣性的心懷悲憫，對眼前這個叼著煙、滿臉風霜的羅伯特．奧利佛，我也硬著心腸毫不例外。

「當然。」我嘴裡雖然這麼說，但其實心跳已經加速。「我會保守祕密的。」

「呃──」他用手指在那個借來的煙灰缸上輕輕彈了一下，把香煙的灰燼彈落。「其實我也不知道她是誰。」他快速眨了一下眼睛。「天哪！我要是知道她是誰就好了！」他的聲音裡充滿了絕望。

這句話聽起來太詭異了，讓我既驚訝又害怕，不知道該如何回答，因此半晌都說不出話來，恨不得假裝沒聽見。我不知道這是怎麼回事，也不知道自己該如何回應。他怎麼可能會畫一個不認識的人呢？過去我一直以為他是根據他的朋友、妻子或雇來的模特兒的面容來作畫，也就是說，一定有人擺姿勢給他作畫。難道他像畢卡索一樣在街頭隨便找個美女來畫？我不想直接問他，以免暴露自己的困惑與無知。然後我突然想到有一種可能性。「你的意思是說，她是你想像出來的人物？」

此時，他的面容看起來陰森森的，讓我開始納悶自己究竟是否真的喜歡他。也許他實際上是一個脾氣暴躁甚至有點瘋狂的傢伙。「喔，她是真有其人，可以這麼說。」然後他的臉上便露出了笑容，讓我大大鬆了一口氣，但也隱然有一種受到冒犯的感覺。他從香煙盒裡抖出了第二根煙。「妳要不要再來一杯檸檬汁？」

「不用了，謝謝你。」我說。他傷了我的自尊心，因為他告訴我一個令人苦惱的祕密，卻連一點線索也沒給我，而且他似乎並未意識到他已經把我——他的學生、與他共進午餐的人、一個有著漂亮金髮的女孩——排除在外了。更何況，這件事也有點可怕。我心想，如果他這時能夠說明他這些奇怪的話語有什麼含義，那我便可以當下領悟繪畫的本質以及藝術的神奇之處，但他顯然認為我無法理解。儘管有一部分的我並不想知道他那些怪誕的祕密，但這件事還是讓我很不舒服。我把杯子和那把白色的塑膠叉子整齊的擺放在盤子上，像在媽咪的朋友所舉辦的小型晚宴中那樣。「抱歉，我得回圖書館去了。還要考試呢。」說完，穿著牛仔褲和靴子的我便賭氣似的站起身來。由於他當時仍然坐著，因此那一刻我終於顯得比他還高了。「謝謝你請我吃午飯。」我開始收拾桌上的垃圾，連看都不看他一眼。

這時他也跟著站了起來，伸出一隻大手輕輕按住我的臂膀，使得我只好把盤子放下。「妳生氣了。」他的聲音有點納悶。「我做了什麼事讓妳不高興？是不是因為我沒有回答妳的問題？」

「你以為就算你回答了，我也不會懂。對不對？我不怪你。」我僵硬的說道。「但你為什麼要作弄我呢？你要嘛就認識這個女人，要嘛就不認識。不是嗎？」隔著衣袖，我感覺到他那隻手溫暖得出奇，真希望他永遠不要移開。但下一秒鐘他還是移開了。

「抱歉。」他說。「我說的是真話——我不知道我畫裡的那個女人究竟是誰。」說完他又坐了下來。他雖然沒有任何表示，但我還是緩緩的跟著一起坐了下來。他搖了搖頭，眼睛盯著桌沿一處看來像是鳥糞的污跡。「這點我甚至對我太太都無法解釋呢——但我想她也不會想聽。我是幾年前在大都會博物館一個很擁擠的房間裡碰到這個女人的。當時我正準備一次畫展，畫的都是紐約年輕的芭蕾舞孃，其中有幾個實際上還是小孩子，她們看起來是如此完美，就像小鳥一樣。於是我便開始去大都會博物館觀摩竇加的畫作，做為參考，因為他顯然是描繪舞蹈動作的大師之一，甚至可能是有史以來最了不起的一位。」

我得意的點點頭。這個我懂。

「在搬到綠丘鎮之前，最後幾次去博物館時我遇見了她，從此腦海中再也無法擺脫她的形象，從此再也忘不了她。」

「她一定很美。」我大著膽子說道。

「嗯。」他說。「而且不光只是很美而已。」他似乎陷入了回憶，回到了大都會博物館，在人群中注視著那個一秒鐘後就消失無蹤的女人。我可以感受到那一刻的浪漫情境，心中對於這個在他腦海中徘徊不去的陌生女人湧起了一股妒意。我當時並沒想到即使是羅伯特這樣的人，也無法這麼快就記住一張臉的模樣。

「你難道沒有再回去找她嗎？」我希望他沒有。

「當然有。我後來又看到她兩三次，然後就再也沒看過了。」

一段無法實現的戀情。「然後你就開始想像她的模樣？」我問。

他聞言對我笑了一下，一股暖意沿著我的頸背往下蔓延。「嗯，我想妳一開始就說對了。我想是這樣沒錯。」就這樣，他安心了，我的疑慮也消除了。然後他便站起身來，我們相偕走回學生活動中心的後門。在陽光中他停下腳步並伸出一隻手。「瑪麗，祝妳有個愉快的夏天。希望妳今年秋天學業順利。我相信只要妳繼續努力，一定會有很好的作品的。」

「你也一樣。」我臉上掛著微笑，可憐兮兮的回答著。「我的意思是，祝你教學順利，還有，工作順利。你馬上就要回北卡羅來納州了嗎？」

「是的，下個禮拜。」他彎腰親了我的臉頰一下，彷彿以我為代表，向整個校園、每個學生以及寒冷的北方道別似的。他的嘴唇溫暖，也不致溼得讓人不舒服。

「呃，再見了。」我說著便轉過身去，命令自己離開。唯一令我驚訝的是，我並未聽見他轉身往另外一個方向走去的聲音。感覺上他好像在那裡站了許久，但我拉不下臉來回頭看。我心想他可能只是站在那裡盯著自己的腳尖或人行道，一邊想著在紐約看過幾次的那個女人，或者思念著家鄉的妻兒吧。他顯然很高興離開這裡，回家過他真正的生活。然而他也告訴過我：「這點我甚至對我太太都無法解釋呢。」他在偶然間對我透露了有關那女人的事；這是我的榮幸。我忘不了這點，就像他忘不了那陌生女子的面孔一樣。

第五十章

瑪麗

幾個月前，在我和羅伯特分手後，我開始利用早上的時間在一家常去的餐廳（現在還常去）裡畫素描。這是因為我需要一個地方讓我能夠遠離我所執教的那幾所大學。學校所在的那個區域並沒有很多餐廳可以讓老師們坐下來，享有一些私人空間。你常會不小心碰到從前的學生——如果是現在的學生，那就更糟了——然後就和他們聊了起來。所幸，我在住處和學校之間，找到了一家足夠隱祕的餐廳，地點就在地下鐵車站旁邊，有一個很別致的地址。

我並不是不喜歡我的學生。相反的，他們是我的寶貝、我的孩子、我的未來。雖然他們時常惹事，並且有各式各樣的藉口和自私自利的行為，但我還是愛他們。我喜歡看到他們突然對繪畫有所了悟、突然愛上水彩畫或炭筆畫，或突然迷上天藍色的模樣。一旦如此，他們的作品看起來就會顯得不太一樣。這時他們就得向班上同學解釋箇中的原因：「我只是……突然迷上了。」通常他們都說不上來是為什麼，反正就是喜歡上了。如果不是和繪畫有關，那麼——很不幸的——就是因為酒精或古柯鹼（雖然這類的事情他們不會告訴我）的緣故，或是為了他們在歷史課或戲劇排演時，所認識的某個女生或男生。這時他們的眼睛下面就會出現濃濃的黑眼圈，在課堂上也是一副無精打采的樣子，但是當我拿出一張他們在高中時就喜歡的高更畫作時，他們的眼神就會發亮，並且大聲的說：「我喜歡這個！」到了期末時，他們會用空的蛋盒紙板來彩繪，做成禮物送給我。我愛他們。

但是偶爾你也得遠離你的學生，去從事自己的創作，於是有一陣子我常利用早飯後、上課前的空檔，去最喜歡的那家餐廳做一些素描，描繪店裡的架子上那一排排的茶壺、仿製的明朝花瓶、桌子椅子、出口標誌、報架旁那張已經太過熟悉的穆夏海報、裝著義大利糖漿的罐子、罐上的各色標籤以及餐廳裡的人物。這時的我又開始像學生時代那樣，滿不在乎的描繪著陌生人，例如面前擺著司康麵包和紙杯、說話很快的三個亞洲裔的中年婦女，或者一個綁著長馬尾在桌子旁邊快要睡著的年輕男子，又或者一個年紀約四十餘歲、正在操作手提電腦的女人。

這讓我再度看到了自己以外的人，略微減輕了羅伯特對我所造成的傷害，讓我感覺自己置身於人群之中，而且這些穿著不同的外套、戴著不同的眼鏡、眼睛的形狀和顏色各不相同的人，也都各自有著屬於他們的羅伯特，有著各種不可思議的災難、喜悅與憂傷。我也試著在素描中表現他們的這些喜悅與憂傷。有些人喜歡被人素描，因此他們會斜著眼看我，對著我微笑。這樣的時刻讓我對自己形單影隻且對其他男人已經沒有興趣的事實，比較能夠釋懷。不過我想這種感覺最終可能會逐漸淡去吧。也許在大約一百年之後。

一八七九年

我親愛的朋友：

我不明白您何以這幾個星期以來都不曾寫信給我或前來家中造訪？我是否做了什麼冒犯您的事？我原以為您尚未返回巴黎，但伊維思說您已經在城裡了。我曾經以為您對我的感覺和我對您的感覺一樣強烈，但或許這是一個誤會。果真如此，請原諒我的錯誤。

碧翠絲．戴克萊瓦

第五十一章

馬洛

與瑪麗．柏緹森吃過晚飯後的第二天早上，路上的交通非常繁忙，可能是我比較晚出門的關係吧。通常我喜歡提早出門，在接待員還沒到時，就抵達療養中心。這段時間，馬路上、停車場和醫院的走廊都空蕩蕩的，而我也有二十分鐘的時間可以處理一下公文。但這一天早上我卻遲遲沒有出門，而是獨自一人在早餐桌旁看著對面的陽光，並且又為自己煮了一個蛋。昨天吃完那頓愉快的晚餐後，我很有禮貌的提議要開車送瑪麗回家，但她拒絕了，於是我便送她上了計程車。但今天早上我一個人待在公寓裡，總覺得房間裡到處都是她的音容笑貌。我彷彿看到她坐在沙發上忽而焦躁，忽而充滿敵意，忽而卸下心防、侃侃而談的模樣。

雖然明知自己之後一定會後悔，但我還是倒了第二杯咖啡。我注視著窗外，看到街道上的樹已經長出了新葉，枝頭已經全綠。我想起她揮著纖長的手對我的某個說法不表同意，並開始陳述自己意見時的模樣。我們邊吃晚飯邊聊著有關書籍和繪畫的種種。她很清楚的表明，她當天晚上已經不想再談有關羅伯特的事了。但今天早上我仍記得她告訴我，她寧可把有關他的事以書面寫下來時，那略微顫抖的語氣。

開車前往金樹林療養中心的半路上，我關掉了——通常這個時候我都會開得更大聲——我一向最喜歡聽的一張CD，是鋼琴家席夫所演奏的巴哈法國組曲。曲子一開始是壯麗的奔流，然後是光之漣漪，之後又是洶湧的水聲。我告訴自己，把音樂關掉是因為車輛太多，大家都搶著上高速公路的入口匝道、競鳴喇叭並毫無預警的停下來，讓我無法專心欣賞音樂所致。

但事實上，我的車裡都是瑪麗的倩影，恐怕也容納不下巴哈的存在。我腦海中浮現出前一晚她暫時忘卻羅伯特，跟我談起最近所畫的一系列白衣女子作品時，那種熱切的神情。當時我恭敬的問她，是否有一天可以讓我看看那些作品——畢竟她已經看過我畫的那幅小鎮風景，而且還不是我心目中最好的作品之一——她猶豫了一下，便含糊的答應了，但仍跟我保持一定的距離。是的，現在我的車裡已經沒有空間可以容納得下法國組曲或路旁那漸濃的綠意，或瑪麗·柏緹森那純淨、機敏的臉龐，也說不定沒有空間容納得下我自己。我從不曾感覺這部車子是如此的小，這麼需要一個讓我可以搖下來的天窗。

上午我巡過所有病房後，才來到羅伯特的房間，卻發現他不在裡面。門廳裡的護士說他和一位護理人員出去散步了。但是當我穿過後門，走到陽台上時卻沒看到他。我好像還沒提過金樹林療養中心就像我在杜邦圓環的診所辦公室一樣，是當年繁華時期所遺留下來的一棟宅邸，在蓋茲比和米高梅的年代曾經屢屢舉辦大型宴會。我常想：那些拖著腳行走在廊道上的病人看到四周這些雅致的裝潢、明亮的牆壁和仿埃及式的中楣，心情和病況不知道會不會變好一些？幾年前我還沒來時，這棟建築物的內外都曾經整修過。其中我特別喜歡陽台的部分。那裡有一道蜿蜒的泥牆，還有一排高高的花盆，裡面種滿了白色的天竺葵（一部分是在我的堅持之下）。從這座陽台上你可以俯瞰這整座療養中心，一直看到盡頭處波多馬克的支流小雪里登河兩岸的樹叢。雖然我們囿於經費，無法讓原來的幾座花園全部原貌重現，不過其中有幾座已經翻修過了，裡面有一些花壇和一個大型的日晷，但不是這座宅邸原有之物。在花園那一頭的低地上有一座小湖，湖水淺得不足以讓人投湖自盡。小湖彼端有一座避暑小屋，高度低得讓人無法從屋頂上跳樓自盡，而且裡面的椽子都用低矮的天花板包覆起來，以防止有人懸梁自盡。

病人的家屬來到這個相對安靜的地方時，都會覺得印象深刻。我有時候會看到他們在這座陽台上一邊擦眼淚，一邊互相安慰：「你看這個地方多美呀，而且只不過是住一陣子嘛！」通常也的確是只住一陣子而已。這些家屬當中大多數人沒有機會看到一文不名的病人被送去治療的那些位於市區的公立醫院。那裡沒有花園，也沒有新漆的牆面，有時候甚至連廁所裡的衛生紙也不夠。我曾經在其中幾家當過實習醫生，看過那些醫院的樣子。如今我雖然已經在一家私人醫院上班，並且很可能會繼續待下去，但至今仍難以忘記當年那些醫院裡的景象。我們並不確知自己何時會被現狀卡住，或失去尋求改變的能量，但有時確實會有這樣的情況發生。也許我應該更努力一些，但我覺得到目前為止，我所做的這些事都是有用處的。

從陽台另外一頭走出去後，我在草坡下離我有一段路之處看見了羅伯特。他並沒有在散步，而是在畫畫。他把我送他的那個畫架豎了起來，正在描繪面前的那一片河岸風光。附近有一名護理人員正和一個病人在散步，而那病人顯然執意不肯脫下他的浴袍。事實上，如果我們可以有所選擇的話，有多少人會願意穿衣服呢？我很高興那位護理人員遵守我的指示，密切的觀察羅伯特的動靜，但同時也與他保持禮貌性的距離。他也許一點也不喜歡被人監視，但至少會感激我們在這過程當中給他保留了一點隱私。

他觀察風景時，我站在那兒端詳著他。我猜他選的一定是右邊那棵比較高大、形狀頗為畸形的樹，而無視於最左邊小雪里登河彼岸的樹林間所露出的筒倉。雖然我幫他買了幾件新的襯衫，但他還是幾乎每天都穿著那件已經褪了色的舊襯衫。他的肩膀挺得很直，頭部朝著畫布略微前傾（雖然據我估量，他已經把畫架的腳盡量調高了），身上穿著一件難看的卡其長褲，但腿形頗為優雅。他不停的移動著身體的重心，細細的思索著。

看著他作畫是很特別的經驗。我從前雖曾看過，但都是在室內，而且當時他可以察覺到我的存在。現在，我在他不知道的情況下觀察著他，只是看不到畫布罷了。我心想，瑪麗．柏緹森不知道會多麼希冀看到這幕景象——哪怕只有幾分鐘也好。不，她已經告訴我，她再也不想看到羅伯特了。如果我治好了他，讓他重返現實生活，也再度重拾教書、繪畫、開畫展的生涯，並與凱特輪流照顧孩子，有空時上市場買菜、去健身房運動、在華府或綠丘鎮的市區或聖大非租一棟小公寓過日子，他會不會再去找瑪麗？更重要的是，瑪麗還會生他的氣嗎？如果我希望她會，是不是太卑鄙了？

我背著手走上前去，一直走到距離他幾呎以外的地方才開口。「早安，羅伯特。」他聞言立刻轉過身來，陰狠的看了我一眼，像是被關在獸檻裡的獅子看著那個敲打著籠子鐵條的不識相傢伙。我朝他點點頭，藉此顯示我不是故意要打擾他。

他繼續埋首工作。至少這表示他對我有若干程度的信任，也可能是他太專注了，不願意任何人打攪他，連他的精神醫師也不行。我站在他身旁，毫不避諱的看著畫布，希望他會有所反應，但他只是繼續看著、測量著、塗抹著，忽而拿起畫筆對著遠處的地平線，忽而低頭看著畫布，並俯身專心描繪著小湖邊的一塊石頭。看起來若非他的速度快得驚人，就是他至少已經畫了兩三個小時。因為畫面上的景物已經接近成形了。那水面上的光影畫得極好，遠處的樹也顯得柔和而生動。

但我並未表達心中的讚賞，害怕他又來個相應不理。他的沈默往往讓我連再好聽的話也說不出口。不過，看到他除了那個有著悲傷笑容的黑眸女子之外，也開始畫別的東西，尤其是大自然的東西，我還是覺得很振奮。我靜靜的看著他熟練而靈巧的輪流更換著手中所拿的兩支畫筆（這應該是他持續了半輩子的習慣），一邊心想：我應該告訴他我已經和瑪麗．柏緹森見過面了嗎？該不該讓他知道我們一邊喝著美酒吃著烤魚時，她一邊開始告訴我有關她的故事，而且其中一部分與他有關呢？該不該告訴他她仍然關心著他，想幫我治好他，卻不想再看到他？說她的頭髮在任何光線下都閃閃發亮，呈現赤褐、金黃、紫紅的光澤？說她提到他的名字時，聲音仍然微微顫抖或有著一絲賭氣的成分？說我知道她拿著刀叉的姿勢、穩穩的倚牆而立的樣子，以及雙手抱胸對抗這個世界的神態，說我已經發現她和他的前妻都不是他一遍又一遍賭氣似的畫著的那個女子？說她握有關於那女子身分的祕密，只是自己並不知道？說我無論如何一定要找到他所愛的那個女人，以了解她為何不止偷走了他的心，還偷走了他的神智？

我看著他沾了一點白色的顏料和一抹鎘黃塗抹在樹梢，心想：這不正是精神疾病的本質嗎？如果你放棄臨床醫學上的定義而只著眼於現實的人生的話。讓你的心被某個人——或某種思想、某個地方——佔領，這本身並不是病，但如果你把自己的心智交付給它們，放棄了自己做決定的能力，那麼到最後它就會讓你生病——當然你會這樣做就表示你已經有問題了。我看了看羅伯特，又看了看他筆下的風景：天空中那塊塗成灰色的地方可能是打算要畫上雲朵的，小湖裡那個不均勻的斑塊無疑是要畫成倒影的。我每天都治療著各式各樣的精神疾病，但對於它們，我已經許久沒有新的想法了。對於「愛」這件事情也是一樣。

「謝謝你，羅伯特。」我大聲的說道，並離開了他。他並未轉身看著我離去。或者，就算他轉身了，看到的也是我的背影。

那天晚上瑪麗打電話來，讓我相當驚訝——我原本已經決定過幾天再打電話給她。剛開始我聽不出她的聲音——那個在那天吃晚飯時變得更加喜愛的聲音。她略微遲疑的告訴我，她一直在思考她答應我要把有關羅伯特的回憶寫下來的事。她說她將分幾次寫。這樣對她也有好處。寫好後她會寄給我。我可以把它們當成一篇故事來看，也可以用它們來當門擋或全部拿去回收。她說她已經開始寫了，然後便不安的笑了起來。

那一剎那我頗為失望，因為這意味著我將無法再看到她，雖然我也不知道自己幹嘛想再看到她。沒錯，她是個自由、單身的女子，但問題在於她也是我的病人的前女友。所幸後來她在電話中表示，想找個時間再和我一起吃頓晚飯，因為我上回不理會她的抗議，堅持要付帳，這次輪到她請客了，但這也許要等到她把寫好的回憶錄寄給我之後再說。她說她不知道那要花多久時間，但她很期待下次的晚餐，又說跟我聊天很有趣。不知怎地，「有趣」這個簡單的字詞碰觸到了我感情上的敏感部位。我說我願意，我也了解，也會等待她的來信。我掛上電話後，不由自主的微笑起來。

第五十二章

瑪麗

愛上一個你得不到的人，就像是我曾經看過的一幅畫。多年來我已經養成一種習慣：每看到一幅讓我感動的畫——無論是在美術館、畫廊、書本上或某人的家中——我就會把它的基本資料寫下來。在家中的畫室裡，除了那些畫作明信片之外，還有一盒索引卡。其中每一張都有我的筆跡，上面寫著每一幅畫的標題、畫家的名字、日期、我看到它的地方、我在解說牌或書中所讀到的有關這幅畫的資料，有時甚至還會有那幅作品的速寫——教堂的尖塔在左邊，路在前面等等。

當我在作畫方面遇到挫折、面臨低潮時，我會翻閱那些卡片尋求靈感，然後把教堂尖塔畫進去、讓模特兒穿上紅色衣裳，或把海浪畫成五個尖尖的浪頭等等。但是在我看到那幅畫時，我尚未養成做記錄的習慣。於是偶爾會發現自己翻看著那些索引卡（有時只是在腦海裡這樣做），尋找那幅我並未做記錄的重要畫作。我是在二十幾歲時看到它的（我連哪一年都不記得了），地點很可能是在某座美術館，因為大學畢業後，我無論去到何處，總是設法逛遍當地的美術館。

我只確定一點：那幅畫是印象派的作品。上面畫著一個男人坐在花園中的長椅上。花園是法國印象派畫家最喜歡的一種（他們必要時甚至會自己造一座），野趣叢生、草木豐茂，是對刻板的傳統法國花園以及法國繪畫的一種毫無保留的反叛。那個身材高大的男人坐在一座綠色和淡紫色相間的涼棚裡，穿著正式外套、背心和灰色長褲，戴著一頂淺色帽子，一副紳士模樣——我猜他確實也是一位紳士。他看起來心滿意足、自得其樂，但也有些警覺，彷彿正在注意聽著什麼聲音似的。如果你後退一步看，就可以把他的表情看得更清楚些（這是我之所以確定當初看到的是真正的畫，而不是書裡的圖片的原因之一，因為我記得當時我曾經後退一步看它）。

在他附近的一張花園椅上——還是另一張長椅？或是鞦韆椅？——坐著一位女士。她穿著一件白底黑條紋的洋裝，樣式頗為雅致，和他的服裝很相配。她高聳的髮髻上戴著一頂往前傾的小帽子，撐著一把有條紋的洋傘。如果你後退得更遠，就會看到畫面的背景裡，有另外一個女人正走在花朵盛開的樹叢間。她的服裝顏色非常柔和，幾乎與花園融為一體。她的頭髮是淺色的，不像他們那麼黑，而且也沒戴帽子，使得她看起來很年輕，而且不知怎地有些不太體面。這整幅畫框在一個耀眼華麗、色調頗冷的金色畫框中。

當年看到這幅畫時，我似乎沒有太多感覺，但多年來它卻一直留在我心中，宛如夢境一般，並在我腦海中一再浮現。事實上，這幾年來我找遍了有關印象派的資料，卻找不到這幅畫。首先，我並不確定它是法國畫家畫的，只知道它看起來像是法國印象派的作品。它的背景也有可能是十九世紀末期舊金山、康乃狄克州、蘇薩克斯，甚或托斯卡尼的一座花園。其次，我在腦海中反覆看了這麼多次，有時甚至會以為它是我想像出來的畫面，或是夢中的一幕情景。

然而，花園中的這幾個人物對我而言卻是如此鮮活。我絕無意把畫面左邊那個穿著正式的美婦人拿掉，以免破壞原有的構圖，但整個畫面給人一種緊張不安的感覺：花叢間那個較年輕的女子為何好似沒有什麼地位？她是那男人的女兒嗎？不，你可以看出答案是否定的。她朝著畫布的右邊走去，不願離開。那位衣著高雅的紳士為何不站起來，抓住她的袖子，讓她多留下幾分鐘，在她走開之前告訴她他也愛她，並且一直愛著她？

然後我開始想像在那永恆照射著的陽光中，在那筆觸粗獷、似乎在流動著的鮮花與樹叢間，兩個人物有了互動——至於那個穿著體面的婦人則一逕撐著洋傘安閒的坐在椅子上，確信她在那男人身邊的地位——那紳士突然似乎很衝動的站了起來，猛然跨出涼棚，抓住那女孩的袖子和手臂，而後者的神情顯得很堅決。兩人之間只隔著花叢，花朵拂著她的裙子，並在他那看起來像是訂做的長褲上，留下了一條條花粉的痕跡。他的手部肌膚是橄欖色的，有些厚實，關節粗大。他抓住她，讓她停下腳步。他們從未像現在這樣交談。不，他們現在並沒有說話。他們立刻相擁，兩人的臉在明亮的陽光中顯得溫暖。我想他們此時甚至沒有接吻。她欣慰的啜泣著，因為他那蓄著鬍子的臉頰依偎著她的額頭時，感覺就像她想像中的那樣。說不定他也在啜泣呢。

一八七九年

我的愛人：

請原諒我的軟弱，不但未寫信給妳，還以如此不得體的方式遠離妳。剛開始時，正如我所言，我只是因為身體微恙而前往南部待了大約一個星期，略事休息。但那也是一個藉口。我之所以離開，除了是因感冒而療養身體，並順便創作已經多年不曾描繪的當地風景之外，也是為了治療不久前我曾向妳提及的痼疾。但妳由信首的稱謂中可以得知，我的病況毫無起色。妳一直在我心上，我的繆思女神。妳的影像在我腦海中異常鮮明，包括妳的美貌、妳親切的陪伴、妳的舉手投足以及一顰一笑。自從我無可自拔的愛上妳以來，一直記得妳對我說過的每一個字。無論妳是否在我身邊，我對妳的情感從不曾稍減。

因此，我依舊帶著我的沈痾回到巴黎，並決意全心投入工作，不再打攪妳。然而後來我接到了妳的信函，得知妳或許並不希望我丟下妳一人，並或許同樣思念著我，我便不禁滿心歡喜。不，妳並不曾冒犯我，倒是我表現得如此愚蠢，可能冒犯了妳。如今我只能盡量讓自己在距妳不遠之處過著平靜的生活。

妳儘管嘴裡不說，心裡一定會想：一個年老的男人居然如此多情，真是癡傻。關於這點，妳無疑是對的，但是，我的摯愛，妳若這麼想，則無疑低估了自己的影響力：妳的風采和妳對生命的感受力，在在都令我感動。今後我將盡量不去打攪妳，但也不再完全自絕於妳，因為妳似乎並無意如此。為此，我要讚美我在義大利所看到的那些傲慢天神，儘管他們的雕像已經逐漸崩壞。

然而，除此之外，我還有別的話語要向妳訴說。此刻，我必須暫時擱下紙筆，深吸一口氣，才能鼓起足夠的勇氣這麼做。在我們分別的這段時間裡，我始終覺得如果我不實踐對妳所做的承諾（儘管此舉是如此的艱難），那麼即使妳希望我回到妳的身邊或再次寫信給妳，我也將無法照辦。

妳應該記得我曾經說過，有一天我會告訴妳關於我妻子的事。儘管我無時無刻不在後悔自己說了這句話，但基於我的私心，認為妳若不知道有關她的事，就無法真正了解我，況且如果我告訴了妳，或許會如妳所言稍減我心中的痛楚，更何況在我有生之年絕不會蓄意違反對妳的承諾。妳應該明白，如果我能和妳分享我的過去，並竊佔妳的未來，我必然會這麼做，但不幸的是，我無法如此，這點恆常令我悲傷不已。妳可以看出我是如何自私，在妳已經有足夠的理由快樂之際，居然還認為妳和我在一起可能會很幸福。

此時此刻，我仍深覺自己對妳做出那項承諾是一個錯誤。之所以不願讓妳知道關於我妻子的事，是因為妳的心靈是如此天真可愛，對世間充滿希望（我知道這樣說會讓妳不悅，但等到妳明白我所言乃是事實時，已經為時太晚）。無論如何，我要請妳等到自己能夠承受某些可怕的真相時，再來閱讀以下幾頁文字，也希望妳能明白我將後悔以下所說的每一個字。當妳讀畢時，妳對事情的了解將略多於我的弟弟，也遠超出我的姪子，當然更勝於世上其他的人。妳也將知道此事與政治有關，而且從今以後，我的人身安全將有一部分操之在妳的手裡。但我為何要如此做呢？為何要將此事告訴妳，徒然令妳驚惶？這就是愛的本質了：愛的需求是殘酷的。當妳體認到它的殘酷本質的那一天，將會回首往日並因此更加了解我，也因而原諒我。到時或許我早已仙逝，但無論屆時我人在何處，都會因此而祝福妳。

我遇見妻子時年歲已長。當時我四十三歲，她四十歲。妳或許已經從我弟弟處得知，她名叫賀蓮娜，出身盧倫世家，當時仍小姑獨處。但這並非因為她嫁不出去，而是因為她必須照顧寡母。她的母親在我們邂逅前兩年去世，此後她便前往巴黎與姊姊一家同住，成為他們家中不可或缺的一分子。她品格高尚，待人親切，雖然嚴肅但不失幽默。我初見她時，便深受她的儀態舉止以及體貼他人的性格所吸引。儘管她對藝術所知不多，比較喜歡閱讀，但對繪畫頗有興趣。由於她的父親很重視兒女的教育，因此她也通曉德文並略懂拉丁文。此外，她也是個虔誠的教徒，讓對宗教漫不經心、抱持懷疑態度的我自覺羞愧。我喜歡她做事堅定不移的模樣。

她的姊夫是我的老友。他雖然很了解我的底細，仍極力贊成我追求她，甚至為她準備了豐厚的妝奩。我們在巴黎的聖傑洛曼塞華教堂舉行婚禮，邀請了少數親友觀禮，然後便住在聖傑洛曼的一棟房子裡，過著平靜的日子。我創作繪畫並舉辦畫展，她則努力持家，讓我的朋友們都覺得賓至如歸。我對她的愛與日俱增，其中敬重多過於熱情。當時我們年紀已經太長，無法生兒育女，但我們擁有了彼此，已經心滿意足。在她的影響下，我的性格日益成熟穩重，昔日放逸的習性也收斂了許多。她對我有堅定的信心，也因此我對畫事更加專注，技巧也日益精熟。

我們原本可以這樣一直過著幸福快樂的日子，然而我們的皇帝卻擅自決定入侵普魯士，讓法國陷入一場無望的戰役——妳當時還是個小女孩，但有關「色當會戰」的消息，想必也在妳的記憶中留下了駭人的印象。後來普魯士的軍隊進行了可怕的報復行動，並包圍、蹂躪了可憐的巴黎市。現在我必須坦白告訴妳：當時有些市民對這一切極度不滿，已達忍無可忍的程度，我便是其中之一。但我並非那群野蠻暴民中的一分子，而是屬於溫和派的人士。我們相信巴黎和法國在那麻木不仁、窮奢極侈的專制政權手下，已經受了太多苦，因此我們決定起義抗暴。

妳知道這些年來我常在義大利，但並不知道事實上我是在那裡流亡。當時我明白如果繼續待在法國，必然身陷險境，因此我懷著憂傷和忿恨離開了巴黎，直到有朝一日，確信自己可以回來繼續過著平靜的生活為止。事實上，當時我是巴黎人民公社的支持者，關於這點直到今天我仍俯仰無愧，只是為當時受到政府迫害的同志感到悲痛。是啊，巴黎人為何要忍受那些沒有經過人民的同意就逕行實施的政策呢？我們當然應該起而革命，至少應該表達強烈的抗議。我至今仍然堅持此一信念，但當時我卻為此付出了沈重的代價。如果我早知後果如何，當初也許就不會投入那場行動了。

那年三月二十六日巴黎公社宣告成立，但我所隸屬的支部並未面臨真正的困境。然而四月初時，我們所駐紮的那幾條街道爆發了戰事。當時妳應該已經住在巴黎市郊，安全無虞。我之所以知道這點，是因為我返回巴黎後曾經問過伊維思。他說他是後來才認識你們一家，但他知道你們在那場災難中，除了像眾人一般遭受困乏與饑饉之外，並未蒙受任何損害。或許當時妳曾經聽見遠處街道傳來的槍炮聲，或許甚至連槍炮聲也不曾聽見。無論如何，當時我負責在那些爆發戰事的地區為各軍旅傳信，並在不危及他人安全的情況下，將這一幕幕歷史鏡頭用畫筆記錄下來。

賀蓮娜和我信念不同。由於宗教信仰的緣故，她堅定的支持當時甫垮台不久的政權，但她向來包容我的所有信念，因此只請求我不要告訴她任何相關的事，以免她被捕時連累到我。我尊重她的想法，於是便不曾告訴她我涉入最深的那一旅部隊究竟是駐紮在何處。如今我也不打算告訴妳。那是一條狹窄的老街。五月二十五日的夜晚，我們封鎖了那條街，因為我們知道，當時的偽政府如果一如預期在翌日派遣民兵前來攻打的話，這條街對巴黎而言將是一條非常重要的防線。

當天我答應賀蓮娜不會太晚回家，但到了夜裡，公社需要有人捎信給在蒙馬特的同志。由於我尚未被警方列入可疑分子的名單，於是便自告奮勇前往傳信。當晚我神不知鬼不覺的到了蒙馬特，原本也可以神不知鬼不覺的返回，不料中途卻被逮捕並遭到拘留。那是我第一次與民兵接觸。他們審問了我許久，並數次揚言要對我施暴，一直到第二天中午才將我釋放。期間有好幾個小時，我甚至以為自己可能會被當場處死。至於當時審訊的詳情，即使在八年後的今天，我仍不打算告訴妳，寧可妳一無所悉。總而言之，那是一次恐怖的經驗。

但我必須告訴妳一件更糟的事：當天晚上賀蓮娜發現我遲遲沒有回家後，便開始緊張起來，等到翌日天剛亮就四處找尋我的下落，不停的詢問著鄰居有關我的消息，直到後來有個人心生不忍，才把她帶到我們所在的堡壘處。當時我尚未獲釋。她到了那裡後，隨即打聽我的下落。但就在那時，中央政府的軍隊出現了，開始對在場的每個人開火，公社的成員和路人無一幸免。當然，這類事情政府至今仍全盤否認。當時賀蓮娜額頭中彈，倒地不起。我的一個同伴認出了她，將她拉到一旁，藏在瓦礫堆後。

我獲釋後先跑回家，卻發現家裡空無一人，等我抵達現場時，她的身子已然冰冷。她躺在我的懷裡，傷口湧出的鮮血已經開始凝結在頭髮和衣服上。她的眼睛閉著，但臉上一副驚訝的神情。我搖著她，呼喊著她的名字，試著讓她甦醒。但她當場就死了。這是唯一讓我感到安慰的事。而且我相信以她的性情，如果她知道即將發生在她身上的事，她也會把自己交付給上帝。

我雖不情願，但仍匆匆將她埋葬在蒙帕拿斯的墓園裡。更讓我難過的是，幾天後，我們的起義行動就失敗了，成千上萬的同志遭到處決，尤其是我們的幹部。在那次殲滅行動中，我覺得正義已經無望，既已無力回天，也不想生活在隨時可能被捕的陰影中，於是我便在一位住在城門附近的友人協助下逃出了法國，獨自一人前往蒙頓市和邊境。

在這場劫難中，我弟弟始終對我忠貞不貳，默默為我照顧賀蓮娜的墳墓，並在我羈留異國期間，不時寫信告訴我是否到了可以返鄉的時刻。事實上，我在那次起義中，只是個微不足道的角色，況且後來政府有太多的重建工作要做，無暇理會像我這樣的人士，於是後來我便回到了法國，但原因倒不是為了對國家有所貢獻，而是出自對弟弟的感激之情，希望能在他陷入困境時為他效力，因為我從伊維思口中得知，他已經逐漸喪失視力。這段期間我唯一的安慰便是盡力幫助他，並且持續作畫，直到我遇見了妳。在此之前，我只是個無妻無子、沒有祖國的可憐人，眼睜睜的看著社會的提升（這應該是每位有志之士的夢想）已經無望，且夜夜因著賀蓮娜那殘酷、無謂的犧牲而難以成眠。

然而後來我遇見了妳。妳那光輝的容顏、天賦的才華，以及待人處事的體貼與周到，對我而言，委實具有言語難以形容的意義。這點我想已經無須對妳多做說明。我知道沒有必要提醒妳保守這個祕密，因為我的幸福實際上已經大部分操在妳的手裡。為了怕自己無法或不願按照承諾將此信寄出，我要趕緊把信寫完，並在信末署名。

屬於妳的O. V.

第五十三章

馬洛

我特別注意到，在瑪麗的記錄中，羅伯特是在大都會博物館的人群中初次遇見那位女子的，因此我開始考慮是否可以直接去問羅伯特。因為無論當時博物館裡發生了什麼事，無論他看上了她哪一點，都讓他對她朝思暮想，魂牽夢縈，並可能因此才生病。如果大都會博物館裡的那個女人是他想像出來的——換句話說，她是他的幻覺，這意味著我必須重新評估羅伯特的病情，並大幅調整我的治療方式。無論他最初所見的女子是否確實存在，他現在所描繪的，是他記憶中的形象還是想像出來的模樣？如果他當初所見到的是一名現代女子，卻讓她穿著十九世紀的服裝，這本身就具有想像的成分。或許他是不由自主的。除此之外，他是否還有其他幻覺呢？即使有，至少到目前為止，他還沒有畫出來。

無論是以上何種情況，他和凱特搬到綠丘鎮時，至少已經偶爾會想像那女人的臉孔了，畢竟在搬家途中，凱特曾在羅伯特的襯衫口袋內發現一張她的素描。但如果我問羅伯特初次見到那女人的情況，並提到有關大都會博物館的事，他一定就會知道我曾經和他的親人或密友談過，而且可能的人選沒幾個——說不定只有一個，因為我已經告訴他我知道了瑪麗的姓氏。他曾經告訴過瑪麗有關那女子的事，但似乎並未向凱特透露，因此也不太可能會告訴其他人，除非他在紐約有什麼朋友。如果有，也許會對他們提到他初次見到那位令他難忘的女子的情景。他曾經告訴瑪麗，他只見過那名陌生女子幾次，但我覺得這種說法令人難以置信，尤其當我在凱特家看到那幾張令人震撼的畫作之後。從那些畫作中可以看出，他必然曾經與這名女子非常親近，並且在經過很長的一段時間後，記住了她的面容與儀態。況且，羅伯特宣稱他從來不對著相片作畫。但他當初是否有可能請一個陌生人擔任模特兒，直到他有足夠的材料創作日後這些肖像呢？

但是我不能貿然去問羅伯特這些事。如果我告訴他我所知道的事，他就不可能再信任我了。也許當初根本就不該告訴他我已經知道瑪麗的姓氏。然而有一天早上，當我坐在他房裡那張大大的扶手椅上時，還是忍不住開口問他，究竟是在哪裡邂逅這名畫中女子。他看了我一眼，隨即繼續閱讀手邊的小說。過了一會兒之後，我只好向他告辭，並祝他有個美好的一天。在那之前，他開始從病人活動室裡那擺滿了舊舊的平裝書的架子上，借閱一些通俗犯罪小說，在不作畫的時候，他專心閱讀著，但看起來也不是很起勁。他大約一個禮拜可以讀完一本，其內容總是與黑手黨、CIA或發生在拉斯維加斯的謀殺案有關。

於是我開始納悶：羅伯特是否對這些小說當中的罪犯有些同情，因為他自己也曾經手持兇器被警方逮捕。凱特曾說他有時會看一些驚悚犯罪小說，而我也確實在他辦公室的書架上看到過那些書。但她也說他偶爾會看畫展的目錄和歷史著作。奇怪的是，病人活動室的書架上不乏比那些偵探小說高明很多的書，包括藝術家和作家的傳記等（我承認我曾經塞了幾本這樣的書在書架上，看看他會不會拿起來看），但他卻從來不碰。我只能暗自希望，他不會因為看了這些謀殺故事而增長暴力傾向；雖然我看不出任何這方面的跡象。當然，他既然不肯告訴我他是在哪裡遇見那個女人，又是在何種情況下遇見她的，也就更不可能向我說明為何他只看那些垃圾小說。

無論如何，瑪麗所說的事情讓我產生了另外一個想法——有可能是因為她曾經笑著提到福爾摩斯的緣故——於是我便開始反覆思量她當時所描述的情況。我有一天甚至還打電話給她，請她重複羅伯特在巴奈特學院對她所說的話，而她也幾乎一字不漏的複述著。我為什麼要問呢？她已經答應我稍後會再做說明，而且一定會做到。於是我便很有禮貌的謝謝她，並且避免向她提出任何見面的要求。

不過，我一直無法擺脫那一刻的感覺，而且心中也產生了疑點，於是便興起了親自前往現場一探究竟的念頭。也不過就是大都會博物館罷了，不是什麼多遠的地方。儘管這些年來我已經去過那兒許多次，但這次的目的是想找到羅伯特首次產生幻覺或靈感（或是一見鍾情？）的地點，即便現場沒有槍枝、沒有從天花板上垂下來的一截繩子，或任何可以用放大鏡檢視的物證。是的，我知道這個主意聽起來有點愚蠢，但我還是決意要去。其中一個原因是，我可以順道去做一件更重要的事——探視我的父親。我已經將近一年沒有回康乃狄克州了，而事實上六個月前就該去了。儘管父親在電話或短信中（他都用教區牧師專用的信紙來寫，他說得把它們用完，況且他也不喜歡發電子郵件），語氣聽起來都很快活，但我仍擔心他即使出了什麼狀況也不會告訴我，而且所謂的狀況很可能是他開始變得精神不濟，這點當然也不會對我透露。

想到這裡，我便決定在下一個週末成行，並立刻買了兩張火車票，一張是從華府往返賓州車站的來回票，另一張是繞道我的家鄉並返回紐約的票。我咬牙花了一筆錢，在華盛頓廣場附近一家昏暗但舒適的旅館訂了一個晚上的房間。從前我曾經在那兒和一個原本有可能成為我的結婚對象的年輕女子共度週末。我訝然想起：這已經是多少年前的事了？關於那女孩的事我又還記得多少呢？我曾經在旅館的床上抱著她，也曾和她一起坐在華盛頓廣場公園的長椅上，聽她一一細數著那裡的樹種。我不知道她現在人在哪裡，或許已經嫁了別人並且當了祖母。

有一度我曾經考慮邀請瑪麗和我同行，但卻無法想像這樣做會有什麼後果，也不確定她心裡會怎麼想。更何況，我該如何解決或向她提出有關旅館房間的問題呢？請她一起去大都會博物館或許沒有什麼不對，畢竟羅伯特的過去對她的影響更加深遠，但這個問題太棘手了。所以到最後我還是沒有告訴她我的計畫，況且她也有兩三個禮拜沒有打電話給我了。我猜等她準備好的時候，就會告訴我更多有關羅伯特的事。我決定回來後再打電話給她。我告訴手下的醫護人員我要請一天假去看我父親，並像往常一樣，交代他們要特別看好羅伯特和其他幾個比較麻煩的病人。

那一天，我直接從賓州車站前往中央車站去搭乘通往紐哈芬的火車。在前往紐約市之前，我將有一整個晚上的時間可以與父親共度。這趟車程挺不錯的，況且我一向喜歡火車，常利用搭車的時間看書和做白日夢。這次我在車上看了一下自己帶來的《紅與黑》譯本，其他時間則欣賞著車窗外掠過的初夏風景，看見那已經嚴重受創的「東北走廊」中心地帶、一座座的紅磚倉庫，和小鎮與市郊鐵路兩旁的房屋後院，看見一名婦人緩緩的晾曬著衣服、一群孩童在學校的柏油操場上玩耍，也看見一群海鷗在一處高高隆起的垃圾掩埋場上方，有如兀鷹般的盤旋，地面上還不時露出閃閃發光的金屬。

我想我後來一定睡著了，因為當火車抵達康乃狄克州的海岸時，陽光已經照亮了海水。我向來喜歡到「長島海灣」以及「頂針島」，也愛看這裡古老的椿基和那一座座停滿簇新小船的碼頭。我可以算是在這處海岸長大的。我們的小鎮位於往內陸約十哩的地方。但每逢星期六時，我們經常前往附近的葛蘭特淺灘的公共海灘上野餐、在萊姆莊園的庭園裡散步，或沿著溼地上的小路走到一處小小的平台，從那裡用母親的望遠鏡觀賞紅翼燕八哥。從小到大，我住的地方向來距海水或河水不遠。

事實上，我們的小鎮就位於康乃狄克河的堤岸上，一八一二年時險些被英軍的砲火攻陷，所幸鎮上的父老急忙前去與那位英國上尉談判。當時上尉發現鎮長是他父親的堂兄弟，於是雙方便默默點頭，互相打招呼，並交換了有關家鄉的消息。鎮長宣稱他願意順服於英國國王的統治，雖然顯然並非真心誠意，但上尉並未看出，於是雙方和平分手。當天晚上，鎮上的人聚集在一座教堂——不是我父親的那座，而是河邊一座非常古老的教堂——感謝上帝的保佑。後來當我們周遭的所有城鎮都淪陷於英軍的砲火之下時，我們的鎮長便慨然收容並庇護那些鎮民，但我想這多少也是因為他心中的罪惡感在作祟吧。這個小鎮是本地歷史文物保存人士引以為豪的範本：我們的教堂、旅店和老房子都保留了它們原本的形貌，用的是原生木材，當年是因為某種家族的關係而未遭受毀壞。小時候聽父親一再講述這個故事，我總是覺得很煩，但現在每當我再次看到這條河的河水，以及古老市中心區裡那一簇簇的殖民地時期建築——其中許多現在都成了販賣昂貴的蠟燭和手提袋的商店——都會想起這個故事，並因而受到感動。

那位具有紳士風度的上尉離開三十年後，鎮上才開始有了鐵路，但它位於鎮的另一頭。最初的那座火車站早已沒了，取而代之的是一棟興建於一八九五年左右的優美建築。裡面那間由黃銅、大理石和深色木頭組成的候車室裡，至今仍有一九五七年我父母帶我在這裡等車，以便前往紐約的無線電城音樂廳欣賞聖誕節秀時所聞到的那種家具蠟的氣味。今天，我的腳還沒碰到車站的地板，便看到兩三個旅客正坐在那幾張我向來喜愛的木製長椅上，讀著《波士頓環球報》。

父親已經在那裡等我了。他用一隻纖薄、幾近透明的手拿著他那頂花呢帽，看到我之後，那雙藍色的眼睛便睜得亮亮的，一副欣喜的神色。然後他抱了我一下，捏捏我的肩膀，並將我的身子往後一扳，以便把我看個清楚，彷彿我可能還在發育，他要看看我長大了多少似的。我笑了一笑，心想他眼中所看到的，或許仍是當年那個一頭茂密棕髮、穿著法蘭絨長褲及厚重的毛衣、從大學返鄉的小夥子，而不是現在這個已經五十幾歲、身材還算適中、穿著素色的寬鬆長褲及馬球衫和休閒外套的男人。我感受到一股熟悉的喜悅：雖然已經是大人了，但還能夠當孩子的感覺真好。我很驚訝自己怎麼這麼久沒看到他了（前些年我比較常回來），於是當下便決定下次一定要早點回來。眼前這個年近九十的男人對我而言，是生命延續的一個證明，是我和死亡之間的一個緩衝——然而他若知道，一定會笑著責備我說，不是「死亡」，是「永生」。篤信上帝的他，對這個相信科學的兒子總是抱持著寬容的態度。我相信當他離開我時一定會上天堂，儘管我自從十歲以後，就不相信「天堂」這回事了。但除了天堂，像他這樣的人死後還會到哪兒去呢？

當我摸著他抱住我的臂膀，想到我早已了解父親或母親的死亡可能帶給一個人的創傷，也明白當我失去父親時，我的傷痛會加劇，因為母親先前已經走了，他死後就沒有人會向我一樣懷念著她了。而且他是最後一個照顧我的人，將是第二個離開我的人。事實上我曾經幫助病人經歷喪親的過程。他們的傷痛往往錯綜複雜，難以平復。母親過世後，我才了解即使父母親離開得很平靜，對子女也可能造成重大打擊。如果子女本身已經有更嚴重的症狀，或正在與精神方面的疾病搏鬥，那麼父母親的死亡可能會破壞原本那微妙的平衡狀態，瓦解他們原來小心維持的因應模式。

然而，我雖有這方面的專業知識，但對父親終將離開我一事，卻絲毫無法釋懷。此刻，穿著輕薄的夏天外套站在我眼前的這個白髮男人，個性溫和，一方面樂天知命，另一方面也洞悉人性。今年秋天他就要滿八十九歲了，但身體仍舊硬朗，而且年復一年都在汽車監理處職員懷疑的眼光下，若無其事的通過視力測驗。此刻，看他穿著一身體面的衣服，放著汽車鑰匙和皮夾的褲子口袋鼓了起來，鞋子擦得亮晶晶的，站在那裡等我，我不禁像往常一樣又想到他即將不在的事實。到了那時，他這活生生的血肉之軀將會被一團稀薄的空氣所取代。說也奇怪，我有時會認為，他走了以後，他的一切對我而言才算完整，這或許是因為愛著一個已經風燭殘年的人所會有的那種不確定感的緣故吧。

趁現在他還在這裡，我趕緊對他還以一個結結實實、乃至用力的擁抱，嚇了他一跳，以至於他不得不努力站穩腳跟。我發現他變矮了，現在的我已經足足比他高出一個頭。「嗨，兒子。」他咧嘴對著我笑，並緊緊抓住我的上臂。「我們走吧？」

「好啊，爸爸。」他伸出一隻手過來要拿我的行李包，但被我拒絕了。我把包包背在肩上。走到停車場後，我問他是否要我開車，但隨即便後悔自己失言了。他故意瞪了我一眼，然後從運動夾克的內袋裡把眼鏡掏了出來，用手帕擦了一擦後才戴上。為了掩飾自己的失態，我趕緊問他：「你什麼時候開始戴眼鏡開車啦？」

「喔，我好幾年前就應該戴了，但那個時候其實不是很需要。現在就覺得戴上眼鏡比較好開了點。這點我得承認。」他發動了引擎，然後我們便大搖大擺的離開了停車場。我發現他開車的速度比以前慢，而且一直盯著前面看；也許他戴的是一副舊眼鏡吧。在我看來，那頑強的個性是他遺傳給我這個獨子的主要特質之一。這種個性讓我們兩個都得以在人生的道路上繼續前進並日益強壯，但是不是也讓我們都成了獨行俠？

第五十四章

馬洛

我們的房子距離車站只有幾哩路，坐落於鎮上一個古蹟區，走一小段路就可到達海邊。這次，不知怎地，當我看見那排短短的、憂鬱的金鐘柏樹叢盡頭的大門時，心中突然一陣刺痛。我最後一次看到母親打開那扇門，已經是幾十年前的事情了；不知道為什麼這次的感覺特別難受。

我不想洩漏心中的情緒——如果爸知道了會很難過，於是我便開始稱讚院子有多好看，並看他指東指西，告訴我上禮拜才修剪了樹籬，還用那座手推式的割草機把草割得整整齊齊的。小巧的大門四周有熟悉的黃楊木和盆栽鳳仙花的氣息。前院並不大，因為十七世紀興建這棟房屋的商人希望房子能靠街道近一點；後院則大一些，比鄰一處已經荒蕪雜亂的果園，以及母親從前在餘暇時開墾的一座家庭菜園。至今，父親每年夏天仍會在那裡種一些番茄和歐芹嫩枝，但他在園藝這方面還是不及我母親。

父親開了鎖，招呼我進門。一進去，小時候所熟悉的那些物件和氣味一如往常般映入眼簾：前廳裡那破舊的土耳其小地毯、角落裡放著一隻陶貓的架子。那隻陶貓是我在美術課做的，表面上了釉，使得它看起來像是母親那本介紹古埃及藝術的書籍裡面的貓偶。她對我的創意和品味很引以為豪。我想每個小孩多多少少都會有一些這類笨拙的創作，但不是每個母親都會把它們永久收存起來。我聽見前廳裡的電暖氣發出了鏗鏘鏗鏘、唏哩呼嚕的聲音；它很明顯的不是十八世紀的東西，卻使得樓下的房間非常暖和，並散發出一種類似燒焦布料的氣息，那是我向來很喜歡的氣味。「今天早上我才把它打開的。」父親帶著歉意說道。「真是的，已經夏天了，天氣還這麼冷。」

「好主意。」我把袋子放在電暖氣旁，走進廚房的浴室洗手。房子裡乾淨整潔、舒適宜人，地板也閃閃發亮──父親去年終於在我的堅持下同意雇用一個管家；那位來自深河市的波蘭裔女士，每隔一個禮拜會過來打掃一次。父親說她連廚房洗碗槽下的水管都會刷過。我說，媽媽如果還在的話，一定會很高興，他也不得不同意這點。

我們兩個都洗過手後，他說可以熱一點湯當作我的午餐，接著便開始把湯倒進爐子上的一個淺鍋裡。我注意到他的雙手有點顫抖，於是便說服他讓我來弄。我把湯熱好，拿出他向來喜歡的醃小黃瓜、黑麵包和英國茶，並把牛奶加熱以免弄涼了他的茶。然後，他便坐在母親從前買來放在廚房角落裡的那把藤椅上，開始說起教區裡的一些人士。雖然他沒有指名道姓，但我還是知道其中大多數人是誰，因為他們和他們那些已經長大成人的孩子，多年來都沒離開過這裡。其中一個女人的丈夫在一場車禍中去世了，另一個男人在高中教了四十年的書後退休了，但暗地裡卻遭遇了一場無可救藥的信仰危機。「我告訴他，我們人哪，除了愛的力量之外，什麼事情也無法確定。」他說。「我也告訴他，不一定要確知那個愛的源頭在哪裡，只要他能夠在生命中繼續付出，並且同時也得到一點點愛就夠了。」

「他後來有回去信上帝了嗎？」我一邊擠著茶包一邊問。

「沒有。」父親坐在那兒安詳的把雙手攏在膝間，一雙水汪汪的眼睛定定的看著我。「我可沒指望他那樣。事實上，我看他之前好幾年就已經開始不相信了，只是他忙著教書、工作，沒時間去想這個問題罷了。現在他每個禮拜都會來看我一次，和我一起下下棋，而我呢，也總是會想盡辦法把他打敗。」

「而且你也總是會想盡辦法讓他感受到愛，」我心裡暗暗敬佩著。雖然我天生就是個無神論者，但父親從未對我稍有鄙薄之意，甚至在我高中和大學時期想和他辯論、向他挑釁時，都是如此。「我們認為什麼東西是真的，那個東西就是信仰。」他總是這樣回答我，然後便引用聖奧古斯丁或某個蘇菲神祕主義教派人士的話，並切梨給我吃，或把棋盤擺出來。

我們吃著晚餐以及飯後的幾塊黑巧克力——那是父親一項儉省的嗜好——他問我工作進行得如何了。我原本無意向他提起羅伯特，因為依稀感覺到我對這個病人的關切聽起來像是有些過了頭，對其他的病人並不公平。更糟的是，我或許無法向他證明，我有充分的理由為羅伯特採取這些行動。但最後，在那靜謐的餐廳裡，我仍然一五一十的把幾乎所有的事情都告訴了他。就像他一樣，我並未指名道姓，但我看得出來他很有興趣，一邊聽一邊在黑麵包上塗著奶油；他和我一樣，最喜歡聽別人的故事了。我告訴他我和凱特的談話內容，但沒提到我在那天傍晚返回凱特的家，以及曾經邀請瑪麗共進晚餐的事。或許他並不會介意這些事，因為他自然會認為我是為了羅伯特才這麼做的。

當我描述羅伯特如何一再穿著同樣的衣服，只有在需要換洗的時候才會脫下來，而且執意閱讀一些對他而言太過粗淺的書，甚至從不開口說話的行為時，父親點了點頭，把最後一口湯喝完，並放下了湯匙。結果湯匙從他手中滑脫了，哐噹一聲掉在盤子上。他把湯匙擺正時說道：「苦修贖罪。」

「這是什麼意思？」我吃下了最後一塊巧克力。

「這個男人為了贖罪，正在苦修。我想根據你所描述的行為，就是這樣沒錯。他懲罰自己的肉體，壓制自己靈魂中的渴望，不讓自己訴說心中的痛苦，這些舉動都是為了要贖罪。」

「贖罪？贖什麼罪呢？」

父親小心翼翼的倒了另一杯茶。我盡量克制自己不要動手幫他。「這個你應該比我更清楚，不是嗎？」

「他離開了他的太太和小孩，而且有可能是為了另外一個女人的緣故。」我思索著。「但我想事情沒有這麼簡單。不知道為什麼，他的前妻似乎並不認為他曾經真正屬於過她。他後來跑去找的那個女人也有同樣的感覺。而且不久之後，他也離開了她。我不知道他對她們當中任何一個有多麼內疚，因為他根本不和我說話。」

「在我看來，他畫那些畫也是贖罪的舉動之一。或許他是在向她道歉也說不定？」父親邊說邊用一張藍色的餐巾紙擦著嘴。

「你指的是他畫的那個女人？可是她或許只是他想像出來的人物。」我指出。「如果像他太太所說的那樣，世間確實真有這麼一個神祕女子，羅伯特和她也不是很熟。他後來的那個女朋友似乎也這麼認為。不過這點我還不能確定。」

「她這樣想不是對自己比較有利嗎？」父親往椅背一靠，看著我們前面那幾個空了的餐盤，就像他平常在下棋時，盯著我王后旁邊的卒子看一樣。「她如果發現他一直重複畫著同樣一個女人，而且那個女人又和他有親密關係，那感覺一定很可怕吧！更何況你說過那些畫裡面充滿了激情。」

「沒錯。」我說。「但無論他的模特兒是真人還是幻象，他為什麼需要向她贖罪呢？如果她是真有其人的話，他是不是曾經傷害過她？如果她只是一個幻象，而他卻向她道歉的話，那麼他的病情就比我原先所判斷的更加嚴重了。」

這時，父親再度說出了那句他在我高中時代就常告訴我的話：「我們認為什麼東西是真的，那個東西就是信仰。」說也奇怪，先前不久我才想到這句話呢。

「沒錯。」說完，心中突然有些氣憤——連回到自己的老家、我的聖地，都還會被羅伯特的陰魂糾纏不休。「她是他的女神。」

「或許是她擁有他。」父親說道。「來，我來收拾碗盤。你坐了這麼久的車子，應該會想睡個午覺了。」

的確，這房子像往常那般逐漸讓我放鬆。每個房間的時鐘——其中有幾座幾乎和它們下面的壁爐一樣古老——都發出了一種聲音，似乎在說：「睡吧！睡吧！睡吧！」這些年來，在外面那個世界裡，我很少得到充分的休息；週末時也不睡午覺，因為我覺得這樣很浪費時間。於是我便幫父親收好碗盤，離開手上拿著一塊沾滿泡沫的海綿的他，上樓去了。

父親一直為我保留著房間，裡面掛著一張我在母親去世約一年前，根據一張照片為她所畫的肖像（我可不像羅伯特那麼龜毛）。我不禁想到，如果當時我已經知道她不久人世，一定會照著她本人的模樣來畫——雖然要讓她坐在那裡給我畫，對我們兩個而言，都是件很麻煩的事。並不是因為我想把畫畫得更好（反正當時我的技術也不怎麼樣），而是因為這樣就可以讓我們多出八、九個小時相處的時間。如此一來，我就可以記住她的面容。我會高舉著畫筆，一會兒橫、一會兒豎的測量著她臉上那些不太對稱的部位，然後抬起頭來便看著她的眼睛微笑。這幅畫像呈現出母親那端正、幾乎可說是美麗的儀容，莊嚴的相貌以及臉上那種深思的表情，卻無法表現出她在日常生活中，那種充滿能量與活力的模樣，以及那種一閃即逝的淡淡幽默感。畫像上的她身穿一件黑色的開襟羊毛衫，脖子上戴著牧師專用的項圈式膠領，拘謹的微笑著。當年那張照片想必是為了刊登在教區的通訊上，或是掛在辦公室的牆壁上而照的。

此刻，我忍不住再次心想，要是當年能畫下她穿著那件深紅色洋裝的模樣就好了。那件衣服是我十二歲的聖誕節，父親在徵求我的意見後為她而買的。據我所知，他這輩子只為她買過那麼一件。那是一件柔軟的羊毛洋裝，款式保守，很適合牧師的太太或女牧師——她不久前才成為一個女牧師。那年的聖誕夜，她應我們的要求把它穿上，將頭髮綰了起來，並戴上結婚時所戴的那串珍珠項鍊。當她從樓梯上走下來和我們一起吃晚餐時，我們父子兩人都坐在那兒愣得說不出話來。後來父親幫我和母親拍了一張黑白照片。當時母親穿著那件貴重的洋裝，我則穿著生平第一件運動夾克——袖子已經有點太短了。那張照片跑到哪兒去了呢？我一定要記得問他，如果他知道的話。

房間裡貼著棕綠條紋的壁紙，但已經褪了色。地上那塊小毯子看起來非常蓬鬆，顯然才剛洗過不久，木頭地板也擦得亮晶晶的——一定是那波蘭管家的傑作。我在那張窄小的床上躺了下來，逐漸睡去，不久便在一片寂靜中醒來，但接著又進入更深沈的睡眠狀態，就這樣又再睡了一個小時。

第五十五章

馬洛

我醒來時，父親已經微笑著站在門口了。這時我才想到，是他緩緩走上樓梯時吱吱嘎嘎的聲音把我吵醒的。「我知道你午覺不喜歡睡太久。」他微帶歉意的說道。

「喔，是啊。」我用一隻手肘撐起半邊身子。牆上的時鐘顯示現在已經五點半了。「想不想去散散步？」我每次回家總是設法讓父親去外面走走。他聞言面露喜色。

「當然。」他說。「我們要不要到鴨子巷那兒去？」

我明白他是想去我母親的墳墓那兒。儘管我今天沒有心情，但為了他的緣故，還是立刻同意了。接著，我便坐了起來，開始穿鞋。我聽到父親走下樓梯的聲音，他想必是扶著欄杆，等兩隻腳都踩在同一級階梯上之後，才繼續往下跨步。我暗自慶幸他如此謹慎，但也不由得想起從前的他衝下樓梯吃早餐，去教堂上班前又衝到樓上拿一本忘記帶的書時，那匆忙有力的腳步聲。出門後，我們一路慢慢的走；他頭上戴著帽子，一隻手挽著我的手臂。道路兩旁一片初夏風光，空氣涼涼的，光線已經逐漸黯淡下來了。一隻烏鴉從沼澤的蘆葦叢裡飛了出來，淡淡的斜陽照在鄰居的房舍上。這些房子的大門上方都標示著年代：１７９２、１８１４。我心想後者差一點就趕上英國軍隊入侵、鎮長力挽狂瀾、使得小鎮免於被炮火燒毀的那個年代。

一如我所料，父親在墓園的門口停下腳步——這門一直到天黑才會關——並輕輕按了一下我的肩膀。我們一起走進去，經過了一排排覆滿地衣的墓碑，上面寫著已經被遺忘的本地長老的名字，其中幾座頂端還有清教徒的骷髏頭標誌，警醒世人無論有罪與否，終將難逃一死。然後我們走到後面那些比較新的墳墓。母親的墳位於彭羅斯家族（我們並不認識）的墓地旁，佔地頗為寬敞，以便父親身後可以和她合葬。我開始想到，或許我也應該考慮在這裡買一塊地。之前我已經決定將自己的遺體捐出，以供科學研究之用，然後便火化，但此刻我想也許在父母親的墳墓中間，還有足夠的空位可以放置我的骨灰罈。我開始想像那經過火化後尺寸縮小的遺骸躺在我父母親的屍骨中間，被他們守護著，三個人一起長眠在這張超大尺寸的床上的情景。

這個畫面對我而言其實不太真實，不至於讓我徒增悲傷。但看到那花崗石墓碑上，以簡單的字體刻著母親的姓名與生卒日期，卻讓我非常難受。她的一生實在太短了。莎士比亞那首十四行詩裡是怎麼說的？「夏日的限期又頻頻相催。」

父親彎下腰去撿拾地上的一根枝條。我把那句詩念給他聽，他微笑著搖搖頭。「這種場合有另外一首十四行詩更加適合。」他慢條斯理的把那枝條丟進圍牆附近的樹叢裡。「但此刻只要我想到了你，朋友，損失全挽回，愁雲恨霧頓時收。」

我感覺他所指的朋友除了母親之外，也包括我在內。他在人世間還有我，而因此心懷感激。近幾年來，我一直試著讓自己不要再去想母親臨終時的模樣，也不要再抗拒她已經離去的事實。我常想：兩件事究竟哪一樣更令人不捨？是她過世時才五十四歲？還是她死時的情狀？事實上，這兩件事是彼此相連的，而我卻一直試圖將它們分開。此刻，站在母親的墳前，我很想握住父親的手臂或攬住他的肩膀，但又做不出來。因此當他用那隻枯瘦蒼老的手搭在我背上時，我深受感動。「安德魯，她死了我也很難過。」他淡淡的說道。「但你會明白，死去的人其實並沒有離我們很遠，尤其當你到了我這個年齡的時候。」

我不想告訴他，我們在這方面的觀點向來不同。我認為我和母親要等到千百萬年後、屍骨分解成原子並相互混合時才會重聚。「是呀，當我很努力去感覺的時候，偶爾也會覺得她就在我附近呢。」我喉頭一緊，便說不下去了。此時，不知何故，我想起了瑪麗。我想到她穿著白上衣和藍色牛仔褲坐在沙發上，告訴我她此生永遠不想再看到羅伯特的模樣。每個人在不同的情況下，承受悲傷的方式也不同。我母親絕非有意拋下我離去。

我們沿著鴨子巷又往下走了一會兒，直到父親停下腳步，緩緩轉身，表示他走不下去了為止。然後我們便以更慢的速度走回家。我向父親表示，儘管這個鎮的面積已經往西擴充，但我們這一帶還是很寧靜。他說他很慶幸這裡有河，才使得州際公路不至於太靠近我們。不過，這條街上的安靜氣氛卻讓我憂心：一路走來連一個鄰居都沒遇見，父親在這裡會有什麼伴呢？父親點點頭，彷彿周遭的寧靜對他只有好處沒有壞處似的。我們走回院子前面的人行道時，我停下腳步，把剛才在墓園裡一度想到卻說不出口的一件事說了出來——此事與我對母親的思念無關，而是關乎另一個一直對我糾纏不休的靈魂。「爸，我不確定自己做的事情是不是對的。就是關於那個病人的事。」

他立刻明白我的意思。「你是說，該不該去問他那些親密夥伴嗎？」

我把一隻手放在院子裡的金鐘柏樹的樹幹上。上面的樹皮毛茸茸的，其中有些已經剝落，但底下的木頭卻是硬的，正如我童年時的印象一般。「是啊，他曾經在口頭上同意我這樣做，但是——」

「你之所以不確定，是因為他不知道你做了這些事，還是因為你不太明白自己的動機是什麼？」

他的話讓我有些瞠目結舌。每回我問他什麼重要的事情時，他的反應都是如此敏銳。事實上，他剛才說的那兩件事，我都還沒告訴他。「我猜大概兩者都有吧。」

「那麼你就先審查一下自己的動機，然後就會知道自己該怎麼做了。」

「我會的，謝謝你。」

當晚，我堅持由我來做晚飯，後來我們還在客廳裡下棋。他坐在壁爐旁邊的一張小椅子上，把一堆樹枝撥到壁爐裡，把火生了起來。坐在棋桌旁時，他向我提及他的寫作計畫，又講到一個小他十歲的女人每個月會從伊賽克斯開車過來看他一兩次，並念書給他聽——雖然他自己還看得到書上的字。這是他第一次對我提到這個女人，因此我有點驚訝，問他是怎麼遇到她的。「我退休前，她就住在這兒，還會定期到教堂來做禮拜。後來她跟她先生搬到別的地方了，但距離這裡並沒有很遠，所以每年還是會來聽我的榮譽布道。之後她先生死了，我也很久沒有她的消息，直到後來她寫了一封信給我，我們就開始偶爾見見面了。這感覺還挺不錯的。當然啦，到了我們這把年紀，也不能夠怎麼樣了，但至少偶爾有個伴還挺好的。」我知道他的意思是他很愛我和我的母親，所以不可能和別人共度他短暫的餘生。他伸手要拿起皇后，隨即又改變了主意。「這一陣子，你有沒有交到什麼朋友？」他問我。

他很少問這種問題，而我也欣然回答。「爸，你知道我是個老光棍，比你還糟。不過最近我遇見了某個人，還滿有感覺的。」

「你說的是那個年輕女人吧？」他和顏悅色的說道。「就是前一陣子被你的病人拋棄的那個女人，對吧？」

「在你面前我什麼事都瞞不了。」我看著他把主教移開，免得被我吃掉。「沒錯，就是她。可是她對我來說，實在是太年輕了，而且她還沒擺脫另外一個男人的陰影。」我並未告訴他，我利用她來做醫學上的研究，因此和她之間的關係有點複雜，也沒告訴他即使她目前單身，之前卻是我的病患的愛人，因此和她在一起，可能有違反專業倫理之虞。但這些父親應該都看得出來。

「她剛剛被人拋棄，所以情況可能有點棘手。」

「但她很獨立自主，與眾不同，而且長得很美。」父親說道。

「那可不。」我的國王已經身陷險境。我假裝嚇了一跳，以便逗他開心。

但他並未上當。「你最擔心的一點是她之前是你的病人的女友。」

「嗯，這點總是要考量。」

「但她現在事實上已經是單身了，而且和他之間的關係也結束了。不是嗎？」他用銳利的目光掃我一眼。

我點點頭，心裡很高興。「是呀，我想是的。」

「她到底幾歲？」

「三十出頭。她在華府的一所大學裡教畫畫，自己也時常作畫。我沒看過她的作品，但感覺上好像畫得不錯。為了能夠繼續作畫，她曾經打過各式各樣的零工，挺有膽子的。」

「我跟你母親結婚時，她才二十幾歲。我比她大了好幾歲。」

「我知道，爸。不過你們的年齡差距小得多，而且不是每個人都像你和媽一樣適合結婚的。」

「每個人都適合結婚。」他愉悅的說道。在桌上的檯燈和壁爐裡的火光所投射出的柔和光線下，他看出了我虛張聲勢的伎倆。他知道我即使想讓他贏，也絕不會甘冒失去國王的風險。「問題在於你要找到合適的人選。這你問柏拉圖就知道了。你只要確定你們兩個心意相通就夠了。」

「我知道，我知道。」

「然後你要對她說：『小姐，我看得出來妳的心已經碎了，讓我來為妳修補。』」

「爸，我從來不知道你有這一面耶。」

他笑了起來。「喔，我自己是絕對不會向任何女人說這種話的。」

「但你也不需要，是吧？」

他搖搖頭，一雙眼睛看起來比平時更加湛藍。「我不需要。更何況，如果我對你媽說這種話，她一定會要我振作一點，去幫她倒垃圾。」

然後一邊說一邊親吻你的額頭，我心想。「爸，乾脆你明天跟我一起去紐約算了。我要到大都會博物館去，而且旅館房間裡也有多餘的床，更何況你很久沒去那兒了。」

他嘆了一口氣。「現在要我去那裡可難嘍！我沒辦法跟你一塊兒到處逛。事實上，這一陣子，我連走到雜貨店都覺得挺吃力的。」

「我知道。」但我還是忍不住想要他去，不希望他就此與世隔絕。「好吧。那你今年夏天要不要來華府看我。我會開車來載你過去。還是你要等到秋天天氣比較涼的時候？」

「謝謝你，安德魯。」他將了我的軍。「我會考慮考慮。」但我知道他不會。

「那你至少讓我幫你換一副眼鏡好不好？席瑞爾。」這是我們之間的一個老把戲：當我要對他提出特殊要求的時候，可以直呼他的名字。

「兒子，你就別再嘮叨了。」他看著棋盤咧嘴而笑。我決定要讓他贏這一盤棋，反正他也幾乎快贏了。顯然他看棋子看得很清楚。

第五十六章

一八七九年

她尖叫著醒了過來。戴著睡帽的伊維思搖了搖她的肩膀，從他的更衣室裡為她倒了一點干邑白蘭地。她喘著氣告訴他說，她只不過是做了一個夢罷了。他說那當然只是個夢。她夢見什麼？沒什麼，她說，只是一些奇怪的幻想罷了。他安撫了她之後，又開始昏昏欲睡起來。她知道這幾個星期以來，他工作很忙，像匹拉貨車的馬兒一樣。於是她便故意裝作很平靜的樣子，好讓他能繼續睡覺。等他的鼻息開始變得輕柔起來，她便點起一根蠟燭，穿著那件綴著玫瑰花的晨褸坐在床沿，直到曙光開始從窗簾中滲進來為止。

最後，她有點內急，便小心翼翼的從床底下拿出夜壺，撩起睡袍開始使用。當她擦拭自己時，看到了一絲鎘紅色的血跡，於是便到更衣室的櫃子那兒摸索著，尋找伊思梅摺好放在最上層抽屜的布墊。又是一個沒有希望的月份。在做了那個夢之後，血讓她格外怵目驚心。在夢中她看見一張蒼白的臉孔不斷冒出鮮血，滲到了路面的石板上。那是一個女人的血，和著那些為了自己的信念而犧牲的男人的血，一起混在塵土之中。

她吹熄了蠟燭，深怕伊維思會再度醒來。她想起了奧利維耶，眼中便湧出了淚水，刺痛了她的眼睛。她不能告訴他她做了什麼夢，因為那對他而言太痛苦了。然而此刻她多麼希望他能在這裡，坐在窗邊的那張錦緞椅子上握著她的手。她找了一件比較溫暖的袍子披上，一個人坐在那兒。她的頭髮披散著，淚水沿著脖子流了下來。如果他在這裡，一定會先坐在她的椅子上，讓他那瘦長的身軀把整張椅子塞得滿滿的；然後她會像個孩子似的蜷縮在他的懷裡。他會抱著她，替她擦乾眼淚，幫她拉上袍子蓋住她的肩膀和膝蓋。這個曾經帶著素描簿閃躲子彈的男人，是她所認識的最慈愛的人。但她接著又想，他為什麼要安慰她呢？他無疑更需要別人的安慰吧。這使她又想起了方才的夢境。於是她便蜷縮在椅子上，雙手緊抱胸前，等待他的過往在她心中逐漸平息。

第五十七章

馬洛

從康乃狄克州開車前往紐約市，沿途風光一如往常般賞心悅目。在還沒看到市區之前，就先看到了各個建築物的尖頂，如同一排正在行進的長矛般：世貿中心、帝國大廈、克萊斯勒大樓，以及許許多多名稱和功能不詳的巨大建築，我猜多半是銀行和辦公大樓之類的。很難想像紐約如果沒有這些高樓大廈——就像四十年前那樣——會是什麼風貌。雙子星大樓雖然垮了，但現在大家也逐漸習慣了。這天上午，我坐在火車上，睡眠充足，精神抖擻，想到即將進入那充滿活力的城市，心中頗為輕鬆愉快，也有一種度假的感覺——至少可以不用工作。這是兩三個月以來，第二次有這樣的經驗了。我已經察看了手機不下一百次。金樹林療養中心和我的私人診所的病患都沒有呼叫我，所以我是真正自由了。之前我以為瑪麗可能會打電話來，但並沒有。事實上，她幹嘛要打呢？我想我起碼得等幾個星期之後再打電話給她。真希望她當初能答應和我面談，就像凱特那樣，但看到她所寫的文字也別有一番樂趣，更何況她在下筆時，或許會比和我面對面時更加坦白吧。

我把行李放在華盛頓旅館，走到格林威治村時，才恍然大悟當初為何不自覺的選擇了坐落在這一區的旅館。這是羅伯特和凱特的地盤。當年他每天都從這裡走路上學，或坐在這一帶的酒吧裡與朋友交換意見也交換運動衫，也可能曾經在附近的小畫廊裡展出他的作品。我真希望凱特告訴我他們當時的住址，只不過我很難想像自己當真去找到那棟建築，並在前面伸頭探腦，想著「羅伯特曾經睡在這裡」的模樣。但說也奇怪，此刻我可以感覺到羅伯特的存在。我可以想見他二十九歲左右的模樣，應該跟現在差不多，只是頭上沒有白髮罷了。至於凱特就比較難以想像了。她當時應該跟現在不一樣吧，但我想像不出不同之處在哪。

我像玩遊戲般的在街道上搜尋著他們的身影：那個理著平頭、穿著長裙的金髮少女，那個肩上背著一個卷宗夾的學生。不，羅伯特比這熙攘的人行道上的任何一個人都更高大，也更壯碩。他在這裡也會像他在金樹林療養中心一樣惹人注目，只是形象不會如此鮮明罷了。我開始想到，他之所以如此沮喪消沈，是否有一部分是因為他離開了紐約？一個像他那樣異乎尋常的人，需要一個能讓他發揮能量的環境。他是否在離開曼哈頓之後逐漸凋萎了呢？當初是凱特想搬到一個比較安靜、適合孩子成長的地方。但或許他離開這座生氣勃勃的城市後，更增強了從事繪畫工作的決心，所以才會像凱特所說的那樣，拚命的在閣樓裡作畫，然後就倒頭大睡，連課也不去上？他是否有意要讓自己被學校開除，以便有藉口回到紐約？然而，當他終於能夠逃離綠丘鎮時，為什麼反而去了華府呢？這樣做證明他與瑪麗的關係非常密切。也可能當時他那個祕密情人已經不在紐約了，如果她真的曾經在那兒的話。

走著走著，我經過了詩人狄倫．湯瑪斯身亡的地方；他是在這裡的水溝中被人抬出來送到醫院去的。還見到被亨利．詹姆斯當成他小說《華盛頓廣場》背景的那一排房屋。今天早上父親才提到這本書。他從書房的架子上把書拿了下來，並透過那副度數不足的眼鏡看著我說：「安德魯，你還有時間看書吧？」書中的女主角就住在廣場對面那幾排整齊的房舍中。當她最後拒絕那位拜金情人的求婚後，便坐下來開始刺繡，因為「人生，一如往常」，父親念了出來。

又是十九世紀末的故事。我想起羅伯特和那位穿著蓬裙、衣服上綴著小扣子、黑色的眼眸靈活而生動的神祕女子。這個早晨，夏日陽光下的華盛頓廣場顯得非常靜謐，人們坐在長椅上聊天，就像之前多少世代的人一樣，就像當初我和那位差點論及婚嫁的女子一樣。這些時光都悄悄流逝了，我們也跟著消失於無形。但想到這座城市沒有了我們仍舊會繼續存在，我不禁感到一絲安慰。

我在路邊一家小館子吃了一個三明治，然後便從克里斯多福街搭乘地下鐵前往西七十九街，再轉搭經過市區的公車。此刻，中央公園裡綠意盎然，人們在裡面溜冰、騎腳踏車，幾度險些撞倒一旁的慢跑者。這是一個美好的星期六。幾年未見的紐約依舊風貌如故，讓我想起了當年在這裡度過的時光，想起了那個以哥倫比亞大學的教室和宿舍為中心點的世界。紐約對我而言，意味著青春歲月，就像對羅伯特和凱特那樣。我下了公車，往北走了兩三條街便抵達了大都會博物館。館前的階梯上擠滿遊客，成群的棲息在那裡有如鳥兒一般，喧鬧而嘈雜，一會兒忙著彼此照相，一會兒跑下階梯去附近販賣食物的推車購買熱狗或可樂，有的等著車子，有的等著朋友，有的坐在地上休息。我從他們中間穿過，走到博物館的大門口。

一走進去，我才想到幾乎有十年沒來了。我看著那個不可思議的入口，那擺放著一甕甕鮮花的挑高大廳、那川流不息的嘈雜人群，以及大廳一側通往古埃及文物陳列室的入口，心想我怎會這麼久沒來呢？幾年之後，我的妻子曾經獨自一人前來參觀。她事後告訴我，當時大廳那座樓梯間底下新開闢了一個展區。她走累時經過那裡，發現裡面正在展出拜占庭時代的埃及文物。當時裡面的空間一次只能容納兩三個人。她走進去後，發現裡面空無一人，只有一些燈光打得很完美的古代文物。她說她一看到那幅景象，就感受到她與其他人類的關聯，並因此而熱淚盈眶。（「可是當時只有妳一個人在那兒呀！」我說。她答道：「沒錯，當時確實只有我一個人，可是那些東西是別人做的呀。」）

儘管有關羅伯特的事只要花五分鐘就可以查出來，但我知道我會想在這裡待一整個下午。因為我想起了那些已經快要遺忘的寶藏：殖民地時期的家具、西班牙式的陽台、巴洛克式的漫畫，以及一幅我特別喜歡、巨大的、慵懶的高更畫作。我不應該在星期六來的，因為這是遊客最多的時段，我可能連靠近一點看都不行。但話說回來，羅伯特正是在人群中看到那位女子的，因此置身於人群間說不定也是對的。於是我便將博物館發的那枚彩色鐵扣別在襯衫口袋上，手上拿著外套，走上那座巨大的樓梯。

我忘了問竇加的作品是否都放在同一個展覽館，在八〇年代——羅伯特很著迷的那個年代——後是否又曾經遷移等等，但這無所謂，反正我隨時可以回到服務台詢問，而且或許我根本不想找任何資料。後來，我憑著印象找到了展出印象派作品的那幾間場館。一走進去，看到那一片蒼翠的景象，我簡直愣住了。這裡人潮洶湧，但在那一瞬間，果園、花園小徑、平靜的海水、船隻，以及莫內那莊嚴的石拱紛紛映入眼簾。可惜這些畫面已經太氾濫了，像一首我們已經懶得哼唱的老曲子。但每當我靠近其中一幅細看時，那曲子就沈寂了下來，取而代之的是一種巨大、澎湃的感受：那幾乎等同旋律的色彩，傳達出草原和海洋氣息的厚重油彩。我想起了凱特在羅伯特閣樓裡的沙發旁所看到的那堆書，那些書給了他靈感，讓他在閣樓的牆壁和天花板上畫出了生動有力的畫作。對他這位現代畫家而言，這些印象派的作品並不是死的，而是清新的、讓人耳目一新的，即使已經被印製成光亮的彩色複製品也仍然如此。羅伯特本身無疑是個傳統派畫家，但他在這些無窮無盡的展覽和海報中，仍然看出一些非常創新的東西。

竇加的作品主要陳列在四個展室，另外幾幅則分布在十九世紀的幾個展廳，其中大多數是我已經記不得的大型肖像。我突然想起大都會博物館中所收藏的竇加畫作，在世界各地的美術館中必定名列前茅，說不定是全球最多的。我暗自提醒自己待會兒一定要查一下這方面的資訊。走進第一間展室時，我一眼就看到竇加最有名的一尊銅雕《十四歲的小舞孃》。她身上穿的是真正的紗裙，但已經褪色了，垂在背後的辮子上所綁的緞帶也已經快要滑落。她的臉往上仰，眼神空洞而柔順，但其中或許有著非舞者所不能理解的夢想。她的雙手在身後交握，腰肢優雅的後傾，右腳前跨，腳尖朝外，形成一個高難度的美麗姿勢。

這間展室所掛的幾乎都是竇加的作品（只有幾幅例外），其中包括幾幅相貌平凡的女子在家中嗅著花朵的畫面，以及幾幅與舞者有關的作品。接下來的兩間展室則幾乎全是舞者的肖像。一幅幅畫的都是年輕的芭蕾舞孃腳踩在扶手或椅子上俯身試穿鞋子的模樣。她們的舞裙往上蓬，就像天鵝在水裡捕魚時把羽毛豎起來一般，看起來極富官能美，讓你忍不住打量她們身體的曲線，就像你在觀賞芭蕾舞表演時那樣。同時，由於看到的是她們在幕後、舞台下及受訓時那種平凡、纖細、疲倦、害羞、受傷、野心勃勃、未成年或過於成熟的模樣，因此更增加了幾分親密感。我從第一幅看到第二幅，然後停在第三幅前面四下張望。

在這兩間展室後面有一個小房間，陳列的是竇加的裸體畫，包括幾個剛剛出浴、身上披著白色大毛巾的女子。她們的身軀都很豐滿，彷彿剛才那些芭蕾舞孃已經長大、變胖似的，或者她們的緊身舞衣和蓬裙底下所包裹的，竟是凹凸有致的身材。然而這些都與羅伯特和他在陳列室裡所看到的那名女子無關。也許她本身也是個竇加迷，曾經來這裡看展，而羅伯特又獲允在館內素描。或許在八〇年代末期某個忙碌的早晨，他在這裡立起畫架或手持寫生簿素描時，曾經在人群中看見一名女子，但旋即便失去了她的蹤影。但是如果他想素描，為何會選在一個人潮洶湧的地方？我甚至不知道這幾間展室當初陳列的方式是否和現在一樣，但如果真去服務台查詢，會讓我看起來像個狂熱分子——至少我自己是這麼認為。我心想，這真是一趟荒謬的旅程。周遭這些熙攘的人群無非是想來觀看他們透過第三手管道已經非常熟悉的畫面，採集印象派畫作的印象罷了。置身於他們中間，我已經感到疲憊且厭煩。

於是，我決定下樓，前往某個陳列家具或中國花瓶的展室。那裡的遊客應該比較少，氣氛也會比較安靜。或許羅伯特當天的情況也是這樣：他累了，然後便轉個身從人群中看出去。我也試著這樣做，然後便看見了一個婦人。她身穿紅衣，頭髮已經花白，手裡牽著一個小女孩。那孩子顯然已經累了，並未注意看畫，而是茫然的環顧著周遭的人群。但那天羅伯特是直接在人群中看見那個讓他忘不了的女人，一個當時或許因為要彩排、照相或惡作劇等緣故，穿著一套十九世紀服飾的女人。這是我之前從未想到過的可能性。說不定他在人群中看見她之後，還趨前與她搭訕呢。

「館裡還有別的竇加畫作嗎？」我問門口的守衛。

「竇加？」他皺起了眉頭。「嗯，那個房間裡還有兩幅。」為了查個徹底，我謝過守衛後，便朝那裡走去。也許羅伯特就是在那兒目睹那名女子或者發生幻覺的。在這房間裡的人不多，可能是因為沒有那麼多莫內畫作的緣故吧。我細看著那兩幅竇加的作品，其中一幅是粉蠟筆畫，以粉紅與白色的線條畫在褐色的紙張上，主題是一個長手長腿、把腰彎成一百八十度的舞者；另一幅則是三、四個舞孃的背影，她們有的互摟著對方的腰，有的用手調整著頭髮上的緞帶。

看完後，我便轉過身去，順著與人潮相反的方向，在展館的另一頭尋找出口。就在那裡我看見了她。那是一幅大約兩呎見方的油畫肖像，筆觸鬆散但精準無比，畫的正是我所熟悉的那個面容。她的臉上帶著令人難以捉摸的微笑，頭上戴著一頂帽子，帽帶在下巴打了個結。她的眼神極其生動，彷彿連你轉身時她的視線都會追隨著你一般。我木然的穿過這間感覺起來巨大無比的展館，彷彿花了好幾個小時才走到那張畫前面。這是一張半身像，畫的是肩膀以上的部位，而畫中女子無疑就是羅伯特的那個女人。我每走近一步，她的笑容似乎就更加明顯一分，整張臉顯得生動無比。如果要我猜這是誰的作品，我會說是馬內，儘管這幅肖像並未顯露他的才華。不過，這必定是和馬內同一時期的作品，因為她身上的衣服、脖子上的花邊，以及一頭豐茂的黑髮都畫得非常細膩，不完全算是印象派時期的作品。此外，她的面容也具有早期作品的寫實風格。我看了一下畫旁的解說牌：「碧翠絲的肖像，一八七九年。作者：奧利維耶・韋諾」。碧翠絲！奧利維耶畫的！所以她確實真有其人，但卻已經不在人世。

一樓服務台的那位先生非常熱心。他說館裡沒有奧利維耶・韋諾的其他作品，也沒有其他以碧翠絲為題材的畫作。這幅畫是館方從巴黎一個私人收藏家手中買來的，從一九六六年開始，被納入一系列中。羅伯特在紐約市任教期間，它曾經有一年的時間被借去參加一項以印象派興起期間、法國的肖像畫為主題的巡迴展覽。他微笑著點點頭說，他所知道的就是這樣了——不知道有沒有解決我的問題？

我謝過了他，覺得嘴唇乾燥得緊。在這幅畫被拿下來參加巡迴展之前，羅伯特見過它一兩次。所以這並不是他的幻覺。他只是被一幅絕美的圖畫所震撼罷了。他難道沒有試著問別人這幅畫到哪裡去了嗎？也許他問了，也許他沒問。但她就這樣消失了，因而造就了他心中有關她的神話。就算他過幾年後重返大都會博物館，對他而言，那幅畫究竟在不在已經無關緊要了，因為當時他已經創造了自己的版本。儘管他只看過這幅畫兩三次，必然曾經用素描的方式將它畫了下來，而且畫得很好，所以他後來所創作的那些肖像才會如此神似。

不過也有可能他後來在某一本書上找到了這幅畫。儘管此畫無論是畫家或主題人物都不甚知名，品質還是好到足以讓大都會博物館買下它。離開服務台之後，我便前往禮品店詢問，但那兒並未販售任何有關這幅畫的明信片或書籍。之後，我再度上樓回到那間展覽室，看到她帶著微笑、神采煥發的在那裡等著我，彷彿即將開口似的。我拿出了素描簿，開始描繪她的模樣以及頭部的姿態——但願我能畫得更好一些。之後我便站在那兒看著她的眼睛。此刻，我真恨不得自己離開時能夠把她一起帶走。

第五十八章

瑪麗

美術學校畢業後，我一有機會便打些零工，直到後來在華府找到一份教職為止。這段期間，我的畫作偶爾會入選某項展覽，此外，也得到過幾次小額的研究獎助金，甚至參加了幾次很有水準的研討會。我想告訴你的是，幾年前我參加的那一次。時間是在那年八月底，地點在緬因州海邊的一處古老莊園。那是我一直想去探訪、說不定還順便畫些畫的一個地區。我從華府開著那輛藍色的雪佛蘭小貨車前往。在那趟旅行之後，這輛車就報廢了，但當時我很喜歡它。車上擺著幾個畫架、一大箱繪畫用品、睡袋、枕頭，以及我父親在韓國服役時帶回來的一個粗呢袋子，裡面塞滿了牛仔褲、白色的T恤、舊泳裝、舊毛巾，以及其他舊東西。

我把衣物往那個粗呢袋子裡塞時，意識到自己已經遠離了媽咪對我們的教誨。她一定受不了我打包的方式以及打包的內容：那堆破破爛爛的衣服、那雙灰色的網球鞋，以及那一盒盒的美術用品。她也一定不喜歡我那件胸前的字母圖案已經龜裂的巴奈特運動衫，還有那條後面口袋蓋已經破掉的卡其長褲。不過我一點也不邋遢；我留著一頭閃亮的長髮，皮膚柔嫩，身上穿的舊衣服也非常乾淨。我的脖子上戴著一條繫著石榴石墜子的金項鍊，破爛的外衣下面穿的是新買的蕾絲胸罩和內褲。我喜歡自己這副模樣：在別人看不見的地方盛裝打扮，不是為了任何男人（我自從大學畢業後就對男人感到厭倦），而是為了晚上脫下那件沾了顏料的白上衣和膝蓋破洞的牛仔褲的那個時刻，為了我自己。我是我自己的寶貝。

那天我很早就動身了，沿著鄉村小路開往緬因州，到了羅德島時，便在路旁一家住了半滿的汽車旅館過夜。這家旅館興建於五〇年代，有幾棟小小的白色房舍，前面掛著一個用花體的黑字寫成的招牌，讓我想起希區考克的電影《驚魂記》中的那家汽車旅館，只不過這裡沒有殺人兇手罷了。我安穩的睡到快八點，在隔壁煙霧瀰漫的餐廳裡吃了煎蛋，然後便坐在那兒拿著我的筆記本，對著餐廳的窗戶兩邊停了許多隻蒼蠅的薄紗窗簾，以及窗台上插滿了人造花的花槽做了一點素描。

開到緬因州的邊界時，我看到一面「小心麋鹿穿越馬路」的告示牌，之後路的兩旁都矗立著密密麻麻的常綠喬木，有如巨人大軍壓境一般。一路上沒有房子，也沒有出口，只有一望無際的高大冷杉。後來路邊出現了一堆白沙，讓我意識到自己已經接近海邊了，並因此開始興奮起來，感覺就像是小時候媽咪每年開車帶我們到紐澤西州的開普梅度假時一般。我開始想像自己畫著海灘的風光，或在月光下獨自坐在海邊岩石上的情景。當時的我仍然完全能夠享受獨處的樂趣，還不知道孤寂的滋味，還不明白一個人怎麼會被腦海中所浮現的回憶碎片所刺傷，以至於打壞了一整天的心情。事實上，如果你不注意的話，有時壞的還不只是一整天的心情。

我花了一點時間查了一下地圖，才找到通往那座莊園的正確道路。根據研討會傳單上的路線圖，我必須先穿越一座小鎮，然後再開往一處偏僻的海灣。這段路到了最後都是泥土路，兩旁矗立著有如一截截原木般的濃密松林，位於林蔭下的路肩也長著一株株的松木幼苗。開了幾哩路後，我來到了一棟有如薑餅屋般的房子。那是一座用木頭搭成的警衛室，上面有一個牌子寫著：「岩灘度假中心」，但裡面卻空無一人。過了一小段路之後，我轉了一個彎，朝著一大片綠油油的草地開過去，看見一棟用木頭搭建成的大房子，屋簷底下同樣有著薑餅屋般的裝飾。房子旁邊有一座樹林，再過去便是大海了。那房子非常巨大，漆成了暗粉紅色，草地上有幾座花園、幾個棚架、幾條小徑、一座粉紅色的涼亭、幾棵老樹，以及一塊平地，上面有一座槌球場，還掛著一張吊床。我看了一下手錶，發現離報到的時間還很充裕。

當天晚上，大夥兒在食堂裡共進第一餐。那食堂原本是停放馬車的地方，隔間已經被打掉了，屋椽高而粗陋，窗戶四周鑲著方形的染色玻璃。木頭地板已經開始剝落，上面放著八到十張桌子。幾個年輕男女——應該是大學生，看起來比我年輕——正在屋裡穿梭著，把水壺擺在每張桌子上。食堂的一頭放著食物及幾瓶酒、一些玻璃杯和一盆花，旁邊還放著幾個蓋子已經打開、裡面裝滿啤酒的保冷箱。我心中有一種不安感：這情景彷彿是剛入學的第一天（雖然小時候我連續十二年都上同一所學校），或大學新生訓練時的感覺：你發現自己一個人都不認識，也沒有人在乎你，因此你得採取一些行動。這時，我看到有些人三五成群的在飲料區附近聊天，於是我便大步朝著那些啤酒走了過去（當時的我還頗以自己豪邁的步伐為傲），並俯身從保冷箱裡的冰塊上拿起了一瓶。當我直起腰找尋開罐器時，肩膀和手肘卻碰到了一個人，羅伯特・奧利佛。

的確是羅伯特沒錯。他半側著臉站在那兒，正在和某人說話，同時一邊讓開身子以避免和我相撞，但眼睛還是盯著和他說話的那個頭顱很小、鬍子花白而稀疏的男人看。他的的確確就是羅伯特。從背後看，他的鬈髮已經比我上次看到時要長了一些，裡面攙雜了一些新長出來的閃亮白髮。他的藍色棉布襯衫的袖子破了一個洞，露出了那褐色的手肘。研討會的手冊上並沒有他的名字；他在這裡做什麼？他那件淺色的棉褲後面有著顏料或油脂的痕跡，彷彿之前曾像個小小孩一樣，用手在屁股上擦抹似的。儘管在這新英格蘭地區的夏夜，寒意已經從門縫中滲了進來，他還是只穿著一雙厚重的拖鞋，一手拿著啤酒，另一隻手對著小頭男子比畫著。他的身材還是一如我印象中那麼高大，看起來昂藏威武。

我一動也不動的站在那兒，看著他的耳朵和他耳邊的濃密鬈髮，也看著那熟悉的肩膀以及不停比畫著的長手，想起了當年他在教室裡走來走去時那穩健、優雅的身影。這時，他彷彿感覺到我的目光似的，稍微轉動了一下身子，但旋即又和那人說起話來。不久，他再度舉目環顧四周，眉頭微蹙，彷彿察覺自己把什麼東西遺忘在某個地方似的，又好像是想不起來自己進房間究竟是要找什麼一樣。我心想，他認出了我，卻又不知道我是誰。我偏過臉，挪到一旁去。我知道只要我願意，大可以走過去，拍拍他的肩膀，大咧咧的打斷他的談話，但我很怕看到他臉上出現迷惑的表情，也很怕聽到他含糊的說：「喔，對不起——我們在哪兒見過面？」或「很高興再次見到妳，無論妳是誰」等等。我想到自從上次分手後，他或許已經教過成千上百個學生了。所以，我還是不要跟他說話比較好，以免發現自己對他而言，只不過是眾人當中一個模糊的面孔而已。

於是我便趕緊轉身去找人搭訕，剛好看到了一個身材瘦削結實、襯衫領子一路敞到胸口的年輕人。他的胸口曬成了深褐色，胸骨突出，令人印象深刻，上面掛著一條有和平標誌的粗大項鍊；那平坦的褐色胸肌像兩塊精瘦的雞肉般往兩邊開展。我把目光往上移，猜想他大概有著一頭復古式的髮型以便與那墜子搭配，沒想到他的淺色頭髮卻剃得短短的。他的臉部和胸骨一樣突出，鼻子呈鷹鉤狀，一雙淺褐色的小眼睛朝著我猶疑的閃爍著。「很酷的派對。」他說。

「也沒多酷。」我心中充滿了厭惡，那是因為我看到羅伯特朝著我轉過身來，然後又掉過頭去的緣故，對眼前這個年輕人而言並不公平。

「我也不喜歡。」年輕人聳聳肩，笑了起來，那裸露的胸膛也頓時陷了下去。他的模樣比我原先所想像的更年輕，年紀顯然比我小。他的笑容看起來很友善，笑起來時連眼神都為之一亮。說也奇怪，這時我心中再度升起了一股厭惡：當然啦，他太酷了，不可能會喜歡任何聚會的。起碼如果別人不喜歡的話，他也不可能會承認自己喜歡的。「妳好，我叫法蘭克。」他伸出一隻手來對我說道。在這一瞬間，他所有復古式的酷模樣都不見了，變成了一個乖男孩、一名紳士。這個適時的動作使我卸下了心防，更何況他的語氣裡有一種順服的意味，顯示他對我這個大他六歲的女人還頗為尊重。此外，他的眼神發光，顯示他認為我是個性感的女人。這種表達仰慕之情的技巧讓我不得不讚賞。他似乎已經知道我年近三十，比他年長，卻透過他那隻溫暖乾燥的手，告訴我他喜歡三十歲的女人，而且還不只一點點。我險些笑了出來。

「我叫瑪麗．柏緹森。」我邊說邊用眼角餘光注意著羅伯特，看到他正往食堂大門的方向走，去和另外一個人說話。我繼續背朝著他，用頭髮遮住自己，像一面帘子或一件斗篷一樣，把自己保護起來。

「妳來這裡是為了——？」

「面對我的過去。」我說。至少他沒問我是不是來教書的。

法蘭克皺起了眉頭。

「開玩笑的。」我說。「我是來參加風景畫研討會的。」

「太好了。」法蘭克眉開眼笑的說。「我也是。我的意思是我也是來參加風景畫研討會的。」

「你念哪個學校？」我喝了一口啤酒，試著不去看羅伯特的側面。

「SCAD。」他若無其事的說。「藝術碩士課程。」他口中的「沙凡納藝術與設計學院」口碑愈來愈好。沒想到他年紀輕輕就念完了藝術碩士的學位，我心中忍不住對他生出了一點敬意。

「你什麼時候畢業的？」

「三個月以前。」他老實的說道。難怪言談舉止還像個來參加派對的大學生，而且臉上的笑容還那樣青澀。「我得到了一筆補助，讓我可以來這裡上風景畫課程，因為今年秋季我就要開始教書了，所以需要加強這方面的訓練，讓學生對繪畫這一行有全盤的體認。」

「是呀！」我苦澀的想。「看看我，再看看你這個天才，就知道畫家的前途有多麼美好了！」我看，再過幾年他就真的對繪畫這一行有所體認了。但話說回來，他已經得到一份教職了，不是嗎？此刻羅伯特已經完全走出了我的視線範圍，即使我偏著頭，目光四處逡巡，還是看不到他。顯然他已經走到食堂別的地方去了，而且完全沒有認出我來，甚至沒有意識到我那股想被他認出的強烈渴望，讓我一個人困在這裡，和這個「法蘭克」為伍。

「你要在哪裡教書？」為了掩飾內心的惡意，我問道。

「ＳＣＡＤ。」法蘭克的回答讓我愣了一下。他才剛拿到藝術碩士學位就受聘回系上任教？這還挺不尋常的。也許他真的有資格做他的繪畫夢吧。我沈默了幾秒鐘，心想晚餐不知何時開飯，我要不就坐得離羅伯特愈遠愈好，要不就是盡量靠近他。但我決定還是坐遠一點比較好。法蘭克很有興趣的打量著我，最後終於說道：「妳的頭髮很美。」

「謝謝。」我說。「我是從小學三年級開始留的，為了要在班上的話劇裡扮演公主。」

法蘭克的眉頭又皺了起來。「所以，妳是畫風景畫的？太棒了。我幾乎要慶幸茱蒂．杜賓摔斷了腿呢。」

「她摔斷了腿？」

「是啊。我知道她很行，也不希望她摔斷腿，不過他們卻因此請了羅伯特．奧利佛來代課。怎麼樣？很酷吧？」

「什麼？」我不由自主的朝羅伯特的方向看去。他正背對著我，遠遠的站在食堂的另一頭，被一群學生包圍著。他的頭和肩膀幾乎比他們每一個人都高。「羅伯特．奧利佛要來代課？」

「這是我今天下午抵達時聽說的。我不知道他來了沒有。杜賓是在健行的時候把腿摔斷的。秘書告訴我，杜賓說她當時真的聽見自己的骨頭『啪！』斷掉的聲音，說她摔得很慘，動了一次大手術什麼的。所以主任才打電話請他的好友羅伯特．奧利佛過來。妳相信嗎？我的意思是，這真是太幸運了。不過對杜賓可就不然了。」

我腦海中浮現了一連串有如電影鏡頭般的畫面：羅伯特和我們一起走在田野上，向我們指出光線的角度，並告訴我們要從哪個觀點來看內陸那些低矮的藍色山丘，也就是我開車來時經過的那幾座山丘。從海邊可以看見它們嗎？第一天上課時我勢必得對他說：「喔，嗨，我猜你大概不記得我了，可是……」然後一整個禮拜我都必須在那裡作畫，看著他在我們的畫架中間走來走去。想到這裡，我不禁大聲嘆了一口氣。

法蘭克臉上的表情有些迷惑。「妳不喜歡他的作品嗎？我的意思是他雖然屬於傳統畫派，但天哪，他還真能畫呢！」

幸好這時從室外傳來一陣沈重喧囂的鈴聲，顯然是宣布開飯了。後來的五天當中，我每天都會聽到兩次這樣的鈴聲，直到現在每當我想起來時，那聲音還是會在我心間迴盪著。鈴響後，大家開始聚集在桌邊。我和法蘭克一起留在原地，直到看見羅伯特在最靠近他們那群人的一張桌子旁邊坐下，彷彿要繼續和他們交談時，我才推著法蘭克坐到遠離羅伯特和他那些傑出同事的座位上。當晚我們圍坐在桌邊評論著晚餐的菜色。那是一頓百分百的養生餐，飯後還有草莓派和咖啡，而且我們根本不需要排隊取菜，因為那些負責上菜的俊男美女早已把裝滿了菜餚的盤子擺在我們面前，甚至還有人幫我們倒水。據法蘭克說，他們都是目前正在藝術學校或大學裡半工半讀的學生。

吃飯時，法蘭克不停的談著他所上的課程、他學生時代的作品展，以及那些從沙凡納畢業後就前往全國各大城市發展的天才朋友。「傑森要去芝加哥。明年夏天我可能會去找他，在那裡待一陣子。芝加哥會是美國下一個藝術中心。這是顯而易見的。」如此這般，無聊極了，但這樣的談話至少讓我的心思不致太過慌亂。等到草莓派端上來時，我大抵已經安心了，心想：無論羅伯特認不認得我，今天晚上大概不至於跟他撞個正著了。此時，我可以感覺到法蘭克強壯的肩膀靠著我，嘴巴也離我的耳朵愈來愈近，只差沒說出「我覺得我們之間好像有點什麼」或「我的房間在男生宿舍那一頭」之類的話了。吃甜點時，系主任——我發現他就是那個頭髮花白稀疏、頭很小的男人——站了起來，走到食堂一端的麥克風後面，對著我們大夥兒表示，他是多麼高興看到像我們這麼有才華的一群人來到這兒，以及當初他們要捨棄其他優秀的申請者（「以及那些其他的上課費用，」法蘭克在我耳邊輕聲說道）又是多麼困難等等。

他講完後，大家便站起身來，趁著工讀生衝進來收盤子的空檔走動一下。有個穿著紫色洋裝、戴著大耳環的女人告訴我和法蘭克，馬廄後面會生起營火，我們應該去那兒走一走。「這是我們的傳統，通常第一個晚上都是這樣。」她解釋道。彷彿她已經參加過許多次這類研討會似的。於是我們便步出食堂，走入夜色。這時我再次嗅到了海洋的氣息，看到天上滿布的星星。當我們繞過食堂的一頭時，看到一陣流星雨般的火花已然迸向天空，照亮了人們的臉。我看不清院子邊的樹林再過去是什麼地方，但依稀聽到了海浪拍岸的聲音。根據申請書上的描述，研討會的場地距離海灘只有一小段路。我心想明天一定要去探索一下。此時，我看到院子裡的樹上掛著好幾個紙燈籠，使得整個場地有著節慶般的氣氛。

突然間我開始滿懷希望。我心想這次研習應該會是一次奇妙的體驗，將可以消弭我近年來因為不斷教授著低階課程而產生的倦怠感，拉近工作和個人興趣之間的差距，並且能夠與同行互相切磋交流——自從念完學位後，這種念頭就愈發強烈。只要在這裡待個幾天，我的畫藝就可以大幅提升，說不定會到達從前無法想像的境界。我正想著想著，便聽見法蘭克用快活而輕蔑的語氣說道：「哎，真是一群暴民呀！」然後便以此為藉口，大咧咧的勾住我的手臂，帶我離開那個煙霧瀰漫的區域。

後來我看到了羅伯特。他和一群年紀較大的人——他們都是教職員和研習會的常客（我認得那個穿紫色洋裝的女人）——站在一起，手裡拿著一瓶啤酒。那酒瓶映著火光，如同黃寶石般閃閃發亮。此刻，他正傾聽著主任說話。他和人談話時每每都是這樣：多聽少說。這是他的老把戲，但或許他並不是故意的。此外，在聽別人說話時，他幾乎都得略微低著頭，使得他的模樣看起來熱切且專注。同時他也會一邊聽著一邊轉動眼珠，往上面或是旁邊看，彷彿對方所說的話已經印在天空上似的。此刻他身上穿著一件毛衣，領口已經有些磨損了，使我不禁想到我們兩人倒是都有著喜歡穿舊衣服的嗜好。

此時，我突然很想走到營火火光所及之處，試著讓羅伯特看到我，但旋即就放棄了這個念頭。反正明天很快就到了，屆時少不了有一番尷尬的場面：「喔，對了，我記得妳。」（應該是不記得才對吧！）但我倒是想看看他會不會就這件事情撒謊。想到這兒時，法蘭克遞了一瓶啤酒給我，並說：「還是妳想要更烈的玩意兒。」不，我不想。此時，他挨著我的肩膀，堅硬的手臂隔著我那件舊運動衫碰觸著我的手臂。我心想，在喝了一點啤酒之後，這種感覺倒還不賴。在星光下，我看著羅伯特的頭，他那雙明亮的眼睛注視著我們面前的火焰，一頭蓬亂的鬈髮亂七八糟的豎了起來，神情和藹、泰然自若，臉上的皺紋比我印象中還深。他現在少說也有四十歲了吧。他嘴角兩側有下垂的紋路，但在笑起來的時候便消失了。

我轉身面對法蘭克（他現在挨著我更緊了），盡量以漫不經心的口氣對他說：「我想上床睡覺了。晚安。明天可是個大日子。」但說完最後一句話，我便後悔了。人家可是個大畫家。對他而言，明天並沒那麼重要。但這點他並不需要知道。

法蘭克手拿著啤酒看著我，臉上一副遺憾的表情（他太年輕了，不會隱藏）。「喔，好吧。要睡個好覺喔！」

我回到那棟長方形的宿舍後，發現裡面還沒人就寢。這棟宿舍也是由馬房改建而成。女生們就住在一間間被封起來的小小畜欄裡，儘管有隔間，還是沒有什麼隱私。房裡仍然微微散發出馬兒的味道，使我想起媽咪強迫我和瑪莎上馬術課那三年的情景。每次上完課後，她總會贊許我：「妳坐在馬背上的姿勢可真端正。」彷彿只要這樣，我們花在上面的所有時間和金錢就都值得了。我上了一下走廊那頭的洗手間（裡面的馬桶墊子冰冰的），然後便把自己關在小房間裡，開始整理行李。房裡有一張大得足可畫畫的書桌、一把很硬的椅子、一個很小的五斗櫃，櫃子上面掛著一面加了框的鏡子。另外，還有一張鋪著白色床單的窄床、一面只看到圖釘釘痕的空白布告板，以及一扇掛著褐色帘子的窗戶。

我在房裡茫然的站立了一會兒之後，便把窗簾拉上，將睡袋的拉鍊拉開，鋪在床上，以便睡覺時能更暖和一些。接著我把那些破舊的衣服放進抽屜裡，把素描簿和日記本放在書桌上，然後再把那件運動衫掛在門後，並且把睡衣和我帶來的那本書拿了出來。透過關著的窗戶，我仍然可以聽見遠處傳來的歡聲笑語。我心想：「為什麼我要一個人關在這裡呢？」但惆悵之餘，也有一種自在感。我的小貨車停在營地附近的空地上；而我開了這麼久的車，已經累到不行了，差不多也該睡覺了。於是，我站在鏡子前面，開始每晚例行的脫衣儀式：先從頭上脫下T恤，露出了那精緻而昂貴的胸罩，然後挺直了身子看著鏡中的自己。這是我的自畫像；我夜復一夜的看著它。然後我脫下胸罩，將它放在一旁，再次凝視著自己：這是我，一個全然屬於我自己的我，一幅裸體的自畫像。看了好一會兒後，我便穿上那件舊的已經快要變成灰色的睡衣，一頭栽到床上（床單好冷！），並且把我原先打算要看的那本書——牛頓的傳記——擱在一旁，然後便把燈給關了，躺在枕頭上。

一八七九年

親愛的朋友：

妳的來信讓我非常感動。儘管妳在信中的語氣勇敢無私，但在字裡行間，仍然可以窺見我在妳身上所造成的痛苦，委實令我深懷歉疚。事實上，自從我寄出那封信後，無時無刻不感到後悔，深怕它會讓妳的腦海中浮現那些一直糾纏著我的駭人畫面。我雖是個凡夫俗子，並且深愛著妳，但我可以發誓我絕無意向妳乞憐。因此我很高興妳能對我訴說妳的夢魘（儘管妳對此舉仍有疑慮）。如此一來，我就可以為妳分憂解愁，以稍減令妳夜不安枕的歉意。

倘若我的妻子真能死在妳溫暖的臂彎裡，她必然會感覺自己有如置身於天使或女兒的懷抱中。說也奇怪，妳的來信已經改變了我對那一天的想法。在此之前，我一直認為她如果非死不可，應該死在我的臂彎裡，但如今卻認為，以妳的溫柔與勇敢，她若能死在妳的懷抱中，對她和我而言，毋寧是一件更令人寬慰的事。謝謝妳，我的天使。妳卸下了我心頭的部分重擔，也讓我感受到妳慷慨的天性。我已經將妳的來信毀掉。為了避免妳因為知曉我危險的過往而受到牽連，這乃是情非得已之計。希望妳也能將我這封信以及上一封加以摧毀。

此刻，我人在家中，但心緒不寧，思潮起伏，因此必須外出散步片刻，並確保此信安全的抵達妳的手中。

滿懷感激的O. V.

第五十九章

瑪麗

第二天上午我很早就醒了，彷彿有人在我耳畔輕聲喚我似的，使我立時完全清醒，並且知道自己身在何處。我第一個想到的便是大海。於是我便趕緊套上一條乾淨的卡其褲和運動衫，走到女生宿舍那間天花板上有蜘蛛的冷颼颼浴室裡梳頭刷牙。幾分鐘後，我便悄悄步出了馬房。草地上的露珠沾溼了我的網球鞋。我知道自己待會兒一定會後悔，因為我沒帶其他鞋子來。早晨的天氣陰陰的，薄霧瀰漫，只有一些地方偶爾會露出清明的天色。有一群烏鴉棲息在那些滿布蜘蛛網的常綠喬木上，白樺樹的葉子已經微微變黃了。

昨晚的營火堆此時已滿是灰燼。對面果然有一條小路通往大海。我邊走邊聽著自己的腳步聲以及林間的蟲鳴鳥語，幾分鐘後，便來到一處布滿水坑和海草的岩岸，看到浪花在灰色的海岬間翻湧。海面上籠罩著一層將散未散的霧氣，因此除了一閃而逝的灰白色天空外，我只能看到一兩碼內的海浪，看不到整片大海。在那一層霧氣間，陸地的輪廓、地上挺拔的冷杉樹以及冷杉林間幾座小屋的剪影，隱約可見。我在那高於腳踝的海草中涉水前行，只覺海水涼涼的，然後便愈來愈冷冽刺人，使我的小腿都冒起了雞皮疙瘩。

獨自一人走在這海灘上，聞著松木的氣息，面對著樹林和看不見的大海，我突然感到害怕起來。除了海潮聲外，一切是如此寂靜。海水已經深及腳踝，我不敢再繼續向前，深怕會碰到鯊魚或纏人的海草，並因此被拖進水裡，從此消失在茫茫大海中——這是我小時候就有的恐懼。抬頭張望，只見四下茫茫，只有縹緲的霧氣用盲人般的眼神與我對望。我心想，應該如何描繪這霧氣呢？試著回想從前是否看過哪些畫是以霧為題材的。印象中好像有一兩幅透納的作品或者日本版畫。我開始納悶，雪景、雨景和山上的雲朵都有人描繪，但這樣的霧卻似乎不曾入畫。最後，我終於走回岸上，找了一塊石頭坐下來。這塊石頭夠高，也頗為乾燥平滑，不致弄溼或磨破我的卡其褲，而且後面還有一塊更高的石頭可以用來靠背。坐在上面，感覺很像小時候找到一個自己專屬的寶座般，令人愉悅。我就這樣在那裡做起了白日夢，直到看見羅伯特．奧利佛從樹林間走出來。

他獨自一人踽踽而行，就像我先前那樣沈浸在自己的思緒中，只是一逕低著頭看著自己的腳步，走得很慢。偶爾，他會抬起頭環顧四周的樹木或前方霧氣迷濛的大海。他打著赤腳，身穿一條舊舊的燈心絨長褲和一件印著字母的T恤——但從我所坐之處看不清楚上面印著什麼字——披著一件皺皺的黃色棉質襯衫，扣子沒扣上。我心想，現在無論想不想要，都得向他自我介紹了。於是我便打算起身和他打招呼，但才剛站起來，就立刻意識到自己還不在他的視線範圍內。於是我只好再度坐下，心裡頗為尷尬。我心想如果沒有什麼意外的話，待會兒他就會把腳伸進海水，試試水溫，然後掉頭走回營地。如此一來，我只要再等二十分鐘，直到自己的臉沒那麼紅之後，就可以獨自偷偷溜回去了。於是，我便靠在那冷冷的石頭上，目不轉睛的盯著他看；原因之一是，我想看看，如果他發現我的話，會不會認得我，但我想可能性不大。

然後他做了一件我先前非常擔心、但潛意識中又頗為期待的事：他開始脫衣服。他並未轉身面向大海或躲到樹林邊去脫，而是當場就動手解開扣子，將長褲脫掉——裡面並未穿內褲——接著又脫下襯衫和T恤，露出那肌肉結實的修長背脊和雙腿，並將衣服堆放在潮間帶上方，朝著大海走去。我看得目瞪口呆，全身癱瘓。後來，他在距我只有幾碼之遙的一個地方站定，開始摩搓著自己的頭，彷彿想把頭髮弄順，或是讓自己更加清醒一般，然後便閒閒的以雙手扠腰，看起來像是畫室裡一個趁著下課空檔伸展一下僵硬四肢的模特兒。他站在那兒，神色悠閒的眺望著大海，然後又把頭略微偏了一偏，輕輕扭動身子做著熱身運動，讓我無可避免的瞥見了那粗硬的黑色毛髮和懸盪的陰莖。之後他便快速的穿越淺灘，走進海水裡，一直走到最遠的幾塊岩石那兒，便縱身投入水中，開始游了起來。我坐在那兒一邊發抖一邊看著他，不知道該如何是好。我知道那海水有多麼冰冷，但他並未回頭，一直游到了二十碼外的地方。

最後他終於掉頭，以更快的速度游了回來，並從水中站起身來，等到腳步站穩後，才又涉水走了回來。此時只見他渾身滴水，一邊喘氣一邊擦臉，身上和頭髮上的水珠閃閃發亮。走到海灘上時，他終於看到了我。在這樣的時刻，即使你想要，也不能把視線移開，假裝沒看到他。因為，怎能錯過海神昂首闊步從海中現身的畫面？又怎能假裝正在檢查自己的指甲，或者把岩石上的蝸牛刮掉？於是我便呆呆的、可憐兮兮的坐在那兒，一聲不響，一動也不動——聽起來雖然有些老套，但在這一刻，我甚至希望自己能把這一幕情景畫下來。不過，我很少在事情發生的當兒有這種念頭。他停下腳步，看了我一會兒，似乎有點被嚇了一跳，但並未試圖遮掩他赤裸的身體。「嗨！」他彬彬有禮的說道，有點戒心，也似乎覺得有些好玩。

「嗨！」我的語氣力求堅定。「不好意思。」

「喔，不——別擔心。」他伸手在那滿布卵石的海灘上拿起衣服，然後開始小心翼翼、不慌不忙的用他那件T恤擦乾自己的身體，再穿上長褲及黃襯衫。之後，他便走了過來，對我說道：「對不起，希望我沒嚇到妳。」說完他便站在那兒打量著我，眼神裡開始出現那種我所害怕、彷彿認得的神情。但後來，很不幸的，他似乎不記得在哪裡看過我。

「這不算什麼，我們以前還彼此認識呢。」我的語氣顯得平淡且刺耳，出乎我的意料之外。

他把頭一偏，彷彿可以從地上得知我的名字和背景資料似的。「很抱歉。」他終於說道。「我在這方面真的很不行。請妳提醒我一下。」

「喔，這沒什麼。」為了懲罰他，我仍然瞪著他看。「我相信你一定教過幾十萬個學生。我很久以前曾在在巴奈特學院上過你的課，只有一學期而已，叫做『視覺理解』。不過當時你確實讓我開始朝藝術的路子發展，所以我一直想要向你道謝。」

這時，他終於開始認真打量著我，一點都不隱藏那探詢的目光（如果是比較有禮貌的人就不會這樣了）。「等等。」我等著。「我們曾經一起吃過一頓午飯，不是嗎？我有點想起來了。可是妳的頭髮——」

「沒錯，我那時候頭髮是金黃色的，不像現在這樣。後來我把它染了，因為我討厭人們總是只注意到我的金髮。」

「是的，不好意思。我現在想起來了。妳的名字是——」

「瑪麗．柏緹森。」我答道。此時，既然他已經穿好了衣服，於是我便伸出一隻手來。

「很高興又跟你見面了。羅伯特．奧利佛。」

我已經不是他的學生了。至少在今天上午十點前還不是。「我可知道你的名字。」我故意用調侃的語氣說道。

他笑了起來。「妳在這兒幹嘛？」

「上你的風景繪畫課呀。」我說。「只不過我事先並不知道是你教的。」

「是啊。我是臨時被叫來的。」他用雙手抓著頭髮，彷彿希望有條毛巾似的。「真巧呀。這下我可以看看妳進步了多少。」

「只是你已經不記得我從前畫得怎樣了。」我說。他聞言又笑了起來。那一笑彷彿煩惱盡消，而且毫無心機，像個孩子一樣。我想起他從前比手畫腳、嘴角上揚的模樣，以及那有如雕像一般五官奇特的臉。他之所以令人著迷是因為他並未察覺自己的魅力，彷彿身體只是他租來的，儘管他像一般房客一樣並未好好加以愛惜，卻很幸運的租到了一副很好的軀殼。我們相偕緩緩走回營地。遇到只能容許一人通行的路段時，他便走在我前面。這不是紳士應有的作風，卻讓我鬆了一口氣，因為如此一來，我就不必猜想他會用什麼樣的眼神盯著我的背影看。快走到那片草地、已經可以看到度假中心的整座宅邸及草地上閃閃的露珠時，我看到其他人正匆匆忙忙走進屋內吃早餐，才想起我們也得加入他們的行列。「這裡除了你以外，我一個人都不認識。」我忍不住脫口而出。這時，兩人同時在樹林的邊緣停下了腳步。

「我也一樣。」他對著我露出那純真的笑容。「我只認識那個主任。但他是個很無趣的人。」

我需要逃開一下，獨處幾分鐘，不想和一個剛赤裸裸的從海裡走出來被我看見的男人一起走進公共食堂。但他似乎已經忘記了這回事，彷彿就像當年的「視覺理解」課程般，是發生在很久很久以前的事了。「我得回房間拿點東西。」我告訴他。

「那我們就在課堂上見嘍！」他似乎想要伸手拍拍我的肩膀或背部，就像對待男人的方式，但想了一下之後，顯然覺得不妥而作罷。我緩緩走回宿舍，把自己關在那個漆成白色的房間裡，待了幾分鐘。我靜靜的坐在那兒，暗自慶幸門是鎖起來的。我蜷縮著身子，想起三年前好不容易存夠了錢到義大利佛羅倫斯旅遊──那是我第一次，也是迄今唯一的一次──曾經前往聖方濟修道院，去看當年安吉利哥修士畫在從前僧侶所住的小房間（現在是空的）裡的壁畫。當時大廳裡擠滿了觀光客，同時到處都有修道士看守，但我還是趁著沒人注意的時候，溜到一個白色的小房間裡，而且毅然決然、但略微心虛的把門關了起來──這是違反規定的。然後，我便站在那兒，慶幸自己終於可以獨處。當時，那個小房間裡空無一物，只有一面牆壁上畫著安吉利哥修士所創作的天使。那天使是由耀眼的金色、粉色和綠色所繪成，雙翼在身後合攏。看著那從鐵格子窗戶裡灑進來的陽光，我頓時明白為何當年那個住在這個小得有如監獄般的空間內的僧侶，只想獨自待在這裡，什麼也不想要，包括他的上帝在內。

第六十章

馬洛

步出大都會博物館之後，我走過一條街，進入了中央公園，裡面果然一如我所預期的那般綠意盎然、繁花似錦、景色壯觀。我找了一張乾淨的長椅坐了下來，拿出手機，開始撥那組已經兩三個星期沒打的號碼。現在是星期六下午，她會在哪裡呢？事實上，我對她目前的生活一無所知，只知道自己正在打攪她。

鈴響兩聲後，她接起電話。我聽見她背後傳來類似餐廳等公共場所的聲音。「喂？」我想起她那堅定的語氣以及那雙纖細修長的手。

「瑪麗！」我說。「我是安德魯．馬洛。」

瑪麗花了五個小時才抵達華盛頓廣場和我碰面，剛好趕上吃晚飯的時間，於是我們便在我下榻的旅館餐廳內一起用餐。由於事出突然，她搭了這麼久的巴士——雖然她沒說，但我相信她之所以沒搭火車而搭巴士，是因為這樣比較省錢——一定餓壞了，於是便一邊吃著一邊告訴我，她拼了命才買到那班車最後一張車票的搞笑經驗。我很訝異她居然堅持要過來。由於做了一件非計畫內的事情，她興奮得雙頰微微泛紅。今天她穿著一件藍綠色的薄毛衣，脖子上戴著一條串著黑珠子的粗繩圈，一頭長髮用小髮夾固定在兩側。

我試著不去在意，她臉上的紅暈是為了羅伯特的緣故，因為她聽到了有關那幅肖像的消息，讓她明白他何以背叛了她，也證明她並沒有愛錯人。今晚，由於她身上那件毛衣襯托的緣故，眼眸看起來是藍色的，使我想起了凱特。顯然它們就像大海一樣會隨著天色和氣候變色。進餐時，她像一隻很有禮貌的狼，優雅的拿著刀叉，把一大盤的雞肉和北非小米飯吃下肚。在她的請求下，我更加詳細的描述了碧翠絲的畫像，以及羅伯特看到它之後，它就被借去展覽的事。

我把手肘擱在桌上，無視於她的抗議，幫兩人都叫了咖啡和甜點。「很奇怪，他居然看過一兩次就記得那麼清楚，可以在後來那幾年反覆畫出她的模樣。」我說。

「喔，其實並沒有。」她把刀叉一起放在盤子上。

「妳是說他不記得她的樣子？可是他把她畫得那麼精確，讓我一眼就認出來了。」

「不，他不需要記得她的樣子。他有一本書，裡面就有她的肖像。」

我把雙手放在膝上。「所以妳知道這件事？」

她眼睛連眨都沒眨一下。「嗯，不好意思。當初講到這個部分時，我本來是要告訴你的。其實我已經把它寫下來了。但當時並不知道大都會博物館裡有那幅畫，因為書裡面並沒提到那幅畫現在在哪裡，我還以為它一定是在法國呢。我先前正打算要告訴你這件事。今天我把其餘幾篇回憶錄都帶過來了；我花了不少時間把那些事統統寫了下來，之後又想了好一陣子。」她的語氣中沒帶著歉意。「他跟我住在一起的時候，沙發旁邊就放了好幾堆書。」

「凱特也是這麼說——我的意思是，她那兒也有一堆書。但我想她並沒有在書中看過那幅肖像，不然她一定會告訴我的。」說完，我才意識到這是我第一次直接對瑪麗提到凱特。我暗中提醒自己下次不要再這樣了。

瑪麗揚起了眉毛。「我可以想像凱特所過的生活。事實上我已經想過許多次了。」

「她可是跟羅伯特住了好幾年。」我指出。

「沒錯。」她把玩著手上的酒杯，眼裡的神采消失了，彷彿被一層雲朵遮住。

「我明天帶妳去看那幅畫。」我想逗她開心。

「帶我去？」她的臉上露出了笑容。「你以為我不知道大都會博物館在哪兒嗎？」

「妳當然知道嘍！」我忘了她還年輕，所以會介意這種話。「我的意思是，我們可以一起去看。」

「好啊。這就是我來的目的。」

「只是為了這個嗎？」說完我立刻就後悔了，不希望自己的語氣聽起來有開玩笑或調情的意味。突然間，我耳邊響起了我和父親之間的對話：「她剛剛被人拋棄，所以情況可能有點棘手。／但她很獨立自主，與眾不同，而且長得很美。／那可不。」

「我原本猜想就是因為那幅畫，所以他才不帶我一起去法國。我以為當時那幅畫就在那裡，所以他才要再去看看。」

我盡量保持鎮定。「他曾經到法國去？妳是說當他跟妳在一起的時候？」

「嗯。他當時一聲不吭就坐上飛機跑到另外一個國家去了，後來也一直不肯解釋他為什麼要瞞著我。」她繃著臉，抬起雙手把臉上的髮絲拂到後面。「我告訴他我很生氣，因為他似乎沒有足夠的錢幫我負擔一部分房租或伙食費，卻有錢自己跑去旅行。事實上，我更氣的是他居然瞞著我。這讓我意識到他對我就像他之前對凱特一樣，總是偷偷摸摸的。而且他似乎從來沒想到要請我一起去。這是我們之間最大的爭執，只不過彼此都假裝自己是為了繪畫而吵架。他從法國回來後，過沒幾天就搬出去住了。」

說到這裡，瑪麗的眼眶裡湧出了淚水。這是自從那天晚上她在我的沙發上哭泣以來，我再次看到她流淚。這時如果我在羅伯特的房門外，一定會衝進去揍他一拳，而不是坐在那張扶手椅上。她擦了擦眼睛。在那兩三分鐘裡，我們兩人好像都停止了呼吸。「瑪麗，我可不可以問妳——是妳趕他走的，還是他自己跑掉的？」

「是我要他走的。我擔心如果我不叫他走，最後他也可能會自己跑掉，這樣我就連最後一點自尊心也沒有了。」

「妳知道羅伯特在企圖破壞那幅畫時，身上帶著一捆古老的信件嗎？那是碧翠絲和畫那幅肖像的奧利維耶．韋諾之間往來的書信。」我等了這麼久，現在終於敢開口問這個問題了。

她愣了一會兒之後，便點了點頭。「我不知道那些信也是奧利維耶．韋諾寫的。」

「妳看過那些信？」

「嗯，看過一些。以後我再詳細告訴你。」

她既然這麼說，我就不再問了。此時，她直視著我的眼睛，神色清朗，不帶一絲恨意。我心想，現在看到的，如此赤裸裸的在我眼前，也許就代表了她對羅伯特的愛——她並不恨他。我從沒見過這麼特別的女孩——在博物館裡斜斜的盯著一幅畫看，吃起飯來像個有教養的男人，把頭髮撥到後面時，看起來又像個仙女。唯一的例外，或許只有我透過一捆古老的信函和許多畫作所認識的那個女人——那個屬於奧利維耶和羅伯特的女人。我想我可以理解羅伯特在愛著那個已故女子的同時，或許也曾盡其所能的愛著眼前這個活生生的女人。

我想告訴她我了解她話中的痛苦，並為此感到難過，但我不知道該如何表達，才不至於聽起來像是在憐憫她似的，於是我只好坐在那兒溫柔的看著她。更何況她已經把咖啡喝完，開始伸手去拿夾克，顯示這頓飯已經到了尾聲。然而，今晚還有一個問題尚未解決。我得想想該如何措詞。「呃，我已經問過櫃台了。他們說旅館裡還有空的房間。我很樂意——」

「喔，不用了。」她塞了兩三張鈔票在她的盤子底下，身子已經開始挪出我們所坐的雅座。「我有一個朋友住在二十八街。我之前打過電話給她，她現在已經在等我了。我明天早上再過來，大約九點鐘好嗎？」

「好。我們可以先喝杯咖啡再過去。」

「好極了。這些東西是要給你的。」她把手伸進提袋裡，拿出一個又厚又硬的信封遞給我，裡面除了紙張之外，好像還裝著一本書。

此刻，她看起來一副若無其事的模樣，於是我也趕忙站起身來。我心想：這個女孩還真是難以捉摸。如果她的儀態不是如此優雅，如果她現在臉上不是帶著笑意的話，我會說她挺難搞的。但令我意外的是，她居然伸出一隻手扶著我的肩膀以便站穩身子，然後湊過來親了我的臉頰一下。她的個子幾乎和我一般高。她的嘴唇溫暖而柔軟。

我回到房間後，發現天色尚早，還有一整個晚上可以消磨。我心想，或許可以和那個住在紐約的老朋友艾倫・葛里克曼聯絡。他是我高中時代的好友，每年都會和我通個兩三次電話，我們到目前為止一直都還有聯絡。我喜歡他那幽默的個性。但問題是我事先並未打電話給他，他或許有他的事要忙。更何況瑪麗的信封就躺在床沿上，把它放在那兒，離開幾個小時，就像是把一個人留在這兒一樣。

於是，我便坐了下來，把信封打開，將裡面那疊打著字的紙張，以及那本薄薄的、印滿了彩色圖片的平裝書拿了出來。然後我便手捧著瑪麗的文章在床上躺了下來。此刻，房門已經上鎖，百葉窗也已拉了下來，但感覺上房裡彷彿充滿了某個人的音容笑貌。

第六十一章

瑪麗

吃早餐時，法蘭克靠了過來，問我：「準備好了嗎？」他手上端著一個托盤，上面放著兩碗玉米片、一盤培根炒蛋和三杯柳橙汁。今天早上我們得自己取餐——民主作風。當時我已經坐在一個陽光明媚的角落裡，正喝著第二杯咖啡，吃著煎蛋，也沒看見羅伯特的人影。或許他不吃早餐吧。

「準備好幹嘛？」我問。

「準備上第一天的課呀！」他沒問我想不想要有伴，就逕自把托盤放了下來。

「儘管坐吧。」我說。「這個角落這麼美，又這麼荒涼，我正愁沒伴呢！」

他臉上露出了笑容，顯然很高興我如此明快的回應。怎麼搞的，我竟然會以為諷刺這招對他管用呢？他前面的頭髮有兩三簇像錐子般尖尖的隆起，身上穿著一件泛白的牛仔褲和運動衫，腳上套著一雙已經磨損的籃球鞋，脖子上戴著紅藍相間的珠鍊。他彎著那柔軟的腰肢、垂著肩膀吃玉米片，看起來有些稚氣，卻完全是這個年齡該有的樣子，而他自己也明白這點。我開始想像他到六十五歲時，瘦瘦乾乾、手臂結實多筋，或許某個地方還有個皺皺刺青的模樣。

「第一天會很長喔。」他說。「所以我才問妳準備好了沒。聽說羅伯特．奧利佛會把我們操上好幾個小時。他很狂熱的。」

我試著專心喝咖啡。「我們是上風景畫課程，又不是練習踢足球。」

「不知道耶。」法蘭克咀嚼著早餐。「我聽說過他這個人。他從來都不休息。他雖然是以肖像畫起家，現在卻對風景畫非常感興趣，幾乎整天都在外面，像隻動物一樣。」

「應該說像莫內一樣。」說完後我立刻就後悔了。法蘭克把視線從我身上移開，好像看到我在摳鼻子一樣。

「莫內？」他一邊嚼著東西，一邊喃喃說道，語氣有些不屑和迷惑。於是我們便在有些尷尬的氣氛下，默默的吃完了蛋。

第一堂風景畫練習時，羅伯特把我們帶到一座山坡上。此處可以俯瞰大海和幾座岩石磊磊的島嶼，是屬於一座國家公園的範圍。我有點納悶他是如何找到這麼棒的景點的。羅伯特把他的畫架插在地上後，我們有的將繪畫用品拿在手上，有的則放在草地上，一起圍繞在他身旁，看他示範素描的方法。他教我們要先把焦點放在形狀上，暫時不要考慮那些形狀代表什麼，然後又給了我們一些關於色彩方面的建議。他說，必須用偏灰的色彩來打底，以呈現周遭那明亮而寒冷的光線，但樹幹、草地乃至海水底下則要加點較溫暖的褐色系色調。

那天上午在課堂上他講得不多，只說：「你們都是已經頗有造詣的畫家，實際上也都在從事繪畫工作，因此我想我不需要講得太多，只要出去外面畫畫看，就知道問題在哪裡了。等到我們有些作品之後，再來討論有關構圖的問題。」我很高興在室內課程結束後能到戶外來解放一下。

我們先開車到附近的停車場，然後再帶著繪畫用具穿過樹林走上山坡。主辦單位為我們準備了三明治和蘋果。希望今天不會下雨。

我站在羅伯特附近看著他做示範，但也盡量避免靠得太近，以免看起來太過猴急。他一邊示範著，一邊告訴我們務必要注意形狀，叫我們先不要管別的事情，專心把景色的幾何圖形畫對再說。他的聲音低沈且有說服力，每隔幾分鐘就會後退一步，把重心放在腳跟上，審視著自己的作品，然後俯身埋首繼續畫。我注意到他在課堂上似乎和每個人都有某種形式的互動。更重要的是，他給人一種親切自在、不拘小節的感覺，使我們覺得不像是在教室裡上課，反而像是在餐廳裡跟他同桌吃飯似的，簡直令人無法抗拒。其他學員似乎也立刻被他迷住了，一個個都帶著信服的表情圍在他的畫布旁。他指著周遭的景觀，解說它們在畫布上可能呈現的形狀，然後便選了一個景點，開始在畫布上勾勒出線條並塗上顏色——其中大部分是焦茶色。

山坡上的這塊平地可供六個人撐起畫架站著作畫，於是大家便開始各自尋找合適的景色。事實上，這裡放眼望去都是可以入畫的美景，實在令人難以取捨。最後我終於決定描繪那些一路生長到海邊的冷杉樹，把雷赫士小島放在畫面的最右邊，左邊則是海天相連的景象。但這樣的構圖不太平衡，於是我便把畫架轉了幾度，將岸邊的幾棵常綠喬木放進畫面的最左邊，才不至於太過單調。

我選好景之後，法蘭克也興致勃勃的在我旁邊撐起了畫架，彷彿我開口邀請且以有他相伴為榮似的。不過，其他學員看起來倒是都挺討人喜歡的。他們的年紀有的和我差不多，有的比我大，以女性居多。法蘭克置身其中，看起來像是個早熟的孩童。這些學員當中，有兩個女人——

她們說她們是在聖大非的一場會議中認識的——先前在車上時曾經和我聊得挺愉快的。此時她們已經把畫架移到山坡的較低處，並開始互相討論該用哪些色彩。除了她們之外，班上還有一個上了年紀的男人，模樣看起來很害羞。法蘭克私底下告訴過我，這人的作品一年前曾在威廉學院展出。此刻，他也在距我們不遠處立起了畫架，開始用顏料——而非鉛筆——打起草稿。

法蘭克不僅把畫架放在我旁邊，選的角度還跟我差不多，讓我不太高興，因為這樣一來，我們所畫的景觀就會非常相似，也就會分出高下來。幸好他馬上就開始專心的畫了起來，或許不會再煩我了。我發現他已經選好了幾個基本色，且開始用石墨描繪遠處的島嶼以及前景的岸邊輪廓，下筆快速而穩健，瘦削的背脊在襯衫底下優雅的移動著。

我別過頭去，開始準備自己要用的顏色：綠色、焦茶色、帶點灰的柔藍色，以及一點白色和黑色。這時我有點後悔之前沒有把那兩支老舊的畫筆汰換掉；筆的品質很好，但因為用太久，已經開始掉毛了。我教書所賺的薪水在付了房租和伙食費之後，已經所剩無幾，不足以讓我購買太多昂貴的繪畫用品。儘管我所租的公寓坐落在一個會讓媽咪搖頭的社區裡（幸好她從來不曾看過），房租不貴，但華府地區的生活費還是不便宜。同時，我既然已經選了一個讓媽咪失望的行業——她總是說：「親愛的，這年頭有很多已經拿到藝術學位的人後來不是也當上了律師嗎？更何況妳一向很善於辯論呀。」——自然不敢再向她要錢。想到這裡，我不禁再次下定決心要多畫一些作品，多參加幾場展覽，並獲取足夠的耀眼資歷，以便申請一份像樣的教職。我趁著法蘭克不注意的時候瞪了他一眼。如果我在這個研習營裡表現良好，說不定羅伯特也會幫我的忙。我偷偷地瞄了他一下，發現他正在專心作畫。從我所站的地方看不到他在畫什麼，但那幅畫尺寸很大，而且他已經開始用大動作在塗顏色了。

當然，海水的顏色每小時都在變幻，令人很難捕捉；雷赫士小島的頂端也很不容易畫好。我畫出來的版本看起來有點太柔，不像淺色的岩石，反倒像是蛋奶凍或起泡的鮮奶油。此外，那村莊的邊緣也被我畫得髒兮兮的。羅伯特站在我們下方的山坡上畫了很久，我不知道他會不會過來看我們的作品，心裡感到有些害怕。

最後，終於到了午飯時間。羅伯特這才停下畫筆，雙手反掌交疊並高舉過頭，舒展一下肢體。我們也抬起頭，放下畫筆，舉起手臂，依樣畫葫蘆。我知道用餐的時間很短，因此當羅伯特在山坡下一塊陽光充足的草地上坐下，並從大帆布袋裡拿出他的午餐時，我們都跟了過去，拿著自己的三明治圍坐在他身旁。他對我笑了一下，讓我不禁心想，他前一秒鐘是否曾經試圖尋找我的身影？法蘭克一邊吃午餐，一邊向那兩個和善的女子描述他最近在沙凡納的個展的盛況，羅伯特則探頭過來問我畫得如何。「很糟。」我說。他不知何故居然咧嘴笑了起來。我彷彿受到了鼓勵一般，又更進一步說道：「我說，你有沒有吃過那種名叫『漂浮的島嶼』的甜點？」他大聲笑了出來，隨後便說他等一下會過去幫我看看。

第六十二章

瑪麗

一吃完午飯，羅伯特便獨自一人，散步到樹林裡去——我後來發現他是去小解。之後，當我確定那三個男人都在忙著工作時，便跑去做同樣的事情。我用了口袋裡帶著的幾張面紙擦拭，並將它們埋在地上的溼葉子和長滿地衣的樹枝底下。午飯後，為了捕捉光線的變化，我們又重新畫了一張，且持續畫了好幾個小時。這時，我逐漸意識到羅伯特果然如法蘭克所言，對大自然非常著迷。但他始終沒有過來察看我們的作品。我雖然因此鬆了一口氣，卻也不免有些失望。到後來，我的雙腳和背部開始隱隱作痛，眼裡所看到的不再是海水和冷杉的紋理，而是一盤盤的食物。

將近四點時，羅伯特終於走了過來，在我們的畫架間緩緩巡行，給我們一些建議，傾聽我們的難處，並將我們集合起來，問我們在眼前的這片景色中，早上和下午的光線有何不同。他告訴我們：畫一座懸崖和畫一張眼皮沒有什麼兩樣，並要我們記住無論畫什麼物體，其形狀都會隨著光線而有所不同。最後，他終於在我的畫架前停下腳步，雙手抱胸，審視著畫布。「這些樹畫得很好。」他說。「真的很好。妳看，如果在島嶼的這一邊畫上更深的陰影——妳不介意吧？」我搖搖頭，於是他便拿起了我的一支畫筆，開始動手畫了起來。「如果需要對比，就儘管把陰影畫深一點。」他低聲說道。我發現我的島嶼在他的筆下變得真實了起來，對於他塗改我的作品一事一點也不介意。「好了。我不會再動它了，妳繼續畫吧。」他用大手碰了一下我的臂膀後便走開了。然後我繼續往下畫，整個人非常投入，幾乎到了狂熱的地步，直到太陽開始下山，光線昏暗得讓我們視線不清為止。

「我餓了。」法蘭克探過頭來抱怨。「這傢伙真是個瘋子。妳不餓嗎？好棒的樹喔。」他說。「妳一定很喜歡樹木。」

我不知道他話裡的意思，也問不出「你說什麼？」這幾個字，因為我身上雖然穿著運動衫，脖子上也圍著棉質的圍巾，但由於海風漸涼，我已經被凍得渾身僵硬了。雖然在工作之餘，我幾乎每天都會畫畫，但已經很久很久沒有畫得這麼認真了。我一直專心的畫著那些陰影，但為了讓整個畫面都亮起來，必須再加上一些白點才行。我想去問羅伯特：我該等到明天光線和剛開始畫的那一刻相近時再畫，還是趁現在記憶還深的時候趕快畫？

於是，我步下山坡走到羅伯特的畫架旁。他已經開始在清理畫筆、刮調色盤了，但每隔幾秒鐘還是會停下來，回頭看看他的畫布，又轉頭注視前面的風景。這時我才想到，他已經有好一段時間沒教我們作畫的技巧了。他忘記這回事了。突然間，我開始能夠了解他的感受了：他跟我一樣專注在自己的手指、手腕、手臂以及畫筆的動作上，已經渾然忘我。我心想，光是站在他旁邊，看著他那沈浸於其中的模樣，應該就可以學到一點東西。我站在他的作品前，感覺他讓畫畫這件事變得如此輕鬆容易——只要先觀察景物的基本形狀，將它們描繪出來，加上顏色，再輕輕的點上亮光，就形成眼前這些樹木、海水、岩石和下面那座狹長的海灘了。他這幅畫還沒完全完成，就跟我們一樣，可能還需要起碼一整個下午的時間。到時，這些形體就會變得更加真實，枝幹、樹葉和海浪的細節也會更加清楚。

不過，畫面上有一個區域倒是已經畫好了，而且畫得很美。我心想，不知道他為什麼要先畫這個區域；那是位於下方的一座崎嶇的海灘，上面有著向外延伸並沒入海中的淺色岩石、色彩柔和的小石子，以及淡紅色的海藻。海灘上有兩個人正手牽著手在散步，模樣還算清楚。其中個子較小的顯然是個孩子；他（或她）彎著腰，像是想從水坑裡撈出某個東西似的，一頂繫著藍色帽帶的帽子垂在背後。較高的則是個女人；她筆直的站在那兒，一襲長裙在風中翻飛。當時我們所站立的位置比海灘略高，而羅伯特表現出了那種居高臨下、俯瞰遠處的感覺。但問題是，這一整個下午，整座海灘一直空無一人。我盯著那兩個人看了好一會兒，然後又轉向羅伯特。此時他正用畫筆在那女人小小的鞋子上點了一下，像是在把她的鞋尖擦亮似的，然後又在那一頭黑髮上多塗了一點顏色。這時我已經忘記自己原本要問什麼問題了──好像是與光線的變化有關吧。

他轉過頭來對我笑了一下，彷彿已經知道我站在那兒，也知道我是誰似的。「妳今天下午還好嗎？」

「很好。」我說。他的神態看起來很輕鬆，讓我覺得如果問他為什麼要在眼前的風景中加入兩個虛構的人物的話，會顯得很傻。他向來以十九世紀的畫風聞名，而且身為鼎鼎有名的羅伯特．奧利佛，他絕對有權利在上風景繪畫課時，加入自己想要的東西。我真希望有人幫我問這個問題。

接著我又有了一個新的想法：我希望有一天我會跟他熟到能夠問他任何事情。他看了我一眼，那是我在大學時代就看過的一種友善而疏遠的表情，一張謎樣的臉。他的襯衫領口敞開著，露出了一簇簇攙雜著銀絲的黑色胸毛。我很想伸手去摸一下那些胸毛，看看它們在歷經歲月的磨損後，究竟是變軟了還是變硬了。此刻他正以那慣有的姿勢站在斜坡上，衣袖捲起，雙臂交疊，兩手握著手肘。「這風景真是美極了。」他的口氣聽起來很和善。「我想我們應該清理一下，準備吃晚飯了。」我原本想說，這風景確實很美，但裡面並沒有任何穿著長裙在海邊散步的女人。這是一座極其空曠的海灘，一處無人的風景。風景畫不就是這樣嗎？

第六十三章
一八七九年

三月底時，碧翠絲所畫的那幅金髮女僕肖像，以「瑪麗・瑞薇耶」的名義入選了沙龍展。奧利維耶親自前來告訴他們這個消息。他和伊維思父子都圍坐在餐桌旁，用家中最好的水晶杯向她舉杯道賀。她咬著嘴唇，忍住笑意，盡量不去看奧利維耶。現在她已經習慣看她心愛的這些人坐在一起了。當天晚上，她興奮得無法成眠，心中雖然歡喜，但也感覺自己似乎失去了一部分創作時的喜悅。後來奧利維耶在信中告訴她這是正常的反應，因為她覺得自己要開始暴露在眾人的目光之下了。但他告訴她要像別的畫家那樣，繼續畫下去。

於是她開始畫新的作品，主題是布隆森林的天鵝。伊維思特別抽空在每個星期六陪她前往，以免她獨自一人在森林裡走路又獨自一人作畫。有時候奧利維耶也會陪她，幫她調色，有一次甚至還趁著她坐在湖邊的長椅上時，為她畫了一幅小張的肖像。畫中的她頭上戴著帽子，脖子上繫著蕾絲帽帶，帽子斜斜的往後傾，露出了她那炙熱的眼神。他說那是他生平畫得最好的一幅肖像，並在背面以粗體字寫上：「碧翠絲・戴克萊瓦的畫像，一八七九年」，並在角落署名。

有一天晚上，奧利維耶不在時，吉伯特・湯馬思和阿曼・湯馬思兩兄弟再度前來碧翠絲家吃晚飯。哥哥吉伯特相貌英俊，舉止得體，是個很好的客人。弟弟阿曼則比較沈默寡言，雖然服裝打扮像吉伯特一樣高雅，但看起來卻有點無精打采。兩兄弟可以說是個性互補；阿曼抵消了吉伯特的熱切，而吉伯特則讓阿曼的沈默顯得文雅而非呆板。吉伯特說他有特殊的管道可以看到沙龍展評審團所評鑑的作品——現在已經被掛起來了。當其他客人都已經離開，客廳裡只剩下他們四人之後，吉伯特便宣稱他曾看過奧利維耶・韋諾所提交的那幅描繪樹下青年的畫作，也看過韋諾先生代替一個沒沒無聞的瑞薇耶夫人或小姐所提交的一幅神祕作品。他說，很奇怪，那幅畫讓他有似曾相識之感，只恨韋諾先生不肯透露瑞薇耶夫人的真實身分。那一定不是她的真名。

吉伯特一邊說著，一邊轉頭盯著伊維思看，接著又看了看碧翠絲，並偏著頭問他們是否認識這位可能很害羞也很年輕的畫家。他說，一個名不見經傳的女子居然也敢參加沙龍展，真是勇氣十足！伊維思搖搖頭（他向來都不善於隱瞞），碧翠絲則把頭轉到另外一邊去。吉伯特又說，可惜他們兩個都不知道此人的底細，而韋諾先生又這麼神祕兮兮的。他一直認為奧利維耶・韋諾當了這麼久的畫家，有他不為人知的一面。當天晚上，客廳裡的氣氛一如往常般令人愉悅，所有的家具都換上了新的套子，壁爐裡放著公公那個精緻的鐵鑄柴架，桌上點著美麗的蠟燭。爐火和燭光照在對面牆上所掛的那幅鑲著金框的花園景色圖上；那是碧翠絲的作品。吉伯特的語氣很謹慎，態度也恭敬斯文。他看了看那幅畫，又看了看碧翠絲，一邊將他那已經完美無瑕的袖口撫平。自從她允許奧利維耶代她提交作品以來，這是她第一次感到驚慌。但她心想，作品已經入選了，就算吉伯特・湯馬思揭穿她的身分，那又何妨呢？

但她發現他似乎另有所圖，心中因此感到不安。或許他是看得起她，並試圖暗示她：如果她願意繼續偽裝下去的話，他說不定可以代為出售她的作品。她或許有意，但不願意直接去詢問他的意思。正如她初次和奧利維耶一同坐在這壁爐旁邊時，就感受得到他善良、滿懷理想的天性一般，現在她也可以感覺到這個吉伯特．湯馬思好像有某些地方不太對勁，給人一種不是很規矩又有些冷酷的感覺。她真希望他趕快離開，雖然她自己也說不上來究竟是為了什麼。伊維思認為他很聰明，還曾經向他買過一幅畫，是那位頗為激進的畫家竇加所畫的一幅精美作品，上面畫著一個小舞孃雙手扠腰站在那兒，看著她那些正抓著扶手的同學。於是，碧翠絲趕緊把話題轉到那幅畫上面，而吉伯特和阿曼也興致高昂的回應著，說他們相信竇加以後一定會成為一個大畫家，現在買他的畫已經是一個很好的投資了。

離開時，吉伯特親了她一下，並握了一下手，還請伊維思代為向他的伯父致意。他們走後，她終於鬆了一口氣。

第六十四章

瑪麗

我真希望可以告訴你，從此以後羅伯特和我就成了君子之交，說他成了我的明師，並在繪畫方面對我鼓勵有加且大力提攜，而我也對他的創作心懷敬佩，說我們之間並未踰矩，而且他一直活到八十三歲才過世，在遺囑裡還交代要留兩幅他的畫給我。但實際情況完全不是那麼回事。羅伯特到現在還活得好好的，我們之間那種奇怪的關係卻已經成了往事。我不知道關於這部分，他還記得多少，但如果要我猜的話，我會說他大概不記得了，但也不至於完全忘記，而是記得其中一部分。我猜他還記得我的一些模樣，以及我們在一起時的若干情景，其他的大概就像洪水爆發時地表的土壤一般，從他的記憶中流失了。如果他像我一樣記得過往的一切，並且有刻骨銘心的感受，今天我就不需要向他的精神科醫師——或任何一位心理醫師——解釋這一切了，而他或許也就不會變成一個瘋子了。你們是用「瘋子」這樣的字眼嗎？他從前就是個瘋子，因為他跟別人不一樣，而這也是我會愛上他的緣故。

我們第一堂戶外繪畫課結束後的那天晚上，吃晚飯時，我坐在羅伯特的旁邊。至於那位法蘭克，當然也是敞著襯衫領口坐在我的旁邊。我實在很想請他把領子扣好，然後從此別再來煩我。羅伯特和坐在他另一邊的一位七十幾歲的女教師——一個超現實主義大師——聊了許久，但其間不時會往旁邊看一下，並對著我微笑，但笑容通常是心不在焉，只有一次是直接看著我，讓我嚇了一跳，但後來我發現他對法蘭克也是這樣。比起我的作品，他似乎對法蘭克處理海水和地平線的方式更加滿意。我聽著法蘭克隔著我和羅伯特高談闊論，假借問技術問題的名義自吹自擂個沒完，心中不禁暗想：如果這小子以為他在羅伯特面前會表現得比我好，那他就大錯特錯了。當法蘭克終於講完後，羅伯特再次轉頭看著我（我的高度只到他的頷骨），並碰了一下我的肩膀，笑著說道：「妳很沈默耶！」

「是法蘭克太吵了。」我小聲說道。我原本想說大聲一點，讓法蘭克知道我對他的看法，但話一出口卻顯得小聲且刺耳，彷彿只是要講給羅伯特聽。這時他低頭看著我——我說過，羅伯特和別人說話時也幾乎都是如此——我們四目交會了——不好意思，這種說法有點老套。這是我們認識這麼多年以來，第一次視線交會。

「他的繪畫生涯才剛起步而已。」他說。這話讓我心裡好過一些。「妳呢？說說妳自己吧！有去上藝術學校嗎？」

「有。」我答道。我必須靠他很近，才能讓他聽見我說的話。他的耳朵上有幾綹柔軟的黑髮。

「太糟了。」他的聲音像我一樣，雖然小聲卻頗為響亮。

「其實沒那麼糟。」我說。「坦白說我還挺樂在其中的。」

他聞言轉過頭來，讓我得以再次直視著他。這時我突然覺得，這樣看著他很危險；他看起來遠比一般人更生氣蓬勃。此刻，他正在笑，牙齒顯得大而堅固，但已經開始變黃——到了中年了。真好！他似乎不在乎任何事情，甚至沒有意識到牙齒已經開始變黃了。如果是法蘭克，大概還不到三十歲，就會每個月去做兩三次牙齒美白術吧。這個世界應該多一些像羅伯特這樣的人，但卻充滿了太多的法蘭克。

「從前有些時候我也樂在其中。」他說。「它讓我有點事可以去憤怒。」

我大著膽子聳聳肩。「藝術怎麼會讓人憤怒呢？我才不在乎別人做什麼呢。」

其實我只是在模仿他而已，模仿他那滿不在乎的態度，但這對他而言似乎頗不尋常。他皺了一下眉頭。「妳說得也許沒錯。無論如何，妳都會度過那個階段的，不是嗎？」他似乎不是在問我，而是在陳述自己的經驗。

「沒錯。」我說著，又鼓起勇氣再次看著他的眼睛。在做過一兩次之後，變得不太難了。

「妳年紀輕輕就已經度過這個階段了。」他嚴肅的說道。

「我其實沒那麼年輕。」不知怎地，我的語氣聽起來居然有點挑釁。這時他更加留神的看著我，目光順著我的脖子而下，在我的胸前掃過——是男性看到女性時、出自本能的野性眼神。我真希望他沒有讓我看出這一點來。我知道，這種眼神並非衝著我而來，卻讓我忍不住對他的婚姻狀況感到好奇。如今的他仍舊像在巴奈特學院時一樣，戴著一個寬寬的金戒指，使我不得不假定他仍然已婚。此時，他又開口說話了：「妳的作品顯示妳有很強的理解力。」

由於旁邊有人跟他講話，他便轉過頭去，開始和大家聊了起來，因此我並沒有機會得知他所謂的「理解力」指的是什麼。既然如此，我便專心的吃著食物，反正人聲這麼嘈雜，我也聽不到。不久，他又轉頭看我。我們再次默默相對，彷彿等待著什麼。「妳目前在做什麼？」

我決定說真話。「呃，我在華府從事兩份很無趣的工作，同時每三個月回費城一次，去看看我那個年紀愈來愈大的媽媽。我會利用晚上的時間畫畫。」

「利用晚上的時間畫畫。」他說。「妳的作品曾經展出過嗎？」

「沒有，我既沒辦過個展，也沒參加過聯展。」我緩緩說道。「我原本應該是可以自己製造一些機會的，譬如在學校什麼的，可是教書的工作太忙了，讓我沒時間好好規劃。也說不定是我自己覺得還沒完全準備好，所以只好逮到機會就趕緊畫。」

「妳應該辦個展覽的。通常都會有辦法，尤其是像妳那樣的作品。」

我真希望他說清楚「像妳那樣的作品」是什麼意思。但人家說我好話，我怎麼好意思問東問西，況且他已經說過，從那幅風景畫看得出來我有很強的「理解力」。我告訴自己不能輕易相信別人，但根據幾年前的經驗，我知道羅伯特絕不會隨便稱讚別人。我的直覺也告訴我，就算他曾經出自本能的打量我的外貌，也絕不會企圖利用好聽的話來釣我，因為他太執著於繪畫的真理了。這點從他臉上和肩膀上的每一道線條都可以看得出來，也能從他的聲音裡聽得出來。過了許久之後我才發現，這是他最可靠的一點：對他而言，好就是好，不好就是不好，絕不會有所粉飾或遮掩，就像他打量我的身材時一樣，是一種本能的反應。在他那色調溫暖的皮膚和笑容底下，有著冷冷的眼神。那是一種讓我可以信任的特質，因為我自己也具備那樣的特質。你可以確信：他如果認為你的作品不好，一定會聳聳肩表示不屑，絲毫不會有任何為難之處，因為在這方面，他絕不會為了人情而妥協。無論他面對的是自己或他人的作品，對他而言，繪畫就是繪畫，與人無關。

當天飯後的甜點是一盆盆的新鮮草莓。後來，我又去拿了一杯加了奶脂的紅茶。我知道這會讓我睡不著覺，但整個氣氛實在太讓人興奮，反正我也不想睡覺。或許我可以徹夜作畫也說不定。距宿舍不遠處就有畫室，而且一整個晚上都開放。那些畫室原本是車庫，從前可能停放過福特公司最早大量生產的T款老爺車，現在則裝了大大的天窗。我可以待在那兒畫畫，或許根據第一堂課那幅未完成的風景畫，再畫幾個不同的版本。這樣第二天吃早餐或到山坡上寫生時，我就可以理直氣壯的對羅伯特說：「喔，我有點累了。今天早上畫到三點。」也說不定他今天晚上會出來逛逛，正好經過畫室，從窗口看到我正認真的作畫。他可能會閒閒的走進來，微笑著碰碰我的肩膀，告訴我這幅畫顯示我有「理解力」。我只希望他能注意我一下下，這樣就夠了。除此之外，我幾乎（但也並非全然啦！）別無所求。

我喝完茶後，羅伯特便從座位上站起身來——他穿著破舊長褲的臀部剛好和我的頭部一樣高——並對大家道了晚安，也許還有更重要的事情要做吧，譬如畫畫之類的。令我厭惡的是，法蘭克居然還跟著他走到一旁，轉動著他那尖削的側臉，跟他說了一大堆話。不過，我心想，這樣他至少就不會把領口敞得更開一些，並且跟在我後面，問我要不要去樹林裡散步什麼的。想到這裡，我突然感到一陣寂寞，覺得自己同時被兩個男人拋棄了，我努力想喚回那個獨立的、享受孤獨的自我。於是，我決定要去畫畫，不是為了要擺脫法蘭克，也不是為了吸引羅伯特，純粹只是去作畫。我來這裡是為了要善用自己的時間，為了重新啟動那已經快要熄火的引擎，為了享受我可貴的假期。去他的男人！

正是因為這樣，後來羅伯特才會在那間帶著霉味的大車庫裡看到我。當時已經很晚了，連在那裡工作的兩三個人都已經收拾好東西離開了，而我也開始覺得有些頭昏腦脹，把藍色看成了綠色，並且太早把黃色塗上去，只好又把它刮掉。我一邊刮著，一邊告訴自己應該停下來了。我用從宿舍裡帶來的一張新畫布把下午的風景畫重新畫了一遍，但也做了好幾處更動：白天來不及畫的那些草地上的雛菊，現在便把它們畫在山坡上，並試著呈現出飄浮在上面的感覺，但結果反而看起來像是沈了下去。除此之外，我還在某個地方做了一些改變。我一直苦苦思索著這方面的事情，因此當羅伯特走進來並把邊門關上時，我已經疲倦不堪了。我以為自己是在做夢，以為晚餐時所許的願望居然實現了。事實上，儘管他一直盤據在我的腦海中，但在那個時刻我已經忘掉了他，甚至並未意識他的到來，只是茫然的看著他。

他站在我前面，雙手抱胸，臉上微帶笑意。「妳還沒睡呀？在籌備未來的畫展嗎？」我站在那兒凝視著他。在天花板垂下來的燈光下，他顯得不太真實，整個人彷彿籠罩在光暈中，讓我不由自主的想起中世紀教堂三連畫裡的天使長——他看起來比凡人高大，頭髮又長又鬈，頭上有一圈金色的光環，同時為了傳達來自天國的訊息，他暫時把一雙巨大的翅膀收了起來，以免礙事。他那身褪了色的金色衣裳、閃亮的黑髮、橄欖色的眼睛全都和翅膀很匹配。而且，如果他有翅膀，那必定是一雙其大無比的翅膀。我彷彿置身於歷史與世俗傳統的框架之外，覺得人間的一切並不真實，或者應該說真實到不像是在人間。此刻我只感覺到自己、我畫架上的畫——我已經不再想讓他看到這幅畫了——以及眼前這個站在六呎之外的鬈髮高個子的存在。

「你是天使嗎？」說完，我立刻覺得這話聽起來既虛偽又愚蠢。

但他只是搔搔那已經長出了黑色鬍碴的下巴，笑著說：「不是耶。我嚇到妳了嗎？」

我搖搖頭。「有一會兒你身上好像在發光，彷彿穿著黃金做的衣裳似的。」

他看起來有些迷惑（或許他真的很迷惑）。「可是無論從什麼標準來看，我大概都是一個壞天使。」

我勉強笑了出來。「我一定是太累了。」

「我可以看看嗎？」說著，他沒看我一眼便直接走向畫架。我還來不及拒絕，他就已經繞到我的背後站定了。我試著不要轉頭看他的臉，但還是忍不住偷瞄了一下他的側面。他站在那兒注視著我的風景畫，臉上的神情愈來愈嚴肅。然後他鬆開交疊的雙臂，把手放了下來。「妳為什麼要把他們放進來？」

他指著我畫在海灘上那兩個正在散步的人——穿長裙的女子及她身邊的小女孩。

「我也不知道。」我有點結巴。「我喜歡他們。」

「妳難道沒想過他們或許是專屬於我一個人的嗎？」

他的聲音裡似乎有著怒氣。我固然覺得他這個問題問得很奇怪，但也覺得自己很愚蠢，懊惱得想哭，心想接下來他是不是要開始罵我了？但我還是努力打起精神。「世間有哪樣東西是只屬於一個藝術家的嗎？」

他的臉色凝重，但也若有所思，似乎正在思考我所提出的問題。當時的我比較年輕，不懂得人們怎麼能夠裝出好像對自身以外的事物有興趣的樣子。最後他終於說道：「是沒有，我想妳說得對。我只是想獨自佔有長久以來盤據在我心中的影像。」

突然間，我彷彿重回多年前在校園裡和他對話的情景。說也奇怪，當時我們談話的內容就像現在這樣。感覺上此刻我似乎正問著他畫中的女人是誰，而他也即將告訴我：「如果我知道就好了！」

但我沒問他，只是輕輕碰了一下他的手臂——此舉也許有點放肆。「你知道嗎？我們以前好像談過這件事。」

他皺了一下眉頭。「是嗎？」

「沒錯，在巴奈特學院的草地上。當時我還在那裡念書，而你那幅鏡前女子的畫像之前曾經在那裡的美術館展出。」

「妳很好奇她們是不是同一個人，對不對？」

「是的，我很好奇。」

畫室裡的燈光露骨且刺眼。夜已深了，我看著眼前這個奇怪的男人，心想在經過這麼多年之後，他的魅力居然不減反增。我實在很難相信，他在我的生命中消失了這麼久之後又回來了。然而此刻他卻皺著眉頭看我。「妳幹嘛想知道這個？」

我猶豫了一會兒，原本想說些別的話來回答他，但在那樣虛幻的時空下，我有一種不真實的感覺，似乎未來並不存在，因此無論我怎麼說都不會有任何後果，於是我便說出了連自己都料想不到的真心話：「因為我覺得如果能明白你為何這些年來一直在畫著同樣的東西，就可以了解你，知道你是怎樣的一個人。」我緩緩說道。

我的話語彷彿落在畫室的深處，聽起來赤裸裸的，毫無掩飾，但我一點兒也不感到尷尬。羅伯特呆立在那兒，眼睛一直盯著我看，彷彿一直在聽我說話，也想說些什麼來看我的反應似的。但他一句話也沒說，只是靜靜站在那兒。此刻，站在他身邊，我甚至不覺得自己矮小——起碼我的身高已經到他的下巴。最後，他用手摸了一下我的頭髮，並撩起我肩上的一綹髮絲，手指輕輕的撫搓著它，但沒有直接碰觸到我。

突然間我身體震動了一下，因為這正是媽咪慣有的手勢。我十幾歲時，她總是用那雙現已老邁許多的手撩起我的髮絲，告訴我頭髮是多麼平直而光滑，然後便輕輕放下。事實上，那是她最輕柔的一個手勢，彷彿是在為她對我的一些要求——那些讓我不時抗議並因而使得我們之間產生不愉快的規範——默默的向我道歉似的。此刻，我站在那兒一動也不敢動，深怕自己會開始顫抖並被他看出。我希望他不要再繼續碰我，以免我在他的面前發抖。但接著他又伸出雙手，將我的長髮撥到肩膀後面，並順了一下，彷彿希望我能以這幅模樣供他作畫似的；他臉上的表情顯得悲傷、納罕、若有所思。然後他把手放下，在原地站了一會兒，似乎想說些什麼，但接著便轉身離開。走到門口時，他緩緩的、彬彬有禮的把門打開然後又關上，背影顯得高大而慎重，連一句再見也沒說。

等他離開我的視線後，我便把畫筆清理乾淨，把畫架放在角落裡，並將那幾盞刺眼的燈泡關掉，然後走出了畫室。夜色裡有濃厚的露水氣息，天空裡仍然繁星閃爍——這些星星顯然在華府並不存在。在黑暗中，我用雙手把頭髮撥到胸前，然後又將它撩起，親吻著他的手所碰過的地方。

第六十五章
一八七九年

在一個美好的春日，他們終於來到沙龍參觀。這次她是和奧利維耶及伊維思一同前往（之後某天，她和奧利維耶兩人又來了一次。當時她戴著手套，挽著奧利維耶的手臂，前來參觀他們兩人分別掛在不同房間的畫作）。前幾年他們也來過，但這是碧翠絲第一次（後來還有一次）在牆上掛的幾百幅畫作中尋找自己的作品。她對參觀沙龍展的儀式向來熟悉，但今天的感覺完全不同。她心想，在這幾間人群擁擠的廳室裡，她所遇見的每個人都可能已經看過她的畫作。其中有些人或許只是漠然一瞥，毫無興趣，有些人則會駐足欣賞，也可能會有人皺起眉頭，不滿它的拙劣。總而言之，如今這些群眾對她而言，已經不再是一群打扮時髦的芸芸眾生，而是一個個可能會對她的畫作品頭論足的人物。

她心想原來畫家展出自己的作品時就是這種感覺。現在她很慶幸沒有使用真名，因為那些政府官員、馬內先生和她昔日的老師拉梅兒都可能會看到她的畫作。今天她穿著珍珠灰色的新衣及新帽，連衫裙上鑲著緋紅的細邊，小巧扁平的帽子往前斜斜的覆在額頭上，長長的紅飄帶垂在腦後。她的頭髮緊緊盤在帽子底下，腰身也束得緊緊的，長裙的後面縐了起來，宛如階梯狀的小瀑布，長長的裙襬拖在身後。她看見奧利維耶傾慕的眼神，以及眼神中那個青春年少的他，心裡暗自慶幸伊維思當時停下了腳步，背著手拿著帽子，正在觀賞一幅畫。

那天下午她過得非常愉快，但到了晚上又開始做噩夢，夢見自己來到路障旁，但已經來不及了，奧利維耶的妻子躺在她的懷裡鮮血直流。她不打算在信中告訴奧利維耶這件事。但伊維思聽見了她的呻吟聲。過了幾個晚上，他很堅決的表示，她的臉色看起來既不安又蒼白，非就醫不可。醫生開了處方，要她喝點茶，每隔兩天吃一次牛排，並在午餐時喝一杯紅酒。當她又做了幾次噩夢後，伊維思便表示，他已經安排她前往他們向來喜愛的諾曼第海岸度假。

此時，他們兩人坐在那間小小的起居室裡。之前她在那裡看書並休息了一整個晚上，伊思梅也已生起了爐火。伊維思堅持她非去度假不可。他說她已經身體不適，不能再繼續操持家務，以免太過勞累。她看著他臉上關切的神情以及眼睛底下的皺紋，知道他絕不會容許她回絕。事實上，正是因著他這種果斷的性格、堅強的意志和有條不紊的個性，他的事業才會如此成功，也才得以三番兩次度過工作上的困境。她看著他那堅定的灰色眼眸、富貴雍容的氣息、親切無比的嘴巴以及濃密的褐色鬍子，想到自己近來已經忘記在他臉上尋找她多年來所熟悉並一直愛著的那個男人，也有好一陣子沒有注意到他看起來有多年輕了。或許這只是因為他和她一樣，仍處於盛年時期吧——他只比她大六歲。她闔上書本，問他：「你怎麼能離開你的工作崗位呢？」

伊維思拂了拂西裝褲的膝頭；他剛回到家門，尚未換裝準備吃晚飯，因此衣服上仍有從城裡帶回來的灰塵。她那張藍白相間的椅子對他而言，顯得太小了一些。「我沒辦法去。」他帶著遺憾的口氣說道。「我也想休息一下，但新的辦公室剛成立，現在很難走得開。我已經請奧利維耶陪妳去了。」

她沈默了一會兒，心裡驚惶失措。難道這是她命中註定的嗎？她一度想告訴伊維思他伯父的往事正是讓她緊張不安的原因，但她絕不會做出背棄奧利維耶的事，更何況伊維思也無法理解，為何一個人的情愛會成為另外一個人的夢魘，於是最後她說道：「那不是太麻煩他了嗎？」

「喔，他剛開始時還挺猶豫的，但我一直大力拜託他，況且他也知道如果妳的氣色能變好的話，我會多麼感謝他。」

他們彼此心裡都明白：他們還有可能生個孩子，但伊維思時常忙碌、疲倦，他們已經有好幾個月沒有親熱了。她心想，不知他是否希望等到她的身體變好之後再重新開始。

「親愛的，如果讓妳失望的話，我很抱歉，但目前我真的走不開。」他雙手交握，擱在膝上，一臉關切的模樣。「去度個假對妳有好處的。而且如果妳覺得無聊的話，只要待兩三個星期就夠了。」

「那爸爸怎麼辦？」

他搖搖頭。「我們兩個都可以過得下去的。僕人們會幫我們打點一切。」

如此說來，她的命運已經註定了。她再次看見路障後面的那具屍體，看見當時頭髮尚未花白的奧利維耶跪在屍體前面傷心欲絕的模樣。如果非這樣不可，那麼她就前去與他們相見。眼前這個企業家雖然對她百般體貼，但在此之前，她一直不明白愛的真諦。於是，她靜下心來，對著伊維思微笑，預備面對最糟的後果。她心想：如果要做，就乾脆做個徹底吧。「好吧！親愛的，我去就是了，但我得把伊思梅留下來伺候你和爸爸。」

「胡說，我們可以過得下去的。妳得把她帶在身邊照顧妳。」

「奧利維耶可以照顧我。」她勇敢的說道。「爸爸依賴伊思梅幾乎跟依賴我一樣呢。」

「妳確定嗎？親愛的，我可不希望在妳身體不舒服的情況下，還犧牲自己的需要喔。」

「我當然確定。」她堅定的說道。既然這趟旅程看來已經無可避免，她頓時覺得渾身輕快無比，不再需要時時刻刻戰戰兢兢了。「讓我一個人獨立一下也好。你知道伊思梅總是大驚小怪的，況且如果知道有人會好好照顧爸爸，我也會放心得多。」

他點點頭。她看得出來，醫生曾叫他事事順著她的意思，讓她能夠好好休息，因為女人的健康有可能會急速惡化，尤其是那些正值生育年齡的婦女。不用說，在她走之前，他一定會再請醫生幫她檢查一下。雖然這會花不少錢，但會讓他比較心安。想到這裡，她突然對這個一直關心著她的可靠男人湧起了一股愛意。他或許不見得贊成她畫畫，也可能認為她將作品提交沙龍展一事，已經把他們搞得緊張兮兮的，卻從來沒針對此事說過任何一句話。於是，她便站起身來，趿著拖鞋，走過去親了一下他的額頭。如果她康復的話，對他也會有好處的。事實上，好處可多著呢。

一八七九年五月，巴黎

親愛的：

很遺憾伊維思將無法和我們一同前往埃特爾塔，但我相信妳不會介意讓我來照顧妳。我已經遵照妳的要求買了車票，並將於星期四上午七點搭乘馬車前來接妳。如果妳需要我幫妳帶任何繪畫材料的話，請事先寫信告訴我。我相信那會比我所能為妳做的任何事情都更有療效。

奧利維耶・韋諾

第六十六章

瑪麗

第二天早上，我把頭髮盤了起來，穿上一件褪了色的卡其襯衫，邊緣有被顏料染到的痕跡——這是媽咪最不喜歡的一件。吃早餐時，我已經打定主意在遇到羅伯特時，不要直視他的眼睛，但他並未出現，讓我鬆了一口氣。就連法蘭克似乎也找到了另外一個聊天的對象。我埋頭喝著咖啡，吃著烤吐司，因為昨晚熬夜作畫、睡眠不足的緣故，感覺昏昏沈沈的，不想上課。但喝了熱咖啡之後，我的心情平靜了一些。我心想自己真是愚蠢，幹嘛要去想這個怪異、出名、可望而不可即的陌生男子，於是便打定主意不再想他。令人沮喪的是，今天上午非常晴朗，是從事戶外風景寫生的絕佳天氣。因此，到了九點鐘時，我又坐上了那輛廂型車。開車的是羅伯特，一名年紀較長的婦人負責為他看地圖。法蘭克坐在我旁邊，手肘碰到了我，彷彿昨天晚上那件事從未發生似的。

這次，我們來到一座湖旁邊。湖對岸有一座破敗的農舍，湖畔長著一排白樺樹。羅伯特幽默的告訴我們，不要把麋鹿也畫了進去。我頂著脹痛的頭心想，應該還包括穿著長衫的女人吧。我把畫架放在遠離羅伯特的地方，但也盡量避免靠近法蘭克。我可不希望羅伯特以為我在追他。所幸他一整個下午都故意不看我，甚至沒過來評論我的畫作。這不太妙，因為表示他還沒忘記我們昨晚的對話，否則他應該會過來跟我這個昔日的學生聊天說笑。此刻，我已經忘記該如何描繪樹木、陰影或其他東西，感覺自己只是在畫著一條爛泥溝，只看見自己在水面移動的影子，一種熟悉而不祥的感覺。

後來，我們圍坐在兩張野餐桌旁吃著午餐（我和羅伯特不同桌）。快下課時，我們圍在羅伯特的畫布旁——奇怪，他是如何讓湖水看起來如此鮮活的？——聽他談論湖岸的形狀和用來描繪遠處藍色山丘的色彩。他說，這處風景的挑戰在於它看起來幾乎是一個顏色：藍色的山丘、藍色的湖和藍色的天空。為了凸顯對比，很容易會把那些白樺樹畫得太白。但如果我們仔細看，會發現那些柔和的藍色色調當中其實充滿了變化。法蘭克站在那兒聽著，一邊用一根手指在耳後摩搓著，臉上一副「我尊敬你，但我懂得可比你多」的神情，讓我很想甩他一個耳光。他憑什麼以為自己懂得比羅伯特．奧利佛多？

晚餐的情況更糟。羅伯特比我更晚進入那間擁擠的食堂，眼光掃了一下我坐的那一桌後，才選了一個離我最遠的座位。天黑後，院子裡生起了營火。人們喝著啤酒且更加盡情的談笑著，彷佛彼此間的友誼已經有了進展似的。但我有什麼進展呢？原本可以交些朋友的，但我要不就是和「完美先生」法蘭克在一起，要不就是獨自回房，或者想著我那位天才老師並試圖躲開他。有一度我考慮帶著一罐啤酒去找那位我還滿喜歡、跟我一起上風景畫課的女同學，和她坐在花園的長椅上，聽她述說她在家鄉的生活、她在哪裡上學、在哪裡舉辦聯展，以及她丈夫在做什麼等等，但還沒開始我就感到厭煩了。我用目光掃視了一下人群，尋找羅伯特高大的身影，發現他正和一群人在談話，其中包括兩三個我們班上的同學，不過我很高興這次法蘭克沒有黏在他身邊。我拿起我的運動衫，無精打采的往宿舍的方向走，走向我的床鋪和那本牛頓的傳記。我心想，這些人都快樂得過了頭，我寧可要牛頓作伴。等到我睡了至少三個小時以後，我也會變成一個很不錯的伴。

宿舍裡空無一人。那兩排小小的房門都關著，只有我的門敞開著。我真是太不小心了，還好我把皮夾放在牛仔褲口袋裡，其他東西倒不令我擔心。反正這裡似乎也沒人放什麼值錢的東西。我木然的走進房裡，然後便不由自主的尖叫了一聲。因為法蘭克正坐在我的床沿；他穿著一件領子敞到腰間的乾淨的白襯衫和牛仔褲，脖子上戴著一串粗大的褐色珠子（跟我的項鍊很像），手裡拿著一本寫生簿，拇指在一幅素描上摩搓著，暈開了一些線條。他的皮膚曬得很黑，彎著腰畫畫時，胸肌微微的收縮著。他專心的摩搓了一兩秒之後，便抬起頭來對著我微笑。我幾乎想把雙手扠在腰上。「你在這裡幹嘛？」

他把那幅素描放下，咧著嘴對我笑。「少來了。誰叫妳這幾天都躲著我。」

「我可以叫主辦單位來把你趕出去。」

他的神情變得認真起來。「可是妳不會這麼做的。妳已經注意到我，就像我注意到妳一樣。所以就別不理我了。」

「我不是不理你，我是故意無視於你的存在。也許你還不太習慣人家這樣對你。」

「妳以為我不知道自己是個被寵壞的小鬼嗎？」他偏著那個留著金色短髮的頭，眼睛注視著我，臉上的笑容居然頗有感染力，令我有些心慌。我雙手抱胸。「那妳呢？妳也是嗎？」他問。

「如果你不是個被寵壞的小鬼，就不會這麼隨隨便便的跑進來，一點規矩也沒有。」

「少來了。」他又說。「妳哪裡會在意什麼規矩不規矩的？不過，我可不是來這裡跟妳鬥嘴的。我只是想或許我們可以做個朋友，而且我們兩個單獨在一起的時候，妳就不必賣弄身段，或許會跟我說說話。」

此刻，我真想把他碎屍萬段。「賣弄身段？年輕人，我還沒看過有誰比你更在乎形象呢。」

「哈，妳終於現出原形了。原來妳不喜歡太過自負的人。可是妳也上過藝術學校呀，而且我還知道是哪一所呢。那所學校還不賴呀。」他微笑著把他的寫生簿遞過來。「嘿，我試著用妳的鏡子畫了一幅自畫像，剛才還在做最後的修飾呢。妳瞧，我看起來像是一個愛現的人嗎？」

我不由自主的看了一眼那幅素描。上面畫著一張惆悵、沈靜、若有所思的臉，讓我無法和眼前的法蘭克聯想在一起。但是畫得很好。

「陰影的部分畫得很糟。」我說。「而且嘴巴也畫得太大了。」

「大才好呀。」

「先生，請你離開我的床。」我說。

「妳得先過來親我一下才行。」

我應該打他一個耳光才對，但卻開始笑了起來。「我年紀大到可以當你媽了。」

「才不。」他說著便把素描簿放在床上，站起身來——他的個子跟我一般高，身材也跟我差不多——把雙手放在我的腰間，讓我靠著牆。這一定是他從好萊塢電影中學來的姿勢。「妳既年輕又美麗，脾氣別這麼暴躁，應該給自己找點樂子。這裡可是一個藝術家聚落呢。」

「你這小子，我應該叫人把你趕出這個藝術家聚落的。」

「哎唷，不得了，這麼有威嚴。讓我看看，妳應該大我幾歲？八歲？還是五歲？」他把一隻手放在我臉上，開始撫摸我的臉頰。我感覺有一股火焰從我的肩膀延燒到髮際。「妳是假裝自己不需要男人，還是真的喜歡一個人睡在這個小房間裡頭？」

「反正男人也不能進來。」我一邊說著，一邊把他的手拿開。但那隻手立刻又回來輕輕撫摸著我的鬢角，並往下一直摸到頷骨。我開始不由自主的渴望那隻年輕、美好、靈巧的手能伸往別的地方，在我的全身上下遊走。

「那只是形式上的規定而已。」他緩緩的俯過身來，彷彿試著催眠我，而我確實也被他催眠了，感覺他的呼吸裡有一種清新宜人的氣息。他等在那兒，直到我主動親他為止。這時，我雖然覺得丟臉，卻抑制不住心中的那股飢渴。後來，他便用力、但不致太過猛烈的以嘴巴堵住我的雙唇，讓我的體內起了一陣痙攣。我原本很可能會依偎在他那毛茸茸的胸膛上，和他一起共度這個夜晚的，沒想到他卻伸手撩起了我的一綹髮絲說道：「我的可人兒！」

於是，我便滑出了那古銅色的臂彎。「你也很可愛，小男孩，可是咱們還是算了吧。」

他笑了起來，脾氣好得出奇。「好吧。如果妳改變主意的話，可要告訴我喔。妳如果不想的話，大可以不必這麼寂寞的。我們可以純粹聊聊天。」

「夠了，夠了，你走吧，拜託。」

他拿起素描簿，靜悄悄的走了出去，就像羅伯特昨晚從畫室離開時一樣，甚至還恭敬的把門帶上，彷彿要讓我知道他其實比我想像中成熟似的。當我確定他已經離開之後，便立刻趴在床上，用衣袖擦著嘴巴，甚至還悲切的哭了一下。

第六十七章

一八七九年

他們的火車抵達岸邊時已經是晚上了。兩人在車廂的小客房裡聊了一整天後，便開始沈默下來。她累了，面紗上已沾染了些許煤煙，讓她覺得自己好像視力出了問題似的。他們打算在翡港下車，叫一輛出租馬車前往埃特爾塔。快到站時，奧利維耶從車廂的小客房的架子上，把他們的手提行李拿了下來（大件的隨後會到）。她看到他站起來時身體有些僵硬，那套剪裁合身的外出服底下的身軀確實已經老邁。她突然覺得他跟她說話時不該碰到她的手肘，這並非因為他不是伊維思的緣故，而是因為他已經不年輕了。但他接著又坐了下來，握住她的手。兩人都戴有手套。

「我現在正握著妳的手。」他說。「因為我可以這麼做，也因為它是世界上最美麗的手。」

她不知道該如何回應，更何況火車已經顫動著即將停了下來。於是她抽出手，脫下手套，又把手放回他的手掌中。他把它捧了起來仔細審視著，而她也跟著在那昏暗的光線中，試著客觀地看著自己的這隻手。這時，她仍然像往常一般，覺得自己的手指太長，手掌太大——相對於她那纖細的手腕而言——而且第一、二根手指末端還沾著藍色的顏料。她以為他會親吻它，但他只是低頭看著，彷彿在想自己的心事似的，然後便放開了她，不久又敏捷的站起身來，拿起他們的提袋，很有禮貌的請她先下車。

車上的服務員扶著她下車。夜色裡有煤炭和田野潮溼的氣息。那怪物般的火車仍在他們身後低吼著，引擎所發出的白煙和那一排排黑暗的房舍成了明顯的對比，機師和乘客們的身影都顯得模糊。坐上出租馬車後，奧利維耶小心翼翼的把她安置在他旁邊的座位上。馬兒們往前奔跑時，她又再度（這已經不知道是第幾次了）納悶自己為何會同意與他一同前來。是因為伊維思堅持的緣故？還是因為奧利維耶希望如此？或是因為她自己也想要這樣，所以才未試圖說服伊維思打消主意，因為她太好奇了？

他們抵達時，埃特爾塔看起來只有幾盞煤氣燈和幾條鵝卵石街道而已。奧利維耶伸出一隻手要扶她下車，她攏了攏斗篷的下襬，小心翼翼的站起身來──因為坐了許久的車，身體有些僵硬了。晚風中有鹹水的氣息；英吉利海峽正在看不見的某處發出寂寞的聲響。過了旺季的埃特爾塔有一種落寞的氣息。她已經來過幾次，因此很熟悉它的味道，但今晚在她眼中，它卻像是一個全新的地方，有如一處荒野，有如世界的盡頭。此刻，奧利維耶正在告訴馬車夫要如何處置他們的行李。她忍不住看了一下他的側面，發現他的神情冷淡而哀傷。他之前是在什麼情況下來到這兒的呢？他是否曾在很久以前和他的妻子一起來到這座海岸？她可以問他這類的事情嗎？在街燈下，他的臉顯出了皺紋，嘴唇優雅且有些神經質，上面有許多縐褶。車站對面有一排裝有煙囪的高大房舍，其中一棟的一樓窗戶內已經有人點起了幾盞蠟燭，有一個身影在屋裡移動，也許是某個婦人在就寢前收拾房間吧。她心想，住在那棟房子裡不知道是什麼感覺？而她自己又為何會在巴黎過著另外一種生活？她知道在命運的安排下，她和這婦人原本大有可能易地而處，過著全然不同的生活。

奧利維耶無論做任何事情都很優雅。他是一個長久以來習慣於自己動手的人，也習慣安安靜靜做著自己的事。她看著他，心中突然有一股悸動，明白除非以某種方式對他說「不」，否則在這個小鎮上，她終將會發現自己赤裸的躺在他的臂彎裡。這個想法令她震撼，但一旦成形後，便在腦海裡揮之不去。她將不會有勇氣把那個「不」字說出口，因為他們之間不存在這個字，只有一種赤誠相見的奇妙感覺。他比她更接近死亡，因此已經沒有時間等待任何答覆，況且他的慾望也令她非常感動。這不可避免的一幕使得她心情凝重。

「親愛的，妳一定很累了。」他說。「我們要不要直接到旅館去？我相信那裡一定會有晚餐可以吃。」

「我們的房間不知道好不好？」話一出口，她才發現自己的語氣聽起來太過露骨。她的意思不是這樣的。

他訝異的看著她，但神色溫和，彷彿覺得有些好笑。「好呀，兩間都很好。而且我相信妳那一間也有起居室。」她突然感到有點難為情。這是一定的；是伊維思要他們一起來的。幸好奧利維耶很有風度，沒有笑出來。「我希望妳能睡飽一點。如果妳願意的話，我們可以等到快中午時再見面，然後再一起去畫畫。不過要看看天氣如何再說。根據現在空氣裡的感覺，我想明天天氣應該會很好吧。」

馬車夫已經推著一輛推車——裡面裝著他們的提袋、箱子以及她那個束著皮帶的行李箱——往街道那頭走過去了。此刻她和她丈夫的伯伯正置身於另一個世界的盡頭，四周只有黑暗的大海，而他是她唯一認識的人。想到這裡，她突然想笑。

然而，她只是把裝著她的寶貝繪畫用品的提袋放下，掀起臉上的面紗，向他走近，並按住他的雙肩。在街燈下，他的眼睛裡帶著警覺；看著她仰起的臉頰，他心中或許覺得訝異，但臉上並未顯示出來。接著他便吻了她，而她也毫無保留的接受了，把自己嚇了一跳。她看著他臉頰的邊緣，感受到他四十年來的接吻經驗。他的嘴唇溫暖而動人。她知道她只是他這一生幾個愛人當中的一個，卻是目前唯一的一個，也將是最後一個。她將讓他難以忘懷，也將陪他到生命的盡頭。

第六十八章

瑪麗

第三天事情有了出其不意的發展。我無法詳細描述我和羅伯特相處的五百個日子，但當你愛上某一個人之後，最初的那些日子在你的印象中總是特別鮮明。你會記得所有細節，因為它們代表所有其他日子，甚至可以說明為何你們之間的愛無法長久。

研討會的第三個上午，我和兩名女教師同桌共進早餐。但她們似乎都沒有注意到坐在桌子另一邊的我，幸好我帶了書來。這兩名女教師當中，有一個年紀大約六十歲，好像是教版畫的，另一個則約四十五歲，有著一頭染成淺色的短髮，是教繪畫的。她一開始便宣稱，她發現今年繪畫課的學生素質不如去年。我心想：「既然妳這麼說，那我就看我的書好了。」今天的蛋鬆鬆軟軟的，我不怎麼喜歡。

「我不知道為什麼會這樣。」她喝了一大口咖啡。另外一個女人也點點頭。「我只希望那個了不起的羅伯特．奧利佛不會太失望。」

「我相信他不會的。他現在不是在一所很小的學院教書嗎？」

「是呀，沒錯──好像是北卡羅來納州的綠丘學院吧。老實說，那裡的藝術系算是很好的了，可還是比不上真正的藝術學院。」

「他的學生們似乎都挺喜歡他的。」那個教版畫的老師口氣很和善，顯然沒有意識到跟她同坐一桌、那個正在看書並挑剔著蛋的女人，正是羅伯特班上的學生。我繼續埋頭看書。別人的白癡舉止並不會讓我感到難為情，只會讓我想掉頭走開。

「他們當然喜歡嘍。」那個頭髮染成淺色的女人把咖啡杯推到一旁。「他上過《藝術新聞》雜誌的封面，而且作品到處都是。更何況他又挺時髦的，什麼也不在乎，居然跑到一個鳥不拉屎的地方教書。而且他的身高六呎二，看起來像羅馬天神一樣。」

「應該說像海神吧。」我一邊切著培根，一邊在心裡糾正她。「妳根本沒概念。」

「我相信他的女學生一定常常追著他跑。」那個版畫老師說。

「那當然。」她的同伴忙不迭的同意。「我聽到了一些傳言，但誰知道是不是真的。我看他似乎有些忘卻世俗，這倒是挺新鮮的。要不他就是那種只注意自己，根本不注意別人的男人。我看他的太太應該還很年輕，孩子也還小。可是這種事誰也說不準。我年紀愈大，就愈認為四十幾歲的男人真是個謎，而且通常是個令人不愉快的謎。」

我心想不知道她比較喜歡哪個年紀的男人。我可以把她介紹給那個很上進的法蘭克。

版畫老師嘆了一口氣。「我了解。我曾經結婚二十一年，到現在還是一點也不了解我的前夫。」

「妳要不要帶杯咖啡走？」那個短髮女人問道。然後兩人便一起離開了，完全沒朝我看一眼。我注意到那個年紀較輕的女人外表很是優雅，甚至可說是漂亮。她穿著一身高雅的黑衣裳，繫著一條紅色的腰帶，雖然已經四十五歲了，但身材比大多數二十歲的女人還要苗條。也許她會親自接受羅伯特．奧利佛這個挑戰吧，然後他們就可以相互比較誰被《藝術新聞》雜誌報導得比較多。但我想羅伯特不會對這類的競爭有興趣的。他只會搔搔腦袋，雙手抱胸，想著別的事情。但我不知道他是否真如我想的那麼心無雜念。抑或他只是像那個女人說的那樣「忘卻世俗」？不過，兩天前的那個晚上，他對我可沒有那麼「忘卻世俗」，但話說回來，我們兩人之間其實也沒發生什麼。我匆忙喝完了茶後，便回去宿舍拿我的繪畫用品，一邊心想：如果他不是一個「忘卻世俗」的人，那麼或許就是我這個人太不容易讓人記住了。

這次我們還是在那幾輛廂型車附近集合，但羅伯特說我們要步行前去，不開車。結果，出乎我意料之外的是，他居然帶著我們行經我第一天所走的那條小路，穿過樹林，來到海邊。然後我們便在岩岸上豎起畫架——那裡就是我看到他跳進並竄出冰冷的海水的那個地方。他面帶笑容的環顧眾人（包括我在內），並指導我們注意光線的角度以及可能的變化。他說今天上午會先在這裡畫一幅畫，然後回到營區吃午飯並稍作休息，下午再回來畫一幅。這下我愈發相信自己的看法沒錯：如果他能夠若無其事的回到這裡上繪畫課，那麼他真的是「忘卻世俗」，尤其是忘卻我的存在了。我心中鬆了一口氣，但也有些感傷。我不但犯了錯、違背了道德，還愚蠢的相信他和我有同樣的感覺。然而，看著羅伯特在學生當中走來走去，並不時提示該把畫架擺在什麼角度，原本想大哭一場的我開始覺得自己又恢復原有的自在，能夠重新享受孤獨的滋味了。我從前的作法是對的，笑著把法蘭克趕出房間也是對的。

我把頭髮紮在腦後，準備好用具後，便看著眼前這座長長的海岬，只見它一路延伸到大西洋中，岩岸上還長著一大叢冷杉。於是立刻知道今天上午我這幅畫會畫得很好。我的手輕而易舉的在畫布上描出了景物的輪廓，眼睛也立刻在遠處那些黑糊糊的冷杉樹中，看出了裡面暗藏的灰色、褐色與綠色。連羅伯特穿著黃色棉布襯衫的身影——此時他走到我視線清晰可及之處，將畫架豎起，開始躬身作畫——也無法讓我分心太久。我努力的畫著，直到休息吃點心的時間為止。當我把畫筆清乾淨，把頭抬起來時，看到羅伯特正在人群中對著我笑。那笑容中沒有絲毫異狀，恰恰證明我的想法是對的。我開始跟他說話，想跟他談論有關這景色以及它所帶來的一些挑戰，但他已經轉身跟其他人說話了。

我們一直畫到午飯時間為止，到了下午一點後，又開始畫另外一幅。我上午的那幅畫已經靠在一棵樹上晾乾；這是幾個月以來我自己最滿意的一幅作品。我在心中暗想：一定要找個適當的時間回來把它完成，也許就在研討會結束、眾人都離去的那個上午，也就是兩天之後。我希望今天羅伯特能過來看看這幅畫，但後來他並未察看任何人的畫作。那天下午，我們各自分散開來，豎起畫架，默默的畫著。羅伯特則帶著他自己的畫架走到樹林盡頭，一直到天色快要昏暗時才回來。接著，他跟我們說了一下有關這景色，之後便帶我們回營區了。我對下午的這幅畫不是很滿意，但他經過我身邊時倒是讚美了一番，接著又一一評論其他人的畫作，最後才把我們集合起來做最後的講評。我心想這兩堂課上得還滿愉快的，感覺很專業。我開始期待晚上的到來。到時我要先和一兩個同行喝一瓶啤酒，然後再回去睡個好覺。

第六十九章

瑪麗

結果我吃晚飯時就喝了啤酒，然後和兩個上水彩畫課的男生在營火旁坐了一會兒。他們討論著在畫風景時油彩和水彩兩種媒材孰優孰劣的問題，內容頗為有趣，使我忍不住多坐了一會兒。最後我終於向他們告辭，撢了撢臀部後面的牛仔褲，準備走回那收拾得整整齊齊的床鋪。此時法蘭克在營火旁和一個年輕貌美的女子聊天，因此我無須擔心回去又會看到他坐在我的鏡子面前，但我還是特意繞了遠路，避免跟他打照面。我走在院子邊緣，營火的火光照不到的地方，一片黑漆漆的。

這時，我看到一個身材高大的男人站在樹林外頭，雙手揉搓著眼睛，接著又搓了搓腦袋，彷彿疲倦而心煩似的。他背對著營火旁那些歡樂的人群，朝著樹林望去，過了幾分鐘後，便開始沿著那條小路——對我而言，這是屬於我們的小路——走進林子。我明知自己不該跟著他走進去，但還是忍不住這麼做了。在暮色中，我可以看到他大步走在前面的身影，但又不至於讓他察覺我在跟蹤他。有兩三次我告訴自己應該掉頭回去，不要侵犯他的隱私。我心想，他朝著我們今天作畫的那處海灘走去，或許只是想觀察一部分景物的輪廓吧——雖然現在已經看不太清楚了——而且他如果選擇一個人離開營區，應該是不希望別人打攪才對。

走到樹林盡頭時，我停下腳步，看著他繼續踩著海灘上的石頭往前走，並聽見那些石頭在他腳底下所發出的聲響。海浪拍打的聲音清晰可聞，漆黑的海面閃著微光，一直延伸到遠處顏色更深的地平線。星星已經出來了，但天空尚未暗下，還是深藍色的。我看見羅伯特穿著淺色襯衫的身影沿著海邊移動，然後停住腳步，彎下腰撿起某個東西，並把手臂伸到後面，做出孩童投擲棒球的姿勢，把那東西——應該是一塊石頭吧——扔進海裡。他的動作迅速而猛烈，彷彿想藉此發洩心中的怒氣乃至絕望似的。我佇立在那兒看著他，心中有些害怕。之後他又像個孩子般的蹲了下來——這麼高大的人這樣蹲著還真有些奇怪——並把頭埋在雙手之間。

這一剎那我心想他是否累了，或是像我一樣，因為睡眠不足又必須一直和研討會裡的其他人在一起而感到煩躁。說不定他是在哭，只是我無法想像像羅伯特這樣的人有什麼好哭的。此刻，他在海灘上坐了下來。我心想那個地方應該又硬又溼又滑，但他卻坐在那兒一動也不動，一直把頭埋在手心裡。海浪一波波的打來，捲起白色的浪花，但在昏暗的夜色中看起來並不清楚。我站在那兒凝視著他，只見他一逕坐在那兒，肩膀和背部閃著微光。我這人雖然向來重視理性與規範，但到頭來卻總是憑著感覺行事。於是，不知怎地，我開始沿著海灘走過去，聽見石頭被我踩得咯嚓作響，還險些絆了一跤。

一直到我很靠近他的時候，他才轉過身來。我看不清他臉上的表情，但知道他看見了我（只是或許並未立刻認出我來），因為他霍地站起身來，彷彿嚇了一跳。這時我才真正因為自己打攪了他而感到慚愧。我們站在那兒彼此對望。這時，我可以看見他的臉了。他似乎心事重重，臉上的陰霾並未因為我的到來而消散。「妳到這裡來幹嘛？」他漠然說道。

我張開嘴巴卻說不出話來，於是我便走了過去，握住他的手。那隻手又大又溫暖，而且立刻本能的將我的手掌包覆起來。「妳應該回去的，瑪麗。」他的聲音彷彿有些顫抖。我很高興他直呼我的名字，而且語氣如此自然。

「我知道。」我說。「但我看到你在這裡，很替你擔心。」

「別擔心我。」說著他又將我的手握得更緊了一些，彷彿表示他也會這樣擔心我。

「你還好嗎？」

「不好。」他輕聲的說。「但沒關係。」

「當然有關係。一個人好不好怎麼會沒關係呢？」妳這個白癡！我心中暗罵著自己，但問題是他用他那隻大手握著我。

「妳以為藝術家真的可以過得很好嗎？」他微笑著說道。我心想他說不定會開始嘲笑我。

「每個人都應該過得好。」我堅定的說道，心中明白自己確實是個白癡，但這是我的命，我也不介意當個白癡。

他放下我的手，轉身過去看海。「妳有沒有過一種感覺，就是從前的人好像到現在還活著一樣？」

這話非常詭異，也很突兀，讓我打了一個寒噤。但儘管如此，我心中還是暗自希望他沒事，於是我想到了牛頓，想到了他經常畫的那些或真或假的歷史人物，乃至我第一天在他的風景畫裡看到的那兩個遙遠的人影。我心想，他會有這種疑問也是很正常的。「當然有啊。」

「我的意思是——」他彷彿是在對著岸邊說話。「當妳看到一幅一個已經過世很久的人所畫的畫時，就可以確定這個人真的曾經存在過。」

「我有時候也這麼想。」我答道。我從前還以為他只是喜歡在畫裡加上一些歷史人物，但從這番話聽來，事實好像並非如此。「你指的是某個特定的人物嗎？」

他沒有回答，但過了一會兒之後，他便伸出一隻手來攬住我，並撫摸我背後的頭髮，彷彿延續著他兩天前的動作。我心想，這個男人比我想像的更加古怪，不僅是特立獨行而已，根本就是怪咖一個，完全沈浸在他自己的思緒裡，與現實世界脫了節。我相信，換成我的妹妹瑪莎或任何一個聰明人，都會親一下他的臉頰，之後就沿著海灘走回去了。然而，在那夜色中，我卻握住他的手，捧到我的臉頰邊，親了一下。

親吻別人的手通常是男人對女人所做的事，但有時也用來表達對皇室、主教或將死之人的敬意。而我的確也是想表達我對他的敬意，讓他知道我看到他既敬畏又激動，也有些害怕。他轉頭看著我，把我拉了過去，用手臂輕輕攬住我的脖子，並用另外一隻手拂著我的臉頰，彷彿上面有灰塵似的，接著便把我的臉抬起來親吻著我。我這一生從未像那樣被人親吻過。他的嘴唇裡有一種全然忘我的熱情以及深深的渴望，但也許並非衝著我而來。他用手圈住我的腰肢，將我抱了起來，使得我的身體緊靠著他。隔著他那件破舊的襯衫，我可以感覺到他那溫暖的胸膛，以及那些壓著我、彷彿要在我的肌膚上留下印記的小小鈕扣。

然後他緩緩將我放開。「我從來不會這樣。」他的語氣聽起來像是剛剛喝醉了一般，但他的呼吸裡沒有酒精的氣息，甚至連啤酒的味道也沒有。他雙手捧起我的臉，又迅速親了我一下。這次我感覺到他應該清楚知道我是誰。「請妳回去吧。」

「好吧。」從前媽咪總是說我任性，高中老師認為我性情有些乖戾，藝術學校講師也說我很難搞。但今晚我卻聽了他的話，乖乖的掉過頭去，沿著黑暗的海灘蹣跚的走回去。

第七十章

一八七九年

她的旅館房間俯瞰著大海。她知道他的房間也在同一層樓，就在走道的另一頭，因此一定是面對著鎮上。她的房間陳設簡單，都是些老舊的家具。梳妝檯上放著一個光潔的貝殼，蕾絲窗簾遮住了夜色。旅館老闆已經為她點起了油燈和蠟燭，並送來了一個用布蓋住的托盤，上面放著燉雞、韭蔥沙拉以及一片冷冷的蘋果餡餅。她在臉盆裡洗了手後，便大口大口的吃了起來。壁爐裡並未生火，或許是因為季節還沒到，也可能是為了節省燃料。她可以請老闆生火，但這樣一來，可能需要勞動奧利維耶，而她寧可回味他們在車站月台上的一吻，不想在此刻看到他那張疲倦的臉。

她開始卸除身上的旅行服和腳上的靴子，心中慶幸沒把女僕帶來。這回她要自己打點一切。於是，她站在那冷冷的壁爐旁，先脫下緊身搭的外罩，再將緊身搭的帶子鬆開，並將它暫時掛在椅背上。然後她把身上的內衣和襯裙抖一抖，脫了下來，套上了那件寬鬆的睡袍。她聞到袍子上那股屬於自己的氣味——一種令她安心、來自家裡的氣味。接著她開始將領子上的扣子扣好，但扣到一半便改變主意，又將睡衣脫了下來，攤在床上，身上只剩下一件燈籠褲，然後便在梳妝檯前坐了下來。房裡冷颼颼的，使她的肌膚感到刺痛。她已經有一年以上沒像這樣看著自己裸露的上半身了。她發現皮膚比原先想像中的年輕；她已經二十七歲了。她不記得上一次伊維思親吻她的乳頭是什麼時候的事了——四個月還是六個月以前？在這個漫長的春季裡，她已經忘記要在每個月適當的時期哄誘他跟她做那檔子事了，因為她的心思都放在別的地方。更何況，他通常不是出門在外，就是很累。也說不定他已經在別的地方滿足了他的需求。

她用雙手按住自己的乳房，注意到手上的指環在燭光下閃閃發光。她現在對奧利維耶的認識，已經勝過那個和她共同生活的男人了。她知道奧利維耶這幾十年來過著什麼樣的生活，卻不了解伊維思，因為他總是匆忙的進出家門、點頭和她打招呼、讚美她而已。她用力捏了一下自己的乳房，然後對著鏡子把頭上的髮夾取下。鏡中的她，脖子很長，臉色因旅途勞頓而顯得蒼白，眼珠太黑，下巴太方，頭髮太多，她心想，簡直沒有一點稱得上漂亮。她把腦後那個沈重的髮髻鬆開，把頭髮放了下來，讓它垂在肩上和胸前，想像著自己在奧利維耶眼中的模樣，並因此而陶醉。是的，一幅裸體的自畫像。這是她絕不可能會畫的一個題材。

第七十一章

瑪麗

第二天，我和羅伯特都沒看對方一眼。事實上，我並不知道他究竟有沒有看我，因為那時我已經決定不去理會周遭的任何事物，只專注於手中的畫筆。直到現在，我還是很喜歡我在研討會時所畫的那些風景畫，因為它們充滿了張力，連我自己在看著它們的時候，都可以感覺到其中那一絲絲的神祕感——羅伯特曾經告訴我，神祕感是每一幅繪畫成功的要素。最後一天時，我沒理會羅伯特，沒理會法蘭克，也沒理會和我同桌進食的那些人。我沒去注意夜色、星星或營火，甚至也沒注意自己蜷縮在宿舍床上的身體。由於疲累至極，夜裡我睡得很熟，甚至沒去想第二天早上會不會再看到羅伯特。我猜我一方面想看到他，另一方面又不想，但我已經決定不再去想這件事了。一切操之於他。這是他安排事情的方式：就是根本不做任何安排。

離別的那個早上，大家都很忙碌。我們得在十點前清空，因為第二天榮格派的心理學家要來這裡開會，主辦單位得把食堂和宿舍清理乾淨，以迎接他們的到來。我把我的粗呢行李袋放在床上，開始逐一打包。早餐時，法蘭克拍了拍我的肩膀，一副興高采烈的樣子，顯然這幾天過得不錯，在床上也有所斬獲。我嚴肅的與他握了握手。和我同班的那兩個親切的女人給了我她們的電子郵件地址。

我自始至終沒看到羅伯特。這讓我頗為難受，但同時不知怎地也鬆了一口氣，彷彿因此而得以免於撞牆並受到擦傷似的。我心想他很可能一大早就走了，因為他得開很久的車，才能回到北卡羅來納州。離別之際，只見營區的車道上車子大排長龍，其中有許多輛的保險桿都貼滿了標語，有兩三輛加長型的大車載滿了裝備，還有一輛廂型車上面畫著梵谷那渦流狀的圖案和星星。人們紛紛把手伸出車窗外揮別，大聲的向同學們說再見。我把行李放上我的小貨車之後，想想別去跟人擠位子了，便決定先去散散步，於是我便往樹林裡走，前往一個從未去過的方向。林間有好幾條小路，我可以花個四十分鐘瀏覽一下附近的風光。那些長滿地衣、枝椏蔓生的灌木叢，以及透過樹梢灑進來的光線，讓我覺得心曠神怡。

我步出樹林時，車潮已經散去，只剩下三四輛汽車。我看到羅伯特正把他的行李裝進其中一輛的後車廂——我並不知道他開的是一輛藍色的本田小車，之前也忘了找找看有沒有北卡羅來納州的車牌。他的行李包括衣服、書籍和一張摺疊椅，其中大多數都沒有打包進袋，便直接丟入後車廂。他的畫作已經包好，連同畫架一起穩當的放在一個角落裡，其他東西則是用來當襯墊的。我正打算不聲不響的走到我的小貨車那兒時，他卻正好轉過身來看見了我，便把我給叫住。「瑪麗——妳要走了嗎？」

我不由自主的走了過去。「不是大家都要走了嗎？」

「我可不。」令我訝異的是他居然咧著嘴對我笑，像是一個和我串通好了、偷偷從家裡溜出來的青少年。他看起來精神飽滿，心情開朗，頭髮豎了起來，並且溼溼亮亮的，彷彿剛洗完澡般。「我很晚才起床。醒來以後就決定要去畫畫。」

「那你去了嗎？」

「不，我的意思是我現在要去。」

「你要去哪裡畫？」不知怎地，我開始覺得有點嫉妒，有點生氣，彷彿他偷偷一個人去玩耍，卻沒有帶我一起去似的。但這干我什麼事呢？

「從這裡往南開四十五分鐘的車子，就可以到一個地方，那是屬於國家公園的範圍，就在海邊，位於皮納布斯高灣附近。我來的時候已經勘察過了。」

「你不是得一路開到北卡嗎？」

「是啊。」他把一件灰色的羊毛運動衫捲成一團，用來墊畫架的一腳。「可是我有三天的時間。如果開快一點的話，兩天就到了。」

我站在那兒，不知道該說些什麼。「那就祝你愉快了。路上小心喔。」

「妳不想去嗎？」

「去北卡嗎？」這個問題很蠢。我腦海中突然浮現和他一起回家、看到他那個黑頭髮的太太——不，他畫裡的女人才是黑頭髮的——和兩個小孩的情景。我之前曾經聽他告訴班上的某個學生說，他已經有兩個小孩了。

他笑了起來。「不是啦——是去畫畫。妳趕著要走嗎？」

我一點都不「趕」。他的笑容是如此溫暖、友善，一如常人。他既然這麼說，一定不會有什麼危險的。「沒有啦。」我緩緩說道。「我還有兩天的假。如果我也開快一點的話，一天就到了。」說完便覺得這話聽起來好像是我打算跟他過夜似的，但也許他根本沒有這個意思，於是我的臉開始燥熱起來，幸好他似乎沒有注意到。

於是那天我們便一起在海灘上畫畫，地點是在——嗯，這不重要，這是我的祕密，反正緬因州的海岸幾乎到處都很美。而羅伯特所選中的那處海灣也確實很不錯。岩石磊磊的地面上叢生著低矮的藍莓樹，野花遍地盛開，一直蔓延到低處的斷崖和一堆堆的漂流木那兒。海灘上到處都是大大小小的光滑石子，陰鬱的海水在一座座小島周邊翻起浪花。天氣明朗、炎熱，微風輕拂——至少我的印象中是這樣。我們在那些灰色、綠色和暗藍灰色的岩石之間撐起畫架，畫著大海與陸地。羅伯特說這裡很像挪威南部的海岸；他在大學畢業後不久曾經去過那裡一次。關於羅伯特的事我知道的不多，這是其中之一。

不過那天我們很少閒聊；大多數時間只是站在那兒默默的作畫，彼此相距約兩三碼。我雖然並未全神貫注在作畫上（但也有可能正是因為如此），畫得卻很不錯。第一幅畫花了我三十分鐘時間；那是一幅小畫，我下筆很快，筆觸也盡可能輕盈。海水是深藍色的，天空亮得近乎透明，海浪邊緣的泡沫是濃郁、健康的象牙色。我把畫取下，靠在一塊大石頭上晾乾。羅伯特瞄了它一眼，一句話也沒說，但我發現自己並不在意，彷彿他已經不再是我的老師，只是個同伴而已。

畫第二幅畫時，我的動作慢了下來，到了該吃午飯的時候才畫了部分的背景。我帶了煎蛋三明治和水果——那天早上食堂裡的人很慷慨的讓我多拿了一些——但羅伯特卻似乎沒帶任何食物。我不知道如果我沒分給他吃的話，他要吃什麼。用完午餐後，我拿出防曬乳液，開始塗抹在臉頰和手臂上。儘管微風吹拂，帶來陣陣涼意，但我可以感覺到自己已經曬傷了。我把乳液遞給羅伯特，就像與他分享午餐一樣，但他笑著拒絕了。「我的皮膚可不像妳這麼白。」說完他便伸出手摸了摸我的頭髮，又用指尖輕拂著我的臉頰，彷彿只是純粹欣賞一般。我笑了笑，並未回應他的話。然後我們又開始繼續作畫。

當光線開始變暗變弱，島嶼上的陰影也逐漸起了變化時，我開始想到晚上的事。我們勢必得在某個地方過夜——不，不是我們，而是我。如果我在六、七點鐘之前啟程的話，就可以開到波特蘭市，找一家汽車旅館住宿。但必須是一家便宜的旅館，而且我還得有時間去找才行。我才不要去管羅伯特有什麼打算，況且我猜他通常是不做任何打算的。今天能在他的身邊畫上一天的畫，我已經滿足了，也必須滿足了。

羅伯特拿著畫筆的手開始慢了下來，顯然已經累了。不久他停下筆，開口問道：「妳畫夠了嗎？」

「我可以停了。」我說。「也許再畫個十五分鐘，這樣我就可以把一些色彩和陰影記下來，但現在的光線已經和我畫的不一樣了。」

過了一會兒之後，他開始清理手上的畫筆。「要不要去吃點東西？」

「吃什麼？野玫瑰果嗎？」我指著身後的斷崖。那些果子很美，比我以前看過的都要大，長在那翠綠的野玫瑰樹籬上，宛如一顆顆紅寶石。從那裡往上看，觸目所及盡是藍天。我們一起站在那兒看著這幅由紅、綠、藍三種顏色所組成、鮮豔得異乎尋常的風景。

「吃海草也行呀。」羅伯特說道。「別擔心——我們一定可以找到東西吃的。」

第七十二章

一八七九年

這天下午在埃特爾塔，海灘上晴空朗朗。她畫著那幾艘倒覆在礫石上的漁船，但情況並不順利。這已經是第二幅了。她希望畫中能有一個人物，最後只好把兩個正在斷崖邊漫步的女士和一位先生畫了進去。那兩位女士顯然是城裡人，她們手裡撐著淺色的陽傘，和遠處那座顏色較暗的石拱恰巧成為完美的對比。今天除了他們倆之外，還有另外一個人也在這裡作畫。那是一個身材龐大、蓄著褐色鬍子的男人。他把畫架立在幾乎已經快要泡到水的地方；她後悔先前沒有選擇畫他。當他經過他們身旁走到水邊時，她和奧利維耶彼此對望了一眼。三個人都默默無語。

今天她的天空怎麼畫都畫不好，即使她加上更多的白色和一抹調得很好的赭色也是一樣。奧利維耶探過頭來問她為何搖頭。赭色的陽光撒在他那豎起的頭髮、鬍髭和淺色的襯衫上，使她不由自主的伸出手摸著他的臉頰。他握住她的手，將它舉起並親吻著她的手指。那溫暖的感覺在她體內流動。於是，他們便當著鎮上那些房屋的窗戶、當著那正背對著他們描繪斷崖風光的壯碩男子和遠處那兩個撐著陽傘的女人，親吻了許久許久。這是他們第三次接吻。這次她感覺他的嘴唇很堅決的掰開了她的雙唇——這是伊維思通常只有晚上在他們的臥室裡才會做的事。他的舌頭很有力，嘴裡的氣息很清新。她雙手抱住他的脖子，終於明白他的內心確實依舊青春年少，而這張嘴巴便是通往那青春之泉的一個途徑與管道。

然而，他很快便停下動作。「我最親愛的。」他放下手中的畫筆，走開了幾步，腳上的靴子將地上的石頭踩得嘎嘎作響，然後便佇立在那兒眺望著大海。她明白他不是故意惺惺作態，只是需要走開一會兒，讓心情平靜下來。然而她還是跟了過去，牽住他的手。這隻手感覺起來比他的嘴唇老一些。「不，這是我的錯。」她說。

「我愛妳。」他凝視著天際，聲音聽起來有些淒涼。

「為什麼要這麼絕望呢？」她看著他的側臉，注意他的反應。過了一會兒之後，他轉過身來，牽起她另外一隻手。

「親愛的，小心妳說的話。」此刻他的神情已經恢復了平靜，顯得溫和而鎮定。「一個老人的願望比妳所想像的更容易破滅。」

她很想跺腳，但還是按捺住了——這只會讓她顯得幼稚。「你為什麼會認為我不明白這點呢？」

他緊緊握住她的雙手，眼睛仍然看著她，完全不在意周遭可能會有人看見。「也許妳能明白吧。」他說著，臉上便露出了深情且認真的笑容，牙齒微黃但排列整齊。她終於知道他臉上那些皺紋是怎麼來的；他每次一笑，她便多了解他一些。她終於明白自己也愛著這個男人，不只是現在的他，也包括過去的他，乃至早在她降生之前的他。她愛著他，因為有朝一日他離開人世時，嘴裡會呼喚著她的名字。於是她便主動用雙手圈住他那裹在一層層衣服底下的瘦削身軀，緊緊的抱住他，並把臉頰靠在那穿著舊夾克的肩膀上，緊貼著他。他也將她整個人兜在懷裡，兩人心裡都暖暖的。後來當她回首往事時才發現，他那短暫的未來以及她那較長的人生，在那一刻便已然底定。

第七十三章

瑪麗

我們各自駕駛著那仍然散發著油彩味道的車子，往南開了幾哩路之後，便找到了一家餐館。那是一家仿義大利風格的館子，裡面有草編的瓶子、紅格子桌巾和窗簾，餐桌上的花瓶裡還插著一朵粉紅色的玫瑰。那天是星期一，館子裡除了我們之外，只有另外一對男女和一個獨自用餐的男人。羅伯特要了一根蠟燭。當那位看起來尚未成年的服務生把它點亮時，他突然問我：「妳說那是什麼顏色？」

「你指的是燭火嗎？」我問。我已經發現自己經常不太能理解他的意思，無法跟得上那偶爾像天馬行空般的思緒，但往往到後來就覺得很有意思。

「不，我是指玫瑰。」

「如果這裡的其他東西不是紅白兩色的話，那它就是粉紅色的。」

「正確答案。」然後他便告訴我他會用哪個牌子、哪種顏色的油彩來畫那枝玫瑰，又會加上多少白色等等。我們點了同樣的千層麵。他津津有味的吃著。我雖然餓，但因為在意吃相，所以只是小口小口的吃。「告訴我一些有關妳的事情吧。」

「你現在對我的了解比我對你的了解多呢。」我表示抗議。「而且我反正也沒什麼好講的。

我每天上班，努力去教二三十個各種年紀的學生，然後回家畫畫。我還沒有——家庭，也不很想要成家。就這樣，很無趣的生活。」

他喝了一些他為我們兩人點的紅酒；我幾乎沒碰。「怎麼會無趣呢？妳全心全力在作畫，這就夠了。」

「該你講了。」我說完便吃了幾口千層麵。

他把叉子放下，往椅背上一靠，並把一隻掉落的袖子捲起來，神色看起來很輕鬆。他的皮膚紋路細緻，像是已經用過一陣子的優質皮革。在那燈光下，他的眼睛和頭髮看起來顏色一樣，而且都給人一種機靈、狂野的感覺。「其實我這個人也很無趣。」他說。「只不過我的生活可能沒妳這麼有條理。我住在一個小鎮上，偶爾會從那裡逃開一陣子，但其實我還滿喜歡那裡的。我一直都在大學裡教繪畫實作課，學生多半沒什麼才華，但我還滿喜歡他們的，他們也喜歡上我的課。除此之外，我的作品會在一些地方展出。我已經不再是紐約的藝術家了。我挺喜歡這種感覺，雖然有時還滿想念紐約。」

我心想你所謂的「在一些地方展出」，其實已經是很成功的事業呢。「你是什麼時候住在紐約的？」

「念研究所和之後的那段時間。」可不是嘛！我心想，他所背叛的那個紐約藝術學校曾經拒絕我的申請呢。「我在那裡總共待了大約八年的時間，這段期間我其實完成了很多作品，但我太太凱特不喜歡紐約，所以我們就搬家了。可是我並不後悔。綠丘鎮很適合她和孩子們居住。」他毫不掩飾的說道，讓我感覺自己像是從樹上掉下來一般。我真希望遠方的一家餐館裡，也有某個人用如此平淡卻深情的口吻，訴說著有關我和孩子們（雖然我並不想要孩子）的事情。

「你怎麼會有時間畫畫呢？」過了好一會兒之後，我心想最好改變個話題。

「我睡得很好。我的意思是，有時候我不需要太多的睡眠。」

「就像畢卡索一樣。」我笑著說道，以便讓他知道我是在開玩笑。

「沒錯，就像畢卡索一樣。」他也笑了起來。「我在家裡有一間畫室。這樣晚上的時候只要到樓上就可以畫畫，不必回學校去打開一扇又一扇已經上鎖的門。」

我想像著他翻遍所有的口袋尋找鑰匙的模樣。

他把酒喝完後又倒了一些，但我注意到量並不多。他一定是打算等一會兒要開車回家，所以得注意安全。我們吃飯的這家義大利餐館並未附設汽車旅館。「總而言之，我們不久前搬出了學校，住進了一棟比之前大很多的房子。這也挺不錯的。只是之前只要走四分鐘路就可以到學校，現在卻要開二十分鐘的車子。」

「真糟糕。」我把剩下的千層麵都吃完了，以免待會兒除了心情不好之外，還要後悔讓自己餓肚子。我的牛頓傳記還沒看完，而他這個人卻非常有趣，超乎我的想像。這是理性與信仰的對決。

羅伯特叫了甜點後，我們便開始談論我們最喜歡的畫家。我承認我喜歡馬諦斯，並開始推測餐廳裡那些顏色活潑的餐桌、窗簾和玫瑰在馬諦斯筆下會是什麼模樣。羅伯特笑了起來，並未承認他比馬諦斯更加傳統，或者他對印象派畫風有什麼興趣。也許是因為這已經相當明顯了吧。當然也有可能是因為他知道有人批評他的作品，所以乾脆不再為自己的畫風辯護。不過，從他的言談間，我可以意識到他的畫作正日益受到好評，不僅讓他昔日的老師們跌破眼鏡，也讓他那些從事觀念藝術的同學瞠乎其後。後來我們也談到了書籍；他喜歡詩，甚至還當場引用了一些葉慈、奧登的詩句（我在學校時曾經讀過一些）和米洛茲的作品（很久以前，我在羅伯特的辦公桌上看到一本他的詩集之後，便讀過一次）。他說大多數的小說他都不喜歡，於是我便揚言要把一本厚厚的維多利亞小說——例如《月亮寶石》或《米德鎮的春天》之類的——當成郵包炸彈寄給他。他聞言笑了起來，並保證他是不會看的。「但你應該喜歡十九世紀的文學才對呀。」我說。「起碼那些法國作家你總該喜歡吧，因為你喜愛印象派呀。」

「我並沒說我喜愛印象派。」他糾正我。「我只是說我畫我自己想畫的東西，而且我自有道理，只不過裡面剛好有些看起來像是印象派罷了。」

其實他之前並未提到這點，但我也沒更正他。不過我倒是還記得他當時告訴我的一個故事。他說有一次搭飛機時險些墜機。「我在你們學校——也就是巴奈特學院——教書的時候，有一次坐飛機從綠丘鎮回紐約。中途飛機上有個引擎故障了，因此當時雖然已經快要飛到拉瓜迪亞機場了，機長還是透過廣播宣布可能必須緊急迫降。坐在我旁邊的那個女人非常害怕。她是一個平凡的中年婦女，之前一直跟我聊著她丈夫的工作呀什麼的。當機身開始搖晃，繫好安全帶的燈號開始亮起來時，她居然伸手抱住我的脖子。」

他一邊說著一邊把餐巾捲成筒狀。「我自己也很害怕。還記得當時我心想我不能死呀。但是她抱著我的脖子讓我很慌張，於是——很不好意思——我就把她推開了。之前我一向認為自己在碰到危險的狀況時，必定會表現得很勇敢，譬如說看到別人身陷火窟時，我會不假思索的把他們救出來等等。」他說到這兒便抬起頭，聳聳肩。「奇怪，我幹嘛跟妳說這些呢？總而言之，過了幾分鐘以後，我們安全著陸了，這時她連看都不看我一眼，只是背對著我哭泣，甚至不讓我幫她拿行李。」

我雖然很同情他，卻不知道該說些什麼。他的表情沈重而陰鬱，使我想起在學校時，他告訴我他忘不掉那個女人的臉的時刻。

「這種事我絕不能告訴我太太。」他用雙手把餐巾撫平。「她原本就認為我誰都照顧不好了。」然後他的臉上露出了笑容。「妳看妳居然讓我把這麼可笑的事都招出來了。」

我心滿意足了。

最後羅伯特把雙臂伸直，並堅持要買單，但由於我堅持要各付各的，於是他便讓步了。這時我們兩個都站了起來，接著他便去上廁所——我之前去了兩次，主要是想一個人靜一靜，並對著鏡子質問自己。他走後，餐館愈發顯得空空蕩蕩了。不久我們走到外面那個黑漆漆的停車場，那裡有著大海和油炸食物的氣息，以及一股魚腥味。我們站在我的車子旁邊道別。「呃，我要上路了。」他說。所幸這次他的語氣顯得比較有感情，否則我會更加難過。「我喜歡在晚上開車。」「嗯，我猜你還要開很久呢。我也要上路了。」但我打算讓他先走。等他離開後，我再開到離這裡最近的一個鎮上，隨便找一家還過得去的汽車旅館過夜。現在已經太晚了，我開不到波特蘭市，但也可能是我太累或太傷心了。羅伯特則看起來一副準備要一路開到佛羅里達州的樣子。「今天晚上過得很愉快。」他溫柔的語氣讓我感動。接著他緩緩的用雙手圈住我，抱了我一會兒，然後又親了一下我的臉頰。我站在那兒不動，心裡明白以後或許再也看不到他了。因此，我要把他的模樣記住。

「是呀。」說著我便放開他，將車鎖打開。

「等一下——這是我的地址和電話號碼。妳來南邊的時候要通知我。」

「才怪呢。」我心想。由於身邊沒帶名片，我便在置物箱裡找了一張紙，寫下我的電子郵件帳號和電話。

羅伯特瞄了一眼。「我不常用電子郵件。」他說。「只有為了公事或有必要的時候才用。妳乾脆給我妳的地址好了，這樣我還可以偶爾寄張素描給妳。」

於是我又加上我的門牌地址。

他摸了摸我的頭髮，彷彿從此即將永別。「我想妳大概可以了解。」

「當然。」我迅速親了一下他的臉頰。他的臉上有一種強烈的味道，甚至有一點油膩，是上好的冷壓初榨橄欖油的味道——那味道後來在我嘴唇上停留了好幾個小時。然後我便坐進了我的小貨車開走了。

十天後，他的第一幅素描抵達了我的信箱。那只是一幅異想天開的速寫，畫在一張摺起來的紙上。上面有著一個像森林之神般的人物從海裡冒了出來，附近還有一名少女坐在石頭上的情景。信中附了一張字條，上面寫道他曾經想起我們之間的談話並覺得很高興，又說他正根據那幅海灘風景畫創作一個新的作品。當時我立刻想到，不知他是否有加上那個女人和小孩。他給了我一個郵政信箱的號碼，並說我的信應該寄到那裡，又說我應該畫一幅更好的寄給他，讓他不要太囂張。

第七十四章

瑪麗

後來，羅伯特和我通信了很長一段時間。那些信至今仍是我最美好的經驗之一。好笑的是，在這個屬於電子郵件、語音信箱等等、連我小時候都沒有的東西的世代裡，一封舊式的書信卻讓人有種親密的感覺。有時我下班回家就會看到一封信（有時好幾天都沒有），信封上面是羅伯特那一個個小圓圈般的潦草筆跡寫著我的地址，裡面總是裝著一張信紙或一幅素描，有時兩者都有。我把那些素描釘在書桌上方的布告欄上。在家裡，我的辦公室也是我的臥房，或者應該說我的臥房就是我的辦公室。晚上我拿著書躺在床上，或早晨醒過來時，都可以看到他那些數量愈來愈多的素描。

說也奇怪，一旦我開始把兩三張素描貼起來後，便不再覺得自己是獨身一人，也不再尋尋覓覓、希望碰到適合自己的人選了。之前我向來無意隸屬於任何事物，這時卻居然開始認為自己是羅伯特的人。或許我們到頭來還是屬於我們所愛的人或物吧。我並不認為可以得到羅伯特，也不認為有義務對他忠實。剛開始，我只是不想讓除了我以外的任何一雙眼睛，從我床上看到那些素描罷了。那些素描的內容包括樹木、人物、房屋，以及他印象中的我。有一次他還畫了自己在創作一幅新作時「沮喪」的模樣。到現在我仍然不知道他寄那些素描給我是什麼意思。他是否只是把一些已經畫好、原本可能會塞進檔案櫃的抽屜裡或丟在辦公室地上的素描順手寄給我？還是因為我而有了新的靈感才特意畫的。

有一次，他寄給我幾行米洛茲的詩，並附上一張字條，表示這是他最喜歡的詩之一。我不知道他是否想要藉此表達什麼，但我一直把它放在口袋裡，過了好幾天才貼在布告欄上：

喔，我的愛！
你揮手的姿勢、行走的模樣，
你腳下石子沙沙作響的聲音。
它們如今在何方？欲往何處去？
我心中沒有哀愁，只有納罕。

然而我並未將那些信貼在布告欄上。他的信裡有時會附上素描，有時沒有，而且往往都只是三言兩語的描述他的一個意念、想法或心中的一個意象。我想羅伯特在本質上也是個作家。如果把他寫給我的那些點點滴滴整理起來、依序編排的話，將會成為一部很好的印象主義派短篇小說，呈現他的日常生活，以及他不斷嘗試想要描繪的大自然。每次他寫信來，我一定會回覆。但我給自己訂了一個規矩：如果他只寄素描來，我便寄素描回贈。如果他只寫信來，我便也回信給他。如果他同時寫信又寄素描，我便會回一封比較長的信給他，並把素描畫在信紙上。

我不知道他是否曾注意到這個模式——這是我未曾問過他的問題之一——但這種方式讓我不

至於太常寫信給他。我們之間的通信上了軌道之後，每週都有好幾封書信往返。在我們最後一次的吵架後，我訂了一個全新的規矩：我要把他的信統統燒毀，只留下那些素描，不過我把所有的素描都從布告欄上拿了下來，只留下他寄來的第一幅。他走了幾個星期後，我把那幅畫著森林之神和少女的素描用膠水黏在紙板上，並用水彩著色，然後又根據它的內容畫了三幅同一系列的小畫。作畫的過程非常痛苦，我幾乎是用眼淚來調顏料。

我經常想像，他每隔幾天就會伸手進去拿信的那個郵政信箱長的是什麼樣子，尺寸有多大，他的手能不能伸得進去，還是只有手指頭可以。我想像他的手在信箱裡盲目摸索的模樣，就像愛麗絲在奇境裡身材變大時，伸手到煙囪裡去抓那些小動物（如蜥蜴或老鼠之類）一樣。很清楚的，他有我的地址，這表示他知道我住在哪裡。而我也去過綠丘學院一次，那是在我們開始通信一陣子之後，他突然邀請我參加他在綠丘學院辦的一場個展的開幕式——這是他開始教書之後的第二次個展——讓我非常意外。他說之所以邀請我，是因為我很支持他的作品，但信中也暗示他將無法招待我住宿。因此我知道他想邀請我，但又不確定自己是否希望我去。

我不想讓他不高興，但也不想讓自己不快樂，於是我便從華府開車南下——你也知道，那只要花一天的時間——並下榻在綠丘鎮郊的第六號汽車旅館內。開幕式的地點在綠丘學院剛啟用不久的畫廊內，會場供應葡萄酒和乳酪。我不敢打電話給羅伯特，於是便在啟程前幾天寫了一封信，寄到他的郵政信箱，但顯然他並未來得及收到。

我走進會場時，雙手都在發抖。自從在緬因州分手並開始與他通信後，我未曾再與他見面，現在已經開始後悔來到這裡了。我心想他可能會不太高興，也可能會以為我是故意來擾亂他的生活，雖然我真的並無此意。我只是想看看他（或許只是站在遠處觀望而已）和他那些畫作（他每個禮拜都會向我描述它們的概念發想和實際創作的過程）。那天我並未刻意打扮，只穿著一件黑色的高領衫和平常穿的牛仔褲。當我抵達畫廊時，派對已經開始半小時了。我一走進去，立刻看見羅伯特鶴立雞群的站在一個角落裡，被一群人包圍住。有好幾個手拿酒杯的客人似乎正在問他有關繪畫的問題。會場裡擠滿了人，除了學生和教職員之外，還有許多儀態優雅的人士；他們看起來並不屬於一所鄉下的小小學院。除了這些人之外，可能也有畫商在場。

至於會場裡展出的那些畫，你只要看上一眼，目光便會被它們吸引住。原因之一是，它們是我所見過羅伯特的作品當中最大的幾幅，幾乎是真人尺寸，其中多半是我在巴奈特學院看過的那位畫中女子的全身像，只不過她現在不僅變大了，還置身於一幕駭人的景象中。她懷裡抱著一個似乎已經死去的年長婦人，神情哀慟。我心想不知道那是不是她母親。那名年長婦人的額頭正中央有一個可怕的傷口。地上還有其他屍體，其中有些臉部朝下，趴在鵝卵石的地面上，有些背上還有血跡，但都是男人。比起這些人物來，背景顯得比較模糊，只看得出一條街、一堵牆，還有一堆堆的碎石或垃圾，完全是十九世紀中期的景象，使我立刻想起馬內所畫的那幅很像戈雅手筆的《麥克西米倫皇帝處決圖》，只不過羅伯特的圖像更加細膩、寫實罷了。

我看不太出來他想表達什麼，只覺得那些畫面很令人震撼：那女子即便臉色蒼白、衣服髒污，還是顯得美麗動人，但那場景卻很恐怖，而且因為她的美而顯得更加恐怖，彷彿羅伯特是身不由己的看到她那臉部僵硬、長袍上沾滿鮮血的模樣。我先前從他的來信中，已經約略得知這些畫作帶有血腥且怪異，但親眼目睹時感受卻完全不同，覺得非常震撼，甚至害怕了起來，彷彿自己一直與一個殺人兇手通信似的。這種感覺讓我很不舒服，甚至不知所措，因為當時我已經愈來愈愛他。然而，我看到了畫中人物那有如雕像般的立體感、那種悲憫的情懷，以及那比鮮血還要濃烈的悲傷，於是我知道這些畫作將會長存不朽。

我差點沒跟羅伯特打招呼就走了。一方面是因為那些畫讓我太震撼了，一方面是因為我不想讓別人知道我們之間的關係，還有因為——好吧，我承認了——我太害羞了。但畢竟我開了大老遠的車才來到這兒，因此最後還是趁著那些仰慕人士離開時，過去找他。他看到我穿過人群走向他，先是愣了一會兒，然後臉上出現了一種驚喜的表情——那是我後來很珍貴的一個回憶——旋即又恢復鎮定，並走過來熱烈的和我握手，表現得非常得體，讓人一點都看不出來。他低聲告訴我，我的到來讓他很感動。我已經快要忘記他的身材是多麼高大，相貌又是多麼奇特、英俊而突出了。他挽著我的手肘，立刻開始把我介紹給那一個個在會場裡穿梭的人士，除了告訴他們我的姓名之外，並未多做解釋，只有兩三次提到我也是個畫家。

這些人當中有一個是他太太。她也熱情的握著我的手，雖然不認識我，仍非常親切的問候，讓我有受到歡迎的感覺。幸好不久就有一個人把她攔截住了。我乍然得知她的身分時，感覺好像被刀子扎了一下，心中湧起一股幾近嫉妒的感覺（雖然我知道這很可笑），然而當下便不由自主的喜歡上她了，而且後來也一直喜歡著她——雖然我們之間一直隔著一段距離。她的個子比羅伯特小得多（我原本以為她會像亞馬遜女戰士或戴安娜女神般，比一般人還高大），事實上，她的身高只到我的肩膀。她的頭髮是黃褐色的，臉上有一些雀斑，身上穿著一件綠色的洋裝，看起來像是一朵開在綠色枝梗上的金色花朵。如果她是我的朋友的話，我會請她讓我畫下她的模樣，以便享受挑選色彩的樂趣。

在那之後，我一直沒再與羅伯特說話，以免他問我住在哪裡、要住多久等問題。後來我找了一個藉口先行離去，並往華府的方向開了幾個小時車。那天晚上，當我靜靜蜷縮在維吉尼亞州南部一家汽車旅館的床上時，仍然可以感受到她握住我的手時，掌心所傳來的溫熱。當時我心裡只有一個念頭：我已經見到他了，見到他們——羅伯特和他的太太——了。

一八七九年五月，埃特爾塔
致伊維思．韋諾先生，巴黎帕西區布隆路

我親愛的丈夫：

我希望你和爸爸一如預期般無恙。你有很多工作要做嗎？會回到尼斯嗎？還是可以如你所願，在家裡待幾個星期呢？那裡還在下雨嗎？

我在這裡過得很好。今天是第一天，雖然是五月，天氣涼爽，但陽光非常明亮，於是我們便一整天都在海灘步道上作畫。現在我正在休息，準備吃晚餐。伯父一直陪著我。他正在以海水與斷崖為題創作一幅大型畫作。至於我的作品，坦白說，只有一幅比較讓我滿意，而且畫得頗為粗略，內容是兩三個本地女人撩起她們美麗的蓬裙、帶著一個孩子在海邊涉水的情景。毫無疑問的，我得試著畫一幅更像樣的才能趕得上伯父。這裡的景色還是一如我們初次來訪時那般優美，但由於季節不同，面貌自然迴異：山丘顯得更綠，地平線是灰藍色的，沒有仲夏時那些蓬鬆的雲朵。我們的旅館一塵不染，設備齊全，頗為舒適，你無須擔心。我喜歡這裡的簡樸與單純，今天早餐時也吃了很多，你一定會很高興的。這趟旅程我一點都不累，一進到房間就幾乎立刻怡然入睡了。伯父帶了一些筆記來。我們不畫畫時，他便根據這些筆記撰寫幾篇文章，讓我能夠如你所要求的一般好好休息。除此之外，我已經開始閱讀薩克萊的小說作為閒暇時的消遣。你無須派任何人過來。我過得很好，也很高興伊思梅在料理家務之餘，能將爸爸照顧得很好。請多多保重。在天氣尚未變暖之前，外出時請記得穿上外套。你知道我是愛你的。

碧翠絲

第七十五章

瑪麗

有一天早上，我發現已經有五天沒有收到羅伯特的信函或素描了。就當時我們之間通信的狀況而言，這已經算是很久了。上回他寄來的素描是一幅自畫像，把他那突出的五官畫得誇張且搞笑，頭髮也豎了起來，彷彿有著生命，就像蛇髮女妖般。他在畫像下方寫了一行字：「喔，羅伯特，你什麼時候才會振作起來？」這可能是我唯一一次看到他如此直接批判自己，讓我有點訝異。但當時我以為他指的是他的「憂鬱」狀況（他偶爾會不經意地向我提及這點），或是他承認自己因為和我通信而過著愈來愈像雙面人的生活。事實上，我把這點當成是一種恭維——戀愛中的人，不是都用這樣的眼光看待所有的事物嗎？但是後來他一連三天都沒再寫信來，第四天以及第五天也都如此。於是我只好打破了自訂的規則，再次寫信給他，假裝用一種漫不經心的口吻，表達我對他的關心與思念。

那封信我想他並未收到，而且或許現在還躺在信箱裡，等著他伸手進去把它拿出來，除非郵局把他的信箱關閉，把我的信給扔了。也說不定凱特最後清理了那個信箱，把它丟棄了。如果是這樣的話，我希望她沒看到信裡的內容。總而言之，我把信寄出後的第二天早上六點半，公寓的電鈴響了。當時我還穿著浴袍，頭髮溼溼的，但已經梳理完畢，正準備要去上繪畫課。通常這個時間應該不會有人按門鈴才對。由於我住的那一區治安不太好，因此第一個念頭便是報警。但為了了解是怎麼回事，我還是按下了對講機上的按鈕，詢問對方的身分。

「我是羅伯特。」一個洪亮、低沈、奇特的聲音說道，聽起來有些疲憊甚至猶豫，但我聽得出來是他的聲音。事實上，即便是在外太空，我也可以辨認出他的聲音來。

「等一下。」我說。「稍等，再一分鐘。」我原本可以按下鈕，讓他進來，但卻迫不及待的想要親自下去迎接他。當時，我簡直不敢相信這是事實。我隨便找了一些衣服套上，便抓起鑰匙，赤著腳跑進電梯。到達一樓時，我透過那兩扇玻璃內門就看到了他。他肩膀上背著一個粗呢袋子，看起來非常疲倦，衣服也比平常更皺，但神情還是很機警，一雙眼睛在大廳中尋找著我的身影。

我心想自己一定是在做夢，但還是打開了門鎖，朝他跑了過去。他放下袋子，用雙手把我舉了起來，並緊緊抱住我。我可以感覺到他把臉埋在我的肩膀和頭髮上，嗅聞著它們，但那刻我們並未接吻。他的臉頰感覺起來還是像從前那樣，使我鬆了一口氣，並因而啜泣了起來。他可能也哭了一下。我們分開時，頭髮都還黏在對方臉上，眼淚與汗水在他額頭上閃閃發光。他的鬍子已經幾天沒刮了，身上套著兩件舊襯衫，看起來像是走在華府某條社區人行道上的伐木工人。「怎麼回事？」這是我唯一說得出口的一句話。

「她把我趕出來了。」說著，他把行李提了起來，彷彿要藉此證明他已經無家可歸似的。或許是看到我一臉驚訝的神色，他接著又說道：「不是因為妳的緣故，是因為別的事情。」

當時我臉上的表情想必非常震驚，於是他又用手攬住了我的肩膀。「別擔心。沒事的。只是因為我的畫作而已。我以後再跟妳解釋。」

「你開了一整個晚上的車。」我說。

「是的。我可以把車停在那裡嗎？」他指著外面那條街說道。那裡到處都是招牌、垃圾和讓人看不懂的計費表。

「當然可以。」我說。「但是一過九點就會被拖吊。」接著我們兩個都笑了起來。他又像上次在校園裡見面時，把我的髮絲拂到腦後，便開始吻我；吻了又吻。

「現在已經九點了嗎？」

「還沒。」我說。「我們還有兩個多小時。」我們一起提著他那個沈重的行李袋上樓後，我便把門鎖上，打電話到學校去請了病假。

第七十六章

瑪麗

羅伯特並沒有搬進來和我同居，他只是留了下來，連同那個又重又大的行李袋和用車子載來的其他東西，包括畫架、顏料、畫布、幾雙鞋子和一瓶他要送給我當伴手禮的酒。我根本沒想過要問他今後有什麼計畫，或是請他另外找個地方住，就像我不會想要搬出自己的公寓一樣。我得承認，每天早上醒來時，看到他金黃色的手臂攤在那只多出來的枕頭上、黑色的鬈髮散落在我的肩膀上，那種感覺對我而言，就宛如置身天堂一般。當時我每天上完課後，不再像往常那樣留在學校裡畫畫，而是直接回家，然後我們就會再度上床消磨半個下午。

星期六和星期天時，我們會在中午時分起床，前往公園畫畫，或開車到維吉尼亞州去寫生，下雨天時則前往國家畫廊看畫。我記得很清楚，在國家畫廊裡，我們最少有一次經過那間掛著《蕾妲》和馬內那幅畫著酒杯的精彩靜物畫的展覽室。我敢發誓，他當時似乎比較注意馬內那幅畫，對《蕾妲》反倒不是那麼感興趣。我們把所有的解說牌都一一看過，他又評論了一下馬內的筆觸後，便搖搖頭走開了——表示他敬佩得說不出話來。第一個星期過後，他嚴正的對我表示，我畫得不夠多；他認為那是因為他的緣故。後來那一陣子，我回到家時，經常會發現他已經為我準備好了畫布，並且用灰色或米色打好了底。在他的指導下，我更加努力作畫——我已經好久沒有這樣了——並且逼自己嘗試描繪更複雜的主題。

比方說，我曾經畫過羅伯特穿著卡其褲，打著赤膊，坐在廚房裡的凳子上的模樣。他發現我經常刻意避免畫手部，於是便教我如何改進這方面的技巧。此外，他也教我在畫靜物時，不要瞧不起盆花和插花，並指出有許多偉大的畫家都認為畫花是一大挑戰。有一次，他帶了一隻死兔子——我到現在還是搞不清楚它究竟是從哪裡來的——和一尾大鱒魚回家。然後我們便把它們和水果、鮮花放在一起，各自模仿巴洛克式的風格畫了一幅靜物畫，並以此互相取笑。事後，他把兔子剝了皮，連同鱒魚一塊兒煮來吃，味道非常好。他說他是從他那位法國籍的母親那兒學會做菜的，但據我所知，他幾乎從未下過廚。我們經常是開幾個罐頭湯和一瓶酒就打發了一餐。

當時，我們幾乎每天晚上都一起看書，有時一看就是好幾個小時。他會朗誦他最喜歡的米洛茲的詩句給我聽，有時也會念一些法國詩，一邊念一邊為我翻譯。我則念一些自己素來喜歡的小說——它們都是媽咪所收藏的經典名著，包括路易斯·卡洛爾、柯南·道爾和羅伯特·路易斯·史蒂文生等人的作品。這些都是他小時候沒看過的。我們朗誦時，有時穿著衣服，有時光著身子，有時一起裹在那淺藍色的床單裡，有時則穿著舊毛線衣躺在沙發前面的地板上。他用我的借書卡從圖書館裡借了一些有關馬內、莫莉索、莫內、希思黎和畢沙羅的書籍回家。他特別喜歡希思黎的作品，說他比其他所有人加起來都還要好。偶爾他也會在用來臨摹的小張畫布上，嘗試複製這些畫家的作品當中的若干效果。

有時羅伯特會突然陷入一種安靜甚至哀傷的情緒裡。當我撫摸著他的手臂，問他是怎麼回事時，他會說他想念他的孩子們，甚至會把他們的照片拿出來看，但卻從未提過凱特。當時我很怕他不肯或不會一直待下來，也時常暗自期望他最終能夠走出婚姻，走進我的生活，安定下來。當時我並不知道他在華府有一個新的郵政信箱，後來有一天他才告訴我，他在那個信箱裡收到了凱特要求離婚的通知書。他說之所以給她那個郵政信箱的號碼，是為了讓她在緊急情況時可以聯絡到他。他告訴我他已經決定回家幾天，以便辦理初期的離婚手續，並探望一下孩子，又說他會住在汽車旅館或朋友家。我想這表示他並不打算回到凱特身邊。不過，他那種堅決不與她復合的態度也讓我有點心寒。我明白如果他可以那樣對她，有一天也會那樣對我。我寧可看到他表現出遺憾、後悔或至少有些遲疑的樣子，但又不至於過火到因而離開我。

然而，說也奇怪，他似乎已經打定主意要離開凱特。他說她不了解他生命中最重要的一件事物，但他也沒告訴我那件事物究竟是什麼，我也不想問，以免讓他覺得我似乎也不了解他。那一次，他在綠丘鎮待了五天，回來時送了我一本湯瑪斯．艾金斯的傳記（他常說我的作品充滿了絕妙的美國風味，讓他想到艾金斯），並興致勃勃的告訴我，他在路上的一些遭遇，又說孩子們長得很好，很可愛，說他拍了很多他們的照片，但對凱特的事卻絕口不提。然後他便牽著我進臥房（當時我已經認定那是「我們的」臥房），把我拉到床上躺下，然後很專心的和我做愛，彷彿已經思念我很久似的。

我沈浸在這些小小的快樂當中，對他心境上的轉變毫無心理準備。秋天到來時，他的心情便開始消沈起來。秋天向來是我最愛的季節，對我而言，那是事物重新開始的時刻：新的運動鞋、新的學生、絢麗的色彩。但對羅伯特而言，秋天似乎是某種形式的凋萎，一個日益陰暗的季節，宣告著夏季的死亡。而隨著夏天的終結，我們最初的幸福時光也消逝無蹤。那段時間，住家附近的銀杏樹的葉子變得如皺紋紙般枯黃。我們最喜歡的那幾座公園裡，栗子落了一地。有一天——大概是星期三或星期四吧——我剛好沒課，於是便拿出新的畫布，哄他跟我一起去馬納薩斯戰爭紀念公園作畫。但這一回羅伯特卻罕見的不願畫畫，一個人跑到那座史上聞名的山丘上，坐在一棵樹下沈思，彷彿在傾聽著那裡曾經有過的廝殺之聲。我獨自一人在原野上作畫，期待他在獨處片刻之後心情會變好。但那天晚上，他卻莫名其妙的對我發脾氣，險些砸破一個盤子，之後便一個人跑出去散步，過了很久之後才回來。我忍不住哭了起來——你知道我不喜歡哭的。眼看他處於那種狀態下，想到我們共享如此多的歡樂時光後，他居然會不理我，實在令我非常痛苦。

但我也明白，在與凱特開始辦理離婚手續——他們還有三個月才會正式離婚——永久告別他昔日的生活之後，難免會有一段心情動盪的時期。此外，儘管他似乎尚未開始在華府謀職，但我知道他在這方面一定會有壓力。我覺得他應該有一小筆足以維持生活的收入，也許是賣畫的所得吧，但想必也無法持久。我不想問他有關這方面的事情，也一直小心切割我們之間的財務關係，只不過房租一直都是我在付，菜也都是我在買。儘管他不時會帶一些食物、飲料或酒回來，有時也會送我一些實用的小禮物，所以在財務上並未讓我感受到太大的壓力，不過，由於我到了月底手頭還是非常拮据，因此開始考慮是否該請他幫忙分攤房租和水電費。當然，我可以向媽咪求援，但她對於我和一個即將離婚的畫家同居一事，始終抱持保留的態度，因此我便打消了這個念頭（羅伯特住在我那兒期間，有一次我去探望她的時候，她曾經用很溫和的口氣對我說——當時她尚未罹患癌症，還沒做那可怕的氣管造口術，也還沒裝上發聲器——「親愛的，我不像你們所想像的那樣，不了解愛情這檔子事，但是以妳的才華，我一直希望妳能找一個多少能夠照顧妳的人」）。現在羅伯特少不得要支付子女的贍養費，但當他板著一張臉坐在沙發上時，我可不敢問他有關這方面的細節。

在天氣晴朗的週末，他的心情偶爾會變好。這時我又開始樂觀起來，頓時便把之前所發生過的事都忘記了，並告訴自己這只是我們之間必經的一段痛苦的成長過程。事實上，我並沒打算與羅伯特結婚，只是希望能與他保持某種長期的關係，一起認真努力的過日子，租一間有畫室的公寓，結合彼此的力量與資源，共同做一些計畫，一同去義大利和希臘旅行（算是度蜜月吧！），在那裡畫畫，並觀賞我長久以來一直渴望見到的偉大雕刻和畫作，以及美麗的風景。這雖然只是一個模糊的夢想，卻不知不覺的在我心中滋長，像是床底下的一隻怪物一樣，在我還來不及意識到之前，它就已經破壞了我那「享受孤獨」的浪漫情懷。在最後那幾個快樂的週末裡，我們經常一起去附近走走（多半是在我的堅持之下）。為了省錢，我們通常會自備野餐。最快樂的一次是去哈普斯渡口，那時我們住在一家便宜的旅館裡，還跑到鎮上去到處亂逛。

十二月初的一個晚上，我回到家後發現羅伯特不見了，後來連著幾天也都沒有他的消息。他回來後，整個人顯得精神異常煥發，告訴我說他是去巴爾的摩拜訪一位老朋友，而我也信以為真。後來有一次他又去了紐約，回來後一副興高采烈的樣子。當天晚上，他忙著站在客廳的畫架前用炭筆畫著速寫，沒時間和我做愛，這是前所未有的現象。我一邊在廚房裡洗著碗，一邊努力壓抑心中的怒火——難道他以為每天碗盤都會自動洗好嗎？——一邊試著不去看他正在速寫的那張臉。那是我在一時衝動之下去綠丘學院參觀他的個展之後，就再也沒見過的臉，一張非常美麗的臉，有著一頭和他很像的黑色鬈髮、精緻的方形下巴，以及若有所思的微笑。

我立刻便認出她了。事實上，我一看到她便開始納悶，為何自己在這幾個月的快樂時光中，沒有注意到她已經消失了，也從未想過為何羅伯特和我住在一起時，所畫的油畫和素描裡完全沒有她的蹤影，甚至沒把他先前在緬因州研討會中所畫的那對母女的遙遠身影畫進去。那天晚上我再次看到她的模樣時，心中有一種奇特的感覺，彷彿有人躡手躡腳的走進房間裡，站在我背後一般，十分毛骨悚然。我告訴自己我怕的不是羅伯特，但問題是：如果我怕的不是他，那我怕的是什麼？

第七十七章

一八七九年

她看著奧利維耶作畫。

他們站在沙灘上，沐浴在午後的陽光中。他已經開始畫第二幅畫了；早上一幅，下午一幅。此刻他畫的是那幾座斷崖，以及漁人們停放在距離海水頗遠之處的兩艘大型的灰色划艇，裡面擱著幾支槳，一旁的魚網和軟木浮標反映著令人難以捕捉的陽光。他先用焦茶色在已經打好底的畫布上勾勒出輪廓，再用更多的焦茶色、藍色和暗灰綠色畫出斷崖。她想建議他用明亮一點的顏色，就像她的老師從前告訴她的那樣。她心想，眼前這個光線變幻不停的天空，為何在奧利維耶的眼中顯得如此黯淡。但她知道現在無論是他的生活還是作品，都不可能有大幅的改變了。她默默地站在他身旁觀看著，原本要打開她的摺疊椅和手提式木頭畫架，卻遲遲沒有動手。在那個晴朗的下午，為了抵禦寒氣，她穿著一件薄薄的羊毛洋裝和較厚的羊毛外套，裙子和帽子上的緞帶在風中飄動著。她看著那翻騰的海水在他筆下逐漸有了生命。但他為何不把它畫得明亮一點呢？

她轉過頭去，把罩在衣服上面的工作服扣好，接著便把畫布擺好，打開了那張設計巧妙的木頭椅子。她並未坐下來，而是像他一樣站著，用靴子的後根頂住石子地。她試著忘卻不遠處他埋首工作的身影——那花白的頭髮和挺直的背脊。她的畫布已經打了一層淺灰色的底；這是她為下午的陽光所選擇的顏色。然後她開始塗上綠藍色（她在調色盤上擠了一大坨），又用鎘紅色來描繪畫面兩邊那些長在斷崖上的罌粟花（她最喜歡的一種花）。

看著她的錶，她規定自己要在三十分鐘內完成這幅畫。接著，便斜睇著眼，用手腕和前臂施力，以最輕巧的筆觸握著畫筆快速的塗抹著。海水是藍綠色的，帶點玫瑰色，天空近乎透明，海灘上的石頭是灰色中夾雜著玫瑰紅，海浪邊緣的泡沫則是米色的。她把奧利維耶穿著深色西裝、一頭白髮的身影也畫了進去，但只是遠處海濱一個小小人影而已。她用未混過的焦茶色和綠色來描繪那些斷崖，接著又畫上一小點一小點的紅罌粟花、一些白色的花朵以及一種較小的黃花。此時，斷崖既在遠處，也在她的眼前。

三十分鐘的時間到了。

奧利維耶轉過頭來，彷彿知道她的第一幅畫已經完成似的。她看到他還在慢慢畫著那片海水，還沒畫到那兩艘船和斷崖。她知道這將是一幅細膩、內斂而美麗的作品，會花上他幾天的時間。他走上前來觀賞她的畫作。她也站在那兒和他一起看著，感覺到他的手肘摩擦著她的肩膀。她透過他的眼光看到自己的繪畫技巧以及畫中的缺陷，明白畫面雖然鮮活動人，但連她自己都覺得太粗略了，是一幅失敗的實驗性作品。她聽著海浪嘩啦啦拍打在砂礫上，捲起一堆石子後又奔流入海的聲音。她希望他不要出聲，幸好他也沒有，只是點點頭，俯視著她。他的眼裡總是有著血絲，眼角已經略微鬆弛。在這一刻，對她而言，他勝過世上的一切，只因為比起她來，他已經如此接近人生的盡頭。而且他了解她。

當天晚上他們隔著桌子對坐，與旅館裡的其他客人一起用餐，並互相傳遞著一碟碟的醬汁或小蘑菇。客棧的老闆娘把一盤小牛肉端給奧利維耶時，提到那天下午有位紳士前來詢問是否有個名畫家住在這裡，是他來自巴黎的朋友，但那人並未留下名片。「韋諾先生很有名嗎？」她問。奧利維耶笑著搖搖頭。他說有很多名畫家都來過埃特爾塔畫畫，但他可不是其中之一。碧翠絲喝了一杯酒之後就後悔了。飯後他們坐在最大的那間休息室裡，和一位蓄著小鬍子的英國客人一起看書。那人不時翻動著他從倫敦帶來的報紙，偶爾看到什麼便會清一下喉嚨。後來，碧翠絲把書放下，試著寫第二封信給伊維思，卻沒什麼進展。無論她用筆蘸了幾次墨水，又用吸墨紙吸了幾次，手上的筆似乎就是不喜歡那張信紙。旅館裡的中國時鐘敲了十下後，奧利維耶便站起身來向她鞠躬。他那雙因為吹了風而泛紅的眼睛裡滿是深情的笑意，似乎想親她的手，但卻沒有這樣做。

他上樓後，她突然明白：他永遠不會再向她要求什麼，永遠不會私下去看她，也不會請她過去他那兒。他的所作所為永遠不會踰越一個紳士和親戚應有的尺度，也不會主動做任何事情。正如他所承諾的，他在他的畫室裡給她的那個吻是第一個，也是最後一個。在車站月台上的那次是她主動的，在海灘上的那次也是。兩次都出乎他的意料之外。她確信，他之所以如此克制是為了她的緣故，為了證明他敬重她、關心她。但她卻因此而感到極其為難，因為如此一來，無論他們之間發生什麼事，都會是她一手造成的，而她也必須承擔後果。她明白，無論他們之間將經歷什麼樣的事情，都會是出於她本身的慾望，以及她比他年輕的事實。她無法想像自己在樓上敲他房門的畫面。他就像童話裡的那個男孩一樣，為她留下了一條用麵包屑撒成的小徑。

後來，她躺在那張白色的床上無法成眠，看著窗簾微微飄動著——儘管夜裡寒氣逼人，她還是開了一扇窗——聽著英吉利海峽的水肆虐著海灘上頁岩的聲音，並感覺到了整個城鎮的存在。

第七十八章

瑪麗

在黑髮女子又出現在他的畫中之後，羅伯特接連好幾個星期都全神貫注於繪畫上，變得沈默寡言、脾氣暴躁。他往往一睡就是很久，有時甚至睡在沙發上，而且也不洗澡。我開始對他有點嫌惡起來，這是我之前從未有過的現象。幾個禮拜前，我約了妹妹和妹婿跟他見面，但羅伯特並未到場。我坐在那有著普羅旺斯風格家具、名叫「拉凡多」的小餐廳裡——我和妹妹向來都很喜歡這家餐館——簡直無地自容。直到現在，就算我有錢可以一擲千金，享受美饌，我還是不想再踏進去一步。

他唯一有力氣做的事情就是畫畫，而且只畫那個女人。當時我已經不想再問她是誰了，因為每次問他，他總是語帶含糊、神祕兮兮的，讓我很是惱怒。有一次我心中苦澀的想：現在的情況本質上還是像當年我還是個學生時一般，沒有什麼改變。他還是那樣故做神祕，不肯說出是在哪裡遇見那個女子，以及要畫她的原因。

我一直認定那個黑髮女子是個活生生的人。但有一天他外出購買畫布時，我翻閱了幾本他的書，才知道事實並非如此。當時他已經有好一陣子沒有離開公寓了。我心想他有力氣出去辦事並規劃一下新的創作，倒是個好現象。他出去後，我發現自己開始在沙發旁邊徘徊。那沙發已經成為他的小窩了，上面甚至有他的味道。趁著他不在的時候，我趴在上面，聞著他的頭髮和衣物的氣息。這裡就像是真正的動物巢穴一般的凌亂，到處堆滿了紙片、繪畫用品、詩集、髒衣服和從圖書館借來的關於肖像畫的書。他現在只畫肖像畫，而那黑髮女子是他唯一的主題。他似乎忘記從前對風景畫的喜好，以及他在靜物方面的精湛技巧——他原本是很多才多藝的。我注意到那間小客廳裡的百葉窗拉了下來，而且已經持續好幾天了，但因為我這些天忙著教書工作，進進出出的，一直沒有發現。

突然間，我才恍然大悟自己有多麼白癡，一直沒發現羅伯特處於一種憂鬱的狀態。他所謂的「不安與沮喪」，其實就是「憂鬱」的一種，而且可能比我所想像的更加嚴重。我知道他隨身都帶著藥物，偶爾會拿出來服用，但他告訴我那只是他有時在一整夜作畫後，用來幫助睡眠的，何況我也從未看過他定時服用任何藥物。可是話說回來，他也從未規律的做過任何事情。我坐在那兒，看著那一度明朗宜人但如今已經變了樣的公寓，心裡感到難受，避免去想羅伯特——我的知己——的改變。

然後我開始動手清理。我把羅伯特的雜物統統放在一個籃子裡，把書整齊的堆在床邊，把毯子摺好，把沙發墊拍鬆，並將那些骯髒的玻璃杯和裝麥片的碗拿到廚房。突然間我看到了自己：一個高大、整潔、能幹的人正在清理別人留在地毯上的碗盤。我想當時我便明白我們之間已經完了，並非因為羅伯特怪異的行為所致，而是因為我的自我形象已經改變。我看著他縮小了一些，心頭不由得一緊。我將百葉窗拉起，把茶几擦乾淨，並從廚房拿了一瓶鮮花，放在終於重見天日的客廳裡。

我心想，事情應該到此為止，該是分手的時候了。我在沙發上又坐了一會兒，感覺一部分的自我逐漸回來了，有些感傷，也有些害怕。然而，正當這時，我開始順手翻閱羅伯特放在那裡的書。最上面三本是他從圖書館借來的有關林布蘭的書，另一本是關於達文西的——羅伯特的興趣似乎有點從十九世紀轉向了——再下面則是一本厚厚的、關於立體派的書，但我從未看他打開過。

這些書旁邊有兩本關於印象派的書。其中一本的內容是那些印象派畫家彼此為對方所畫的肖像——我翻閱了一下，裡面的圖片都是我所熟悉的——另外一本則是薄薄的、附有插圖的平裝書，內容是講述印象派女畫家的種種，從莫莉索在第一次印象派畫展的關鍵性角色，一直談到二十世紀初期，也提到後期一些比較不為人知的女畫家。我打開後發現這本書並不是從圖書館借來的，而是羅伯特自己的，心裡不由得有些敬佩，也很訝異它看起來是如此破舊。顯然他已經整本看過，而且還時常翻閱，上面甚至還沾了一點顏料。

我在信封裡附上了這本書；這是我上個月自己去找來的，因為他那本已經被他帶走了。你翻到四十九頁，就會發現我當初翻閱時所看到的東西：一幅羅伯特畫中女子的肖像，以及她所畫的一幅諾曼第海景。我後來得知，這位女子名叫碧翠絲·戴克萊瓦，是個很有才華的女畫家，但在近三十歲時就停止了創作。據書中的傳略顯示，她之所以放棄繪畫，是因為後來有了孩子，而且是在二十九歲的高齡冒著風險懷孕的。在她那個年代，對那個階級的婦女而言，摒除雜務、專心持家才是應有的美德。

那幅複製的肖像畫是彩色的，而那張臉我也不會認錯。我甚至熟悉她領口那淺綠底淺黃花的褶飾、帽子上的蝴蝶結、那柔和的洋紅色的臉頰和嘴唇，以及那謹慎而喜悅的表情。根據書中的說明，她十七歲就開始從學院派的老師喬琪思．拉梅兒處習畫，直到二十五六歲為止，是位很有前途的年輕畫家，曾經以瑪麗．瑞薇耶的化名在巴黎沙龍展出過一幅畫作，一九一〇年時因流行性感冒而逝世。她的女兒奧德曾於第二次世界大戰前在巴黎擔任過記者，死於一九六六年。碧翠絲的丈夫是一位有名的文官，在巴黎的四、五個城市建立了現代化的郵局。她與馬內一家、莫莉索夫婦、攝影家納德，以及象徵主義代表詩人馬拉美等人都熟識。她的畫作已被奧賽美術館、曼特農美術館、耶魯大學美術館、密西根大學，以及好幾位收藏家所收藏。其中最有名的一位是墨西哥阿卡波可市的裴德洛．凱雷。

這些資料你都可以在書中看到，但我要試著說明一下我看到這些圖片和文字時的感受。當一個人發現自己的伴侶對他很久以前看過一兩次的一個活生生的女人念念不忘時，心裡難免會有點不安，但身為藝術家，迷戀某個圖像其實是很正常的。但是當我發現羅伯特所迷戀的女人已經不在人世時，心中的感覺遠甚於不安，事實上已經到了震驚的程度。你無法嫉妒一個已經死去的人，但是當我知道世上確實曾經有過這麼一個女人時，心中的感覺卻近乎嫉妒。然而當我想到她很久之前就已經去世了，不知怎地，那種感覺有點詭異，彷彿察覺到他有某種戀屍癖似的。

但這是不對的。活著的人往往還愛著死去的人；我們絕不會批評一個鰥夫愛著他死去的妻子，甚至對她念念不忘。但這個女子卻是羅伯特所不認識，也不可能認識的，因為在他出生四十多年以前，她就已經死了。這件事簡直令我作嘔。我猜這個字眼也許太過強烈，但我確實覺得有些反胃。這真是太奇怪了。如果他反覆畫著的那張臉是屬於一個還在世的女人，我就不至於認為他可能瘋了，但既然我知道那個女人早已不在人間，便開始納悶他是否有哪裡不對勁了。

我將那則傳略讀了好幾遍，以免漏掉任何資料。碧翠絲這個人似乎不太為人所知，要不就是藝術史學者對她放棄繪畫、轉而相夫教子這件事感到很無趣。除此之外，她在後來幾十年的生活中，似乎也沒做過什麼值得注意的事，一直到她過世時為止。一九八〇年代，巴黎一座我從未聽說過的博物館，為她舉辦了一場回顧展，其中的畫作可能都是從私人的庋藏中借來的，但那是在我還沒申請進入大學之前的事。此刻我再度看著她的肖像。她還是那副微笑著若有所思的模樣，嘴角左側有一個酒渦。即便是在那光滑的紙頁上，她的視線似乎還是跟著我移動。

最後我再也受不了了，於是便闔上書本，將它放回書堆裡去。但旋即又把它拿出來，寫下書名、作者姓名和其他出版資訊，以及書中有關碧翠絲的一些資料，然後再小心地把它放回去，將那張字條藏在我的書桌裡。然後我便走進臥房，把床鋪好，在上面躺了下來。過了一會兒之後，我走進廚房，把那兒也收拾乾淨，並用我在櫥櫃裡所能找到的材料做了一頓飯。我已經很久沒有真正做一頓飯了。我愛羅伯特，將盡可能好好對待他、照顧他，幫助他復原，而且他曾經告訴我他還有醫療保險。那天晚上他回家時，看起來心情很好。我們吃了一頓燭光晚餐，並在客廳的地毯上做愛（他似乎沒有注意到我已經把沙發清乾淨了），後來他還拍了一張我裹在毯子裡的照片。關於那本書或那幾幅畫的事情，我一句也沒提。

那個禮拜，情況略微好轉，至少在表面上是如此，但後來羅伯特告訴我，他需要再回綠丘鎮一次。他說他得和凱特一起去見律師，並解決若干財務問題，需要花一個禮拜的時間。我有些失望，但我想如果他能夠把事情做個了斷，也許心情會變好，於是我便和他吻別，就讓他走了，什麼也沒說。他是搭飛機去的；飛機起飛時我剛好有課，因此無法開車送他去機場。一個禮拜之後的某個晚上，他果然回來了，看起來非常疲倦且身上帶有一股怪味，一種污穢卻彷彿具有異國風情的氣息。之後，他睡了兩天。

第三天時，他出門去辦事。我便趁機搜他的東西，心中雖然有點羞愧，但為了知道更多，我義無反顧。當時他還沒把行李打開。我在其中發現了幾張寫著「巴黎」字樣的法文收據，分別來自一家旅館、幾家餐廳和戴高樂機場。他的夾克口袋裡還有一張揉皺了的法航機票以及護照——之前我從未看過。大多數人護照上的相片看起來都很可怕，但羅伯特的那張卻非常好看。在他的衣服間，我發現了一包用牛皮紙包起來的東西，裡面是一捆用緞帶紮起來的信，看起來頗為古老，而且顯然是用法文寫的。之前我從未見過這些信。我心想不知道這是否與他的母親有關。也許這是他們家族從前往來的書信，也許他是在法國拿到的。然而，當我看到第一封信上的署名時，我便愣住了，在那兒坐了許久，像是做了一個長長的噩夢。然後我便將信件一一摺好，放回他的行李內。

接下來我得決定自己該對他說些什麼了。要說「你為什麼要去法國？」，還是更重要的一句話：「你為什麼不告訴我你要去法國？甚至不帶我去呢？」但我問不出口。因為這有關我的自尊心，而那時我的自尊心已經像媽咪從前說得那樣不堪一擊了。於是，我便以一幅我們倆同時都在創作的靜物畫為由，借題發揮，跟他吵了一架，然後把他趕了出去。而他也毫不留戀。後來我向妹妹哭訴，並發誓就算他再回來，我也絕不會要他。我試著忘掉他，讓事情就此結束。但是當他一次都沒跟我聯絡時，我開始擔心了。有好長一陣子，我都不知道他離開我之後，去了國家畫廊——或者那是幾個月之後的事情——企圖破壞一幅畫。這不像是他的作風，一點都不像。

第七十九章

馬洛

第二天上午，瑪麗來到我的旅館，和我一起吃早餐。餐廳裡有一半的桌子都是空的。她顯得比前一天晚上安靜，初來時的那種興奮模樣已經不見了。我再次注意到她眼睛底下有如雪地上影子般的紫色污印。今天早上她的眸子顯得陰暗，彷彿籠罩著一層烏雲。她的鼻子上有幾顆雀斑；那是我從前沒有注意到的，又細又小，和凱特的完全不同。「妳昨天晚上睡得不好嗎？」我問，有點擔心她會再度給我個嚴厲的眼色。

「嗯。」她說。「我在想，我告訴了你那麼多有關羅伯特和我自己的私事，你昨晚一定坐在旅館房間裡想著這些事情吧。」

「妳怎麼知道我在想那些事？」我把一盤烤吐司遞給她。

「要是我就會想呀。」她言簡意賅的說道。

「呃，沒錯，我是在想。我經常都在想。妳真了不起，讓我知道這麼多有關他的事情。這會讓我更能幫助羅伯特。」眼看她面前的吐司都涼了，卻一口也沒動，我躊躇了一會兒，不知道該怎麼說下去。「現在我可以明白妳在還得不到他的時候，為什麼會等他那麼久了。」

「應該說是我還搆不到他的時候。」她糾正我。

「我也明白妳為什麼會愛上他了。」

「曾經，現在已經不愛了。」

這實在超乎我的期望，於是我便趕緊專心吃著我的班尼迪克蛋，以免視線與她交會。事實上，我們大多數時間都默默吃著早餐，但過了一會兒之後，氣氛就愈來愈自然了。

她站在大都會博物館內，看著那幅《碧翠絲的畫像，一八七九年》，也就是她在羅伯特留在沙發旁的一本書中、第一次看到的那幅畫。「我想羅伯特後來回到這兒來，然後又看到了她。」她說。

我看著她的側面，腦海中清晰的浮現出我們第一次在博物館見面時的情景。「是嗎？」

「嗯。我在寫給你的信中有提到，他和我住在一起時，曾經去過紐約至少一次，回來的時候顯得異常興奮。」

「瑪麗，妳想不想去看羅伯特？回華府時我可以帶妳去。就在下星期一，如果妳願意的話。」我原本不想那麼早說的。

「你是要我自己去問他一些事情，好幫你查出更多資料？」她直挺挺的站在那兒，再次審視著碧翠絲的臉，看也不看我一眼。

我嚇了一跳。「不，不是這樣。我不會要妳這麼做的。妳已經讓我對他有了新的認識。我只是想，應該讓妳有機會親眼看看他，如果妳願意的話。」

她轉過身子，然後便走了過來，彷彿要在碧翠絲的視線下尋求保護似的。接著她突然把一隻手塞進了我的手掌裡面。「不。」她說。「我不想看到他。謝謝你。」然後她把手抽出來，繼續往前走，觀賞竇加的芭蕾舞孃和那些用大毛巾擦乾身體的裸女。過了幾分鐘後，她走了回來，對我說道：「要不要走了？」

博物館外，天氣晴朗而溫和，雖然已是夏天，但並不炎熱。我在街旁的小吃攤上買了兩根塗了芥末醬的熱狗（「你怎麼知道我不吃素？」瑪麗問，雖然我們已經一起吃過兩頓飯了）。我們信步走進了中央公園，坐在一張長椅上吃著，並用紙巾擦手。出乎我的意料之外，瑪麗擦著自己的手時，也順便幫我把手上的芥末擦掉。我心想，如果她有小孩的話，必然會是一個好媽媽吧，但我當然沒有說出口，只是將手指張開。

「我的手看起來比妳的手老得多，不是嗎？」

「那當然啦！它確實比我的老一點。老個二十歲吧，如果你是在一九四七年出生的話。」

「我不想問妳是怎麼知道的。」

「沒有必要問，福爾摩斯先生。」

我坐在那裡看著她。橡樹和山毛櫸斑駁的陰影灑在她的臉頰、那短袖的白色上衣，以及肌膚細緻的脖子上。「妳真美。」

「請不要這麼說。」她低頭看著膝蓋。

「我只是在恭敬的讚美妳。妳就像一幅畫一樣。」

「這話很白癡耶！」她把紙巾揉成一團，丟進長椅邊的垃圾桶。「沒有女人會希望自己是一幅畫。」但是當她又轉過頭來看著我、我們的目光交會時，兩人心中彷彿都對自己方才所說的話有了一股奇特的感覺。她先把視線移開。「你結過婚嗎？」

「沒有。」

「為什麼不結婚？」

「喔，我念醫學院念了很久，然後一直沒有碰到合適的人。」

她把那穿著牛仔褲的雙腿交叉起來。「那你談過戀愛嗎？」

「談了好幾次。」

「是最近的事嗎？」

「不。」我想了一會兒。「也許是吧，幾乎可以說是。」

她揚起眉毛，直到那兩道眉毛沒入那短短的劉海下。「到底是怎樣？」

「我正試著談戀愛。」我的語氣盡量平靜，感覺自己就像是在和一隻野鹿對話一般；它隨時都有可能受到驚嚇然後縱身逃開。我把一隻手伸到長椅後面，沒有碰到她，然後便看著不遠處公園裡那迂迴的碎石路、大石頭、綠色山丘上那些氣派莊嚴的樹木，以及在附近的步道上行走或騎著單車的人們。這時出乎我意料之外，她突然靠過來吻我。起初我只覺得她的臉距離我很近，但後來她就開始輕柔的、略微猶豫的吻著我。我也慢慢挺起身來，雙手按住她的雙頰，開始回吻著她，力道同樣很輕，以免嚇到她。我的心怦怦跳著。那顆蒼老的心。

我知道再過一分鐘她就會退開，然後靠著我開始默默哭泣，而我會一直抱著她，直到她不再哭泣為止。在我們各自啟程回家前，我們會再度更熱烈的親吻對方，之後她會說些像是「對不起，安德魯，我還沒準備好」之類的話。然而，做我們這一行的，有的是耐性，況且我已經知道一些有關她的事情了：她像我一樣，喜歡去維吉尼亞州畫一整天的畫；她需要經常吃東西；她需要知道自己能夠獨立自主。我在心中默默對她說道：「姑娘，我明白妳的心已經碎了。讓我來幫妳修補吧。」

第八十章

一八七九年

她不由自主的一直想著自己的軀體。她應該想一想奧利維耶的，畢竟他的身體有著如此豐富、有趣的歷練。但第二天上午在海灘作畫時，她卻捲起亞麻布工作服的袖子，看著右手腕內側被蟲子叮咬的痕跡，抓了一下，並出示給奧利維耶看，彷彿把他當個朋友似的。他們一起盯著那雪白的手臂。她看著自己手腕上那個紅色的小點，以及戴著戒指的修長的手，心中充滿了慾望，而他想必也是。此刻，他們正在海灘上的畫架前作畫。她已經放下了手中的畫筆，但奧利維耶仍舊拿著一支蘸滿了溼溼的深藍色顏料的小畫筆。

他們站在那兒看著她手臂的弧線，然後她便徐徐朝著他的臉伸過去。當她的手已經靠得很近，意思相當明顯時，他便用雙唇輕吻著她的手部肌膚。那景象比起那份感覺，更令她的身體顫抖。他將她的手臂輕輕放下，然後兩人的目光便交會了。那是她言語無法形容的一個場面。不知道是因為激動的緣故，還是因為海峽的風，他那銀髮下的臉頰開始泛紅。他覺得很窘嗎？等到他們親熱的時刻，她也許會問他這樣的問題，但現在她仍不允許自己想像那個畫面。

第八十一章

馬洛

後來，我試著做個實驗。我和羅伯特一起安靜的在他的房間裡待了一個小時；我帶了一本速寫簿，當他坐在那兒畫著碧翠絲時，我便坐在一旁畫著他。我想告訴他我知道她是誰，但就像往常那樣，還是有所顧忌。畢竟我對她或他的了解可能還不夠多。他起先看了我一眼，有些惱怒，後來又瞄了我一下，彷彿已經知道我在畫他。他雖然仍未理睬我，但如果我沒搞錯的話，房間裡似乎逐漸有了一種淡淡的、類似友誼般的氣氛。四下靜悄悄的，只有我們各自的鉛筆沙沙作響的聲音，感覺非常平靜。

在上午的時段能夠放下一切埋首作畫，使我有一種祥和的感覺。這是我在金樹林療養中心很難得的體驗。羅伯特的側面非常有趣，而且他既未表現出生氣的樣子，也沒有站起身來走開，或以其他方式打斷我的工作，讓我既高興又驚訝。當然這也有可能是因為他已經變得更加孤僻，根本不在乎別人的存在。但我感覺他事實上是在容忍我的舉動。畫完後，我把筆放進外套口袋裡，將那張素描從簿子上撕下來，悄悄放在他的床頭。我心想，這幅肖像雖然沒有他畫得那麼表情豐富，但其實也還不賴。我離開時，他並未抬起頭來，但當我過兩三天後去察看時，發現他將我留下的小禮物貼在他的畫作旁一個不顯眼的位置。

那天晚上，瑪麗打電話來，彷彿已經知道我和羅伯特一起畫畫的事情。「我想問你一件事。」

「儘管問呀。這樣才公平。」

「我想看看碧翠絲和奧利維耶的那些信。」

我只猶豫了一下。「當然可以。我會把我目前已經請人翻譯好的影印給妳。其他的等我拿到時再給妳。」

「謝謝。」

「妳最近如何？」

「很好。」她說。「我目前正在工作，我的意思是我正在畫畫，因為學期已經結束了。」

「這個週末想不想去維吉尼亞州畫畫？一個下午就好了。到時天氣應該會像春天一樣。我挺想去的。我可以順便把信帶去給妳。」

她沈默了一下。「好吧。那我就去吧。」

「我原本想打電話問妳的，但妳不在。」

「嗯，我知道。很抱歉。」她的口氣聽起來真的很抱歉。

「沒關係。我可以想像去年這一年妳過得有多辛苦。」

「你是從精神科醫師的角度來看嗎？」

我不由自主的嘆了口氣。「不，我是從一個朋友的角度來看。」

「謝謝你。」她的語氣彷彿有些哽咽。「我挺需要朋友的。」

「其實我也是。」我知道，如果是在六個月之前，我根本不會說這句話。

「星期六還是星期天？」

「星期六好了，看看天氣再說。」

「安德魯？」她的口氣很溫柔，彷彿就要微笑般。

「什麼事？」

「沒事，謝謝你。」

「我才該謝謝妳。」我說。「很高興妳願意去。」

星期六那天，她穿了一件紅色的厚外套，頭髮盤了起來，用兩根簪子固定住。我們一起畫了大半天。後來，在那不合時令的溫暖陽光下，我們坐在毯子上一邊野餐一邊聊天。她看起來氣色紅潤。當我俯身過去親吻她時，她用雙手抱住我脖子，把我拉了過去。這回她沒有掉眼淚了。不過我們也僅止於親吻而已。後來我們在城外吃了晚餐，之後我便送她回家。她的公寓位於紐約東北區一條滿地垃圾的街道上。當時那些信的影本已經放在她的包包裡了。她並未邀請我上去坐坐，但在進門前又跑回來親了我一下。

第八十二章

一八七九年

致伊維思．韋諾，巴黎市帕西區

我親愛的丈夫：

希望你一切都好，也希望爸爸的身體已經逐漸康復。謝謝你溫馨的來信。爸爸的狀況使我憂心，我恨不得能在那兒親自照顧他。通常在他的胸膛上熱敷會讓他好過一些，但我猜伊思梅已經試過了。請向他轉達我的關切與問候。

至於我自己，儘管埃特爾塔在旺季到來之前非常安靜，倒不至於無聊。我已經完成了一幅油畫（雖然不很完美）、一幅粉蠟筆畫和兩幅素描。伯父很幫忙，時常給我一些有關用色方面的建議，但我們的畫風極為不同，因此我還是得靠自己摸索。不過他見多識廣，因此我還是很尊重他。目前他正在說服我找一個比較有挑戰性的題材，畫一幅比之前大很多的畫作，然後在明年繼續以瑞薇耶女士的化名提交給沙龍評審團。但我還不確定自己是否想畫這麼大的一幅畫。

我前兩個晚上都睡得很好，現在感覺精神抖擻。

她放下筆，環顧這個貼了壁紙的房間。第一天晚上她因為精疲力竭而呼呼睡去。現在，第三個晚上，她一直在半夢半醒之間想著奧利維耶那堅實、乾燥的嘴唇貼近她手臂的模樣，想著他那形狀敏感的嘴唇和她自己那蒼白的肌膚。

她知道自己該做什麼：她應該告訴奧利維耶她覺得不舒服，編一個藉口，說自己覺得焦躁不安，他們應該立刻回家。但那正是伊維思當初送她來的原因。就算她鼓起勇氣這麼做，也會被奧利維耶看穿，因為英吉利海峽吹來的清新海風，以及那廣袤的大海與天空，已經讓她久居巴黎的鬱悶心境獲得了解放，使她顯得容光煥發。她喜歡披著那溫暖的斗篷，在岸上作畫。她喜歡奧利維耶陪她，和她說話，也喜歡晚上和他一起看書。他已經使得她的世界更加寬廣，大到超乎她從前能夠想像的程度。

於是，她把信上的最後四個字塗掉，改成「還是想睡」。如果她說她必須回去，奧利維耶會看出她在說謊，會以為她想逃走。這會對他造成傷害。她不能這麼做。他是如此容易受傷，因此她必須讓他安心。當他牽起她的手時，可能是他最後一次碰觸任何女人了。況且，因為她比他年輕，佔有優勢，因此更容易傷害到他。

她走到窗前，把窗上的插銷拉開。從這個位於樓上的房間內，她可以俯瞰下面那座米中帶灰的海灘和顏色更灰的海水。一陣風吹動了窗簾，吹皺了她放在椅背上的晨間衣服的裙襬。她試著想像伊維思的模樣，但一閉上眼卻看到一幅惱人的誇張圖像，像是報紙上的一幅政治漫畫：伊維思戴著帽子、穿著外套，頭部大得不成比例，臂下夾著一根手杖，他戴上手套然後與她吻別。相形之下，想著奧利維耶就容易多了：他和她一起站在海灘上，身材挺拔，神情微妙，一頭銀髮，爬滿皺紋的臉頰氣色紅潤，藍色的眼睛裡泛著水光，身上穿著剪裁合宜的褐色舊西裝，拿著畫筆的手宛如工匠一般，指尖是方形的，手指略微腫脹。這個畫面讓她有些感傷；這是她實際和他在一起時所沒有的感覺。

但這個畫面在她的腦海中也無法停留多久。她看到了下面那條街道、那一排新的紅磚店面以及上面的精巧裝飾。這些店面擋住了她一半的視線，讓她無法看到整座海灘。她心中一直有個疑問：她可以在這樣不上不下的狀態下度過幾個夜晚？明天下午他們仍然會去那座晴朗的海灘上作畫，然後各自回到房間更衣，準備吃晚飯，之後再和眾人一起用餐，並坐在那家具過多的旅館休息室裡談論他們所看的書。她會覺得在心靈上她已經依偎在他的懷中了。這樣還不夠嗎？然後她會回到自己的房間，開始另一個無眠的夜晚。

她用雙肘拄著窗台，問自己另外一個問題，一個更難的問題。她想要他嗎？她在那長長的海岸以及倒覆的小船上都找不到答案。她把窗子關上，噘起嘴唇，心想就讓命運來決定吧；或許命運已經決定了。那是一個軟弱的答案，但除此之外，沒有別的答案了。該是他們去畫畫的時候了。

第八十三章

馬洛

有一天晚上，我回家後接到了裴德洛·凱雷的來信，語氣熱忱得讓我有些訝異。看完信後，我便走到電話機旁，打了一通電話給一家旅行社，這舉動令我自己也有些訝異。

親愛的馬洛醫師：

謝謝您兩個星期前的來信。您對碧翠絲·戴克萊瓦的了解或許比我還多，但我仍樂意協助您。如有可能，請在三月十六日與三月二十三日之間前來與我面談。之後我將前往羅馬，因此將無法接待您。此外，有關您的另外一個問題，我從未聽說過有任何一位美國畫家研究戴克萊瓦的作品，也從未有這類人士與我接洽過。

敬祝安好。

裴德洛·凱雷

接著我打電話給瑪麗。「下下禮拜去阿卡波可如何？」

雖然已經將近傍晚，但她的聲音有點重濁，好像才剛醒過來似的。「什麼？你聽起來像是一則——我也說不上來，一則人事廣告吧。」

「妳在睡覺嗎？妳知道現在幾點了嗎？」

「別吵我，安德魯。今天我休假，而且我昨晚畫得很晚。」

「畫到幾點？」

「四點半。」

「喔，你們這些正牌的畫家就是這樣。我今天早上七點就到金樹林療養中心了。喂，妳想去阿卡波可嗎？」

「你是說真的嗎？」

「是啊，但不是去度假。我得去那邊做一些調查。」

「你的調查是不是剛好跟羅伯特有關？」

「不，是和碧翠絲．戴克萊瓦有關。」

她笑了起來。聽到她說出羅伯特的名字後這麼快就笑了出來，我心中一喜。也許她真的已經開始擺脫他的陰影了。「我昨天晚上夢見你了。」

「夢見我？」說來可笑，我的心居然跳了一下。

「是呀，一個很好的夢。我夢見我發現你是發明薰衣草的人。」

「什麼？妳說的是顏色還是植物？」

「我想是香味吧。那是我最喜歡的香味。」

「謝謝。那妳發現這件事之後，在夢裡做了什麼呢？」

「算了，不說了。」

「妳要我求妳才肯說嗎？」

「好吧。你不用求我。當時，為了感謝你，我在你臉頰上親了一下。就這樣而已。」

「好吧，妳想去阿卡波可嗎？」

她又笑了起來，顯然已經很清醒了。「我當然想去阿卡波可。但你知道我沒那麼多錢。」

「我有。」我輕聲說道。「我聽我爸媽的話，已經存了好幾年的錢。」可是一直找不到可以讓我把錢用在她身上的人，這句話我沒說出來。「我們可以在妳放春假的時候去。不是剛好同一個禮拜嗎？這不是天意嗎？」

這時話筒裡突然變得沈寂起來，就像是你在樹林中停下腳步傾聽的時刻一樣。我傾聽著，聽見她呼吸的聲音，就像在靜下心來之後，在那一片靜謐中，聽見枝頭的鳥鳴以及六呎外松鼠在枯葉堆中窸窣移動的聲音。

「這個嘛……」她緩緩說道。我想從她的聲音裡可以聽得出來她媽媽也教她要存錢，但她幾乎沒錢可存。這些年來只要她一有空閒，就會將存了幾天、幾個星期乃至幾個月的錢拿來畫畫。她的自尊心太強，不願意也不敢向人借錢。她母親也許曾經從剩餘的積蓄裡拿了一筆錢給她，但可能並不多。她太敬業，不願意辭去教職，但她的學生們並不知道她每個月付了房租、電費和伙食費之後，帳戶已經所剩無幾。這種窮困潦倒的生活正是我不想過的，所以我才去念醫學院，但從此以後，我只畫了十幅自己喜歡的畫。而莫內光是在一八六〇年代就畫了六十幅埃特爾塔的風光，其中有許多都是傑作。我曾看過瑪麗的畫室牆邊堆了幾十張畫布，架子上也放著成千上百張版畫和素描。我心想不知道其中有多少張她到現在還喜歡。

「呃……」這回她的聲音聽起來比較明朗。「讓我想想看吧。」我可以想像她在那張我從未見過的床上移動的模樣。她現在一定坐了起來，手握著話筒，身上也許穿著一件寬鬆的白襯衫，然後用手把頭髮撥到一邊。「可是如果我跟你一起去的話，還有一個問題。」

「這我就幫妳說了吧。即使妳接受我的邀請，也不必和我上床。」說完我立刻覺得這話太露骨了。「我會想辦法讓我們不睡同一個房間。」

我聽見她吸了一口氣，彷彿想要喘氣或笑出來似的。「喔，不。問題是到時我或許會想要跟你上床，但我不希望你認為那是為了要答謝你幫我出錢的緣故。」

「好吧。」我說。「我該怎麼說呢？」

「什麼都不必說。」我確信瑪麗幾乎要笑了出來。「拜託，什麼都不要說。」

但兩週後——這段期間華府刮起了一場罕見的暴風雪——我們在機場碰面時，彼此都顯得沈默而不太自然。我開始心想這趟旅行或許不是個好主意，有可能讓我們雙方都很尷尬。我們說好了要在登機門口碰面；那裡已經擠滿了學生（有可能是瑪麗的學生），一排排不耐煩的坐在那兒。儘管窗外的飛機滑行過的地面上仍有一堆堆骯髒的積雪，這些學生卻已穿上夏天的衣裳。瑪麗走過來時，肩膀上背著一個裝著畫布的囊袋，手裡提著可攜式的畫架，俯身過來笨拙的親了一下我的臉頰。她把頭髮盤在腦後，身上穿著一件海軍藍的長毛衣和一條黑色的裙子。在那些穿著短褲和鮮豔的上衣、動來動去的青少年當中，她看起來像是某個教派的庶務修女，剛離開修道院，正要去外面考察。我這才想起自己甚至沒想到要帶繪畫用具來。我是怎麼回事？這下我只能眼睜睜的看著她作畫了。

在飛機上，我們漫無邊際的聊著天，彷彿已經一起旅行了好幾年。然後她就睡著了。起初她還在位置上坐得直挺挺的，後來身體逐漸歪向我這邊，光滑的頭部碰到了我的肩膀。我心想她昨天一定畫到很晚。我原本以為在我們倆第一次真正的旅行時，一定會聊個沒完，沒想到她卻睡著了，而且幾乎一直閃避著我，不時的在睡夢中把身子挺直，靠向另外一邊，彷彿不想和我太親密似的。在她打著瞌睡的頭底下，我的肩膀開始變得很敏感。我小心翼翼拿出一本有關如何治療邊緣型人格異常的新書——這是我一直想看的書，但由於忙著調查有關羅伯特和碧翠絲的事，我已經很少有時間閱讀專業方面的書籍了——開始看了起來，但每看一句，就不知所云了。

然後我的心中不由自主的浮現了一個我不願意面對的畫面：我想像她的頭靠在羅伯特赤裸的肩膀上的情景。她說她已經不愛羅伯特了，是真的嗎？畢竟，在我的治療之下，他有可能會康復，或至少好轉。到時候情況是否有可能變得更加複雜呢？想到他恢復正常後可能會發生的事，萬一我因此再也不想幫助他，那該怎麼辦？我翻到下一頁。在透過飛機外的雲層灑落的陽光中，她的頭髮看起來是淺栗色的，在機艙內那微弱的閱讀燈光下，表面成了金黃色，但當她把頭偏離窗戶時，顏色就變深了，看起來閃閃生輝，像是木雕一般。我伸出一根手指，無比輕柔的撫摸著她的頭頂。她動了一下，喃喃的說了些什麼，但並未醒來。她的睫毛是薔薇色的，闔在雪白的肌膚上。她左側的眼角有一顆小痣，使我想起凱特臉上點點的雀斑，以及我母親臨終時憔悴的臉上那雙悲憫的大眼睛。當我再度翻頁時，瑪麗直起身子，擁著身上的毛衣，把身體靠在窗戶上，遠離著我，仍未清醒。

第八十四章

一八七九年

她走到衣櫥前面，挑選今天要穿的衣服。該穿藍色或柔褐色的那套呢？最後她決定穿褐色的那套，並配上溫暖的長襪和堅固的鞋子。她把頭髮夾了起來，並帶著一件長斗篷、鑲著緋紅色絲綢邊的帽子和舊手套走了出去。他正在街上等著她，身上穿著那件繪畫用的夾克。看到他臉上開心的模樣，她便毫無保留的對他笑了起來。也許世上除了他們帶給對方的這種奇特的喜悅之外，其他的事情都不重要了。他提著兩人的畫架，她則堅持要幫忙拿提袋。他那個老舊的皮袋是他從二十八歲起就一直用到現在的東西。這是她所知道的有關他的許多事情之一。

走到海邊後，他們把繪畫裝備整齊的堆放在海堤下，然後便心照不宣的先開始散步。今天的風強勁而溫暖，有著青草的氣息。放眼望去，只見罌粟花和雛菊遍地盛開。每當她走到比較崎嶇不平的地段時，便會讓他牽著手，扶她一把。他們爬上了東邊的斷崖，走到海峽中間的一座高原，從這裡可以俯瞰海灘另一頭形狀奇特的石拱和石柱。她有懼高症，因此不敢靠近高原的邊緣，但他走上前去瞧了一下，告訴她說今天海浪濺得很高，把下方的峭壁都弄溼了。

此刻四下無人，只有他們倆。周遭的風光是如此壯闊美麗，令她覺得世上一切都無關緊要，更別提他們這兩個藐小的人物了。在這樣的時刻，似乎連她想生兒育女的渴望，以及心中的痛楚都無所謂了。她已經忘記罪惡感是什麼，也忘記人為什麼要有罪惡感。在這壯麗宏偉的景色中，只有身邊的人能給她安慰。於是，等他回來後，她便依偎著他。他摟住她的肩膀，用手臂圈住她的身子，彷彿怕她掉到懸崖底下。她整個人覺得無比安心而快樂，體內也湧出了一股慾望。風猛烈的吹著他們。他親了一下她帽子底下的脖子側面以及髮線。此刻或許因為看不見他的緣故，她已經忘記他們之間在年齡上的差距。

她心想，當燈火被吹熄，黑暗遮掩了他們之間的差異，兩人中間毫無障礙時，情況或許就像這樣吧。想到這裡，彷彿有一股熱流由上而下貫穿她的身體。他必然也感受到了，於是便抱緊了她。她感覺得到她的裙子以及襯裙的弧度，也感覺得到他的內心。此時他們心中有一種彼此隸屬的奇特感覺。面對著大海和天邊，在這無垠無涯的景色中，他們彼此互相依靠。他們就這樣在那兒站了許久許久，而她也渾然忘卻時間的流逝。當風開始變冷時，他們便默默往下走到海灘上，開始撐起畫架作畫。

第八十五章

馬洛

阿卡波可的街道對我而言有如夢境一般。此刻，我簡直不敢相信，自己為何五十二年來從未到過美國邊境以南的地方。那條延伸至市區長長的高速公路就像電影中一樣熟悉。沿途有些鋼筋水泥建築還在施工。一棟棟破敗的雙層樓房上面綴滿了生鏽的汽車零件並爬滿了九重葛，路邊林立著色彩鮮豔的小餐館，彷彿也生了鏽般的高大棗椰樹迎風招展。計程車司機操著一口破英語，為我們指出舊城的位置。明天我們將要到那兒和凱雷先生見面。

我在一家度假旅館訂了一個房間，約翰．賈西亞曾告訴我，這家旅館是世界上適合度蜜月的地方——他自己的蜜月就是在那裡度過的。這是我打電話向他請教並告訴他我已經愛上了一個女孩時，他告訴我的，語氣中沒有任何取笑、幽默或好奇的意味。當然我並未告訴他那女孩是誰，打算等到以後再向他說明。他只說：「安德魯，這真是好消息呀。」我猜他過去或許時常跟他太太談論著：「馬洛年紀也不小了。可憐的傢伙！不知道他能不能找到對象！」我猜那些結婚很久、仍未離婚的人，面對我們這類的人，大概都有些沾沾自喜的心態吧。但他並未多說什麼，只告訴我這家旅館的名字叫「拉蕊娜」。當我看著瑪麗走進這家旅館的大廳時，心中不禁暗自感謝他。大廳的四面八方都可以看到一叢叢的棕櫚樹，再過去便是大海了。暖和的風從海面上吹來，帶著一股柔和的、讓人說不上來的熱帶氣息，像是某種我從未吃過的成熟水果。此刻，瑪麗已經脫下了那件像修女般的長毛衣，穿著一件薄薄的上衣站在那兒。風吹著她的裙子。她仰頭看著那巨大中庭的屋頂，以及那些排列成金字塔狀、爬滿蔓藤植物的陽台。

「這裡好像巴比倫的空中花園喔。」她往旁邊看著。我想走到她背後，雙手輕輕摟著她的腰，抱住她的身子，但在這麼一個人生地不熟的地方，我想她不會喜歡這樣親暱的舉動。於是我便和她一起仰望著天窗，然後便走到長長的黑色大理石櫃台前面。在猶豫了一會兒之後，我向他們要了兩把鑰匙。我當初聽從她的建議，只訂了一個房間，而她似乎也能夠理解並接受這一點。我們默默搭著電梯上樓。電梯是玻璃做的，外面的庭院風光在我們腳下快速的掠過，直到快到頂樓為止。我心想這個國家是如此窮困，以至於他們的人民有數以百萬計想要入境美國，為的只是賺取足供溫飽的工資，因此我們住在這樣的旅館裡是何其的不恰當。但我告訴自己，這不是為了我，而是為了瑪麗。她每每在夜裡把公寓裡的電暖氣調到華氏五十五度，為的只是要節省電費。

我們的房間很大，陳設簡單，設計卻很雅致。瑪麗走動了一下，摸了摸由半透明大理石製成的方形燈籠，又摸了摸柔軟的灰泥牆壁。床很大——我趕緊轉過身去背對著它——上面鋪著米色的麻布床罩。從房裡僅有的一扇窗戶望去，可以看到中庭對面那高得令人目眩的大樓，以及上面那些同樣爬滿了蔓藤、放著黑色椅子的陽台。我這樣是不是太小氣了？當初是否應該多花一點錢，訂一個有海景的房間（雖然我已經花了不少錢）。瑪麗轉過頭來，面帶微笑，有些怯懦和尷尬。我猜她是不希望表現出一副感謝我如此大手筆的樣子，但似乎又想說些什麼。「妳喜歡嗎？」我問，倒像是自己犯了錯似的。

她笑了起來。「喜歡呀。你這傢伙真讓人受不了，但我確實很喜歡。我覺得我在這裡一定可以好好休息。」

「我會讓妳好好休息的。」我用雙手抱住她，親吻她的額頭，但她卻親了一下我的嘴唇，就走開去安放行李了。後來我們一直沒有碰到對方，直到散步到海灘時，她才一手牽著我，一手提著她的鞋子，和我一起走在那奔湧而來的潮汐中。海水溫暖得驚人，像是壺裡的茶水一般。海灘旁有一排高聳的棕櫚樹，還有許多間小茅屋。人們說著英文或西班牙文，聽著收音機或追著他們那些曬得黑黑的小孩跑。陽光灑在大地上，到處洋溢著喜悅。我已經好幾年——突然很驚訝的想到，事實上已經有六七年了——沒有踩在海水裡了，而且自從二十二歲以後，就再也沒看過太平洋了。瑪麗把上衣的袖子捲了起來，裙子也稍微撩起，她那纖細的膝蓋和修長的小腿露在外面，在海水裡閃著微光。我感覺到身旁的她似乎在風中微微的顫抖——也可能只是隨風振動罷了。

「妳明天要不要跟我一起去？」在那如雷的潮聲中我問她。

「去見那個什麼凱雷嗎？」她一邊涉水一邊問我。「你希望我去嗎？」

「除非妳想留下來畫畫。」

「我其他時間還可以畫。」她說得很有道理。

我們走回旅館的花園時，看見一名穿著制服、背著M16步槍的警衛在海灘的入口處巡邏。

後來，我們在旅館大廳外面的遊廊吃午飯。有一兩次，瑪麗站起身來觀賞外面的人工潟湖和瀑布，那裡有兩三隻紅鶴正在涉水，不知道是旅館養的還是野生的。我們用小而厚的玻璃杯喝著龍舌蘭酒，並默默舉杯互相敬酒，慶祝我們來到了阿卡波可。我們吃著檸檬汁醃生魚、酪梨醬和玉米脆片；萊姆汁和香菜的味道在我口腔內流連不去，像是一個承諾。暖暖的風、沙沙作響的棕櫚樹，以及太平洋的氣息逐漸召喚出一種似曾相識的感覺。那是童年時透過《金銀島》和《小飛俠》等書所產生的對叢林和海洋的信仰。是的，這類度假勝地的作用正是要營造出一種熱帶風情，一個神奇而安全的版本。除此之外，這裡也讓我想起了某些書——比方說《吉姆爺》——中的漫長旅程（這是我最喜歡的部分），以及在我們遙遠西邊的遠東地區。「庫茲先生——他死了。」這不是康拉德另外一本小說《黑暗之心》當中的句子嗎？我想起艾略特的詩句，想起高更在男歡女愛之後，從小屋中走出來回去畫畫。那裡的人們一年四季都不需要穿太多衣服。一個暑熱蒸騰的地區。

此刻，我的腦袋已經開始因為龍舌蘭酒而醺醺然。看著瑪麗伸手將一綹髮絲撩到耳後，我趕緊對她說：「我們明天大約九點鐘就要出發去凱雷那兒。他請我在早上過去，因為那個時候天氣比較涼快。他住在舊城區的海灣那兒。光是去看他住的地方應該就挺有趣的，不管它長得什麼樣子。」

「他也作畫嗎？」

「是的——他是個評論家也是個收藏家，但根據我看到的報導，我想他主要還是個畫家。」

回到房間後，我一方面因為來到一個新的環境而放鬆，一方面也因為當天一大早就出發旅行而疲憊。我有點希望瑪麗會一古腦的躺在我旁邊的位置上，和我同眠，然後我們之間那種尷尬的氣氛就會逐漸消融，但她卻拿起了畫架和袋子。想起了入口處的警衛，我不由自主的說道：「別走太遠。」但一說完就後悔了。倒不是怕她太年輕不懂我的意思，而是怕自己年紀大了，可能會讓她覺得我在指揮她或對她訓話。

但她並未顯出不悅的樣子。「我知道。我會在大廳旁邊的花園裡畫畫。如果你要找我的話，我會在面對海灘右手邊的地方。」她溫和的口氣讓我頗為意外。當我在床上躺下後——有她在，我甚至不好意思先脫下襯衫——她俯下身來，親吻了我一下，就像那天下午野餐、坐在毯子上時一樣，充滿了蓄積、壓抑已久的渴望。我也深深的回吻著，但仍然躺著不動，讓自己放她出去，因為那是她想要的。走到門口時，她轉過身來，再次深情的對著我微笑，表情顯得很放鬆，像是覺得和我在一起很安全。

然後她離開了，我也逐漸進入了夢鄉。在夢中我看到一叢叢的樹木與陽光，眼前彷彿有一波波的浪花衝擊著。當鬧鐘響起時，光線已經有些昏暗了。在那一剎那我還以為自己錯過了與病人——或許是羅伯特吧——約診的時間，因此便驚慌的坐了起來，心裡一陣害怕。可是，不對，羅伯特還活著，而且據我所知情況還可以，況且金樹林療養中心的人員也有這家旅館的電話。我走到窗前，把厚重的帘子和薄紗窗簾拉開，看到下面的大廳裡已經點起了幾盞燈，人們在裡面走動。

但我突然又一陣驚慌：瑪麗在哪裡？我雖然只睡了兩小時，但她一個人在外面，對我而言已經太久了。我找到了海灘鞋，把它們套上。花園裡棕櫚樹喧譁的搖曳著，每一片樹葉都在動，風從海上吹來，已經強勁得有些嚇人，不遠處的海浪正狂暴的拍打著岸邊。我看到瑪麗站在她先前所說的地方，她在畫布上塗抹著，不久又停下筆，後退一步，觀看自己的畫作。她站在那兒，輕巧的移動著身體的重心。但我看得出來她有點匆忙，因為光線快要消失了。在畫風景畫時總是這樣：眼看著陰影愈來愈逼近，你要和光線賽跑，很想把時間倒轉或把那逐漸形成的陰影從畫布上抹去。

過了一會兒之後，她注意到了我，於是便轉過身來。「光線消失了。」

我站在她身後。「畫得很棒。」這是真心話。她筆下那藍色的大海上有著一層屬於夜晚的透明光澤，色彩柔和而粗獷，確實是一幅成功的畫作。但我在上面看到了某種更深刻的東西。我不知道是什麼因素使得一幅風景畫顯得特別感人，但有些畫就是會讓你忍不住想看久一點，無論技巧如何。瑪麗已經捕捉了一天當中最後的悸動，那種「夕陽無限好，只是近黃昏」的感覺。我不知道該如何對她表達心中的感受，也不確定她是否想聽，因此當她審視著自己的畫作時，我只是默默站在那兒看著她的側臉。

「還不賴。」她終於說道，並開始用小刀刮調色盤，並將刮下來的顏料碎屑放進一個小盒子裡。當她把畫架摺起、開始收拾其他東西時，我便幫她拿著那張溼溼的畫布。

「妳餓了嗎？我們應該早一點睡。明天還有很多事要做呢。」但才剛說完，就覺得這話很笨拙。她可能會認為我在催她早點上床，姿態有點高高在上。

但出乎我意料之外的是，在那微暗的夜色中，她居然陡地轉過身來，避開畫布，按住我用力的親吻，並笑著說道：「先生，你就別再擔心了，好不好？」

我也笑了起來，暗自鬆了一口氣、但也有些慚愧。「好啦，我盡量就是。」

第八十六章

一八七九年

那天晚上在旅館的休息室裡，她不像之前那樣坐在房間的另一頭，而是坐在他附近。她無法專注於手中的刺繡活兒，於是便將它放在膝上，眼睛看著他。奧利維耶正埋首閱讀，頭髮梳得很整齊。他的雙腿修長，那張腳凳對他而言顯得有些太短了。他已經換上了晚餐的衣服，但她眼中看到的仍是他穿著破舊的西裝、外罩粗糙的工作服的模樣。他抬起頭，面帶微笑的問她要不要他念書給她聽。她接受了。那是《紅與黑》；她已經看過兩次了，一次是自己看的，一次是念給公公聽的。內容讓她很感動，但也常為書中人物朱里安的不幸遭遇而懊惱。然而此刻，她卻凝神傾聽著奧利維耶的朗誦。

她看著他的嘴唇，覺得自己變得很遲鈍，根本聽不進他念出來的那些話語。幾分鐘後，他放下書本。「親愛的，妳根本沒專心在聽。」

「恐怕是這樣。」

「我相信這一定不是斯湯達爾的錯，所以一定是我不好。我是不是有哪裡做錯了？嗯，我知道，一定有。」

「胡說。」當著附近其他客人的面——他們可都是有禮貌的人——她不好意思說得太大聲。

「別這麼說。」

他瞇著眼睛看了她一下。「好，那我就不說了。」

「對不起。」她降低了音量，撫弄著裙子上的花邊。「你只是不知道你對我的影響罷了。」

「可能是不好的影響吧？」但他那自信的笑容讓她有些反感。他很清楚他已經攫取了她的注意力。「那我念點別的給妳聽吧。」接著他便在旅館老闆娘的書架上、那些原先沒被選上的書籍中翻尋著。「來一本比較讓人振奮的書吧。《希臘神話》好了。」

她往椅子後面靠，一針一針的縫著，但他所念的第一個故事卻帶著一些淘氣的意味。「蕾妲與天鵝。蕾妲是一個世間少有的美麗少女，連遠在天上的偉大天神宙斯也對她傾心不已。於是他便化身為天鵝降臨在她身上……」

奧利維耶從書上抬起頭看著她。「可憐的宙斯。他情不自禁。」

「可憐的蕾妲。」她故做正經的糾正他，一邊拿著一把鸛嘴剪刀把線剪斷，心中已經恢復平靜。「這不是她的錯。」

「你想宙斯除了向蕾妲求愛之外，自己也喜歡當一隻天鵝嗎？」奧利維耶把書本攤在他的膝上。「算了——他大概什麼都喜歡，就是不喜歡管理那些不聽話的神。」

「喔，這我可不知道。」她喜歡跟他討論事情。為什麼跟他談話總是這麼令人愉快？「或許他情願自己化身為人去拜訪美麗的蕾妲吧。或許他甚至希望自己能有幾個小時的時間變成凡人，過過平凡的生活。」

「不，不。」奧利維耶拿起書又放了下來。「我恐怕不能同意這點。妳想想看，當一隻天鵝，翱翔在大地上，發現了蕾妲，那感覺該有多快樂呀。」

「我想是吧。」

「這可以變成一幅絕妙的圖畫，不是嗎？沙龍評審團會喜歡這類作品的。」他沈默了一會兒。「這個題材從前自然有人畫過，但如果用一種新的風格、新的技法來畫它，不知道會怎樣？題材雖是舊的，但可以採用我們這個時代的畫風，讓它看起來更自然一點。妳覺得如何？」

「沒錯——你為什麼不試試看呢？」她放下剪刀看著他。他的熱情、風采讓她心中湧起無限愛意。當她調整著自己膝上的刺繡時，覺得喉間、眼睛和全身都洋溢著滿滿的愛。

「不。」他說。「這只能由一個比我還大膽的畫家來畫。那個人必須要對天鵝很有感覺，而且下筆時無所顧忌。比方說，像妳。」

她再度拿起針線和布面。「胡說。我怎麼能畫這種東西？」

「我會幫妳。」他說。

「那怎麼行？」她幾乎脫口而出「親愛的」，卻硬生生把話吞了下去。「我從沒畫過這麼複雜的畫，而且還得找一個模特兒來扮演蕾妲，也要有合適的背景才行。」

「大部分的背景妳都可以在室外畫。」他的眼睛定定的看著她。「何不在妳的花園裡畫呢？這樣感覺會很新鮮。至於天鵝，妳可以畫布隆森林裡面的那些——妳從前就曾經畫過，而且畫得很好。而且也可以用妳的女僕來充當模特兒，就像從前那樣。」

「這樣太——我不知道耶。這個題材太強烈了，不適合女人畫。到時候瑞薇耶女士要怎麼提交呢？」

「那是她的問題，不是妳的。」他的神色頗為認真，但臉上微帶笑意，眼神也更加明亮。「如果有我幫妳，妳還會害怕嗎？可不可以冒個險，勇敢一點？有些事情不是比別人的眼光重要嗎？有些事情是值得我們去嘗試和珍惜的。」

這樣的時刻終於來臨了。他所提出的挑戰、她的驚慌和渴望，此時都充塞在她的胸臆。「如果你幫我？」

「是的，妳還會害怕嗎？」

她鼓起勇氣看著他，心裡有一種快要溺水的感覺。他一定會猜到她很想要他，而她也確實如此，雖然她試著避免說出這類字眼。「不。」她緩緩說道。「如果你幫我，我就不害怕了。和你在一起，我什麼都不怕。」

他看著她的眼睛。她很高興他臉上並沒有笑容，沒有得意的模樣，沒有一絲絲的虛榮。事實上，他看起來好像快要流淚了。「那我就幫妳。」他說。聲音輕得幾乎讓她聽不見。

她一句話也沒說，自己也幾乎要掉淚。

他看了她很久，然後才拿起書本，問她：「妳還想聽蕾妲的故事嗎？」

第八十七章

馬洛

我們在旅館大廳的吧台附近的一張桌子吃晚餐。那裡位於大廳的出口，我們可以聽見海浪拍岸的聲音，看見椰子樹搖曳的樹影。下午的微風變得更強，吹得樹葉沙沙作響，和海浪的聲音一樣綿綿不絕，使我再度想起了《吉姆爺》。我問瑪麗最近在看什麼書，她說了一本我沒聽過的當代小說，是某位年輕越南作家作品的譯本。我一邊聽著她說話，一邊不由自主的看著她的眼睛。在那閃爍的燭光下，她的眼睛籠罩在奇特的陰影中，臉頰顯得狹小。吧台上擺滿了玻璃杯和酒瓶，吧台後的侍者們正忙著爬到凳子上去點亮高處一對石鉢中的火炬，使得整個酒吧看起來像是古代的一座祭壇。這是某位設計師刻意營造的馬雅（或阿茲特克）風味。

瑪麗雖然不停的對我描述著那部小說當中船民的遭遇，但似乎也有些心不在焉。我注意到附近只有另一對男女在用餐。距離我們幾碼外的地方，有三個小孩正在逗弄一隻在棲木上梳理著羽毛的猩紅色金剛鸚鵡。遊客們在風中來來去去。一名女子推著一位坐在輪椅上、年紀較長的男人，並低下頭跟他說話。有一家人頂著光亮的頭髮在外面散步，並觀賞著那幾座淺淺的藍綠色噴泉和那隻脾氣暴躁的鳥。

看著這一切，我的心思彷彿被分割成兩半。其中一半被瑪麗吸引住了——在燭光下，她手臂上的毛髮以及臉頰上那幾乎不可見的汗毛顏色顯得很淡——另一半則被這個陌生的地方給迷惑住了。這些氣息、迴盪著聲音的空間、來來往往的人群……他們要去享受什麼樣的樂趣呢？過去我很少置身於這類純粹以享樂為目的的地方，因為我的父母親並不太認可這樣的場所，也不願意把錢花在上面。成年後，除了偶爾從事一些知性的旅遊或戶外繪畫活動之外，我的生活幾乎完全圍繞著工作打轉。但這個地方卻完全不同。這裡的風很輕柔，每個小地方都很豪華，空氣裡還有鹹水和棕櫚的氣息。除此之外，這裡沒有那些需要你去研究或探索的古老建築或國家公園——事實上這些都只是出遊的藉口。這裡完全就是一個讓你放鬆的地方。

「這一切都是為了向海洋頂禮，不是嗎？」瑪麗說道。原本一直在描述那部小說的她突然停下來，幫我說出了心中的想法。一時之間我喉頭哽咽，說不出話來。我們的思緒居然交集在一起，這應該只是個巧合，但我實在很想撲到桌子對面去親吻她，甚至有點想哭——但這是為了什麼呢？或許是為我那些已經不在人世的親友而抱憾吧，因為他們來不及看到這一幕，也或許是為其他人而難過，因為他們沒有我這麼幸運，擁有這麼多值得期盼的事物。

我點點頭，表示自己認同她這番很有見地的話，然後我們便默默用餐。有幾分鐘的時間，那番石榴、莎莎醬的風味和細嫩的魚肉吸引了我的注意力，但我仍一直看著她，或者應該說是讓她看著我。此刻，吧台對面彷彿有面鏡子似的，讓我看見了自己：一個已經過了盛年的男子，肩膀寬闊但已經略微下垂，頭髮仍舊濃密但已經開始變白，鼻翼到嘴角的紋路在那昏暗的燈光下顯得更深，但被亞麻布餐巾蓋住的小腹仍然平坦。長久以來，我一直善待我的這具身軀，只要求它帶我上下班並且一個星期做幾次運動。我讓它吃得飽穿得暖，頭臉乾淨，還給它吃維他命。再過一兩個小時我就會將它交付在瑪麗手中，如果她還希望我這麼做的話。

想到她的手指撫摸著我的脖子、我的大腿中間，以及我的手摸著她的乳房（到目前為止，只依稀看到它們在她那上衣底下的輪廓）時的那種快感，我的身體不由得顫動了一下，但隨即便感到羞赧：床邊的燈光一定會顯出我的年紀的。我已經太久沒有人愛了，可能會突然不行，如此一來，她一定會對我感到失望。我努力甩掉腦海中凱特的影像，以及羅伯特趴在她們兩人身上的模樣。我和他的第二個女人在這裡做什麼呢？然而，她現在對我而言，已經是個完全不同的人了。她是她自己。我怎麼能不跟她在一起呢？「天哪。」我忍不住脫口大聲說了出來。

瑪麗才剛把叉子送到嘴邊，聽見這話嚇了一跳，便抬起頭看著我。她那頭長髮披在肩膀的一側。

「沒事。」我說。她也並未多問，只是從容的喝著水。我暗自慶幸她不是那種時常問「你在想什麼？」的女人，但隨即便想到自己豈不是一天到晚在問別人同樣的問題，並且還因此坐領高薪嗎？想到這裡我不由自主的笑了出來。她看著我，顯然很迷惑，但並未開口。我心中湧起一股愛意：她不是一個凡事都想一探究竟的人。她有自己的世界，一種美麗的怯懦。

晚餐後，我們默默的一起上樓，彷彿已經無話可說的樣子。當我把房門打開的那一剎那，我簡直不敢看她，心想自己是否應該在走廊上等候，讓她先用房間或廁所，但後來又覺得如果我問她要不要我在外面等，這樣也挺尷尬的，倒不如跟她一起進去。於是我便跟著她走進了房間。她關起浴室的門淋浴時，我便拿著一份只剩下幾張的《華盛頓郵報》和衣躺在床上。她出來時，身上穿著旅館所提供的一件又白又厚的浴袍，披著溼淋淋的頭髮，臉和脖子微微泛紅。我們靜靜的注視著對方。「我也要洗澡。」我說，試著把報紙摺好，假裝若無其事的把它放在床上。

「好。」她說，聲音聽起來緊繃而冷淡。我心想，「她一定後悔了，後悔自己答應我來到這裡，讓她和我陷入這種情境。現在她一定覺得自己上了賊船。」突然間我的心情變得惡劣起來——太不幸了，我們的處境相同，只好設法看看如何渡過這一關並自求多福了。於是我站起身來，沒再對她說話，然後便脫下我的鞋子和襪子。在那淺色的地毯上，我的腳看起來細瘦得可憐。我從皮箱中取出盥洗包，她則走到房間的一角讓我進入浴室。我心想，為什麼會以為這一招可以行得通呢？我悄悄把浴室的門關上。鏡中的男子或許還有另外一個問題：他不是羅伯特·奧利佛。哼，去他的羅伯特。我脫下衣服，強迫自己看著胸前那叢銀色的毛髮。至少我的身材維持得不錯，因為跑步的緣故，肌肉也算結實，但她卻永遠摸不到了。畢竟我沒有必要什麼都做。瑪麗的過去已經無法逆轉。我卻還一直嘗試，真是太傻了。

我把水轉到熱得發燙的程度，嘩啦啦的沖洗著自己，並在生殖器上抹了肥皂（雖然她可能不會碰到它了）。我對著鏡子仔細的把自己已經邁入中年的鬍子刮乾淨，並穿上旅館所提供的另一件浴袍（「如果你喜歡我們的浴袍，可以把它帶回家！請與大廳內的商店洽詢。」上面用披索標示著一個讓你會心跳停止的價錢）。我刷了牙，把頭髮擦乾又梳了一下。很顯然，到了我這把年紀，要認真的讓任何人進入我的生命也是不可能的。我開始納悶，如果我們不做愛，之後怎麼可能睡得著呢？我或許可以向旅館再要一間單人房，把這間雙人房留給她，然後帶著我的手提箱過去，讓她可以一個人自在的休息。我希望我們可以平和、有尊嚴而且客氣的解決這個分房睡覺的問題（無論這是什麼意思），不會因此而吵架。我會在適當的時機告訴她，如果她想要早點離開阿卡波可的話，我會諒解的。我拿定主意後，便握起拳頭然後放開，讓自己的呼吸平靜下來。我打開了浴室的門，有點遲疑的離開了那熱氣騰騰卻讓我安心的地方，準備和瑪麗展開一場對談。

出乎我意料之外的是，房裡一片漆黑。那一剎那，我還以為她已經逕自搬到另外一個房間去了。但後來卻看到房間的一角有個形體發散著白色的微光——她坐在床沿，浴室燈光照不到的所在。她的頭髮像房裡的光線一樣黑，身上一絲不掛，輪廓顯得有點模糊。我用僵硬的手指關掉了浴室的燈，朝著她前進了兩步，才想到要把自己身上的浴袍脫掉。我把浴袍扔在書桌前的椅子上（管他椅子在哪裡），然後便遲疑的繼續向前幾步，走到她身邊。即便在這個時候，我仍然沒有足夠的信心伸出手去抱她，但我感覺她站起身來迎接我。她那溫暖的鼻息湊近了我的嘴唇，溫暖的肌膚貼在我身上。我這才發現，這些年來，我的身體是多麼寒冷。她的雙手像兩隻小鳥一樣，降落在我那赤裸而寒冷的肩膀上，然後便徐徐將其他所有的不足之處——我那無語的雙唇、空虛的心房以及空洞的雙手——都填滿了。

我開始畫人體構造圖是在藝術聯盟學校上喬治．波的課的時候。在很長的一段時間中，我一共上過兩次他的課，接著又上了一堂人體繪畫課，因為我發現除非了解人的臉部、頸部、臂膀和手部底下的肌肉結構，否則我畫的人像將永遠不會有進步。在課堂上，我們也確實無休無止的畫著肌肉，但最後終於在那些長而平滑的肌肉線條——那些使我們得以行走、彎曲、伸展的肌肉——上描畫皮膚。我發現，我們的身體內隱藏著如此多的奧祕，即便是一個觀察力很敏銳的人，也不見得看得出來。

在醫學院時，我念過人體解剖學，過了好幾年又開始從繪畫的角度研究人體的構造。當時我心想，不知道會不會使我再次以醫學的眼光看待人體。後來答案當然是否定的。認識形成脊椎底部兩側凹陷處的那些肌肉，並不會讓我變得比較不想去愛撫女人的那個凹陷處。同樣的道理也適用於在脊椎兩側精巧的構成背脊的肌肉。我可以畫出讓手腕得以左右彎曲的那些肌肉，但在我畫的大部分人像裡，它們派不上用場，因為我喜歡畫人體胸骨以上的部位，把注意力放在肩膀和臉部。不過我對胸骨、從胸骨四周延伸出去的肌肉、呈平滑的彎鉤狀的鎖骨，以及胸骨與鎖骨之間的光滑肌肉也很熟悉。在必要時，我也可以正確的畫出那支撐人體重量的強壯大腿上的波浪狀肌肉、從膝蓋到臀部的長條型肌肉，以及兩腿內側那堅硬、鼓起的肌肉。畫家除了透過肌膚與衣著呈現肌肉的線條之外，同時也表現出一些既難以捉摸也永恆不變的東西：軀體的溫度、熱力與生命的脈動，同時更進一步表現出身體的動作、輕柔的聲音，以及當我們被愛到忘我的程度時，那種被情感的洪流所淹沒的感覺。

將近清晨時，瑪麗把頭靠在我的脖子上睡著了。我把她抱在我從前一度空虛的臂彎中，臉頰偎著她的頭髮，也很快的就進入了夢鄉。

第八十八章

一八七九年

那天晚上，在她那個點著蠟燭的房間中，她一直看書看到深夜，但一個字也沒有讀進去。當樓下的鐘敲了十二下之後，她便梳理了一下頭髮，把衣服掛在衣櫥裡的鉤子上，然後穿上另外一套睡袍——那是她最好的一套睡袍，領口和袖口打著細褶，胸前有無數縐褶——並套上了晨褸。她在臉盆裡洗了臉和手，趿上那雙繡著金花、走起路來無聲無息的拖鞋，拿了鑰匙後，便將蠟燭吹熄。之後，她跪在床邊，念了一段簡短的祈禱文，向上帝的恩典告別，預先請求祂的寬恕。奇怪的是，當她閉上眼睛時，看到的居然是天神宙斯。

門並未發出聲音。當她走到走廊的盡頭，試著打開他的門時，發現它並未上鎖。這使得她明白事情已經無可避免，並因而心跳加速。進去後，她無聲無息的將房門關上並且上鎖。她看到他也在窗邊的椅子上看書；窗簾已經拉下，書桌上點著一盞蠟燭。在那微弱的燈光下，他的臉顯得蒼老，乍看之下簡直有如骷髏，讓她有一股想要轉身回房的衝動。但後來他抬起頭來看著她，目光顯得嚴肅而溫柔。他身上穿著一件她從未看過的緋紅色晨褸。他闔上書本，把蠟燭吹熄，並起身將窗簾稍微拉開。她知道這樣一來，在街上的煤氣燈所滲進來的光線下，他們至少可以略微看得見彼此，卻不至於被外面的人瞧見。她兀自在那兒站著，一動也不動。接著，他便走了過來，輕輕的把雙手放在她的肩膀上，在那昏暗的燈光下搜尋著她的目光。「我最親愛的。」他低聲說道，然後呼喚著她的名字。

接下來，他開始親吻著她的嘴角，漸漸及於她的雙唇。此時，她那滿懷疑懼的心突然浮現了一幕景象：一條兩旁林立著梧桐樹、陽光明朗的道路，想必是他在她認識他——甚或她出生——之前許多年，就已經走過的地方。他一點一點的親吻著她的嘴唇。她也把雙手放在他的肩膀上，感覺到他那絲質的晨褸下嶙峋的骨頭，像是一座製作精密的時鐘、一根大樹的枝枒。他正從她的唇間汲飲著她的青春，向她心中的那個空洞訴說著，這幾十年來他透過愛所學習到的事物，在她心中的那口深井裡投下一顆小小的石子。

當她開始喘息時，他站直身子，從最上面的那顆珍珠扣子開始，將她的睡袍解開，然後他那溫柔的手伸了進去，把睡袍從肩上卸下，讓它掉落在地上。那一剎那，她生怕眼前這個精於繪畫、慣與模特兒為伍的男人只是把她當成人體觀察的對象。但接著他用一隻手摸著她的嘴唇，再用另外一隻手緩緩下移。然後她看到了他臉上一行行閃閃的淚水。此刻，蛻下一層皮的是他，而不是她。今晚她將把他抱在懷中撫慰著他，直到清晨。

第八十九章

馬洛

凱雷的住處位於一條梯級狀的街道上，高出海面甚多，可以俯瞰阿卡波可灣。那一帶全都是高雅的泥磚房，外面叢生著夾竹桃，灰泥牆壁上爬滿了九重葛。我們按下門鈴後，有一個蓄著小鬍子、身穿侍者般的白色外套的男子前來開門。進了大門後，有一個穿著褐色襯衫和長褲的男人正細心的澆灌草皮和一棵橘子樹。枝頭上有小鳥鳴叫，玫瑰枝葉已經爬到了房子的百葉窗上。瑪麗穿著淺色上衣和長裙，站在我身邊，大方的牽著我的手，四處張望——我知道她在看那些顏色——機警得像隻貓一樣。今天上午我曾先打電話給凱雷，以便確定他在等我，並希望他不介意我帶一個畫家朋友一同前來。他嚴肅的同意了。在電話裡，他的聲音聽起來圓潤而深沈，帶著一種像是法國人的腔調。

這時，花叢間的大門打開了，一名男子走出來迎接我們，我心想這必定是凱雷本人了。他個子不高，但卻儀表出眾，身穿一件深藍色的襯衫，外罩一件黑色的尼赫魯式外套，手上夾著一根正在燃燒的雪茄，他站在門口時，身邊煙霧繚繞。他的頭髮又白又密，像毛刷一般，皮膚是紅磚色的，彷彿這些年來墨西哥的陽光讓他得了某種神祕的疾病。近看之下，他的笑容很真誠，黑色的眼眸有點黯淡。我們握了握手。「早安。」他用那男中音般的聲調說著，並行禮如儀的親了一下瑪麗的手，之後就開門請我們進去。

房子裡由於牆壁很厚，又開著冷氣，因此非常涼爽。凱雷帶著我們，從那天花板很低的門廳穿過一條色彩鮮明的走廊，進入一座有柱子的寬敞大廳。裡頭的每一面牆上都掛滿了極具水準的畫作，使我看得目瞪口呆。大廳裡的家具都是現代化而隨性的，並不引人注目，但牆上那一排排從腰際掛在天花板、每排四五幅的畫作卻像是一個萬花筒，包含了各式各樣的風格和年代。其中有幾幅看起來像是十七世紀荷蘭或法蘭德斯的作品，也有抽象派的畫作。另外還有一幅令人不安的人像畫，我相信是出自愛麗絲·尼爾之手。然而這些畫當中仍以抽象派的作品為主：陽光下的田野、花園、白楊樹和水面。感覺上我們好像跨過了一個門檻，從墨西哥來到了法國，進入了不同的光線。當然，其中有些畫可能來自十九世紀的英國或加州，但乍看之下，我覺得好像看到了凱雷的背景與淵源。那些可能都是他熟悉並到過的地方吧。或許這正是他收集這些畫作的原因之一。

我聽到瑪麗的腳步聲，發現她已經轉過身去，走到我們剛才進來的門旁邊，站在一幅大型的畫作前凝望著。那幅畫的主題是冬日的景色：雪地、河堤、壓在淡黃色積雪下的金黃色樹叢、凍成銀銅色的河面，以及一小塊一小塊尚未結冰的淡橄欖色河水。那筆觸與層次非常眼熟：那不是白色的白色、金黃色、淡紫色，以及畫面右下角以粗黑體所寫的名字與日期。這是莫內的作品。

我轉過頭去看著凱雷。他正從容的站在那套極簡主義的沙發旁抽著雪茄；雪茄所散發出的煙霧繚繞在那些珍貴的畫作間（真是令人驚訝）。我還沒來得及問，他便說道：「是的。這是我一九五四年在巴黎買的。」他的口音有些刺耳，但聲音卻是深沈而溫和的。「即使是在當時，這幅畫也算是非常昂貴的。但我從來不曾後悔過。」他示意我們和他一起在那套淺灰色的亞麻布沙發上坐下。這套沙發中央有一張玻璃茶几，上面放著一盆開著花的有刺植物，以及一本標題《安東與裴德洛：凱雷兄弟雙人回顧展》的畫冊。光鮮亮麗的封面上有兩幅直立的畫作，無論形式或色彩都截然不同，卻硬是被並列在一起。我發現其中部分風格頗類似大廳中的幾幅抽象畫。我很想把那本畫冊拿起來翻閱一下，但不敢太過冒昧。就在這時，那個穿著白色外套的男人端來了一個托盤，上面放著幾個水壺和玻璃杯、冰塊、萊姆、柳橙汁、一瓶氣泡礦泉水，以及一根開著白花的小樹枝。

凱雷親自為我們調配飲料。我原本已經開始認為他這個人幾乎像羅伯特那樣沈默，但這時他卻把那根小樹枝遞給瑪麗，並說：「小姑娘，這給妳畫畫。」如果這話是我說的，她大概就變臉了，但現在她卻微笑著，把那根樹枝放在膝上輕輕撫摸著。凱雷把雪茄的煙灰彈進玻璃茶几上的一個玻璃碗裡。等到他的手下把大廳一側的百葉窗都關上，讓一半的畫作都隱入黑暗中之後，他才轉過頭來對我們說話。

「你們想知道有關碧翠絲．戴克萊瓦的事情是吧。沒錯，我確實曾經擁有幾幅她早期的作品，而且你們或許曾經聽說她晚期並沒有任何作品。一般認為，她在二十八歲那年就停止了創作。你們知道莫內一直到八十六歲還在作畫，雷諾瓦也畫到七十九歲，畢卡索更是一直工作到他九十一歲過世時為止。」他指著身後四幅一組的鬥牛圖說道。「大多數的畫家都創作不懈，因此戴克萊瓦算是一個奇怪的特例。不過當時的女人並不像現在這樣受到鼓勵。她非常非常有才華，原本可以成為一代大師的。而且她只比第一批印象派畫家要年輕一些。就拿莫內來說吧，她只比他小了十一歲。你們想想看。」他一邊說著，一邊在玻璃盤上把雪茄煙蒂捺熄。他的指甲修剪得很整齊。我從來沒看過有哪個老人的手像他這麼乾淨整齊——更別說是畫家了。「如果她當初沒有斷送自己的前途的話，說不定已經像莫莉索或卡薩特那樣，成為一個大畫家了。」他說完便再次往椅子後面靠。

「你剛才說你曾經擁有過她的作品。意思是你現在已經沒有了嗎？」我忍不住張望著那個像山洞一樣的大廳，瑪麗也是。

「喔，我還有幾幅。但大都在一九三六年和一九三七年被我賣掉用來還債了。」凱雷把頭髮從頭頂往腦後撥。他似乎一點也不後悔當初所做的事。「她那些畫是我向亨利．羅賓遜買來的。順便提一下，這個人到現在還活著，住在巴黎。我們這些年並沒有聯絡，但最近曾經在一本雜誌的文章上看到他的名字。他還在寫有關文學、家具和哲學方面的文章。反正就是哲學和古董呀什麼什麼的。」他一副幾乎要嗤之以鼻的模樣。

「亨利．羅賓遜是誰？」我問。

凱雷看了我一會兒，然後便低下頭注視著我們之間那盆螃蟹蘭之類的植物。「他是個很優秀的評論家和藝術收藏家，也是碧翠絲的女兒奧德．戴克萊瓦生前的愛人。她死後把《天鵝賊》留給了他。那無疑是碧翠絲最棒的一幅作品。」

我點點頭，希望他繼續說下去，儘管到目前為止，我所看過的資料上都不曾提到這幅作品。然而凱雷卻似乎再度陷入了一種深沈的寂靜。過了一會兒之後，他開始在外套的內袋裡搜尋，最後終於拿出了另外一根雪茄，但是這根又細又小，像是剛才那根的小孩似的。他又翻找了一會兒之後，取出了一個銀色的打火機，然後便用那雙乾淨、整潔、老邁的手點火。他吸了一口那雪茄，煙霧從他身邊繚繞開來。

「你本人認識奧德．戴克萊瓦嗎？」最後，我終於忍不住開口問道。這時我已經開始懷疑，我們能夠從這個優雅的男子身上得到多少更進一步的資料了。

他再度往椅背一靠，並用一手扶著另外一手的手臂。「認識。」他說。「我當然認識她。她搶走了我的愛人。」他的語氣若有所思。

此話一出，我們頓時陷入一陣很長的靜默。此時凱雷仍舊慢慢的抽著煙，瑪麗和我則不約而同的把視線從對方的身上移開。我心想該怎麼說才不會影響這次的調查任務，最後還是決定用我在診所裡的那一招。「當時你心裡一定非常難受。」

沒想到凱雷居然笑了起來。「沒錯，我當時是很難過，但那是因為我還年輕，把事情看得太嚴重了。無論如何，我還滿喜歡奧德．戴克萊瓦的。她是個很棒的女人，有她自己的風格，而且我相信她讓我的朋友過得很快樂，也讓他得以購買我所收藏的半數畫作，使我和我的哥哥——」他指著茶几上的美術館目錄。「得以作畫。所以這是老天爺的安排。奧德希望能向我買回她母親的畫作，尤其是那幅《天鵝賊》。但那幅畫我也只擁有過一段很短的時間。它是我在巴黎阿曼．湯馬思——那個弟弟——的莊園拍賣時買來的。」

凱雷在煙灰缸中彈了一下小雪茄煙。「奧德認為那是她母親畫得最好的一幅畫，也是最後一幅，不過這點我並不確定。總而言之，你可以說到頭來我們是皆大歡喜。但奧德在一九六六年就過世了，所以亨利這幾年來都是一個人過活。很不幸的，我和亨利兩個人都很長壽。可憐的傢伙，他甚至比我還老呢。而奧德比他大上二十二歲，是個古怪的老太太。他們兩個真是很有意思的一對。人的心並不會愈變愈年輕，只有思想會這樣。」他似乎又陷入了沈思。過了許久之後，我開始懷疑除了煙草和龍舌蘭酒之外，他是否還有服用其他藥物，或者他只是獨居久了，變得不愛說話。

這回是瑪麗打斷他的沈思，而她的問題把我嚇了一跳。「奧德曾經談過有關她母親的事嗎？」

凱雷看了她一眼，那張紅色的臉顯得頗為機警，好像想起了一些事情。「偶爾。我把我記得的告訴你們，不過不多就是了。我只認識她一段很短的時間，因為亨利愛上她之後，我就離開巴黎，來到了阿卡波可。你知道，我是在這兒長大的。我父親是個有濃厚法國血統的工程師，我母親是墨西哥人，在小學教書。我記得有一天奧德曾說她母親終其一生都是個偉大的藝術家。她告訴我們：『一旦成了藝術家，你就終身都是藝術家。』我跟她辯說，畫家如果不作畫就不能叫畫家了。最重要的是要畫。我記得當時我們是坐在皮加樂路上的一家咖啡館裡。還有一次她告訴我們說，她母親是她這輩子最親密的朋友。當時亨利看起來有點受傷的樣子。奧德本身並不是個畫家，她只是收藏她母親的作品。我想她向我買下《天鵝賊》之後，就把它藏了起來，後來可憐的亨利似乎也繼續這麼做，因為據我所知，到目前為止，這幅畫從未在任何一個地方出現過，也從未被人討論過。我想亨利之所以喜歡奧德，是因為她很自給自足、不假外求，根本不需要任何人。亨利有一些英國血統——他的祖父母是英國人——因此在巴黎總有點像是局外人，而奧德則是徹頭徹尾的法國人。也許他是想讓她知道她生前至少還有個朋友吧。他們一起度過了戰時那段非常貧困的日子，而且他始終都對她死心塌地的，一直到她死時為止。她過世前病了很長一段時間。」

凱雷彈了一下小雪茄上的煙灰，並舉起手用雪茄指著天花板。顯然他不講話則已，一開始講就巨細靡遺了。「從奧利維耶．韋諾畫的那幅小像看來，奧德長得並不像她母親那麼美。我的意思是：碧翠絲．戴克萊瓦是個美人兒，但奧德個子很高，面容非常有趣，也就是他們法國人所說的『相貌普通卻有魅力的女子』，有時候看起來很醜，有時候卻很迷人。我遇見她不久後，曾經幫她畫過一張像，現在還放在亨利那兒。事實上，我並不常畫人像，也不搞自畫像那套。」說完他便轉頭問瑪麗：「這位小姐，妳也畫自畫像嗎？」

「不。」她說。

凱雷用手支著臉，看了她一會兒，彷彿她可能是某個他曾經研究過的部落所派來的一個特使似的。然後他便再度笑了起來，面容霎時變得親切而慈祥，讓我無端想到如果他有孫子的話，應該會是一個很慈愛的爺爺。「對了，你們是來看碧翠絲．戴克萊瓦的畫作的，不是來看我這個愛講話的墨西哥老人。走吧，我帶你們去看。」

第九十章

馬洛

我們立刻站起身來，但凱雷並未直接帶我們去觀賞碧翠絲的畫作，而是好整以暇的先帶領我們參觀他的收藏品。他很喜愛他所收藏的這些畫作，把它們當成人物般的向我們介紹。其中有一幅是希思黎在一八九四年繪製的小畫。他說那是他在阿爾勒買的，沒花什麼錢，因為他是第一個識貨的人。另外有兩幅由瑪麗．卡薩特所畫的看書的女人，以及莫莉索在一張褐色的紙上所畫的粉蠟筆風景畫，上面只有五條綠線、四條藍線及一條短短的黃線，是瑪麗最喜歡的一幅：「真是既簡單又完美。」此外，還有一幅印象派的風景，畫的是一座棕櫚林立、綠意盎然、沐浴在金色陽光中的城堡，美得讓我和瑪麗都忍不住駐足諦視。

「這是瑪喬卡。」凱雷伸出一根圓鈍的手指指著那幅畫。「我的外婆從前就住在那裡，我小時候常去看她。她名叫艾蓮娜．古瑞維琪。當然她並不住在城堡裡，但我們常去那裡散步。這是她畫的——她是我的第一個老師。她喜歡音樂、書本與藝術。我小時候都跟她一起睡。有時早上四點鐘醒過來時，會發現她還亮著燈在看書。她幾乎是這世上我最愛的一個人。」他轉過頭去。「真希望她當初能多畫一點。我總覺得我現在多多少少是為了她而作畫。」

這些收藏中也有二十世紀的作品，包括杜庫寧的畫、一幅克利的小畫，以及凱雷自己和他哥哥安東的抽象畫。凱雷的創作極為鮮豔活潑，但安東的則以銀色與白色的線條為主。

「我哥哥已經死了。」凱雷以平淡的語氣說道。「他是六年前在墨西哥市去世的。他是我最好的朋友——我們在一起工作了三十年。我以他的作品為榮，更勝於我自己的作品。他是個很有深度和思想的人，也是一個好人。他的作品給我很多啟發。我即將去羅馬幫他舉辦一個展覽。那將是我最後一趟出國了。」他用手順了一下頭髮。「安東過世時，我便決定不再創作了。這樣比較乾脆，不要拖太久。有時候藝術家還是不要太長壽比較好。所以我現在已經不是一個畫家了。我把我的最後一幅畫放在安東的墳墓裡。你知道雷諾瓦死前還得要人幫他把畫筆綁在手上才能作畫嗎？杜菲也是。」

我心想，難怪他的手指甲和衣服都保持得這麼乾淨，身上也沒有畫室的氣味。我真想問他目前都在做些什麼，但從這棟和主人一樣雅致的房屋來看，我知道答案是顯而易見的：他什麼也沒做。他的神態很像是我的一些病人，他們通常很早就抵達候診室，準備看病，卻沒帶一本書或一份報紙，就連候診室裡那些五光十色的雜誌他們也不屑拿起來看。顯然凱雷的正業就是無所事事。反正他有錢，而且還有這些畫默默的陪伴著他。此外，讓我印象深刻的一件事是：除了問瑪麗是否有畫自畫像之外，他不曾再問過任何有關我們的事，似乎並不想知道我們為何對他那些老友如此感興趣。顯然他連好奇心也放下了。

接下來，凱雷帶我們從那寬敞的大廳穿過紅黃兩色的走廊來到了餐廳。這裡的擺設都是墨西哥的民俗藝品，與大廳中的景象迥異。餐廳裡有一張綠色的長桌，四周擺著藍色的椅子。餐桌上方有一盞打了洞的小鳥形狀的錫製吊燈，旁邊還有一座古老的木製餐具櫃。然而看起來這裡平常並沒有客人來吃晚飯。有一面牆上掛著繡帷，黑色的底上繡著洋紅、翠綠和橘色的人與動物在幹活的情景。對面的牆上展示著（我覺得不太搭調）三副印象派的油畫和一幅比較寫實的鉛筆人像，畫的是一個女人的頭，看起來應該是二十世紀的作品。凱雷舉起一隻手彷彿在向這裡所有的作品打招呼似的。「奧德特別想要這三幅油畫。」他說。「因此我不肯賣給她。除此之外，我對她是很有禮貌的。我把我收藏的其他作品都賣給了她，不多就是了，大概十二幅吧，因為碧翠絲的作品也沒有很多。」

從第一眼就看得出來，這些油畫非常出色，顯示作者深諳印象派技巧的三昧。其中一幅畫的是一個金髮女孩對鏡而坐。鏡中可以看到遠處有個像是女僕的模糊人影正拿著衣服給她，或是正要把某個東西拿出房間，或者只是在看她，顯得偷偷摸摸的，有如幽靈一般。整個效果非常動人，充滿了官能美，並讓人有一種不安感。這是我第一次親眼看到碧翠絲的畫作；到目前為止，我所看過的每一幅都有這種令人不安之感。在畫面的一角有個看起來像中文字一樣具有裝飾意味、筆力強勁的黑色記號，細看之下，才發現那是BdC三個字母，是她姓名的縮寫。

最大的那幅油畫畫的是一個男人坐在樹蔭下的一張長椅上。那些開著花的樹，畫得很粗略。我想起碧翠絲信中所描述的那座花園，便後退一步，凝神觀看，同時一邊留意著自己的腳步，以避免碰到那幾張藍色的椅子。只見長椅上的那個男人戴著一頂帽子，穿著一件敞著的外套，脖子上打著領結，正在看書。前景則是一叢叢深紅、黃色與粉色的花朵，映著綠葉彷彿在燃燒一般，極其生動鮮活。但那男子卻顯得身影模糊。在我看來，儘管他的神情輕鬆自在、穩重可靠，但相形之下，卻遠不及那些花朵來得重要。難道碧翠絲認為她的丈夫遠不及她的花園實在嗎？抑或她只是含糊的表現出他們之間的親密關係？

此時，站在餐桌另一頭的凱雷證實了我的若干猜測。「這個人是碧翠絲的丈夫伊維思．韋諾。這是他們的女兒奧德親口證實的。你或許知道碧翠絲死後，奧德就把她的名字從奧德．韋諾改成奧德．戴克萊瓦。我看她真是太迷她母親了。或者她已經意識到她母親在繪畫上的成就，想藉此沾一點光吧。她太以自己的母親為榮了。」

他走到餐廳的另外一頭，站在那兒端詳著一隻陶鴨。那鴨身上嵌著一根根沒有點亮的蠟燭，放在一座打了洞的錫櫃上。我和瑪麗則轉過頭去，細看碧翠絲的第三幅畫作。上面畫的是公園裡的一個池塘，平坦的水面被風吹起了波紋，使得池畔那些樹木的倒影顯得不太清晰。池塘的一端有一座花園，水面上還有幾隻鳥，包括一隻正展翅欲飛的天鵝，把畫面點綴得更加明亮。這是一幅精彩絕倫的畫作。在我看來，那水面上光影的處理手法已經直逼莫內。這麼有才華的畫家為何會突然停止創作呢？她只用草草幾筆便將天鵝即將自由翱翔的神態表現得惟妙惟肖。瑪麗說道：

「她一定觀察過很多天鵝。」

「真是活靈活現。」我附和著，隨後便轉身面對著凱雷，看到他正靠在椅背上看著我們。

「你知道這是在哪裡畫的嗎？」

「奧德請我把這幅畫賣給她的時候，告訴我說，這是他們家附近的布隆森林。而這幅畫是她母親在一八八〇年六月畫的，後來她就停止創作了。她把它取名為《最後的天鵝》——畫的背面有寫。這幅畫畫得真好，不是嗎？亨利為了奧德，不惜一切代價想把它買回去。當她快要死時，他曾經為了這件事一連寫了三封信給我，寫到第三封時，就我對他的了解，他的語氣已經很憤怒了。」

他揮了揮手，彷彿那些情緒已經隨著後來的年月而消散了。「我相信這是碧翠絲所畫的最後一幅畫，只不過沒法證明就是了。不過從標題來看，應該是這樣沒錯。那是她最後一隻天鵝。況且我也從沒聽說過她有任何一幅畫的日期比這幅還晚的。當然亨利認為他手中那幅名叫《天鵝賊》的才是最後一幅。關於這點他還真是奇怪。一九八〇年代碧翠絲的作品首度展出時，確實也沒有任何一幅畫日期比這幅還晚。當時展出的地點是巴黎的曼特農美術館。你聽說過這次展覽嗎？當時我還把這幅大型的畫借給他們。但到頭來還是一樣。」他把雙手放在椅背上，身體緩緩前傾。「這真是一幅精彩絕倫的畫，是我收藏的作品當中最好的幾幅之一。它將會永遠保留在此，除非我死了。」

但他並未提到在那之後，這些畫將會被如何處置，我也決定不問，只是指著一幅鉛筆人像速寫問他：「這是誰？」這幅人像畫的是一名女子。她有著一頭類似一九三〇年代電影明星般的波浪短髮。在我看來，這幅畫的手法並不很專業，筆觸有點笨拙，但生氣勃勃的眼神以及敏感的薄唇則表現得很好。畫中女子似乎只是在看著周遭的一切，並不說話，而且似乎也已經下定決心，從此不再說一句話，因此使得她的眼神顯得格外熾烈。她並不算漂亮，卻有某種俊俏、吸引人的特質，似乎她已經勇敢的拒絕成為一個美麗的女人。

凱雷歪著頭。「這是奧德。」他說。「當我們還是朋友的時候，她把這幅畫像送給了我，於是我就一直留著當作紀念。我想她應該會喜歡把自己的畫像掛在她母親的作品旁邊吧。我相信她一定會喜歡這樣的安排的，無論她現在在哪裡。」

「這是誰畫的？」人像的一角註明著「一九三六年」。

「亨利。當時他們已經認識了六年。再過一年我就離開了。當時他三十四歲，我二十四歲，而奧德則是五十六歲。所以現在我擁有他畫的奧德，他也擁有我畫的奧德，還算滿公平的。我說過，她並不漂亮，但他倒是挺好看的。」

他轉過頭去，彷彿這段對話自然而然地結束了，如果他不想再說下去，它當然也就結束了。我很快的想像他們三人之間的關係：聽起來他是在戰前離開法國前來墨西哥的，除了要逃避感情上的煩惱之外，也是為了躲過當時歐洲即將發生的災難。他比亨利年輕十歲。在一個二十幾歲的畫家心目中，五十六歲的奧德想必已經是耄耋之齡了（我這才想到，其實她那時也只不過比我現在大四歲，心中不由得一陣難受）。然而畫中的女子看起來並不老，而且除了那雙炯炯有神的眼睛外，她長得一點也不像碧翠絲——如果韋諾筆下的碧翠絲確實像她本人的話。在戰爭期間，奧德和亨利不知道住在哪裡？又是如何熬過那段期間的？但無論如何他們兩個後來都活下來了。

「所以亨利．羅賓遜還活著嘍？」當我們跟著凱雷走回畫廊客廳時，我忍不住問他。

「他去年還活著。」凱雷頭也沒回的說。「他在他九十七歲生日時寄了一張便條給我。我想一個人活到九十七歲的時候，大概就會想起他從前所有的愛人吧。」

我們走到沙發前時，他並未像先前那樣優雅的示意我們坐下，而是逕自站在大廳中央。我發現如果我沒算錯的話，他應該已經八十八歲了，但看起來一點也不像。他站在我們面前，儀態優雅，背脊挺直，暗紅色的肌膚上沒有皺紋，一頭白髮仍然濃密且往後梳得很整齊，身上那件剪裁得與眾不同的服裝也燙得很平整。這是一個善於保養的男人，彷彿他無意間獲得了長青不老的祕訣。但他已經開始覺得有點厭煩了。「我累了。」他說，儘管他看起來好像可以在那兒站上一整天似的。

「謝謝你的招待。」我立刻對他說道。「請容許我再問一個問題。如果你同意的話，我想寫信給亨利．羅賓遜，問他一些有關碧翠絲作品的資料。你願意告訴我他的地址嗎？」

「當然。」他雙手抱胸。這是我第一次看到他露出不耐煩的模樣。「我會幫你找到他的資料的。」接著他便轉身走出大廳。後來我們聽見他壓低嗓門叫喚某人的聲音。不久，他便拿著一本老舊的皮面通訊簿回來了。那位曾經幫我們端飲料的男子也跟了過來。兩人商議了一陣子之後，那男子就幫我把地址寫了下來，而凱雷則在一旁觀看。

我向他們兩位道謝。那是巴黎的一個地址，上面有公寓的門牌號碼。凱雷探頭過來看了一下。「到時你可以幫我這個老法國人問候他這個老法國人。」他再次笑了起來，彷彿看到遠處有某個熟悉的事物似的。想到自己居然請他幫一個如此具有私密性質的忙，我不禁有點罪惡感。

他轉頭看著瑪麗。「再見，親愛的。能再次看到一個漂亮的女人真好。」她把手伸過去，他恭敬的親了一下，但並不熱情。「再見，我的朋友。」他和我握了握手——他的手掌還是那麼乾燥有力。「我們可能不會再見面了，但我祝你調查順利。」

他默默的陪我們走到大門口，把門打開（這時僕人已經不知去向了）。「再見，再見。」他說了兩次，但聲音小得讓我們幾乎聽不見。走到外面的步道時，我轉過身來向他揮了揮手，看到他站在玫瑰與九重葛之間，顯得英俊挺拔、青春不老，但寂寞孤單。瑪麗也揮了揮手，並默默的搖搖頭。但他並沒有反應。

那天晚上，當我們第二次做愛時——這次更有信心了，很快便進入狀況，彷彿在一夜之間就成了老手似的——我發現瑪麗的臉頰上有淚水。

「怎麼啦？親愛的。」

「沒有啦，只是因為今天——」

「凱雷嗎？」我猜。

「是亨利．羅賓遜。」她說。「他照顧一個自己所愛的老女人照顧了這麼多年。」說完，她用手從我的肩膀下撫摸。

第九十一章

一八七九年

她下來吃早餐時已經有點晚了，但已經梳洗完畢，精神煥發，只是眼皮有點沈重。此刻她感覺自己的軀體已經煥然一新，連自己都不認得了。今天她只把頭髮簡單的綰了起來，就像過去伊思梅不在時那樣。她的靈魂在體內拉扯著她。也許這就是罪惡感的真貌吧。你知道靈魂的模樣，並且感覺到它一直在體內摩擦著你。但令她羞愧的是，她的心思卻很輕盈，連這個早晨也顯得美好起來。窗外的大海像一面巨大的鏡子。她雙手撩起裙襬時，感覺那棉布觸感宜人。她故意問旅館老闆娘奧利維耶在哪裡，並強迫自己直視著她。老婦人說先生很早就出去散步了，但在前廳的櫃台上留了一封信給碧翠絲。當她去看時，那封信已經不見了。也許他自己拿走了，想要親自交給她。她待會兒得問他這件事。

當婦人彎著腰把熱咖啡、麵包和果醬餡餅放在她面前時，她看著這個身材肥胖、穿著藍色洋裝的老婦人，想到她應該和奧利維耶一般年紀，突然心中有點替她打抱不平：奧利維耶應該娶個這種年紀的女人，讓她過著幸福的日子。但接著她想起了昨晚的片段。當時奧利維耶細細的愛撫著她，雖然頂多只有兩三分鐘，但感覺卻一直停留在她的皮膚上。她很客氣的問婦人是否還有奶油，她說：「有！」並用那隻溫暖的手按著她的肩膀。碧翠絲納悶自己背叛了工作過度的丈夫伊維思，卻為何對這個繫著圍裙、看起來心滿意足的婦人感覺更加愧疚。但事實就是如此。

然後伊維思出現了。這是她生命中最奇怪的兩個時刻之一。他像個幻影一般進入了餐廳，脫下了手套——他的帽子和手杖已經留在入口處了。現在她才想起剛才曾經聽見前門打開和關上的聲音。他進來後，這家小小的旅館頓時顯得擁擠了起來。他穿著整潔的深色外套，蓄著小鬍子的臉上帶著笑容，對她說了聲：「妳好呀！」他原本是打算給她一個驚喜，但這驚喜卻幾乎讓她昏厥。那一剎那，這座簡樸、陌生而宜人的鄉下旅館似乎與他們在帕西區的住宅融合在一起了，彷彿她的愉悅和罪惡感已經將他召喚到她身邊，或者應該說將她召喚到他的身邊。

「看來我還真把妳嚇了一大跳！」他扔下手套，走過來親吻她，而她也設法及時起身迎接。「親愛的，很抱歉，我不應該這樣的。」他的臉上滿是懊悔。「妳還是有點不舒服。我是怎麼搞的，居然會想要給妳一個驚喜呢？」他熱烈的親吻著她的臉頰，彷彿他知道這樣可以讓她恢復正常。

「真是個大驚喜呀。」她勉強說道。「你怎麼走得開呢？」

「我告訴他們我的愛妻生病了，我必須去看她——喔，我並沒說妳有多嚴重啦，但我的上司很同情我，而且大家都願意幫我代勞……」說著他便笑了起來。

她想不出自己該說些什麼，才不會讓聲音顫抖或聽起來像在說謊一樣。幸好他這趟旅程還滿順利，看到她的感覺也讓他心情愉快，因此等到兩人都坐了下來，讓她可以把那杯已經冷掉的咖啡喝完時，他已經認定她的氣色比他預期的更好，還說那條火車路線比他印象中的來得優美，又說他很高興能夠離開辦公室。他洗完手，喝下兩杯咖啡，又吃完一大塊麵包、奶油和果醬餡餅後，便要求看她的房間。他說他已經另外訂了一個房間，以免侵擾她的小小王國，說著便輕輕捏了一下她的肩膀。他的身材是如此高大，神態既莊重又開心，濃密的鬍子修剪得頗為整齊。她心想，他是多麼的年輕呀。

上樓時，他用手摟著她的腰，說他很想她，甚至比他預期的還要想。他說，並不是他以為自己不會想她，而是比他原先所預期的還要更想。他那喜悅的神情讓她很想哭。她已經忘記他的臂膀是多麼堅實、多麼讓人有安全感了。現在她摸到了它們，便想起來了。進入她的臥房後，他把門關上，開始欣賞她的布置，一副正在度假的輕鬆模樣。他看著她收集而來放在梳妝台上的貝殼，也看著天氣不好時，她用來畫素描的那張光可鑑人的小書桌。她慢悠悠的細數著這些物件，他則站在一旁含笑聆聽。

「我現在看得更清楚了。妳看起來很健康呢，臉頰上都有了血色。」

「我幾乎每天早上和下午都出去外面畫畫呀。」她打算接下來要把她的作品拿給他看。

「希望奧利維耶有跟妳一起去。」他有些嚴厲的說。

「當然有啦。」她找到最初畫的那幅小船，遞給他看。「事實上，他鼓勵我每天都要工作，只要穿得暖和一點就行。所以我總是穿得很暖。」

「這張畫得真美。」他拿起那幅畫看了一會兒。她想起早在奧利維耶出現之前，他就一直很鼓勵她畫畫，心中不由得一陣刺痛。後來，他小心的把畫放下，因為知道它還沒完全乾。然後他便握住她的雙手。「妳看起來真是容光煥發呢。」

「我還是有點累。」她說。「但謝謝你。」

「才不呢，妳的臉紅紅的，看來真的恢復從前的模樣了。」他牢牢握住她的雙手，癡癡的親吻著她。她感覺他的嘴唇是那樣的熟悉，令她害怕。他又用雙手捧著她的臉，再次親她，然後便脫下自己的外套，喃喃的說些什麼還沒洗澡之類的話。之後便將門鎖上，把窗簾拉上。他說，出來旅行，不必工作，讓他感覺自己又年輕了起來，至少她以為他是這麼說的，因為他是在她的後腦勺對著她說的。他一邊說著，一邊將她的髮夾拿下，把頭髮鬆開，並輕輕幫她把衣服上的扣子解開、鉤子鬆開，在床上撫摸著她的全身，緩緩的、平靜的進入了她的身體。她一如往常的回應著。儘管她眼中所見的是另外一個人的影像，但最後他們的軀體還是親暱的、熱烈的合而為一了。他已經有好幾個月沒有碰她了。現在她才發現他或許是擔心她的身體才一直克制著自己。她怎麼會想到別的地方去呢？

最後，他靠著她的肩膀睡了幾分鐘。這時的他看起來是個疲倦的男人，年輕得令人訝異，帳戶裡的錢也愈來愈多，而他暫時逃離他的生活，坐火車前來，只是為了要跟她在一起。

親愛的羅賓遜先生：

我與您素不相識，請恕我冒昧寫信前來。我是在華府工作的一位精神科醫師。最近我負責治療一位傑出的美國畫家。他的病情頗不尋常，其中一部分原因是他對法國印象派畫家碧翠絲·戴克萊瓦非常著迷。我知道您無論在生活上或繪畫上都與她有所關聯，也知道您有收藏她的畫作，包括那幅名為《天鵝賊》的作品。

不知是否可以允許我在下個月前往您在巴黎的府上，與您晤談約一個小時左右。如果您能協助我找到更多有關她的生平與作品的資料，我將不勝感激。這些資料也許在我治療那位很有才華的病人時，能夠發揮很大的效用。若方便，煩請盡早告知您的答覆。

安德魯·馬洛醫師

第九十二章

馬洛

為了讓自己不至於胡思亂想，也為了看看羅伯特目前情況如何，我又再一次前往探視羅伯特。那天是星期五，早上我已經去過了一次。那天下午我再度前往他的房間察看時，發現他正站在我送他的畫架前。那個星期我工作很忙，睡眠又不足，心裡非常期盼瑪麗能夠更常來看我，因為在她的臂彎裡，我總是睡得很好。那天一進入羅伯特的房間時，我便照例想起了瑪麗，心裡納悶當他注視著我的時候，怎麼可能看不出我心中的祕密，也想到自己對他的了解是何其之少。我無法從那些洗得乾乾淨淨的舊衣服、磨損的黃襯衫、沾了顏料的長褲，甚或他那張顏色溫暖的臉、衣袖捲起的手臂，以及那花白的鬈髮得知他的生平。我甚至無法從他那雙滿布血絲的疲倦眼睛窺知他的內心世界。既然我還不夠了解他，怎能放他出去呢？如果放他出去，我會不會對他為何愛上一個已經在一九一〇年過世的女人一事一直心懷好奇？

今天他還是在畫著碧翠絲——這並不令人意外。我在扶手椅上坐了下來，看著他。他並未將畫架轉到另外一個方向。我猜那就像他的沈默一樣，是出於一種自尊心。畫中的她臉部還是空白的，他仍在塗抹那件玫瑰色的長袍，以及她所坐的黑色沙發。我發現他的本事之一，就是不用模特兒也能夠作畫。這是她對他所造成的影響之一嗎？突然間我覺得自己已經受夠了。於是我便從椅子上跳了起來，向前跨了一步。但他仍舊抬著手，移動著手中的畫筆，對我不理不睬。「羅伯特！」

他一語不發，只是看了我一眼，然後便繼續作畫。正如我說過的，我雖然不像羅伯特那麼魁梧，但個子也不矮，身材也夠壯，因此心想如果我揍他一拳的話，不知道會怎樣？凱特從前一定很想這麼做，瑪麗也是。我可以說：我是為了她才這麼做的。你想找誰談都可以。「羅伯特，看著我。」

他放下畫筆，臉上露出了一種很有耐性、又有點好笑的表情。我記得我在青少年時常故意對我父母親做出那種表情。我沒有孩子，但他那種不知道是什麼意思的表情，比從前的任何舉止都更讓我憤怒。此刻，他似乎是在等我把話說完，然後就別再煩他，讓他繼續作畫。

我清了清喉嚨，讓自己鎮定下來。「羅伯特，你知道我很想幫助你嗎？你想不想出去外面，過正常的生活？」我對著窗戶比畫了一下，但明白自己剛才說出「正常」那個字眼時，已經輸了這場比賽。

他轉過身去面對畫架。

「我想幫助你，但除非你也參與，否則我不可能辦到。為了你，我已經花了不少時間。如果你的情況好得足以畫畫，那應該也可以開口說話才對。」

他的神色溫和但封閉。

我等待著。還有什麼事情比一個醫生對病人吼叫更糟的呢？（除了這個醫生和病人的前女友上床這件事之外。）我感覺自己的嗓門不由自主的愈來愈大。最讓我生氣的是，我覺得他知道我之所以幫助他，並非純粹是為了他的緣故。

「你真該死呀。羅伯特。」我平靜的說道，雖未吼叫，聲音卻有些顫抖。發現我學醫、行醫這麼多年來，從未對任何人這樣過。從來沒有。我離開他的房間時，仍然目不轉睛的瞪著他，倒不是怕他撲過來打我或用東西丟我，而是怕自己會對他這麼做。但後來我卻後悔了，因為當我瞪著他時，看到他臉上表情的變化。他並未回看我，只是把頭抬起來面對著畫布，臉上有一抹隱隱的微笑。那是喜悅的表情：他贏得了一個微不足道的勝利，但恐怕也是這些日子以來，他唯一能獲得的勝利。

第九十三章

一八七九年

伊維思在埃特爾塔待了半個星期，時常搭著奧利維耶的肩和他們一起在海灘上散步。偶爾當碧翠絲彎腰把頭髮夾起來時，他總是會趁機親一下她的頸背。他這回確確實實是在度假——私底下他說這是在度蜜月。他喜歡英吉利海峽的景觀，說他在這裡得到了充分的休息，但還是很遺憾必須回去，並為了這麼早就要離開他們而感到抱歉。伊維思在時，除了用餐時互相傳遞鹽罐和麵包的時刻之外，她從頭到尾都不敢看奧利維耶一眼。這令她難以忍受。然而，當她偶爾看著鏡中的自己，或看到他們一起散步時，會有一種被愛圍繞的感覺，彷彿同時被他們兩人愛著也沒有什麼不對。他們和伊維思一起搭乘小馬車到翡港的火車站。原本奧利維耶不贊成，但伊維思堅持請他一起去，以免碧翠絲得一個人坐馬車回來。火車聲隆隆響起，車輪開始嘶啞的轉動著。伊維思把頭探出車窗外，拿著帽子向他們揮手。

他們回到旅館後，便坐在陽台上聊些日常的瑣事，後來又到海灘上作畫，並回到旅館吃晚餐。第三者走了之後，他們便像是一對老夫老妻般，但雙方都有了默契：她不再前往奧利維耶的房間，奧利維耶也不會去她的房間。他們之間已經沒有任何隔閡，但她已經不想再來一次。只要他們心中默默保有這樣的回憶——記得兩人驚喜的眼淚流到對方臉頰上的時刻——那就夠了。她原本以為，在這次踰矩之後，他將永遠屬於她，但事實上她同樣也永遠屬於他了。

在返回巴黎的火車上，他們終於又能獨處了。在她下車取行李之前，他用那隻戴著手套的大手，像捧小鳥般捧起了她的手親吻著，雙方都不太說話。她不用問也知道明天晚上他會來家裡用餐，然後他們會一起對公公訴說這次假期的種種。他們會開始一起創作那幅了不起的畫。她一直到死都會記得他，記得那修長光滑的身軀、花白的頭髮，以及他心中那個戀愛中的青年。他是英吉利海峽的精靈，將永遠陪在她身邊。

第九十四章

馬洛

亨利．羅賓遜的回信把我嚇了一跳。

醫師先生：

謝謝您的來信．我想您的病人一定是一個名叫羅伯特．奧利佛的男子。將近十年前，他曾經來巴黎看我，最近也來過一次。我有充分的理由相信，他第二次來時，從我的公寓裡拿走了某個很珍貴的東西，因此我並沒有意願要幫助他。但如果您能幫我釐清這件事情，我將很樂意見您，並將考慮讓您觀賞《天鵝賊》。但我得先聲明這幅畫是非賣品。如果可以，我們就約在四月的第一個星期，任何一個早上都可以。不知您意下如何？

亨利．羅賓遜敬上

第九十五章

馬洛

我真的很希望能夠帶瑪麗一起去巴黎，但她得教書。從她拒絕的模樣，我知道就算我把這趟旅行安排在她下次放假的時間，她也不會去。在阿卡波可之旅後，她不可能會再接受這樣的大禮了。偶爾讓人請一次很愉快，讓人請第二次就會有人情債了。我知道她一直很想去奧賽美術館，於是便找了一本相關的書給她。她慢慢的翻閱著。

然而，當她披著一頭被陽光照亮的長髮，站在我的廚房裡時，還是搖了搖頭，一副已經下定決心的模樣。與其說她是在拒絕我，還不如說她是悄悄在心裡告訴自己不要這麼做。我們談話時，她正在為我們兩人做早餐，一副很賢慧的樣子，出乎我的意料之外。這是她第四次留在我的公寓裡過夜了——次數我都數得出來。每次她走後——她總是比我早走，因為她要去大學裡教書，在課比較少的日子裡，則去她喜歡的那家咖啡廳裡畫畫——我即便起床也不想收拾床鋪，並總是把浴室的門關上，以便留住她的氣味。現在她把四個煎蛋和幾片培根翻面後，把它們放在我面前，一邊咧著嘴對我笑。「我不能跟你去法國，但可以幫你煮蛋，就這麼一次，別想太多了。」

我把咖啡倒出來。「如果妳跟我一起去法國，就可以吃到那種放在小杯子裡的美味水煮蛋，配上麵包和果醬，而且還可以喝到比這好喝得多的咖啡。」

「謝謝！你知道我的答案是什麼。」

「我知道，但是如果我請妳一起去法國妳都不肯，那我請妳嫁給我的時候，妳會怎麼說呢？」

她愣住了。我是在不經意之間脫口而出，連自己都沒想到，但現在我才明白，事實上我已經在心中盤算了好幾個禮拜。看著她玩弄著手上叉子的模樣，我想到——但已經太遲了——羅伯特是我們之間的障礙。我彷彿看見他在我背後閒晃的模樣。我不需要問她在看什麼，也不需要告訴她那裡根本沒人，或者她所認識的羅伯特已經變得了無生氣，只會在精神病院的床上畫畫。羅伯特曾經跟她求婚嗎？哪怕只是開玩笑？我心想，答案已經寫在她嘴角和眼睛四周的紋路，以及她披散的頭髮上了。

過了一會兒之後，她笑了出來：「醫生，我到了這把年紀還沒結婚，現在也不需要結了。」然後出乎我意料之外——她總是知道一些我沒想到她這個世代的人會知道的東西——她居然朗誦了作曲家柯爾．波特的一句歌詞：「丈夫們是一群無趣的傢伙，只會讓你心煩。」

「是音樂劇《親吻我，凱特》。」我立刻拍著桌子說道。「反正妳也太年輕了，沒有經過母親的同意，不能隨便結婚。況且我也不能老牛吃嫩草，不能——」她笑了出來，朝著我彈了一滴柳橙汁。「少拍馬屁了。」她再度拿起叉子開始切蛋。「當你八十歲的時候，朋友，我就——」

「比我現在還老，但還是很年輕呀。『來吧，親吻我吧，凱特。』」我大聲說道。她笑得更自然了，並且還走到桌子這邊來坐在我懷裡。然而，房間裡有一個奇怪的回音：「凱特」，那是羅伯特太太的名字。我們兩個都默默感覺到了。也許是為了讓那回音停止下來，瑪麗用力的吻著我，然後我把最後的一片培根給了她。我們就這樣——瑪麗坐在我的膝蓋上——吃完了早餐，兩人緊緊相偎，以防止邪靈入侵。

出發前我有很多事要做，飛往巴黎前一天，更是花了許多時間處理了許多書面作業。中午時，我看到了羅伯特，並像平常一樣靜靜的與他坐在一起。我仍不打算告訴他，我已經決定去拜訪亨利．羅賓遜的事。他可能會注意到我不見了，但我情願讓他一直猜想我去哪裡了，因為他是不會願意去問任何人的。

但還有一件事情我必須處理。到了四點鐘左右，當我確定他正在外面的草地上畫畫時，便走到了他的房間。他的房門是開著的，讓我鬆了一口氣，因為這樣我就不至於覺得自己像個小偷，不過走在走廊上時，我還是忍不住回頭看了兩三次。我在櫥櫃最上層的架子上找到了那些信，包得很整齊。能夠再次拿到原稿，看到那些磨損的紙張、褐色的墨水，以及碧翠絲秀美的筆跡，我感覺還滿高興的，彷彿我之前一直想著它們，自己卻沒有意識到似的。羅伯特發現這些信不見之後，很可能會生氣。然後他會猜到是誰拿走的。但這也是沒有辦法的事。我把它們裝在我的公事包裡，悄悄的走了出去。

當晚瑪麗在我的公寓裡過夜。有一次我醒過來時發現她沒睡，在那半昏半暗的光線中盯著我看。我用手摸了摸她的臉。「為什麼還不睡？」

她嘆了一口氣，並轉過頭來親我的手指。「我睡了一下，然後就被嚇醒了。接著我就開始想像你在法國的樣子。」

我把她的頭拉到我的脖子旁邊。「怎麼回事？」

「我想我是有點嫉妒。」

「可是我有邀請妳一起去呀。」

「不是因為這個。我並不想去。但你這次去不是會看到她嗎？」

「記住我可不是——」

「我知道，你不是羅伯特，但是你無法想像跟他們兩人生活在一起是什麼感覺。」我努力用手肘撐起身體，以便看清她的臉。「他們？妳在說什麼？」

「羅伯特和碧翠絲呀，」她的聲音清楚明亮，不是帶著睡意、模模糊糊的那種。「我想這種事情只能對精神科醫師講。」

「而這種事我也只能聽我的愛人講。」我看見她的牙齒在黑暗中發光。我捧住了她的臉親了一下。「別想了，親愛的，睡覺吧。」

「那個可憐的女人，請你讓她死得其所。」

「我會的。」

她把額頭靠在我的肩膀上，我則幫她把頭髮攤在身邊，像一條很長的披巾，然後她再度睡著了。這次換我躺在那兒睡不著了。我想起了羅伯特。此刻他或許正在金樹林療養中心睡覺，也或許還沒睡著，他身子底下的那張床對高大魁梧的他而言，顯得有點太小了。他為何要去法國兩次呢？是不是因為他和我一樣好奇，究竟是誰畫了《蕾妲》？他找到答案了嗎？在一八七九年的一個天主教國家，這樣的主題對一個女畫家而言，或許是太強烈了。如果羅伯特相信這幅畫是他的「憂鬱夫人」畫的，為何又想破壞它呢？難道他是為了什麼我不了解的緣故而去嫉妒那隻天鵝？我想起床穿上衣服，拿著車鑰匙，開車到金樹林療養中心去。我知道那裡的警報系統密碼、前面櫃台的程序，也認識那些夜班人員。我要靜悄悄的走進羅伯特的房間，敲敲門，然後把門打開，把他搖醒。也許被我這麼一嚇醒，他就會開口說話了。「我帶著一把刀前往美術館。我之所以攻擊她是因為……」

我把臉靠在瑪麗的頭髮上，等待著心中的這股衝動平息。

第九十六章

馬洛

戴高樂機場比我記憶中還要人聲鼎沸，而且不知怎地面積也變大了，顯得更加沒有人味。三年後，當我來到這兒度一個遲來的蜜月時，我看到這座航空站被警察清空了，後來又隔著一段安全的距離，聽到幾家商店後面響起的爆炸聲，原來他們在一座大廳的中央引爆一個沒人看管的手提箱。當時那個聲響把我們嚇壞了，事後證明那皮箱裡並沒有炸彈。但在二〇〇〇年，情勢還沒這麼緊張，而我也是獨自一個人在那裡。

我搭了一輛計程車前往柔伊所推薦的那家旅館。那裡的房間比一個水泥箱子大不了多少，有一面窗戶可以俯瞰中央大樓。我的床很硬，還會嘎吱作響，但距離里昂車站只有幾步路，而且同條街上還有一家前面有涼篷的小餐館，每天早上，店裡的經理都會用一根很大的曲柄把篷子捲起來。我把行李放下後，就去那裡吃了一頓飯，後來又去了許多次。在經過長途飛行之後，這頓飯讓我心滿意足。咖啡冒著熱氣，味道很濃，還加了許多牛奶。吃完飯後，我便回到那個像箱子一樣的房間，昏睡了一個小時（雖然我才剛喝完咖啡）。醒來時，已經接近中午了。我哼哼哈哈、痛快的沖了個熱水澡後，便把鬍子刮乾淨，帶著一本口袋導覽手冊，在市區走了一會兒。

亨利住在蒙馬特，但我跟他約的時間是明天早上。步出旅館幾分鐘後，我看見了位於天空下的聖心教堂圓頂。由於十二三年前曾經來過一次，因此所有的地標我都記得。導覽手冊提醒我這所夢幻般的白色教堂是在巴黎公社瓦解後興建的，以做為政府權力的象徵。然而我不是來觀光的，於是便信步走著。後來大部分時間，那本導遊書都放在我的口袋裡，一直到我沿著塞納河畔參觀那些書報攤時，才發現自己迷了路，距離旅館已經很遠了。那天天氣有些潮溼，介於溫暖與涼爽之間。陽光偶爾穿透雲層，把河水照得發亮。我心想，從華府只要坐一趟飛機就可以來到這裡，為何我卻這麼久沒來呢？在通往河邊的一座階梯上，我把手帕鋪在那黏滑的石頭上，坐在那兒速寫著一艘停泊在對岸、四周擺滿了盆花的餐船。

我很想在奧賽美術館打烊前去那裡參觀碧翠絲的畫作；在曼特農美術館的那幾幅，可以等到明天我和亨利．羅賓遜見面之後再去看。於是我便沿著塞納河走到了奧賽美術館；上一次我來巴黎時錯過了它，當時它也才開張不久。在碧翠絲那個年代，這裡原本是一座火車站，如今已經成了一座美輪美奐的美術館。那巨大的玻璃屋頂大廳、羅列有致的雕像，在在都令人讚嘆不已。我在那兒流連了好幾個小時。

我先去看馬內的作品。站在《奧林琵雅》的前面，看著她那挑釁的目光，讓我渾身暈陶陶。接著我無意間發現了一幅出乎我意料之外的美麗畫作，那是畢沙羅的作品，主題是盧維西安一棟房子的冬景。我從沒在別的地方看過這幅畫。那淡紅色的房屋、被積雪壓得彎彎曲曲的樹木、地上的雪，以及一名婦人牽著一個小女孩穿著厚重的衣服在寒冷的天氣裡行走的畫面，使我想起了碧翠絲和她的女兒。但這幅畫的日期是一八七二年，當時奧德尚未出生。美術館裡還有其他冬景圖，包括莫內、希思黎和畢沙羅的其他作品。畫的都是馬車、籬笆、樹木等等，以及許許多多的雪。無論是在盧維西安、馬利勒華等村莊或在巴黎市，教堂尖塔以及公園上方的天空都是陰沈沈的。他們都像碧翠絲一樣，喜歡冬天的花園。

在希思黎和畢沙羅的作品旁邊，我發現兩幅碧翠絲的畫作。其中一幅畫的是一個在縫衣服的金髮女孩，想必就是碧翠絲在信中所提到的那個女僕。另一幅畫的是一隻天鵝幽幽的浮在褐色水面上的情景——那是一隻很普通的天鵝，毫無神奇之處。我想碧翠絲當初必定曾經努力練習描繪天鵝的模樣，或許是為了我明天將在亨利．羅賓遜處看到的那幅畫而做準備。此外，我也發現了一幅奧利維耶．韋諾的風景畫，畫的是田園風光，有著一片田野、低頭吃草的牛群、一排白楊樹，以及懶洋洋的豐饒雲朵等。我心想碧翠絲對他的作品的推崇或許超乎我的想像。因為這幅畫雖然技巧很高明，卻不太有新意。根據解說牌，這幅畫是在一八五四年完成的。我心想碧翠絲當時還只有三歲。

參觀完畢後，我吃了牛排和炸薯條便回到了旅館。儘管我很想閱讀一本有關普法戰爭的精彩歷史書中的一個章節，但最後還是睡著了，而且一睡就是十三個小時。幸好第二天早上醒來時並沒有太晚。這也充分證明我已經不再年輕了。

第七十九章

馬洛

亨利．羅賓遜住在蒙馬特的一條街上。那條街很陡，但並不狹窄，而且風景如畫，家家戶戶的陽台上都有鐵鑄的欄杆。我根據地址找到他家後，先在街上站了一會兒才按門鈴。儘管他的公寓位於二樓，我仍聽得見門鈴的聲響。上樓時，我發現樓梯很暗，地上都是灰塵，不禁納悶一個九十八歲的老人如何上下這樣的樓梯。二樓只有一扇門，我還沒碰到就先開了。一個老婦人站在那兒。她穿著褐色的洋裝、厚厚的長襪和鞋子。說也奇怪，那一剎那我還以為自己看到了奧德。那老婦人繫著一件圍裙，一看到我，臉上立刻堆滿笑容，說了一些我聽不懂的話，並帶我進入客廳。我心想，如果奧德活到現在，應該有一百二十歲了吧。

亨利．羅賓遜的客廳有如叢林一般，到處都是盆栽，井然有序，茂密繁盛。光線頗為明亮（至少臨街的那一側是如此），陽光透過玫瑰色的絲質窗簾灑了進來。牆壁和兩扇關著的房門都漆成柔和的淡綠色。屋裡到處都是畫，但不像他的老朋友凱雷家那般經過精心排列，而是哪裡有空位就掛哪裡。亨利的座椅附近有一幅用油彩畫成的人頭像，畫的是一個上了年紀的婦人，臉長長的，有一雙藍色的眼睛，頭上梳著一九四〇或五〇年代的髮型，想必就是奧德了。由於上面沒有簽名，我心想不知道這是否就是凱雷宣稱他所畫的那幅肖像。除此之外，還有一些可能是秀拉作品的點彩小畫，以及許多介於第一次和第二次世界大戰之間的畫作，就是沒看到任何像是由碧翠絲所畫的作品，也沒有任何一幅像是《天鵝賊》的畫。壁龕和書架上沒放幾本書，但擺著一套青瓷作品，看起來像是韓國製的，而且年代已久。待會兒也許我可以問問他。

亨利．羅賓遜坐在一張幾乎像他本人一樣老的扶手椅上。我進去時，雖然用幾個生硬的法文字眼，請他不要多禮，但他還是緩緩站了起來，並向我伸出一隻幾乎透明的手。他的個子比我矮一點，骨瘦如柴，但站起來後腰桿還是挺得很直。他穿著一件條紋襯衫、深色長褲，外罩一件綴著金扣的紅色開襟羊毛衫，稀疏的幾綹頭髮往後梳，鼻子像他的手一樣透明，臉頰紅紅的，眼鏡後面的眸子是褐色的，但已經有些黯淡了。他的顴骨很高，鼻梁挺直，年輕時想必甚為俊俏。他的雙手和臂膀微微發抖，但握起手來卻堅定有力。我一想到這隻手可能愛撫過奧德，而奧德的手無疑也曾被碧翠絲牽過或撫摸過，心中便不由得生出一股寒意。

「早安。」他的英語帶點口音但發音很清楚。「請坐。」他用一隻青筋起伏的手指著一張椅子對我說道。「太多報紙了。」他笑了起來，露出一口年輕整齊得令人訝異的牙齒，顯然是假牙。我把椅子上的報紙拿開，等到他用那瘦削的雙手扶住椅子並坐下後，方才就座。

「羅賓遜先生，謝謝你接見我。」

「不客氣。」他說。「只是我告訴過你了，我不太喜歡你說的那個男人。」

「羅伯特．奧利佛生病了。」我告訴他。「我猜他拿走你這些東西的時候已經病了，因為他得的是一種有週期性的慢性病。但我明白他做的事一定讓你很生氣。」我小心的把那捆信從外套的內袋裡掏出來，並將它們從信封裡拿出來，放在他手上。

他驚訝的看著手上的那些信，又看了看我。

「這些信是你的吧？」我問。

「是的。」他說。然後他的臉抽搐了一下，鼻子開始泛紅並抽動，聲音嘶啞，彷彿差點要哭出來。「事實上，它們是奧德・戴克萊瓦的。我跟她一起生活了二十五年以上。這是她母親臨終時給她的。」

我想到當時碧翠絲想必已經不再是個嚴肅認真的少婦，而是一個中年婦人，或許頭髮已經花白，並飽受病痛折磨，在原本該是盛年的時期卻走到了生命的盡頭。她死時還不到六十歲，年紀差不多和我一樣大，但我卻連一個可以道別的女兒也沒有。

我嚴肅的點點頭，表示很同情他的感受。他雖然戴著一副金邊眼鏡，但視力似乎還挺好的。

「我的病人羅伯特・奧利佛或許並沒有意識到，他偷走這些信可能會對你造成一些傷害。我不能請你原諒他，但或許你可以理解他的苦衷。他愛上了碧翠絲・戴克萊瓦。」

「我知道。」他的口氣頗為嚴厲。「我也能體會迷戀一個人是什麼感覺，如果你的意思是這樣的話。」

「我想我應該告訴你，我已經看過這些信了，我請人翻譯出來。我想無論是誰看了都會愛上她吧。」

「她顯然非常甜美，非常溫柔。我也愛她，然而是透過她的女兒。但是，馬洛醫生，你怎麼會對她有興趣呢？」

他居然記得我的姓名。

「因為羅伯特・奧利佛的緣故。」於是我向他描述羅伯特如何被捕、在他被送到醫院來之後的那幾個星期，我曾經如何試著想了解他，但他又如何不肯講話，只是一味的畫著那張臉，以及我是如何的需要了解他背後的動機等等。亨利・羅賓遜雙手交疊、肩膀拱起，像隻猴子般注意傾聽著，不時的眨一下眼睛，但什麼話也沒說。我接著又告訴他（這時不知為什麼我有一種如釋重負的感覺）我與凱特面談的經過、羅伯特所畫的那些碧翠絲的畫，以及有關瑪麗的事，並告訴他羅伯特曾告訴瑪麗，他在人群中見過碧翠絲的臉。但我並未提到我已經見過凱雷，打算等到適當的時機，再轉達凱雷對他的問候。

他默默的聽著，使我想起了我的父親。跟亨利・羅賓遜比起來，我父親像個年輕人，而且車子、女友一個都不缺。但感覺上亨利・羅賓遜就像我父親一樣，即使我沒把事情和盤托出，他也可以猜到七八分。由於我有點擔心他的英語程度，因此話講得很慢、音念得很清楚，但一方面也很慚愧自己甚至不敢露一手那早已生鏽的法語。不過他似乎聽得懂我說的每一句話。等我說完後，他便用手指敲了敲膝上的那捆信。「馬洛醫生！」他說。「我很感謝你歸還這些信。我知道一定是羅伯特・奧利佛偷的——他第二次來我這兒之後，我就找不到它們了。這些年來，他一直把它們據為己有。」

我突然想起我蹲在凱特家的辦公室地板上時所看到的那個字：埃特爾塔。

「我猜如果他一直都不開口的話，大概也不會告訴你這件事。」亨利・羅賓遜挪動了一下他那雙瘦削的膝蓋。「他第一次來我這兒是在九〇年代初期。當時他在一篇文章中得知我和奧德・戴克萊瓦的關係，於是便寫信給我。他的熱心和對藝術的認真與執著讓我很感動，於是我便同意他來拜訪。我們聊了很久；當時他還很會講話，也很善於傾聽。事實上，他是個非常有意思的人。」

「羅賓遜先生，你可以告訴我當時你們聊了些什麼嗎？」

「可以。」他把雙手放在椅子的扶手上。我感覺眼前這個鼻梁挺直、下巴精巧、頭髮稀疏的男子具有某種很堅強的特質。「我永遠忘不了他走進我公寓的那一刻。你知道，他個子很高大，像個歌劇演員一樣，讓我忍不住有點害怕，因為他是個陌生人，而我又獨自一個人在家。不過後來我發現他很有魅力。他坐在椅子上——我想就是你現在所坐的這一張——我們起先聊著有關繪畫的事，然後又談到我的收藏。之前我已經把我所有的收藏品都捐給曼特農美術館了，只留下一幅。他說他那天下午已經去曼特農美術館看過了，並說那些作品讓他留下了深刻的印象。」

「我還沒去過，但也打算要去那兒看看。」我說。

「總而言之，我們坐在這裡聊天，最後他問我是否可以告訴他，我所知道有關碧翠絲．戴克萊瓦的事情。因此我便約略描述了一下她的生平和作品，他說那些他大都已經從資料上得知了。他想要知道的是奧德如何描述她的母親。我看他顯然很喜歡碧翠絲的畫。他這個人給人一種很溫暖的感覺——事實上我還滿……受他吸引的。」

亨利咳嗽了一聲。「於是我便開始告訴他，我印象中奧德曾告訴我的事。奧德說她母親個性溫柔活潑，向來很喜歡藝術，但卻把所有時間都用來照顧她。她說自從她懂事以來，從未看過她的母親畫畫或素描。從來沒有，也從來不曾用惋惜的口氣談論自己的畫作。當奧德問起的時候，她總是笑說女兒就是她最快樂的作品，除此之外，她什麼也不需要。奧德十幾歲時，開始會偶爾畫一些素描或油畫，她的母親也會興致勃勃的幫忙，但從來不跟她一起畫。奧德曾經告訴我，有一次她央求母親跟她一起畫，但她的母親卻說：『親愛的，我該畫的都已經畫完了，而且它們正等著你呢。』但她不肯說明這話是什麼意思，也不肯解釋她為何不再畫畫。這件事情總是很困擾奧德。」

亨利．羅賓遜轉頭看著我。他那深色的眼珠有一種像是水上肥皂泡般的光澤，可能是白內障的關係，也可能是眼鏡的反光。「馬洛醫生，我已經老了，而且我深愛著奧德．戴克萊瓦。感覺上她從來沒有離開過我。當時我看羅伯特．奧利佛對她和碧翠絲的故事這麼感興趣，於是便把那些信念給他聽。我想奧德也會希望我這麼做的。有一兩次，我們兩人曾經把那些信大聲念給對方聽。她說她認為那些信是給能夠懂得他們的故事的人看的，因此我從來沒有把它們公開出來，也沒撰寫過有關它們的文章。」

「你把那些信念給羅伯特聽了？」

「嗯，現在想起來，真是悔不當初呀。只不過那個時候我看他這麼感興趣，就覺得自己應該念給他聽。唉，真是個錯誤。」

我開始想像眼前這個老人坐在椅子上，把碧翠絲和奧利維耶的書信念出來時，羅伯特坐在另外一張椅子上，將他那兩隻巨大的手肘擱在扶手上俯身聆聽的模樣。「他聽得懂嗎？」

「你是說他聽得懂法文嗎？當時我偶爾會幫他翻譯一下，在必要的時候，而且他的法文還滿好的。還是你指的是信的內容？這個我就不知道了。」

「當時他有什麼反應？」

「我念完後，發現他的臉色非常——怎麼說呢？——非常陰森。我以為他快要哭了。然後他就說了一句很奇怪的話，但只是自言自語，不是說給我聽的。他說：『他們真的活過，不是嗎？』我說是呀，當我們讀著前人的書信時，就可以知道世上曾經確有其人，這是一件非常令人感動的事情。當我把信念給他聽的時候，連自己也被感動了。但他說不，不，他的意思是：他們真正的活過，而他卻沒有。」亨利．羅賓遜看著我搖了搖頭。「從那時開始，我就認為這個人有點奇怪，但我已經很習慣藝術家那副德性了。奧德也是。她每次談到自己的過去和她母親的畫作時，就會顯得非常怪異，但我就是喜歡她這個樣子。」他沈默了一會兒。「羅伯特臨走前告訴我，那些信使他更了解碧翠絲會期待他怎麼畫。他說他會全心全意把她的生活畫出來，以紀念她、榮耀她，那口氣就好像他已經愛上了她似的。相信我，馬洛醫生，我了解那種感覺。我可以。」

我看著他，可以感覺到他這個人雖然聰明至極，但從前個性必然頗為焦躁。要是在二十年前，他很可能會一邊跟我說話，一邊在房子裡走來走去，摸摸他的書、調整一下牆上的畫作，或摘掉盆栽裡的枯葉什麼的。而奧德或許就像我所見過的那兩幅畫一樣，是個平靜從容、泰然自若、莊嚴內斂的女子。我想像著他們兩人在一起時的模樣：一個是精力充沛、頗有魅力的年輕男子，一個是充滿自信、離群索居的女人。他或許讓她的生命增添了一些活力，而她則成了他終身愛慕的對象。「當時羅伯特還有沒有說什麼？」

羅賓遜聳了聳肩。「我不記得了。現在我的記性已經不比從前。反正不久後他就走了。當時他很有禮貌的謝謝我，並告訴我說，他會把這次拜會的結果融入他的藝術作品中。當時我並沒想到我們會再見面。」

「後來他又來了一次？」

「那次他並沒事先通知我，待的時間也很短。我記得是在這一兩年的事。他來之前並未寫信給我，所以我不知道他人在巴黎。有一天門鈴響了，伊鳳去開門，結果奧利佛就走進來了，把我嚇了一跳。他說那次來巴黎是為他的作品尋找適當的背景，後來就決定要來看看我。那時我的健康已經惡化了，走路走得不穩，有時還忘東忘西的。你知道我今年就要滿九十八歲了嗎？」

我點點頭。「知道——恭喜了。」

「這是個偶然，馬洛醫生，不是一種榮耀。總而言之，羅伯特進門後，我們就開始聊天。有一次我必須起身去上洗手間。由於當時伊鳳正在廚房裡講電話，於是他就扶我走到浴室去。他的身體很強壯。我之所以記得這件事，是因為他走了大約一個禮拜後，當我想把這些信找出來看時，就發現它們不見了。」

「當時你把它們放在哪裡？」我假裝漫不經心的問。

「放在那個抽屜裡。」他用蒼白的手指著客廳對面的一座櫃子。「你如果想要的話，可以把它拉出來看一看，裡面是空的，只剩下一樣東西。」他用手握住膝上的信件。「現在我總算可以把它們放回去了。我就知道是奧利佛拿的，因為我這裡很少有訪客，而且伊鳳也絕不會去碰它們——她知道這些信是我的寶貝。你知道，幾年前，我把碧翠絲的所有作品都捐出去了，只留下《天鵝賊》。現在它們都在曼特農美術館裡面。這是因為我知道自己隨時可能會死。奧德雖然希望我們能把畫留在自己身邊，但也希望它們能夠永久保存下來，因此我覺得這樣的處理是最恰當的。不過《天鵝賊》又是另外一回事了。我還不確定該怎麼處理它。羅伯特第一次來訪時，我還一度考慮有一天要把畫送給他呢。感謝上帝，幸好我沒有。這些信裡面有奧德對她母親的愛，對我來說是很珍貴的。」

他雖然措詞文雅含蓄，但從語氣中可以感覺他的憤怒。「你有沒有試著跟他要回來？」

「當然。我按照他第一次來的時候留給我的地址寫了封信給他，但一個月之後就被退回來了，上面寫著『查無此人』。」

我想這或許是凱特在一氣之下所做的事。「後來你就再也沒有他的消息了嗎？」

「有，可是事情反而變得更糟糕了。因為後來他寄了一封信給我，就是現在放在抽屜裡的那封。」

第九十八章

馬洛

在亨利．羅賓遜的目光注視之下，我起身緩緩走到他先前所指的那座櫃子前。此刻，跟一位將近百歲的老人置身在這間擁擠的公寓裡，再度搜尋著一個病人的過往，讓我有一種不太真實的感覺。事實證明，羅伯特不僅試圖破壞一幅藝術作品，而且還偷走了屬於別人的文件，但我卻不想責怪他。由於時差的緣故，我已經累了，並且很想念瑪麗的臂彎，突然恨不得趕緊回家去找她，但立刻又想到此時她不是在我家，而是在她家。她還年輕，又是單身，對她而言，四個晚上和一頓早餐算得了什麼呢？我用虛弱的手指打開那抽屜。

裡面放著一個航空信封，上面蓋著華府的郵戳，日期是在羅伯特企圖破壞《蕾妲》之前，信封上沒有回郵地址。裡面有一張摺好的信紙。

親愛的羅賓遜先生：

請原諒我借用你的信件。我總有一天會還給你，但我現在正在創作幾幅重要的畫作，必須每天閱讀它們。這些信非常精彩，充滿她的身影，相信你也會認同這點。我不想為自己辯護，但我認為這些信放在我這裡或許會更安全。我已經根據之前從信中所得的印象創作了一系列作品，是我生平畫得最好的幾幅。但我需要每天都看一看這些信，有時甚至會在夜裡起床讀這些信。我最新的幾幅畫作（是很重要的一個系列）將會昭告世人：碧翠絲·戴克萊瓦是她那個時代最了不起的女人之一，也是十九世紀最偉大的畫家之一。她年紀輕輕就停止了創作，因此我必須替她繼續畫下去。當初她如果不是遭受無情的阻撓，很可能會繼續創作好幾十年，因此總得有人替她出一口心中的怨氣才行。但她到底受到了什麼樣的阻撓呢？你我都知道她是一個天才。你應當可以理解我為何會愛上她、仰慕她。即使你本身不是一個畫家，或許也能明白當一個人想作畫而又不能作畫時是什麼滋味。

謝謝你的幫忙，使我得以運用她的話語。請原諒我做出這個決定。以後我會千倍萬倍的補償你。

羅伯特·奧利佛敬上

看到這封信，我的心不禁為之一沈。這是我第一次聽到羅伯特詳述他自己的心境——至少是他當時的心境。信中的措詞一再重複，思維缺乏理性，更過度誇大了他的使命。這一切都顯示他有狂躁的症狀。他自以為是的偷走了別人的珍貴物件，而且似乎不明白此事所造成的影響。凡此都讓我感到難過。但是我也明白，這是因為他已經與現實脫節了，因此最後才會跑去破壞《蕾妲》。我正要把這封信放回去時，亨利·羅賓遜卻示意我停下來。「如果你想要的話，就留著吧。」他說。

「真是令人難過與震驚。」我一邊說著，一邊把信放在外套的內袋裡。「不過，我們不要忘記羅伯特·奧利佛是個精神病患，而且現在那些信也確實回到了你手上。不過，無論如何，我都不可以，也不應該，為他辯解。」

「我很高興你把這些信還給了我。」他只說道。「它們的內容非常私密。為了奧德，我絕不會把它們公開。我原本很擔心羅伯特·奧利佛會這麼做。」

「果真如此，或許你應該把它們摧毀。」我雖然這麼建議，但心裡卻不樂見這樣的事情發生。「因為說不定哪一天會有某個藝術史學家對它們很感興趣。」

「我會考慮看看。」他雙手互握，十指相扣。別考慮太久。我很想跟他這麼說。

「對不起。」他抬起頭看著我。「我已經完全忘記該有的禮貌了。你要不要來杯咖啡或茶呢？」

「不用了，謝謝你的招待，我不想打攪你太久。」我走回他對面的椅子上坐了下來。「可不可以斗膽請你再幫我個忙？」我躊躇了一下。「可以讓我看一下那幅《天鵝賊》嗎？」

他用手托著下巴，神情嚴肅的看著我，彷佛在思索之前我們所說的一切。我不禁心想，不知道他有沒有提供我任何錯誤或不實的消息。但這點我實在無從得知。「我當時沒給羅伯特·奧利佛看，現在也很慶幸自己沒那麼做。」

這倒是出乎我的意料之外。「他沒要求看嗎？」

「我想他當時並不知道我有這幅畫，因為它並沒有什麼名氣。事實上，只有我們自己人才知道有這幅畫。」然後他便猛然抬起頭瞪著我。「你是怎麼知道的？你怎麼知道我有這幅畫？」

我明白現在已經到了非老實說不可的地步了，但又擔心說出來後會勾起他的新愁舊恨。「羅賓遜先生，」我說。「這事我之前就想告訴你了，但又不曉得該不該說——我之前去墨西哥拜訪過裴德洛．凱雷先生。他對我很親切，就跟你一樣。我是從他那兒聽說有關你的事的。他要我問候你。」

「啊，裴德洛問候我！」他臉上浮現了一個近乎促狹的微笑。顯然這兩個一度隔著海峽互相較勁的男人早已原諒了對方，而且彼此之間還保持著友誼。「他一定也告訴你他把《天鵝賊》賣給了奧德，而你也相信了，對不對？」

現在輪到我瞪眼了。「是啊，他是這麼說的。」

「可憐的老傢伙，我想他不是故意要騙你的。事實上，他當初一直試著向奧德購買這幅畫。他們兩人都認為它是一幅難得的絕品。最初奧德是向阿曼．湯馬思的莊園買的；他是巴黎一家畫廊的老闆。說也奇怪，這幅畫之前從未公開展示過，之後也是如此。奧德是絕不可能把這幅畫賣給裴德洛或任何人的，因為她母親告訴過她，那是她的作品中唯一重要的一幅。我不知道當時阿曼．湯馬思是怎麼把它弄到手的。」他雙手握住膝上的信件。「當年湯馬思兄弟的生意失敗後，手邊只剩下幾幅畫，《天鵝賊》便是其中之一。阿曼的哥哥吉伯特很會畫畫，但卻不太會做生意。你也知道，碧翠絲和奧利維耶在信裡面都曾經提到他們兄弟兩人。我一直覺得他們很市儈，對畫家不是很好，不像杜朗—魯埃那樣。可是到頭來他們賺的錢也少很多。因為他們不像杜朗—魯埃這麼有品味。」

「嗯，我曾經在國家畫廊看過兩幅吉伯特的畫作。」我說。「當然，其中包括羅伯特試圖破壞的那幅《蕾妲》。」

亨利．羅賓遜點點頭。「你現在可以進去看看《天鵝賊》了。但我可就不奉陪了。反正我每天都看個好幾次。」他指著客廳盡頭一扇關著的房門。

我走過去把門打開。裡面是一間小小的臥房。從五斗櫃和床頭櫃上所放的藥瓶來看，這顯然是羅賓遜的房間。裡面有一張雙人床，鋪著綠色的錦緞床罩，僅有的一扇窗戶兩旁掛著同色的錦緞帘子。此外，房裡還有好幾個書架。由於光線有些昏暗，我便把燈打開——這時我感覺亨利在注意著我，但我又不便把門給關上。起初我以為床頭上方還有一扇俯瞰著花園的窗戶，接著又以為那裡掛著一幅天鵝的畫像，但很快便發現那只是一面鏡子。鏡裡映現著對面牆上所掛的一幅畫。

說到這裡，我必須停下來喘口氣，因為《天鵝賊》這幅畫實在是很難以言語形容。我曾經想過它一定很美，但沒想到裡面也充滿著邪惡。這幅畫尺寸頗大，約四尺長三尺寬，色調明朗，有著印象派的風格。上面畫著兩個布衣粗服的褐髮男子，其中一個的嘴唇異常鮮紅。兩人躡手躡腳的朝著一隻天鵝走了過來——也朝著觀看者走過來——那天鵝在驚惶之餘，欲從蘆葦叢中飛出。我心想，這會兒天鵝成了受害者，而非勝利者，剛好和蕾妲的遭遇相反。在碧翠絲那快速而生動的筆觸下，天鵝的翅膀尖端顯得極其逼真，但由於它正匆忙飛出窩巢，軀體顯得有些模糊，下方則隱約可見睡蓮的浮葉與灰色的水面。畫中的天鵝有著弧狀的白色胸膛、灰色的眼眶，以及神情愕然的黑眼珠。因為飛不起來，它顯得頗為驚慌，一隻黑黃相間的腳不斷的攪動著水面。此刻，那兩個強盜已經近在咫尺。身材較為高大的那個男人已經伸出雙手，意欲抓住天鵝那伸得長長的脖子，較矮的那位則正準備衝過來擒住它的身體。

在碧翠絲快速的筆觸下，天鵝的優雅風姿與那兩名男子的粗魯模樣呈現明顯的對比。我曾經在國家畫廊看過那名身材較高大的男子的臉；他就是那個數著金幣的畫商，但此刻他正急切的追捕著他的獵物。如果他就是吉伯特·湯馬思，那麼另一個人顯然就是他的弟弟阿曼。我很少看到一幅畫具有如此高超的繪畫技巧和如此絕望的意境。當年碧翠絲可能花了三十分鐘就把這幅畫完成，但也有可能花了三十天。她事前顯然已經構思良久，之後便提起畫筆，縱情揮灑，一氣呵成。如果亨利沒說錯的話，從此她就封筆不再作畫了。

我想必站在那兒凝視了許久，然後心中開始湧起一股疲憊的、無望的感受。我們如何能得知別人過著什麼樣的生活呢？沒錯，這女人畫了一隻天鵝，它對她而言具有某種特殊的意義，但現在我們已經無從得知了。然而，這又有什麼關係呢？我們只要知道這幅作品中充滿了強烈的情感就夠了。碧翠絲已經死了，我們卻還活著。有朝一日，我們也都會離開人世，但至少她留下了一幅足以傳世的畫作。

此時，我想起了羅伯特。他應該不曾站在這幅畫前面，試著參透其中所蘊含的強烈苦痛。但也說不定他已經看過了。當時年邁的亨利·羅賓遜身旁無人服侍。他去如廁時走開了多久？在這間公寓裡，我迄今只看到一間廁所，就在大門附近；此刻我所在的這間臥房並沒有浴室，這座公寓很老舊，設計有些古怪。亨利·羅賓遜上廁所時，羅伯特難道不會想到要去打開其他房間的門瞧一瞧嗎？我想，他必然已經看過了《天鵝賊》，否則怎麼會忿忿不平的回到華府？之後又怎麼會在國家畫廊裡宣泄他的怒氣？我想起他在綠丘鎮所畫的碧翠絲肖像：她微笑著，手裡緊抓著身上那件絲質長袍以掩住她的胸部。羅伯特希望看到她快樂的模樣，但《天鵝賊》中卻充滿受到威脅與中了圈套的感覺，其中或許還有一絲報復意味。也許羅伯特能了解她的悲傷，而這種悲傷是我永遠無法明白的（感謝上帝！）。事實上，我想他不需要看這幅畫就能夠了解那種感覺。

這時，我突然想起了坐在椅子裡行動不便的羅賓遜，於是便連忙回到客廳，心中明白此後我將再也看不到這幅《天鵝賊》了。雖然只看了五分鐘，但它卻從此改變了我對世界的看法。

「看來你對它印象很深刻呢。」他攤開手掌，表示贊許。

「是的。」

「你認為這是她最好的一幅作品嗎？」

「這點你應該比我清楚。」

「我累了。」亨利說道。我突然想到這正是上次凱雷對我和瑪麗所說的話。「可是，我想請你明天看完我捐給曼特農美術館的那些畫之後，再過來一趟。到時候你就可以告訴我，這幅畫是不是她最好的作品。」

於是，我便趕緊走上前去握住他的手。「很抱歉我待了這麼久，也很榮幸能再來一趟。明天什麼時候？」

「我下午三點要睡午覺。所以你就早上來吧。」

「真是太謝謝你了。」

我們握了握手。他微笑著，再度露出那完美的假牙。「我很高興能跟你聊天。說不定我最後會決定原諒羅伯特．奧利佛呢。」

第九十九章

馬洛

曼特農美術館位於巴黎市的帕西區，在布隆森林附近，也許距當時碧翠絲所住的地方不遠，但我不知道該怎麼走，也忘了問亨利。反正以碧翠絲短暫的繪畫生涯來說，她的住處也不太可能變成一座紀念館。我搭了地下鐵，走了幾條街，穿過一座公園——裡面擠滿了一群群穿著鮮豔外套的兒童，正在盪著鞦韆或攀爬著現代風格的遊戲架——便到了曼特農美術館。這座美術館本身是一棟高高的奶油色建築，具有十九世紀的風格，灰泥天花板上有很繁複的裝飾。我在一樓逛了一下，裡面的展覽館陳列了馬內、雷諾瓦和竇加的作品，其中大都是我沒見過的。然後我又走進了一個較小的房間，這裡掛的便是羅賓遜所捐贈的碧翠絲畫作。

她的作品比我想像的還多，而且年紀很輕就開始作畫了。這裡最早的一幅是在她十八歲那年畫的，當時她仍住在父母親家，並受教於喬琪思．拉梅兒的門下。這幅畫很生動，但在技巧上仍不及她後期的畫作。看得出來她很努力作畫，就像迷戀她的羅伯特一樣，只是各自的方式不同。我曾經想像過她身為人妻、年紀輕輕就要掌管家務的模樣，甚至想像過她當情人的模樣，但我沒想到她平常也如此努力作畫，才能完成這麼多的作品，並且在技巧上逐年成長。這些作品當中有她姊姊的肖像（其中有幾幅手裡還抱著嬰兒），也有幾幅燦爛的花卉，或許是種在她自己花園裡的花。除此之外，還有幾幅用石墨畫的小幅速寫、兩三張用水彩畫的花園和海濱景象，以及一幅伊維思．韋諾的肖像。畫中的他顯然才新婚不久，一副興高采烈的模樣。

我依依不捨的離開那兒，到了美術館的三樓。那裡的牆壁上掛滿了莫內在吉維尼小鎮所畫的巨型油畫，以睡蓮為主，其中大都是他晚年時的作品，筆觸已經接近抽象風格。我之前從不知道他究竟畫了多少睡蓮，現在看來至少有好幾英畝，而且多到散布在巴黎各地。我買了四五張明信片，其中有幾張是要送給瑪麗，讓她貼在她畫室的牆壁上的。然後我便離開了這座美術館，前往布隆森林散步。森林裡有一座小湖，湖岸上停著一艘有頂篷的小船，彷彿是特意要載我到對岸去似的。對岸是一座小島，上面有一棟富麗堂皇的房子。我付了錢之後就往裡走。隨後一對法國夫婦也帶著兩個小孩進來了；他們都穿著特殊場合的服裝。那小女孩偷偷看我一眼，我對她笑了一下，她也對我笑了一下，然後就把臉埋在她媽媽的懷裡了。

我發現，這棟房子原來是一家餐廳，戶外有撐著遮陽傘的桌子以及盛開的紫藤花，但價錢也高得嚇人。我喝了一杯咖啡，吃了一塊糕餅後，便坐在那兒欣賞湖上的日照。我發現湖裡並沒有天鵝，但在碧翠絲那個年代想必是有的。我想像碧翠絲和奧利維耶雙雙把畫架放在湖邊，他小聲的指導著她，而她試圖捕捉天鵝飛出蘆葦叢的畫面。不知那天鵝是正要飛起還是即將降落？我是否把他們之間的對話想像得太自由了？

我雖然在小島上休息了一會兒，但回到里昂車站時，還是覺得疲倦不堪。所幸旅館附近的那家小餐館還開著，裡面的那個侍者似乎已經把我當成了老朋友，證明「巴黎人對外國人很不友善」的傳說不可盡信。他對我笑著，彷彿明白我過了怎樣的一天，也知道我此刻是多麼需要來一杯紅酒。我離開時，他再度對我微笑，幫我拉開門，並和我互道再見，彷彿我已經在那裡用餐好幾年了。

我原本打算找一個地方用我新買的電話卡打給瑪麗，但一回到旅館，連書也沒打開，便倒在床上睡得像個死人。夢中盡是亨利和碧翠絲的身影，後來彷彿又夢見奧德．戴克萊瓦的臉，把我嚇得醒了過來。心想羅伯特正等著我，我應該打電話給他，而不是打給瑪麗。但不久我又睡著了，而且這一覺便睡過了頭。

第一〇〇章

一八九二年六月的一個清晨，有兩個人在鄉下的火車月台上候車。她們天還沒亮就起床了，穿戴整齊，遠離村中人潮雜沓之處，臉上有著清醒、警覺的神色。個子比較高的那位是個壯年婦人，另外一個則是十一、二歲的小女孩，手臂上挽了一個籃子。婦人穿著黑衣、戴著黑帽，帽帶在下巴緊緊的打了個結。她臉上的面紗使她眼中所見的事物都成了一片炭黑色。她很想把它掀起來，好好看看這赭色的車站，以及鐵道對面的田野上那金綠色的草地，還有這個夏天剛長出來的罌粟花——即使隔著她那朦朧的面紗看去，那些花也是鎘紅色的——但她只是雙手緊握著提袋，臉上仍罩著面紗。他們的村子是很傳統的，至少對女人而言是如此，況且她還是村裡的貴婦呢。

她轉身看著她的同伴說道：「妳不想把我們那本書帶來嗎？」前幾天晚上，她們一直在讀著《孤星淚》的譯本。

「不，媽媽，我得把我的花繡完。」

婦人伸出一隻戴著細緻的黑色蕾絲手套的手摸著女孩的臉頰。那女孩有著一張跟她一樣的嘴巴。「妳想要在爸爸生日之前把它完成嗎？」

「如果順利的話。」女孩察看了一下她的籃子，彷彿她的刺繡是活的，需要經常看顧似的。

「會的。」那一瞬間婦人有一種時光飛逝的感覺。她這個花朵般的小美人，已經在一夕之間長得這麼高且這麼會說話了。直到現在，她仍然記得女兒襁褓時在她懷裡伸著那雙胖胖小腿的模樣。只要加以召喚，往日的情景便可以立時重現。這是她經常做的事，帶著喜悅，也帶著悵惘，卻一點都不後悔。如今的她已經是一個年過四十、內心孤寂的成熟婦人，有著一個愛她的丈夫；此刻正在巴黎等候她們。她身穿喪服。過去這一年當中，她失去了公公——那位雙眼已盲但親切仁慈、在她心目中有如自己父親般的男人，如今又遭逢了另一樁傷心事。

但她明白人生原本就是如此：孩子會長大，人會死，但死亡固然是一種損失，也是一種解脫。這次裁縫師所縫製的喪服，已經比幾年前她母親過世時她所穿的更時髦了一些，裙子的樣式也變了。這是她的孩子所要面對的未來。此刻，那孩子提著她的刺繡籃子，滿腦子都是有關生日的夢想，以及她對父親的愛（在她愛上別的男人之前）。這回碧翠絲並未讓女兒穿得一身黑；相反的，她穿著一件白色的洋裝，領口和袖口是灰色的，纖細美麗但即將變得玲瓏有致的腰身上，圍著一條黑色的飾帶。她捧起孩子的手，隔著面紗親了它一下，把她們兩個都嚇了一跳。

開往巴黎的火車很少遲到，今天早上甚至略微提前抵達。從遠處傳來的隆隆聲打斷了這次親吻，然後她們兩人便開始做好上車的準備。那孩子總是想像火車會衝進村子裡，撞毀房子，所過之處瓦礫成堆，煙塵滾滾，甚至撞倒雞舍，撞壞市場小販的攤位，搞得一切烏煙瘴氣、亂七八糟，就像她那本童謠書裡面的一幅插圖一樣：老太太撩起圍裙、穿著像是一雙大腳丫的木鞋跑走了，像是一場搞笑式的災難。一旦媽媽靜靜的上了火車之後，一切便塵埃落定、恢復原狀了。媽媽做任何事情都很安靜，帶著一種莊嚴的神態。無論她自己看書時，或把妳的頭略微往右偏，好讓她幫妳把辮子綁好時，或撫摸妳的臉頰時，她都靜靜的做。

但有時媽媽也會突然親一下她的手，或趁爸爸坐在花園的長椅上看報紙時，笑著擁抱他那戴著帽子的頭；奧德自己也會這樣，只是她還無法明白那是一種青春的心境，而這樣的心境是永遠不會離我們而去的。她即使一身縞素，看起來還是很美。這次他們是為了奧德的外公而服喪，上一回則是為了爸爸那位遠在阿爾及利亞的伯父；幾年前他搬到那裡去住了。有時候，奧德會無意間看到媽媽站在屋後的窗戶邊，注視著雨水落到草地上的情景，眼神裡有一種罕見的悲傷。他們的房子位於村子的邊緣，因此出了花園便可以直接走到草原上。在草原的近處有一排陰鬱的樹林。爸媽規定除非有他們當中一人陪伴，否則奧德不可以獨自前往樹林。

在火車上，等到車掌把她們的行李放好後，奧德便學著母親的模樣坐好，但過一會兒後，她便一躍而起，往車窗外面看。那裡有個馬車夫正趕著兩匹馬；那是她最喜歡的馬車夫「悲傷皮耶」。他每天會送貨到村子中心的小店，有時也會幫媽媽送東西來。這些年來他們已經跟他混得很熟了。奧德出生那年——一八八〇年，是整數年，因此也是完美的一年——爸爸就在村裡買了現在這棟房子。這座村莊位於盧維西安和馬利勒華之間，火車一個星期會經過這裡三次。在奧德的印象中，他們總是會來這裡待個幾天，夏天時則會停留很長一段時間。有時她跟著媽媽一起來，有時爸爸也會陪著她們。此時皮耶已經從馬車上下來了，似乎正與車外的服務員談論著有關一個包裹和一封信的事情。他的臉上堆滿了笑容，總是一副高高興興的模樣，也因此才贏得了那個具有反諷意味的親暱綽號。隔著車窗，奧德可以聽見皮耶講話的聲音，但聽不到他在說什麼。

「什麼事？親愛的。」她母親脫下了手套和斗篷，把她的手提袋和奧德的籃子放好。籃子裡有她們帶來的一些野餐食物。

「是皮耶。」車掌看到了她，揮了揮手。皮耶也對著她揮手並沿著火車旁走了過來，用他那兩隻大手示意她把車窗放下來，以便領取包裹和信。她母親站起身來接過它們，把包裹遞給奧德，並點頭示意她可以立刻打開。那是爸爸從巴黎寄來的禮物，雖然已經遲了，但奧德還是很高興。儘管他們今天晚上就可以見面了，但他仍先寄了一條小小的象牙色頭巾給奧德。那頭巾的四角繡有雛菊的圖案。她心滿意足的將它摺好，讓它垂在她的膝上。媽媽從頭髮上取下了一根黑玉髮夾，用它來拆信。那封信也是爸爸寄來的，但裡面掉出了另外一個信封，上面貼著陌生的郵票，寫著顫抖而潦草的字跡；那是奧德從未見過的字跡。媽媽立刻將它拿起，用顫抖的手仔細的拆開，似乎已經忘記那條新頭巾了。她打開裡面僅有的一張信紙，開始讀了起來，接著又把它摺起來，然後又打開再看一次，之後便緩緩的將它放回信封裡，擱在她的膝上。她往後靠著，將面紗放了下來。奧德看見她閉上了眼睛，嘴角下垂並顫抖著，一副打定主意不要哭的模樣。奧德垂下眼簾，撫摸著那條頭巾和上面的雛菊圖案。是什麼事情使得媽媽這個樣子呢？她該不該說些什麼話來安慰她？

媽媽坐在那兒，一動也不動。奧德看著車窗外面，想要尋找答案，但只看見穿著靴子和大外套的皮耶把一箱酒從馬車上卸下來，隨後一名男孩用手推車把它載走。車掌揮了揮手向皮耶道別，然後火車的汽笛便響了兩下。村裡一切如常，到處都生意盎然。

「媽媽？」她試著小聲的說道。

藏在面紗後的那雙黑眼睛張開了，裡面閃著盈盈的淚光，正如奧德所擔心的那樣。

「什麼事？親愛的？」

「是不是——是不是有什麼壞消息？」

媽媽注視了她許久，然後才用不太平穩的聲音說道：「不，不是什麼消息。只是一個老朋友寄來的信，而且過了很久我才收到。」

「是奧利維耶伯伯寄來的嗎？」

媽媽深吸了一口氣，然後嘆息了一聲。

「呃，是呀。親愛的，妳是怎麼猜到的？」

「喔，我猜是因為他死了，讓人很難過。」

「是啊，非常難過。」媽媽雙手交疊放在信封上。

「他是寫信給妳，告訴妳有關阿爾及利亞和沙漠的事情嗎？」

「是的。」她說。

「可是它太晚寄到了？」

「世上沒有任何事情是真正太晚的。」媽媽雖然這麼說，卻忽然哽咽起來。這太可怕了。奧德真希望這趟旅程已經結束，以便爸爸能陪在她們身邊。過去她從未見過媽媽哭泣。除了「悲傷皮耶」之外，媽媽幾乎比她所認識的任何人都愛笑，尤其是當她在看著奧德的時候。

「妳和爸爸都很愛他嗎？」

「是呀，我們很愛他，妳的爺爺也是。」

「真希望我還記得他。」

「我也希望。」現在媽媽似乎已經恢復了鎮定。她輕拍著身旁的座位，於是奧德便帶著她的新頭巾優雅的走了過來。

「我會不會也喜歡奧利維耶伯伯？」

「喔，會的。」媽媽說。「他也會很喜歡妳的。妳很像他，我想。」

奧德喜歡自己像別人。「哪裡像？」

「喔，妳跟他一樣生氣勃勃，也很好奇，而且手也很巧。」媽媽靜默了一秒鐘，然後便用她那黑不見底的眼珠瞅著奧德一直看。奧德喜歡母親這樣看她，但那種眼神也會讓她有點坐立難安。之後母親說話了：「親愛的，妳的眼睛像他。」

「真的？」

「他是個畫家。」

「就像妳一樣。他畫得有妳那麼好嗎？」

「喔，他比我好太多了。」她邊說邊撫摸著那封信。「他擁有更多的生活經驗，也把它們融入了他的畫裡面。這是非常重要的，只是我當時不知道罷了。」

「妳會把他的信保存起來嗎？」奧德雖然很想看看信裡有關沙漠的描述，但她知道現在最好不要提出這個要求。

「也許吧。其他的信也是。所有的信我都留下來了。等到有一天妳變成一個老太太之後，就會擁有其中的一部分。」

「到時候我要怎麼拿到呢？」

媽媽掀開面紗，微笑著用那隻沒戴手套的手拍了拍奧德的臉頰。「我會親自拿給妳的。要不然，我也一定會告訴妳在哪裡可以找得到它們。」

「妳喜歡爸爸送我的頭巾嗎？」奧德把頭巾鋪在她那件白色的棉布裙子以及媽媽那件厚厚的黑絲洋裝上。

「很喜歡。」媽媽說道。她用手將頭巾撫平，蓋住了那封信和信上奇怪的大郵票。「那些雛菊幾乎跟妳繡的一樣漂亮呢。但還是沒有妳的漂亮，因為妳繡的看起來總是充滿了生氣。」

第一〇一章

馬洛

我再次來到羅賓遜家時，他在客廳裡熱忱的和我打招呼。這次他並未試著站起身來，但他身上穿著灰色法蘭絨的寬鬆長褲、黑色的高領衫和一件海軍藍的外套，穿戴非常整齊，彷彿不是要和我坐在客廳裡談話，而是要一起出去吃午飯似的。伊鳳進到廚房裡去後，我聽見鍋盤的響聲，聞到奶油煎洋蔥的香氣。此時，羅賓遜要我答應留下來吃午飯，讓我頗為高興。我向他報告了我的曼特農美術館之行，並一一詳述他所捐的畫作名稱。「嗯，很不錯，不辜負我們的碧翠絲。」他微笑著說道。

「是啊——莫內、雷諾瓦、維亞爾、畢沙羅……」

「她在新的世紀裡會受到更多的賞識。」

但在這棟公寓裡，我實在很難想像一個新的世紀。這裡的書籍和繪畫可能都有五十年的歷史，連那些盆栽似乎也都和瑪麗一樣年紀。「千禧年的時候，巴黎不是還曾經大事慶祝嗎？」

他微笑著說道：「奧德還記得一九〇〇年的除夕夜呢。當時她已經快要二十歲了。」我心想，當時他自己還沒出生呢。他錯過了奧德童年時的那個世紀。

「有一件事我不知道該不該問你。如果你可以提供我一些資料的話，也許可以幫助我治療羅伯特。」

他聳聳肩，一副雖不是很情願，但也沒有異議的樣子。這是他的紳士風度。

「我想知道，你認為是什麼原因使得碧翠絲不再畫畫。羅伯特是個很聰明的人，這件事他必然想了很久。但你有沒有自己的一套說法？」

「馬洛醫生，我可不相信什麼說法。我跟奧德住在一起，她什麼事都會告訴我。」他將腰桿略微挺直。「她是個很了不起的女人，就像她母親一樣。但這個問題一直讓她很困擾。身為精神科醫師，你應當可以明白她的母親終止了她的繪畫生涯讓她有什麼感受。不是天下所有的母親都會為她的孩子放棄一切的，但奧德知道她的母親就是這麼做了，因此這成了她一輩子的心理負擔。我跟你提過，她曾經試著畫畫，卻沒有這方面的天分。她在她的文章裡也從未提過有關她母親和她個人的私事——她是個很嚴謹的記者，非常專業，非常勇敢。在大戰期間，她還負責採訪法國反抗軍在巴黎地區的活動呢。但這又扯遠了。不過她有時候會跟我談論有關她母親的事。」

接下來他便陷入了沈默。我等待著，感覺像是和羅伯特在一起似的。最後他終於又開口了。

「羅伯特和你居然先後來到這兒，這真是個謎。通常我不太習慣和陌生人講話，可是我要告訴你一件我從來沒對任何一個人說過的事，當然也包括羅伯特在內。奧德臨終時，給了我那包信件，裡面還附著她母親寫給她的一張字條。她要我看完那張字條後就把它燒了，而我也照做了。至於剩下來的那些信，她要我好好保管。之前她從未給我看過那些信，所以當時我覺得滿難過的，因為我原本以為我們之間是無話不談的。總而言之，奧德的母親在寫給她的那張字條上告訴她兩件事情。一件就是她愛奧德勝過世上的一切，因為奧德是她畢生至愛的結晶。第二，她把那份愛情的證據留在她的女僕伊思梅那兒。」

「嗯，我記得她的信上有提過這個名字。」

「你看過這些信呀？」

我嚇了一跳，隨即想起他曾經說過他有時會忘東忘西的，看來這話不假。「嗯，看過。我說過了，我覺得為了我的病人的緣故，我應該看看那些信。」

「啊，好吧。反正現在也無所謂了。」他用他那幾根尖尖的手指在椅子的扶手上敲了一敲。我發現那上面好像有個地方已經有點凹陷。

「你是說碧翠絲留了某個東西給伊思梅？」

「應該是吧。但碧翠絲死後，伊思梅也突然病故了。所以無論那是什麼東西，她也許都來不及交給奧德。奧德常說伊思梅是因為傷心過度而死的。」

「碧翠絲一定待她很好。」

「如果她像她女兒那樣的話，那麼她一定是個大好人。」他的面容開始變得悲傷起來。

「所以奧德從來不知道這份愛的證據是什麼？」

「嗯，我們從來都不知道。當時奧德很想知道，於是我就查了有關伊思梅的資料。我在市政府的一份文件上發現她的全名叫伊思梅．賀納，好像是出生於一八五九年。但除此之外，就沒有其他資料了。奧德的父母親所買的那棟房子就位於伊思梅的老家，但伊維思死後，房子就被賣掉了。我甚至不記得那個村子的名字。」

「這麼說她比碧翠絲小了八歲。」我指出。

他在椅子上挪動了一下身子，並用手遮著眼睛，彷彿想把我看得更清楚似的。「你對碧翠絲還真了解。」他聲音裡帶著驚訝。「難道你也像羅伯特一樣愛上她了嗎？」

「我對數字的記性很好。」我開始考慮是否該早點離開，以免讓這個老人過於疲累。

「總而言之，我什麼也沒找到。奧德臨終前，說她母親是世界上最可愛的人，除了——」他清了清喉嚨，好像有些哽咽——「除了我之外。所以或許她已經不需要知道這些事了。」

「那當然了。」我只是想安慰他。

「你想不想看碧翠絲的肖像？」

「當然想。我已經在大都會博物館看過奧利維耶．韋諾所畫的那幅。」

「那一幅畫得很好。但我手邊有一張她的照片。這可是很罕見的。奧德說她母親不喜歡照相，所以她絕不會讓任何人公開發表這張照片。我把它放在我的相簿裡。」在我還沒來得及阻止之前，他便吃力而緩慢的站了起來，從椅子邊拿了一根拐杖。我伸出手臂要扶他，他雖不情願但還是接受了。於是我們便一起穿過客廳走到一座書架前。他用手杖指了一下，我便將他所指的那本沈重的皮面相簿從書架上拿下來。相簿的封面有好幾個地方都磨破了，但還是鑲著一層金框。我把它放在附近的一張桌子上並打開了它，裡面放著好幾個年代的家族照片。我真想請羅賓遜先生讓我好好看一看：裡面有身穿荷葉邊洋裝、眼睛注視著前方的小孩、有打扮得像一隻白孔雀的十九世紀新娘，還有戴著大禮帽、穿著大禮服、互相勾肩搭背的紳士兄弟。我心想伊維思會不會就在裡面，說不定就是那個蓄著黑色小鬍子、肩膀寬闊、面帶笑容的男子，而奧德則是那個穿著寬下襬的洋裝及鑲著扣子的皮靴的小女孩。但即使他們都在那兒，即使其中還包括奧利維耶．韋諾的相片，我也無法看到，因為亨利．羅賓遜快速的翻頁，我不敢打斷他的思緒或動作。最後他終於停了下來。「這就是碧翠絲。」他說。

雖說無論她在哪裡我都認得出來，但看到她真實的面容，還是讓人感覺有些毛骨悚然。她獨自站在那兒，一手放在照相館的台座上，一手把裙子往後拉，姿勢非常僵硬，但體態卻充滿活力。我認得她那熱切的黑色眼眸、下巴的形狀、纖細的頸項和往上梳起的如雲鬈髮。她穿著一件長長的黑色洋裝，肩膀上披著某種頭巾。那洋裝的袖子上寬下窄，腰部又小又緊，裙襬飾有顏色較淺但形狀精巧的寬邊幾何圖案，看起來是個時髦的女士：一個不作畫時盛裝打扮的畫家。

這張相片上印有一八九五年的字樣，以及巴黎一家照相館的名字和門牌地址。此時我心中突然隱約想起了某件事情，與某個地方的一個數字有關，還有一種我難以擺脫的憂鬱。過了許久之後，我心想自己的記性可能比亨利．羅賓遜好不了多少，說不定還更糟。於是我便轉身問他：「先生，你有一本有關誰的作品的書嗎？」到底是什麼東西？我在哪裡見過它？「我在找一幅畫——我的意思是一本有關希思黎的作品的書，如果你手上剛好有的話。」

「希思黎？」他皺起了眉頭，彷彿我是在要一杯他家裡剛好沒有的酒似的。「好像有，應該在那一區。」他扶著我的肩膀，用手杖在空中比畫了一下。「那些都是印象派的書，從最初那六位畫家開始。」

我走到他的書架前開始慢慢找，但沒找到什麼。架上有一本關於印象派風景畫的書，索引裡有希思黎的名字，但不是我要找的那一種。最後我終於找到了一冊有關冬景的書。

「那本是新的。」亨利．羅賓遜的目光銳利得出奇。「是羅伯特．奧利佛第二次來的時候送給我的。」

這可是一份昂貴的禮物。我拿著那本書，問羅賓遜道：「你有沒有把碧翠絲的照片拿給他看？」

他想了一會兒。「應該沒有。如果有的話，我應該會記得的。更何況，我如果拿給他看，說不定也會被他偷走。」

我不得不承認羅伯特確實有可能這麼做。所幸書裡有我在國家畫廊裡看到的那幅希思黎的畫作。上面畫著一個女人在冬日的夕陽下踩著積雪走在一座村莊的巷子裡。巷弄兩邊都是高高的房子，路旁的樹木枝枒陰暗而蒼涼。即便只是複製品，這幅畫看起來依舊美得驚人。它呈現了女人走路時裙子左右搖擺的動作，以及她那急切的模樣。她身上披著一件深色的短斗篷，裙襬上有一條與眾不同的藍色飾邊。我把那本書拿起來給亨利．羅賓遜看。「你覺得這個畫面很眼熟嗎？」

他審視了好一會兒，然後便搖搖頭。「你真的認為這當中有某種關聯嗎？」

我把那相簿拿過去，放在那張照片旁邊。兩條裙子顯然一模一樣。「這種洋裝當時是不是很流行？」

亨利．羅賓遜緊緊抓住我的手臂，讓我再度想起我的父親。「我想不太可能。當時的貴婦人都是請她們的裁縫特別量身設計的。」

我開始讀著那幅畫下方的文字說明。這幅畫是希思黎去世四年前畫的，地點在葛賀米耶，也就是他的老家莫黑鎮的西邊。「我可以坐下來想一想嗎？」我問。「可不可以再看一下你那些信？」

亨利．羅賓遜讓我扶他回座，並且有些不情願的把信遞給我。但信上的法文我實在看不太懂，必須回到旅館房間去看柔伊的譯本。我真希望它們現在就在我手邊；我真該隨身帶著的。我相信要是換了瑪麗，可能早已經把答案想出來了。她會快活而戲謔的對我說道：「沒錯，就是這樣，福爾摩斯。」我把它們還給亨利，心中有點挫折。「先生，今天晚上我可以打電話給你嗎？我正在思考這張照片和希思黎的畫有什麼關聯。」

「我也會想想看。」他親切的說道。「但就算那兩件洋裝很像，我看可能也沒多大意義。而且你一旦到了我這把年紀，就會發現到最後什麼事情都無所謂了。現在伊鳳已經在等我們吃午飯了。」

餐廳位於那扇關著的綠門後面。裡面一樣掛滿了畫作和兩次大戰之間巴黎的照片，全都加了相框，影像清楚，畫面令人心碎，其中包括塞納河、艾菲爾鐵塔，和穿著黑色外套、戴著黑色帽子的人物。這是一座我沒有機會認識的城市。我們隔著一張光潔的餐桌對坐。那道洋蔥燉雞嘗起來很美味。伊鳳從廚房走出來問我們餐點的味道如何，並留下來和我一起喝了半杯酒，一邊還用手臂擦著額頭上的汗水。

午飯後，亨利似乎累了，我也就識相的準備告辭，同時提醒他我還會再打電話來。「你離開巴黎的時候，要來跟我道別喔。」他說。我扶他回到客廳的椅子上，陪著他又坐了一會兒。當我起身要走時，他試著要站起來，但被我阻止了，只與他握了握手。他似乎一下子就睡著了，於是我便悄悄的站起身來。

當我走到客廳門口時，他從背後喊我：「我有沒有告訴過你，奧德是宙斯的孩子？」他那張昏聵的老臉上眼神發亮，透露出內心的青春光芒。我心想，真不愧是亨利．羅賓遜，他說出了我內心藏了好一陣子的想法。

「有的，謝謝你，先生。」

當我離開時，他已經雙手托著下巴睡著了。

第一〇二章

馬洛

在那狹窄的旅館房間裡，我躺在床上看著柔伊的譯本，並尋找印象中的那個段落：

今天我自己也有些疲倦，除了寫信之外，什麼事也做不成。不過我昨天作畫倒是頗為順利，因為我已經找到一個很好的模特兒，那便是我的女僕伊思梅。有一回我問她有沒有聽說過您摯愛的故鄉盧維西安時，她很害羞的告訴我，她的家鄉葛賀米耶村就位於盧維西安附近。伊維思說，我不應該讓僕人們坐在那兒讓我畫畫，認為這對他們而言是一種折磨，但我要到哪裡才能找到這麼有耐性的模特兒呢？

我在旅館旁邊的商店裡買到了一張面值二十美元的電話卡——打到美國可以講很久——和一張法國地圖。之前我注意到在對街里昂車站那兒有好幾個電話亭，於是便拿著那包信漫步走到那兒，感覺到車站那巨大的建築巍然矗立在我的上方，而車站外的雕刻已經開始被酸雨所腐蝕了。有一瞬間我真希望能夠走進車站，坐上一列蒸汽火車，聽那汽笛的鳴叫聲和火車的喘息聲，讓它把我載到一個屬於碧翠絲的世界裡。然而我只看到三列外觀閃亮的太空時代子彈列車緩緩停在鐵道的這一頭，整個車站內迴盪著我聽不懂的廣播，報告列車即將離站的消息。

我隨便找了一張沒人的長椅坐了下來，打開了地圖。如果沿著塞納河，追隨印象派畫家的腳步，就會發現盧維西安位於巴黎西邊。我剛來的那一天，曾在奧賽美術館看到好幾幅有關盧維西安的風景，其中有一幅是希思黎畫的。我在地圖上也找到了希思黎去世的地方莫黑鎮，旁邊有一個小點便是葛賀米耶。我把自己關在電話亭裡，打電話給瑪麗。此刻在華府應該是下午的時間，但她八成已經回到家了，或許正在畫畫或準備晚上的課程。幸好電話鈴響了兩聲後她就接了。

「安德魯嗎？你還好吧？」

「當然。我現在在里昂車站。這裡很棒。」從我站的地方透過玻璃窗仰望，可以看到「藍火車」餐館裡的壁畫。那裡一度是里昂車站的自助餐廳，是碧翠絲（或起碼是奧德）那個年代最時髦的火車站餐廳。在一百年後的今天，那裡仍然供應著餐點。我真希望此刻瑪麗就在我身邊。

「我就知道你會打電話來。」

「妳好嗎？」

「喔，我在畫畫。」她說。「畫水彩。我已經厭倦靜物畫了。你回來以後，我們應該去戶外寫生。」

「一定一定。妳來安排。」

「一切都順利嗎？」

「嗯。不過我想問妳一個問題。不是什麼真正的問題啦，而是像福爾摩斯要解決的謎題一樣。」

「那我可以當你的華生呀。」她笑著說道。

「不——妳是我的福爾摩斯。這個謎題是這樣的：希思黎在一八九五年時畫了一座村莊的風景，上面有個女人沿著一條路往裡走。她穿著一件黑色洋裝，裙襬有一種很特別的裝飾，有點像是希臘的幾何圖案。我在國家畫廊看過這幅畫，所以妳可能也知道。」

「我不記得了。」

「我想她穿的是碧翠絲的衣服。」

「什麼？你是怎麼知道的？」

「亨利．羅賓遜有一張照片。她在照片裡穿的就是那件衣服。對了，他人很好。而且妳說對了，那些信是羅伯特去法國時拿到的。很遺憾的告訴妳，它們原本是屬於亨利的，但被他拿走了。」

她靜默了一會兒。「你把它們還給他了？」

「當然。亨利很高興這些信能失而復得。」

我心想，她一定是在想著羅伯特以及他的種種過錯，但接著她卻說：「即使你確定是同一件衣服，但那又代表什麼呢？也許他們彼此認識，因此就成了他的模特兒。」

「他畫的那個村莊叫做葛賀米耶，是她女僕的老家。亨利告訴我說，碧翠絲的女兒奧德臨終時對他說——妳聽得懂我的意思嗎？——碧翠絲把某件很重要的東西，可以證明她對奧德的愛的東西，交給了她的女僕。但奧德從來不知道那是什麼。」

「你要我和你一起去葛賀米耶嗎？」

「但願如此。妳覺得我該去嗎？」

「可是村子這麼大，事情又過了這麼久，我不知道你能找到什麼。也許他們當中有一個人葬在那兒？」

「可能是伊思梅吧。我不知道。我想韋諾一家人應該會葬在巴黎才對。」

「沒錯。」

「妳想我是為了羅伯特才這麼做的嗎？」我想再聽聽她那溫暖的、令人安心、略帶嘲諷的聲音。

「別傻了，安德魯。你是為了自己才這麼做的。這點你也很清楚。」

「也有一小部分是為了妳。」

「也有一小部分是為了我。」位於大西洋海底電纜——或許這年頭已經變成衛星了——另一頭的她再度陷入沈默。這時我突然想到我應該順便打電話給我父親才對。

「呃，我會去那兒一趟，因為那個村子離巴黎很近。開車去那裡應該不會太難。但願我也能去一趟埃特爾塔。」

「也許有一天我們可以一起去。再看看吧。」她的聲音聽起來有點緊繃，接著她又清了一下喉嚨。「有件事本來想晚一點再告訴你的，但現在我想跟你談一談，可以嗎？」

「當然可以。」

「這實在是有點難以啟齒，因為——」她說。「我昨天發現我懷孕了。」

我站在那兒，手裡緊緊抓著電話筒，腦中一片空白。但在下意識裡，我明白我的人生將從此大為不同。「那——」

「已經確定了。」

我的意思不是這樣。「那——」儘管電話亭的門關得很緊，但此刻我心中所開啟的那扇門的門口，似乎有著某個人的身影。

「是你的，如果你想問的是這個的話。」

「我——」

「不可能是羅伯特的。」在話筒裡，她的語氣顯得很堅決，彷彿已經決心要和我開門見山的把話說清楚。我可以想像她在海洋彼岸用她那修長的手指握住電話筒的模樣。「記住，我已經好幾個月沒看到羅伯特了，也不想看到他。你很清楚我從來沒去看過他。況且，也沒有別人了。只有你。你也知道，我都有採取預防措施，但幾乎所有事都有失敗的機率。我這輩子從未懷孕過。我向來很小心的。」

「可是我——」

話筒裡傳來一陣不耐煩的笑聲。「你沒有什麼話要說嗎？高興？害怕？還是失望？」

「請給我一點時間。」

我靠在電話亭的牆壁上，頭頂著玻璃門——也不管過去這二十四小時內那裡曾被什麼樣的人碰觸過——然後便開始哭泣。我已經有好幾年沒哭了。上一回掉淚是因為有一個我最喜歡的病人自殺了。但最重要的一次是，在那之前幾年，當我的母親去世的時候。當時，我坐在她的身旁，握著她那溫暖而柔軟的手，心裡明白她再也聽不見我說話的聲音了。而既然她聽不見我說話，應該也不會介意我崩潰痛哭，雖然我曾經答應她要安慰我的父親。可到了最後，還是父親來安慰我。我們兩人雖然因為工作的緣故，對死亡都不陌生，但父親這一生卻一直在安慰那些失去親屬的人。

「安德魯？」瑪麗的聲音聽起來有些急切，有些受傷。「你不高興嗎？你不必假裝——」

我用襯衫袖子擦了一下臉，鼻子不小心被袖扣碰到了。「那麼妳應該不會介意嫁給我嘍？」這回她的笑聲聽起來很耳熟，只不過有些哽咽，就跟羅伯特的笑一樣具有感染力——這是我自己注意到的嗎？可是他從未對我笑過，所以一定是別人向我形容的。我聽見她正努力讓自己的聲音聽起來平靜一些。「我不介意，安德魯。我從來沒想過要跟任何人結婚，但你不一樣，而且我不是為了孩子才想嫁給你。」

當我聽見「孩子」那兩個字時，我的生命自動分裂成兩半。這是愛的增殖。其中一半甚至還沒完全成形，但從電話中傳來的這兩個小小的字眼，已經為我開創了另外一個世界，或者應該說複製了我已知的這個世界。

第一〇三章

馬洛

我擤了擤鼻子，並在車站內徘徊了好幾分鐘後，便撥了亨利給我的那個號碼。「我明天早上要租一輛車到葛賀米耶去。你想不想一塊兒去？」

「我一直在想這件事，安德魯。我不認為你能發現什麼，但或許你要去了以後才會死心。」聽到他直呼我的名字，我很開心。

「那你可以跟我一塊兒去嗎？如果這個主意聽起來不會太瘋狂的話？我會盡量讓你不要太累的。」

他嘆了一口氣。「我現在除了去看醫生之外，已經很少出門了。我會拖累你的。」

「慢一點沒關係。」我很想告訴他，我父親到現在還自己開車去看教區裡的居民，而且也時常散步，但最後還是沒提。他比亨利年輕了將近十歲。老年人差十歲，肢體的靈活度就差很多了。

「啊。」他在電話那頭思索著。「我猜最糟的情況就是我死在半路上。那你就可以把我的屍體帶回巴黎，埋在奧德旁邊。更何況累死在一個美麗的村莊也不算是最糟的下場。」我不知道該怎麼接他的話。但他輕聲的笑著，於是我也笑了。真希望我可以告訴他我這邊的好消息。真可惜瑪麗沒能見到他，這個年紀足以當她的祖父甚或曾祖父的老人；兩人都有著一雙修長纖細的腿和俏皮的幽默感。

「我明天九點去接你好嗎？」

「好，我今天整晚都無法睡了。」說完他便掛上電話。

對外國人來說，在巴黎開車簡直是場噩夢。只有碧翠絲才能讓我願意這麼做。這裡的車子喜歡突然轉向，街上又到處都是陌生的交通號誌和一條又一條的單行道。不過我有一種感覺：只要閉上眼睛，偶爾睜開一下，並且睜得比平常還大就會沒事。我找到亨利家時，已經滿身大汗了。雖然不是合法的停車位，畢竟還有個位置可以停車。我把閃光警戒燈開著，和伊鳳一起，花了二十分鐘時間才把他弄下樓。如果我是羅伯特．奧利佛的話，只要把他抱起來抬到樓下去就行了，但我可不敢提議這麼做。亨利坐上前座後，他的管家伊鳳便把一張摺疊起來的輪椅和另一條毛毯放進後車廂裡，讓我更加鬆了一口氣——這樣我們至少可以在村裡的部分地區逛一逛。

在亨利的帶路下（他的記性仍然好得驚人），我們安全的駛出了市區一條主要的林蔭大道，然後便行經郊區，看見寬闊的塞納河、蜿蜒的小路、一座座樹林和幾座村莊。從巴黎往西走，地形愈來愈崎嶇。這是我從未到過的地方，沿途處處是陡峭的山丘，有著石板屋頂的房子、古老的教堂、氣派的樹木，以及盛開著夏日第一批玫瑰的圍籬。在那新鮮的空氣中，我把車窗搖下。亨利一語不發，四處張望，臉色有點蒼白，但不時會露出笑容。

「謝謝你。」他有一次說道。

到了盧維西安後，我們開下大路，慢慢駛過這個城鎮，好讓亨利把那些大畫家住過、工作過的地方指給我看。「普魯士人入侵的時候，這座小鎮差點被毀掉。當時畢沙羅在這裡有棟房子，在不得已之下，只好帶著家人一起逃走。後來普魯士士兵進駐他家，把他的畫拿來當地毯。鎮上的肉商也把它們拿來當圍裙。他因此損失了一百幅以上的作品，是他好幾年的心血。」他清了清喉嚨，咳了一聲。「那些人真是混蛋！」

過了盧維西安之後，一路都是下坡。我們經過了一座小小的城堡、一堆灰色的岩石和許多高大的樹木。再下一座城鎮便是葛賀米耶了。這個鎮小得讓我差點錯過轉進去的路口。進入鎮上的廣場時，我看到一塊寫著地名的牌子。事實上，這裡所謂的「廣場」，只是位於一座教堂前面一片鋪著鵝卵石的地面而已。那座教堂非常古老，可能是諾曼時期的建築，矮矮胖胖的，上面有很多尖塔，正門上方的石獸已經開始風化了。我把車子停在附近，把輪椅拿出來，並扶亨利下車。一旁有兩個穿著實用的橡膠靴、手提購物袋的老婦人看著我們。

既然我們不知道來這裡要做什麼，因此也沒必要趕路。於是，我們便在當地的一家咖啡廳裡悠閒的喝著咖啡。我把亨利的輪椅放在戶外的一張桌子旁邊，並用毯子蓋住他的膝蓋。他似乎很享受這樣的時刻。那天天氣頗為涼爽，但在太陽底下感覺卻像春天。咖啡廳右邊那條路旁的高大栗子樹已經開滿了花，粉的白的一大片。逐漸的，我開始掌握到推輪椅的訣竅了——說不定哪天我父親也需要用到它——我們便沿著第一條巷子走下去，看看是不是對的路。我推著輪椅閃過一塊碎掉的鵝卵石，心想父親很有可能在有生之年看到他的孫子出世。

先前在亨利的堅持下，我們把希思黎的那本畫冊帶在身邊。試了幾次之後，我們發現有一條巷子看起來最像畫中的那條，於是我便拍了一些照片。這條巷子的兩邊長滿了雪松和蓧懸木，巷子的盡頭有一棟房子，就是在畫中碧翠絲（如果真的是她的話）朝它走過去的那棟。那房子有著藍色的百葉窗，大門旁擺著幾盆天竺葵，看起來已經仔細整修過，主人或許住在巴黎。我把亨利推到房子前面的走道上，趨前按了門鈴，但沒有人來應門。「沒用。」我說。

「沒用。」他也附和著我。

我們走到那家雜貨店，問老闆知不知道有一家姓賀納的人，但他只是和藹的聳聳肩，便繼續秤他的香腸了。我們繞過階梯，走進那座教堂。裡面又冷又暗，像個洞穴一樣。亨利開始發抖，要我推他到走道去，然後便低著頭在那裡坐了一會兒，大概是在閉目養神吧。接下來我們便走進市政廳，看看那裡是否有任何有關伊思梅．賀納或她家族的記錄。坐在櫃台後面的女士很樂意幫忙；顯然一整個早上都沒有別人來過這裡，而且她可能打字也打得很煩了。當另外一位公務員——我從頭到尾不知道他是誰，不過在這麼小的一個地方，他很可能就是鎮長本人——出現後，他們開始一起幫我們尋找相關的文件。那裡有關於這個村子的歷史檔案，也有一份出生和死亡記錄，這份記錄原本是放在那座教堂裡的，但現在則是存放在市政廳的一個防火鐵箱內。但他們找不到有關賀納家族的資料。也許房子不是他們自己的，而是租來的？

於是，我們便謝謝他們，準備離開市政廳。走到門口時，亨利示意我停下腳步，並把手伸到後面來握住我的手。「沒關係。」他親切的說。「有很多事情是沒有答案的。」

「這你昨天就說過了。我相信你說得對。」我邊說邊輕輕的按著他的手。那隻手感覺起來像一捆溫暖的柴枝。他說得沒錯。這沒什麼關係。事實上我的心已經跑到別的地方去了。他拍了拍我的手臂。

我花了一會兒工夫才把輪椅轉到出口的方向，然後一抬頭便看見了它。那是一幅加了框的素描，掛在入口處那面老舊的灰泥牆上，是用石墨畫在紙上的一隻天鵝的草圖，但不是我前一天所看到的那幅畫裡的那隻受害的天鵝。它不是掙扎著要飛起來，而是俯衝著要降落。它的下方躺著一個人體，一隻優雅的腿，上面披著一小塊布。我小心的拉起亨利輪椅上的煞車，趨前一步，審視著那隻天鵝、那少女的小腿和她美麗的腳。畫面的一角有個字跡潦草但仍清晰可辨的簽名，是我曾經在花上、草上以及一個穿著厚重靴子的盜賊腳上看過的，一個熟悉的簽名，不像是一組拉丁字母，反倒像是個中文字。那是她特有的記號。她在做下少數這樣的記號後，便從此封筆不再畫畫了。眼見我們身後辦公室的門關著，我便小心翼翼的將那幅小畫從牆上拿下來，放在亨利的懷裡，並用手扶著，以免他不小心將它摔到地上。他調整一下眼鏡，仔細的看著：「天哪！」他說。

我們目瞪口呆的看完後，我便將它掛回牆上，感覺自己的手指在發抖。「我們再回去那兒吧。他們應該會知道有關這幅畫的一些事情的。不管怎樣，總有人會知道才對。」

我們掉頭回到辦公室。亨利以法語詢問他們有關入口處那幅畫的資料。那位年輕的鎮長——無論他是誰——還是很樂意協助我們。他說他們那兒有一個抽屜裡放了好幾幅那樣的畫。它們是在鎮上一棟房子整修時被發現的，當時他還沒上任，但他的前任喜歡那一幅，便將它裱了起來。我們要求看一下那些畫。他搜尋了一會兒之後，找到了一個封套，便將它遞給我們。他說他有個電話要打，但是如果我們願意的話，可以坐在那兒，在秘書的陪同下好好觀察這些畫。

我打開封套，將那些素描一張張遞給亨利。其中大都是畫在棕色厚紙上的習作，包括翅膀、樹叢、天鵝的頭和脖子、少女在草地上的身形，以及一隻緊抓著泥土的手的特寫。除此之外，還有一張摺起來的厚紙。我把那張紙打開後拿給亨利。

「這是一封信。」他說。「這裡居然有一封信。」

我點點頭。然後他便開始念了起來，結結巴巴的幫我翻譯著，偶爾還因為太過激動，聲音沙啞而不得不停下來。

一八七九年九月

親愛的：

此刻我在畫室懷著無比的痛苦匆忙提筆寫信給你，感覺距你無比的遙遠。想到我倆恐怕從此將天各一方，我不禁心如刀割。請不要再來我的畫室了。如果要來，請你到家裡來。此事我不知該從何說起。今天下午你離去後，我繼續描繪畫中的人物，但進行得並不順利，因此在畫室多待了一會兒。大約五點鐘光線開始變暗時，有人敲門。我以為是伊思梅拿來了我的頭巾，豈料卻是你也認識的那位吉伯特·湯馬思。他進門後先向我頷首致意，然後便把門關上。我有點訝異，但心想他必定是聽說伊維思給了我一間畫室才前來拜訪。

他說他剛才去家裡拜訪，聽說我在幾步之外的畫室作畫便過來了。他彬彬有禮的表示，他早就想和我談談我的繪畫生涯，又說他的畫廊經營得非常成功，若能搜羅一些新近畫家的作品，生意將會更加興隆，又說他早已對我的畫藝仰慕有加。說完他便將帽子拿在胸前再度鞠躬，又走過來細看我們的畫，並問這幅畫是否由我獨力完成。儘管我當時仍穿著工作服，但他比了一個微妙的手勢，表示他知道我目前的狀況。我無意告訴他我想盡快完成這幅作品，之後便準備待產。我不願讓他或我自己尷尬，也不願提到你幫我作畫之事，於是便一語不發。他審視了畫面之後便說那是一幅傑作，又說我在老師的指點下已經成就斐然。這時我開始感到不太自在，儘管他不可能知道我們在一起工作的事。他問我這幅畫可能會以何種價錢出售。我說在它被沙龍展的評審看過之前，我無意將它賣掉，又說即使在那之後，我也可能會想把它留下來。然後他便笑容可掬的問我，我和孩子的名譽價值多少。

我假裝清理畫筆，以便有時間思考，接著便故做從容的問他這話是什麼意思。他說我必定打算再度以「瑪麗．瑞薇耶」的名義參加沙龍展的評選。這對他而言並不是個祕密，因為他看過的畫太多了。但無論瑪麗或我，應該都不至於把畫作看得比自己的名譽重要。他說他對女人作畫一事沒有意見。事實上，今年五月底他前往埃特爾塔時，就曾經看過一個女人在海灘和斷崖上進行戶外寫生，身邊還有一位長輩相陪。那人曾經寫給她一張字條，但她卻可能並未收到。說著，他便從口袋裡掏出那張字條，拿起來給我看，但當我伸手要把它接過來時，他卻立刻將它拿走。我馬上看出那是你那天早上寫給我的字條，上面還有一個破掉的封印。我雖從未看過它，但那上面確實是你的筆跡，收信人是我，內容是關於我們，關於那天晚上的事。之後他便將它放回外套裡。

他說女人開始進入繪畫這一行是件好事，而我的畫作品質不遜於他所見的任何其他作品。但一個女人在當了母親之後可能會無心作畫，當然更不想鬧出任何醜聞。他說這幅畫精彩絕倫，是用錢也買不到的。但如果我願意盡最大的努力將它完成，他將在畫中的一個角落裡寫上他的名字，讓它獲得應有的榮耀。他說事實上這已經是一幅絕妙的畫作，完美的融合了舊與新、古典與自然，那少女畫得尤其好，年輕貌美得足以吸引所有人。將來我若有任何新作，他也會很樂意比照辦理，如此一來，我就可以免去任何不快。他如此這般地說個不停，彷彿他只是在評論畫室的設備或我的用色而已。

我無法面對他，也說不出話來。如果你當時也在場，可能會殺了他，或者被他所殺。我真希望他死掉，但他並沒死，而且我相信他是認真的。金錢無法讓他改變心意。即使我完成後把畫送給他，他也會讓我們不得安寧。所以我最親愛的，你必須離開。這實在令人痛心之至，因為我們之間的情誼已經成為我生命中的喜悅，並讓我的畫藝達到新的境界，更何況如今它已是全然純潔的一份友誼。請告訴我該怎麼做，也請你明白無論你做何決定，我的心將與你同在，但請你別讓伊維思受到任何傷害。這是我唯一的請求。至於你我則是罪有應得。請到家裡來一趟，並請帶著我所有的信件，我會加以處置。同時我已經決定完成這幅作品後，將永遠不再為這位人面獸心之徒作畫。即使再畫，頂多也只會再畫一幅，藉以記錄他的惡行。

碧翠絲

亨利坐在輪椅上，抬頭看著我。

「天哪。」我說。「我們得告訴他們，讓他們知道這裡頭有什麼東西。」

「不。」他說。他試著把那封信放回封套裡，隨後又示意請我幫忙。我照著他的話去做，但動作很緩慢。他搖搖頭。「就算他們知道什麼，也沒必要讓他們知道的更多。這樣比較好。如果他們什麼都不知道，那就再好不過了。」

「可是沒有人知道——」我打住了。

「有啊，就是你呀。你已經知道了所有你需要知道的事情。我也是。如果奧德人在這裡的話，也會這麼說的。」我以為他要哭了，就像他剛才讀信時那樣，但他的臉上卻閃耀著一抹光芒。「帶我到外面去曬太陽吧。」

第一〇四章

馬洛

在回杜勒斯機場的班機上，我膝上蓋著毛毯，心裡想像著奧利維耶所寫的最後一封信的內容——當然這封信或許已經被她在臥房裡的壁爐內燒毀了。

一八九一年

我的愛人：

我知道寫這封信給妳要冒著若干風險，但我想妳一定能夠諒解一個老畫家向他的同志道別的願望。我會把信仔細封好，相信除了妳以外沒有人會拆開。雖然妳從未來信，但在這個陌生、荒涼、美麗的地方，我每天都感覺到妳的存在。是的，我一直試圖描繪這裡的風光，但天知道這些畫以後將會落得什麼下場。大約八個月前，伊維思寫信告訴我，妳已經完全停止創作，把所有的時間都奉獻給妳的女兒。聽說她有著藍色的眼睛、開朗的性格和敏銳的心智。我想如果妳把妳的才華用來照顧她，她必定會出落得聰明可愛。但我的愛，妳如何能放棄妳的天分呢？至少妳可以在私下作畫自娛。既然我已經在非洲住了十年，而且湯馬思也已去世，現在我們兩人都再也不會危及妳的名聲了。他將妳最好的作品據為己有，難道妳就不能繼續作畫，甚至畫得比從前更好，藉此還以顏色嗎？但在我的印象中，妳是個頑固的女人，至少妳下了決心就不輕易更改。

那就算了。我活到八十歲後，才明白人到最後幾乎都會原諒別人所有的過錯，但就是不肯原諒自己。然而現在我甚至已經原諒了自己。這有可能是因為我天性軟弱，也有可能是因為換成任何人，都會像我一樣為妳傾倒。但也可能只是因為我已經不久於人世。也許四個月或六個月後我就會撒手人寰，但我並不在意。妳給我的一切已經照亮了我的生命，並使得它加倍的發光。我已經擁有如此之多，此生已經了無遺憾。

但我今天提筆寫信並非是要和妳大談哲學問題，而是要告訴妳，在當年那個令我難以忘懷的時刻，妳曾在我耳畔輕輕許下一個願望，希望我在死時能夠呼喊妳的名字。我會實現妳這個願望。事實上，我相信這點即使我不告訴妳，妳也應當知道，更何況由於此地的郵政作業並不可靠，這封信或許永遠不會到達妳的手中。但我確信那個被輕輕呼喊著的名字，將會以某種方式傳到妳的耳邊。

我最親密的愛人，請妳盡可能原諒我。願諸神賜妳幸福，讓妳活得比我更老，也祝福妳的女兒和伊維思，願他們順利平安。當奧德長大後，請告訴她一些有關我的事。我將把我的財產遺留給她。是的，伊維思已經告訴我她的名字，他將會把我在巴黎帳戶裡的積蓄保留給她。希望妳將來能用其中一小部分錢帶她去埃特爾塔一遊。有朝一日妳若重拾畫筆，那裡的村莊、斷崖與步道將會是妳的樂園。親吻妳的手，我的愛。

奧利維耶．韋諾

第一〇五章

馬洛

回到金樹林療養中心的那個上午天氣非常晴朗，彷彿我把法國的春天帶回來了。除此之外，我也帶回了給瑪麗的戒指；它的底座屬於十九世紀的風格，黃金的戒面上鑲著幾顆紅寶石，所花的錢比我前六個月的開銷加起來還要多。醫院裡的職員很高興看到我。我利用喝一杯咖啡的時間，就看完了所有如潮水般湧來的訊息與公文。他們和克朗醫師（我請他替我照顧羅伯特）的報告都很正面，令人欣慰。他們說羅伯特還是不肯講話，但一直很忙碌，心情也頗為愉快，不但開始和大家一起吃飯，也會對其他病人和醫院裡的職員微笑了。

看完報告後，我開始去探視我的病人。其中有兩位是新來的，包括一名年輕女孩。她曾經在華府一家醫院受到監控，以防止她自殺，但她已經下定決心要康復，不再讓家人痛苦。她告訴我說，看著她母親因為擔心她而哭泣，使得她改變了對許多事情的想法。另一名病患則是一位老婦人。我懷疑她的身體狀況可能不適合待在這兒，但我會跟她的家人談談。臨去前，她對我伸出了那隻薄得像葉片的手。我跟她握了一下手後，便拿著公事包去看羅伯特了。

他坐在床上，懷裡放著一本素描簿，眼神空洞。我直接走到他身旁，把手放在他的肩膀上。

「羅伯特，我可以跟你談個幾分鐘嗎？」

他站起身來，臉上的表情有些憤怒，有些訝異，又有些受傷。我心想他現在或許非說話不可了——「你拿走了我的信。」——也可能他會恨恨的對我說一聲「去你的！」，就像我上回對他說的那樣，但他只是站在那兒不動。

「我可以坐下來嗎？」

他還是一動也不動，所以我只好坐在我平常坐的那張扶手椅上。這椅子對我而言，已經是個熟悉的地方，有點像家一樣，今天坐起來感覺格外舒適。

「羅伯特，我去了法國，也去看了亨利．羅賓遜。」

這話立刻發揮了效果。他猛然轉過頭來，使得那素描簿掉到了地上。

「我想亨利已經原諒你了，我把那些信還給了他。很抱歉我沒問你就把它們拿走了，我是怕你會不同意。」

這次他立刻又有了反應，朝著我走了過來。為了安全起見，我趕緊站起身來——幸好我一向都不關門。然而，當我看著他時，發現他並沒有敵意，只是被嚇到了。

「他很高興能夠拿回那些信。後來我跟他一起去了信裡所提到的一個村莊。不知道你是不是還記得，一個叫做葛賀米耶的村莊，也就是碧翠絲的女僕伊思梅的老家。」

他定定的看著我，臉色蒼白，兩手垂在身旁。

「我不知道伊思梅的家人是不是住在那兒，但因為亨利告訴我碧翠絲把某個可以證明她對女兒的愛的東西放在那個村子裡，於是我就去了。結果我們找到了一幅畫，事實上應該說是一系列習作，上面有她的簽名。」

我從公事包裡拿出了我畫的那幾幅素描，這一剎那突然很清楚的意識到，自己的繪畫技巧實在很貧乏。我默默的遞給了他。「那幅畫是碧翠絲畫的，不是吉伯特・湯馬思。我想這點你應該猜到了吧？」

他雙手拿著那些素描。這是他第一次直接從我手裡接過我拿給他的東西。

「這些習作旁邊還附了一封信。我帶了份影本過來，讓你可以親眼看看。亨利幫我翻譯出來了。那是碧翠絲寫給奧利維耶的信，證明湯馬思勒索她，並將她的一幅傑作據為己有。我想這點你大概也猜到了。」

我把信遞給了他。他手拿著信紙站在那兒看著，然後便用一隻手蒙住臉，雖然只有幾秒鐘的時間，但感覺像是很久很久。當他把手拿開，把眼睛露出來時，我發現他的目光直視著我。「謝謝。」他說。我已經忘了他的聲音有多麼低沈、洪亮而悅耳了。這樣的聲音很適合他。

「但有件事情我一直無法理解。」我站在他身旁，注意到他先是看了看我，接著又看了看那些素描。「如果你懷疑《蕾妲》是碧翠絲的作品，為何還想要破壞它呢？」

「我沒有。」

「可是你帶了一把刀子進去。」

他臉上彷彿有些笑意。「我是要戳他，不是她。但當時我的神智不太正常。」

這時，我想起吉伯特・湯馬思的那幅自畫像，這才明白了事情的真相：當時羅伯特獨自進入那間展覽室，從口袋裡掏出刀子，迅速打開，並朝著那幅畫撲了過去，但警衛卻剛好進來，立刻朝他撲了過來，於是他的刀子便刮到了掛在吉伯特・湯馬思的自畫像旁邊的那幅畫的框子。我心想如果他當時傷到了他所愛的《蕾妲》，他那已經十分脆弱的內心不知道會變得怎樣？我碰了碰他的肩膀。「你現在神智正常了嗎？」

他神色認真，一副要對我發誓的模樣。「我相信我已經正常好一陣子了。」

「有些情況還是可能會再發生在你身上，無論有沒有碧翠絲。到時候你需要去看精神科醫師或是治療師，並持續吃藥。為了安全起見，也許你一輩子都得吃藥。」

他點點頭，神情看起來頗為開朗，而且似乎有在專心聽我說話。

「如果你離開華府的話，我可以推薦另外一個精神科醫師給你，而且你隨時可以打電話給我。你先認真考慮考慮吧。你已經在這裡待很久了。」

羅伯特笑了起來。「你也是呀。」

我只好跟著他笑了起來。「明天我再來看你，而且我會很早來，到時候如果你覺得自己已經準備好的話，就可以簽署出院的文件。我會把這件事告訴醫院裡的職員。今天你可以打打電話，看你要打給誰都可以。」最後這一句話對我而言最難以啟齒，因為有一個人的生活我不希望他再度碰觸。

「我想看看我的孩子。」他柔聲告訴我。「不過我要等到自己在某個地方安頓下來之後，再打電話給他們。快了。」他站在房間中央，雙手抱胸，眼神發亮。我和他握手時，他雖然有些心不在焉，但還是很熱烈的回應著，然後我便走開去做別的事情了。

第二天上午，我確實一大清早就到了金樹林療養中心，因為時差的緣故。羅伯特想必一直在注意我到了沒，因為當我還在規劃當天要做的事情時，他就已經來到了我的房門口，而且已經洗了澡、刮了鬍子，穿著最初我看到他時所穿的那套衣服，整個人顯得乾淨整潔，頭髮還溼溼亮亮的。此刻的他看起來像是一個沈睡了一百年之後才剛醒過來的人。醫院的職員顯然已經給了他幾個大袋子，好讓他裝自己的東西。他把那些袋子立起來放在大廳裡。此時，我仍然可以感覺到昨晚瑪麗的手臂繞著我的脖子、睡覺時手上還戴著那個戒指的模樣。他沒打電話給她，而且我現在確信她也不希望他打電話給她。當然我還得想想是否要讓凱特知道他出院的事。

「我準備好了。」羅伯特面帶笑容的說道。

「你確定嗎？」我問他。

「如果我的情況變糟，我會打電話給你。」

「你在情況還沒變糟之前就得打給我。」我把我的電話號碼和他的文件遞給了他。

「好吧。」他拿起表格看了一遍，毫不遲疑的簽下他的名字，然後把筆還給我。

「你需要有人載你去哪兒嗎？還是我幫你叫輛計程車？」

「不，我想先走一走。」他高大的身影在我的辦公室門口逗留了一會兒。

「你知道嗎？我為你打破了所有那些該死的規則。」這句話可能是說給他聽的，但也可能只是我大聲說給自己聽的。

他居然笑了起來。「我知道。」

我們站在那兒看著彼此。然後羅伯特便用雙手將我圈住，抱了我一會兒。我的父親或朋友沒有一個人像他這麼巨大，大到足以把我壓垮。「謝謝你為我費心。」他說。

我很想告訴他：「我才要謝謝你。」但並未說出口。我想說的其實是：「謝謝你讓我的生命更加豐富。」

我雖然很想陪他走出去，和他一起嗅著清晨屋前的舊車道上花樹的氣息——那是他已經久違了的氣息——但最後還是讓他一個人離去了。他闊步穿越大廳，直接走到門口。我看著他拿起行李開門走了出去，並將身後的門關上。

我沒送他，但他走後我去了他的房間。裡面空無一物，只剩下一些被他整齊堆放在一個架子上的繪畫用品。他的畫架立在房間中央，上面放著一幅已經完成的碧翠絲肖像。她臉上沒有笑容，但整個人顯得容光煥發。這應該是他留下來送給瑪麗的，但我發現自己並不介意把它轉交給她。其他的畫都被他帶走了。

如今看來，我那天猜得沒錯。當時我已經預期羅伯特將會到一個新的地方去重啟他的繪畫生涯，描繪各種風景、靜物，以及各式各樣怪異而有魅力、會隨著時間老去的人物，而這些畫作將會被更多的收藏家和美術館購藏，使他在藝術史上永遠佔有一席之地。當然，我沒想到的是，此後他再也沒有和我聯絡了。我想，或許他永遠不會再和我聯絡了。但對我而言，這樣已經夠了。我將會一直注意著他的作品：他那兩個逐漸長大的孩子、他生命中的其他女人，以及那些陌生的草地與海灘風光。羅伯特說得沒錯，我確實是費了一番心思，卻不全然是為了他，而我所得到的回報，便是在巴黎看到了一幅世人也許永遠無法目睹的畫作。我的生命已經有了極大的喜悅與報酬，至於其他一些小小的事物，對我來說也一樣甜美呢。

一八九五年

快入夜了。光線已經不適合作畫。樹枝的暗影已經糊成了一片，融入了漸黑的天色裡。我想像著他收拾東西、刮著調色盤的模樣。當她再次經過時，他正在燈籠旁清著畫筆。這回她離他的窗戶很近，剛辦完事回來，腳步有些匆忙。由於她戴著兜帽，他看不太清楚她的臉，但想必她正看著地上已經結冰的水窪，以及那一堆堆的積雪與污泥。但後來，她把頭抬了起來。他發現她的眼睛是黑色的，一如他所期望的，而且炯炯有神。她的面容並不年輕，但體態仍然輕盈。如果他的內心年輕一點，或許就愛上她了。現在他甚至還想幫她畫一幅肖像呢。此刻，她的眼神正映著他的窗戶所透出的光，但不久她便再度低下頭，小心翼翼的看著路。她腳上穿著一雙很好的鞋子，並不適合走這麼泥濘的道路。他注意到她現在手上空無一物，似乎把剛才抱著的東西留在某個地方了。他猜想，那可能是一個禮物或送給某個生病的長者的食物，也可能是要拿給村子裡的裁縫縫補的衣物，甚至可能是一個嬰兒。不，在這麼一個寒冷的夜晚，並不適合帶嬰兒外出。

他對這個村子並不熟悉。他的老家在西邊的莫黑鎮。大約四年之後，他將在那裡過世。但現在他知道自己不久於人世了。他脖子上圍著圍巾，儘管喉嚨很痛，但仍忍不住好奇心，輕輕的把門打開，看著她的背影。巷子這一頭的教堂前面有一輛馬車正在等她，由幾匹健壯的馬兒拉著，車上高高掛著已經點亮的燈籠。她爬上馬車時，他看見了她那有著裝飾圖案的深色裙襬。上車後，她伸出一隻戴著黑色手套的手，把車門關上，彷彿要防止車夫下車多做耽擱似的。馬兒們開始使勁的拉動車子，馬車便吱吱嘎嘎的向前奔跑。它們那幽靈般的鼻息在空中清晰可見。

然後他們就消失了，村子裡也恢復了平日入夜時的寧靜。他把門鎖上，喚著後面房間的僕人，請她端上一些食物做為晚餐。明天他得回到他在河流上游的家，回到妻子的身邊，回到他的畫室，然後他將寫信給那位每年冬天都慷慨的把這個地方出借給他、供他作畫的友人。是的，明天上午他就要搭車回到他在不遠處的家，並在他有生之年繼續作畫。此刻，壁爐裡的火已經開始在室內各處投下暗影，爐內擱架上的一壺水正在沸騰。他看了一下今天下午所畫的風景：那些樹畫得還不錯。那個陌生女子的剪影在那條鄉村小路上顯得非常清晰，讓畫面有了一種神祕感。他在左下角寫下了他的名字和兩個數字。今天就到此為止了。明天他會再潤飾一下她的衣裳，並調整巷子底那棟房子窗戶上的光線。此刻，老賀納正在那兒修理著馬具。這幅新作上的顏料已經開始凝固了，再過六個月它就會完全乾燥。到時他會把它掛在他的畫室裡，然後在某個晴朗的早晨把它拿下來，寄到巴黎去。

謝詞

感謝：

我傑出的經紀人兼友人Amy Williams；親愛的編輯朋友Reagan Arthur；以他的技巧為本書增添光彩的Michael Pietsch；以及Little, Brown and Company的其他令人敬佩的同事。

也感謝：

為我細心校對並讓我能出去到處學習的Georgi H. Kostov；在巴黎和諾曼第很有愛心的幫我做調查的Eleanor Johnson；對我的寫書計畫很有信心並讓我能在阿維農休息的David Johnson博士；讓我看見畫家的心靈與雙手的Jessica Honigberg；使我重新愛上法國的Victoria Johnson博士；我那四十年來不斷支持、鼓勵我的荷蘭叔叔Paul Howard Johnson；為我校稿並且三十年來和我一起遍遊各美術館的作家同行Laura E. Wolfson；為我校稿並和我討論莫內和希思黎的恩師Nicholas Delbanco；對此書提出一些評論的小說家同行Julian Popov；幫忙校稿並曾照顧我多年的Janet Shaw；指點我有關法國事物的Richard T. Arndt；幫我校稿並曾經在曼哈頓熱情招待我的Heather Ewing；勇敢的幫忙我校訂、使我省去開車往返時間的Jeremiah Chamberlin；為我校稿並一直在小說藝術的道路上與我同行的Karen Outen、Travis Holland、Natalie Bakopoulos、Mike Hinken、Paul Barron、Raymond McDaniel、

Alex Miller、Josip Navakovich、Keith Taylor、Theodora Dimova和Emil Andreev；給我許多重要建議的Peter Matthiessen、Eileen Pollack、Peter Ho Davies等人；幫我校閱部分初稿的Kate Dwyer、Myron Gauger、Lee Lancaster、John O'Brien和Ilya Pérdigo Kerrigan；在墨西哥招待我，並在阿卡波可的場景方面給我建議的Iván Mozo和Larisa Curiel；提供他對印象派畫家的看法，並因此而激發這個故事的Joel Honigberg；給我可貴的友誼、幫我出版、翻譯、提供有關藝術的軼事，並在文學的路上與我相伴的Antonia Hodgson、Chandler Gordon、Vania Tomova、Svetlozar Zhelev和Milena Deleva；也感謝密西根大學的Hopwood計畫、Ann Arbor書展、保加利亞的Apollonia藝術展、北卡羅來納州Wilmington校區的藝術碩士課程，以及保加利亞的美國大學為本書舉辦朗誦會；謝謝亞歷山卓港藝術聯盟學校的Rick Weaver，允許我在他的繪畫課旁聽；謝謝Toma Tomov和Monica Starkman兩位醫師提供我有關精神醫學方面的資料，以及後者在編輯此書時的寶貴協助；感謝John Merriman、Michèle Hanoosh和Katherine Ibbett等三位博士提供了有關法國歷史和出處的資料；感謝Anna K. Reimann、Elizabeth Sheldon和Alice Daniel的精神支持；感謝Guy Livingston二十五年來在藝術方面的兄弟情誼；感謝Charles E. Waddell的絕佳建議，以及Mary Anderson的忠告；也謝謝Andrea Renzenbrink、Willow Arlen、Frances Dahl、Kristy Garvey、Emily Rolka和Julio、Diana Szabo夫婦在我寫書的各個階段幫我打理家務；謝謝Anthony Lord、Virginia McKinley博士、Mary Parker、Josephine Schaeffer和Eleanor Waddell Stephens提供有關法國和法語的珍貴介紹。同時並感謝其他不及列舉的家人、朋友、學生和機關。

最後，我要感謝約瑟夫．康拉德和他的大作《吉姆爺》，希望他在天之靈會樂見並原諒我在書中引用他的文句，藉以表達我對他發自內心的敬意。

天鵝賊 / 伊麗莎白・柯斯托娃
（Elizabeth Kostova）著；蕭寶森譯.
-- 初版. -- 臺北市 : 大塊文化, 2010.09
面； 公分. -- (R; 33)
譯自 : The Swan Thieves
ISBN 978-957-0316-41-4(平裝)

874.57 99011822

LOCUS

LOCUS

L O C U S

LOCUS